Der letzte Winter

## Das Buch

Erik Winter macht mit seiner Familie einen Ausflug ans Meer. Der Tag nimmt ein jähes Ende, als seine Tochter einen Toten in der Brandung entdeckt. Etwa zur selben Zeit werden in Göteborg zwei junge Frauen gefunden, die erstickt wurden. Da behauptet die junge Polizistin Gerda Hoffner einen Zusammenhang zwischen den Fällen erkannt zu haben. Niemand glaubt ihr, nur Erik Winter. Gemeinsam verfolgen sie die Spur. Als auf einem Video ein weiterer Mord angekündigt wird, sehen sie ihren Verdacht auf grausame Weise bestätigt. Doch erst als Winter klar wird, wer der Tote vom Meer ist, kommt er dem Mörder gefährlich nahe.

## Der Autor

Åke Edwardson, Jahrgang 1953, lebt mit seiner Frau in Göteborg. Bevor er sich dem Schreiben von Romanen widmete, arbeitete er als Journalist u. a. im Auftrag der UNO im Nahen Osten, schrieb Sachbücher und unterrichtete an der Universität Creative Writing.

Von Åke Edwardson sind in unserem Hause bereits erschienen:

In der Erik-Winter-Krimiserie
(in chronologischer Reihenfolge):

*Tanz mit dem Engel*
*Die Schattenfrau*
*Das vertauschte Gesicht*
*In alle Ewigkeit*
*Der Himmel auf Erden*
*Segel aus Stein*
*Zimmer Nr. 10*
*Rotes Meer*
*Toter Mann*
*Der letzte Winter*

Außerdem:

*Allem, was gestorben war*
*Drachenmonat*
*Der Jukebox-Mann*
*Geh aus, mein Herz*
*Samuraisommer*
*Winterland*

Åke Edwardson

# Der letzte Winter

Kriminalroman

Aus dem Schwedischen von
Angelika Kutsch

List Taschenbuch

Besuchen Sie uns im Internet:
www.list-taschenbuch.de

Ungekürzte Ausgabe im List Taschenbuch
List ist ein Verlag der Ullstein Buchverlage GmbH, Berlin.
1. Auflage Oktober 2011
2. Auflage 2011
© für die deutsche Ausgabe Ullstein Buchverlage GmbH,
Berlin 2010/Ullstein Verlag
© 2008 und 2009 by Åke Edwardson
Titel der schwedischen Originalausgabe:
*Den sista vintern* (Norstedts, Stockholm)
Umschlaggestaltung: bürosüd Werbeagentur, München
unter Verwendung einer Vorlage von HildenDesign, München
Titelabbildung: © HildenDesign, München unter Verwendung von Motiven
von Trevillion Images/© Ilona Wellmann und Shutterstock/© siloto
Satz: LVD GmbH, Berlin
Gesetzt aus der Sabon
Papier: Munkenprint von Arctic Paper Munkedals AB, Schweden
Druck und Bindearbeiten: CPI – Clausen & Bosse, Leck
Printed in Germany
ISBN 978-3-548-61060-3

*Für Rita*

I

Der Notruf ging um 05:32:18 Uhr ein: »Meine Lebensgefährtin reagiert nicht.« In diesem Augenblick war der exakte Zeitpunkt nicht von Bedeutung, er würde erst später wichtig, wenn die Ermittlung in die Phase Wann, Wie und Wer übergegangen war. Und möglicherweise Warum. Wenn überhaupt Ermittlungen nötig sein würden. Vielleicht waren die Umstände schon in dem Moment sonnenklar, als das Ereignis eintrat. Doch während der Streifenwagen in südlicher Richtung durch den Dezembermorgen fuhr, war noch alles unklar. Womöglich würde es ein schöner Tag werden, auch das konnte niemand mit Gewissheit vorhersagen. Der Meteorologe hatte sich nicht festgelegt. Die junge Polizistin Gerda Hoffner nahm einen Duft von Herbst wahr, der noch in der Luft hing, den süßen Duft von Oktober mitten im Dezember, wie ein Überbleibsel des Jahres, das bald zu Ende ging. Das neue Jahr würde vielleicht schön werden. Dieser Fall würde bald zu den Akten gelegt werden, wie man in der Ermittlungssprache sagte. Ihre Sprache war das nicht. Sie wollte die Sache nur so schnell es ging hinter sich bringen. Sie und Johnny, der neben ihr saß und die Hausfassaden nach der richtigen Nummer absuchte. Johnny Eilig, den Spitznamen hatten sie ihm innerhalb kürzester Zeit verpasst. Schnellstmöglich wollte sie in diese Wohnung, dann wollte sie nach Hause. Heute Nachmittag würde sie zehn Kilometer joggen, Påvelund, Ruddalen, langsam. Und danach würde sie sich hinlegen.

Sie hatte Angst. Zum ersten Mal würde sie dem Tod begegnen.
»Da!« Eilig zeigte auf eine Haustür mit zwei verschnörkelten Zahlen über dem Eingang, die wie aus Gold geschmiedet aussahen. Die Tür wirkte gleichzeitig einladend und abweisend. Einladend für diejenigen, die wussten, dass sie hier wohnten, und den Abschaum abweisend, der nach dem Freitagsbesäufnis von der Avenyn in diese Gegend gespült wurde. Ich gehöre nicht hierher, dachte sie, als sie aus dem Auto stieg. Ich habe nie hierher gehört, habe noch nie ein Haus in Vasastan betreten. In diesem Stadtteil macht die Polizei selten Hausbesuche.

Gerda Hoffner gab den Code ein, und irgendwo in der massiven Tür klickte es. Johnny drückte die Klinke herunter.

»Immerhin hat er sich an den Code erinnert«, sagte er.

»Warum sollte er nicht?«

»Neben sich die tote Freundin, da ist es nicht sicher, dass einem überhaupt noch was einfällt. Zum Beispiel der Türcode.«

Sie standen im Treppenhaus, das groß war wie ein Ballsaal. Gerda Hoffner sah sich um. Überall funkelte es golden und silbern. Aschenputtel auf dem Ball, dachte sie. Und ich hab jetzt schon aufgescheuerte Füße. Die neuen Stiefel sind zu klein, das habe ich sofort gemerkt. Warum habe ich nichts gesagt? Doch an so etwas sollte man in einem Augenblick wie diesem nicht denken. Andererseits ist es vielleicht ganz gut. Am liebsten würde ich an gar nichts denken. Das Treppenhaus ist unheimlich, kein angenehmer Aufenthaltsort. Ich habe noch nie solche Angst gehabt. Was erwartet uns? Sie schaute hinauf zur Decke über den Treppen. Was würden sie dort oben vorfinden? Sie lauschte, konnte aber keine Krankenwagensirene hören, auf der Straße war es still. In diesem Augenblick sehnte sie sich richtig nach dem Geheul, es würde den Morgen zerschneiden, in den Morgen kreischen, alle wecken, die in diesem hübschen Haus wohnten. Für sie wäre es ein beruhigendes Geräusch.

»Dritter Stock«, sagte Johnny. »Wollen wir den Fahrstuhl nehmen?«

Der Fahrstuhl sah aus wie aus dem vorvorigen Jahrhundert,

und so war es sicher auch. Das ganze Haus stammte aus dem vorvorigen Jahrhundert. Es war für Reiche gebaut worden, und Reiche wohnten noch immer hier. Aber im dritten Stock hatte jemand alles hinter sich gelassen, Vergangenheit, Gegenwart, Zukunft. Die Wände waren mit Ornamenten bedeckt, hundert Jahre alte Muster, dieser Kunststil hatte einen Namen. Es war ein deutsches Wort, das in viele Sprachen übernommen worden war, etwas mit Jugend. Eine alte Kunst in einem alten Haus mit einem Namen, der etwas mit Jugend zu tun hatte. Die Ornamente glitten abwärts an den blassen Wänden, glitten aufwärts, kreisten um die Treppen und den Fahrstuhl.

»Kein Fahrstuhl«, sagte sie. »Ich will nicht auf halbem Weg stecken bleiben.«

Johnny, die SIG Sauer schon in der Hand, ging auf die Marmortreppen zu. Er hatte es wieder eilig. Sie folgte ihm. Sie trug den Werkzeugsatz für Polizisten und Kriminelle: Axt, Kuhfuß, Meißel, Stemmeisen, alles in einem. Einbrecher verwendeten ein neueres Modell. Von irgendwo hörte sie Geräusche, vielleicht eine Tür, die geöffnet wurde. Es klang, als käme es von ganz oben. Gerda Hoffner sah auf ihre Armbanduhr. Für manche begann der Morgen jetzt oder bald, womöglich auch in diesem Haus. Vor ihrem inneren Auge hatte sie jedoch ein Bild von langsam vergehenden Vormittagen in riesigen sonnendurchfluteten Zimmern, Morgenmäntel aus Seide, ein silbernes Teeservice auf einem silbernen Tablett, das auf einem silbernen Tischchen stand. Vielleicht hatte sie das Bild in einem Film gesehen, etwas Englisches. Englische Einflüsse gab es auch in dieser Stadt. London und Klein-London. Nicht, dass sie viel darüber wusste. Sie wusste mehr über Deutsches, doch davon gab es nicht mehr viel in ihrer Umgebung. Alles Deutsche war mit ihren Eltern verschwunden, als sie nach Leipzig zurückgekehrt waren. Klein-Leipzig. Ich muss jetzt alles richtig machen, dachte sie, während sie die Stufen hinaufstieg. Ganz wach sein. Ich muss genau hinschauen. Ich muss mehr sehen als hören. Jetzt muss ich mich auf meine Augen verlassen, sie dürfen mich nicht im Stich lassen.

Sie hatten den dritten Stock erreicht, wo es drei Türen gab. Eine von ihnen stand einen Spaltbreit offen. Sie wirkte genauso massiv wie die Haustür. Dunkles Holz, das wie Eisen aussah. Gerda Hoffner spürte einen Luftzug am Hinterkopf, als würde jemand ein Stück Stoff über ihren Schädel ziehen. Das war die Angst. Sie fühlte den Pistolenkolben in ihrer Hand. Er war kalt wie Eisen. Eisen kann einen beruhigenden Effekt haben.

Plötzlich verlosch das Licht im Treppenhaus.

Aus dem Türspalt sickerte ein Lichtstreifen.

Es sah sehr unheimlich aus. Wie eine Schlange, dachte sie, die sich auf uns zuschlängelt. Sie konnte Johnnys Profil sehen. Er scheint es nicht mehr eilig zu haben. Er hat genauso viel Angst wie ich. Sie hörte ein Geräusch aus der Wohnung. *Die* Wohnung. Das da ist nicht irgendeine Wohnung, dachte sie. Das Geräusch klang wie Schluchzen oder ein tiefes Luftholen. Es sickerte heraus zusammen mit der elektrischen Schlange. Da war es wieder. Jetzt schwang etwas anderes darin mit, vielleicht ein langsamer Schrei. Es war Angst. Sie wusste, was Angst war.

»Er ist jedenfalls zu Hause«, sagte Johnny leise. Sie hörte die Nervosität in seiner Stimme. Es waren nassforsche Worte, aber die Stimme verriet ihn. So war es immer, die Stimme verriet alles. Johnny rührte sich nicht. Sie ging an ihm vorbei und schob die Tür mit dem Pistolenlauf etwas weiter auf. Das bösartige Licht wurde stärker, aber es blendete sie nicht. Sie sah den Vorraum, dort ein Stuhl, da ein kleiner Tisch, ein Stück entfernt etwas an der Wand, an der Decke ein Kristallleuchter. Es war genau so, wie sie es erwartet hatte, schon im Vorraum ein Kristallleuchter. Der Vorraum schien so groß wie ihre ganze Wohnung zu sein. Bis zu dem Zimmer, von dem sie einen Ausschnitt sah, waren es etwa fünfzehn Meter. Auf dem Fußboden spiegelte sich der Glanz einer Fensterscheibe. Auch in dem Zimmer brannte Licht, schwächer als das Licht im Vorraum. Wieder hörten sie das Geräusch, es klang nicht richtig menschlich. Was immer menschlich sein mochte. Auch das hatte sie schon in diesem Job erfahren, der schwerer war, als man ihnen an der Polizeihochschule erzählt hatte. Menschlichkeit trat in vielen verschiedenen Gestalten auf. Gewändern. Verschiedenen Schreien. Da war es wieder. Es war wie Gegenwind, der sie daran hinderte, sich von der Stelle zu rühren.

»Scheiße«, sagte Johnny, ging an ihr vorbei und weiter in die Wohnung hinein.

Der Schrei kam ihm entgegen, kam ihr entgegen. Jetzt war gar nichts Menschliches mehr darin. Sie machte einen Schritt vorwärts, gegen den Wind.

Er ließ sich in die Dunkelheit sinken. Er konnte nicht mehr sehen. Es gab kein Licht mehr. Bis in alle Ewigkeit würde er in Dunkelheit leben müssen. Und das war das Schlimmste von allem. Dass er leben würde.

»Erik? Erik?!«

Er hörte sie mitten in seinen eigenen Schreien rufen. Noch immer befand er sich tief am Grund seines Alptraums. Sie stand oben am Rand des Grabes und versuchte, ihn mit Rufen zu erreichen. Und er hatte es gehört. Ihr Rufen hatte ihn wieder hinaufgezogen. So war es gewesen.

»Erik, was ist? Erik?«

Und er war wieder zurück in der Welt. Danke, lieber Gott, danke für Alpträume, dachte er. Sie lassen einen aus der Hölle zum wirklichen Leben erwachen. Was für eine Erleichterung. Freu dich, dass du am Leben bist, Junge. Da unten ist es finster.

»Alles ... okay«, sagte er.

Sie strich ihm über die Stirn. Er schwitzte wie ein Schwein. Alpträume waren Schwerstarbeit. *Workout* in der Hölle.

»Das muss ja ein verdammt schlimmer Traum gewesen sein«, sagte sie und fuhr fort, ihm über die Stirn zu streichen. Angela fluchte selten, aber manchmal gab es keinen treffenderen Ausdruck.

»Ich muss von meiner eigenen Beerdigung geträumt haben«, sagte er und legte seine Hand auf ihre. »Sie hatten gerade den Sarg hinuntergelassen.«

Angela schwieg. Jetzt merkte er, dass seine Hand sehr kalt und ihre sehr warm war. All sein Blut war zu der Zentrifuge geströmt, die sein Herz war. Noch ein paar derartige Monsterträume, und er würde etwas gegen Bluthochdruck schlucken müssen.

»Ich war blind«, sagte er. »So eine Dunkelheit habe ich noch nie gesehen.« Er schaute sie an. »Falls man Dunkelheit sehen kann. Ich habe sie jedenfalls gesehen.« Er hörte seine eigene Stimme, sie klang sehr dünn, sehr fern. »Da unten war es schwärzer als schwarz. Und dann konnte ich gar nichts mehr sehen.«

Sie nickte.

»So ist das jetzt für Lars«, fuhr er fort. »Er kann nichts mehr sehen.«

Träume folgen keinem Drehbuch, darum sind es ja Träume. Sie sind die totale Improvisation. Aber sein Traum basierte auf der Wirklichkeit. Erst vor einigen Tagen, oder waren es Wochen, hatten sie Lars Bergenhem begraben. Erst vor einigen Monaten. Bergenhem war fast genauso lange Kriminalinspektor wie Erik Kriminalkommissar beim Fahndungsdezernat des Göteborger Landeskriminalamtes gewesen. Fast fünfzehn Jahre. Lange Jahre, kurze Jahre, schöne Jahre, hässliche Jahre. Dieses Jahr war ein hässliches, ein schreckliches Jahr gewesen. Bergenhem hatte gelebt, und dann war er gestorben. Er war in die Dunkelheit hinuntergezogen worden. Wirklich unter die Oberfläche. Winter hatte seine Leiche im Arm gehalten. Eine entsetzliche Minute lang. Und dann, Minuten, Stunden, Tage, Wochen danach hatte Winter sich wie betäubt gefühlt, aber er hatte gelebt.

Und alle hatten Bergenhem in seinem Sarg in der Erde versinken sehen. Immer wieder träumte Winter davon. Er hatte sich Vorwürfe gemacht. Da war etwas, das er nicht gesagt, nicht getan hatte. Etwas, das Lars hätte zurückhalten, vielleicht aufhalten können. Es hatte eine Sekunde oder eine Minute gegeben, in der Winter alles hätte verhindern können. Ein winziger Moment auf Erden. In Gedanken war er immer wieder zu diesem Moment zurückgekehrt. Er war in seinen Träumen zugegen. Aber er wusste, dass die Träume ihn irgendwann verlassen würden. Das wurde ihm allmählich klar. Er lebte, wo ein anderer sein Leben beendet hatte, und Bergenhems Tod hatte ihn selber erlöst. Auch das begriff er jetzt. In dem vergangenen furchtbaren Jahr hatte er eine Art Lebenskrise durchgemacht, das war ihm bewusst geworden. Er war zu etwas unterwegs gewesen, oder von etwas weg, und er hatte die Bewegung nicht stoppen können. Es war eine private Hölle gewesen, eine Hölle, die er für sich selbst und seine Nächsten erschaffen hatte: Angela, die seine beste Freundin und seit der ausgelassenen Trauung an der Costa del Sol auch seine Frau war, und seine beiden Kinder, Elsa und Lilly. Du lieber Gott. Er war auf dem besten Weg gewesen, sich sein eigenes Grab zu schaufeln. Über längere Zeit hatten ihn heftige Kopfschmerzen gequält, eine Art mystische Migräne. Vielleicht. Sie war in der Minute verschwunden, als er Bergenhems Körper gehalten hatte, und war nicht wiedergekommen. Sicherheitshalber hatte er sich hinterher untersuchen, seinen Schädel durchleuchten lassen. Es gab keine Tumore, weder gutartige noch bösartige. Keine Entzündungen im Gehirn, abgesehen von der, die er selbst verursacht hatte, die fiebrige Reise ins Nichts. Also hatte ihm Bergenhems Tod das Leben zurückgegeben. Als ihm die Erkenntnis zum ersten Mal aufgegangen war, war sie ihm melodramatisch vorgekommen, albern, pathetisch, aber es war die Wahrheit. Bergenhem hatte ihn erlöst und ihn durch seinen Tod wieder zu einem fast glücklichen Menschen gemacht. Sich dessen bewusst zu sein war das Schlimmste von allem. Er war kein fast toter Mann mehr. Er würde weiterleben, weiterarbeiten. Bergenhems Tod hatte nicht nur ihn erlöst. Alle seine Mitarbeiter der Fahndung hatten gleichzeitig die große Krise ihres Lebens durchgemacht. Hinterher war ihm klargeworden, dass das nichts Ungewöhnliches war. Ein seit langem zusammengeschweißtes Kollektiv entwickelt kollektive Krisen, jeder Einzelne auf seine eigene Weise. Wenn es bei dem einen schiefging, ging es auch bei allen anderen schief, aber auf unterschiedliche Art. Vielleicht trug er die größte Schuld. Er war mit schlechtem Beispiel vorangegangen. Er war der Chef. Doch jetzt hatte das alles ein Ende. Er hatte sein Leben zurückbekommen. Eher ein Melodram.

Er lächelte.

»Worüber lächelst du, Erik?«

»Dass ich ein begrabener Mann war«, sagte er.

»Darüber kann man sogar laut lachen.«

»Wir lachen viel zu selten«, sagte er.

»Es ist ja noch nicht zu spät.«

Noch nicht, dachte er, aber das waren genau die Art Gedanken, die er nicht denken sollte. Er müsste jeden Moment darüber jubeln, dass er noch lebte. Fast jeder Schmerz war besser als der Tod, aber die verdammten Kopfschmerzen wollte er trotzdem nicht wiederhaben. Er wollte Neues beginnen. Man sollte alles wenigstens einmal im Leben ausprobieren, außer Inzest und Volkstanz.

»Es ist nie zu spät«, sagte er. »Und jetzt schlafen wir noch ein bisschen. Ohne Träume.«

»Wollen wir nach dem Frühstück ans Meer fahren?«, fragte sie.

»Gute Idee.« Er dachte an den Wind, den Strand, den milden Himmel und den Duft von feuchtem Salz. Dezember war einer der schönsten Monate.

Gerda Hoffner und Johnny Eilig durchquerten den Flur. Sie kamen an der offenen Küchentür vorbei. Gerda Hoffner sah glänzende Flächen, Stahl, Holz, aber auch Ziegel: eine moderne Küche in einem alten Haus. Klar, so war es vermutlich immer gewesen. Die Reichen besaßen das Neueste stets als Erste. In der Küche brannte Licht, ein fast punktförmiges Licht, das von Spotlights an der Decke oder den Wänden zu kommen schien. Sie sah eine Flasche Wein auf einer Arbeitsplatte, daneben ein Weinglas. Sonst stand nichts herum. Das Licht strich durch den Wein in der Flasche, Gerda Hoffner musste an Bernstein oder Rubine denken. Sie hatte noch nie an Rubine gedacht. Sie trank selten Wein, und wenn, dann weißen.

Der Schrei war jetzt sehr nah. Sie näherten sich dem Zimmer am Ende der Diele.

»Hilfe!«, hörten sie. »Hilfe! Helft mir!«

Jetzt waren sie im Zimmer. Es war ein Schlafzimmer. Sie versuchte, alles auf einmal zu erfassen. Vielleicht würde sie später danach gefragt werden. Als sie den Notruf angenommen hatten, waren sie auf der Allén gewesen, mutterseelenallein auf sämtlichen Fahrspuren. Es war die Stunde vor der Morgendämmerung gewesen. Für die Allgemeinheit würde der Morgen in einer halben Stunde beginnen. Ein Notruf aus einer Wohnung in Vasastan. Ein Todesfall. Ein Mann hatte die Nummer 112 gewählt. Wer ist gestorben? Das war noch unklar. Auch die Todesursache war unbekannt. Der Mann war erregt gewesen, so hatte es der Wachhabende ausgedrückt. Der Anrufer habe »verwirrt« gewirkt.

»Angeturnt?«, hatte Gerda Hoffner gefragt.

»*Can't say*«, hatte der Wachhabende geantwortet, als ginge es hier um den Hill Street Blues. Als befänden sie sich im New York der siebziger Jahre. Gerda Hoffner war im letzten Jahr der Siebziger geboren, aber es war trotzdem ihr Jahrzehnt, alles war frecher gewesen in den Siebzigern. Jetzt, dreißig Jahre später, erlebten sie eine Renaissance. Wer hätte das gedacht?

Und nun sahen sie den Mann. Er saß kerzengerade auf der einen Seite des Doppelbettes, die Beine gekreuzt wie in Yogahaltung. Aber das war kein Yoga. Er starrte sie und Eilig wie die Fremden an, die sie waren. Ihre Uniformen spielten keine Rolle. Gerda Hoffner betrachtete das Wesen neben dem Mann. Es war eine Gestalt, ein Körper. Sie sah die Konturen unter dem Betttuch. Auf dem Fußboden lag eine Decke. Undeutlich nahm sie ein Gesicht wahr, die Umrisse eines Armes, einer Hand. Vielleicht sagte der Mann etwas, sie hörte es nicht. Rasch ging sie auf das Bett zu, um die Hand der Frau anzuheben und den Puls zu prüfen. Aber in dem Moment, als sie die Haut berührte, wusste sie, dass in diesem Körper kein Puls mehr schlug. Die Haut fühlte sich entsetzlich kalt an, wie Porzellan, obwohl es sehr warm im Zimmer war. Dieses Herz schlägt nicht mehr, dachte sie. Das Gesicht, du lieber Gott! Ich sehe die Leichenflecken! So sehen also Leichenflecken aus.

Ein Teil des Kopfes war mit einem Kissen bedeckt.

Der Mann am Bettrand streckte die Arme zur Zimmerdecke. Sie konnte nicht anders, sie musste hinaufschauen. Bis zur Decke waren es einige Meter. Da oben hing ein Kristalllüster. Er sah aus wie ein blitzendes Raumschiff, im Begriff, dieses Zimmer in Besitz zu nehmen. Es war ein enormes Zimmer. Das Doppelbett war nicht klein, aber es war nur eines der Möbelstücke im Raum, die sich gewissermaßen in alle Richtungen über den glänzenden Holzfußboden verteilten. Sie sah einen Tisch, einige Stühle, Bilder an den Wänden. Auf den Nachttischchen Bücher, ein Telefon, Leseleuchten. Sie sah die Flügeltür zum Balkon. Der auch nicht gerade klein zu sein schien. Draußen war es noch immer dunkel. Es war Winter. Auf der Fahrt durch die Stadt war ihr durch den Kopf gegangen, dass dies die erste Winternacht war, und bald würde der erste Wintertag anbrechen. Einmal musste der Winter ja beginnen, und das war jetzt.

Der Mann senkte die Arme.

»Ich war es nicht!«, sagte er. »Ich habe es nicht getan!« Er sah sehr jung aus, fast wie ein Oberschüler. Auch das tote Gesicht der Frau wirkte noch jung.

»Was getan?«, fragte Johnny.

Der Mann deutete mit zitterndem Finger auf die Gestalt, die neben ihm lag.

»Madeleine! Ich war es nicht! Sie war einfach ... sie war ... sie ist ... sie ist ...«

Er zitterte noch stärker, und plötzlich wurde sein Körper von Weinattacken geschüttelt.

»Madeleine! Madeleine!«, rief er.

Er hat ihr das Kissen aufs Gesicht gelegt, dachte Gerda Hoffner. Warum hat er das getan? Wieder zeigte der Mann auf die Frau. Oder das Kissen. Vielleicht wusste er, was Gerda Hoffner dachte. Vermutlich war er noch nicht einmal dreißig. Aus den achtziger Jahren oder wie sie aus den späten Siebzigern. Seine langen Haare fielen ihm in Strähnen ins Gesicht. Normalerweise trägt er es zurückgekämmt, dachte sie. So ein Typ ist er. Ein Totschlägertyp. Er hat es nicht geplant, oder vielleicht doch? Es geht um Macht. Diese

Affäre hat vielleicht in einer Kneipe angefangen, vor einem Jahr oder zwei, oder im vergangenen Herbst. Mit Drinks, die er ihr spendiert hat. Immerhin kennt er ihren Namen.

»Das Kissen ... es lag auf ihrem Kopf, als ich wach wurde.«

Jetzt starrte der Mann Johnny an. Ein Mann, ein anderer Mann. Er würde ihn verstehen.

»Ich bin aufgewacht, und da lag sie dort! Mit dem Kissen auf dem Gesicht!«

»Klar«, sagte Johnny.

»Das ist wahr! Ich schwöre es!«

Der Mann stand auf, nein, er warf sich förmlich aus dem Bett. Er war nackt. Ihm war überhaupt nicht bewusst, dass er nackt vor zwei Fremden stand, es war ihm egal. Er war erregt, verwirrt, selbstverständlich war er das. In den Augen der Fremden war er schuldig, das spürte er. Ihre Uniformen waren Uniformen des Feindes.

»Haben Sie keine Unterhose?«, fragte Johnny.

»Was?« Der Mann hatte einen Schritt auf sie zu gemacht, jetzt blieb er stehen und sah an sich hinunter, auf sein Geschlecht, seine Nacktheit. »Äh ... ja ... klar.«

Er bückte sich und hob Boxershorts vom Boden auf, zog sie an.

Dann beugte er sich über das Bett und nahm das Kissen vom Gesicht der Gestalt.

»Lassen Sie das!«, rief Gerda Hoffner.

Der Mann schaute sie an, das Kissen in den Händen.

»Ich habe es vorhin schon einmal angefasst.« Seine Stimme klang plötzlich ruhiger. »Als ich aufgewacht bin. Als ich ... bevor ich die Polizei angerufen habe. Sie lag da mit dem Kissen auf dem Gesicht, und ich habe es weggenommen. Es ... es ist nicht gut, ein Kissen auf dem Gesicht zu haben. Man kann ... man kann ...« Er verstummte, und sein Körper bebte, als wäre er von einem schweren Schlag getroffen worden.

Er ließ das Kissen los. Lautlos fiel es auf das Bett. Nun sah Gerda Hoffner das ganze tote Gesicht. Sie hätte gern darauf verzichtet. Schließlich sah sie den bösen jähen Tod. Für sie: der erste

Tod. Aber er war nicht jäh gekommen. Er sah nicht einmal böse aus. Das Gesicht war ruhig, still, friedlich, keine Aufregung, keine Verwirrung. Es war das Gesicht einer Frau. Madeleine. Es gab keinen Anlass zu glauben, dass sie nicht Madeleine hieß. Madeleine geheißen hatte. Aber ihren Namen hatte sie immer noch, den würde sie mit ins Grab nehmen und auch weiter behalten. Um die dreißig, gerade am Anfang des Lebens. Mein Alter, dachte Gerda Hoffner. Vielleicht sind wir gleich alt. Auch der Mann betrachtete das Gesicht, auch er plötzlich ganz ruhig. Hatte er sich mit dem abgefunden, was er getan hatte? Schon? Er schaute auf.

»Haben Sie Wiederbelebungsversuche unternommen?«, fragte Gerda Hoffner.

»Ich war es nicht«, sagte er. »Ich habe es nicht getan.«

Warum sagte er das? Was wusste er von dem, was in dieser Nacht passiert war? Warum sprach er davon, als wäre es Mord, keine Krankheit? Gerda Hoffner musterte Madeleines Hals. Er wirkte ... unberührt. Weiß oder vielleicht schwach bräunlich auf dem weißen Laken. Sie konnte keine Flecken entdecken, aber es war ja nicht ihr Job, nach derartigen Spuren zu suchen. Ihr Job war jetzt im Großen und Ganzen erledigt. Vermutlich würde sie den Mann nie wiedersehen und Madeleine mit Sicherheit auch nicht.

»Wir wollten heiraten«, sagte der Mann.

Plötzlich hatte Gerda Hoffner genug von seiner Namenlosigkeit.

»Wie heißen Sie?«, fragte sie.

Johnny warf ihr einen raschen Blick zu.

»Martin Barkner«, antwortete der Mann wie aus der Pistole geschossen, als würde er sich in einer formellen Situation vorstellen. Es war eine formelle Antwort, als wäre alles zur Normalität zurückgekehrt, dorthin, in den vorherigen Zustand. Als würde er in Unterhosen in einer Bank stehen, halbnackt vor einem Bildschirm bei der Börse sitzen. Als würde alles normal werden in einer extremen Situation wie dieser, in der das Absurde und Normale zu einer Art Surrealismus zusammenflossen, ein verrückter

Traum, der vollkommen normal wirkte, wenn man sich mittendrin befand.

»Martin Barkner«, wiederholte er. Er schaute sie an. »Was passiert jetzt?«

»Wie meinen Sie das?«

»Kommt ... kommt jemand und holt ... Madeleine ab?«, fragte er, ohne die Leiche anzusehen.

Gerda Hoffner nickte.

»Bald werden viele Menschen hier sein«, sagte sie.

»Ich kann nach Hause zu meinen Eltern fahren«, sagte Barkner.

»Was haben Sie gesagt?«, fragte Johnny.

»Wenn alle hier sind ... kann ich zu meinen Eltern fahren«, wiederholte Barkner. »Ich habe dort ein Zimmer.«

Johnny Eilig sah Gerda Hoffner an und dann wieder Barkner.

»Sie müssen uns zur Kriminalpolizei begleiten«, sagte Johnny. »Das werden Sie doch verstehen?«

»Kriminalpolizei?«

»Zur Vernehmung«, sagte Johnny. Herrgott, langsam wird es albern. Barkner stellt sich dümmer, als er ist.

»Vernehmung?«

»Aber zum Teufel«, sagte Gerda Hoffner. »Sie ist tot!! Madeleine ist tot!! Haben Sie geglaubt, dass ...«

Sie wurde von Lärm in der Diele unterbrochen, Stimmen, Werkzeug, ein Telefonklingeln. Die, die sich der Sache annehmen würden, waren endlich eingetroffen.

Martin Barkner setzte sich wie ein Zombie auf den Rücksitz des Streifenwagens. Es war, als hätte er innerhalb von Minuten, Sekunden mehrmals die Persönlichkeit gewechselt. Etwas war passiert zwischen ihm und Madeleine. Und dann war noch etwas passiert, etwas Ernsteres. Vielleicht ein Spiel. Gerda Hoffner hatte solche Spiele nicht gespielt, aber für manche waren sie normal. Alles war normal. Sie sah seine Augen im Rückspiegel. Draußen zog die Morgendämmerung herauf. Schließlich war sie gekommen. Für ihn würde es ein langer Morgen werden. Falls er nicht sofort auspackte. Vielleicht wollte er von allem wegschlafen. Niemals dorthin zurückkehren. Nur erzählen. Alles gestehen. So lief das ab. Ich weiß nicht, warum. Es ist einfach passiert. Es tut mir leid. Ich bin sehr traurig.

Im Schlafzimmer war Gerda Hoffner kein Alkoholgeruch aufgefallen. Barkner roch nicht nach Alkohol. Vielleicht hatte er irgendwas genommen, man würde eine Blutprobe nehmen, und dann würden sie erfahren, was es war, falls etwas war. Sie dachte an die Flasche Wein in der Küche. War sie überhaupt geöffnet gewesen? Sie hatte die Küche nicht betreten. Man hätte ihr die Hölle heißgemacht. Die Leute von der Spurensicherung hassten Polizisten, die vor ihnen an einem Tatort herumstolperten, na ja, hassten sie vielleicht nicht, es war jedenfalls verboten.

*Verboten.* Das war das erste deutsche Wort gewesen, das sie gelernt hatte, *verboten*. Ihre Eltern hatten es benutzt, als sie in Freiheit waren, zwei Jahre vor Gerdas Geburt. Es war ihnen gelungen, die DDR zu verlassen, wo alles *verboten* war. Jetzt war alles erlaubt. Und sie waren wieder dort. Aber glücklich waren sie nicht. Vielleicht kommen wir zurück, hatte ihre Mutter kürzlich am Telefon gesagt. Sie hatte nicht »nach Hause« gesagt. Es war, als hätten sie nirgends mehr ein Zuhause. Sie können bei mir wohnen. Wieder sah sie Martin Barkners Augen im Rückspiegel. Die Eltern können bei ihrem Kind wohnen. Das Kind kann nicht bei den Eltern wohnen, er jedenfalls nicht. Es würde eine Weile dauern, bis er zu Mama und Papa heimkehren konnte.

Schweigend durchquerten sie die frisch renovierte Lobby. Früher hatte es Rezeption geheißen, aber Lobby klang besser. Teile des Polizeipräsidiums waren schließlich eine Art Hotel. Martin Barkner würde hierbleiben müssen, freie Kost und Logis, vielleicht auch Gymnastik, es gab alles. Oben im Kriminalkommissariat verabschiedeten sich Gerda und Johnny von ihm. Jetzt übernahm der Kommissar. Gerda kannte ihn nicht, aber sie kannte hier sowieso kaum jemanden. Sie war erst dreieinhalb Monate in Göteborg, war fast direkt von der Polizeischule hierhergekommen, nach einer kurzen Zwischenstation in Eskilstuna. Der Einzige, den sie aus Eskilstuna kannte, war Kent, aber er befand sich nicht mehr in der Stadt.

»Glaubst du, er hat es getan?«

Sie fuhren mit dem Lift nach unten. Johnny schaute sie im Spiegel an. Hier drinnen hatten seine Augen eine andere Farbe oder gar keine Farbe. Er sah müde aus. Sie sah auch müde aus. Heute konnten sie nichts mehr tun.

»Glaubst du, er hat sie erstickt? Wir haben doch keine Würgemale bemerkt.«

»Ich weiß es nicht, Johnny. Aber nach dem bisschen, was ich weiß, ist es nicht schwer, einen tief Schlafenden zu ersticken. Zum Beispiel mit einem Kissen. Es ist gar kein größerer Druck nötig. Und wenn man es richtig anstellt, hinterlässt man keine Spuren.«

»Klar hat er es getan. Wer denn sonst? Und die Tür zum Treppenhaus stand ja offen. Barkner hat sie geöffnet.«

»Woher weißt du das?«

»Er hat es selbst gesagt. Hast du das nicht gehört?«

»Nein.«

»Das war fast das Erste, was er sagte, als wir das Schlafzimmer betraten. Dass er die Tür geöffnet hat, nachdem er den Notruf gewählt hat.«

»Davon habe ich nichts mitgekriegt.«

Die Fahrstuhltüren glitten auf.

»Er hat es gesagt, als du den Puls des Mädchens fühlen wolltest. Das wolltest du doch?«

»Ich habe nichts gehört.«

»Wahrscheinlich hätte ich es in dem Moment auch nicht mitgekriegt.«

Sie verließen das Präsidium. Über dem Ullevi Stadion wurde es hell. Es würde ein schöner Tag werden, ein Wintertag. Die wenigen Autos, die nah beim Eingang parkten, waren wie von einer milchigen Haut mit Raureif überzogen. Gerda Hoffner schauderte nicht nur wegen der Kälte. Sie sah das Gesicht der toten Frau vor sich. Madeleine. So friedlich. War ihr Tod friedlich gewesen? Hatte sie sich gewehrt, als er ihr das Kissen auf das Gesicht drückte? War sie aufgewacht? Hatte sie geschlafen? Morgen würden sie es vielleicht wissen, die Leute von der Spurensicherung, die Fahnder. Oder schon in einer Stunde, oder in diesem Moment. Sie drehte sich um, schaute zu den oberen Stockwerken. Sie wusste nicht, in welchem Zimmer der Mann jetzt saß, zusammen mit dem Beamten, der ihn vernahm, aber in einem der Zimmer legte Martin Barkner vielleicht in diesem Augenblick ein Geständnis ab. Man hatte ihm eine Blutprobe abgenommen, und jetzt durfte er sich alles von der Seele reden.

Der diensthabende Kommissar war Bent Mogens. Er hatte gerade die letzten Neuigkeiten aus der Wohnung in Vasastan erhalten. Die Gerichtsmedizinerin hatte den Tod der Frau festgestellt, und dass sie zwischen vierundzwanzig und zwölf Stunden tot war, genau ließ sich das noch nicht mit letzter Gewissheit sagen. An ihrem Körper fanden sich keine direkten Anzeichen von physischer Gewalt, doch die Todesursache konnte Ersticken sein. Die jungen Polizisten hatten ja von dem Kissen auf ihrem Gesicht berichtet. Ohne das würde es schwer werden, die Todesursache festzustellen. Aber noch wusste niemand Genaueres. Pia Fröberg würde erst dann mehr sagen können, wenn sie die Leiche obduziert hatte. Vielleicht gab es innere Verletzungen. Und äußere Verletzungen, die ihr entgangen waren. Von dem Kissen hatte der Mann ja auch erzählt, ihr Lebensgefährte, falls er es war. Dies ist dein Job, Bent. Pia Fröberg hatte keine Tabletten oder andere Drogen neben dem Bett gefunden, und auch die Männer von der Spurensicherung hatten bei ihrer allerersten Überprüfung der Gesamtlage nichts entdeckt.

Eine Beziehungstat, dachte Mogens. Glasklar. Häusliche Gewalt, wenngleich nicht unmittelbar erkennbare Gewalt.

Es war an der Zeit, so schnell wie möglich noch mehr Glasklarheit in die Sache zu bringen. In diesem Fall würde es keinerlei

Schwierigkeiten geben, einen Haftbefehl für den Verdächtigen zu erlangen.

Der Beamte, der die Klärung des Falles übernommen hatte, war Kriminalinspektor Sverker Edlund vom Ermittlungsdezernat, ein erfahrener Verhörleiter.

Vor ihm saß Martin Barkner. Der junge Mann sah so müde aus, als könnte er jeden Moment im Sitzen einschlafen. Seine Augen glänzten schwach fiebrig. So etwas hatte Edlund schon früher beobachtet. Der Junge wusste nicht genau, was passiert war oder was er getan hatte. Er sollte es jetzt erzählen.

Barkner hob den Blick zu etwas hinter Edlund, der wusste, was hinter ihm war, nämlich nichts. Der Raum war absichtlich so eingerichtet. Es sollte nichts anderes darin geben als die beiden Personen, die einander gegenübersaßen, und die Worte zwischen ihnen. Aber die unterschieden sich, jedes Verhör war anders.

»Ich habe es nicht getan«, sagte Barkner. »Falls Sie mich für den Täter halten, dann täuschen Sie sich.«

Seine Stimme klang merkwürdig hohl, aber gleichzeitig energisch. Edlund hatte viele Stimmen viele Worte aussprechen hören, und er hatte gelernt, sie zu unterscheiden, Unterschiede herauszuhören. Die Worte waren nur die oberste Schicht. Alles andere verbarg sich darunter.

»Was haben Sie nicht getan?«

Barkner antwortete nicht.

»Was haben Sie getan?«, fragte Edlund.

»Was? Wie bitte?«

»Erzählen Sie, was Sie heute Nacht getan haben. Dann können wir das hier abschließen. Sie möchten sich vermutlich ausruhen.«

»Ich muss mich nicht ausruhen! Warum sollte ich?«

»Erzählen Sie.«

»Was? Was soll ich erzählen?«

»Warum Sie sich ausruhen müssen.«

»Aber ich muss mich nicht ausruhen! Ich hab geschl... Ich habe fast die ganze Nacht geschlafen, verdammt.«

Das war ein starkes Wort. Aber der Junge wirkte nicht aggressiv. Er sah eher ... erstaunt aus. Erstaunt darüber, dass er fast die ganze Nacht geschlafen hatte. Wie war das möglich gewesen?

»Was hat Sie geweckt, Herr Barkner?«

Martin Barkner antwortete nicht.

»Sie sind doch aufgewacht, oder?«

Barkner nickte.

»Was ist da passiert?«

»Ich ... ich bin aufgewacht. Ich weiß nicht ... ich bin einfach aufgewacht.«

Edlund nickte.

»Und ... ich hab was zu Made... Madeleine gesagt. Sie lag ... sie lag da ... das Kissen üb... über ...«

Seine Stimme versagte.

Edlund wartete.

Nach einigen Minuten putzte Barkner sich hörbar die Nase mit einem Papiertaschentuch, das er aus einem Kästchen auf dem Tisch nahm. Das Verhör war gut vorbereitet. Viele weinten bei Verhören, manchmal sogar der Verhörleiter, auch wenn Edlund noch nie von einem derartigen Fall in Schweden gehört hatte.

»Können wir weitermachen, Herr Barkner?«

Barkner nickte.

»Was ist passiert, als Sie wach wurden?«

»Ich ... ich habe sie gesehen.«

»Was haben Sie gesehen?«

»Sie. Das habe ich gesehen.«

»Sie sagten etwas.«

»Wie bitte?«

»Sie haben sie angesprochen.«

»Ja ... das stimmt. Das muss ich doch getan haben, oder?«

Edlund schwieg. Er nickte nicht.

»Sie lag da mit dem Kissen auf dem Kopf, über dem Gesicht.«

»Woher wissen Sie, dass sie ein Kissen über dem Gesicht hatte?«

»Wie bitte?«

»Es hätte auf ihrem Nacken liegen können. Sie könnte auf der Seite gelegen haben. Oder auf dem Bauch.«

»Nein. Ich sah ... wie sie lag. Und ich ...«

Er verstummte.

Edlund nickte. »Erzählen Sie, was Sie getan haben.«

»Ich habe das Kissen weggenommen.« Barkner beugte sich vor. Er sah plötzlich wichtig aus, als hätte er eine Botschaft, die die Wahrheit war. Edlund hatte auch das schon viele Male gesehen. Es war nicht die Wahrheit, jedenfalls noch nicht. Für die Wahrheit war es noch zu früh. »Es ist doch nicht verwunderlich, dass ich es weggenommen habe? Sie antwortete nicht! Ich wollte ... wollte wissen, warum sie nicht antwortete.«

»Haben Sie nicht gedacht, dass sie schläft?«

Barkner schien die Frage nicht verstanden zu haben.

»Es war Nacht«, sagte Edlund. »Sie werden wach und sprechen Ihre Partnerin an, aber sie antwortet nicht. Ist es denn so merkwürdig, dass sie nicht antwortet?«

Barkner blieb stumm.

»Wollten Sie sie wecken?«

»Die Nacht war fast vorbei«, sagte Barkner. »Es war fast Morgen.«

»Warum wollten Sie sie wecken?«

»Ich verstehe Sie nicht.«

»Warum wollten Sie sie nicht weiterschlafen lassen?«

Barkner betrachtete wieder die Wand hinter Edlund. Dort gab es keine Antworten, viele hatten schon Antworten in dem stahlgrauen Licht mit den scharfen Schatten gesucht, aber in diesem Zimmer gab es keine Schrift an der Wand.

»Wir hatten uns gestritten. Abends ... bevor wir eingeschlafen sind. Wahrscheinlich wollte ich darüber mit ihr reden. Ich wollte, dass alles wieder gut wird.«

Edlund wartete ab. Er wollte, dass alles wieder gut wird, aber es würde nie mehr gut werden. Von dieser Nacht an war das Wort »gut« aus Barkners Leben ausradiert.

»Worüber haben Sie sich gestritten?«, fragte Edlund.

»Ich ... das habe ich vergessen. Es ... fällt mir gerade nicht ein.«

»Aber Sie wollten im selben Moment mit Madeleine darüber sprechen, als Sie wach wurden.«

Barkner zuckte zusammen, als Edlund ihren Namen nannte. Er sah Edlund zum ersten Mal direkt in die Augen.

»Wäh... während wir hier darüber reden ... läuft da draußen jemand herum ... der es getan hat. Der es getan hat! Der ... frei ist! Da draußen!« Er zeigte zum Fenster, nach »draußen«, aber das Fenster ging auf den Innenhof, der mehr drinnen als draußen war, wie ein Gefängnishof. Da unten gab es nicht viel Licht.

»Erzählen Sie von dem Abend«, sagte Edlund, »dem letzten Abend.«

Barkner heftete seinen Blick wieder auf Edlund.

»Es gibt ... nichts. Es ist nichts Besonderes vorgefallen, falls Sie das denken. Wir hatten eine ... kleine Auseinandersetzung darüber, was wir am Wochenende unternehmen wollten, glaube ich. Samstag. Morgen ... Heute. Herr im Himmel.«

Er verstummte.

»Fahren Sie fort«, sagte Edlund.

»Ich wollte nicht zu ihren Eltern fahren. Es ging nur um ein Essen. Ein Essen, an dem ich nicht teilnehmen wollte. Herrgott. Darüber haben wir uns ein bisschen gezankt, dann haben wir das Licht ausgemacht und sind eingeschlafen. Mehr ist nicht passiert.«

Edlund nickte.

Barkner sah erstaunt aus. »Glauben Sie mir?«

»Sollte ich nicht?«

»Doch, doch.«

»Jemand hat heute Nacht ein Kissen auf Madeleines Gesicht gedrückt und sie erstickt«, sagte Edlund.

»Ja ...?«

»Sie haben eben selbst von einem Mörder gesprochen.«

Barkner schwieg.

»Haben Sie von sich selber gesprochen?«

»Nein, nein, nein!«

»Es war keine Absicht«, sagte Edlund. »Es ist einfach so gekommen.«

»Nein, nein, NEIN!! Ich habe doch angerufen. Warum sollte ich anr... Warum sollte ich um Hilfe rufen, wenn ich es selbst getan habe?«

»Was hätten Sie sonst tun sollen?«

»Was?«

»Wenn Sie sie erstickt haben. Hätten Sie fliehen sollen? Wohin hätten Sie gehen sollen?«

»Ich habe sie nicht erstickt! Ich habe sie nicht umgebracht. Ich habe sie nicht angerührt!«

Barkner war im Begriff, aufzustehen.

»Setzen Sie sich«, sagte Edlund.

Barkner sank wieder zurück auf den Stuhl. Für einen Moment hatte er ein bisschen Kraft gehabt, aber sie war schon wieder verbraucht.

»Verstehen Sie das nicht?«, fragte er mit dünner Stimme.

»Was verstehe ich nicht, Herr Barkner?«

»Wie ist es möglich, dass wir geschlafen haben, als ... jemand hereinkam und ... sie erstickte? Jemand ist in unser Schlafzimmer eingedrungen. Wieso bin ich nicht aufgewacht? Verstehen Sie das? Während es ... geschah. Ich hätte doch aufwachen müssen, als es geschah?« Er streckte Edlund flehend die Hände entgegen. »Wie konnte ich schlafen, während es geschah?«

## 2

Martin Barkner wollte nicht gestehen, was er getan hatte: seine Lebensgefährtin mit ihrem Kopfkissen erstickt. War sie überhaupt wach geworden, bevor der Tod eintrat? Bei der sogenannten erweiterten rechtsmedizinischen Obduktion am Morgen danach entnahm Pia Fröberg dem Körper Proben auf der Suche nach Spuren von Schlafmitteln oder anderen Drogen in Madeleines Blut. Sie wurden zur Analyse in die Kriminallabor geschickt. Auf die Antwort würden sie mindestens zwei oder drei Wochen warten müssen. In Barkners Blut hatten sie bis jetzt noch keine Spuren von Drogen gefunden, vielleicht würden sie sich später nachweisen lassen, aber das wusste in diesem Moment niemand, als Barkner von Sverker Edlund vernommen wurde.

Pia Fröberg hatte jedoch eine minimale punktförmige Blutung in einem Nasenloch der Frau gefunden. Punktblutungen entstehen immer bei Erdrosselung – im Augapfel, in den Ohren und Nasenlöchern – und wahrscheinlich auch bei Ersticken.

»Was haben Sie am Abend davor gemacht, Herr Barkner?«, fragte Edlund.

»Wie ... meinen Sie das?«

»Waren Sie den ganzen Abend zu Hause? Oder waren Sie zum Beispiel im Kino? Sind Sie ausgegangen?«

»Nein ... wir waren zu Hause. Erst wollten wir ... irgendwo ein Glas Wein trinken gehen. Aber daraus ist nichts geworden.«

»Gab's einen besonderen Grund dafür?«
»Wofür?«
»Dass nichts daraus geworden ist.«
»Nein ... wir wollten eben keinen Wein trinken.«
»Haben Sie gestern Abend anderen Alkohol zu sich genommen?«
»Nein.«
»Und Madeleine?«
»Sie hat auch nichts getrunken.«
»Hatten Sie Besuch an dem Abend?«
»Nein.«
»Anrufe?«

Barkner schüttelte den Kopf. Edlund war nicht ganz klar, ob es die Antwort auf seine Frage war oder etwas anderes bedeutete. Barkner wirkte jetzt ruhiger, fast resigniert. Als hätte er sich mit seinem Schicksal abgefunden, aber es war kein Schicksal. Es war die Tat eines Menschen. Die man nicht auf das Schicksal schieben, an das man nicht einfach die Verantwortung abgeben konnte. Es war eine entsetzliche Tat. Eine schlimmere gab es nicht.

»Haben Sie im Lauf des Abends telefoniert?«

»Nur mit Madeleines Mutter. Madeleine hat mit ihr gesprochen.« Barkner schaute auf. »Wissen ... sie es? Wissen sie es schon?«

»Wer?«, fragte Edlund.

»Ihre Eltern natürlich. Wissen sie, dass Madeleine ... tot ist?«

»Bald erfahren sie es«, sagte Edlund.

»Herrgott.« Barkner verbarg sein Gesicht in den Händen. Dann sah er wieder auf. »Wie können Sie nur?«

»Wie meinen Sie das?«

»Wie zum Teufel halten Sie das aus? Mit diesem ... mit dem Tod! Mit all den Toten! Wie ertragen Sie es, sich Tag für Tag mit dem Tod zu beschäftigen?!«

»Wir sind ja nicht die Mörder«, sagte Edlund nach einem kurzen Moment.

Erik Winter ließ Steine über die Wasseroberfläche hüpfen. Ein-, zwei-, drei-, viermal. Das Wasser war ein Spiegel des Himmels, und der Stein hüpfte in dem wunderbaren Blau davon. In der diesigen Herbstsonne verschwamm der Horizont über den südlichen Schären. Oder Wintersonne. Wann kam der Winter? In diesem Moment, ein unsichtbarer Übergang wie das Bild, das er vor sich sah. Es war nicht genau zu erkennen, wo das Meer endete und der Himmel begann.

»Ich will auch!«, rief Elsa.

»Wir brauchen mehr flache Steine«, sagte Winter.

»Ich such welche!«, rief die Siebenjährige.

»Guck mal da hinten, hinter dem Felsen.«

Er zeigte zu dem Felsen. Angela und Lilly waren schon auf dem Weg dorthin. Die kleine Lilly wollte auch flache Steine sammeln. Sie wollte auch werfen.

»Was ist dein Rekord, Papa?«

»Daran kann ich mich nicht genau erinnern.«

»Hast du es schon zehnmal geschafft?«

»Nein, so oft nicht.«

»Wieso können Steine überhaupt auf dem Wasser hüpfen?«

»Die Wasseroberfläche kann hart sein.«

»Aber der Stein ist doch viel härter?«

»Nicht immer.«

»Warum nicht?«

Ja, warum nicht? Wieso schwimmt die Fähre der Stena-Line auf dem Wasser? Warum schwamm die »Titanic« auf dem Wasser, bevor sie versank? Wieso kann sich ein Flugzeug von einer Wasseroberfläche erheben? Wieso sagte man, es habe einen Mann gegeben, der über das Wasser gehen konnte?

»Man braucht einen flachen Stein«, sagte Winter. »Wenn er die richtige Geschwindigkeit hat, kann er übers Wasser hüpfen. Dann fliegt er fast über das Wasser.«

»Ich hab mal drei Hüpfer geschafft«, sagte Elsa.

»Ich glaube, es waren sogar vier«, sagte Winter.

»Ich kann dich schlagen!«, sagte sie.

»Klar kannst du das, Schätzchen.«

»Ich hol mehr Steine.«

Er sah sie durch den Sand laufen. Es war ihr Sand. Es war ihr Strand, ein kleines Grundstück zwischen Billdal und Kullavik. Vor einigen Jahren hatte er die Chance gehabt, es günstig zu erwerben, inzwischen war es ein Vermögen wert. Damals hatten zwischen den Klippen überwiegend Sommerhäuschen gestanden, aber jetzt kroch die Besiedlung immer näher. Billdal war zu einer kleinen Ortschaft angewachsen, die offenen Felder waren verschwunden, bedeckt mit Einfamilienhäusern und Eigentumswohnungen. Kullavik hatte ein Einkaufszentrum. Die Leute bauten ihre Häuser von Haga kile bis Maleviksviken so nah am Meer, wie es eben erlaubt war. Dagegen war nichts einzuwenden. Wenn Winter auf seinem Grundstück stand, sah er keine Nachbarn, nur Felsen, Meer und Sand, aber manchmal trug der Wind Geräusche herüber, die es vorher nicht gegeben hatte. Die Stille war nicht mehr die gleiche.

Sie hatten aufgehört, von dem Haus zu sprechen, das hier hätte stehen sollen. Elsa hatte aufgehört zu fragen. Für sie war es ihr Strand, mehr nicht. Für Lilly war alles selbstverständlich. Vielleicht war es selbstverständlich. Ein eigener Strand, das war doch etwas. Warum ihn mit einem Haus verschandeln.

Er sah, wie Elsa sich in halber Höhe des Felsens aufrichtete.

»Was ist das da, Papa?«

Ihre helle Stimme kam wie ein flacher Stein über den Strand gehüpft. Er sah sie auf das Meer zeigen und folgte dem Blick seiner Tochter zum Horizont, der sich jetzt schärfer abzeichnete, nachdem die Sonne stärker geworden war. Er sah die Holme und Schären in der Bucht und die Kontur von Vrångö. Im Augenblick waren keine Boote unterwegs.

»Es sieht aus wie ein großer Stein, der oben schwimmt!«, rief Elsa.

Und dann hörte er auch Angelas Stimme. Sie hatte ebenfalls etwas gesehen. Sie stand höher als er und hatte einen besseren Überblick.

Sie rief wieder.

»Elsa, komm hierher!«

Jetzt sah er den Stein. Langsam trieb er an der Wasseroberfläche. Es war kein Stein, es war ein Stück Holz. Ein Baumstamm.

»Erik!«

Jetzt rief Angela nach ihm. In ihrer Stimme war etwas, das er nicht kannte. Er machte einige Schritte auf das Wasser zu. Der Baumstamm war näher gekommen. Er war schwarz im Sonnenlicht. Jetzt sah er etwas Weißes. Es bewegte sich langsam im Wasser, wandte sich ihm zu. Jetzt sah er das Gesicht.

Madeleine Holst war neunundzwanzig Jahre alt geworden. Im Juni hatte sie Geburtstag gehabt. Martin Barkner war im März achtundzwanzig geworden. Madeleines Eltern wohnten in einem älteren Haus in Hovås und Martins Eltern nicht weit davon entfernt, im südlichen Askim. Martins Eltern waren nicht in Schweden, sie hielten sich in ihrem Haus an der Costa del Sol auf. In Nueva Andalucia hob niemand das Telefon ab. Madeleines Eltern wurden morgens um neun vom diensthabenden Kommissar Bent Mogens informiert, nicht, weil er der Diensthabende war, sondern weil er am besten Nachrichten dieser Art überbringen konnte. Normalerweise wurde er von einem seiner Fahnder gefahren, aber diesmal brachte ihn ein Streifenwagen nach Hovås. Am Steuer saß Gerda Hoffner, neben ihr Johnny Eilig. Die Nacht war noch nicht ganz vorbei. Über dem Säröleden hingen Nebelschwaden. Gerda Hoffner war nicht müde. Sie fühlte sich wie ein Teil dieses Falles, der sie nicht losließ.

»In welcher Verfassung war der Mann, als ihr die Wohnung betreten habt?«, fragte Mogens.

»Er hat um Hilfe gerufen«, antwortete Johnny. »Bevor wir ihn sahen.«

»Durch die Tür? Als ihr noch im Treppenhaus wart?«

»Die Tür stand offen«, sagte Johnny. »Er hatte sie schon geöffnet. Für uns.«

»Das habe ich nicht gehört«, sagte Gerda Hoffner.

»Dass er die Tür geöffnet hat, oder was?«, fragte Mogens.

»Dass er das gesagt hat. Ich habe es nicht gehört.«

»Er hat es zu mir gesagt. Du warst ja ... bei der Leiche, um den Puls zu fühlen«, sagte Johnny.

»Das habe ich nicht getan. Ich habe sie nicht angerührt.«

»Es sah aus, als hättest du es vor.«

Gerda Hoffner schwieg.

»Als wir ihn sahen ... als wir das Zimmer betraten, schrie er, dass er es nicht getan habe«, fuhr Johnny fort. Er drehte sich zu Mogens um. »Hat er es getan?«

»Was getan?«

Gerda Hoffner war Johnny Eiligs Frage peinlich. Eine idiotische Frage.

»Wir wissen es nicht«, antwortete Mogens. »Es ist anzunehmen. Aber er hat noch nicht gestanden.«

»Legen die denn immer ein Geständnis ab?«

»In einem Fall wie diesem? Ja.«

»Was heißt das?« Gerda Hoffner suchte im Rückspiegel Blickkontakt zu Mogens. »In einem Fall wie diesem?«

»Tja ... Beziehungstaten. Leidenschaftsdramen. Ich weiß nicht, wie wir es nennen sollen. Häusliche Gewalt.«

»Es scheint überhaupt keine Gewalt angewendet worden zu sein«, sagte Johnny. »Alles hübsch ordentlich. Ein paar Kleidungsstücke auf dem Fußboden und hier und da Sachen verstreut, aber sonst ziemlich aufgeräumt. Also keine zerschlagenen Gegenstände oder so.«

»Wie alt ist sie geworden?« Das rutschte Gerda Hoffner einfach so heraus. Sie hatte die Frage eigentlich gar nicht stellen wollen.

»Im Juni ist sie neunundzwanzig geworden«, antwortete Mogens.

»Ich auch«, sagte Gerda. Auch das war ihr so herausgerutscht. »Himmel. Was rede ich da für einen Blödsinn.«

»Wieso«, sagte Mogens, »deswegen brauchen Sie sich doch nicht zu schämen.«

»Ich bin dreißig«, sagte Johnny Eilig. »Wie alt ist der Mann?«

»Achtundzwanzig, ein Jahr jünger als die Frau«, sagte Mogens.

»Fast noch ein Kind«, sagte Gerda Hoffner.

»Hm.« Mogens lehnte sich zurück. »Wie war euer erster Eindruck von ihm?« Er schaute Gerda im Rückspiegel an. Sie hatte das Gefühl, als bohrten sich seine Augen in ihre. Er hatte einen scharfen Blick. Plötzlich bekam sie Kopfschmerzen. »Was meinen Sie, Frau Hoffner?«

»Der erste Eindruck? Ich weiß nicht. Er könnte es gewesen sein, aber er könnte es auch nicht gewesen sein. Vielleicht war es ein Unfall? Vielleicht ist sie krank geworden? Akut krank?«

»Aller Wahrscheinlichkeit nach nicht.«

»Klar war er es«, sagte Johnny. »Wer sonst sollte es getan haben?«

»Wer hat das getan?«, fragte Madeleines Mutter, Annica Holst. Ihr Mann stand neben ihr. Seine Augen waren leer, als warteten sie noch darauf, sich mit Trauer zu füllen. Bis zum Überlaufen mit Trauer gefüllt, dachte Mogens. Genau das hatte er viele Male gesehen. Zuerst eine Leere, dann akute Trauer, dann Schock, dann Zorn, und danach das Ganze immer wieder von vorn, in ungleichmäßigen Intervallen wiederholt, wie eine Art ewige Trainingsrunde in der Hölle, im Inferno. Es war ein Inferno. Er hatte das Inferno gebracht, war Bote der Hölle. Jetzt war er der Schuldige, jetzt war es seine Schuldigkeit, Fragen zu beantworten.

»Wer hat das getan?«, wiederholte Annica Holst. Ihre Augen waren ebenfalls trocken, als wäre Mogens' Nachricht noch nicht bei ihnen angekommen.

»Wir wissen es noch nicht. Die Todesursache steht noch nicht fest.«

»Was meinen Sie damit? Dass Sie die Ursache nicht kennen?«

»Wie es sich zugetragen hat.«

»Ist sie plötzlich krank geworden? War es ein Unfall?«

»Das glauben wir nicht«, antwortete Mogens.

»Herr im Himmel, ist sie etwa ermordet worden?«

»Allem Anschein nach, ja«, sagte Mogens.

»Wo ist Martin?«, fragte sie. »Haben Sie mit Martin gesprochen? Was sagt er?«

»Ja. Wir haben mit ihm gesprochen.«

»Ist er ... ist ihm auch etwas passiert?«

»Er wird gerade vernommen.«

»Ist er verletzt?«

»Nein.«

»Gott sei Dank.«

Mogens sah die Erleichterung in ihren Augen. Sie hatte es noch nicht begriffen. Es war natürlich überhaupt nicht zu begreifen. Sie glaubte noch immer, es gäbe Hoffnung. Sie griff nach allem, was nach Hoffnung aussah.

»Hat er etwas gesehen?«, fuhr sie fort. »Hat er jemanden gesehen?«

»Das wissen wir noch nicht«, antwortete Mogens.

»Wir müssen in die Stadt fahren und ihn holen«, sagte Annica Holst. »Seine Eltern sind in Spanien. Er darf doch jetzt nicht allein bleiben. Nicht dort.« Sie wandte sich ihrem Mann zu. »Peder? Wir müssen ihn zu uns holen.«

Der Mann antwortete nicht. Mogens begegnete seinem Blick. Peder Holst hatte es begriffen.

»Peder? Was ist?« Annica Holst schaute ihren Mann an, dann Mogens.

»Was ist? Sie haben ihn doch wohl nicht ... Sie glauben doch wohl nicht, dass *er* es getan hat? Dass Martin ...«

Sie brach ab.

Und langsam begann sie zu begreifen, was geschehen war. Ihre Tochter war umgebracht worden. Bis zu diesem Moment des Gesprächs hatte sie nur daran gedacht, wer es getan haben könnte. Oder besser gesagt, nicht getan hatte. Wie es geschehen war. Doch jetzt begriff sie, dass es geschehen war. Dass es sich um eine Tat handelte, die sich nicht rückgängig machen ließ.

Sie ließ sich nicht rückgängig machen.

»Neeeeiiin!!!«, schrie sie, und Mogens wusste, dass es bis zu den Nachbarn zu hören war, auch wenn dieses große Haus dicke Mauern hatte und die Hecken um das Grundstück hoch waren. Als sie in die Straße eingebogen waren, hatte er hinter den Klippen das Meer schimmern sehen. Wer die Straße entlangging, hatte Meerblick. Bis zum Strand waren es nur wenige Hundert Meter. Im Lauf der Jahre war er häufig mit dem Rad daran vorbeigefahren. So sah es also hier oben aus. Er hatte zu den großen Häusern hinaufgespäht. Einige wirkten wie Schlösser, so unnahbar, es roch nach altem Geld, und nach einigem neuen Geld, vielleicht eine Mischung aus beidem. Trotzdem unerreichbar für ihn, er war ein einfacher Bote für die Mitbürger, häufig für die ganz einfachen.

Aber jetzt war er hier.

## 3

Martin Barkner telefonierte mit seiner Mutter. Er weinte. Jetzt war er ein kleiner Junge. Hätte immer einer bleiben sollen. Er hätte nie Mädchen treffen sollen. Vielleicht hatte sie ihn gewarnt. Edlund war von seiner Mutter gewarnt worden.

»Ich weiß es nicht, ich weiß es nicht, ich weiß es nicht«, sagte Martin Barkner.

Sverker Edlund konnte ihre Stimme durch das Telefon hören, den ganzen Weg vom Rand des Mittelmeeres bis hierher. Sie klang nicht aufgeregt, aber das war bei einer so großen Entfernung nicht auszumachen.

»Ich weiß es nicht, ich weiß es nicht, ich weiß es nicht!«

Barkner senkte den Hörer und streckte ihn Edlund mit zitternder Hand entgegen.

»Sie möchte mit Ihnen sprechen.«

Edlund nahm den Hörer und stellte sich vor.

»Hier ist Linnea Barkner«, sagte sie. »Was hat Martin getan?«

»Ich weiß es nicht«, antwortete Edlund.

»Ihnen ist doch wohl klar, dass Martin zu so etwas nie imstande wäre ... was Sie glauben.«

Edlund antwortete nicht.

»Das ist doch der totale Wahnsinn. Sie rufen hier an, um uns zu erzählen, dass seine Freundin tot ist, und dann glauben Sie, er sei der Täter? Warum sollte er es getan haben?«

»Ich weiß es nicht«, antwortete Edlund.

»Wollen Sie mich auf den Arm nehmen, Mensch?!«

»Keineswegs.«

»Sie müssen doch spätestens nach einer Minute erkennen, dass Martin zu so etwas nicht fähig ist!«

»Wir wollen nur herausfinden, was wirklich passiert ist«, sagte Edlund.

Er hörte, wie die Frau Luft holte. Linnea Barkner. Sie schien eine energische Person zu sein. Edlund wusste nicht, welchen Beruf sie ausübte, falls sie einen hatte. Er hatte Martin nicht gefragt. Das stand sicher in irgendwelchen Papieren. Aber er wusste, dass sie sich in einem Haus in Spanien befand. Ihrem Ferienhaus.

»Das einzig Richtige, was Sie tun können, ist, ihn auf der Stelle freizulassen.«

»Wir müssen uns noch ein bisschen mit ihm unterhalten«, sagte Edlund.

»Ein bisschen? Wie lange?«

Edlund sah auf seine Uhr. Nicht mehr viele Stunden, wenn der Junge nicht in Untersuchungshaft kommt. Aber das war in der augenblicklichen Lage eine reine Formalität. Staatsanwalt Molina hatte nach dem ersten Verhör die Verhaftung vorgeschlagen. Martin würde noch eine Weile bleiben müssen.

»Ich weiß es nicht«, antwortete Edlund.

»Wir kommen nach Hause!«, sagte Linnea Barkner, und das klang wie eine Drohung.

Winter stand an dem Strand, an dem es nie ein Ferienhaus oder sonst ein Haus geben würde. Der Friede war gebrochen. Eine Leiche trieb langsam von wer weiß woher auf sein Grundstück zu. Hinter ihm stand seine Familie, alle betrachteten das weiße Gesicht, das von der Sonne beleuchtet wurde und fast aussah, als wollte es dem Himmel etwas sagen, noch ein letztes Wort.

»Bring die Kinder ins Auto«, sagte Winter so ruhig, wie es ihm möglich war.

»Was ist das, Mama?«, hörte er Elsa fragen. »Ist das ein Ertrunkener?«

»Ich weiß es nicht, Schätzchen. Wir gehen jetzt.«

Lilly begann, irritiert zu schreien. Für sie kam der Abbruch viel zu schnell.

Er hörte, wie sie sich entfernten. Lilly schrie wieder. Elsa versuchte sie zu trösten.

Der Körper bewegte sich auf ihn zu. Er wirkte fast lebendig. Winter erkannte, dass es ein Mann war. Das Gesicht war unversehrt, er lag noch nicht lange im Wasser. Die Augen waren geschlossen, und darüber war Winter froh. Er begegnete nicht gern den Blicken von Toten, es war wie eine letzte Botschaft an die noch Lebenden: Ich bin wie du gewesen, und du wirst wie ich werden.

»Wir sind ins Bett gegangen und haben das Licht ausgemacht, an mehr erinnere ich mich nicht.«

»Sind Sie sofort eingeschlafen?«

»Nein.«

»Ist Madeleine eingeschlafen?«

»Ja, es klang so. Sie schläft immer schnell ein.«

»Was haben Sie getan?«

»Wie meinen Sie das?«

»Was haben Sie getan, als Sie nicht einschlafen konnten?«

»Nichts. Ich habe gewartet.«

»Darauf gewartet, dass Sie einschlafen?«

»Ja.«

»Haben Sie ein Schlafmittel genommen?«

»Nein.«

»Nehmen Sie manchmal Schlafmittel?«

»Gelegentlich. Eine Tablette zum Einschlafen.«

»Wie heißt sie?«

»Berta-Lovisa«, sagte Barkner, und der Teufel soll mich holen, wenn er nicht andeutungsweise lächelte. Der junge Mann imponierte Edlund plötzlich. Vielleicht war er aber auch ein ausgekochter Soziopath.

»Ich weiß es nicht«, sagte Barkner jetzt. »Ich habe sie auf Rezept bekommen … Imo… Imovane. Sie heißt Imovane.«

»Haben Sie noch welche vorrätig?«

»Wie meinen Sie das?«

»Haben Sie noch Tabletten im Haus?«

»Ja … im Badezimmerschrank.«

»Warum brauchen Sie Schlaftabletten, Herr Barkner?«

»Ich sagte doch, zum Einschlafen.«

»Warum brauchen Sie die?«

»Brauchen Sie nie eine?«

»Nein«, antwortete Edlund.

»Dann sind Sie ein Übermensch.«

»Nein.«

»Alle Bull… Polizisten sind Übermenschen«, sagte Barkner.

»Hat Madeleine Schlafmittel genommen?«

Barkner antwortete nicht.

Edlund wiederholte seine Frage.

»Hin und wieder, nicht oft, nur hin und wieder.«

»Welches Mittel?«

»Sie … hat hin und wieder … meine genommen.«

»Und gestern Abend?«

»Nein.«

»Nein was?«

»Sie hat keine Schlaftabletten genommen. Nicht dass ich wüsste jedenfalls. Ich bin ihr ja nicht ins Bad gefolgt. Aber ich glaube … ich weiß es wirklich nicht. Vielleicht hat sie was genommen.«

»Hat sie denn nicht vorher gefragt, ob sie Ihr Mittel nehmen durfte?«

»Schon …«

»Wissen Sie, wie viele Tabletten Sie noch haben?«

»Nein … ja … ungefähr.«

Edlund nickte.

»Sie brauchen die Schachtel im Badezimmerschrank ja nur zu überprüfen«, sagte Barkner.

Edlund nickte wieder. Er versuchte, Barkners Blick festzuhalten. Diesmal gelang es ihm.

»Stimmt was nicht?«, fragte Barkner.

Edlund antwortete nicht.

»Was ist?«

»Könnte sich diese Schachtel auch irgendwo anders befinden?«, fragte Edlund.

»Ist sie nicht da?«

Edlund schwieg.

»Dann ... dann muss sie woanders sein. Vielleicht runtergefallen? Oder in meinem Necessaire. Wahrscheinlich. Manchmal liegt sie da.«

Edlund nickte. »Wir werden weitersuchen.«

»Ich weiß, dass noch welche da waren!«, sagte Barkner.

Aber Madeleine ist nicht mehr da, dachte Edlund. Darüber reden wir doch eigentlich. Warum sie nicht mehr da ist.

»Wann sind Sie eingeschlafen?«

»Das haben Sie mich doch schon mal gefragt?«

»Versuchen Sie, die Frage zu beantworten.«

»Wer weiß denn, wann er einschläft? Kennen Sie jemanden, der darauf antworten kann? Man liegt doch nicht mit der Uhr in der Hand da, um zu kontrollieren, wann man einschläft!«

»Haben Sie im Lauf der Nacht auf die Uhr geschaut?«

»Nein.«

»Sie wissen also nicht, ob Sie nach Mitternacht eingeschlafen sind?«

»Nein ... Doch, ich glaube, es war nach Mitternacht.«

»Woher wissen Sie das, Herr Barkner?«

»Ich habe eine Uhr schlagen hören.«

»Eine Uhr? Kirchturmuhr?«

»Nein, aus der Wohnung über uns. Glaube ich. Dort wohnt eine alte Dame. Wir hören ihre Uhr schlagen. Eine alte Wanduhr oder so was. Wir sind nie da oben gewesen.«

Er sagt noch immer »wir«, dachte Edlund. Er hat es noch nicht realisiert.

»Wie laut das Uhrschlagen wirkt, wenn es rundum still ist«, sagte Barkner. Seine Stimme klang fast erstaunt.

Winter stand neben der Leiche. Sie bewegte sich jetzt auf den Strand zu, lag fast auf dem Sand. Ein Mann, formell gekleidet, dunkler Anzug, weißes Hemd, weißer Schlips. Das trägt man zur Beerdigung eines nahestehenden Menschen, dachte Winter. Er hat sich selbst bestattet, aber auf dem Meer. Das Haar hatte dieselbe Farbe wie der nasse Sand an seiner Wange. Die Schuhe waren noch an seinen Füßen.

Winter nahm sein Handy aus der Jackentasche und wählte die Nummer der Fahndung. Seines Wissens hatte Bertil heute Dienst.

Kriminalkommissar Bertil Ringmar meldete sich. Er hatte nur noch wenige Jahre bis zu seiner Pensionierung. Viele Jahre war er wie ein Ersatzvater für Winter gewesen. Heute nannte man das Mentor, aber die Bezeichnung war noch nicht erfunden, als Winter bei der Fahndung angefangen hatte.

»Hallo, Bertil.«
»Hast du heute nicht frei, Junge?«
»Das hab ich auch gedacht.«
»Was ist passiert?«
»Hier ist eine Leiche angetrieben worden.«
»Wo?«
»Willst du nicht erst nach der Leiche fragen?«
»Ist es ein Bekannter?«
»Nein.«
»Wo bist du?«
»An meinem eigenen Strand. Mit der Familie. Ein Ausflug. Elsa und ich haben Steine hüpfen lassen, und sie hat die Leiche als Erste in der Bucht entdeckt.«
»Oh, Scheiße.«
»Und jetzt liegt sie direkt zu meinen Füßen. Ich fürchte, es handelt sich um Mord. Ich sehe verdächtige Verletzungen am Hals.«
»Man ist aber auch nirgendwo sicher«, sagte Ringmar.
»Nein.« Winter legte eine Pause ein. Der Körper vor ihm be-

wegte sich. Er stieß gegen das Ufer. Es war eine Szene aus der neuen Entwicklungslehre. Die Toten stoßen gegen das Ufer, erheben sich und beginnen zu gehen. Dieser Tote hatte Schuhe an den Füßen. Er war korrekt gekleidet. Er könnte einfach zum nächsten Friedhof wandern. Winter war nicht ganz sicher, welcher der nächste war.

»Er hat noch nicht lange im Wasser gelegen. Und er ist anscheinend auf einer Beerdigung gewesen. Kannst du die Beerdigungen ermitteln, die kürzlich in der Stadt stattgefunden haben?«

»Ich habe es nicht getan. Begreifen Sie das denn nicht, ich war es nicht! Ich habe sie nicht umgebracht! Warum sollte ich sie ermorden? Können Sie mir das erklären? Wie? Aus welchem Grund sollte ich sie umbringen?«

»Ich weiß es nicht«, sagte Edlund.

»Genau, es gibt keinen Grund! Es gibt keinen einzigen verdammten Grund!«

»Hatten Sie an dem Abend Besuch?«

»Das haben Sie schon einmal gefragt.«

»Ich stelle die Frage noch einmal.«

»Nein, wir hatten keinen Besuch.«

»Hat jemand den Schlüssel zu Ihrer Wohnung?«

»Nein ... ja, doch, Madeleines Mutter.«

»Sie hat einen Schlüssel zu Ihrer Wohnung?«

»Ja. Ich wollte es nicht, aber es war Madeleines Wunsch. Ich wollte es nicht.«

»Ist das nicht normal?«, fragte Edlund. »Dass ein Angehöriger einen Schlüssel zur eigenen Wohnung hat? Bei mir ist das so.«

Barkner sah ihn geradewegs an. »Ich weiß nicht mehr, was hier noch normal ist.«

Sverker Edlund und Bent Mogens fuhren mit dem Lift zur Spurensicherung hinauf. Kriminalkommissar Torsten Öberg, der stellvertretende Chef, winkte ihnen aus seinem Zimmer zu, als sie durch den Korridor gingen.

»Wir wollen sowieso zu dir«, sagte Mogens.

»Na, dann setzt euch mal.«

»Der Mann will nicht gestehen«, sagte Edlund und ließ sich auf einem harten Stuhl nieder.

»Dann war er es vielleicht nicht«, sagte Öberg.

»Aber wen schützt er dann?«, fragte Mogens.

»Muss er denn jemanden schützen?«

»Wenn nicht er der Täter ist, müsste er sich ja bewusst sein, dass es ein anderer getan hat.«

»Warum?«

»Sonst wäre er bewusstlos gewesen.«

»Vielleicht war er bewusstlos«, sagte Öberg.

»Wovon?«, fragte Edlund.

»Ich weiß es nicht«, sagte Öberg. »Vielleicht hilft uns die Gerichtschemie weiter.«

»Und wenn nicht?«

»Dann können sie es eben nicht«, sagte Öberg.

»Gibt es Drogen oder Ähnliches, die keine nachweisbaren Spuren im Körper hinterlassen?«, fragte Mogens.

»Hm«, machte Öberg. »Es ist schon ziemlich schwer, zum Beispiel Chloroform nachzuweisen. Man übersieht es leicht.«

»Chloroform?«

»Ja.«

»Könnte sie jemand mit Chloroform betäubt haben?«

»Ich weiß es nicht, Bent. Ich weiß nur, dass es schwer nachweisbar ist. Fast unmöglich. Wenn es in diesem Fall eingesetzt wurde.«

Öberg stand auf, kratzte sich am Kopf, ließ die Hand sinken.

»Chloroform wird kaum noch benutzt«, sagte er. »Ist auch schwer aufzutreiben. Möglicherweise via Internet. Da kriegt man ja alles.« Er kratzte sich an der Nase. »Und Äther wird in der Krankenpflege auch nicht mehr eingesetzt, wenn man nicht die Betäubung von Tieren zu Forschungszwecken zur Krankenpflege zählt.«

»Nein, das ist keine Krankenpflege«, sagte Edlund.

»Aber Äther wäre denkbar?«, fragte Mogens.

»Ja. Ein feuchtes Tuch über die Nase, das wirkt in Sekunden. Effektive Dämpfe. Man muss sich aber auch selber schützen.«

»Können wir Spuren davon finden? Oder andere Substanzen?«

»Das ist tatsächlich das Schwierigste, was es gibt«, sagte Öberg. »Mal sehen, was die Gerichtschemie schafft. Zum Beispiel ist uns nicht bekannt, ob nicht gewisse Substanzen postmortal verschwinden. Oder nicht verschwinden. In einem lebenden Körper werden Substanzen normalerweise schneller abgebaut. Ich glaube nicht, dass wir im Blut des Mannes etwas finden werden. Selbst wenn es etwas zu finden gegeben hätte.«

»Und bei der Frau?«

»Vielleicht. Nach Eintritt des Todes werden keine Substanzen mehr abgebaut. Aber im Moment haben wir nicht die geringste Ahnung. Und wir wissen nicht, was es war. Ob es etwas war.«

»Kann uns die Gerichtschemie darauf eine Antwort geben?«

»Wir werden ja sehen«, sagte Öberg.

»Wie zum Teufel hätte das ablaufen sollen? Praktisch gesehen? Man lässt sich doch nicht einfach betäuben?«, fragte Edlund.

»Normalerweise nicht«, sagte Öberg.

»Habt ihr was am Kissen gefunden?«, fragte Mogens. »Abdrücke?«

»Nein, noch nicht.«

»Werdet ihr etwas finden? Ist das überhaupt nicht das Allerschwierigste?«

»Es ist sehr schwierig«, bestätigte Öberg. »Stoff ist schwierig.«

»Anzeichen von Gegenwehr bei der Frau?«

»Nein.«

»Nein?«

»Nichts.«

»Sie hat es ja nicht einmal gemerkt«, sagte Mogens.

»Sie hat sich also nicht gewehrt?«, fragte Edlund.

»Es hat ganz den Anschein«, sagte Öberg.

»Sie hat geschlafen«, sagte Mogens.

»Scheiße«, sagte Edlund, »im Schlaf ermordet zu werden. Vielleicht hat sie gerade etwas geträumt.«

Winter wartete auf die Spurensicherung. Es würde noch eine Weile dauern. Der Tote lag still am Ufer wie ein Stück Treibholz, das am Ende des Weges angekommen war. Winter schaute über die Askimsbucht. Von wo war der Tote gekommen? Warum hierher? An diesem schmalen Küstenstreifen gab es Tausende kleiner Strände. Warum hatte der Tote sich entschlossen, bei ihnen angetrieben zu werden, bei ihm und seiner Familie? Es wirkte wie eine Entscheidung. Hatte jemand dort draußen bestimmt, dass er bei ihnen angetrieben werden sollte? Soweit er gesehen hatte, war kein Boot auf dem Wasser gewesen. Er schaute auf die Leiche hinunter. Das Gesicht war dem klaren Dezemberhimmel zugewandt. Der Schlips hatte sich gelockert und den Hals unter dem Kinn entblößt. Winter bemerkte blaue Flecken, die sich wie eine Kette um den Hals zogen. Blutunterlaufene Stellen. Er vermutete, dass es sich um Einblutungen handelte, die das Opfer sich zugezogen hatte, als der Blutdruck gestiegen war und die Blutgefäße zum Kopf abgeschnürt worden waren, das Zungenbein gebrochen und der Mann erstickt war. Vielleicht. So muss es sich zugetragen haben, dachte er, aber er konnte nicht sicher sein. Es könnte sich auch um einen außergewöhnlichen Unfall handeln. Vielleicht war es Selbstmord. Zum ersten Mal befand er sich als Erster an einem Fundort. Er war Zeuge. Ich bin nicht nur Kriminalkommissar, ich bin auch Zeuge. Diesmal kein nächtlicher Anruf bei ihm zu Hause. Er war der Zeuge. Die Arbeit rückte unangenehm nah.

Er ging zu seiner Familie. Angela hatte Schwierigkeiten, Lilly in dem Kindersitz auf dem Beifahrersitz des Mercedes festzuschnallen. Lilly wollte ihren Strand nicht verlassen. Sie verstand es nicht. Niemand hatte es ihr erklärt.

»War es ein Zombie?«, fragte Elsa vom Rücksitz. Sie wirkte nicht besonders neugierig. Sie wollte es nur wissen. Winter fragte sich, wie viel sie eigentlich von seiner Arbeit wusste.

»Was ist das denn für eine Sprache?«, sagte Angela. »Wo hast du das Wort gelernt?«

»Nirgends«, antwortete Elsa.

»Es ist jemand, der nicht mehr lebt«, sagte Winter.

»Ist er ertrunken?«, fragte Elsa.
»Das weiß ich nicht, Mäuschen.«
»Warum ist er in unsere Bucht getrieben worden?«
»Ich weiß es auch nicht.« Angela streichelte dem Kind über die Wange. »Er hätte überall entlang der Küste angetrieben werden können. Nun ist er zufällig bei uns angekommen. Er kann sich wer weiß wo verletzt haben.«
»Können wir jetzt nie mehr hierherkommen?«
»Doch, klar, später, es geht nur eine Weile nicht.«
»Vielleicht will ich nie wieder hierher«, sagte Elsa. Aber sie sah nicht so aus, als würde sie es ernst meinen. Sie wollte es nur testen.
»Ich weiß auch nicht, ob ich das will«, sagte Angela. Auch sie testete. Er sah, dass keine von beiden es ernst meinte. »Jedenfalls eine Weile nicht.«
»Was passiert jetzt?«, fragte Elsa.
»Wie meinst du das?«, fragte Winter zurück.
»Was machst du jetzt? Mit dem Zombie ... Mit dem, der da unten liegt.«
Sie zeigte den Abhang hinunter. Man sah vertrocknetes Gras, Klippen und einen Ausschnitt vom Meer, aber keinen Zombie. Kein Treibholz, dachte er.
»Wir werden uns um ihn kümmern«, sagte Winter.
»Findest du den, der das getan hat?«
»Wen meinst du?«
»Den Mörder.«
Angela zuckte zusammen, und auch Winter musste schlucken.
»Ist er wirklich tot, Papa?«, fragte Elsa.
Lilly schien aufmerksam zuzuhören. Sie hatte sich beruhigt und beugte sich mit konzentrierter Miene in ihrem Kindersitz vor. Himmel, was für eine Familie, was für ein Gesprächsthema.
»Nein, jetzt fahren wir.« Angela setzte sich hinter das Steuer.
»Wann bauen wir eigentlich unser Haus?«, fragte Elsa.

Die Spurensicherung kam um die Mittagszeit an, wenn man etwas später Mittag aß. Aber im Augenblick aß niemand etwas. Winter verspürte keinen Appetit, auch nicht auf ein Picknick. Die Familie hatte Pan bagnat und noch so einiges eingepackt, Tikka-Hähnchen auf Frischkäse, Zitronenschnitten, aber Angela hatte alles wieder mit in die Stadt genommen. Er hatte den Kopf geschüttelt, als sie auf den Korb gezeigt hatte. Ich esse etwas, wenn ich nach Hause komme.

Der Tote lag jetzt an Land. Er sah aus wie ein Schlafender in nassem Anzug. Als wäre er bei Regen eingeschlafen. Der Mann in dem nassen Anzug. Der Anzug mochte schwarz oder dunkelblau sein. Die Marke konnte Winter erst erkennen, wenn das Sakko ausgezogen war, vielleicht ein Oscar Jacobson. Da war etwas mit dem Revers.

Håkan Wendelberg hockte sich hin und beugte sich über die Leiche. Er war neu bei der Spurensicherung, und der Kollege Bengt Rahm war auch einer der neuen jungen Leute. Wendelberg war nicht mehr ganz so jung, ein Veteran aus Uddevalla. Er kannte das Meer. Er hatte schon viele Leichen aus dem Wasser gefischt. Aber er wirkte nicht blasiert.

»Gut gekleidet.« Er schaute zu Winter auf. »Als wäre er auf einer Beerdigung gewesen.«

»Das ist mir auch schon durch den Kopf gegangen«, sagte Winter. »Oder er war auf dem Weg zu einer Beerdigung.«

»Hm.« Wendelberg musterte den Toten wieder. »Wann sonst trägt man noch einen Schlips?«

»Die nächsten Angehörigen eines Verstorbenen tragen einen weißen Schlips.«

Wendelberg wurde plötzlich traurig. Sie waren im selben Alter. Er durchlebte eine Lebenskrise. Winter sah es ihm an. Dort hatte sich Winter kürzlich auch befunden, im Land der Krise. Er nickte mit dem Kopf zur Leiche.

»Hat er Papiere bei sich?«

Rahm tastete die Innentaschen des Sakkos ab. Dann die Hosentaschen.

»Nein«, antwortete er eine Minute später. »Nicht, soweit ich im Augenblick feststellen kann.«

Winter betrachtete wieder das Gesicht. Der Mann war um die vierzig. Womöglich etwas jünger, schwer zu sagen. Die Haare waren dunkel vom Wasser, vielleicht waren sie blond. Sie lagen um seinen Kopf wie eine Badekappe. Der Mann schien mittelgroß zu sein oder etwas größer. Die Stirn war breit, der Abstand zwischen den Augen relativ weit, regelmäßige Züge, was immer das bedeutete. Eine sonderbare Beschreibung. Was sind unregelmäßige Züge? Die Nase an der Stirn und der Mund unter dem Kinn? Picasso? Dalí? Chagall? Oder gar Pollock? Nein, Pollock war eher der *shoot-out* in dem Klüngel.

Sein Handy klingelte.

»Wie geht's?«

Ringmars Stimme klang ruhig, so ruhig wie das Meer in der Bucht. Winter mochte die Stimme. Auch Bertil hatte im vergangenen Jahr eine Art Krise durchgemacht, vielleicht schon in den vorhergehenden Jahren, eine ziemlich verspätete Midlifecrisis, aber jetzt hatte er sich mit seinem Schicksal abgefunden.

»Wir haben ihn noch nicht identifiziert«, sagte Winter.

»Gar nichts?«

»Bis jetzt nicht.«

»Hat er noch eigene Zähne?«

»Er hat noch alles, Bertil. Ist möglicherweise erwürgt worden. Dafür gibt es jedenfalls Anzeichen.«

Rahm blickte auf und nickte.

»Pia ist unterwegs«, sagte Ringmar. »Sie hat heute ziemlich viel zu tun.«

»Ach?«

»Das Fahndungsdezernat hatte heute Nacht einen Totschlag, oder Mord. Ein junger Mann, der anscheinend seine Lebensgefährtin erstickt hat. Offenbar in Vasastan.«

»*Say no more*«, sagte Winter. »Es reicht, dass eine Leiche an meinem Strand angetrieben wurde.«

»Es ist nicht unser Fall, Erik.«

»Dieser aber schon.« Winter betrachtete wieder das Gesicht des Toten. Noch war es das Gesicht eines Unbekannten. Vielleicht war er ein Graf oder ein Penner. Sein Anzug sagte nichts darüber aus. Jeder konnte einen Anzug auftragen, besonders wenn man anspruchslos war. Winter war überzeugt, dass er bald wissen würde, um wen es sich bei dem Toten handelte, und dann würde er das ehemalige Leben des Mannes betreten, wie ein Archivar oder Archäologe. Er war der Archäologe des Todes. Im Augenblick gab es nur ein Gesicht, einen Körper und einen durchnässten Anzug, aber alles würde durch Bilder ersetzt werden, tausend Bilder, zehntausend, einige lebendig, ein Stück Leben, das gerade eben zu Ende gegangen war. Winter sah wieder über das Meer. Warum hier? Warum dort? Dort draußen? Schaute wieder auf den Toten. Die weiße Krawatte wirkte fast wie ein Witz, als ob alles nur ein Witz wäre. Als würde der Mann im nächsten Augenblick aufstehen und breit grinsen. Warum nicht.

»Bis jetzt wurden uns noch keine Beerdigungen aus dem Umland von Göteborg gemeldet«, sagte Ringmar.

»Ich habe genug von Beerdigungen«, sagte Winter.

»Wer hat das nicht, Erik.«

»Wir werden ihnen nie entkommen.«

»Beerdigungen gehören nun einmal zum Leben, denen entkommt man garantiert nie«, sagte Ringmar.

Håkan Wendelberg wandte Winter sein trauriges Gesicht zu. Er wusste genau, wovon sie sprachen. Ein Melancholiker, vielleicht auch klinisch depressiv. Wo verlief die Grenze, vielleicht gab es gar keine? Wahrscheinlich war es nicht besonders gesund, sich täglich mit dem Tod zu beschäftigen, wenn man zu sehr über seinen Sinn nachgrübelte. Aber es war schwer, es zu lassen. In dieser Branche dachte man nicht über den Sinn des Lebens, sondern über den Sinn des Todes nach.

# 4

Die Spurensicherung war gekommen und gegangen, ebenso die Gerichtsmedizinerin Pia Fröberg. Einmal vor langer Zeit, in einer anderen Inkarnation, waren sie Hand in Hand einen Strand, gar nicht weit von hier entfernt, entlanggewandert. Aber das war jetzt lange her, etwa so, wie im neunzehnten Jahrhundert mit einem Schiff westwärts über den Atlantik zu segeln. Sie waren nicht mehr dieselben, kaum wiederzuerkennen, dachte er, wohl wissend, dass es so nicht stimmte. Sie hatten sich nicht verändert. Nur die Welt hatte sich verändert. Das war ein guter Gedanke, den man festhalten sollte. Der gab einem fast ewiges Leben.

»Im Lauf der vergangenen vierundzwanzig Stunden«, hatte sie am Fundort gesagt. »Mehr weiß ich im Augenblick noch nicht.«

Winter hatte genickt. Sie hatte über die Bucht geschaut, das Meer, und ausgesehen, als wollte sie etwas sagen, es dann aber gelassen.

»Er könnte ertrunken sein«, hatte sie hinzugefügt und sich ihm zugewandt.

»Aber das glaubst du nicht?«

»Es spielt keine Rolle, was ich glaube.«

»Sag mir trotzdem, was du glaubst.«

»Er hat Flecken um den Hals«, hatte sie geantwortet. »Er könnte sich in etwas verwickelt haben.«

»Oder jemand anders hat ihn in etwas verwickelt.«

»Wir werden ja sehen.« Sie hatte eine Handbewegung gemacht.
»Ein hübscher Ort. Dein eigener Strand.«
»Und dann wird ausgerechnet hier eine Leiche angetrieben.«
»Das kann überall passieren, Erik.«
»Aber doch nicht auf dem Grundstück eines Kriminalkommissars«, hatte Winter geantwortet. »Das ist nicht gerecht. Und ausgerechnet in seiner Freizeit.«
»Verbringst du hier draußen auch Arbeitszeit?«
»Im Augenblick, ja«, hatte er gesagt. Daran dachte er jetzt, während er allein zurückgeblieben war. Seine Arbeitszeit war noch nicht beendet. Der Tote war von einem Leichenwagen abgeholt und zur Gerichtsmedizin auf dem Medicinarberg gebracht worden. Keine richtige Beerdigung. Noch nicht.

Möwen kreisten über Winter. Sie waren still, im Augenblick hatten sie keinen Anlass zum Lachen. Vielleicht gehörte der Strand viel mehr ihnen als ihm. Sie beäugten ihn, flogen auf die Bucht hinaus und kehrten zurück. Vielleicht hielten sie Ausschau nach neuen Leichen. Nein. Eine reichte. Wie lange hatte der Mann im Wasser gelegen? Warum hat ihn niemand anders entdeckt und aufgehalten, bevor er bei uns angetrieben wurde? Winter hob einen flachen Stein auf und warf ihn über das Wasser, eins, zwei, drei, vier, fünf, sechs, sieben, acht, neun. Das war ein Rekord, vielleicht ein Weltrekord. Elsa würde es ihm nicht glauben, niemand würde ihm glauben. Jetzt lag der Stein dort draußen auf dem Grund. Dieser Stein hatte zehn Millionen Jahre gebraucht, um ans Ufer zu gelangen, und er hatte ihn innerhalb von nur zehn Sekunden zurückbefördert.

Sein Handy klingelte.
»Ja?«
»Bist du immer noch draußen?«
Bertils ruhige Stimme. Die brauchte er jetzt. Er war erschüttert von dem, was er gerade getan hatte.
»Bin ich«, sagte er.
»Was machst du?«
»Spiele Gott. Zerstöre die ökologische Balance der Erde.«

»Gott kann nicht zerstören, was er erschaffen hat, Erik.«
»Früher ist die Erde ein Paradies gewesen, Bertil.«
»Du stehst gerade mitten in einem Paradies.«
»Erzähl das mal dem Mann, der hier angetrieben wurde.«
»Es haben einige Beerdigungen stattgefunden«, sagte Ringmar.
»Aha.«
»Unter anderem in der Kirche von Askim.«
»Die liegt ziemlich genau gegenüber auf der anderen Seite des Säröleden«, sagte Winter.
»Und in Frölunda«, fuhr Ringmar fort.
»Es ist sinnlos, bevor wir nicht seine Identität kennen«, sagte Winter.
»Nur damit du es weißt.«

Die Möwen verschwanden über dem Askimsfjord, schwarze Striche auf grauem Papier. Der Himmel hatte in den vergangenen Stunden seine Bläue verloren, als hätte er sich den Realitäten in Winters privatem ehemaligem Paradies angepasst. Weit draußen sah er ein Segelboot auf dem Weg zum offenen Meer. Manche kümmerten sich nicht um die Saison und kreuzten fröhlich in die Eisberge. Plötzlich vermisste er ein eigenes Boot. Ein eigener Strand, ein eigenes Boot, das gehörte zusammen. Er könnte sich eins zu seinem fünfzigsten Geburtstag wünschen. Die Hälfte der Zeit hatte er in der Unterwelt verbracht. Dort würde er bleiben. Das wusste er jetzt. Er würde nicht loslassen. Als der jüngste Kriminalkommissar hatte er begonnen, und als der älteste würde er aufhören.

Auf dem Weg nach Hause machte Winter einen Umweg über das Polizeipräsidium. Ein Streifenwagen hatte ihn auf seinen Wunsch abgeholt. Während der Fahrt war er stumm gewesen. Die beiden Polizisten auf dem Vordersitz hatten auch geschwiegen. Das wusste er zu schätzen. Manchmal wurde er von jungen Kollegen gefahren, die ihm ihr ganzes Leben erzählten, als müssten sie über etwas Rechenschaft ablegen. Aber es gab selten einen Grund dafür. Wer noch keine dreißig war, hatte nichts, worüber er Rechenschaft ablegen musste.

Vor dem Polizeipräsidium stieg er aus. Eine Frau nickte ihm zu, als er durch die Tür ging, aber er kannte sie nicht. Vielleicht war sie eine der neuen Staatsanwälte. Die waren auch schrecklich jung. Warum zum Teufel denke ich dauernd so etwas? Weil ich alt werde? Nein, ich bin nicht alt. Ich bin noch immer jung und vielversprechend.

Ringmar stand am Fenster der Kaffeeküche des Fahndungsdezernats und betrachtete den Himmel.

»Der Himmel ist jetzt genauso grau, wie er vorher blau gewesen ist«, sagte er.

»Der Mann wurde aller Wahrscheinlichkeit nach erwürgt«, sagte Winter. »Vielleicht mit bloßen Händen.«

»Hat Pia das gesagt?«

»Ja. Oder sie wird es sagen.«

»Ist das Wunschdenken, Erik?«

»Im Gegenteil, würde ich behaupten.«

»Das ist unsere erste Wasserleiche im Beerdigungsanzug«, sagte Ringmar.

»Vielleicht mochte er weiße Schlipse«, sagte Winter.

»Vielleicht war er auf gar keiner Beerdigung.«

»Wie meinst du das?«

»Es sollte nur den Anschein erwecken. Irgendjemand hat ihn nach dem Mord so gekleidet«, sagte Ringmar.

»Vielleicht hat er sich von seiner eigenen Beerdigung davongestohlen«, sagte Winter.

»Interessant. Alles ist möglich, Erik.«

»Solange wir diese Einstellung haben, gibt es Hoffnung.«

»So habe ich das nicht gemeint. Es war eine Negation.«

»Eine Negation? Heißt das so?«

»Was machst du eigentlich hier, Erik?«

»Das weiß ich auch nicht.«

Aber er wusste es. Er wollte den Namen des Toten wissen, bevor er zu seiner Familie zurückkehrte und seinen Feiertag fortsetzte, falls das überhaupt möglich war, wahrscheinlich nicht. Auch das wusste er. Das Ganze würde sich hinziehen, und das gefiel ihm nicht. Etwas war in sein Leben und in seine Familie eingedrungen, etwas nicht Abgeschlossenes. Zum ersten Mal im Lauf des vergangenen halben Halbjahrhunderts passierte ihm das. Als wäre der Tod in die Wohnung am Vasaplatsen eingebrochen. Diesmal war der Tod ein namenloser Mann. Sie brauchten seinen Namen, um seinen Zahnarzt ausfindig machen zu können. Vielleicht würden seine Fingerabdrücke ihnen helfen, wenn er im Leben kriminell genug gewesen war. Aber in Fällen wie diesem waren die Leute häufig geradezu frustrierend gesetzestreu, und Fingerabdrücke halfen nicht weiter. Winter setzte eher auf eine Vermisstenmeldung von jemandem, eine leidlich soziale Person würde mit der Zeit vermisst werden. Half das nichts, mussten sie eine Pressemitteilung formulieren. Männliche Leiche nordischen Ursprungs ...

»Ich fahre nach Hause«, sagte er, verließ die Kaffeeküche, ging zum Lift und drückte auf den Knopf. Als der Fahrstuhl kam, stieg er ein. Drinnen stand Sverker Edlund, der auf dem Weg nach unten war.

»Sverker.«
»Erik.«
»Wie geht's?«
»Muss ja. Hab von der Wasserleiche gehört.«
»Ja, Scheiße, auf meinem eigenen Grundstück.«
»Der richtige Mann am richtigen Ort«, sagte Edlund.
»Das verstehe ich nicht, Sverker.«
»Ich auch nicht, wenn ich ehrlich sein soll.«
Edlund lächelte andeutungsweise.
»Hab von deinem Opfer gehört«, sagte Winter.
»Hm.«

Sie waren unten und verließen den Lift. Der Korridor war leer. Die neue Lobby war leer. Jeder, der konnte, hatte sich freigenommen. Alle wollten die Ankunft des Winters feiern. Es war schon so lange her, seit er zuletzt hier gewesen war, die Leute hatten sich drei lange Sommermonate nach ihm gesehnt.

»Ich verhöre den jungen Mann«, sagte Edlund. »Den Lebensgefährten. Er hat ihr ein Kissen auf das Gesicht gelegt.«

»War er es?«

Edlund zuckte mit den Schultern.

»Er wird gestehen, bevor der Tag zu Ende ist.«

»Das wäre das Beste für alle«, sagte Winter.

»Ja, nicht wahr?«

»Bertil hat was von Vasastan gesagt. Hoffentlich war es nicht am Vasaplatsen.«

»In der Chalmersgatan.«

»Da hatten wir mal ein Polizeirevier.«

»Ja. Wenn es das noch gäbe, wäre es vielleicht nicht passiert.«

»Nein, allein das Wissen vom Vorhandensein des Reviers hat die Leute davon abgehalten, sich unanständig zu benehmen«, sagte Winter. »Es genügte, dass sie das Schild sahen.«

Sie standen vor dem Präsidium. Jedes Mal, wenn er davor stand, dachte Winter, wie verdammt hässlich das Gebäude war.

»Ich brauche ein bisschen frische Luft«, sagte Edlund. »Wenn man eine Weile da drinnen gesessen hat, kriegt man Atemnot.«

»Ja.«

»Stell dir diesen jungen Mann vor. Gut ausgebildet, scheint vermögende Eltern zu haben, feine Patrizierwohnung mitten in der Stadt. Genauso erfolgreiche Lebensgefährtin, der gleiche Hintergrund. Trotzdem geht alles zum Teufel.«

»Bist du erstaunt?«

»Nein, es ist nur so verdammt sinnlos.«

»Was ist sinnlos?«

»Dass es so enden musste. Ich weiß nicht. Mir widerstrebt das alles so. Jedes Mal aufs Neue.«

»Du meinst, es hätte nicht zum Teufel gehen dürfen? Mit dem Gedanken an ihren Hintergrund?«

»Ja, vielleicht. Ich weiß es nicht, Erik.«

»Der einzige Unterschied zwischen uns und den Reichen besteht darin, dass die Reichen mehr Geld haben«, sagte Winter.
»Zu denen zählst du vermutlich auch, Winter.«
»Absolut nicht.«
»Dann habe ich mich wohl verhört.«
»Wer hat das behauptet? Wem hast du diese Auskunft entlockt?«
»Ich kann mich nicht daran erinnern«, antwortete Edlund.
»Ich gehöre zu den Arbeitern«, sagte Winter.
»Wenn das so ist, gehörst du zu den neuen Arbeitern.«
»Den jungen Arbeitern.«
»Wie geht's deinem Schädel?«
»Wie bitte?«
»Ich habe gehört, dass du über längere Zeit schlimme Kopfschmerzen hattest.«
»Himmel, und wen hast du für diese Auskunft gefoltert?«
»Daran kann ich mich auch nicht erinnern.«

»Wie geht's deinem Schädel?«
Es war Samstagabend, und die Kinder schliefen. Angela hatte in der vergangenen Stunde auch geschlafen, auf einem der Sofas im großen Wohnzimmer. Jeden Samstagabend das Gleiche. Die Woche holte sie ein, wenn man es so ausdrücken wollte. Sie selbst drückte es jedenfalls so aus. Winter hielt sich etwas munterer bei einem Glas Maltwhisky. Der wirkte besser als Tabletten. Vor einigen Minuten hatte er gehört, wie sie sich auf dem Sofa bewegte. Er schaute auf die Uhr. Noch war es ruhig auf dem Vasaplatsen. In einigen Stunden, wenn die Besoffenen ihren Weg nach Hause suchten, könnte es etwas lauter werden, aber danach war es meistens wieder still. Der Vasaplatsen war normalerweise ein ruhiger Platz. Er lag ein bisschen wie im Auge des Orkans oder dessen Kern. Deshalb lebte er gern hier. Immer wieder kehrte er zu diesem Kern zurück, der sich mitten in der Stadt befand. Es gab kein bedrohliches Meer. Nichts, was ans Ufer, über die Schwelle gespült werden konnte.

»Dem Schädel geht es ausgezeichnet«, antwortete er.
»Hast du in der letzten Zeit Tabletten genommen?«
»Ich weiß nicht einmal, wo die liegen.«
»Gut.«
»Ich weiß nicht einmal mehr, wogegen ich sie genommen habe.«
»Du hattest Kopfschmerzen, vermutlich Migräne.«
»Dann würde sie wiederkommen.«
Angela antwortete nicht.
»Ich weiß, dass sie nicht wiederkommt«, fuhr er fort.
»Gut.«
»Glaubst du mir?«
»Das weißt du selber am besten.«
»Kann man so was wissen? Ich bin kein Arzt. Du bist hier die Ärztin.«
»Du hast eine gute Intuition, oder?«
»Willst du mich auf den Arm nehmen?«
»Nur ein bisschen.«
»Können Kopfschmerzen nicht kommen und gehen? Es muss was Psychosomatisches gewesen sein.«
»Dann können sie auch wiederkommen.«
»Nein, ich bin jetzt ein anderer.«
»Inwiefern?«
Er nahm einen kleinen Schluck von dem sechzehn Jahre alten Longrow, den er vor einigen Wochen bestellt hatte. Er hätte selbst hinfahren sollen, sie alle hätten hinfahren sollen, Urlaub mit der Familie. Mull of Kintyre, Campbeltown. Im Frühling, ganz sicher im Frühling. Sie könnten sich dort mit Steve und seiner Familie treffen. Steve Macdonald, sein Freund und Kollege aus Croydon im Süden von London. Sie hatten sich schon einmal in Schottland getroffen. Beim letzten Mal wäre Steve beinahe gestorben, erschossen an einem Strand, einem anderen Strand unterhalb der Stadt Cullen östlich von Inverness. Nun strebten sie ein neues Treffen an, in dieser Wohnung. Silvester am Vasaplatsen. Vielleicht, vielleicht. Auld Lang Syne. Als Steve das letzte Mal hier gewesen

war, hatten sie gemeinsam an einem Fall gearbeitet, der Göteborg und London betraf. Das war fast fünfzehn Jahre her. Damals war Bergenhem beinahe gestorben. Das erste Mal.

»Habe ich dir erzählt, dass ich heute Nachmittag mit Sarah gesprochen habe?«, fragte Angela.

»Definitiv nicht.«

»Als ich mit den Kindern nach Hause kam, hat das Telefon geklingelt.«

»Ja?«

»Sie freut sich auf die Reise. Alle freuen sich.«

»Ja.«

»Wir hoffen also beide, dass nichts dazwischenkommt.«

»Warum sollte etwas dazwischenkommen?«

»Bei zwei Ehemännern in eurer Branche kann man ja nie wissen.«

»Ein Mord zu Silvester, meinst du?«

»Ja. Oder vorher. Zum Beispiel in London. Steve müsste möglichst hier sein, bevor etwas passiert.«

»Das ist eine Frage der Planung«, sagte Winter.

»Wessen Planung?«

»Von allen.« Er schnupperte an seinem Whisky. Salz und Erde. Farbe wie zwanzigkarätiges Gold.

»Mörder feiern also auch Silvester?«, fragte sie.

»Ja.«

»Manchmal wird ein bisschen zu viel gefeiert, oder?«

»Leider.«

Er dachte an eine andere Silvesternacht. Daran dachte Angela vielleicht auch manchmal. Es ließ sich nicht vermeiden. Er hoffte, sie würde nicht daran denken. Aber nicht daran zu denken wäre unmenschlich. Es war in den ersten Stunden des neuen Jahrtausends gewesen. Er hatte in einer Wohnung in Bifrost gestanden. Auf dem Sofa hatte ein Paar gesessen. Ein Mann und eine Frau. Mit ihren Köpfen stimmte etwas nicht. Dann war Angela gekidnappt worden. Sie war schwanger gewesen. Herrgott, was für ein Leben. Was für ein Job. Er schnupperte wieder an dem Whisky und nahm einen kleinen Schluck. Sechsundvierzigprozentiger Cask, sämig wie Olivenöl, etwas mehr Sherry als in anderen Vintage, die er früher gekostet hatte, aber natürlich noch immer Weltklasse. Der Nachgeschmack war intensiv und salzig, er hielt ihn in der wirklichen Wirklichkeit fest, der kleinen, nicht in der, an die er vor einigen Sekunden gedacht hatte. Ihre Köpfe. Noch lange danach hatte er an ihre Köpfe gedacht. Sie waren in seinen Träumen erschienen. So wie Bergenhem in den Träumen erschien, die er jetzt träumte.

# 5

Der Notruf war um genau 04:59:16 Uhr eingegangen.
Der Streifenwagen fuhr in östlicher Richtung durch die Dezembernacht. Es waren noch einige Stunden bis zum Morgen und dem Licht. Draußen war es kalt. Schon gestern Abend war die Temperatur unter null gefallen.

Gerda Hoffner sah den Raureif auf den Autos, an denen sie vorbeikamen. Der Winter war wieder da, hallo mein Winterland. Raus mit den Kerzen, Pelzhandschuhen und Hockeyschlägern, her mit dem Glühwein. Nicht dass sie jemals in ihrem Leben einen Hockeyschläger gehalten hätte, aber sie war bei einem Eishockeyspiel gewesen, in Berlin, mit Onkel Joachim. Die Eisbären Berlin. Nicht nur in den Straßen von Schweden liefen Eisbären herum, sie glitten auch in Berlin über das Eis. Soweit sie sich erinnerte, hatte die Mannschaft gewonnen. Auf den Tribünen hatte es nach Bier gerochen. Einige Monate später hatte sie wieder etwas über eine deutsche Hockeymannschaft gelesen, die in einem Trainingslager oder so etwas Ähnlichem in Schweden gewesen war, wahrscheinlich in Schonen. Die halbe Mannschaft war wegen Vergewaltigung angeklagt worden oder wegen sexueller Belästigung, oder beidem. Die Sache war unter den Teppich gekehrt worden und die Mannschaft schnell über die Ostsee verschwunden, um nie mehr wiederzukommen.

Vasastan war noch nicht erwacht. Sie fuhren am Vasaplatsen

vorbei. Die Leuchtreklame über der Würstchenbude leuchtete hell und klar, als würde die neue Kälte den Lichteffekt verstärken.

Gerda Hoffner war auf dem Weg zu dem zweiten Toten ihrer Laufbahn.

Die Zentrale hatte sie zur Götabergsgatan dirigiert. Da war sie. Gerda Hoffner kontrollierte die Hausnummern zusammen mit ihrem Kollegen. Alexander war ein Grünschnabel wie sie, Alexander Hedberg, sogar noch jünger. Häufig war bei einem Notruf dieser Art ein erfahrener Polizist vom Außendienst dabei. Diesmal war es nicht der Fall. Alexander hatte noch nie einen Mordtatort gesehen. Wenn es denn ein Mord war. Sie wussten nur, dass ein aufgeregter Mann angerufen und mitgeteilt hatte, dass seine Lebensgefährtin tot sei.

Sie hatten sich mit ihrem Streifenwagen in der Nähe befunden. Es war unheimlich. Das zweite Mal innerhalb weniger Tage. Es hätte jeden anderen treffen können, aber sie war in der Nähe gewesen. Solange sie im Stadtzentrum arbeitete, konnte es sie wieder treffen. Es kann sich wiederholen, dachte sie.

»Hier«, sagte Hedberg. Er saß am Steuer. Sie hatten gerade den Platz gewechselt. Sie schaute an der Fassade hinauf. Konnte kein erleuchtetes Fenster entdecken, beugte sich weiter vor. Ihr Nacken schmerzte. Da oben war Licht, das sah sie, ein schwaches Licht, wie hinter einem schweren Vorhang. Das Licht schimmerte rötlich, der Vorhang musste rot sein. Wer hatte heutzutage noch rote Vorhänge?

»Im dritten Stock brennt Licht«, sagte sie.

»Ja.«

»Soll es im dritten Stock sein?«

»Ja.«

»Dann also rauf.«

»Klingt ja geradezu enthusiastisch«, sagte er.

»Ist doch egal, wie ich klinge«, sagte sie und stieg aus. Sie hörte, wie Alexander auf seiner Seite ausstieg, langsam, als hoffte er, dass ein anderer Kollege vorbeikäme und vor ihnen hinaufgehen würde. Sie schaute wieder an der Fassade empor, die vom Frost wie mit einer Schicht Farbe bedeckt zu sein schien, einer grauen widerwärtigen Farbe, abstoßend. Diese Nacht war kälter als beim letzten Mal. Beim letzten Mal. Das klang nach Routine. Als würde es ständig passieren. Das Haus in der Chalmersgatan war nicht von Raureif überzogen gewesen. Es war eine Parallelstraße, nur einen Häuserblock von hier entfernt. Wie häufig tritt der Tod in dieser Form in diesem Viertel ein? Aber sie wusste ja gar nicht, wie er in diesem Fall eingetreten war. Der Tod. Ob er genauso still aussah wie beim letzten Mal. Das letzte Mal. Herrgott. Das Gesicht würde sie nie vergessen. Das kalte Gesicht, das weiße Gesicht. Es war von einer Kälte gewesen, die von einem weit entfernten Ort kam, zu dem auch sie irgendwann in der Zukunft reisen würde.

Alexander wartete hinter ihr. Hier musste sie das Kommando übernehmen, sonst würden sie nie ins Haus gelangen. Die Ziffernkombination hatten sie direkt von der Leitzentrale bekommen.

»Der Junge in der Wohnung ist total durcheinander«, hatte der Diensthabende gesagt. »Seid vorsichtig.«

»Was hat er getan?«

»Die Frau ist offenbar tot. Seine Lebensgefährtin. Ich weiß nicht, was passiert ist. Er konnte es nicht sagen. Er sagte, er weiß es nicht.«

Jetzt schob sie die Tür auf.

Im Treppenhaus roch es nach Schnee. Ja, nach Schnee. Als wäre hier der Winter eingezogen. Sie fühlte sich plötzlich verlassen und ganz allein mit dem Winter im Treppenhaus.

»Der dritte Stock also«, sagte Alexander. Er wartete, dass sie die Treppe hinaufging. Er würde nicht vorangehen. Und sie würden nicht den Fahrstuhl nehmen. Es war der gleiche Typ Fahrstuhl wie in der Chalmersgatan, ein alter treuer Diener, der aussah, als wäre er hundert Jahre alt. Was er sicher auch war. Die alten Fahrstühle in den alten Häusern waren hübsch, sie alterten in Schönheit, sie glänzten, je älter sie wurden, und sie schienen ein ewiges Leben zu haben.

Die Wohnungstür im dritten Stock stand einen Spaltbreit offen.

Dahinter war eine weitere Tür, die jedoch geschlossen war. Vielleicht stand in diesem Moment jemand dahinter und lauschte. Vielleicht wurden später Verhöre mit eventuellen Zeugen nötig, mit Nachbarn. Jemand könnte etwas gesehen oder gehört haben. Aber sie wusste, dass die meisten niemals etwas sahen oder hörten. Es war natürlich Angst. Etwas hatte sie als Polizistin sehr schnell gelernt, dass viele Menschen große Angst hatten. Manchmal hatte sie das Gefühl, in einem Land voller ängstlicher Menschen zu arbeiten. Alle hatten Angst, alle bekamen Angst.

»Hat er sie für uns geöffnet?« Alexander sah auf die Tür und den schwarzen Türspalt.

»Beim letzten Mal war es genauso«, sagte Gerda Hoffner.

»Beim letzten Mal?«

»Ich war dabei, als die Frau in der Chalmersgatan gefunden wurde. Vergangenen Samstag.«

»Du warst dabei?«

»Ja.«

»Wie war es?«

»Entsetzlich. Jetzt müssen wir da reingehen«, sagte sie.

Er nickte. Sie sah die Pistole in seiner Hand. Sie spürte die Pistole in ihrer eigenen Hand. In der Wohnung war es still, totenstill. Dort drinnen wartete ein Mann auf sie. Habe ich Angst? Ja.

Sie überschritt die Schwelle.

»Polizei!«, rief sie. »Wir sind jetzt da. Polizei.«

Keine Antwort. Hinter sich hörte sie Alexander atmen. Es klang wie ein Zischen.

»Sollen wir die Tür schließen?«, fragte er leise.

»Auf keinen Fall.«

Sie machte einen Schritt in den Flur. Er war dunkel, aber aus einem Zimmer am hinteren Ende fiel Licht. So war es immer, aus einem Zimmer am hinteren Ende des Korridors fiel Licht. Niemand wollte in das Licht treten.

Sie bewegten sich vorwärts.

Wieder hörte sie Alexanders rasselnde Atemzüge. Vielleicht hatte er Asthma. Bei Stress wurde Asthma schlimmer, alles wurde schlimmer bei Stress. Es war gesünder, sich keinem Stress auszusetzen.

»Polizei!«, rief er. »Polizei!«

Sie kamen an der Küchentür vorbei. Gerda Hoffner warf einen Blick hinein, aber nur kurz. Sie wollte sich ganz auf das Zimmer konzentrieren, in dem Licht brannte. Jetzt war es nicht mehr rot, nur von der Straße aus hatte es rot gewirkt. Sie sah den Schimmer eines roten Vorhangs vor sich, wie einen roten Schatten. Es war wie im Film. Sie hatte registriert, dass die Küche modern eingerichtet war, genau wie die Küche in der Chalmersgatan, glänzende Flächen, Stahl, Holz, Ziegel. Die neue Küche in dem alten Haus. Auch hier brannte Licht, ein einziges, einsames *spotlight* an der Decke, ein dünnes Licht, das auf eine Weinflasche fiel, die mit einem Glas daneben auf einer Arbeitsplatte stand. Das Licht strich durch die Flasche.

»Stehen bleiben!«

Das war Alexanders Stimme. Sie schaute wieder nach vorn. Es gab einen weiteren Schatten in der Türöffnung. Das rote Licht glitt wie dünner Rauch hinter dem Schatten hervor.

»Stehen bleiben!«, rief Alexander wieder.

Gerda Hoffner stand schussbereit da.

»Nicht schießen!«, rief der Schatten.

»Bleiben Sie stehen!«

Die Gestalt bewegte sich, eine schwarze Silhouette, die plötzlich riesengroß wirkte.

»Bleiben Sie stehen!«

»Ich war es nicht! Ich war es nicht!«

»Verdammt, bleiben Sie stehen.«

Die Gestalt blieb stehen.

Jetzt war sie verschwunden!

Gerda Hoffner spürte, dass sie sich vorwärts bewegte, und zwar schnell. Es war noch immer wie ein Film, sie war Zuschauerin und Alexander ihr Zuschauer. Sie hatte ein unheimliches Gefühl im Magen, als müsste sie sich jeden Moment übergeben. Das war die Anspannung, die Angst, der Stress. Noch nie hatte sie es so stark wie in diesem Augenblick empfunden. Jetzt waren sie im Zimmer, sie wusste nicht, wie sie es betreten hatten oder wann. Noch hatte sie nichts im Raum wahrgenommen. Sie bewegte sich instinktiv, während das Adrenalin durch ihren Körper pumpte. Im Augenblick sah sie nichts, dann nur den Vorhang und dann etwas Weißes, vielleicht ein Bett, mehr Weiß, viel Weiß und dann etwas Rotes, und dieses Rot hatte auf dem Weiß dieselbe Nuance wie der Vorhang hinter dem Bett.

»Herrgo...«, hörte sie Alexanders Stimme.

»Ich war es nicht. Ich war es nicht!«

Die Stimme kam von irgendwoher, aber sie wusste nicht woher. Stand der Kerl hinter dem Vorhang?

»Ich war es nicht!«

Sie drehte sich nach der Stimme um. Dort stand er, rechts von der Tür in der Ecke, hinter einem Schreibtisch, als hatte er auf diesem Weg fliehen wollen.

Er war keine Silhouette mehr. Sie sah einen Mann in den Dreißigern, jünger, älter. Er war nackt. Noch ein Nackter. Es schien ihm nicht bewusst zu sein. Er zitterte wie in hohem Fieber. Seine Haare waren nass, als käme er vom Schwimmen. An seinem Körper war Blut. Es hatte dieselbe Farbe wie das Rot auf dem Weiß. Jetzt schaute sie zu dem Weiß. Und dem Rot. Sie sah das Gesicht, das auf einem Kissen ruhte. Es regte sich nicht. Es war eine Frau. Dunkles Haar, nass wie das des Mannes. Die Augen waren geschlossen. Gerda Hoffner dachte an die Frau in der Chalmersgatan. Ihre geschlossenen Augen, als würde sie schlafen. Auch diese Frau sah aus, als schliefe sie. Der nackte Mann in der Ecke sagte wieder etwas, aber sie hörte es nicht. Alexander sagte etwas. Auch das hörte sie nicht. Sie machte einen Schritt auf das Bett zu, sie wollte nicht hinschauen, doch sie musste ja. Über dieser Szene lag die gleiche Ruhe wie in der Chalmersgatan, aber etwas war anders, es war eine Stille, die gleichzeitig wie besessen schrie, als würde jemand in diesem entsetzlichen Zimmer aus vollem Halse brüllen. Sie berührte den Hals der Frau. Er war kalt wie der Winter. Der Winter war der Tod, alles starb im Winter. Das dachte sie in diesem Moment. Sie konnte keine Verletzungen am Körper der Frau entdecken. Auf dem Laken waren rote Flecken.

Der Mann in der Ecke hatte sich bewegt. Plötzlich stand er neben dem Bett.

»Stehen bleiben!«, schrie sie.

Er zeigte auf die Frau. An seiner Schulter hüpften die Muskeln, was aussah wie ein nervöses Zucken, das er nicht beherrschen konnte. Er wirkte ziemlich kräftig, doch in diesem Augenblick war er schwach.

Er hat Todesangst, dachte sie. Todesangst wegen dem, was er getan hat.

»Ich habe geschlafen!«, sagte er.

»Bleiben Sie stehen!«

»Ich bin aufgewacht! Und da sah ich ... ich sah ...« Ihm versagte die Stimme, und er begann, am ganzen Körper zu zittern. Er verstummte, als hätte jemand den Strom abgeschaltet. Als wäre er elektrisch, dachte sie.

»Ich habe ni... nichts getan«, sagte er.

Niemand hat jemals etwas getan, dachte Gerda Hoffner und ließ den Blick über das Bett, die Nachttische und die Wände gleiten. Sie werden auf frischer Tat ertappt, aber sie haben nie etwas getan. Es war immer ein anderer, selbst wenn es keinen anderen gab. Hier gab es nur ihn und sie, und sie lebte nicht mehr. Genau wie in dem anderen Zimmer. Hat der Mann aus dem anderen Zimmer übrigens inzwischen gestanden? Nein, das hat er nicht, soviel ich weiß. Was gibt es, was nicht zu gestehen ist?

Jetzt hörte sie den Mann schluchzen. Er trauerte.

Er hieß Erik Lentner. Sein Gesicht war sehr blass in dem harten Licht. Sverker Edlund war daran gewöhnt. Alle Gesichter waren blass, auch die der Unschuldigen. Lentner war auf einem Stuhl auf der anderen Seite des Schreibtisches zusammengesunken. Das Gesicht des Mannes war ... leer, ausdruckslos. Bis jetzt hatte er geschwiegen. Edlund hatte sich vorgestellt, jedoch noch keine Frage formuliert.

Lentner war erst seit einer halben Stunde ihr Gast.
Edlund dachte an den anderen, Martin Barkner.
Fast ein Nachbar von Erik Lentner.
Vasastan war kein gefährliches Pflaster. Wann zuletzt hatten sie dort in einem Mordfall ermittelt? Es musste der Doppelmord Ende 1999 gewesen sein. Damals war Edlund Streifenpolizist gewesen. Erik Winter vom Fahndungsdezernat hatte das Ermittlungsverfahren geleitet. Er war gewissermaßen ein Nachbar vom Tatort gewesen, an dem die schrecklichen Morde begangen worden waren.

Erik Lentner war Arzt. Im Augenblick jedoch nicht, und vielleicht würde er den Beruf nie wieder ausüben. Die Frage lautete wie gewöhnlich, warum er es getan hatte. Bis zu dieser übergreifenden Frage hatte Edlund noch einen weiten Weg vor sich. Lentner hatte nicht viel gesagt, und schon gar nicht, dass er es getan hatte. Als er wach geworden war, hatte er gesehen, was passiert war. Während es passiert war, hatte er geschlafen, hatte alles verschlafen. Und war in einem Alptraum erwacht. Hatte versucht, sie aus dem Alptraum zu retten. Er war so erregt gewesen, dass er sich den Körper zerkratzt hatte. Von ihm stammte das Blut. Es war sein Blut. Gloria. Sie hieß Gloria Carlix. Der Nachname klang wie der Name einer Tankstelle.

Erik Lentner schaute auf.

Er wirkte jetzt ruhig, als wäre er bereit. Das würde alles vereinfachen, konnte jedoch auch bedeuten, dass es sich noch länger hinziehen würde. Manchmal Tage, Wochen. Ein ruhiger, konzentrierter Schuldiger, der beschlossen hatte, unschuldig zu sein, war schwer zu überführen, sein Widerstand nicht leicht zu brechen. Aber Edlund war sicher, dass er Lentner schließlich knacken würde. Früher oder später brachen alle zusammen.

»Was wollen Sie von mir hören?«, fragte Lentner.
»Was möchten Sie mir selber sagen?«
»Natürlich, dass ich es nicht getan habe.«
»Dann sagen Sie es.«
»Was?«

»Sagen Sie es, falls es Ihnen dann besser geht.«
»Ist dies eine Art moderner Verhörmethode?«
»Es ist die alte übliche Methode«, antwortete Edlund.
»Worauf läuft sie hinaus?«
»Auf das Übliche.«
»Und was ist das Übliche?«
»Die Wahrheit. Es läuft auf die Wahrheit hinaus.«
»Ich sage die Wahrheit. Warum sollte ich lügen?«
»Erzählen Sie von gestern Abend«, sagte Edlund.
»Was soll ich erzählen?«
»Ab neun Uhr. Erzählen Sie von neun Uhr an.«
»Warum ausgerechnet von neun?«

Edlund nickte, ohne zu antworten. Jetzt hatte die zu verhörende Person genügend Fragen gestellt.

Lentner betrachtete Edlund mit einem Ausdruck, als traue er der Intelligenz des Verhörleiters nicht. Das kannte Edlund. Verdächtige aus einer höheren Gesellschaftsschicht ließen in Situationen wie dieser manchmal ihre Überlegenheit durchblicken, vielleicht war es eine angeborene Überlegenheit. Die reichen Soziopathen aus diesen Schichten kombinierten Selbstsicherheit mit dem Glauben an die eigene Unschuld. Diese Haltung hatte manchmal lange Sitzungen zur Folge, die irgendwann abgebrochen werden mussten. Dann konnten nur noch die weiß bemäntelten Trupps aus der Klinik übernehmen. Aber Lentner sah nicht verrückt aus. Überlegen vielleicht, aber nicht verrückt. Er sah aus, als zweifelte er an Edlunds Fähigkeit, seine Unschuld herauszufiltern. Auch das hatte Edlund schon erlebt. Die Forderung nach einem anderen Verhörleiter. Der hier glaubt mir nicht. Ich will jemanden haben, der mir glaubt, dann kann ich gehen. Jemand, der begreift, dass ich unschuldig bin.

»Okay, von neun Uhr an«, sagte Lentner in einem Tonfall, als wollte er andeuten, da müssen wir wohl durch, obwohl ich nicht kapiere, warum. »Wir haben die Nachrichten im Fernsehen gesehen. Ich jedenfalls. Jedenfalls den ersten Teil.«

Edlund fragte nicht, wovon die Nachrichten gehandelt hatten.

Selbst hatte er sie nicht gesehen. Er glaubte Lentner, dass er sie gesehen hatte.

»Der Nahe Osten«, sagte Lentner. »Es ging um den Nahen Osten.«

Edlund nickte.

»Gaza-Streifen.« Lentner beugte sich vor. »Es geht immer um Gaza, oder? Palästina. Sobald man die Nachrichten einschaltet, geht es um Palästina.«

Morgen handeln sie vielleicht von dir, dachte Edlund. Womöglich ist der Mann doch verrückt.

»Sind Sie politisch interessiert, Herr Lentner?«

»Wie bitte?«

»Ob Sie sich für Politik interessieren.«

»Was hat das denn mit dieser Sache zu tun?«

»Welcher Sache?«

»Was?«

»An welche Sache denken Sie?«

Lentner antwortete nicht. Sein Blick glitt über Edlunds Kopf hinweg. Da oben gab es nichts. Dann schaute er wieder Edlund an. Er sah nicht mehr ganz so hochnäsig aus.

»Nach einer Viertelstunde habe ich abgeschaltet und eine Platte aufgelegt«, sagte er.

»Was hat Gloria während der Zeit getan?«

»Ich glaube, sie hat gelesen.«

»Wo?«

»Wie – wo?«

»Wo hat sie gelesen?«

»Im ... Bett. Im Schlafzimmer.«

»Wo waren Sie, während Sie die Platte hörten?«

»Im großen Zimmer. Im größten Zimmer. Dort befindet sich unsere Musikanlage.«

Haben die Techniker von der Spurensicherung den CD-Spieler untersucht?, dachte Edlund. Klar haben sie. Andernfalls mussten sie es nachholen. Aber sie hatten es getan. Edlund schaute auf die Uhr. Wahrscheinlich waren sie noch dort. Es gab viel zu tun.

»Was haben Sie aufgelegt?«
»Was?«
»Was haben Sie gehört?«
»Spielt das eine Rolle?«
Edlund antwortete nicht.
»Okay. Mark Knopfler. Ist das ein Vergehen?«
Soll das ein Scherz sein?, dachte Edlund. Und ist Mark Knopfler ein Scherz? Dire Straits. Die hab ich mir auch reingezogen. »Sultans of Swing«.
»Manche halten es vielleicht für ein Vergehen, sich Knopfler anzuhören«, fuhr Lentner fort. »Vor allen Dingen, wenn man noch keine fünfzig ist.«
»Sie haben gestern Abend also Mark Knopfler gehört?«
»Ich wünschte, es wäre Jazz gewesen«, sagte Lentner und warf einen Blick auf das Tonbandgerät auf dem Tisch. »Das hätte jetzt einen besseren Eindruck gemacht.«
Der Mann hat wohl doch einen an der Klatsche. Oder er steht unter Schock.
»Wie lange haben Sie Musik gehört?«
»Ich habe nicht auf die Uhr gesehen. Bis zehn vielleicht. Ungefähr zehn.«
»Was hat Gloria gemacht?«
»Sie hat gelesen. Das habe ich doch schon gesagt.«
»Was geschah nach zehn?«
»Wie meinen Sie das?«
»Erzählen Sie, was Sie getan haben, nachdem Sie keine Musik mehr hörten.«
»Ich bin ins Bad gegangen und habe mich gewaschen. Ich habe auch gepinkelt, falls Sie das wissen wollen. Dann bin ich ins Schlafzimmer gegangen, und danach ging Gloria ins Bad.«
Edlund nickte.
»Und dann kam sie zurück und wir haben das Licht ausgeknipst.«
»Direkt? Haben Sie es sofort ausgemacht?«
»Ziemlich bald. Ich habe wohl noch ein bisschen gelesen.«

»Was haben Sie gelesen?«

»Ein Buch.«

»Welches von denen, die auf Ihrem Nachttisch lagen?«

»Was spielt das für eine Rolle?«

»Beantworten Sie nur meine Frage.«

»Das wird genauso peinlich wie das mit der Musik.«

»Was ist denn so peinlich daran?«

»Weil es meinen schlechten Geschmack verrät.«

»Ist das Ihr größtes Problem, Herr Lentner?«

»Was?«

»Ist Ihnen Ihr Geschmack am wichtigsten?«

»Nein ... nein, nein.«

»Was war es also für ein Buch?«

»Ein Krimi, ein ziemlich schlechter, wenn ich ehrlich sein soll.«

»Wie heißt er?«

»Tot ... irgendwas. Ich kann mich nicht an den Titel erinnern. Das kann ich nie. Aber die Autorin heißt Eva Petreus.«

Edlund nickte.

»Haben Sie schon einmal etwas von ihr gelesen?«

»Was hat Gloria gelesen?«, fragte Edlund, ohne zu antworten.

»Was? Ach so ... das weiß ich nicht, doch, was Amerikanisches ... über New York. So ein Mädchenbuch.«

»Was ist denn ein Mädchenbuch?«

»Über Mädchen in New York. Relationen oder wie man so sagt. Car... Carpenter, übrigens. Die Autorin heißt Carpenter. Sie ... wir haben kürzlich über sie gesprochen.«

»Warum?«

»Das hab ich vergessen ... Ich glaube, ich habe gesagt, das bedeutet Tischler. Irgend so was in die Richtung. Ein Tischler, der über den Jetset in New York schreibt.«

»Wann haben Sie das Licht ausgemacht?«

»Ich habe nicht auf die Uhr geschaut. Ich ha... ich habe heute ja frei. Aber ich war trotzdem müde.«

Lentner sah sich um, als ginge ihm erst jetzt auf, dass er seinen freien Tag hier verbringen würde, im Untersuchungsgefängnis. Er sah Edlund wieder an.

»Vielleicht um elf. Gegen elf haben wir das Licht ausgemacht.«
»Wann hat Gloria es ausgemacht?«
»Gleichzeitig, wir haben beide das Licht ausgeknipst.«
»Und dann?«
»Ich verstehe Ihre Frage nicht.«
»Wann sind Sie eingeschlafen?«
»Vermutlich ziemlich bald.«
»Hat einer von Ihnen Schlafmittel genommen?«
»Nein.«
»Sind Sie sicher?«
»Ich verstehe nicht, was Sie meinen.«
»Woher wissen Sie, dass Gloria kein Schlafmittel genommen hat?«
»Weil sie nie etwas nimmt. Sie mag keine Tabletten. Sie nimmt nur welche, wenn es absolut nötig ist. Und dann nur etwas Fiebersenkendes.«
»Hat sie einen guten Schlaf?«
»Äh ... ja. Sie schläft fast immer gut.«
»Wann nimmt sie Schlafmittel?«
»Fast nie.«
»Wann hat sie es getan?«
»Warum stellen Sie all diese Fragen?«
»Wann hat sie zuletzt ein Schlafmittel genommen?«
»Das ... weiß ich nicht. Es muss Monate her sein. Ich glaube nicht einmal, dass wir was im Haus haben.« Lentner strich sich über die Haare. Sie waren halblang, eine lange Tolle, die ihm in die Stirn fiel. Er strich sie zurück. »Nein, wir haben nichts im Haus.« Sein Gesicht sah plötzlich angespannt aus, als hätte ihn etwas geweckt, das noch schlimmer war. »Wie habe ich nur schlafen können, als es passierte?«

## 6

Bent Mogens kam in die Kaffeeküche und ging zur Kaffeemaschine. Er drehte sich zu Edlund um.
»Früher gab es auch Kakao«, sagte er.
»Magst du Kakao lieber?«
»Nein.«
Edlund lächelte.
»Dir scheint das Lächeln weh zu tun.«
»Ich bin müde.«
»Schlafprobleme?«
»Eher Probleme mit unseren Verdächtigen.«
»Warum gestehen sie nicht einfach?«
»Das frage ich mich auch. Und sie natürlich.«
Edlund rührte in der Tasse. Er war steif. Es war nicht gesund, stundenlang konzentriert dazusitzen und zuzuhören. Jemandem Worte aus der Nase zu ziehen. Und die Pausen dazwischen. Manchmal waren die Worte nicht so wichtig, es waren die Pausen. Miles Davis hatte gesagt, nicht die Töne seien wichtig, sondern die Pausen dazwischen. Keine weiteren Vergleiche mit Lentner oder Mark Knopfler.

Lentner und Barkner waren am Samstag, als der Bericht über die Punktblutung von Pia Fröberg vorlag, in Untersuchungshaft genommen worden.

»An dem hab ich mir gestern die Zähne ausgebissen«, sagte

Edlund. »Lentner. Irgendwie hart, der Typ. Konzentriert, als beobachte er.«

»Was meinst du damit?«

»Ich weiß nicht, was es ist.«

»Wäre es besser, er würde zusammenbrechen?«

»Besser, zusammenzubrechen? Was soll das?«

»Lass deinen Frust nicht an mir aus, Sverker.«

Edlund stand auf. Vor dem Fenster sah er ein Stück von der Skånegatan und dem Katrinlundsgymnasium. Es würde ein schöner Tag werden. Im Südosten kletterte die Sonne über die Berge. Vielleicht war sie im Augenblick in Mölnlycke. Er schaute auf die Uhr. Ja. Bald in Pixbo. Ein goldener Schimmer über dem Stensjön. Ein Goldrand um das Dasein. Hin und wieder brauchen wir alle einen kleinen Goldrand. Guter Kaffee würde schon reichen, aber nicht mal den kriegt man hier.

»Er zeigt keine Reue«, sagte Edlund.

Mogens trat ans Fenster und stellte sich neben ihn.

»Es ist, als wäre er gar nicht ... dort gewesen.«

»Ich habe gestern Abend die Verhörprotokolle gelesen«, sagte Mogens. »Er sagt ja, dass er nicht da war. Wenn er damit meint, dass er geschlafen hat.«

»Genau wie bei dem anderen.« Edlund drehte sich zu seinem Chef um. »Martin Barkner hat auch geschlafen. Er hat nichts bemerkt. Verglichen mit Lentner ist er anders. Er bricht leichter zusammen. Er bricht ständig zusammen. Aber er sagt nichts. Er gesteht nichts. Er weiß nichts.«

»Was hältst du davon?«

»Wovon?«

»Dass keiner von beiden gesteht.«

»Eine Erklärung könnte sein, dass sie es nicht getan haben.«

»Glaubst du das?«

Edlund antwortete nicht. Er sah einige Gymnasiasten die breite Straße bei Rot überqueren. Ein Autofahrer hupte. Ein Junge zeigte ihm den Stinkefinger. Die Hupe brüllte wieder. Es war ein lautes, durchdringendes Geräusch, das bis zu ihm drang, wo er stand, mehrere Hundert Meter entfernt vom Geschehen, hinter dem Panzerglas des Präsidiums. Das lag vielleicht an dem schönen Morgen. Der klaren, frischen und durchsichtigen Luft. So war es den ganzen Herbst über gewesen, bis in den November und Dezember hinein. Vielleicht zeigte der Treibhauseffekt endlich einen Effekt. Aber dann würde es doch nicht so kalt sein?

»Ich habe gestern Abend mit Öberg gesprochen«, sagte Mogens. »Lentners Fingerabdrücke sind überall. Und ihre auch. Aber keine anderen.«

»Nein.«

»Bei dem anderen Mord ist es komplizierter. Sie haben keine verwendbaren Fingerabdrücke auf dem Kissen gefunden. Im Großen und Ganzen gesehen, ist es unmöglich, solche Spuren auf Stoff nachzuweisen. Aber die Frau ist aller Wahrscheinlichkeit nach erstickt worden. Schwer vorstellbar, dass es anders gewesen sein sollte. Und dass es jemand anderer als der Lebensgefährte getan hat, Barkner.«

»Der sagt, er habe alles verschlafen.«

»Was beide taten. Oder alle vier, wenn man so will.«

»Ja, Mist.«

»Was uns schwerfällt zu glauben, nicht wahr?«

»Ja.«

»Und die Gerichtschemie hat keine Spuren von Schlafmitteln in den Körpern gefunden, weder in den lebenden noch in den toten. Nach Öbergs vorläufigen Erkenntnissen gibt es nichts dergleichen.«

Edlund schwieg.

»Woran denkst du, Sverker?«

»An die Lebenden und die Toten. Gibt es nicht so ein Buch? Oder einen Film?«

»Keine Ahnung.«

»Die Nackten und die Toten«, sagte Edlund. »Das ist ein Buch. Ich glaube, ich habe es gelesen. Zweiter Weltkrieg. Der Stille Ozean.«

Er sah eine weitere Horde Schüler über die Straße stürmen. Ein Autofahrer musste gewaltsam auf die Bremse treten, obwohl er

Grün hatte. Eines Tages würde dort unten jemand überfahren werden, vielleicht eine halbe verdammte Klasse. Vielleicht würde er es sehen. Ich hab's ja schon immer gesagt, würde er zu jemandem, der neben ihm stand, sagen können.

Mogens stand neben ihm, aber jetzt ging er weg. Er hatte genug gesehen. Edlund wandte sich vom Fenster ab.

»Es könnte ja noch eine andere Person zugegen gewesen sein«, sagte er zu Mogens' Rücken.

Mogens drehte sich um.

»Das hätten die Männer zu diesem Zeitpunkt schon erzählt.«

»Sie wussten es nicht.«

»Also jemand, der sich in die Wohnung geschlichen hat, als die Paare schliefen?«

»Möglich wäre es.«

»Ohne dass sie wach wurden?«

»Das ist ein Problem, ich weiß.«

»Jemand, der schon vorher da war?«

»Ja.«

»Von dem die Männer behaupten, dass sie ihn nicht kennen? Der aber da war.«

»Vielleicht.«

»Wer könnte das sein?«

»Tja, vielleicht ein Sexgespiele.«

»Haben die Techniker frisches Sperma gefunden?«

»Ich habe Öberg nicht gefragt. Aber wenn es so gewesen wäre, hätte er es uns schon mitgeteilt.«

»Andere Spuren?«

»Spuren welcher Art meinst du?«

»Irgendwas.«

»Nein, nichts Verdächtiges. Ziemlich ordentliche Wohnungen. Keinerlei verdächtige Anhaltspunkte. Keine Hinweise auf eine andere Person.«

»Das muss nichts bedeuten.«

»Du meinst, er hätte irgendetwas hinterlassen sollen?«

»Oder sie.«

»Oder sie.«

»Eine Person, die sie kannten.«

»Ja.«

»Die er rausgelassen hat.«

»Rausgelassen?«

»Die Türen standen offen. In beiden Fällen waren die Wohnungstüren offen.«

»Für die Polizei.«

»Die junge Polizistin hat nicht gehört, dass unsere verdächtigen Jungs gesagt haben, sie hätten die Tür geöffnet.«

»Ihr junger Kollege meint, es beim ersten Mal gehört zu haben.«

»Aber die Verdächtigen können sich nicht daran erinnern. Sie standen unter Schock. Keiner von beiden erinnert sich, die Tür geöffnet zu haben.«

»Okay. Das wirkt jedenfalls sehr fürsorglich. Oder wie man das nennen soll. Dass sie daran gedacht haben, in den Flur zu gehen und die Tür aufzuschließen, damit die Polizei problemlos eintreten kann.«

»Sie hatten noch Verstand genug, anzurufen.«

»Ja, aber was soll man sonst tun? Was ist verdächtiger? Den Notruf zu wählen oder vom Tatort zu fliehen?«

»Ich weiß es nicht. Schock ist Schock. Den kann man immer vorschieben.«

»Nicht in diesem Fall.«

»Wir glauben also, dass jemand in der Wohnung war?«

»Nicht, solange wir keine Spuren haben.«

»Öbergs Crew arbeitet daran.«

»Wir auch.«

Edlund warf einen Blick auf die düstere Kaffeemaschine. Sie stand im Schatten, immer stand sie im Schatten. Noch nie hatte er sie angeleuchtet gesehen. Es musste einen Sinn haben, eine Art Symbolik, die er nicht richtig verstand.

»Der erste Mann ist am Boden zerstört«, sagte er. »Der heult sich die Augen aus dem Kopf.«

»Hm.«

»Warum zum Teufel gesteht er nicht? Er hätte schon längst gestehen müssen!«

Mogens schwieg.

»Ich habe kein gutes Gefühl, Bent.«

»Und der andere?«

»Er wird nie gestehen. Er würde sich eher die Zunge abbeißen, als zu gestehen.«

»Du bist dir deiner Sache gar zu sicher.«

»Er sich auch.«

»Sicher, dass er unschuldig ist?«

»Sicher, dass wir glauben sollten, er sei unschuldig.«

»Das ist aber ein großer Unterschied.«

»Er ist sich seiner selbst sicher.«

»Auch in dieser Situation?«

»Ja.«

»Wahrscheinlich ist er total durchgeknallt.«

»Mir ist bis jetzt nichts aufgefallen, was darauf hindeuten könnte. Ich meine, in seinem Umfeld.«

»Früher oder später kommt es heraus.«

Gerda Hoffner hatte bis weit in den Nachmittag geschlafen. Draußen war das Licht auf dem Wege, jenseits des Meeres herabgezogen zu werden. Sie sah die glühende Sonne Muster auf die Wand neben dem Bett malen. Gerda Hoffner war erst seit wenigen Minuten wach. Die Sonne bewegte sich weiter über die Wand wie ein bewegliches Gemälde. Eine Installation an meiner Wand.

Im Zimmer wurde es rasch dunkel, was bewirkte, dass die Installation stärker leuchtete, aber nur einen kurzen Moment. Sie sah die Sonne an der Wand versinken. Ein versinkendes Gemälde.

Eine Wand. Ein Gemälde. Eine Wand.

Mit einem Ruck richtete sie sich auf.

Was hatte sie gesehen? Was war das? Woran hatte sie gedacht?

Ein Gemälde.

Eine Wand.

Zwei Gemälde.

Zwei Wände.

In beiden Wohnungen.

Sie stellte die Füße auf den Boden, der sich angenehm unter ihren Fußsohlen anfühlte. Ihr Vormieter hatte die Holzfußböden bearbeitet und sie weich und warm geschliffen.

Die Wohnungen.

Die beiden Wohnungen in Vasastan.

Wie war es gewesen?

Als sie darin gestanden hatte?

Hatte sie die Taschenlampe eingeschaltet?

Ja. In der ersten Wohnung. Im Zimmer hatte Licht gebrannt, aber sie hatte ihre Taschenlampe benutzt.

Der Lichtkegel war über die Wand geglitten.

Über dem Bett hatte ein Bild gehangen, links vom Bett.

Es war berührt, bewegt worden.

Jetzt erinnerte sie sich, dass sie das Gleiche später in der anderen Wohnung in der Götabergsgatan wahrgenommen hatte. Ein Bild am Bett, das verschoben, berührt worden war.

Wie waren die Bilder bewegt worden? Woher wusste sie das?

Gerda Hoffner stellte sich hin. Sie schloss die Augen, versuchte, in die schrecklichen Zimmer zurückzukehren, sie im Geist erneut vor sich zu sehen. Die Bilder. Das erste Bild. Der Lichtkegel der Taschenlampe darauf. Der untere Teil. Unter dem Bild war ein Strich gewesen, dunkler als die Wand.

Das Gleiche in der anderen Wohnung.

Ein Strich unter dem Bild.

Was bedeutet das? Sie presste die Augen fest zusammen. Es hat etwas zu bedeuten. Was? Sie öffnete die Augen, ging durch ihr Zimmer. An der Wand hing ein Bild, eine Dalí-Reproduktion. Uhren, die in der Sonne schmolzen. Das Bild hing ein wenig schief. Sie richtete es gerade.

Dadurch entstand unter dem Bild ein Strich.

Eine Spur von Staub, dunkler als die Wand. Das Bild musste schon lange schief gehangen haben, sonst wäre nicht eine so deutlich sichtbare Linie entstanden.

Ein frisches Zeichen.
Das hatte sie gesehen.
Jemand hatte gerichtet, was gerichtet werden musste. Schiefes sollte gerade werden.
Und es war an beiden Tatorten geschehen. Erst kürzlich. Es musste kürzlich gewesen sein, denn sonst wäre der Staub verschwunden gewesen. Kürzlich. Wieder schloss sie die Augen. Sie versuchte, die beiden Wohnungen vor sich zu sehen, sich zu erinnern. Wie aufnahmefähig war sie gewesen? Was hatte sie gesehen? Neben dem Furchtbaren im Zentrum. Darüber hatten sie an der Polizeihochschule gesprochen: wie wichtig es war, so viel wie möglich gleichzeitig zu erfassen, alles zu registrieren, wenn man ein Zimmer betrat. Sich nicht allzu sehr von einem *Zentrum*, dem eigentlichen *Anlass* verwirren zu lassen, aus dem man hier war, falls es nicht darauf ankam, sich selbst zu verteidigen. Sein Leben zu verteidigen. Aber das war in keiner der beiden Wohnungen nötig gewesen. Angst um ihr Leben hatte sie nicht gehabt. Es war unheimlich gewesen, schrecklich unheimlich, doch nicht lebensbedrohlich.

Wie hatte es in den Zimmern ausgesehen? In beiden Wohnungen hatte eine Art … charmante Nachlässigkeit geherrscht. Wie man es sich bei Leuten, die Geld besaßen, vorstellte. Junge erfolgreiche Menschen, die sich um nichts zu kümmern brauchten. Sie lebten nicht im Chaos, aber sie konnten sich eine gewisse Schlampigkeit leisten, die hip wirkte. Nicht dass sie in vielen »richtigen« Wohnungen gewesen wäre, und nie privat. Gerda Hoffner hatte keine schicken Freunde, nicht in dieser Schicht. Aus dieser Gesellschaftsschicht zu stammen und Polizist zu werden wurde von denen vermutlich für fast kriminell gehalten. Wenn nicht für noch Schlimmeres. Manche Liberalen waren sozusagen schick kriminell, und darauf waren sie auch noch stolz. Wie manche Leute stolz darauf waren, dass sie nie Bücher lasen. Oder Bilder kauften, weil ihnen gerade diese Bilder gefielen.

Diese Wohnungen passten zu schief hängenden Gemälden. Oder umgekehrt.

Es waren ein paar Kleidungsstücke im Zimmer verstreut gewesen, in den Zimmern, einiges auch im Flur, ein Schal, ein Pullover. Überall hatten Sachen herumgelegen. Nichts war rechtwinklig angeordnet. Sie schloss die Augen wieder. Presste sie zusammen.

Es war etwas anderes.

An beiden Orten hatte sie noch etwas gesehen.

Plötzlich hatte sie Angst. Wovor? Warum zerbreche ich mir eigentlich den Kopf darüber? Sie riss die Augen auf, als fürchtete sie, mit geschlossenen Augen nicht zu wissen, wo sie sich befand oder was sie tat.

Ich bin die Einzige, die an beiden Orten gewesen ist.

Beim ersten Mal mit Johnny Eilig, das zweite Mal mit Alexander. Es waren verschiedene Leute von der Spurensicherung dagewesen, die erste Crew war aus Uddevalla gekommen. Beim zweiten Mal war es nicht dieselbe Gerichtsmedizinerin gewesen, sondern ein Mann.

Ich bin allein. Mit diesen Fragen bin ich allein.

Wieder sah sie die Bilder vor sich, die Frauen im Bett, die Männer daneben. Das Verhalten der Männer. Das unterschiedliche Verhalten, der eine war zutiefst schockiert, der andere wirkte ruhiger. Trotzdem hatte er sich blutig gekratzt.

Die Betten. Es waren Doppelbetten gewesen oder Twin beds, wie die auf Schwedisch hießen. Jedenfalls hatten sie nebeneinander gestanden, mitten im Zimmer, nicht an die Wand gerückt, die Gemälde hingen links an der Wand. Ja, beide hatten links gehangen. Sie hatte den Strahl der Taschenlampe nach links gerichtet. Was hatte sie dann getan? Sie hatte die Betten angeleuchtet, neben die Betten geleuchtet, eine einzige Armbewegung, die Taschenlampe war ihr gefolgt, der Lichtkegel war über die Betten geglitten, dann über den Boden, wieder über die Wände, ein Stuhl, hier und da hatten Sachen herumgelegen, vielleicht war das gemütlich, sympathisch schlampig, sie hatte … wieder auf die Betten geschaut, nein, nicht nur, es war noch etwas anderes, neben den Betten, die Nachttische. Darauf hatten auch Sachen gelegen. Auf Nachttischen liegt immer etwas, Bücher, mehrere Bücher auf beiden Tischen, Bücher, die man liest, keine *Coffeetablebücher*, nicht diese großen, anderen Bücher, vier, fünf, sechs auf jedem Tisch. Ja, sie hatte es gesehen und … irgendetwas stimmte nicht richtig mit dem übrigen Zimmer oder etwas anderem im Zimmer überein, etwas, das …

Gerda Hoffner öffnete die Augen. Sie stand im Dunkeln. Die Sonne war hinter dem Meer versunken wie ein glühendes Stück Kohle, über dem Sannabacken lag nur noch schwarzer Dezember. Nicht einmal Straßenbahnen fuhren mehr. Keine Autoscheinwerfer. Sie war allein mit ihren Bildern. Die Nachttische. Ein paar Bücher. Bücher. Ordentliche Stapel. Ordentlich ausgerichtet. Fünf oder sechs Bücher. Auffallend ordentlich gestapelt. Das hatte sie gesehen. Jetzt reagierte sie darauf. Es hatte … anders ausgesehen. Ihr fiel ein, dass sie es schon in dem Moment seltsam gefunden hatte. Aber sie hatte es nicht bewusst registriert. Und in der zweiten Wohnung? Auch dort hatte sie es irgendwie registriert. Vielleicht ein bisschen stärker. Jetzt fiel der Groschen. Was immer das wert war. Wahrscheinlich war es gar nichts wert.

Eine Flasche auf einer Arbeitsplatte.

Himmel, nun mal ganz ruhig, kleine Gerda. Ja, du hast im Vorbeigehen vom Flur aus in beiden Küchen eine Flasche auf einer Arbeitsplatte stehen sehen. War eine von ihnen geöffnet? Hab ich nicht gesehen. Sie sah das Glas vor der Flasche. Ja, in beiden Küchen hatte ein Glas neben der Flasche gestanden. Nur jeweils ein Glas an beiden Orten.

Ganz ruhig. Sicher stehen in jeder Küche in Göteborg Weinflaschen auf Arbeitsplatten.

Ein Glas. Warum war es nur ein einziges Glas? War die Flasche geöffnet gewesen oder nicht? War Wein im Glas gewesen? Sie drehte sich um und ging zurück ins Schlafzimmer. Endlich kroch eine Straßenbahn mit glitzernden Lichtern den Sannabacken herauf, die Lichter huschten über die Wand. Sie hatte den ganzen Tag verschlafen, den ganzen Nachmittag mit Nachdenken verbracht. Sie war gezwungen gewesen, den Tag zur Nacht zu machen, das brachte der Job nun einmal mit sich. Kein Grund zum Klagen. Die Gemälde. Die Bücher. Die Flaschen. Was soll ich tun? Nachdenken, ich muss noch ein bisschen nachdenken. Sie folgte einem weiteren Straßenbahnlicht mit dem Blick. Es glitt wie ein Suchscheinwerfer über ihre Wand und floss abwärts, zu ihrem Bett. Es strich über den Nachttisch. Den Nachttisch. Jetzt gehe ich zum Telefon und rufe an, dachte sie.

# 7

Sie hatten gehofft, dass ihnen der Name des im Wasser Treibenden zu diesem Zeitpunkt bekannt sein würde. Winter dachte an ihn wie an das Unbestimmte, das Elsa auf dem Wasser gesehen hatte, bevor das Gesicht auftauchte. Etwas, das es nur draußen im Meer gab, etwas Natürliches. Das zum Meer gehörte. Es sollte nichts mit ihnen zu tun haben. Sie hatten eine Pressemitteilung herausgegeben, die einige Tage kursierte: Geschlecht, Herkunft, ungefährer Fundort (sehr vage), Alter. Das Verbrechen wurde nicht erwähnt. Aber nichts, keine substantiellen Reaktionen. Es war frustrierend und ungewöhnlich.

Nach dem Ereignis waren Winter und seine Familie nicht mehr zu ihrem Strand gefahren. Es war noch nicht viele Tage her, und doch kam es ihm so vor, als sei es eine andere Zeit gewesen. Das Wetter war noch immer schön. Und sie würden zu ihrem Heim zurückkehren. Trotz allem war der Strand eine Art Heim, auch wenn kein Haus darauf stand. Elsa würde aufhören, warum zu fragen. Sie würden wieder Steine über das Wasser hüpfen lassen, würden die Geschichte ins Meer zurückwerfen. Nie wieder würde etwas Unheimliches aus dem Meer bei ihnen angetrieben werden. Das hatte er ihr versprochen.

Warum das Meer? Von wo? Warum war er vom Meer gekommen? Wo war er ins Meer geworfen worden? Es gab noch keine eventuellen Zeugen. Der Verkehr der vergangenen Tage in den

Fjorden war unmöglich zu kontrollieren. Wer etwas zu verbergen hatte, hielt das Maul. Da draußen wimmelte es von Schmugglern. Wenn Winter nachts an seinem Strand stand, hörte er die Schmugglermotoren. Die liefen mit besserem Treibstoff, mit einem reineren Geräusch.

Die Identität des Toten aus dem Meer war nach wie vor unbekannt. Die Verbrecherkartei hatte auch nicht weitergeholfen. Die Polizei hatte sich an die Bevölkerung gewandt. Vielleicht war jemand vorbeigesegelt, der etwas Auffälliges gesehen hatte. Winter machte sich keine große Hoffnung. Die größte Hoffnung setzten sie auf eine Vermisstenmeldung. Wenn der Mann eine annähernd soziale Person gewesen war, würde sein früheres Leben ihnen am Ende doch noch einen Namen liefern. Bisher gab es jedoch keine Anzeige. Noch immer war der Mann namenlos. Vielleicht würde er bald nicht mehr umhinkönnen, ihm einen Namen zu geben. So etwas hatte er schon einmal getan. Er hatte die tote Frau Helene genannt. Sie war auch erdrosselt worden. Lange war sie namenlos gewesen. Es war eine unerhörte Ermittlung gewesen, die nicht weit entfernt von seinem eigenen Strand ein Ende gefunden hatte. Damals hatte er noch keine Familie gehabt. Es war ein Sommer vor elf, zwölf Jahren gewesen. Ein kleines Mädchen war ihm am Strand entgegengekommen. Das war das Letzte, was geschehen war. Es war ein unerhörter Moment gewesen. Dieses Mädchen hatte er gesucht, und er hatte große Angst gehabt. Es hatte ihn gefragt, wer er wäre. Wer *er* war!

Er hatte das Salz in seinen Augen gespürt, das nicht nur vom Meer und dem Wind herrührte.

Johnny Eilig meldete sich nach dem dritten Klingelton. Seine Stimme klang nicht so, als würde er es im Moment eilig haben. Sie klang genauso verschlafen, wie Gerda Hoffner es vor einigen Stunden gewesen war.

»Habe ich dich geweckt, Johnny?«

»Nein. Ich bin auf. Mist, draußen ist es ja schon wieder Nacht.«

Sie schaute aus dem Fenster. Er hatte recht. Die Nacht war

wieder da. Sie kam immer gleich schnell, hatte es immer gleich eilig. Kam immer gleich überraschend.

»Hast du heute Nacht Dienst?«

»Gott sei Dank, nein.«

»Bist du religiös, Johnny?«

»Nein, aber ich bin in einem freikirchlichen Ort aufgewachsen. In Småland. Da sind übrigens alle Einwohner freikirchlich. Oder religiös.«

»Worin besteht denn der Unterschied?«

»Tja ... einige halten sich für heiliger als die anderen.«

»Wer sind die Heiligsten?«

»Die Freikirchler, soweit ich es mitbekommen habe. Die waren immer etwas feiner als andere, der Meinung schienen sie jedenfalls selber zu sein.«

»Aber du warst nicht religiös.«

»Nein. Mein Alter war Möbeltischler bei der Hausfabrik, die einem Christdemokraten gehörte.«

»Aha.«

»Das hinterlässt seine Spuren.«

»Was für Spuren?«

»Bei denen aufzuwachsen.«

»Aber du bist ihnen entronnen, Johnny.«

»Jesssuuuusss sei Dank.«

Johnny sprach den Namen des Heiland mit langem pfeifenden »s« aus, das durch die Dezemberdämmerung in der Leitung zischte. Seine Stimme klang fast wie die eines Predigers der Freikirche bei einem Zelttreffen. Jesssuuussss. Danke, Jesssuuusss, für alles Gute, das du den Menschen tust.

»Hast du die Weinflasche gesehen?«, fragte Gerda Hoffner.

»Welche Weinflasche?«

»Deswegen rufe ich an. Ich habe an die beiden Wohnungen gedacht, in denen die Frauen umgebracht worden sind. Ich war ja auch in der zweiten Wohnung. Und da gab es ... Ähnlichkeiten.«

»Wie meinst du das? Was für Ähnlichkeiten?«

»In beiden Küchen stand eine Flasche Wein mit einem einzigen Glas daneben. Und mit den Büchern in beiden Schlafzimmern war etwas seltsam. Und mit den Bildern an der Wand.«

»Ich hab auf keine Weinflasche geachtet«, sagte Johnny. »Und auch auf kein Bild.«

»Und die Bücher?«

Er schwieg.

»Johnny?«

»Ja, ich bin hier. Die Bücher ... doch, ich erinnere mich an ordentlich gestapelte Bücher.«

»Genau! Auffallend ordentliche Stapel. Rechtwinklig oder wie man das nennen soll. Im Übrigen war das Zimmer oder die Wohnung ja nicht besonders aufgeräumt, nur die Bücher waren penibel gestapelt. In der anderen Wohnung war es genauso. Und jemand hat die Bilder an der Wand gerichtet, die schief gehangen haben. In beiden Wohnungen.«

Johnny schwieg. Sie hörte sein Schweigen. Dachte er, dass sie übergeschnappt war?

»Johnny?«

»Ja ... was soll ich dazu sagen, Gerda?«

»Ich weiß es nicht. Sag, dass es interessant ist.«

»Was ist interessant?«

»Dass ... ich weiß es auch nicht. Dass da irgendetwas faul ist. Es gibt Dinge, die in beiden Fällen übereinstimmen, und deswegen stimmt etwas nicht.«

»Aha?«

»Ich mache keine Witze.«

»Wer war am anderen Tatort dabei?«

»Alexander Hedberg.«

»Hast du schon mit ihm geredet?«

»Nein, noch nicht.«

»Ich glaube nicht, dass ich dir helfen kann, Gerda. Mir ist keine Weinflasche und kein Bild aufgefallen. Die Bücher habe ich gesehen, aber verdächtig sind sie mir nicht vorgekommen.«

»Was soll ich tun, Johnny?«

»Sprich mit Alexander. Und wenn er dir nicht helfen kann, musst du wohl mit der Kripo reden.«
»Fahndungsdezernat?«
»Ja, die sind zuständig. Mit denen musst du sprechen.«
»Ich komme mir so blöd vor.«
»Du musst selbst entscheiden, ob es blöd ist, Gerda.«
»Und wenn die Männer nun doch unschuldig sind?«
»Aus welchem Grund glaubst du das?«
»Ich weiß es nicht. Was ich gesagt habe. Dass es ... an beiden Tatorten gleich aussah. Wenn es überhaupt stimmt. Während ich mit dir rede, werde ich unsicher.«
Er schwieg.
»Ich weiß, was du denkst, Johnny. Du denkst, es spielt keine Rolle, was ich gesehen habe. Falls ich was gesehen habe. Dass sie so oder so schuldig sind.«
»Wenn sie schuldig sind, werden sie wohl gestehen.«
»Und wenn sie nicht gestehen?«
»Schuldig können sie trotzdem sein.«
»Oder unschuldig.«
»Sprich mit Alexander.«
»Das werde ich tun, Johnny. Tschüs.«
Er legte auf. Wieder glitten die Lichter einer Straßenbahn durch ihre Wohnung wie die Lichtkegel einer Taschenlampe. Sie blieb in der Dunkelheit stehen. Plötzlich hatte sie Angst. Angst vor sich selber. Und vor etwas anderem. Irgendetwas schien ihr sagen zu wollen, sie sollte aufhören, daran zu denken. Als würde die Dunkelheit da draußen sie rufen. Sie sollte nicht mehr darüber nachgrübeln, was sie gesehen oder nicht gesehen hatte. Das war für niemanden gut. Nicht gut für sie. Nicht gut für die toten Frauen. Lass die Ermordeten in Frieden ruhen. Sie werden nie Frieden finden, ganz gleich, was ich tue. Sie hob erneut den Hörer ab. Die Lichter einer weiteren Straßenbahn sorgten dafür, dass sie die Zahlen ohne Probleme lesen konnte. Aber sie rief nicht an.

Die Kriminalinspektoren Susanna Jax und Patrik Lennartsson vom Fahndungsdezernat führten eine Befragung an den Türen in dem Haus in der Chalmersgatan durch. Die Tür im vierten Stock wurde geöffnet. Es war die Wohnung über Martin Barkners und Madeleine Holsts Wohnung.

Die ältere Frau blinzelte sie mit kurzsichtigen Augen an.

Susanna Jax erklärte ihr Anliegen.

Ob sie etwas von unten gehört habe? Nichts. Aber sie hörte auch nicht mehr so gut. Ob sie etwas gesehen habe? Was hätte sie sehen sollen?

Ja, was? Susanna Jax dachte darüber nach, während sie die Treppen hinuntergingen. Sah jemals ein Bewohner dieses Hauses einen anderen? Hier konnte man sich sein Leben lang verstecken. Für den, der unsichtbar bleiben wollte, war das Haus wie eine Festung. Wer wirklich Anonymität suchte, sollte eine Wohnung mitten in der Stadt wählen. Niemand wusste, wer man war oder woher man kam. Oder was man getan hatte.

Im nächsten Stockwerk gab es drei Wohnungstüren. Eine davon wurde nicht geöffnet. Sie klingelten an der Tür links. Susanna Jax sah auf ihre Armbanduhr. Es war fünf Minuten nach fünf. Draußen war es schon seit Stunden dunkel. Sie klingelte wieder. Auf dem Namensschild stand Schiöld.

»Das Ganze bringt doch nichts«, sagte Patrik Lennartsson.

In dem Augenblick wurde die Tür von einem Mann in ihrem Alter geöffnet, um die fünfunddreißig, vielleicht etwas jünger, vielleicht etwas älter. Er trug einen Morgenmantel. Das passt zum Haus, dachte sie. So was nannte man wohl Hausjacke.

Lennartsson stellte sich und Susanna Jax vor. Der Mann stellte sich als Herman Schiöld vor.

»Ich habe ja mitbekommen, dass etwas passiert ist«, sagte er.

»Prima«, sagte Lennartsson, »erzählen Sie bitte, was Sie gesehen haben.«

»Was zum Beispiel? Ich habe nichts gesehen. Was meinen Sie?«

»Irgendetwas.«

Schiöld schien nachzudenken. Er schaute zu der Tür, die durch weißblaue Bänder abgesperrt war. Susanna Jax sah, dass ihm der Anblick nicht gefiel. Die Bänder verschandelten das Treppenhaus.

Schiölds Blick kehrte zu ihr zurück. »Was ist eigentlich passiert?«

»Das wissen wir noch nicht genau.«

»Ist jemand ermordet worden?«

»Auf Details können wir nicht eingehen«, antwortete sie.

»Ist das ein Detail?«

Sie kam sich blöd vor. Das hatte sie nicht nötig, wirklich nicht. Der Mann in der Hausjacke sah sie mit einem ironischen Lächeln an. Sein Lächeln war unangemessen. Er sollte mehr Anteilnahme zeigen. Aber für ihn handelte es sich um Fremde. Alle in diesem Haus waren Fremde.

»Wann ist es eigentlich passiert?«, fragte er.

»Die Meldung ist am frühen Morgen vor drei Tagen eingegangen.«

»Um welche Zeit?«, fragte er.

»Um halb sechs.«

Er schaute wieder zu der Tür.

»Waren Sie zu Hause?«, fragte Lennartsson.

»Ja, aber ich habe geschlafen.«

Jetzt sah er wieder Susanna Jax an. Er schielte ein wenig, das andere Auge schien erneut zu der Tür im Treppenhaus zu gleiten.

»Aber vorher habe ich etwas gehört in der Nacht«, sagte er.

# 8

Gerda Hoffner rief Alexander Hedberg an. Er hatte gerade seinen Dienst beendet und sie erwischte ihn im staatlichen Schnapsladen. Das gestand er sofort.

»Ich habe zwei Tage frei«, sagte er.

»Du brauchst dich doch nicht zu entschuldigen, wenn du Alkohol kaufst, Alexander.«

»Wein, nicht ganz billig. Unsere Herrenrunde will eine Weinprobe veranstalten.«

»Hast du die Weinflasche in der Wohnung in der Götabergsgatan gesehen? Deswegen rufe ich an. Hast du die Weinflasche in der Küche gesehen?«

»Ja ... ich glaube schon.«

»Du bist nicht ganz sicher?«

»Nein. Warum fragst du?«

»Ich weiß es nicht. Es geht mir nicht aus dem Kopf. Ich bin anscheinend die Einzige, die in beiden Wohnungen gewesen ist. Da gibt es Ähnlichkeiten. Wie die Weinflaschen in der Küche. Gemälde. Und die Bücher. Ist dir aufgefallen, dass die Bücher auf den Nachttischen sehr ordentlich gestapelt waren?«

»Nein, das kann ich nicht behaupten.«

»Okay.«

»Da musst du wohl mit der Spurensicherung und denen von der Fahndung reden.«

»Ich weiß nicht recht, Alexander.«

»Warum nicht?«

»Ich will mich nicht blamieren.«

Er lachte auf. »Wenn du davor Angst hast, hast du den falschen Job.«

»Meinst du?«

»Die Polizei blamiert sich ziemlich häufig, findest du nicht? Jedenfalls in den Augen der Allgemeinheit.«

»Hier geht es nicht um die Sicht der Allgemeinheit.«

»Um wessen Sicht geht es denn?«

»Tja ...«

»Möchtest du selber Fahnder werden, Gerda? Geht es darum?«

»Ich weiß es nicht. Nein. Willst du jetzt nicht deinen Wein kaufen?« Sie sah auf ihre Armbanduhr. »Es ist drei Minuten vor sechs. Bald lassen sie dich nicht mehr raus. Dann musst du die Nacht im Schnapsladen verbringen.«

»Funktioniert das so?«

»Beeil dich«, sagte sie, »und vielen Dank.«

Bent Mogens empfing Louise Carlix, Gloria Carlix' Mutter. Sie war groß, aber ihr Körper war zusammengesunken vor Trauer.

»Mein Mann hat eine Lungenentzündung«, sagte sie. »Er konnte nicht kommen.«

Mogens nickte.

Louise Carlix brach in Tränen aus.

»Kann ich etwas für Sie tun?«, fragte Mogens. »Eine Tasse Kaffee? Ein Glas Wasser?«

Sie schüttelte den Kopf, nahm ein Taschentuch aus ihrer Handtasche und putzte sich diskret die Nase. Sie sah auf.

»Es ist furchtbar«, sagte sie. »Es ist wie ein Alptraum.« Sie schnaubte wieder in das Taschentuch. »Am liebsten ... wäre man selber tot.« Sie steckte das Taschentuch in die Tasche. »Das eigene Kind.« Tränen liefen ihr über die Wangen. »Gloria ... war unser einziges Kind. Was ... was ... Warum sie? Warum?«

»Wir wissen noch nichts Genaueres«, antwortete Mogens.

»Was wissen Sie nicht?«

»Wir wissen nicht, wie es sich abgespielt hat.« Mogens begegnete ihrem Blick. Dann schaute sie in ihren Schoß. Sie mochte um die fünfzig sein, vielleicht etwas älter. Ihr Gesicht war ein wenig rundlich, aber nicht füllig. Mogens erkannte die Tochter in ihren Zügen. »Oder warum.«

»Wir haben noch nicht mit Mats und Ann gesprochen«, sagte sie. »Wir haben sie noch nicht getroffen, wollten sie nicht treffen.«

»Wie bitte?«

»Mats und Ann, Eriks Eltern. Wir ... es ist unmöglich, ihnen zu begegnen. Das übersteigt unsere Kräfte.« Sie sah auf. »Haben Sie mit ihnen gesprochen?«

»Ja, gestern, ganz kurz.«

»Sind die beiden gestern aus Spanien zurückgekommen?«

»Ich glaube, ja«, sagte Mogens. »Oder vorgestern.«

»Wir haben unser Haus verkauft«, sagte sie rasch, als wollte sie so schnell wie möglich etwas Unangenehmes loswerden.

Vielleicht Erinnerungen, dachte Mogens.

»Wir haben das Haus verkauft«, wiederholte sie. »Wir haben uns dort nicht mehr wohl gefühlt.«

»Warum haben Sie sich nicht mehr wohl gefühlt?«

»Das ... ich weiß es nicht. Wir hatten wahrscheinlich Heimweh. Da unten war man letzten Endes doch nicht richtig zu Hause. Es ist nie ein Zuhause geworden.«

»Kannten Sie die Familie Lentner?«

»Ja.«

»Aus Spanien?«

»Ja.«

»Kannten Erik und Gloria sich schon lange?«

»Seit sie Kinder waren«, antwortete sie rasch und brach wieder in Tränen aus. »O... oder Jugendliche. Seit wir nach Spanien gezogen sind.«

Mogens dachte an Spanien. Costa del Sol. Dort war er noch nie gewesen. In dieser Ermittlung hatte es den Anschein, als wären alle dort gewesen, hätten in Spanien gewohnt, gelebt. Aber niemand von ihnen war dort gestorben. Zwei Frauen waren hier gestorben. Konnte man behaupten, sie kämen aus Spanien?

Hatten sie einander gekannt? Madeleine Holst und Gloria Carlix?

»Kannten Sie Madeleine?«, fragte er.

Sie hatte das Taschentuch wieder hervorgenommen und schaute hoch. »Wen?«

»Madeleine Holst. Ein anderes Mädchen, das ebenfalls ermordet wurde. Durch ihre Eltern hatte auch sie Verbindung zu Spanien. Costa del Sol.«

»Holst? Ja, es gab ... der Name kommt mir bekannt vor. Holst ... aber ich bin nicht sicher.«

»Annika und Peder Holst«, sagte Mogens. »So heißen ihre Eltern.«

»Haben die da unten ein Haus?«

»Ja, an der Costa del Sol. Nueva Andalucia, in der Nähe von Marbella.«

»Ich weiß.« Sie schnäuzte sich wieder. »Wir könnten ihnen bei irgendeiner Veranstaltung begegnet sein. Vielleicht in Fuengirola. Vielleicht in Verbindung mit der Kirche.« Sie weinte jetzt heftig, lauter als vorher, es musste bis in den Korridor zu hören sein, durchs ganze Haus. Es war nicht das erste Mal. Mit trauernden Angehörigen umzugehen gehörte zu ihrem Job. Das Präsidium war manchmal das reinste Beerdigungsinstitut.

»Stig und Linnea Barkner?«, fragte Mogens.

»Wie bitte?«

»Stig und Linnea Barkner sind Martin Barkners Eltern. Der junge Mann, der mit Madeleine zusammengelebt hat.«

»Der sie umgebracht hat?«, fragte sie. Plötzlich war ihre Stimme kräftiger, kühler. »Er hat sie doch umgebracht?«, wiederholte sie.

»Wir wissen es noch nicht«, antwortete Mogens.

»Genau wie bei Erik?« Sie wirkte jetzt auch stärker, als hätte sie sich mit der Realität abgefunden. Das Taschentuch war verschwunden. Sie sah aus, als hätte sie es auf den Fußboden geworfen und sich abgefunden. »Hat er gestanden? Hat er gesagt, dass er es war?«

»Nein.«

»Warum nicht?«

»Das weiß ich nicht«, antwortete Mogens.

»Aber er war es doch, oder?«

»Noch können wir nicht behaupten, dass wir es glauben. Im Augenblick vermeiden wir, irgendetwas zu glauben. Noch vernehmen wir ihn.«

»Warum glauben Sie nicht, dass er der Täter ist? Liegt das nicht auf der Hand?!«

»Darüber möchte ich jetzt und hier nicht diskutieren«, erwiderte Mogens.

»Gott«, sagte sie dann etwas leiser, »es ist ... Ich wusste es. Ich wusste, dass es passieren würde.«

»Was haben Sie gesagt?« Mogens beugte sich vor. »Wie meinen Sie das?«

»Ich wusste, dass er es tun würde.«

»Herman Schiöld«, sagte Susanna Jax. »Er meinte, in der Nacht Schritte im Treppenhaus gehört zu haben.«

»Um wie viel Uhr?«, fragte Mogens.

»Er hat nicht auf die Uhr gesehen. Irgendwann mitten in der Nacht.«

»Hat jemand anders etwas gehört?«

»Nein, weder in dem Haus noch die Nachbarn in der Götabergsgatan.«

»Er kann ja wer weiß was gehört haben.«

»Was sagen die anderen Hausbewohner?«, fragte Sverker Edlund. »War einer von denen wach und ist durchs Treppenhaus gegangen?«

»Nein«, antwortete Patrik Lennartsson.

»Und da sind sich alle ganz sicher?«

»Wenn sie nicht schlafgewandelt sind.«

»Kann man in diesen Wohnungen wirklich Schritte aus dem Treppenhaus hören?«, fragte Mogens. »Sind die nicht auf Teufel komm raus lärmgedämmt? Wände so dick wie die Chinesische Mauer?«

»Ich weiß es nicht«, sagte Susanna Jax. »Aber er behauptet, Schritte gehört zu haben.«

»Ist er ganz sicher?«

»Er hat was gehört, behauptet er. Das wie Schritte klang. Aber mehr kann er nicht sagen.«

»Hat er solche Schritte früher schon mal gehört?«, fragte Mogens.

»Ich habe ihn nicht gefragt.«

»Dann tu das.« Mogens sah Susanna Jax an. »Nun guck nicht so sauer.«

»Ich hätte selbst daran denken sollen«, sagte sie.

»Vielleicht ist er verrückt«, sagte Edlund. »Hört ständig Schritte im Kopf.«

»Du brauchst mir nicht zu helfen, Sverker«, sagte sie.

»Apropos verrückt«, sagte Mogens. »Wann können wir mit den Geständnissen rechnen?«

»Von beiden oder einem von ihnen?«, fragte Edlund.

»Möglichst von beiden, ist doch klar.«

»Vielleicht nie«, antwortete Edlund.

# 9

Torsten Öberg war stellvertretender Chef der Spurensicherung, und es gefiel ihm nicht, dass Leichen in den äußeren Schären herumschwammen, identifiziert oder nicht. Er mochte den Tod nicht. Er mochte Gewalt und Verbrechen nicht. Sein Job wäre viel einfacher, wenn es keine Gewaltverbrechen gäbe. Dann könnte er Pilze sammeln gehen. Oder angeln. Aber angeln mochte er auch nicht, und er hatte noch nie auch nur einen einzigen Pilz aus der Erde gedreht, nicht einmal als Kind, soweit er sich erinnerte, auch Beeren hatte er kaum gepflückt. Das war nicht dieselbe Herausforderung. Sein Job war eine Herausforderung. Man musste ihn nicht lieben, aber Öberg konnte sich schwerlich eine andere Tätigkeit vorstellen. Als Kind hatte er darüber nachgedacht, warum tote Fliegen so aussahen, wie sie aussahen. Grashüpfer, Wespen. Wo sie ihrem Schicksal begegnet sein mochten und wie und vielleicht auch manchmal, warum sie sterben mussten. Aber das »Warum« war nicht seine Abteilung. Ob sie Spuren am Körper oder der Kleidung des Toten gefunden hatten? Nein. Wenn es Spuren von vorher gegeben hatte, so waren sie vom Salzwasser abgespült worden. Salzwasser hatte die perfekte Wirkung. Leg das Resultat deines Verbrechens in Salzwasser, und die meisten Spuren verschwinden. Es wirkt wie Säure.

Er saß an seinem Schreibtisch und studierte die Bilder, die vor ihm lagen. Sie zeigten nicht den Toten an Winters Strand, sondern zwei Zimmer, die einander auf den ersten Blick ähnelten. Aber welches Schlafzimmer ähnelte nicht dem anderen? Sie waren gewissermaßen wie Hotelzimmer. Das Bett sehr dominant. Ein Möbelstück, ein Stuhl. Fußboden, Nachttische, etwas darauf. Etwas an den Wänden. Etwas auf den Betten. Öberg betrachtete eins der Fotos. Der Frauenkörper war mit einem Laken bedeckt. Nur das Gesicht war zu sehen. Es war ganz offensichtlich das Gesicht eines toten Menschen, die Blässe, die Leichenflecken. Das hatte nichts mit Schlaf zu tun.

Einige wenige, sehr undeutliche Druckstellen, die aller Wahrscheinlichkeit nach von dem Gewicht eines Kissens herrührten, das auf ihr Gesicht gedrückt worden war. Ein minimaler Riss in einem Nasenloch. Sie hatte keinen Widerstand geleistet, es hatte keinen Widerstand gegeben. Sie hatte geschlafen, war bewusstlos gewesen. Sie musste bewusstlos gewesen sein. Er betrachtete ein anderes Bild, ein anderes Gesicht. Hatte auch diese Frau geschlafen? Das Bild strahlte die gleiche Ruhe aus. Auch ihr Gesicht war friedlich im Tod. Das war falsch. Das war der größte Fehler. Es sollte nicht friedlich aussehen. Weitere Personen waren auf den sechs Fotos nicht zu sehen, die vor Öberg lagen, drei aus jeder Wohnung. Aber es waren mehr Personen anwesend gewesen, bevor die Fotos aufgenommen worden waren. Öberg rieb sich die Nasenwurzel. In den vergangenen Tagen plagte ihn dort ein irritierender Juckreiz, vielleicht ausgelöst durch das Licht in diesem Raum. Sie hatten neue Schreibtischleuchten bekommen, moderne mit aggressiverem Licht. Das hing natürlich mit der neuen Zeit zusammen. Heutzutage war das weiche, beruhigende Licht der alten Lampen nur noch Erinnerung.

In den beiden Mordfällen hatte die Spurensicherung die Untersuchungen der Wohnflächen, insbesondere der Schlafzimmer, abgeschlossen, soweit er informiert war. Eingangsbereich, Ausgang, Fingerabdrücke. Waffen, falls man das Kissen dazuzählte, oder die Kissen. Aber aus seinem Blickwinkel war ein Kissen so gut wie wertlos. Blutvorkommen. Ein dämliches Wort. Es gab viele dämliche Wörter in diesem Job. Keine anderen Fingerabdrücke als die des Mannes und der Frau. Keine anderen Spuren als seine und ihre auf den Flächen um das Bett herum, in keiner der beiden Wohnungen.

Noch kein Geständnis, soweit er gehört hatte. Vielleicht war es der Schock. Der traf auch die Betroffenen. Auch ein Totschläger hatte vielleicht Gefühle, aber sicher war es nicht. Ein Mörder. Ein Soziopath vergoss häufig Tränen über das, was er getan hatte, aber nur kurze Zeit, solange die Erinnerung anhielt. Diese beiden Männer hatten vielleicht schon alles vergessen. Sie würden nie gestehen. Wie soll man etwas gestehen, von dem man *weiß*, dass man es nicht getan hat? Deswegen musste man nicht unbedingt verrückt sein. Es gab Schuldige, die nie gestanden, es war eine Frage des Prinzips, unabhängig von Beweisen. Erneut studierte Öberg die Fotos, nahm sie in die Hand, legte sie wieder hin. Irgendetwas störte ihn auf diesen Bildern, aber er konnte nicht sagen, was es war. Es waren normale Bilder von einem Tatort. Normale Bilder in seiner Welt. Er legte sie zurück auf den Schreibtisch. Wenn diese Kerle doch bloß gestehen würden, damit ich mir das hier nicht mehr anschauen muss. Es gibt anderes, das ich anschauen möchte. Er stand auf.

Als er auf dem Flur war, hörte er das Telefon in seinem Büro klingeln. Er kehrte um und hob ab.

»Ich bin's nur«, sagte Mogens.

»Doch nicht *nur*, Bent.«

»Du wolltest mich sprechen.«

»Ja. Da ist etwas auf den Fotos von den Zimmern, das ich nicht begreifen kann«, sagte Öberg.

»Was?«

»Ich sag doch, ich komme nicht dahinter.« Öberg machte eine Pause. Er stand am Schreibtisch. Im Zimmer war es halbdunkel, als würde es draußen dämmern. Aber es war keine Dämmerung. Es war mitten am Tag, fünf Minuten nach zwölf. Jetzt begann die Jahreszeit, in der viele arme Tröpfe eine Lichttherapie brauchten. Er war einer von ihnen. »Sie sehen sich zu ähnlich.«

»Die Zimmer? Die Verbrechen?«

»Beides. Aber ich weiß nicht recht, worauf ich den Finger legen soll.«

»Nein.«

»Aber das ist ja eigentlich auch nicht mein Job. Tja, das Beste für alle wären wohl Geständnisse.«

»Ich habe mit der Mutter des Mädchens gesprochen«, sagte Mogens. »Glorias Mutter. Sie war nicht überrascht.«

»Überrascht wovon?«

»Dass es passiert ist. Dass er sie umgebracht hat.«

»Dann hätte sie doch längst Alarm schlagen sollen.«

»Es wirkte eher so, als sei sie nicht überrascht, dass Erik Lentner zu so einer Tat fähig ist.«

»Warum war sie nicht überrascht?«

»Sie sagte, er habe Gloria grausam behandelt. Den Ausdruck hat sie benutzt. Grausam.«

»Hat er sie geschlagen?«

»Die Mutter glaubt es.«

»Sie glaubt es? Was hat ihr die Tochter erzählt?«

»Nichts.«

»Der Gerichtsmediziner hat keine Spuren von Misshandlung an ihrem Körper gefunden.«

»Nein.«

»Aber man kann ja auch auf andere Art und Weise grausam handeln. Was sagt er selber?«

»Edlund hat ihn nach ihrem Verhältnis ausgefragt. Wenn wir Lentner glauben wollen, war es der reinste Garten Eden.«

»Hm. Aber Eden ist zur Hölle gefahren, oder?«

Winter und Ringmar warteten auf ihren Stammtisch bei Ahlströms. Zwei ältere Frauen hatten ihre Muffins verzehrt und waren gerade bei der zweiten Tasse Kaffee angelangt. Winter und Ringmar versuchten, sich so diskret wie möglich zu verhalten, während sie warteten.

»Ist das zwanghaft?«, sagte Ringmar. »Dass wir in diesem Café immer am selben Tisch sitzen müssen?«

»Ja.«

»Woher kommt so was?«

»Macht der Gewohnheit. Die ist stark. Und ohne sie sind wir gar nichts.«

Die Frauen hatten sich erhoben. Ein Rentnerehepaar, das wie aus dem Nichts auftauchte, war auf dem Weg zu dem Tisch. Sie hatten ihn fast erreicht. Ringmar reagierte schnell. Er durchquerte den Raum und zeigte seinen Dienstausweis.

»Entschuldigung«, sagte er.

»Wird es gleich knallen?«, fragte die Frau. Sie sah aus wie Ringmars Großmutter.

»Wir wissen es nicht«, sagte Ringmar.

»Wie aufregend!«

»Es gibt noch einen freien Tisch im Nachbarraum«, sagte Ringmar. »Mein Kollege wird dafür sorgen, dass sie ihn bekommen.«

»Warum können wir nicht hier sitzen?«, fragte der Mann, der wie der Vater der Frau aussah, älter als hundertzwanzig.

»Wir müssen die Straße im Auge behalten«, antwortete Ringmar.

»Das musst du doch verstehen, Albin«, sagte die Frau.

Winter hatte den größten Teil des Gesprächs mitbekommen und war in den Raum vor dem Lichthof gegangen, wo er den leeren Tisch bewachte. Er rückte der Dame den Stuhl zurecht, als das Paar bei ihm ankam.

»Wie höflich die Polizei ist«, sagte sie. »Vielen Dank, junger Mann.«

»Wir danken«, sagte Winter.

»Die Macht der Gewohnheit«, sagte Ringmar, als Winter an den Stammtisch zurückkehrte.

»Herrje, Bertil.«

»Jetzt können wir hoffentlich endlich bestellen«, sagte Ringmar.

»Holländerschnitte?«, fragte Winter.

»Musst du überhaupt noch fragen?«

Gerda Hoffner saß im Streifenwagen und sah die Stadt vorbeigleiten. In den Straßen war schon Weihnachten. Jedes Jahr wurde es früher Weihnachten, bald reichte der November nicht mehr. In einigen Jahren wären sie mitten im Sommer bei Weihnachten angelangt. Dann würde es wie in Australien sein. Im Bikini unterm Tannenbaum. Aber sie besaß keinen Bikini. Sie wollte keinen Bikini tragen. Die Leute waren alle schwarz und braun gekleidet, hier und da ein bisschen rot. Rot war die Weihnachtsfarbe. Gerda Hoffner mochte Weihnachten nicht. Es war schlimm, das zuzugeben. Als Kind hatte sie sich auf Weihnachten gefreut, aber sie war kein Kind mehr. Sie war jetzt einsam. Das Leben eines Erwachsenen brachte Einsamkeit mit sich. So würde es weitergehen, bis sie starb. Mehr war es nicht. Die Kindheit war nur eine kurze Episode. Danach wartete die große Einsamkeit. Es war schrecklich, darüber nachzudenken.

Sie bogen von der Norra Hamngatan ab und fuhren über den Kanal. Johnny Eilig parkte vor der Fischerkneipe. Er sah auf die Uhr.

»Pause«, sagte er und schaute sie an.

»Ach?«

»Ich muss mir die Beine vertreten. Ich bin ganz steif.«

»Ja, es ist wirklich nicht gesund, so lange im Auto zu sitzen.«

»Wir sollten mehr laufen. Zu Fuß patrouillieren. Warum machen wir das eigentlich nicht?«

»Wir können ja die Kungsgatan raufgehen«, sagte sie.

»Gute Idee.«

Sie patrouillierten die Västra Hamngatan hinauf und dann weiter durch die Kungsgatan. Polizisten, die zu Fuß gingen, waren ein relativ ungewohnter Anblick, und die Leute drehten sich nach ihnen um. Es wurde viel ruhiger im Zentrum. Weniger nervös. Gerda Hoffner fing das eine oder andere Lächeln auf. Die Menschen verlangsamten ihr Tempo und verhielten sich etwas freundlicher zueinander. Alkoholiker und Rauschgiftsüchtige bewegten sich etwas sicherer. Straßenmusikanten spielten einen fröhlicheren Göteborgtriller, nicht die übliche slawische Melancholie. Die Stadt wirkte plötzlich viel kleiner. Göteborg war eine Kleinstadt. Jeder kannte gewissermaßen jeden. Es war wie früher. Früher kannte jeder jeden, dachte sie. Als ich Kind war. Und als meine Eltern in Leipzig aufwuchsen. Da kannte die Geheimpolizei jeden. Unter der Stasi waren alle eine einzige große Familie. Alle hatten ein zweites Zuhause, in das sie einkehren konnten, in den Bunker am Dittrichring. Runde Ecke. Sie war dort gewesen, in dem Museum, das aus vorhandenen Requisiten entstanden war. Alles sieht aus wie damals. Ein schreckliches Museum. *Eine Stätte der Mahnung, des Gedenkens und des Lernens.*

»Wollen wir was essen?«, fragte Eilig.

»Warum nicht.«

»Lass uns zu Ahlströms gehen.«

Auf der Korsgatan kamen sie an Buttericks vorbei. Im Schaufenster hingen rote Nasen und weiße Bärte, mittendrin stand ein kahlköpfiger Wichtel. Noch keine Zipfelmütze, kein Bart. Die Schaufensterpuppe war jung und gutaussehend, direkt aus dem Fenster von Massimo Dutti oder einer anderen Modeboutique für Männer geholt. Auch Schaufensterpuppen müssen an verschiedenen Plätzen arbeiten, dachte sie. Vielleicht vermittelt von einer Zeitarbeitsfirma.

Sie betraten Ahlströms. Johnny sah sich um.

»Scheint alles besetzt«, sagte er.

»Wir gehen woanders hin«, sagte Gerda Hoffner. »Hier gibt es ja keinen einzigen freien Stuhl.«

»Da hinten am Fenster winkt jemand.«

»Ich sehe es«, sagte Gerda.

»Er kommt mir bekannt vor. Hab ich den nicht schon mal im Haus gesehen?«

»Das ist ein Kommissar ... vom Fahndungsdezernat, glaube ich.«

»Kennst du ihn?«

»Seinen Namen habe ich vergessen.«

»Jetzt kommt er auf uns zu.«

»An unserem Tisch gibt es noch zwei freie Plätze«, sagte Ringmar.
»Das ist doch nicht nötig«, antwortete Gerda Hoffner.
»Seid ihr schüchtern?«, fragte Ringmar.
»Nicht mehr als nötig«, sagte Johnny.
»Bestellt euch was und kommt an unseren Tisch.« Ringmar kehrte zu Winter zurück.
»Wer ist der andere?«, sagte Johnny. »Der kommt mir bekannt vor.«
»Erik Winter«, sagte sie.
»Ach, der ist das.«
»Ich weiß nicht, ob ich bei denen sitzen möchte«, sagte sie.
»Warum nicht?«
»Ich weiß nicht ...«
»Du kannst sie ja auf das ansprechen, wovon du mir erzählt hast.«
»Niemals.«
»Ach, nein?«
Sie gaben ihre Bestellungen auf und nahmen die Teller mit Kopenhagenern entgegen.
»Möchte mal wissen, woran sie erkannt haben, dass wir Kollegen sind«, sagte Johnny.
»Vielleicht an unseren Uniformen.«
»Aber die tragen doch keine?«
»Ja, komisch, oder?«
»Ich glaube, wir beide werden ein gutes Paar«, sagte Johnny.
»Nur im Dienst«, antwortete sie.
»Vielleicht nur in den Pausen.«
Sie hatten den Tisch fast erreicht. Gerda Hoffner war ein wenig nervös. Sie sah Erik Winter sich ein Handy ans Ohr halten. Sie hatte kein Signal gehört. Langsam erhob er sich, während er immer noch ins Telefon sprach. Der andere war ebenfalls aufgestanden, Ringmar. Winter ließ das Handy sinken und sagte etwas zu Ringmar. Sie verließen den Tisch und trafen Johnny und Gerda Hoffner mitten im Raum.

»Wir müssen leider gehen«, sagte Winter und reichte ihr die Hand. »Nett, Sie kennenzulernen.«
Aber wir haben uns doch gar nicht kennengelernt, dachte sie, während die beiden Kommissare das Café verließen.

Der Tote am Strand hieß Anders Dahlquist. Er hatte in einem der Hochhäuser südlich vom Doktor Fries torg gewohnt, ein sogenannter Alleinstehender. Schließlich hatte doch jemand an ihn gedacht, jemand an seinem Arbeitsplatz. So war das manchmal. Ein Gesicht, das verschwand. Ein unbeantworteter Anruf vielleicht. Ein Besuch bei einer alten Adresse. Nur so zur Kontrolle. Ein kurzer Gedanke. War das nicht er?
»Früher hieß es Junggeselle«, sagte Fredrik Halders.
»Wie jung ist er geworden?«, fragte Aneta Djanali.
Fredrik und Aneta, Winters Kollegen, zwei Kriminalinspektoren, die einander gefunden hatten und zusammengezogen waren, sich fast für immer getrennt hätten und jetzt wieder zusammenlebten. Winter wusste nicht genau, was sie durchgemacht hatten oder was passiert war, aber er hatte den Verdacht, dass es sich um den gleichen Virus handelte, der ihn ebenfalls befallen hatte. Und Bertil und noch andere im Dezernat, vielleicht im ganzen Präsidium. Oder in der ganzen Stadt. Dem Land. Vielleicht ging es um Einsamkeit, er wusste es nicht. Irgendwann fühlt sich jeder mal einsam. Es spielt keine Rolle, wie viele Menschen sich in unmittelbarer Nähe befinden. Es wird still. Und im vergangenen Jahr war es still gewesen, ungewöhnlich still.
»Fünfunddreißig«, sagte Ringmar.
»Jesus ist dreiunddreißig geworden«, sagte Halders.
»Was hat das denn mit dem Fall zu tun?«, fragte Aneta Djanali.
»Ist mir nur so durch den Kopf geschossen«, antwortete Halders.
»Dahlquist ist kurz vor seinem Tod auf keiner Beerdigung gewesen«, sagte Winter.
»Das klingt ja fast komisch«, sagte Halders.
»Nicht alle teilen deinen Sinn für Humor«, sagte Ringmar.

»Vielleicht sind im Augenblick weiße Schlipse in«, sagte Halders.

»Auf keinen Fall«, sagte Aneta Djanali.

»Tragen nicht alle Typen in den Gangsterfilmen der siebziger Jahre weiße Schlipse?«, fragte Halders.

»Ein Punkt für dich!«, sagte Ringmar.

»Vielleicht ist er ein Gangster«, fuhr Halders fort. »Vielleicht ist das sein Stil.«

»Aus den Siebzigern?«, fragte Aneta Djanali.

»Er hat seinen Stil und alles Drum und Dran mit in das neue Jahrtausend genommen.«

»Da er fünfunddreißig ist, wurde er 1973 geboren«, sagte Aneta Djanali.

»Na und?«

»Er war Immobilienmakler«, sagte Ringmar.

»Hab ich's nicht gesagt, dass er Gangster war«, sagte Halders.

»Vorsicht«, warnte Winter.

»Magst du Immobilienmakler, Erik?«

»Man kann nicht alle über einen Kamm beurteilen.«

Aneta Djanali kicherte.

»Über einen Kamm scheren, heißt das«, korrigierte Halders.

»Das habe ich gerade selbst erfunden«, sagte Winter. »Es klingt besser.«

Halders strich sich über den kahlen Schädel. Auf einem rollenden Stein wächst kein Moos. Endlich war er ein Mann und all das geworden. Er musste nichts mehr verbergen.

»Vielleicht hat er jemandem eine Bruchbude angedreht, und der hat sich durch Erwürgen an ihm gerächt«, sagte er. »So einfach ist das.«

»Dann hätten wir aber viele Morde«, sagte Ringmar.

»Haben wir das nicht auch?«

»Nicht aus diesem Grund.«

»Wo hat er gearbeitet? Was war sein Gebiet?«

»Zentrum, City nennt man das heute wohl«, sagte Winter. »Maklerbüro an der Avenyn. Es heißt Morenius. Exklusiv.«

»Ja, pervers«, sagte Halders. Er sah Winter an. »Ist die Spurensicherung fertig mit seiner Wohnung?«
»Ja.«
»Wollen wir dann mal los?«

Die Aussicht über Göteborg vom fünften Stock war sehr hübsch. Sie waren umgeben von Fenstern. Die Wohnung bestand aus drei großen Zimmern, einer modernen Küche, die nicht billig wirkte. Einem Balkon, der stabil zu sein schien. Halders wagte ein paar vorsichtige Schritte hinaus. Der Balkon hielt.
»Nicht schlecht.« Er drehte sich um.
Winter betrachtete das offene Wohnzimmer, wenn man es so nennen konnte. Es ging über in den nächsten Raum. Das Ganze wirkte wie ein luftiges Loft.
Die Spurensicherung hatte nichts gefunden, was auf den ersten Blick verdächtig wirkte. Kein Verdacht, dass in dieser Wohnung ein Verbrechen stattgefunden haben könnte.
Nirgendwo gab es weiße Schlipse. Im Schrank hingen nur ein paar Anzüge. Ein Oscar Jacobson, der an den Anzug erinnerte, den der Tote getragen hatte. Einige von Boss, aber nichts Teureres. Winter trug an diesem Tag selber einen Oscar Jacobson. Er hatte ihn schon länger nicht mehr getragen.
Alles war sehr ordentlich.
»Ein Pedant«, stellte Halders fest, der den Balkon verlassen und einen Rundgang durch die Wohnung unternommen hatte. »Es ist so verdammt ordentlich.«
Winter nickte.
»So ordentlich kann es nur bei jemandem sein, der allein lebt.«
Wieder nickte Winter.
»Kein Leben«, sagte Halders.

## 10

Wer war Anders Dahlquist? Wer war daran interessiert, seine Existenz auszulöschen? Woher kam er? Wohin war er unterwegs? Die üblichen existentiellen Fragen. Anders Dahlquist waren sie jetzt egal. Aber Erik Winter nicht.

»Warum war er so gekleidet?«, sagte er.

Sie saßen in Ringmars Büro. Dort gab es keine Musik. Ringmar wollte sich beim Denken zuhören können. Es war ein Geräusch, das an nichts anderes erinnerte. Möglicherweise an Wind, der an einem Sommerabend durch eine Baumkrone streicht. Diese letzte Brise kurz vor neun.

»Die Beerdigungsspur müssen wir wohl aufgeben«, sagte Ringmar. »Kein Treffer bei irgendeinem Institut.«

»Nein.«

»Jemand könnte ihm den Schlips umgebunden haben, nachdem er erwürgt wurde«, sagte Ringmar.

»Hm. Jedenfalls ist er nicht mit dem Schlips erwürgt worden.«

»Nein, in dem Punkt war Pia ganz sicher.«

»Das hätte ja auf der Hand gelegen, wie man so sagt.«

»Aber er ist mit der Kraft von Händen erwürgt worden«, sagte Ringmar. »Muss ein ziemlich starker Mörder gewesen sein.«

Winter hob die rechte Hand und rieb einen Punkt über seinem rechten Auge.

»Kopfschmerzen?«, fragte Ringmar.
»Nein, nein, es juckt nur.«
»Bist du sicher?«
»Warum zum Teufel sollte ich nicht sicher sein?«
»Tja ... ich frag ja bloß. Beruhige dich.«
»Ich bin ruhig. Ich darf mich ja wohl am Kopf kratzen, ohne dass du gleich misstrauisch wirst?«
»Misstrauisch? Wieso sollte ich misstrauisch sein?«
»Wegen nichts, Bertil. Vergiss es.«

Ringmar schien noch etwas sagen zu wollen, was er nicht vergessen wollte, schloss den Mund jedoch wieder.

»Stark, ja«, sagte Winter. »Ein Mann.«
»Wahrscheinlich.«
»Der seine Brieftasche geklaut hat.«
»Vielleicht.«
»Der nicht wollte, dass wir rausfinden, wer das Opfer war. Nicht sofort.«
»Nein.«
»Warum wollte er das nicht?«
»Spuren verwischen«, sagte Ringmar.
»Welche Spuren?«

Ringmar hob die linke Hand und kratzte sich an der Stirn.

»Kopfschmerzen?«, fragte Winter.
»Darf man sich nicht mal am Schädel kratzen?«
»Ich konnte es mir nicht verkneifen«, sagte Winter.
»Wollen wir weiterarbeiten?«
»Welche Spuren?«, wiederholte Winter.
»Spuren von ihrem Umgang.«
»Umgang?«
»Sie haben sich getroffen und sind von anderen gesehen worden. Er wollte nicht, dass wir es sofort erfahren.«
»Irgendwann erfahren wir es ja doch.«
»Vielleicht auch nicht.«
»Warum nicht?«
»Es ist zu spät.«

Winter dachte über Ringmars Worte nach. Was für eine Absicht steckte dahinter, die Identifizierung hinauszuzögern?

»Wenn es eine Verzögerung war«, fuhr Ringmar fort. »Der Versuch einer Verzögerung.«

»Vielleicht hat Dahlquist seine Brieftasche im Wasser verloren.«

»Nein.«

»Warum nicht?«

»Das wäre zu einfach. Außerdem fällt eine Brieftasche, die in einer Innentasche steckt, nicht heraus. Die bleibt da drin.«

»Vielleicht hatte er gar keine«, sagte Winter.

»Nein.«

»Nein was?«

»Das ist auch zu einfach. Jeder trägt eine Art Identifikation bei sich.«

»Ach?«

»In diesem Land ist es Pflicht. So sind wir erzogen.«

»Geprägt«, sagte Winter. »So sind wir geprägt.«

»Okay, geprägt. Man verlässt das Haus nicht ohne seine Papiere.«

»Vielleicht hat er das Haus ohne Mantel verlassen«, sagte Winter. »Oder er hatte einen an, und der ist verschwunden.«

»Ohne Mantel war es ziemlich kühl.«

»Es war ein schöner Tag, ein Sakko-Tag, mit etwas gutem Willen.«

»Vielleicht brauchte er keine Oberbekleidung«, sagte Ringmar. »Er war an einem Ort, wo er keine brauchte.«

»Innerhalb eines Hauses?«

»Genau.«

»Dann hängt sein Mantel irgendwo an einem Haken oder einer Garderobe.«

»Vielleicht.«

»Mit einer Brieftasche in der Innentasche.«

»Möglich.«

»Oder er hat den Mantel draußen abgelegt. Oder der Mörder hat ihn mitgenommen.«

Sie praktizierten ihre Methode, ein Assoziationsspiel, bei dem jeder Gedanke ausgesprochen wurde, der ihnen durch den Kopf ging, ohne Vorbereitung oder Verzögerung. Ohne Ehrgeiz. Als würden sie einen Text laut vorlesen. Das war häufig hilfreicher als stummes Nachdenken.

»Das Verbrechen war nicht geplant«, sagte Winter.

»Nein.«

»Es hat sich so ergeben.«

»Als sie hinausgingen.«

»Als sie hinausgingen, um ein bisschen Luft zu schnappen.«

»Im Meereswind. Um das Meer zu sehen. Um die Sonne aufgehen zu sehen.«

»Oder den Sonnenuntergang.«

»Das ist auch möglich. Aber im Dezember liegt viel Zeit zwischen Sonnenuntergang und Sonnenaufgang.«

»Unser Mann hat seinen letzten Sonnenaufgang vielleicht gar nicht mehr gesehen«, sagte Winter.

»Vielleicht wusste er es«, sagte Ringmar.

»Er war ungefähr vierundzwanzig Stunden tot, als ich ihn fand.«

»Wie lange hat er im Wasser gelegen?«

»Das wissen wir nicht. Womöglich, seit er umgebracht wurde. Auf jeden Fall mehrere Stunden, zwölf Stunden, vielleicht auch vierundzwanzig.«

»Er war kein Segler«, sagte Ringmar.

»Er besaß kein Segelboot«, sagte Winter. »Das ist alles, was wir wissen.«

Ringmar kratzte sich wieder an der Stirn. Winter sagte nichts. Auch er spürte erneut einen psychosomatischen Juckreiz über dem Auge, widerstand jedoch dem Impuls, sich zu kratzen.

»Das Verbrechen war geplant«, sagte Ringmar.

»Ja.«

»Seit langem geplant.«

»Irgendwas in seinem Bekanntenkreis.«

»Der war nicht groß«, sagte Ringmar.

»Er existierte gar nicht«, sagte Winter.
»Unser Mann war ein einsamer Mensch.«
»Das wissen wir noch nicht.«
»Unser Mann führte ein geheimes Leben.«
»Ja.«
»Er kannte viele Menschen. Makler haben viele Kunden«, sagte Ringmar.
»Müssen wir dort suchen?«
»Halders' Linie. Dass er Schrott verkauft hat, und jemand wollte sich dafür rächen.«
»Wohnungen, er hat Wohnungen verkauft«, sagte Winter.
»Ist doch dasselbe.«
»Wir müssen uns die Geschäfte vornehmen, die er in der letzten Zeit gemacht hat.«
»Ich glaube, Aneta ist im Augenblick in dem Maklerbüro.«
»Die eventuelle Familie unseres Mannes«, sagte Winter.
»Warum nennen wir ihn eigentlich dauernd ›unseren Mann‹?«
»Ich weiß es nicht, Bertil.«
»Wir nennen ihn Dahlquist, das fühlt sich besser an.«
»Dahlquist. Er verlässt seine Arbeitsstelle und verschwindet.«
»Er hatte genug.«
»Er will was anderes machen.«
»Er sagt nicht, was.«
»Niemand fragt.«
»Niemand ist interessiert.«
»Hat den Scheiß satt. Er hat den Scheiß satt.«
»Die Kollegen. Die Arbeit. Die Kunden.«
»Hat alles satt.«
»Ein anderer hat noch mehr satt«, sagte Ringmar, »nämlich ihn.«

Winter stand auf. Versuchte die Schultern zu straffen, den Rücken. Er wurde langsam krumm. Saß zu viel. Zu wenig Bewegung. Er sollte jeden Tag Rad fahren, unabhängig vom Wetter. Das war Bewegung gratis, so wie das *Workout* der Polizei gratis war, aber wer ertrug schon *Workout*.

»Mist, dass alles immer so viel Zeit braucht«, sagte er. »Ich habe das so satt.«

»Es muss dauern«, sagte Ringmar. »Das bleibt uns nicht erspart, oder? Und in fast allen Fällen ist die Zeit auf unserer Seite, das weißt du auch.«

»Ich bin so ungeduldig«, sagte Winter. »Jahr für Jahr werde ich ungeduldiger. Dabei habe ich das Gegenteil erwartet. Abwarten fällt mir immer schwerer. Den Job erledigen und warten. Dieser ganze verdammte Routinekram. Immer wieder von vorn. Langsam, Schritt für Schritt. Es muss ja gemacht werden, aber ich werde ungeduldig. Ich möchte Abkürzungen finden. Gib mir Abkürzungen, Mann.«

Bent Mogens sah von seinem Schreibtisch auf. Die Tür zum Flur stand offen. Die Besucherin hatte leise angeklopft. Er erkannte sie nicht.

»Kommen Sie herein«, sagte er.

Sie näherte sich seinem Schreibtisch.

»Ich kann mich nicht an Ihren Namen erinnern«, sagte er.

»Hoffner. Gerda Hoffner. Wir sind …«

»Ah ja, jetzt fällt es mir wieder ein«, unterbrach Mogens sie. »Ich bin mit Ihnen gefahren. Bitte, setzen Sie sich.«

Sie ließ sich auf dem Zwischending von Stuhl und Sessel nieder, das Mogens in seinem Büro installiert hatte. Es sah aus wie eigenes Design. Vielleicht dänisches Design, dachte sie. Falls er Däne ist. Er hat keinen Akzent, aber das habe ich auch nicht.

»Womit kann ich Ihnen helfen?«, fragte Mogens.

»Es geht … um diese Morde«, antwortete sie. »Wenn es Morde sind. In den beiden Wohnungen.«

»Ja?«

»Ich bin offensichtlich die Einzige, die an beiden Tatorten war. Jedes Mal mit einem anderen Kollegen … Es waren auch unterschiedliche Leute von der Spurensicherung da. Und verschiedene Gerichtsmediziner.«

»Und unterschiedliche Kommissare«, sagte Mogens.

»Ja ... Ich ... ich weiß nicht, wie ich das formulieren soll. Aber ich habe über einiges nachgedacht, was damit zusammenhängt.«

»Was zum Beispiel?«

Sie erzählte. Von den Bildern, den Büchern, den Weinflaschen und den Gläsern. Fand selber, dass es sonderbar klang, wirr. Als sei sie eine Amateurfahnderin, die der Polizei auf die Sprünge helfen will, weil die Idioten nicht selber draufkommen. Sie bereute es. Sie blamierte sich.

»Vielleicht bedeutet es ja gar nichts«, schloss sie ihren Bericht. »Aber ... ich dachte, ich sollte es nicht für mich behalten.«

Mogens nickte. Er hatte keinerlei Reaktion gezeigt, während sie erzählte, jedenfalls hatte sie nichts bemerkt. Keine Belustigung in seiner Miene. Aber er war es ja gewohnt, mit Bekloppten zu reden. Streng genommen war das sein Job.

»Das ist also das ... worüber ich nachgedacht habe«, fuhr sie fort. Himmel, was quatsche ich da. So ist es wahrscheinlich, wenn man verhört oder interviewt wird. Wenn der Verhörleiter gut ist, kommt man ins Schwatzen.

Mogens nickte.

Nun sag schon was, dachte sie.

»Interessant«, sagte er. Ihm war nicht anzusehen, ob es ein Scherz war.

Er stand auf und ging zu dem Aktenschrank links von der Tür. Sie sah es, ohne sich umdrehen zu müssen. Er öffnete den Schrank, zog eine Schublade heraus und nahm eine Mappe hervor. Ein Aktenschrank, dachte sie, dass es so etwas noch gibt. Und dann auch noch aus Blech. Das ist gut. Es muss nicht alles im Computer gespeichert sein. Mogens kehrte mit der Mappe an den Tisch zurück, setzte sich und öffnete sie. Gerda Hoffner sah Dokumente, Papiere und Fotos. Er hielt ein Foto hoch und studierte es, legte es wieder hin und nahm ein anderes in die Hand, um es zu betrachten. Er schaute auf.

»Ich sehe die Bücher«, sagte er. »Sie wirken tatsächlich außergewöhnlich pedantisch ausgerichtet.«

Himmel, nimmt er es wirklich ernst, dachte sie und nickte wortlos.

»Zu den Bildern kann ich nichts sagen, das kann man nicht genau erkennen.«

»Nein.«

»Hm.« Mogens betrachtete immer noch die Fotos. »Ich weiß nicht.« Er schaute auf. »Was meinen Sie, was wir tun sollen?«

Die Frage überraschte sie.

»Ich ... ich weiß es nicht. Es ... ich konnte einfach nicht aufhören, daran zu denken.«

Er nickte.

»Was sagen die Männer?«, fragte sie. »Beim Verhör?«

»Worüber?«

Wieder fühlte sie sich sehr unwohl in ihrer Haut. Was für eine anmaßende Frage!

»Allgemein ...«

»Sie meinen, ob sie gestanden haben?«

»Ja.«

»Nein, und das erstaunt mich, aufrichtig gesagt.« Er schaute wieder auf das Foto, das er in der Hand hielt. »Sie sollten eigentlich gestehen. Nach alldem.«

Sie wusste nicht, welches Bild er in der Hand hielt, das blutige oder das saubere. Aber das spielte keine Rolle.

»Sie sollten wirklich gestehen«, wiederholte Mogens langsam wie in Gedanken. Er sah wieder auf. »Tausend Dank, Frau Hoffner.« Er erhob sich. »Wir werden darüber nachdenken.«

Nachdenken. Ja. Das musste man wohl. Eine geschickte Art, einen abzufertigen. Sie abzufertigen.

»Danke«, wiederholte Mogens und streckte ihr die Hand hin, die sie ergriff. »Danke.« Sie ging. Die Backsteinwände im Korridor waren hässlicher denn je. Ihr Mund war trocken. Es war kein Erfolg gewesen. Sie hatte einen Fehler gemacht, es war schiefgegangen. Das würde sie nicht noch einmal tun.

Sverker Edlund fuhr die Steigung oberhalb vom Anleger Långedrag hinauf. Sie wurde plötzlich steiler, er musste in den zweiten Gang runterschalten. Die Bebauung war eine Mischung von altem und neuem Geld, überwiegend neuem, schien ihm. Manche Häuser strotzten vor Geld und enthüllten einen sehr schlechten Geschmack. Von den Protzbauten sahen einige aus wie Hangarfahrzeuge mit Anlegern und Veranden, Masten, Segeln und Schornsteinen und keinem Kapitän. Neues Geld und ein unsicheres Gefühl für Qualität gehörten häufig zusammen. Andere Buden waren hundert Jahre alt, geschützt vor den Stürmen in einem Hohlweg mit heimlichem Meerblick. Das war alter Geldadel. Altes Geld war immer diskret, war nie zu sehen, demonstrierte seine Macht nie nach außen. Ihr Besitzer konnte aussehen wie ein Habenichts, in einer Schrottkarre herumkurven, nur in Billigläden einkaufen. In England hießen sie Exzentriker, aber Edlund war noch nie in England gewesen. Er, ein Kålltorpsjunge, war kaum je in Långedrag gewesen. In seiner Kindheit waren die Dächer des Härlanda Gefängnisses sein Horizont gewesen. Er hatte vor der Wahl gestanden: entweder draußen bleiben oder drinnen landen. Zwei seiner Cousins mussten später am Gitter rütteln. Er selbst hatte einen von ihnen eingebuchtet. Einer seiner Onkel hatte im pathologischen Rausch eine Bank in Bergen überfallen. Sie waren eine bunte Familie, aber hier oben gab es nicht viel Farbe, oberhalb der Küste von Långedrag. Der Himmel war plötzlich grau bis nach Bergen. Der Dezember hatte sich in sein Schicksal gefügt, wenn man es so ausdrücken wollte. Es war grau, kalt und winterlich. Edlund spürte den Wind, als er am Straßenrand parkte. Er stand im Schutz von Klippen, aber oben auf dem höchsten Punkt gab es keinen Schutz. Der Wind fand überall ein Schlupfloch, wie eine Schlange. Er kroch unter die Kleidung. Edlund spürte ihn am Rücken. Das Haus wirkte einladend, warm. Es war aus Holz und Ziegeln errichtet und vermittelte ein Gefühl von Meer und Küste, ohne protzig zu wirken, wie die Luxuskreuzer am Fuß der Anhöhe. Es war diskret. Alter Geldadel. Familie Lentner gehörte zum alten Geldadel. Solche Familien waren nicht bunt. Bisher jedenfalls nicht.

Edlund schloss das Auto ab und ging den Schotterweg entlang, der von zypressenartigen Bäumen gesäumt war. Er wusste, dass diese Familie ein Haus an der spanischen Südküste besessen hatte. Vielleicht wuchsen dort auch Zypressen oder Palmen. Auch dort war er noch nie gewesen. Bei Gott, er war noch nirgends gewesen.

Die Haustür wurde geöffnet. Ein Mann trat auf die diskrete Treppe hinaus, eine Art grauer Schiefer, kostbar. Geld, oh, Geld. Der Mann war nicht wie ein Habenichts gekleidet, aber diskret, in grauem Cardigan und dunkelgrauen Hosen. Er war groß, einen halben Kopf größer als Edlund, ein voller melierter Haarschopf. Die meisten Reichen waren hochgewachsen und hatten keine Glatze. Edlund besaß nicht mehr viele Haare, und er war nicht reich, aber er war nicht neidisch. An Geld dachte er nur, wenn er ihm so nah kam.

»Kommissar Edlund?«, fragte der Mann.

»Inspektor«, korrigierte Edlund und streckte die Hand aus, »Kriminalinspektor Sverker Edlund.«

Der Mann schüttelte seine Hand. Er hatte einen überraschend laschen Händedruck.

»Mats Lentner. Treten Sie ein.«

Edlund folgte ihm durch die Diele, die keine Diele war, sondern ein Raum, der sich zu einem größeren Raum öffnete, der sich zu einem Teil des Meeres öffnete, das Edlund während der Autofahrt gar nicht gesehen hatte. Es war perfekt. So sollten Häuser gebaut werden. Dies Haus schien an seinem eigenen Strand, seiner eigenen Küste zu liegen.

»Bitte, setzen Sie sich«, sagte Lentner. »Kann ich Ihnen etwas anbieten? Eine Tasse Kaffee?«

»Kaffee wäre gut.«

»Milch? Zucker?«

»Nein, danke.«

»Einen Augenblick bitte.«

Lentner verschwand durch eine Tür nach Norden. Wenn man dem Meer so nah war, fiel es leicht, die Himmelsrichtung zu bestimmen. Edlund sah sich im Zimmer um. An den Wänden hing nicht viel, einige Lithographien, an der hinteren Wand ein Kunsthandwerk aus Stoff, in dem fast alle Farben des Raumes wiederkehrten. Im Übrigen dominierten die Farben des Meeres. Der Raum passte sich dem Meer an. Jetzt war es ruhig, still und maßvoll. Im Sommer muss es hier ungeheuer hell sein, dachte Edlund. Als befände man sich mitten in der Sonne. Von irgendwoher hörte er Geräusche, vielleicht aus der Küche. Lentners Frau, Ann, war nicht zu Hause. Edlund wusste nicht, warum, hatte nur Bescheid bekommen, dass sie abwesend sein würde. Er selber hatte nicht mit ihr gesprochen, Bent hatte sich kurz mit ihr unterhalten. Ihr Mann hatte bei der Begrüßung keinerlei Gemütsregung gezeigt. Als handele es sich um eine beliebige Angelegenheit, einen Beliebigen. Vielleicht war der Mann verrückt. Der Wahnsinn hatte sich von Generation zu Generation weiter vererbt. Lentner kehrte mit einem Tablett zurück, das er auf der gläsernen Tischplatte absetzte.

»Ich hab's nicht geschafft, zum Bäcker zu gehen«, sagte er und wies mit dem Kopf auf ein paar dünne Scheiben Hefezopf, die auf einem Teller neben zwei Tassen mit dampfendem Kaffee lagen.

»Danke, mir genügt Kaffee«, antwortete Edlund.

Lentner beugte sich vor und hob eine Kaffeetasse an. Seine Hand begann zu zittern. Sie zitterte, zitterte. Er konnte die Tasse nicht absetzen und starrte wie gebannt darauf. Er ließ sie fallen. Sie schlug mit einem schweren, bösartigen Geräusch auf dem Tablett (aus Silber?) auf, zerbrach aber nicht. Der Kaffee spritzte über den Tisch, bespritzte Lentner, das graue Sofa, auf dem er saß. Lentners Hände zitterten immer noch. Er sah Edlund mit plötzlich hilflosem Ausdruck an. Irgendwo klingelte ein Telefon. Es hörte überhaupt nicht auf zu klingeln. Lentner zitterte, es sah aus wie der Beginn eines epileptischen Anfalls, bei dem sich nur Hände und Arme unkontrolliert bewegen, vielleicht noch der Kopf. Der Kaffee war ihm bis an die Stirn gespritzt und floss in einem kleinen Rinnsal zwischen seinen Augen herunter. Er sah seinem Sohn ähnlich. Der Sohn sah ihm ähnlich. Jetzt sehe ich es. Dieser Ausdruck totaler Verlassenheit. Das fällt mir erst jetzt auf.

Das Telefon klingelte wieder, es klang nach mehreren Telefonen, die gleichzeitig und in verschiedenen Stockwerken klingelten.

Lentners Zittern ließ nach.

»Was kann ich tun?«, fragte Edlund.

Lentner antwortete nicht. Er schien es nicht gehört zu haben, betrachtete das Tablett, auf dem die Tasse immer noch hin und her rollte. Es war merkwürdig. Jetzt hatte der Kaffee von seiner Stirn die Lippen erreicht. Er leckte ihn nicht ab. Sein Gesicht war wie erstarrt. Seine Muskeln und Nerven zuckten nicht mehr. Edlund erhob sich und ging in die Richtung, in die er vorher Lentner hatte gehen sehen, zu der Tür im Norden. Dahinter war eine Küche, die fast genauso groß war wie das Wohnzimmer. Auf einer Arbeitsplatte sah Edlund eine Papierrolle. Damit kehrte er in den großen Raum zurück. Lentner hatte sich nicht gerührt. Edlund riss Blätter von der Rolle und tupfte das Gesicht des Mannes ab, der plötzlich wie ein Hundertjähriger aussah. Seine Haut fühlte sich an wie Pergament. Edlund wischte seine Lippen ab. Pflegedienst. Vor Äonen von Jahren hatte er im Pflegedienst gearbeitet. Hatte Kaffee und Scheiße abgewischt. Jetzt wischte er die Tischplatte ab und das Tablett. Den Flecken auf dem Sofa war mit Haushaltspapier nicht beizukommen. Lentner starrte mit leerem Blick vor sich hin. Seit Edlund gekommen war, war er ein anderer geworden, ein ganz und gar anderer. Vielleicht findet er nie zurück, dachte Edlund. Das verdammte Telefon klingelte wieder.

»Vielleicht ist er es«, sagte Lentner und schaute auf.

11

Winter war kein Unbekannter in dem Immobilienbüro, glaubte jedoch nicht, dass sich jemand an ihn erinnerte. Hier hatte er das Strandgrundstück erworben. Nun ja, er – sie waren zu zweit gewesen. Angela hatte von dem Licht gesprochen, das in der blauen Stunde vom Meer hereinfließen würde, mitten ins Wohnzimmer. Hinterher waren sie in die Parkbar gegangen und hatten allein in den Ledersesseln gesessen, in der blauen Stunde. Er hatte sie im Stich gelassen. Sie hatte von einem Haus gesprochen, das es einmal geben sollte, das es aber noch immer nicht gab. Daran dachte er, während er mit dem Fahrrad über Heden zur Avenyn fuhr. Der Himmel über ihm war blau, in diesem Dezember gab es nur blaue Stunden. Es waren knapp unter null Grad. Man konnte immer noch mit dem Rad fahren. Das Durchatmen tat ihm gut.

Im Fahrradständer vor der Swedbank standen nur wenige Räder. Er stellte sein Rad dazu und schloss es ab. Er war nicht sicher, dass es half. Im vergangenen Herbst war einem der radelnden Polizisten von Göteborg der Drahtesel gestohlen worden. Er hatte nur mal eben in eine andere Richtung geschaut.

Die Frau im Immobilienbüro empfing ihn wie einen alten Bekannten. Vielleicht war sie es, die ihm das Grundstück verkauft hatte. Nein, daran hätte er sich erinnert. Vielleicht war *er* es gewesen. Es war ein Mann gewesen. Wie lange war das her? Auch daran konnte er sich nach so vielen Jahren nicht erinnern. Dahlquist war vermutlich noch zu jung gewesen.

»Wir sind alle total geschockt«, sagte sie.

»Haben Sie mit Anders Dahlquist zusammengearbeitet?«, fragte er.

»Ja ... nein ... Wir waren natürlich Kollegen, aber jeder hatte seine eigenen Kunden.«

»Gibt es eine Liste über seine Kunden? Kann ich sie einsehen?«

»Natürlich ...« Die Frau drehte sich um, als wollte sie die Liste direkt aus dem Computer aufrufen.

»Es genügt, wenn ich sie später bekomme«, sagte Winter.

»Okay.«

»Es sind einige Tage vergangen, bevor Sie ihn im Büro vermisst haben«, fuhr er fort.

»Ich war es«, sagte sie.

»Wie meinen Sie das?«

»Ich habe Sie ... die Polizei benachrichtigt.«

»Ach ja, ich weiß. Darum möchte ich ja auch mit Ihnen sprechen.«

»Er hat einige Tage frei gehabt. Deswegen.«

»Deswegen was?«, fragte Winter.

»Deswegen ... ist es niemandem eher aufgefallen.«

Winter nickte.

Die Frau stellte sich vor. Ihren Nachnamen bekam er nicht mit. Der Vorname war Lena. Ein älterer Name. Vielleicht war sie etwas älter. Über dreißig. Fast vierzig. Das war ein wenig älter.

»Ich habe angerufen«, wiederholte sie.

»Warum?«

»Ich verstehe Sie nicht.«

»Warum gerade Sie?«

Sie antwortete nicht. Jetzt sah er die Tränen in ihren Augen. Vielleicht waren sie die ganze Zeit dort gewesen. Ja. Mit ihrem Gesicht war etwas. Es war mehr als der Schock über den bösen jähen Tod eines Kollegen.

»Haben Sie versucht, ihn zu Hause anzurufen?«, fragte Winter.

»Ja … nein … Ich habe angerufen, als er nicht wiederkam. Wann war das? Vorgestern? War das vorgestern?« Sie nahm ein Taschentuch aus der Handtasche, die auf dem Schreibtisch lag, und presste es vorsichtig an die Augen, erst gegen das eine, dann gegen das andere. »Entschuldigen Sie.«

»Sie brauchen sich doch nicht zu entschuldigen«, sagte Winter.

»Wie ist es passiert?«, fragte sie. Sie hatte das Taschentuch sinken lassen und sah ihn an.

»Wir wissen es noch nicht.«

»Sie wissen es nicht? Gar nichts?«

»Wir gehen davon aus, dass es sich um Mord handelt.«

»Du lieber Gott.«

Sie weinte nicht mehr, aber sie war sehr blass.

»Wer konnte … wer wollte …« Sie brach den Satz ab.

»Wir versuchen herauszufinden, was er in den letzten Tagen getan hat, bevor er starb«, sagte Winter.

»Wann … ist es passiert?«

Winter nannte ihr den ungefähren Zeitpunkt, die ungefähren Stunden.

»Du lieber Gott«, wiederholte sie. »Wie schrecklich.«

»Wann haben Sie ihn das letzte Mal gesehen?«

»Hier … im Büro, letzte Woche … vermutlich.«

Das stimmte nicht ganz. Winter sah es ihr an.

»Warum hat er sich freigenommen?«, fragte er.

»Das weiß ich nicht.«

»Keinerlei Vermutung?«

»Nein.«

»War er krank?«

»Krank … nein. Ach, ich weiß es nicht. Da müssen Sie unseren Chef fragen.«

Winter nickte. Er würde den Chef fragen, vorerst jedoch nicht. Mit der Frau war etwas, das er nicht loslassen wollte. Mit dieser Lena. Sie behielt etwas für sich. Das war nicht schwer zu erkennen, oder er sah es, weil er schon ein Vierteljahrhundert als Polizist arbeitete. Sie wusste etwas, das sie nicht sagen wollte. Oder sie dachte etwas, das sie nicht aussprechen wollte. Vielleicht war das dasselbe.

»Warum haben gerade Sie nach ihm gesucht?«, fragte er.

»Spielt das eine Rolle?«

Sie schaute wieder auf, sah auf einen Punkt hinter ihm. Er drehte sich um. Dort war nichts. Es gab fast nie etwas. Er wandte sich ihr wieder zu. Sie bewegte die Hände, flocht die Finger ineinander, löste sie. Er bemerkte einen Ehering. Vielleicht sah sie, dass er es sah. Die Hände verschwanden unter dem Tisch.

»Haben Sie ihn auch in seiner Freizeit getroffen?«, fragte er.

Sie antwortete nicht. Das war auch eine Antwort. Das war es immer.

»Bei ihm zu Hause?«, fuhr Winter fort.

Sie sagte etwas, das er nicht verstand.

»Wie bitte?«

»Was spielt das für eine Rolle?«

Winter hörte Stimmen vor dem verglasten Büroraum, in dem sie saßen. Er drehte sich um. Draußen gingen Leute vorbei. Die Tür stand offen, und er erhob sich, um sie zu schließen. Dann setzte er sich wieder.

»Ich nehme an, Ihnen ist klar, dass es ernste Folgen haben kann, wenn Sie in diesem Fall Informationen zurückhalten«, sagte er.

»Was für Informationen?«

Sie war nicht dumm. Sie sah nicht dumm aus. Sie war auch nicht arrogant. Sie wollte nichts weiter, als sich und ihre Familie schützen. Vor allem sich selber. Vor den Konsequenzen. Es war das Übliche. Falsche Person am falschen Ort. Wir schaden ja niemandem, wenn niemand es weiß. Erst wenn man es weiß, schadet es. Jetzt war es zu einem Schadensfall geworden.

»Haben Sie ihn zu Hause besucht?«

Sie nickte langsam, als fürchtete sie, ihr Kopf könnte abfallen, wenn sie heftiger nickte.

»Wann?«

»Ich … es … Letzte Woche … vielleicht Mittwoch.«

»Warum haben Sie sich nicht sofort gemeldet?« Die Frage klang brutal, seine Stimme aber normal.

»Ich ... weiß es nicht.«

»Denken Sie nach.«

»Worüber?«

»Warum haben Sie sich nicht sofort bei der Polizei gemeldet?«

»Er ... er hatte gesagt, dass er vielleicht noch ein paar Tage freinehmen wollte. Mag sein, dass er darüber mit dem Chef gesprochen hat. Er ... er wollte sich erholen. Er war müde.«

»Erschöpft? Aus einem besonderen Grund?«

»Ich weiß es nicht ...«

Winter wartete. Sie wusste etwas. Oder sie hatte eine Ahnung. Sie hatten über etwas gesprochen.

»Ging es um Sie?«

Winter sah, wie sie zusammenzuckte. Als hätte er sie mit einem Finger angetippt. Dem Ringfinger. Er trug auch einen Ehering.

»Wie meinen Sie das?«, fragte sie.

»Ging es um Sie? Sie beide? Um Ihr Verhältnis?«

»Was spiel ...«

»Sie sind nicht dumm«, unterbrach Winter sie. »Ihnen ist klar, dass es sehr wohl eine Rolle spielen kann. Antworten Sie auf meine Frage.«

»Es ist vorbei«, sagte sie. »Es ist aus.«

»Seit wann?«

Sie antwortete nicht.

»Wie lange hat es gedauert?«

»Nicht lange. Einige Monate.«

Einige Monate konnten eine sehr lange Zeit sein. Für einen Jugendlichen waren sie wie hundert Jahre. Aber sie war keine Jugendliche mehr, und Anders Dahlquist war auch kein Jugendlicher mehr gewesen.

Sie schaute ihm direkt in die Augen.

»Er ... ist umgebracht worden?«

Winter antwortete nicht, wartete.

»Ist er wirklich umgebracht worden?«

»Wir sind noch nicht ganz sicher«, sagte Winter.
Jetzt konnte er ihre Gedanken lesen. Er hat sich meinetwegen umgebracht. Ich war es. Hätte ich nicht. Hätten wir nicht. Hätte ich es nicht gesagt, wäre ich nicht weggegangen, hätte ich nicht das getan, was ich tat, nicht das gesagt, was ich gesagt habe.
»Ich habe das Verhältnis beendet«, sagte sie.

Das Fahrrad war noch da. Er schloss es auf und schob es über die Avenyn. Vor dem Restaurant Tvåkanten stand ein Obdachloser und versuchte, die Straßenzeitung *Faktum* an Gäste zu verkaufen, die das Restaurant betreten wollten. Winter fischte einen Zwanziger aus seiner Tasche und bat den Mann um seinen Ausweis.
»Natürlich, natürlich.« Der Mann wühlte in seiner Tasche und zog den Ausweis hervor. »Natürlich. Es ist gut, dass Sie fragen. Schönes Fahrrad, übrigens. Mein Sohn wünscht sich ein neues zu Weihnachten. Und als Geburtstagsgeschenk.«
Der Mann war in den Vierzigern, vielleicht älter, vielleicht jünger. Er wirkte ziemlich munter, aber seine Hände zitterten leicht, wie Hände nun einmal nach langem Missbrauch zittern. Genau über der Nasenwurzel und einer Augenbraue hatte er eine Narbe, wie nach einer Faustkämpfer-Karriere. Winter nahm die Zeitung entgegen. Auf dem Deckblatt war eine Zeichnung. Er schaute nicht hin.
»Mein Sohn wird Heiligabend zehn«, sagte der Mann. »Können Sie sich das vorstellen? Zehn am Heiligen Abend!«
»Dann verpasst er eigentlich einen Geburtstag«, sagte Winter.
»Oder er kriegt mehr Geschenke.«
Winter nickte.
»Und darauf können Sie Gift nehmen, dass er die kriegt.«
»Das ist gut.«
»Gut? Ja, darauf können Sie Gift nehmen. Der Junge ist schwer in Ordnung. Er heißt Johan. Er ist verdammt gut. Er spielt Hockey, bei Frölunda! Mit Elfjährigen! Können Sie sich das vorstellen? Er spielt mit Jungen, die ein Jahr älter sind als er.«

»Das ist wirklich ungewöhnlich«, sagte Winter. Außerdem ist es teuer, dachte er. Hockey zu spielen ist teuer.

»Darauf können Sie Gift nehmen. Ich hab selber Hockey gespielt, mit Bäcken. Wissen Sie, wer das war?«

»Ja.«

»Nee, das wissen Sie nicht. Das glaub ich Ihnen nicht.«

Der Mann schien im Geist einen Schritt zurückzutreten und Winter zu mustern, um herauszufinden, mit was für einem Kerl er Konversation machte und kostbare Zeit verdaddelte, die er zum Zeitungsverkauf nutzen sollte, um die Anschaffung eines Fahrrades für seinen Sohn zu finanzieren. Es würde ihm sicher gelingen. Das Zeitungssterben ging weiter, wie alle anderen Tode, aber die Zeitung der Obdachlosen lief gut, immer besser. Bald würde sie sich am besten von allen Zeitungen verkaufen. Vor jeder Kneipe, jedem Schnapsladen in der Stadt standen jetzt Verkäufer. Im vergangenen Jahr waren es mehr geworden.

»Ulf Sterner hat dort am Ende seiner Karriere gespielt«, sagte Winter.

»Was? Nee ... was zum Teufel?! Das wissen Sie?«

»Klar weiß ich das.«

»Hier meine Pfote, Kumpel! Tommy Näver mein Name. Bei Gott, ich hab mit dem taffen Uffe zusammen gespielt.«

Winter drückte seine Hand. Er spürte einen festen Händedruck durch seinen Handschuh aus Elchleder. Vielleicht sollte er dem Mann die Handschuhe schenken. Ein wunderbares Weihnachtsgeschenk. Mit reinem Gewissen von dannen gehen. Als wäre er plötzlich katholisch geworden.

»Dann müssen Sie schon in der Wiege unterschrieben haben«, sagte Winter.

»He, glauben Sie mir etwa nicht?«

»Kein Wort«, sagte Winter.

Tommy Näver sah ihn überrascht an. Dann brach er in Gelächter aus.

»Ha, ha, ha, Sie haben recht. Die Wiege, ha, ha, ha. Aber ich hab bei Bäcken gespielt, ehrlich. Ich war fest angestellt.«

»Das glaube ich Ihnen«, sagte Winter.

»Spielen Sie selber? Hockey?«

»Landesmannschaft. Ich war dabei, als wir die Weltmeisterschaften 1957 in Moskau gewonnen haben.«

»W… Ha, ha, ha. Das ist gut. WM '57!«

»Ich hab bei Sandarna BK Fußball gespielt«, sagte Winter. »Aber mein Knie ist kaputtgegangen. Aus mir hätte was werden können.«

»Sandarna, Mann. Ich hab ja in Sandarna gewohnt! Jetzt wohn ich da auch noch manchmal. Ein Kumpel von mir hat eine Bude in der Öckerögatan.«

Winter nickte. Vielleicht war es jetzt Zeit zu gehen. Sie hatten sich noch viel zu erzählen, aber Tommy musste arbeiten. Winter musste auch arbeiten. Und in gut einer Woche war Weihnachten. Er hatte noch kein einziges Weihnachtsgeschenk besorgt.

»Ich muss gehen«, sagte er.

»Was machen Sie denn so?«, fragte Tommy Näver. »Arbeiten wohl bei der Bank, was?« Er zeigte über die Avenyn. »Ich hab Sie aus der Bank kommen sehen. Sie haben das Fahrrad aufgeschlossen.«

»Gut beobachtet«, sagte Winter.

»Ich sehe alles«, sagte Näver. »Mir entgeht nichts.« Er machte eine Kreisbewegung mit der Hand. »Das ist mein Platz. Hier stehe ich immer. Wenn Sie was von mir wollen, finden Sie mich hier.«

»Bis dann«, sagte Winter und ging los mit seinem Fahrrad.

»Aber was ist denn nun Ihr Job?«, hörte er Nävers Stimme hinter sich.

Winter drehte sich um. »Das spielt eigentlich keine Rolle«, sagte er. »Aber ich bin Polizist.«

Näver sagte noch etwas, Winter winkte ihm nur ein *Adieu* zu und ging weiter zu Wettergrens Buchhandel. Er sah auf seine Armbanduhr. Vielleicht hatte er noch Zeit, hineinzugehen und zu fragen, ob der Sebald gekommen war, den Angela sich wünschte. Er hatte das Buch letzte Woche zusammen mit Max Hastings *Nemesis* für sich selbst bestellt.

Sein Handy klingelte.

»Ja?«
»Bertil hier. Wo bist du?«
»Kurz vor Wettergrens.«
»Wie war's in dem Immobilienbüro?«
»Eine Kollegin hatte eine außereheliche Affäre mit Dahlquist.«
»Das ist ja ein Ding.«
»Du sagst es. So geht es in der richtigen Welt zu, Bertil.«
»Ein Glück, dass wir in einer anderen Welt leben. Übrigens hat vor einer halben Stunde ein Bekannter von ihm angerufen.«
»Ein Bekannter von Dahlquist?«
»Er sagt, er hat an dem Tag mit ihm gegessen, als er verschwunden ist.«

Hans Rhodin war um die vierzig, vielleicht etwas jünger. Neuerdings schien die ganze Welt zwischen dreißig und vierzig Jahre alt zu sein. Nur Winter und Ringmar waren älter geworden. Sie saßen Rhodin gegenüber, oder er saß ihnen gegenüber, in Winters Büro mit dem prachtvollen Blick auf den Fattighusån. Die Sonne leuchtete noch immer unbeschreiblich von dem unbeschreiblich blauen Himmel, der immer schöner wurde, je weiter der Tag fortschritt. Plötzlich hing ein Versprechen nach Schnee in der Luft. Winter hatte es auf seinem Laptop eingefangen wie eine Nachricht aus dem äußeren Weltraum, was es ja auch war. Schnee würde die Menschen da draußen noch glücklicher machen. Hans Rhodin sah nicht glücklich aus. Sein Ernst war der Situation angemessen.

»Wir haben bei Jungman Jansson gegessen«, sagte er, »am Anleger von Önnered.«

»Wann haben Sie sich getrennt?«, fragte Ringmar.

»Wohl so gegen drei.«

»Was geschah dann?«

»Wie meinen Sie das?«

»Was haben Sie danach gemacht?«

»Was Anders gemacht hat, weiß ich nicht. Ich bin nach Hause gefahren.«

»Wie? Wie sind Sie nach Hause gefahren?«

»Ich habe ein Taxi genommen.«

»Warum?«

»Warum ich ein Taxi genommen habe? Ich bin nicht mit dem Auto gekommen, wir haben ein wenig getrunken. Und ich fahre sowieso nicht Auto. Ich besitze gar keins.«

»Was hatte Anders Dahlquist vor?«

»Er sagte, er wollte einen Spaziergang machen, um den Kopf klar zu kriegen.«

»Wie viel hatten Sie getrunken?«

»Einige Bier und ein paar Schnäpse. Einen Calvados zum Kaffee.«

»Hatten Sie einen Grund zu feiern?«

»Was? Nein. Höchstens, dass bald Weihnachten ist.« Rhodin schaute aus dem Fenster, fast wie ein Reflex. »Das war Grund genug. Fanden wir.«

»War Dahlquist betrunken?«

»Keinesfalls.«

»Wie ging es ihm?«, fragte Winter.

»Wie meinen Sie das denn?«

»Wie war er beim Essen? War er froh? War er bekümmert? War er besorgt?«

»Nein ... Er war wie immer, glaube ich.«

»Was heißt das?«

»Er war weder froh noch traurig. So ein Typ war er nicht.«

»Wirkt ziemlich ausgeglichen«, sagte Ringmar.

»Glauben Sie, er ist ins Wasser gefallen?« Rhodin beugte sich vor.

»Warum sollte er?«, sagte Winter.

»Ich weiß es nicht.«

»War er unsicher auf den Beinen?«

»Nein, nein!«

»Glauben Sie, er könnte hineingefallen sein?«

»Das war nur so ein Gedanke.«

Winter hatte die Landkarte vor seinem inneren Auge. Dahlquist war von einer Klippe in Önnered ins Wasser gefallen und geradewegs nach Süden durch den Askimsfjord getrieben, bis er am Winter's Beach landete. Ein leicht angetrunkener Dahlquist plumpst ins Meer, die Luft bleibt ihm weg, er wird von einer Strömung unter Wasser gezogen, ertrinkt und treibt ab.

»Warum haben Sie so lange gewartet, bis Sie sich bei uns gemeldet haben?«, fragte Ringmar.

»Ich ... war krank.«

»Lesen Sie keine Zeitungen?«

»Diesmal nicht.«

»Was hat Sie veranlasst, sich jetzt zu melden?«

»Als es mir besserging, habe ich es irgendwo gelesen. Irgendein Artikel oder eine Notiz. Ich dachte, es könnte sich um Anders handeln. Ich hatte ihn ein paar Mal angerufen ... gestern auch. Da hat keiner abgenommen.«

»Was war das für eine Krankheit, die Sie außer Gefecht gesetzt hat?«

»Spielt das eine Rolle?«

»Ja.«

»Alkoholismus«, antwortete Rhodin.

Winter nickte. »War Dahlquist Alkoholiker?«

»Nein.«

»Woher wissen Sie das?«

»Ein Alkoholiker erkennt einen anderen Alkoholiker innerhalb einer Sekunde.«

»Worüber haben Sie beim Essen geredet?«, fragte Ringmar.

»Alles Mögliche.«

»Was zum Beispiel?«

»Dass er seinen Job satthatte. Dass ich meinen satthabe.«

»Was ist denn Ihr Beruf?«

»Im Augenblick bin ich arbeitslos. Sonst bin ich Ökonom. Ich habe beides satt.«

»Erleichtert ein feuchtes Mahl das Dasein?«, fragte Winter.

»Ja. Aber für Anders war es das letzte Mahl, oder?«

## 12

Winter stand auf einem der Anleger unterhalb von Jungman Janssons Fischrestaurant in Önnered. Im Westen senkte sich der Himmel wie ein Vorhang. Das Meer war still wie Glas. Im Wasser lagen noch Segelboote vom Sommer, vergessen oder bereit, jeden Augenblick loszusegeln. Globalisierung. Fünfzig Meter vom Anleger entfernt hantierten zwei Männer mit Tampen oder etwas Ähnlichem auf einem großen Segelboot. Es war möglich, alles hinter sich zu lassen und an den Rand der Erde zu segeln. Der war dahinten. Man konnte ihn fast greifen, spüren. Winter fühlte den frischen Windhauch, der vom Meer kam. Eigentlich war es kein Wind, aber die Luft war kälter geworden. Vielleicht gab es Schnee, dort, wo sich der Himmel dem Abend entgegensenkte. Heiligabend würde es schneien. Alle Menschen, die das Kind in ihrem Innern bewahrt hatten, würden sich freuen, die anderen vielleicht auch.

Winter betrat wieder festen Boden und ging weiter über die Klippen. Die Möwen lachten ihn aus. Sein jämmerliches Unterfangen. Hierherzukommen. Wer glaubte er denn, wer er war? Die Luft war diesig von der Sonne und doch irgendwie klar, wie durchsichtig. Das war kein Dezemberlicht. Es trug ein Versprechen für etwas anderes in sich. Etwas Böses, dachte er. Mit ein wenig Phantasie konnte er im Süden bis zu seinem eigenen Strand sehen. Er benutzte sie. Er sah den Strand. Er selbst stand dort. Seine

Familie stand hinter ihm, seine Frau, seine Kinder. Es waren nicht viele Meter. Er hatte den Blick auf das Meer gerichtet, nach Nordwesten. Auf sich selbst. Er sah sich selbst. Plötzlich näherte er sich der Gestalt am Strand, die er selber war. Jetzt sah er, dass er sich umdrehte und etwas rief, seiner Familie, den Kindern etwas zurief ... Er konnte es nicht ganz klar sehen, Wasser war im Weg. Er lag im Wasser. Er trieb auf dem Wasser. Jetzt schaute er hoch, sah sich selber. Der da oben sagte etwas zu dem da unten. Wer bist du? Woher kommst du? Was machst du hier? Dies ist ein Privatgrundstück. Sei so gut und treib weiter.

Winter wurde plötzlich schwindlig. Er machte einen Schritt zur Seite. Himmel, ich will doch nicht ins Wasser fallen. Wieder dröhnte es in seinem Schädel, er hatte ein Gefühl, als würde er fallen, als würde er mit entsetzlicher Kraft sinken, als würde er in einem U-Boot herumrollen, das sich in die Tiefe bohrte auf der Flucht vor den Torpedos. Nein, nein, nein. Nicht das. Es ist vorbei. Alles ist vorbei. Es sollte nie wiederkehren. Da ist doch nichts, was zurückkommen kann! Die Kopfschmerzen sind für allezeit weg, und mit ihnen dieses verdammte Schwindelgef ... Er spürte, wie es nachließ, wie es ihn losließ und davonströmte über das Meer, plötzlich ganz leicht, wie ein Sommerwind, unsichtbar, ungefährlich. Ein freundlicher Wind, ein guter Wind.

Winter fuhr über Fiskebäck und Påvelund zurück in die Stadt. Er fühlte sich wieder besser, normal, wie immer. Normal war, dass es ihm gutging. Er würde weiterhin ein fröhlicher, glücklicher Mensch bleiben. Alles andere gehörte der Vergangenheit an, und die Vergangenheit existierte natürlich nicht, genauso wenig wie die Zukunft. Man konnte sie nicht mit der Hand greifen und festhalten. Das war, als würde man nach dem Sonnendunst über dem Meer greifen. Und das alles war jetzt verschwunden, war über den Rand geglitten. Der Abend war da, oder die Nacht, wenn man so wollte, die Dunkelheit.

Er parkte vor dem Haus in Hagen. Alle Fenster waren wie zum Willkommen erleuchtet, in jedem standen elektrische Adventskerzen. Im Garten stand eine beleuchtete Tanne. Winter dachte an Bertils Nachbarn, der sein ganzes Haus und Grundstück den halben Winter über illuminiert hatte wie Manhattan und Bertil damit wahnsinnig machte, Jahr für Jahr, und dann, gänzlich unerwartet, gerade vor einer Woche, war der Nachbar von einem Herzinfarkt überrascht worden, als er gerade dabei war, Tausende Meter von Kabeln und Leitungen zu ziehen, die nötig waren, um den Flimmerwahnsinn möglich zu machen. Er war einfach umgefallen, als er dort stand und an den Strippen zog. Seine Frau hatte ihn gefunden und einen Krankenwagen gerufen. Bertil war nicht zu Hause gewesen, als es passierte, aber Winter hatte ihn in Verdacht, Voodoo-Zauber zu betreiben. Er hatte eine Stecknadel auf dem Fußboden von Bertils Büro gefunden. Eines Tages hatte eine seltsame Puppe im Regal gesessen. Für die Enkel, hatte Bertil behauptet. Aber Bertil hatte keine Enkel.

Siv Winter hatte vier Enkel, lauter Mädchen: Elsa und Lilly, Bim und Kristina. Winters Schwester Lotta öffnete die Tür, nachdem er geklingelt hatte.

»Das ist ja eine Überraschung«, sagte sie.

»Hoffentlich eine gute.«

Sie lächelte. Es war noch gar nicht lange her, da hatte sie ihn nicht angelächelt. Im Herbst hatte er ... ja, wie sollte man es nennen, Kontakt zu einem renommierten Göteborger Gangster aufgenommen, und dieser Mann hatte, wenngleich kurz, eine Affäre mit Lotta gehabt. Winter hatte versucht, den Umstand auszunutzen, da der Gangster Lotta nicht vergessen konnte. In seiner Welt war sie zu einem Engel geworden. Vielleicht bildete er sich ein, sie könnte ihn vor dem Ort retten, an den alle Sünder nach ihrem Erdenleben verbannt wurden. Er hatte Winter das Leben gerettet, buchstäblich und sehr gewaltsam. Seitdem hatte Winter nichts mehr von Benny Vennerhag gehört. Vielleicht hatte Benny seine gute Tat verdrängt. Oder er wartete den richtigen Zeitpunkt ab, um seine Belohnung einzufordern. Die Geschwister sprachen nicht darüber, niemals. Winter folgte Lotta ins Haus. In der Küche duftete es nach Gewürzen.

»Wir wollten gerade heißen Punsch trinken«, sagte Lotta.
»Sind die Mädchen zu Hause?«
»Sie wohnen nicht mehr hier, Erik.«
»Ach ja, klar.«
Sie sah ihn an. Vielleicht lächelte sie.
»Das war nur so dahingesagt. Kristina wohnt noch zu Hause.«
»Ach so, klar.«
»Und deine Familie? Wohnt die noch zu Hause?«
»Hast du nicht gestern mit Angela telefoniert?«
»Ach ja.«
»Was ist das für ein Punsch?«, fragte er.
»Ich weiß es nicht. Mama hat ihn gekauft.«
»Wo ist sie?«
»Irgendwo im Haus.«
Sie hörten eine Stimme hinter sich. »Näher, als ihr glaubt.«
Winter drehte sich um. »Hallo, Mama.«
»Was für eine schöne Überraschung, Erik.«
Sie kam auf ihn zu und umarmte ihn. Sie fühlte sich magerer an als beim letzten Mal, als nähmen die Knochen mehr Platz in ihrem Körper ein, der geschrumpft war. Sie ging auf die achtzig zu und hatte wirklich auffallend abgenommen, was aber nicht vom Rauchen kam. Es konnte alles Mögliche sein. Es ist nichts, sagte sie.

Siv Winter hatte beschlossen heimzukehren, nach all den Jahren, die sie an der spanischen Sonnenküste gelebt hatte. Ihr Haus in Nueva Andalucia war den Winter über vermietet. Sie sagte, im Frühling wollte sie zurückfahren. Ihr Sohn glaubte nicht daran. Vielleicht würde er selber im Frühsommer mit der Familie ein paar Wochen dort verbringen. Vielleicht konnten sie alle zusammen reisen. Das Haus dort unten war größer, als es von außen wirkte. Jetzt wohnte Siv Winter bei Lotta. Sie sagte, sie suche eine eigene Wohnung. Auch das glaubte er nicht. Und Lotta hatte Platz genug. Siv war nach Hause gekommen, konnte man sagen. Sie und Bengt hatten das Haus gekauft, als die Kinder noch klein gewesen waren. Sie war wieder zu Hause.

»Ich war zufällig in der Nähe«, sagte Winter.
»Die Arbeit?«
»Ja.«
»Sei vorsichtig, Erik.«
Sie sah wirklich ängstlich aus. Dafür hatte er Verständnis. Er bekam selber Angst, wenn er an seine Begegnung mit dem Tod auf Brännö dachte. Es war ein Gefühl, als wäre es gestern gewesen. Oder vor dreitausend Jahren.
»Ich bin vorsichtig.«
»Was ist?«, fragte Lotta. »Ist etwas passiert in Långedrag?«
»Nein, nein. Anfang des Monats ist ein Mann verschwunden, vielleicht von Önnered. Ist im Wasser gelandet.«
»Weißt du, wo?«
»Nein, vielleicht irgendwo beim Anleger von Önnered.«
»Was ist ihm passiert?«
»Wir wissen nur, dass er tot ist.«
»Aber ist er ... umgebracht worden?«, fragte Siv Winter.
»Das wissen wir auch nicht genau.«
»Warum beschäftigst du dich dann mit der Sache?«, fragte Lotta Winter.
»Er ist bei unserem Grundstück an Land getrieben worden«, antwortete Winter.
»Wie bitte?!« Siv Winter sah ihren Sohn an, dann ihre Tochter. »Wie meinst du das, Erik?«
»Wir waren gerade draußen, Angela, die Kinder und ich, als er ans Ufer getrieben wurde. Genau auf unser Grundstück zu. Es ist wahr. Aber es ist natürlich noch geheim. Ich habe es noch keinmal erzählt.«
»Was ist geheim?«
»Dass er bei uns angetrieben wurde.«
»Was für ein Zufall«, sagte Siv Winter. »Du lieber Gott. Was für ein furchtbarer Zufall.«
Winter schwieg.
»Es war doch wohl ein Zufall, Erik?«
»Natürlich«, sagte er.

»Was ... wie haben es die Mädchen verkraftet?«
»Sie haben nichts gesehen«, antwortete er.

Der Morgen kam mit Schnee. Schnee in Göteborg war immer eine Sensation. Die Kinder hatten es eilig, nach draußen zu kommen. Die Erwachsenen, die das Kind in sich bewahrt hatten, freuten sich auch. Gerda Hoffner stand an ihrem Schlafzimmerfenster und verfolgte den langsamen Weg der Straßenbahnen den Hügel herauf. Noch ein Zentimeter Schnee mehr, und der gesamte Schienenverkehr würde zum Erliegen kommen. Insofern war Schnee auch immer eine Sensation in der Stadt. Schnee? Hier? Hier, in einer der acht arktischen Nationen der Welt? Nie. Straßenbahnen gab es ja erst seit hundert Jahren, man musste also Verständnis dafür haben, dass es den Behörden noch nicht gelungen war, den Verkehr an einen eventuellen Winter anzupassen. Die Welt dort draußen war weiß. Gerda Hoffner schloss die Augen. Sie sah die weißen Laken, die die toten Frauen umhüllten. Den weißen Tod, die weiße Farbe. Mild und trügerisch. Entsetzlich. Sie öffnete die Augen. Die Sonne streute Lichtspritzer auf das Weiß. Göteborg ist eine entsetzliche Stadt. Ich bin ein Teil von ihr, dachte sie und ging weg vom Fenster. Ich war dabei. Ich war die Einzige. Nur ich habe alles gesehen. Niemand sonst hat das Entsetzliche zweimal gesehen. Ich habe es weitergegeben. Aber niemand hat sich darum gekümmert. Niemand hört zu. Es gibt nichts anzuhören. Hätte es etwas gegeben, hätten sie zugehört. Von sich hören lassen.

Sie ging in die Küche. Blieb vor der Spüle stehen. Hatte vergessen, was sie dort wollte. Sah wieder die weißen Hüllen. Zum Küchenfenster floss Sonnenlicht herein, als wollte es sie nirgends in Ruhe lassen, ganz gleich, wo in der Wohnung sie sich aufhielt. Der Tag würde wieder unbegreiflich schön werden. Es war besser zu arbeiten, als in der Wohnung zu hocken. Erneut sah sie die Hüllen vor ihrem inneren Auge, die Laken, die Frauen. Die Männer, die wirkten, als wären sie just in diesem Moment in dem Entsetzlichen angekommen. In ihren Gesichtern war etwas gewesen. Die Männer hatten ausgesehen wie sie. Sie war ein Spiegel gewesen, sie waren Spiegel gewesen. Sie waren unschuldig. Scheiße, dachte sie, ging in den Flur und hob den Telefonhörer ab.

Sie war ihm einige Male im Korridor begegnet. Vielleicht gelegentlich auch vor dem Fahrstuhl. Er schien es immer eilig zu haben. Nie »zog er die Beine nach«. Was für ein merkwürdiger schwedischer Ausdruck. Wie funktionierte das, wenn man die Beine hinter sich herzog? Dann musste man wohl auf dem Boden sitzen, wenn man nicht noch ein weiteres Paar Beine hatte.

Über ihn kursierten Gerüchte, dass er ein bisschen smarter war als andere. Und jünger als alle anderen. Inzwischen gab es jüngere Kommissare, auch wenn er noch keine fünfzig war. Wie fünfzig sah er nicht aus. Aber heutzutage sahen nur wenige Fünfzigjährige wie Fünfzigjährige aus, Politiker natürlich ausgenommen. Die sahen aus wie fünfzig, obwohl sie erst dreißig waren. Sie war jedes Mal erstaunt, wenn sie erfuhr, wie jung ein Politiker war, den sie im Fernsehen oder in der Zeitung gesehen hatte. Der Job schien stärker zu verschleißen als der Polizistenjob. Vielleicht hält uns das Körpertraining jung.

Sie klopfte an den Türrahmen. Die Tür stand offen. Er saß über den Schreibtisch gebeugt und las. Er schaute auf.

»Hallo«, sagte sie.

»Gerda Hoffner?«, fragte Winter.

»Ja.«

»Kommen Sie herein und machen Sie die Tür zu.«

Sie trat ein und schloss die Tür hinter sich.

»Bitte, nehmen Sie Platz.« Er zeigte auf den Stuhl vor seinem Schreibtisch.

Sie setzte sich.

»Erzählen Sie«, sagte er.

Nach dem Telefongespräch mit ihm am Vormittag hatte sie sich ganz elend gefühlt. Sie hatte herumgestottert und bildete sich ein, sie würde das Ermittlungsdezernat hintergehen. Mit denen hatte sie ja gesprochen. Mit Mogens. Das sagte sie Winter. Es ist mir unangenehm, hatte sie gesagt und es im selben Moment bereut, als Winter sich meldete. Kommen Sie zu mir, hatte er sie nach wenigen Minuten aufgefordert.

Und jetzt berichtete sie.

»Nur Sie sind an beiden Tatorten gewesen?«, fragte er.

»Ja, das habe ich hinterher überprüft.«

Er nickte.

»Es ist ein komisches Gefühl«, sagte sie.

»Was?«

»Hier zu sitzen, davon zu sprechen.«

»Trotzdem haben Sie mich angerufen. Und sind gekommen.«

»Ja.«

»Sie haben lange darüber nachgedacht.«

»Ja. Es hat mich einfach nicht losgelassen.«

»Haben Sie den Verdacht, dass es sich um eine Beziehungstat handelt?«

»Eigentlich habe ich überhaupt keinen Verdacht. Mir gingen diese Wohnungen einfach nicht aus dem Kopf.«

Winter warf einen Blick auf seine Notizen.

Er macht sich Notizen, hatte sie während ihres Berichts gedacht.

»Wenn ich es richtig verstehe, könnte nach den Morden jemand aufgeräumt haben«, sagte er und sah auf. »Das glauben Sie, oder?«

»Es könnte sein ...«

Er schaute wieder auf den Block, überflog die wenigen Zeilen.

»Verglichen mit dem Eindruck, den Sie allgemein von den Wohnungen hatten, erschienen Ihnen die Bücher auf den Nachttischen etwas zu ordentlich gestapelt. Und jemand könnte die Gemälde an den Wänden gerichtet haben.«

Er sah sie an.

»Ja.«

»Okay.«

»Das klingt ein wenig ... dürftig, oder?«

»Finde ich nicht. Bei diesem Job ist nichts dürftig. Nur der Tod, wenn man ihm begegnet. Der ist jämmerlich.«

»Ja«, sagte sie. »Genauso habe ich es empfunden, als ich dort war. Als ich ... ihn gesehen habe.«

»Sie haben auch die Weinflaschen gesehen.«

»Ja. In der Küche. Daneben ein Glas. In beiden Küchen.«

»Hatte jemand von dem Wein getrunken?«

»Das weiß ich nicht. Ich bin ja sehr schnell daran vorbeigegangen und habe alles nur flüchtig wahrgenommen.«

Winter nickte wieder.

»Mehr weiß ich nicht«, sagte sie.

»Glauben Sie, dass die Männer unschuldig sind?«, fragte Winter. Es war eine direkte Frage. Er schien es ernst zu meinen. Schien sie ernst zu nehmen.

»Ja«, antwortete sie.

»Weinflaschen? Nein, wir haben keine Weinflaschen mit ins Labor genommen. Hätten wir das tun sollen, Erik?«

»Ich weiß es nicht, Torsten.«

Winter befand sich im Dezernat der Spurensicherung und saß in Torsten Öbergs Büro. Es lag auf der Sonnenseite und war heller als sein eigenes. Nur im Sommer, wenn er schon nach Hause gegangen war, fielen einige einsame Sonnenstrahlen von Nordwesten in sein Zimmer, und jetzt, im dunkelsten Dezember, nicht einmal das. Bei Öberg schien die Sonne bis halb vier.

»Wenn ich dich richtig verstanden habe, hat dich eine junge Polizistin aufgesucht und dir ihre Ansicht über die Ermittlungsarbeit des Ermittlungsdezernats mitgeteilt.«

»So würde ich es nicht ausdrücken.«

»Wie würdest du es dann ausdrücken?«

»Sie ... tja, sie hat ... Mensch, Torsten, ich weiß nicht, wie ich es ausdrücken soll.«

»Aber sie hat dich offenbar beeindruckt, Junge. Ist sie hübsch?«

»Das will ich nicht gehört haben.«

»Ist das schon die Lüsternheit des Alters, Erik?«

»Hast du mich nicht eben noch Junge genannt?«

»Du weißt, was ich meine.«

»Hör schon auf, kann ich jetzt die Bilder sehen?«

Öberg hatte versprochen, die Fotos von den Wohnungen herauszusuchen, während Winter sich auf den Weg zur Spurensicherung machte. Jetzt reichte er ihm einen Stapel Bilder. Winter studierte sie, blätterte darin, schaute auf.

»Man kann nicht viel erkennen«, sagte er.

»Wie meinst du das?«

»Von dem, was Gerda Hoffner gesehen hat.«

»Heißt sie Hoffner? Ist sie eine Deutsche?«

»Ich habe sie nicht gefragt.«

»Gerda Hoffner. Das klingt deutsch.«

Winter reichte ein Bild über den Tisch.

»Was sagst du dazu?«, fragte er.

»Was meinst du?« Öberg betrachtete das Foto.

»Diese Bücherstapel sehen doch sonderbar ordentlich aus, als hätte jemand mit einer Wasserwaage oder so gearbeitet. Lineal. Maßband.«

Öberg studierte das Bild, den Bücherstapel, das Bett, das tote Gesicht daneben. Geschlossene Augen, schlafende Augen. Ordentlich. Ich spüre nichts Besonderes, wenn ich dieses Gesicht betrachte, dachte er. Es kann alles Mögliche sein. Es kann lebendig sein. Was ich im Augenblick erlebe, nennt man Abstumpfung. Ich kann nicht mehr zwischen Leben und Tod unterscheiden, obwohl ich weiß, dass ich den Unterschied sehe.

»Waren diese Leute Pedanten?« Er schaute Winter an. »Die Männer waren vielleicht welche. Die Frauen ... das werden wir nie erfahren, oder? Aber die Männer. Hat sie jemand gefragt? Ist nicht Sverker Edlund Verhörleiter? Hast du ihn gefragt?«

»Noch nicht.«

»So einfach ist es vielleicht. Irgendjemand aus ihrem Umfeld müsste so was doch bestätigen können.«

»Ja. Wenn man fragt.«

»Dann müssen sie es wohl tun. Oder du.«

Winter antwortete nicht. Er fuhr fort, die Bilder zu studieren.

»Im Übrigen sieht es ja nicht besonders ordentlich aus«, stellte er fest, den Blick auf das Bett und die Umgebung geheftet. Es könnte sich fast um sein eigenes Schlafzimmer handeln. Geschliffener Holzfußboden, hohe Fußleisten, ein modernes, breites Bett, an der Decke eine Andeutung von Stuckatur. Ein großes Zimmer, ein altes Zimmer, ein teures Zimmer. Der momentane Quadratmeterpreis für eine Wohnung in Vasastan war ihm nicht bekannt, aber er wusste, dass er hoch war. Seine eigene Wohnung war ein Vermögen wert.

»Diese Zimmer sehen aus wie Kopien, Torsten.«
Öberg nickte.
»Sie stimmen sogar in den Farben überein.«
»Ja ...«
»Hast du auch schon mal darüber nachgedacht?«
»Ein bisschen. Aber ich hatte was anderes zu tun.«
»Die gleichen Zimmer«, sagte Winter. »Der gleiche Modus Operandi.«
Wieder nickte Öberg.
Winter warf die Bilder auf den Schreibtisch.
»Es wäre für alle am einfachsten, wenn die Kerle gestehen würden«, sagte er.
»Das werden sie vielleicht nie tun«, sagte Öberg. »Vielleicht gehören sie zu den Typen, die nie etwas gestehen.«
»Wie sehen die Wohnungen jetzt aus?«, fragte Winter. »Sind sie immer noch versiegelt?«
»Ich glaube ja.«
»Haben also noch mehr Leute Zweifel?«
»Sprich mit Mogens«, antwortete Öberg. »Im Augenblick kann ich dir wohl nicht weiterhelfen.«
»Vielleicht musst du«, sagte Winter.
»Wie meinst du das?«
»Es könnte sein, dass wir die Wohnungen noch einmal durchfilzen müssen.«
»Glaubst du das wirklich?«
Winter antwortete nicht. Er nahm wieder ein Foto in die Hand, die Nahaufnahme einer jungen Frau, deren Gesicht an das

Bild vom Gesicht der anderen Frau erinnerte, aus der gleichen Entfernung aufgenommen. Eins erinnerte an das andere.

»Hast du schon mal darüber nachgedacht, Torsten?« Er hielt das Foto so, dass Öberg es sehen konnte.

»Worüber?«

»Wenn nicht der Mann der Täter war, wer hat es dann getan?«

## 13

Vor dem Fahrstuhl stieß Winter mit Halders zusammen. Halders legte eine Hand auf seinen Arm.
»Hast du einen Moment Zeit?«
»Für dich habe ich alle Zeit der Welt, Fredrik.«
»Das ist nicht wahr.«
»Nein.«
Halders lächelte. »Ich lade dich zu einer Tasse Kaffee ein«, sagte er.
»Wo?«
»In der Kaffeeküche.«
»Dort gibt's den Kaffee doch gratis.«
»Bildlich gemeint.«
»Apropos Bilder«, sagte Winter.
»Seltsam«, sagte Halders und setzte sich mit der typischen weißen Behördentasse in der Hand.
Winter nickte.
»Hast du so was schon mal gesehen?«
»Ich weiß es nicht. Nein.«
»Kannten sich die beiden Paare?«
»Auch das weiß ich nicht.«
»Was sagt der Verhörleiter?«
»Ich habe noch nicht mit ihm gesprochen.«
»Wer ist es?«

»Sverker Edlund.«
»Er ist okay.«
»Aber die Männer haben bis jetzt nicht gestanden.«
»Das erstaunt doch niemanden?«

Winter zuckte mit den Schultern. Er blies über den Kaffee und nahm einen kleinen Schluck. Das ist das letzte Mal, dachte er. Der Kaffee schmeckt wie immer nach altem dreckigen Asphalt. Das kann ja nicht gesund sein. In zwanzig Jahren wird die Forschung beweisen, dass der Kaffee der Polizei den Rest gegeben hat.

»Wie sind die Frauen gestorben?«
»Es sieht nach Ersticken aus. Mit einem Kissen auf dem Gesicht.«
»Hm.«
»Ja, das ist mager.«
»Drogen?«
»Das Labor braucht wohl noch ein paar Wochen.«
»Was sagen die Jungs?«
»Welche Jungs?«
»Die Männer. Die eventuellen Mörder.«
»Dass sie geschlafen haben. Dass ihre Frauen tot waren, als sie aufwachten.«
»Alle beide?«
»Ja, offenbar, aber ich habe noch keine Vernehmungsprotokolle gelesen. Ich weiß es aus zweiter Hand von Öberg.«
»Willst du die lesen? Die Protokolle?«

Winter antwortete nicht. Er wusste es noch nicht genau.

»Warum interessierst du dich für die Sache?«
»Es könnte mein Job werden, Fredrik. Unser Job.«
»Dann hätte das Ermittlungsdezernat aber schon Kontakt zu uns aufnehmen müssen, oder?«

Winter zuckte wieder mit den Schultern. Eigentlich konnte er dieses Schulterzucken nicht leiden, und eigentlich tat er es auch nicht. Aber es war eine automatische Bewegung, wie ein Tic. Vielleicht war es eine Berufskrankheit, die nach einer gewissen Anzahl Morde auftrat.

Halders trank seine Tasse leer. Er sah nicht aus, als würde ihm der Kaffee schmecken. Das nächste Mal nehme ich ihn mit zu Ahlströms, dachte Winter. Vielleicht schon morgen.

»Du wolltest doch etwas von mir, Fredrik.«

Halders nickte und stellte die Tasse auf den Tisch. Es sind genau die gleichen Tassen wie im Krankenhaus, dachte Winter. Genau das Modell. Die werden bestimmt in derselben Fabrik hergestellt und dann an alle öffentlichen Einrichtungen des Landes geliefert, vielleicht auf der ganzen Welt. Solche Tassen hatten sie auch im Krankenhaus an der Costa del Sol. Ich hatte eine in der Hand, als Vater im Sterben lag. Hier ist es nicht nur der Kaffee, der für Krankheit sorgt, Depression. Es sind die Tassen.

»Ich höre auf«, sagte Halders.

»Du hörst auf? Womit hörst du auf?«

»Stell dich nicht dumm, Erik.«

»Ich stelle mich nie dumm. Entweder ist man dumm oder man ist es nicht. Dagegen kann man nichts machen.«

»Du meinst, Dummheit ist angeboren? Man wird bekloppt geboren?«

»Ja, es ist wie mit Talent, nur umgekehrt.«

»Dann habe ich kein Talent mehr für den Job.«

»Red keinen Mist.«

»Es ist wie mit dem Alkohol«, fuhr Halders fort, als hätte er nicht gehört, was Winter gesagt hatte. »Ich habe auch kein Talent mehr fürs Saufen. Keine Kraft.«

»Ich auch nicht.«

»Du hast ja kaum angefangen, Erik.«

Winter lächelte. »Mir geht es jetzt besser«, sagte er.

Halders lächelte zurück.

»Ich habe einmal einen Freund gefragt, warum er so viel trinkt. Weil er deprimiert sei, antwortete er. Warum bist du denn deprimiert?, fragte ich. Weil ich trinke, antwortete er.«

»Jetzt sind wir beim existentiellen Kern angelangt«, sagte Winter.

»Genau darum geht es«, sagte Halders. »Ich möchte ein anderes Leben leben.«

»Und welches Leben?«

»Ich weiß es noch nicht. Ein guter existentieller Ausgangspunkt ist immer, niemals Pläne zu machen.«

»Du planst doch aufzuhören.«

»Das ist aber auch der einzige Plan.«

»Uns zu verlassen.«

»Das lässt sich leider nicht vermeiden.«

»Unmöglich. Wir haben Krieg. Ich bin formell dein Chef und kann dir nicht erlauben, uns zu verlassen, soviel ich weiß. Du bist bei uns zu Hause.«

»Im Zweiten Weltkrieg in Burma durften die englischen Soldaten nach Hause fahren, wenn sie vier Jahre gedient hatten«, sagte Halders. »Ich habe fünfundzwanzig Jahre in diesem verdammten Krieg gedient.«

»Er ist noch nicht vorbei, Fredrik.«

»Er ist nie vorbei, Erik. Das weißt du.«

»Willst du deswegen aufhören?«

»Nein.«

»Weshalb dann?«

Halders antwortete nicht. Winter folgte seinem Blick zum Fenster. Er verlor sich in der entsetzlichen Stadt, im blauen Himmel. Es wurde langsam unheimlich. Ständig blauer Himmel, ständig klar, nachts immer Sterne. Etwas Entsetzliches war mit dem Himmel geschehen. Vielleicht gehörte das zu einem Krieg.

»Was willst du machen?«, fragte Winter.

»Meine Papiere abholen.«

»Das meine ich nicht.«

»Dann? Danach? Wie gesagt, ich plane nichts.«

»Habe ich etwas getan?«

»Nein.«

»Gibt es etwas, das ich hätte tun sollen?«

»Wo soll ich anfangen?« Halders lächelte.

»Fang damit an, wie wir uns zum ersten Mal getroffen haben.«

»In dem Moment hätte ich deine Karriere beenden können.«

»Oder umgekehrt«, sagte Winter.

»Es ist zu spät.«

»Es ist nie zu spät«, sagte Winter. Vielleicht lächelte er.

»Komm mir nicht mit solchen blöden Sprüchen«, sagte Halders. »Außerdem möchte ich nicht der älteste Kommissar des Landes werden.«

»Es gibt ältere.«

»Aber bei ihrer Ernennung waren sie noch nicht so alt«, sagte Halders. »Du hast verstanden, wie ich das gemeint habe. Schon wieder hast du dich dumm gestellt.«

»Ich will nicht, dass du aufhörst, Fredrik. Ohne dich funktioniert es nicht.«

»Ha, ha, ha.«

»Lass uns weiter darüber reden.«

»Wir reden doch.«

»Lass uns weitermachen.«

Halders schüttelte den Kopf.

»Kündige noch nicht, Fredrik. Kannst du nicht noch ein bisschen warten? Eine Woche?«

»Warum?«

Winter antwortete nicht.

»Worauf soll ich warten? Auf bessere Zeiten?«

»Ja.«

»Die kommen nicht.«

»Sie sind schon da«, sagte Winter.

»Ich will etwas anderes machen, bevor es zu spät ist«, sagte Halders. »Diesen Job kann ich jetzt. Ich weiß alles über den Tod.«

»Deswegen brauchen wir dich.«

»Wer wir?«

»Alle, die dagegen kämpfen.«

»Dagegen kämpfen? Gegen den Tod kämpfen? Das geht nicht.«

»Was sagt Aneta?«

»Zieh sie hier nicht rein. Das ist unfair.«

»Da kannst du mal sehen, mir ist jedes Mittel recht.«

»Aber wirklich.«

»Der nächste Schritt wird sein, dass ich sie persönlich frage.«

»Bist du wirklich bereit, so tief zu sinken?«
»Klar.«
»Okay«, sagte Halders. »Eine Woche.«

Sverker Edlund meldete sich nach dem ersten Klingelzeichen. Er hatte Zeit. Winter schlug einen Spaziergang vor. Edlund sehnte sich hinaus in die Sonne.

»Wir brauchen jetzt nur noch mehr Schnee«, sagte er, nachdem sie die Skånegatan überquert und am Ullevi Stadion vorbeigegangen waren. »Dann ist alles perfekt.«

»Ich finde es mystisch«, sagte Winter, »fast unheimlich. So viel Sonne. Der Himmel ist zu blau.«

»Du redest wie ein Bauer«, sagte Edlund. »Die Bauern sind nie mit dem Wetter zufrieden. Der Himmel ist immer zu blau oder zu grau.«

Sie gingen in östliche Richtung. Winter spürte die Luft in der Nase. Unheimlich frisch. Die Luft in Göteborg sollte rau und feucht sein, das war ihr natürlicher Zustand. Die Luft, die er jetzt atmete, war eine Schmach für alle Sanatorien, die die Stadt Göteborg auf dem Hochland von Småland besessen und für ihre Tausenden von Lungenkranken genutzt hatte. Waren sie jetzt ganz überflüssig geworden?

»Was die Jungs angeht«, sagte Edlund, ohne seinen Schritt zu verlangsamen, »ich weiß nicht, ob es von Vorteil oder Nachteil ist, dass wir es hier mit einem Doppelszenario zu tun haben.«

»Vor- oder Nachteil für wen, Sverker?«

»Für die Männer. Die Verdächtigen.«

»Hm.«

»Einerseits gleichen sich die Details zu sehr, als dass es nur ein Zufall sein kann. Andererseits gibt es niemanden, der die Tat hätte begehen können. So sehen Bent und ich es inzwischen.«

»Falls es sich nicht doch um natürliche Todesursachen handelt«, sagte Winter.

»Drittens also.« Edlund lächelte. »Aber in dem Punkt haben wir kaum noch Zweifel. Die Frauen wurden erstickt. Vermutlich mit dem Kissen. Das wissen wir nicht hundertprozentig sicher, aber darüber hast du vielleicht schon mit Öberg gesprochen. Und Pia. Sie hat nichts bei ihnen gefunden, das auf einen plötzlichen Atemstillstand aus einem anderen Grund hindeutet. Und dann sind da noch die punktförmigen Blutungen. Aber auch sie kann natürlich nichts mit hundertprozentiger Sicherheit sagen.«

»Die Spurensicherung hat vermutlich auch keinen größeren Aufwand betrieben«, sagte Winter.

»Vermutlich nicht.«

»Eigentlich wartest du jetzt nur noch auf die Geständnisse.«

»So ist es. Mich wundert, dass ich sie noch nicht habe. Vor allem von dem einen, Barkner.«

»Warum ausgerechnet von ihm?«

»Er scheint am stärksten zu bereuen.«

Winter nickte. Sverker war schon lange als Verhörleiter dabei. Er hatte das meiste gesehen, das meiste gehört. Er wusste, was Menschen dachten, wenn sie redeten. Diese Fähigkeit konnte sich manchmal zu einer telepathischen Gabe entwickeln.

»Warum also gesteht er nicht?«, sagte Winter.

»Die natürliche Antwort darauf wäre, dass er nichts zu gestehen hat, oder? Aber so einfach ist es diesmal nicht. Ich glaube es jedenfalls nicht.«

»Und der andere?«

»Lentner? Er ist übrigens ein Namensvetter von dir, ein Erik. Tja, die Nuss ist härter zu knacken. Arroganter Typ, falls du verstehst, was ich meine.«

»Er wird nie gestehen, meinst du?«

»Genau.«

»Manchmal sind es die, die am schnellsten zusammenbrechen.«

»Der nicht. Das hab ich im Gefühl. Er ist eher wütend als verwirrt. Er wird die Tat nicht gestehen.«

»Möglicherweise, weil er sie nicht begangen hat.«

Edlund schwieg. Sie waren zum Präsidium zurückgekehrt, das sich hinter der Skånegatan auftürmte. Das Gebäude war das einzig Hässliche unter all dem Hübschen, das sie umgab. Was hatte sich im Kopf des Architekten abgespielt, als er es entwarf? Hatte es überhaupt einen Architekten gegeben? Vielleicht hatte der Polizeichef auf der Rückseite eines Verhörformulars ein paar Linien gezogen. Das Gebäude ist der Grund, warum Halders aufhören will. Es hat ihn verschlissen. Es hat uns alle verschlissen. Wir sollten den ganzen Scheiß in die Luft sprengen. Aber das wagt niemand. Es wäre eine Tat von allzu großem symbolischen Wert, wenn wir es selber täten.

»Willst du sie kennenlernen?«, fragte Edlund.

Er wusste nicht, ob er sie kennenlernen wollte. Er war sich noch nicht im Klaren darüber, warum er sie kennenlernen sollte. Darüber dachte er nach, während er die Treppen zu der Wohnung in der Chalmersgatan hinaufstieg. Madeleine Holst und Martin Barkner. Madeleine und Martin, dachte er, so waren sie ihren Freunden bekannt. Sie war Pressesprecherin oder so was in der Art gewesen und er Banker. Winter hatte im Lauf seines Lebens und seiner Arbeit unterschiedliche Typen von Bankern getroffen, und er vermutete, dass auch Bankräuber unter die Definition fielen.

Durch das Treppenhaus strich ein kühler Wind, er spürte ihn im Nacken. Drinnen war es kälter als draußen. Die Beleuchtung war spärlich. Er dachte an die junge Polizistin Gerda Hoffner. Wie sie diese Treppe an jenem frühen Morgen hinaufgestiegen war, auf dem Weg zu ihrer ersten Begegnung mit dem Tod in ihrem Job. Premiere, eine Stufe nach der anderen. So wie er es selber erlebt hatte. Er hatte noch einmal mit ihr gesprochen. Sie hatte wahrhaft überrascht gewirkt, als er sie anrief. Er hatte erwogen, sie heute mitzunehmen, aber wenn er etwas sehen wollte, musste er allein sein. Das war immer so gewesen. Man muss allein sein, um etwas zu sehen, um nachdenken zu können, während man hinschaut. Jetzt schaute er. Er stand im Flur, plötzlich, als könnte er sich nicht erinnern, wie er hierhergelangt war. Er war vorbereitet gewesen, da bewegt man sich manchmal unbewusst. Er machte einige Schritte in die Wohnung, ins Licht, das aus den Zimmern am Ende des Flurs fiel, Zimmern zum Hinterhof. Er erkannte wieder, was er sah. Es war heimisches Terrain. Es war nicht nur die Entfernung eines kurzen Spaziergangs zu seiner Arbeitsstelle, von seiner Wohnung am Vasaplatsen, es war auch eine Wohnung, die seiner ähnelte und damit seit mindestens fünfzehn Jahren auch seinem eigenen Leben. Im Augenblick konnte er sich nicht daran erinnern, wann er in die große Wohnung am Vasaplatsen gezogen war, oder warum überhaupt. Ein Anfall von Größenwahn. Eine Investition für die Zukunft, obgleich er damals nie an die Zukunft gedacht hatte, genauso wenig wie an die Vergangenheit. Damals hatte es nur ein einziges riesiges verdammtes JETZT gegeben, und das bereute er. Jetzt bereute er es. Die Leute, die behaupteten, man sollte im Jetzt leben, täuschten sich.

Er befand sich in der Küche. Auf der Anrichte standen eine Weinflasche und ein Glas. Beides hatten die Leute von der Spurensicherung nicht mitgenommen. Es war ihnen nicht unbedingt nötig erschienen, als sie das letzte Mal hier waren, aber jetzt würde es vielleicht nötig werden. Darum bin ich hier, dachte er. Es kann ein zweites Mal geben. Eine zweite Wiederholung. Nennt man das nicht Tautologie? Reicht eine Wiederholung nicht? Die Flasche hatte in dem trüben Tageslicht wie eine gewöhnliche Flasche gewirkt. Er hatte kein Licht in der Küche eingeschaltet, aber jetzt erkannte er, dass es sich um einen schweren Wein handelte, einen Amontillado. Er berührte die Flasche nicht, las nur das Etikett. Die Marke sagte ihm nichts. In Schweden trank er selten Sherry, nur in Spanien. Sherry war das richtige Getränk zu Tapas. Er mochte den Amontillado mit seinem nussigen Bukett, dem milden, bitteren Geschmack, aber fino war unkomplizierter zu Tapas. Neben der Flasche stand ein schlichtes Glas für Weißwein. Es sah unbenutzt aus. Die Flasche war zwar geöffnet, wirkte aber unberührt, bis zum Hals gefüllt mit Wein. Ein Glas Amontillado. Keiner hatte es eingeschenkt. Dennoch schienen sie zusammenzugehören, die Flasche und das Glas, sie standen viel zu nah beieinander, als dass es anders sein konnte. Aber warum nur ein Glas? Und formal das falsche Glas für das Getränk. Gab es keine Sherrygläser in diesem Haushalt? Wer sollte davon trinken? Und warum?

Sein Handy klingelte. »Ja?«
»Bertil hier. Wo bist du?«
»In der Chalmersgatan.«
»Wie sieht es aus?«
»In der Küche steht eine Flasche Amontillado.«
»Was ist das? Ein Dessertwein, oder?«
»Das ist Sherry, Bertil.«
»Ist das nicht ein Getränk für alte Damen?«
»Das will ich nicht gehört haben.«
»Dann hör dir dies an. Wir haben einen Zeugen, der sagt, er habe einen Mann über die Klippen laufen sehen an dem Tag, als Anders Dahlquist verschwand.«
»Am selben Tag? Ist er seiner Sache sicher?«
»Ja. Er sagt, es war sein Geburtstag. Am Nachmittag hat er einen Spaziergang unternommen und da draußen einen Jungen herumlaufen sehen. So hat er es ausgedrückt.«
»Herumlaufen, wohin?«
»Tja, wenn man herumläuft, kommt man nirgends an, oder? Er hat nur gesagt, dass er jemanden zwischen den Klippen hat laufen sehen. Einen Mann. Es könnte Dahlquist gewesen sein, aber das Gesicht hat er nicht von nahem gesehen.«
»Woher haben wir das erfahren?«
»Bei der Befragung an den Wohnungstüren. Beim ersten Mal war der Mann anscheinend nicht zu Hause.«
»Okay. Was sagt er sonst noch?«
»Nichts. Aber seine Beobachtung stimmt zeitlich ungefähr mit der Aussage von Dahlquists Freund überein. Der, der sich als Alkoholiker geoutet hat. Also kann Dahlquist wirklich da draußen gewesen sein«, schloss Ringmar.

Winter antwortete nicht. Er betrachtete wieder die Weinflasche. Sie wirkte deplatziert auf der Arbeitsplatte, als würde sie nicht dorthin gehören. Er musste Martin Barkner danach fragen.

Plötzlich dachte er an Barkner wie an einen Überlebenden.

## 14

Winter stand im Schlafzimmer. Vor ihm war das Bett. Es wirkte gleichzeitig neu und alt. Das war Absicht, modernes Design. Hier drinnen war nichts verändert worden, seit die Männer von der Spurensicherung zum letzten Mal gegangen waren. Winter hatte noch nie so lange nach der Tat einen Tatort betreten. Vielleicht gab es hier gar nichts für ihn zu tun. Er stellte sich an die rechte Seite des Bettes. Das Kissen sah unschuldig aus. Auf dem Nachttisch lag ein ordentlicher Stapel Bücher, genau wie auf der anderen Seite. Er notierte die Buchtitel.

Das Gemälde an der Wand seitlich vom Bett hing perfekt gerade. Er trat näher und sah Staub in den Sonnenreflexen tanzen.

Er schaute sich um und verstand, was Gerda Hoffner mit dem Bild und den Buchstapeln gemeint hatte. Nichts sonst in diesem Zimmer war rechtwinklig. Der Rest war ... lebendig, es war noch Leben darin. Aber die rechten Winkel waren tot. Er stellte sich mitten ins Zimmer und schloss die Augen, versuchte zu *sehen*. Er versuchte, die Dunkelheit zu durchdringen. Es war Nacht, früher Morgen. Er sah die Konturen von zwei Körpern im Bett. Nichts rührte sich. Dann eine Bewegung. Eine weitere Person befand sich im Zimmer, eine Gestalt. Sie bewegte sich auf das breite Bett zu und machte sich dort zu schaffen. Winter konnte nicht genau erkennen, was sie tat. Mit geschlossenen Augen stand er reglos da. Sonst würde er nichts *sehen* können. Jetzt sah er, dass die Person ein Kissen anhob. Es war eine ruhige, friedliche Bewegung.

Er stand vor dem Tatorthaus in der Götabergsgatan. Diesmal war er nicht allein. Neben ihm stand Gerda Hoffner. Sie war überrascht gewesen, als er anrief. Er war selber überrascht. Aber vielleicht hatte etwas in der anderen Wohnung den Anstoß gegeben, vielleicht die Gestalt. Vier geschlossene Augen sahen mehr als zwei. Sie stiegen die Treppen hinauf. Er spürte, wie angespannt Gerda Hoffner war, und ihm fiel auf, wie jung sie war. Alle Jüngeren sahen inzwischen aus, als wären sie viel jünger als er. Sie konnten ebenso gut achtzehn wie dreißig sein. Das war er selber auch einmal gewesen, und er hatte genauso frisch ausgesehen wie sie. Er sehnte sich nicht zurück nach der Zeit. In dem Alter gab es so viel Verwirrendes. So viel, was man nicht verstand, und schon gar nicht in diesem verdammten Job. Man verlor so viel Zeit, wenn man darüber nachdenken musste, was man gerade erlebt hatte, um es dann zu verstehen. Schließlich hatte er begriffen, dass es nicht zu verstehen war. Das war eine erschreckende Einsicht, die ihn fast bewogen hatte, den Polizeiberuf aufzugeben. Doch dann war er Fahnder geworden. Ihm war bewusst gewesen, dass es so einfach nicht war. Manchmal verstand man, und das war unter Umständen eine noch schrecklichere Einsicht. Am besten, man versuchte es gar nicht erst. Die junge Frau, die neben ihm herging mit ihren blassen Gesichtszügen, die von dem unheimlichen Licht angeleuchtet wurden, hatte unablässig an ihre Erlebnisse gedacht und sich schließlich an ihn gewandt. Sie hatte nichts verstanden, und bis jetzt hatte auch er noch nichts verstanden. Er wusste nicht, warum er die Treppen hinaufstieg. Er konnte behaupten, dass er es verstehen wollte. Er spürte den kalten Luftzug im Treppenhaus wie einen plötzlichen Vorboten. Den Vorboten von etwas Entsetzlichem. Manchmal spürte er ihn, wirklich oder eingebildet, und er spürte ihn jetzt. Entsetzliches war geschehen, und es würde mehr Entsetzliches geschehen. Vergangenheit und Zukunft. Was gab es in der Gegenwart? Halt dich fest, Winter. Dies wird eine furchtbare Geschichte.

»Das Sterbehaus?«, hatte sie gesagt, als sie draußen auf dem Gehweg vor dem Haus gestanden hatten. »Nennen Sie das so?«

»Einer meiner Kollegen«, hatte Winter geantwortet. »Ich weiß nicht, warum ich ihn zitiert habe.«

»Nennt man das Galgenhumor?«

»Vermutlich. Aber richtiger Galgenhumor ist es, einen Witz zu machen, während der Henker einem die Schlinge um den Hals legt.«

»Das ist nicht meine Art Humor«, sagte sie. »Galgenhumor.«

»Normalerweise ist er nicht so witzig«, sagte Winter. »Es ist wohl ein Versuch ... na ja, mit seinen Erlebnissen in diesem Job fertig zu werden. Den Druck zu lindern oder wie man das nennen soll.«

Sie nickte.

»Verstehen Sie, was ich meine?«

»Ich glaube schon. Manche reißen Witze. Andere verstummen. Einige gehen in die Kneipe.«

»Und was machen Sie?«, fragte er.

»Ich rufe Sie an.« Gerda Hoffner lächelte. »Ich habe noch nicht viel erlebt. Dies war bisher das Schlimmste.«

Jetzt standen sie vor der Wohnungstür. Das Deckenlicht erlosch. Durch ein kleines Fenster am Treppenabsatz fielen ein paar Sonnenstrahlen. Sie liefen parallel an der Wand entlang und glitten quer über die Tür, vor der sie standen. Nein, die Strahlen drangen direkt durch die Tür in die Wohnung. Es sah aus wie eine Art Zeichen. Eine Vorahnung. Es war seltsam.

»Stand die Tür offen, als Sie kamen?«, fragte Winter.

»Ja, er hatte sie wohl geöffnet.«

»Erik Lentner?«

»Ja ... der Mann da drinnen.«

»Sie sind nicht ganz sicher?«

»Was meinen Sie damit?«

»Dass die Tür offen war, als Sie kamen.«

»Nein ... mein Kollege hat gehört, dass Lentner es gesagt hat. Aber ich habe es nicht gehört.«

»Warum nicht?«

»Ich weiß es nicht. Kommt mir auch komisch vor. Ich hätte es hören müssen. Aber ich habe die Frau angeschaut. Die tote Frau. Wahrscheinlich wollte ich herausfinden, ob sie wirklich tot war. Ich weiß es nicht.«

Winter nickte.

»Aber die Tür war offen, nicht nur aufgeschlossen. Als wir kamen, war sie angelehnt.«

»Jemand muss sie also geöffnet haben.« Winter schaute auf die Tür. Immer noch bohrten sich die Sonnenstrahlen wie Laser hinein. Es war Zeit, die Wohnung zu betreten.

»Oder jemand hat sie nicht hinter sich zugemacht«, sagte Gerda Hoffner.

Er sah sie an.

»Welchen Eindruck hatten Sie von Lentner?«

»Er wirkte den Umständen entsprechend ruhig, wie man so sagt.«

»Auf welche Art ruhig?«

»Ich war ja nicht ruhig. In so einer Lage kann man einfach nicht ruhig sein. Oder?«

»Nein.«

»Ich bin also möglicherweise nicht die Richtige zu beurteilen, wie er war. Aber ... er wirkte nicht ganz so verwirrt, wie ich es vielleicht erwartet hätte. Oder so ... erschüttert von dem, was geschehen war.«

»Er hat selber den Notruf gewählt. Möchte wissen, wie er da gewirkt hat.«

»Haben Sie nachgefragt?«

»Ja, aber er wirkte wie alle anderen. Außer sich. Nichts sonst.«

»Na ja, wer wäre nicht außer sich.«

»Unabhängig von dem, was man getan hat, meinen Sie?«

»Ja.«

»Glauben Sie, er hat es getan?«

»Fragen Sie das mich?«
Winter schaute sie an. Sie sah erstaunt aus.
»Die Tür hier frage ich nicht«, antwortete er.
»Nein«, antwortete sie nach einer Weile. »Es war jemand anders.«
»Was veranlasst Sie, das zu glauben?«
»Es war jemand, der die Sachen hinterher zurechtgerückt hat.«
»Ein Pedant?«
»Ja, eine Art Pedant.«
»Gibt es unterschiedliche Typen?«
»Ich glaube ja. Zwei Typen, die ungefährlichen und die gefährlichen.«
»Wahrscheinlich ist es so«, sagte Winter. »Die, die den Tisch penibel decken, und jene, die die Familie mit Küchenwerkzeugen zurechtweisen.«
»Kennen Sie einen Pedanten?«
»Nein«, antwortete er. »Noch nicht.« Er wandte sich zu ihr um. »Jetzt gehen wir hinein.«

Das Schlafzimmer war eine Kopie des anderen Schlafzimmers. Winter sah, dass die Farben nicht exakt identisch waren, aber sie ähnelten einander. Alles ähnelte einander. Das Bett, die Bezüge, der Fußboden, die Wände, Möbel, die Kleidungsstücke auf dem Boden, die Nachttische. Der Ausblick aus dem Fenster. Der Himmel davor. Die Bücher. Die Bilder. Jetzt, wo er es wusste, wirkte es ganz selbstverständlich. Der Kontrast war deutlich genug. Die pedantisch gestapelten Bücher. Die perfekt hängenden Bilder. Rechte Winkel, hier kam es auf rechte Winkel an. Aber warum sich damit begnügen? Warum nicht überall aufräumen? Warum nicht alles perfekt hinterlassen? Warum sich mit Halbheiten begnügen? Warum nur zur Hälfte? Warum nur eine Person von zwei töten? Das war ein neuer Gedanke. Eine Person in diesem Zimmer durfte leben, eine musste sterben. Ich denke bereits an einen anderen Mörder. Nicht mehr an die beiden Männer. Er war hier drinnen. Eine wirkliche Gestalt. Die Gestalt war Gott. Er bestimmte über Leben und Tod. Winter ging durch den Flur in die Küche. Dort stand die Weinflasche auf der Arbeitsplatte mit einem einsamen Glas daneben. Dieselbe Art schlichtes Weinglas. Wie in der Küche in der Chalmersgatan. Es war nicht dieselbe Weinsorte, hier war es Rotwein, ein Rioja, dessen Namen er nicht kannte. Jeden Monat kam ein neuer Rioja auf den Markt. Dieser war zehn Jahre alt. Die Flasche war geöffnet und wieder zugepfropft worden. Es schien nichts ausgeschenkt worden zu sein. Das Glas war sauber. Winter schaute zu den offenen Regalen über der Anrichte. Dort standen Gläser, unterschiedliche Gläser, auch Weingläser, aber er konnte keins von der billigen Sorte entdecken, wie es auf der Arbeitsplatte stand. Die Gläser im Regal wirkten teuer. Er selber besaß teure und billige Gläser. Ihm gefiel es, sauteuren Wein in billigen Gläsern zu kredenzen. Das nannte man Stil. Das imponierte allen, die sich darauf verstanden. Nicht dass die Gruppe allzu groß wäre. Sie bestand vorwiegend aus Angela, Elsa und Lilly. Sie verstanden es.

Er hörte ein Geräusch hinter sich und drehte sich um.

»Ist das nicht merkwürdig mit den Flaschen?«, fragte Gerda Hoffner. »Und den Gläsern?«

»Ich weiß es nicht. Noch nicht.«

»Sind die Männer danach gefragt worden?«

»Das glaube ich nicht«, antwortete Winter.

»Warum nicht? Danach hätte man sie doch fragen müssen, oder?«

»Nur wenn es von Bedeutung ist. Bis jetzt hat wohl niemand geglaubt, dass es etwas bedeutet. Oder: Wir sind noch nicht bis dorthin vorgedrungen.«

»Sind wir jetzt dort angelangt?«

Winter drehte sich wieder um.

»Die Verdächtigen können behaupten, es sei ihr Wein und dass sie ihn trinken wollten. Sie können auch behaupten, es sei nicht ihrer, obwohl es nicht stimmt. Sie können behaupten, jemand sei hier gewesen und habe die Flaschen und Gläser auf die Anrichten gestellt.«

»Warum sollte jemand das tun?«

»Aus demselben Grund, aus dem der Betreffende ein bisschen im Schlafzimmer aufgeräumt hat.«
»Ist ... das Pedanterie?« Sie starrte auf die Arbeitsplatte. »Es handelt sich doch nur um eine Flasche und ein Glas.«
Winter schwieg.
»Warum nur ein Glas?«
»Das werde ich beide fragen.«
»Übernehmen Sie jetzt die Verhöre?«
»Ja.« Winter drehte sich wieder zur Anrichte um. »Die Sache war es vielleicht wert, gefeiert zu werden.«
»Wert zu feiern? Was denn?«
»Dass alles nach Plan gelaufen ist.«
»Er hat doch gar nichts getrunken.«
Ich habe *er* gesagt, dachte sie. Aber es kann sich genauso gut um eine Sie handeln.
»Nicht zu trinken gehört vielleicht auch zum Plan«, sagte Winter.
»Gehört zum Plan? Sie reden im Präsens.«
»Hm, tatsächlich. Damit meine ich wohl ... dass es weitergeht.«
»Jetzt kann ich nicht ganz folgen.«
»Dass es wieder passieren wird«, verdeutlichte er.

Bent Mogens sah nicht wütend aus, oder erstaunt. Er hörte nur aufmerksam zu, als Winter von seinen Besuchen der Tatorte erzählte. Gerda Hoffner erwähnte er nicht, aber ihr Name war in diesem Zusammenhang ja selbstverständlich. Niemand erwähnte ihn, das war peinlich, für alle. Mogens hatte in dieser Beziehung jedoch keinen Ehrgeiz. Winter musterte die ruhige Miene des Kollegen. Ich würde wahrscheinlich anders aussehen. Ich habe ja noch nicht meinen ganzen Ehrgeiz durch den Job verloren. Dafür braucht es wahrscheinlich weitere neun Jahre. Es ist wie mit dem verdammten Leben. Kaum hat man die Kunst zu leben gelernt, ist es schon vorbei. Zack, aus und vorbei, für immer.
»Ich glaube trotzdem, dass es die Männer waren«, sagte Mogens.

Winter nickte. Mogens' Stimme klang ehrgeizlos. Vor Mogens' Intuition hatte Winter Respekt. Er hatte immer Respekt vor Intuition. In zehn von zehn Fällen war es die Intuition gewesen, die ihm geholfen hatte, die letzten Puzzleteile zu finden. Oder die fehlenden Fragmente, wenn es sich bei dem Fall um ein Mysterium anstelle eines Puzzles gehandelt hatte.

»Du hast sie nicht verhört«, sagte Mogens.

»Nein.«

»Wenn es für den Staatsanwalt okay ist, ist es für mich auch okay«, sagte Mogens.

»Hast du einen besonderen Grund zu glauben, dass sie schuldig sind?«

»Darüber habe ich lange nachgedacht«, antwortete Mogens. »Es ist zwar keine Antwort auf deine Frage, aber es erscheint mir durchaus möglich, dass einer von beiden schuldig und der andere unschuldig ist.«

»Alles ist möglich«, sagte Winter. »Auch das Unglaubliche.«

»Es ist nur eine Überlegung. Und die ist vermutlich unglaublich.«

»Eine weitere Überlegung: Wir lassen Öberg die Tatorte noch mal durchkämmen«, sagte Winter. »Ich werde mit ihm sprechen.«

»Noch haben wir keine Geständnisse«, sagte Mogens.

»Aber wir bekommen sie, meinst du?«

»So habe ich das nicht gemeint. Die kriegen wir vielleicht nie, von keinem von beiden. Ich glaube trotzdem, dass sie es getan haben, alle beide. Es ist nur ein seltsamer Zufall, dass es fast gleichzeitig passiert ist in zwei Wohnungen, die einander gleichen. Alle Ähnlichkeiten sind rein zufällig. Herrgott, bald wohnt die halbe Stadt in der Innenstadt, und alle sind um die dreißig und kinderlos, gehören zur Mittelklasse, et cetera, et cetera. Du weißt, was ich meine. Du warst ja genauso. Hör mal, Erik, wer sollte es sonst getan haben? Wie kann ein Mörder die Tat begehen, ohne dass jemand reagiert? Die eine Person im Bett wird im Schlaf erstickt, und die andere schläft weiter, als wäre nichts passiert.«

Winter schwieg. Er versuchte, sich die Szene vorzustellen, die Mogens entworfen hatte. Es war eine stille Szene. Nichts bewegte sich. Er wartete. Jetzt rührte sich etwas. Er konnte nicht erkennen, aus welcher Richtung die Bewegung kam. Möglicherweise von einer der beiden Personen im Bett. Eine Seitwärtsbewegung.

»Wir haben noch keine Resultate von der Gerichtschemie«, hörte er Mogens' Stimme wie aus dichtem Nebel. »Vielleicht gibt es nichts, was uns weiterhilft.«

»Chloroform«, sagte Winter.

»Meinst du, daran hätte ich nicht gedacht?«, fragte Mogens.

»Chloroform ist hinterher nicht nachzuweisen«, sagte Winter. »Es ist symptomfrei. Einen möglichen Zugang gibt es in der Krankenpflege.«

»Genau. Und Lentner ist Arzt. Er kommt an Chloroform heran.«

»Der andere nicht, Barkner ist kein Arzt.«

»Wie ich schon sagte, diese beiden Fälle gehören nicht unbedingt zusammen.«

»Das klingt zu einfach«, sagte Winter.

»Einfach? Findest du, das klingt zu einfach?«

»Wunschdenken.« Winter lächelte.

»Übernimmst du jetzt?«, fragte Mogens.

»Ich will erst mit den beiden reden«, sagte Winter.

»Wann?«

»Morgen früh.«

Winter fuhr mit dem Rad über Heden. Es war ein schöner Abend und nicht allzu kalt. Die Scheinwerfer warfen ihr Licht auf gute und schlechte Spieler der Betriebs-Fußballmannschaften, die die letzten Spiele vor Weihnachten absolvierten. Das Fahndungsdezernat hatte auch eine Fußballmannschaft gehabt, bis Halders' Geholze auf dem Fußballplatz dafür sorgte, dass sie auf Lebenszeit ausgeschlossen wurden. Winter hatte ein Angebot vom Citydezernat bekommen, aber die Bezahlung war zu schlecht und die Bedingungen waren zu dürftig gewesen.

Vor der Markthalle war der Weihnachtsmarkt in vollem Gange.

Es war mühsam, in die Halle hineinzugelangen. Falsches Timing. Er betrat den Fischladen an der Außenseite und zog eine Nummer. Vor ihm waren nur sieben Personen. Er musterte die Schalentiere, Muscheln, Meereskrebse, Krabben. Alles sah gut aus. Wie wäre es mit gegrillten Krebsen zu Silvester, vielleicht mit Kräutern? Ein wenig langweilig und traditionell. Genau wie Hummer. Konnte er es nicht besser? Zum Beispiel Krebswürste, mit Estragonzabaglione. Oder ein ganzer Steinbutt aus der Backröhre. Oder warum kein Fleisch? Entrecote vom Kalb mit einer leckeren Kräuterbutter oder Béarnaisebutter. Einfach und sehr lecker. Elsa und Lilly mochten das auch, später würden sie vermutlich Vegetarier werden, spätestens, wenn sie eingeschult wurden und zum ersten Mal das Essen in der Schule gekostet hatten. Als Halders' Sohn von seinem allerersten Schultag nach Hause gekommen war, hatte Halders ihn gefragt, wie das Schulessen schmeckte. »Eklig wie üblich«, hatte Hannes geantwortet.

Winter kaufte Rotzungenfilets, Dill und Zitronen.

Dann machte er sich durch das erleuchtete Göteborg auf den Heimweg. Nur ein Blinder konnte übersehen, dass Weihnachten nahte. Die Beleuchtung wetteiferte mit den Sternen, und die Sterne verloren zehn Runden von zehn.

Auf der Vasabrücke stieß er fast mit zwei Weihnachtsmännern zusammen, die plötzlich am südlichen Bollwerk auf ihn zutorkelten. In letzter Sekunde gelang es ihm, sein Gleichgewicht wiederzufinden, indem er sich mit dem linken Bein abstützte. Er trug keinen Helm. Es war verdammt leichtsinnig, ohne Helm zu fahren. Wenn nicht er, wer sollte dann mit gutem Beispiel vorangehen? Wenn Per-Åke und die anderen Fahrradpolizisten ihn sahen, senkten sie den Daumen und fuhren sich mit der Hand über den Hals, was nur eins bedeuten konnte: Wenn er weiter ohne Helm fuhr, war er verurteilt. In diesem Augenblick hätte es passieren können. Es konnte morgen passieren. In diesen Tagen war die Stadt voller betrunkener Weihnachtsmänner.

»Pasch auf, Mischtkerl«, rief einer der Weihnachtsmänner. Sein Bart bedeckte nur die Hälfte seines Gesichtes.

»Drahtesel sind lebensgefährlich«, sagte der andere. Er trug seinen Bart in der Hand. Als er einen Schritt rückwärts machte, fiel ihm die Mütze vom Kopf. Er machte einen weiteren Schritt vorwärts und fixierte Winter. Das Gesicht kam Winter bekannt vor.

»Na, so was!«, sagte der Betrunkene und riss die Augen auf. »Du bist das!« Auch ihm war Winters Gesicht bekannt vorgekommen.

»Kumpel! Der Bulle!«, sagte der Weihnachtsmann.

»Scheiße! Wo?« Der andere Weihnachtsmann drehte seinen Kopf hin und her, so dass der Zipfel der Mütze im Licht der Brückenlaternen hüpfte. »Wir haben nichts getan! Der da isses!« Der Weihnachtsmann zeigte auf Winter.

Winter erkannte den bartlosen Weihnachtsmann. Er hatte sogar einen Namen, an den er sich erinnerte.

»Tommy!«, sagte der Weihnachtsmann. »Ich bin's, Tommy Näver! Du erkennst mich doch wohl wieder?«

»Na klar«, sagte Winter.

»Hockeytommy!«, sagte Tommy.

»Weihnachtsmanntommy«, sagte Winter und stieg wieder auf sein Fahrrad.

»Was hast du vor?«, fragte Tommy. »Wohin willst du?«

»Ich will nach Hause und Mittagessen kochen«, antwortete Winter.

»Was isser, hassu gesagt?«, fragte der andere Weihnachtsmann. Er war sehr betrunken, betrunkener als Tommy. »Was 'n das für'n Typ?«

»Bulle, hab ich doch gesagt!«

Winter stieß sich ab, um so schnell wie möglich wegzukommen.

»Ich seh alles!«, sagte Tommy. »Hab ich das nich' schon mal gesagt? Hä?! Ich seh alles! Ich erkenn jeden wieder. Ich hab dich auch wiedererkannt, oder etwa nich'?«

»Du hast mich wiedererkannt.«

»Ich erkenne jeden wieder!«

»Wie geht's deinem Sohn?«, fragte Winter.

»Was? Was meinst du?«
»Dein Sohn. Der Hockeyspieler. Alles in Ordnung mit ihm?«
»Äh ... ja, alles okay.«
»Gut«, sagte Winter, »jetzt muss ich los.«
»Was meinst du damit, dass alles in Ordnung mit ihm ist?«
»Das hab ich nicht gesagt.«
»Du has' gefragt!«
Der Hockeyweihnachtsmann packte den Lenker und begann, daran zu zerren.

»Lass los«, sagte Winter.

»Dir passt es wohl nicht, dass ich ein bisschen Weihnachten feiere, Bulle? Dass ich mir ein bisschen Urlaub gönne. Zeitungen verscherbeln kann man ja immer! Aber das gefällt dir wohl nicht, was, du feiner Pinkel!«

»Lass den Lenker los«, wiederholte Winter.

»Mensch, lass los!«, rief der andere Weihnachtsmann. »Das is' doch 'n Bulle.«

Tommy ließ nicht locker. Sein Gesicht drückte verschiedene widersprüchliche Gefühle aus. Eins davon war Trauer. Winter wollte ihm keine langen. Er wollte ihn nicht verurteilen. Er wusste nichts und hätte nicht von dem Jungen anfangen sollen. Tommy ließ den Lenker los. Der Mann wandte das Gesicht ab. Winter radelte von der Brücke herunter in den Park. Das Weihnachtsgefühl war verflogen, bevor es sich überhaupt eingestellt hatte.

## 15

Als die Kinder eingeschlafen waren, empfand er für einen Moment das Gefühl von Einsamkeit. Nein, nicht Einsamkeit. Es war etwas anderes, vermutlich Wehmut. Er wusste nicht genau, was Wehmut war, aber das könnte es sein. Ein Gefühl ohne Boden. Nichts, worauf man die Füße stellen konnte. Man musste sie lassen, wo sie gerade waren, auf einem Hocker. In der Wohnung war es still, keine Musik, keine Stimmen. Angela war noch in Lillys Zimmer. Sie musste neben Lilly liegen, bis das Kind eingeschlafen war. Gestern Abend hatte er dort gelegen. Jedes Mal, wenn er aufstehen wollte, hatte Lilly gefragt, was er mache. Vielleicht würde es heute Abend reibungsloser gehen. Er glaubte, dass Lilly jetzt schlief. Und Angela vermutlich auch. So war es häufig. Er war allein mit seiner Wehmut und dem Whiskyglas. Er hielt den Tumbler in den schwachen Lichtschein der Stehleuchte in der Ecke. Die Farbe des Maltwhiskys war hell. Whisky, der aus dem Tiefland kam, war immer hell. Winter kostete. Marshmallow? Vielleicht geröstete Marshmallows. Ein wenig süß, ein wenig trocken. Kokosnuss? Aber zwischen Glasgow und Dumbarton, wo Littlemill, Schottlands älteste Destille, lag, wuchsen keine Kokospalmen.

Er hörte ein Geräusch. Es war Angela, die durch den Flur taumelte und zur Toilette ging. Das Geräusch der Spülung. Hoffentlich wurde Lilly davon nicht wach.

Angela kam ins Zimmer.

»Ich bin eingeschlafen«, sagte sie.
»Hm.«
»Es ist aber auch fast Zeit, ins Bett zu gehen.«
»Du wirst schon wieder munter.«
Sie schaute zu der Whiskyflasche auf dem Tisch.
»Dann brauch ich so einen.«
Er stand auf und holte einen Tumbler aus dem alten Buffet neben der Stehleuchte. Er hatte aufgehört, Maltwhisky aus den dünnen Probiergläsern zu trinken. Daraus schmeckte er ihm nicht mehr.
Er stellte das Glas vor sie hin und schenkte ihr ein.
»Bitte nur ganz wenig«, sagte sie.
Er setzte die Flasche ab.
Angela kostete und zog eine Grimasse. Das war er gewöhnt. Sie stellte das Glas auf den Tisch.
»Was hältst du davon, wenn wir diesmal alle zusammen Weihnachten bei uns feiern?«, fragte sie.
»Alle zusammen? Wen meinst du damit?«
»Na, die ganze Sippe.«
»Wollten wir nicht bei Lotta feiern?«
»Wir haben in den vergangenen Jahren immer bei ihr gefeiert. Kann Heiligabend dieses Jahr nicht mal bei uns stattfinden? Das letzte Mal ist schon so lange her. Und jetzt ist Siv ja auch im Lande.«
»Hast du schon mit Lotta gesprochen?«
»Nein.«
»Und wenn es sie kränkt?«
»Ich glaube, sie ist erleichtert. Ich wäre es.«
»Hm.«
»Jeder kann ja etwas beisteuern.«
»Nein. Wenn wir schon einladen, dann richtig.«
»Schaffen wir denn das alles? Es ist nur noch eine knappe Woche bis Weihnachten.«
»Der Vorschlag kam von dir.«
»Vielleicht sollte doch jeder etwas mitbringen.«
»Nein. Wir schaffen es allein.«

Sie schwieg. Vielleicht überlegte sie, wie *er* es schaffen würde. Für sie war es kein Problem, aber wie wollte er in der kurzen Zeit das Weihnachtsessen vorbereiten?

»Den Schinken können wir weglassen«, sagte sie. »Den isst sowieso keiner.«

»Dann ist ja alles geritzt.«

»Den eingelegten Hering können wir auch weglassen.«

»Nein, nein, der ist an Weihnachten unverzichtbar«, sagte Winter. »Der Rest ist im Handumdrehen gemacht.«

»Rote-Bete-Salat«, sagte sie. »Und Janssons Verführung.«

»Jansson übernimmt Siv«, sagte Winter. »Sie erscheint bestimmt mehrere Stunden vor dem Essen.«

»Wollen wir vor oder nach dem Weihnachts-Disney essen?«

»Danach. Dann ist es ruhiger.«

»Und nach dem Essen die Bescherung?«

»Ja.«

»Dann sind wir uns also einig.«

»Klar, schönes Gefühl, oder?«

»Ich rufe Lotta an.«

Er nickte.

»Besorgst du den Tannenbaum, Erik?«

Der Tannenbaumkauf war nicht gerade sein Ding. Im aggressiven Flutlicht der Tannenbaumverkäufer war nicht leicht zu erkennen, ob der Baum hübsch oder hässlich war und ob er sich über das ganze Weihnachtsfest halten würde. Aber Elsa kam gern mit. Er durfte nicht jammern.

»Wann habe ich den Tannenbaum nicht besorgt?«, fragte er.

»Letztes Jahr, in Marbella.«

»Ich hab's versucht.«

»Aber es ist dir erspart geblieben. Auf der Strandpromenade gab es keine Tannenbäume zu kaufen.«

Sie schnupperte an ihrem Whisky und stellte das Glas weg.

»Ich mag nicht mehr«, sagte sie.

»Was habe ich dir gesagt?«

»Das ist die mieseste Platitude der Welt. In allen Sprachen.«

»Da gebe ich dir recht.«

Angela stand auf.

»Was hast du vor?«

»Ein Glas Wasser trinken.«

Sie verließ das Zimmer. Er hörte eine Straßenbahn vorbeirumpeln, die nicht an der Haltestelle hielt, und ging auf den Balkon. Die Luft war mild, roch fast nach Frühling. Oder nach Herbst? Jedenfalls nicht nach Winter, und doch war es nur noch eine Woche bis Weihnachten. Die dünne Schneedecke war verschwunden. Der Himmel war klar, es waren sogar einige Sterne zu sehen, was sehr ungewöhnlich in Göteborg war: die Feuchtigkeit, der Nebel, der Wind, die vielen Wolken. Göteborg konnte mit dem schlechtesten Winterwetter auf der ganzen Welt prahlen, ausgenommen vielleicht Bergen. Aber in diesem Jahr war es anders. Jetzt war es klar und gleichzeitig warm. Fast wie in Marbella. Sie hätten Weihnachten in Sivs Haus in Marbella feiern können. Heiligabend könnte ein klarer 20-Grad-Tag sein. Das Weihnachtsessen würde aus gegrillter Flunder bestehen anstelle von Schinken. Aber sie wollten ja gar keinen Schinken auftischen.

Er hörte Angela ins Zimmer kommen und drehte sich um. Sie hatte sich wieder gesetzt.

»Ich weiß nicht, ob ich jemals wieder hinfahren will«, sagte sie.

»Nach Marbella?«

»Nein. An unseren eigenen Strand. Zum Grundstück.«

»Das klingt ein wenig drastisch.«

»Für dich ist es dein Job. Du bist daran gewöhnt.«

»Da täuschst du dich, Angela. Man gewöhnt sich nie.«

»Trotzdem ist es für mich anders. Das verstehst du nicht. Du siehst eine Leiche und weißt, was du zu tun hast. Kannst mit der Situation umgehen, weil du so was schon öfter erlebt hast. Viele Male. Für mich ist das anders. Obwohl ich Ärztin bin. Ein toter Mann wird an unserem Strand angetrieben. An *unserem* Strand! Mir gefallen die Gefühle nicht, die im Nachhinein hochkommen. Und ich weiß nicht, wie die Mädchen das Erlebnis verarbeiten werden.«

»Es wird schon gutgehen.«
»Ach? Hast du mit Elsa gesprochen? Sie redet von nichts anderem, jedenfalls mit mir.«
Winter antwortete nicht.
»Ich muss darüber nachdenken, Erik.«
»Wie ... meinst du das? Über unser Grundstück? Den Strand?«
Sie nickte.
»Es wäre schade, ihn zu verlieren«, sagte er.
»Vielleicht haben wir ihn schon verloren.«
»Es wird sich nicht wiederholen.«
»Das spielt jetzt keine Rolle«, sagte sie.
»Ich finde, du übertreibst.«
»Was übertreibe ich?«
»Deine Angst, wie es uns belasten wird, dich, mich, die Mädchen.«
»Ich weiß nicht, Erik.«
»Wir können bald wieder hinfahren, Heiligabend zum Beispiel. Wir trinken Kaffee am Strand wie Heiligabend vor zwei Jahren.«
Sie schwieg.
»Den Kindern wird es gefallen.«
»Hoffentlich«, sagte sie.
»Es ist unsere ... Freistatt, oder wie man das nennen soll. Ein Ort auf der Welt, der uns gehört.« Er lächelte. »Das wird er immer bleiben.«
»Mit oder ohne Haus, meinst du?«
»Natürlich.«
»Vielleicht sollten wir wenigstens eine Sauna oder so was bauen«, sagte sie.
»Eine Sauna. Das ist eine glänzende Idee.«
»Braucht man dafür eine Baugenehmigung?«
»Glaub ich nicht. Oder vielleicht doch. Ich werde es überprüfen. Eine Sauna. Die bauen wir, so schnell es geht. Mit Holz zu beheizen. Das wäre herrlich.«
»Wahrscheinlich das einzige Haus, das dort je stehen wird.«
»Vielleicht reicht das«, sagte er.

»Immerhin etwas«, sagte sie.

»Wenn wir das nächste Mal dort sind, schreiten wir die Fläche ab. Heiligabend.«

»Warum nicht gleich für ein ganzes Haus, wenn wir schon mal dort sind?«

»Haben wir das nicht irgendwann schon mal getan?«, fragte er.

»Hast du das vergessen, Erik?«

Nein. Er hatte es nicht vergessen. Das war in der guten alten Zeit gewesen, als es nur eine Frage der Zeit war, wann das Haus fertig dastehen würde. Doch dann war ihnen etwas dazwischengekommen. Ihm war etwas dazwischengekommen. Vielleicht war es das. Was in diesem Winter geschehen war. Oder genau dieses Ereignis würde dafür sorgen, dass sie für immer zurückkehrten.

Martin Barkner sah aus wie ein Vierzehnjähriger. Aber in seinen Augen brannte kein jugendliches Feuer. Kein Glaube an die Zukunft. Keine Erwartung mehr. Keine Mystik. Das einzig Mystische in seinem Leben war die Frage, was er hier verloren hatte, im Vernehmungsraum des Präsidiums. Den Eindruck machte er jedenfalls auf Winter, der ihm gegenübersaß. Verwirrt. Ungefähr so hatte Barkner sich verhalten, seit er gefasst und dann automatisch in Untersuchungshaft genommen worden war. Aber er hatte nicht gestanden.

»Wie viele von Ihnen wollen mich denn noch verhören?«, fragte er. »Nimmt das denn gar kein Ende?«

»Ich möchte, dass Sie mir von dem betreffenden Tag erzählen«, sagte Winter. »Und von dem Abend.«

»Wer sind Sie?«

»Ich habe mich bereits vorgestellt.«

»Warum kommen ausgerechnet Sie und warum jetzt?«

»Ich bin hier, um Ihnen einige Fragen zu stellen.«

»Einige? Herrgott, wie lange soll das noch so gehen? Ich habe es nicht getan, das habe ich doch gesagt! Ich habe Madeleine nicht umgebracht! Selbst wenn Sie mich foltern, werde ich nicht gestehen, weil es nichts zu gestehen gibt. Ich kann nicht gestehen!

Bald werden Sie mich vermutlich foltern. Das tun Sie übrigens schon.«

Barkner hob eine Hand, als wollte er Spuren der Folter zeigen, Brandmale, ausgerissene Fingernägel. »Dies ist Folter. All diese Fragen sind die reinste Folter.«

»Wir müssen sie stellen«, sagte Winter.

»Warum?«

»Weil es gut für Sie ist.«

»Wie bitte?«

»Es ist hilfreich für Sie, wenn wir Sie weiter befragen. Darum sitze jetzt ich hier. Wir hätten Sie auch gleich für schuldig erklären und den Schlüssel wegwerfen können, ohne Ihnen weitere Fragen zu stellen.«

»Wie bitte?«

»Deshalb beantworten Sie jetzt bitte meine erste Frage.«

»Erste Fra... wie lautet die?«

»Haben Sie Madeleine umgebracht?«

»Nein, nein, nein.«

»Warum sollte ich Ihnen glauben?«

»Weil es wahr ist!«

Winter schwieg.

»Warum hätte ich es tun sollen?«, sagte Barkner. »Lieber Gott im Himmel.«

»Ich weiß es nicht.«

»Das ist ungeheuerlich. Verrückt! Ich hatte keinerlei Anlass, Madeleine zu töten. Wir waren doch zusammen! Ich habe sie geliebt! Wir wollten heiraten!«

»Haben Sie sich gestritten?«

»Gestritten? Wie gestritten? Wann denn?«

»Am Abend, bevor es passierte.«

»Nein, nein, nein! Warum hätten wir uns streiten sollen?«

»Manchmal streitet man sich eben.«

»Wir haben nicht gestritten.«

»Was haben Sie getan?«

»Wie bitte?«

»Was haben Sie an jenem Abend getan? Sagen wir, ab sechs Uhr.«

»Ist es dann Abend?«

»Im Dezember ist es um die Zeit Abend«, sagte Winter. »Zu dieser Jahreszeit ist es um halb vier Abend.«

»Um halb vier habe ich noch gearbeitet«, sagte Barkner.

»Darüber reden wir später«, sagte Winter, »über die Arbeit. Fangen wir bei sechs Uhr an.«

Barkner schwieg. Er schien nachzudenken. Wie er dabei aussah, war bedeutungslos. Er konnte an alles Mögliche denken, zum Beispiel an das Essen von gestern Abend. Vielleicht war er ein totaler Soziopath. Aber auch Soziopathen erinnerten sich manchmal noch vage an ihre Taten. Natürlich empfanden sie keine Reue, aber es gab Fragmente der Erinnerung.

»Um sechs war ich allein zu Hause«, sagte Barkner.

Winter nickte.

»Ich wünschte, dabei wäre es geblieben.«

»Wie meinen Sie das?«

»Dass ich dort immer ... allein geblieben wäre. Verstehen Sie? Dass sie nie nach Hause gekommen wäre.«

# 16

Winter legte eine Pause ein. Er unterhielt sich mit Sverker Edlund in einem Zimmer, das nach dem Verhörraum mit den zugezogenen Vorhängen hell und luftig wirkte. Er hatte die Vorhänge nicht aufziehen wollen und wusste nicht, warum. Vielleicht kam ihm die Sonne zu gut und zu fröhlich vor. Winter hatte Martin Barkner nach den Ereignissen des Abends befragt. Viel war nicht passiert. Alles war normal gewesen. Sie hatten eine kleine »Diskussion« gehabt, ob sie zu Madeleines Eltern fahren sollten oder nicht, aber das war doch wohl normal? Barkner hatte das Wort mehrmals wiederholt. Normal. Der Abend war normal gewesen: Sie hatten etwas gegessen und hinterher abgewaschen, hatten ein bisschen ferngesehen, waren im Bad gewesen, hatten noch etwas gelesen, irgendwann das Licht ausgemacht und waren eingeschlafen. Winter hatte noch nicht nach dem Amontillado gefragt, nur nach den Büchern auf dem Nachttisch. Auf Martins Seite hatten fünf gelegen, auf Madeleines sechs. Barkner selber wusste nicht genau, wie viele. Er hatte sie nicht gezählt. Wer tat das schon? Aber er und Madeleine lasen gern mehrere Bücher parallel. Er konnte nicht genau sagen, welche Titel dort gelegen hatten, nach einiger Zeit pflegte er das unterste Buch zu vergessen. Aber er wusste, welches er zuletzt gelesen hatte. Stieg Larsson. Darunter hatte vermutlich Katarina Haller gelegen. In welchem Buch Madeleine an diesem Abend gelesen hatte, wusste er nicht. Es könnte auch Stieg

Larsson gewesen sein, aber er war nicht sicher, welchen. Was er getan hatte, als er mit Lesen aufgehört hatte? Als er schlafen wollte? Wie? Die Frage hatte er nicht richtig verstanden. Winter hatte ihm erklärt, was er meinte. Okay, Barkner hatte das Buch beiseitegelegt, das war ja wohl klar. Wohin? Wie? *Wie?* Wie hatte er es beiseitegelegt? Was war das für eine Frage? Wie hatte er das Buch weggelegt? Barkner verstand die Frage immer noch nicht. Winter erklärte es ihm. Hatte er es ordentlich auf den Stapel gelegt? Kante auf Kante mit den anderen Büchern? Nein, nein. Er hatte es einfach weggelegt. Quer, oder wie man das nennen sollte. Ob er später daran gedacht hatte? Wann später? Als er ... hinterher? Als er aufwachte? Als er ... als Madeleine dalag? Ob er in dem Moment an die Bücher gedacht hatte? Nein, das hatte er nun wirklich nicht. Das war das Letzte, was er sich vorstellen konnte, gedacht zu haben.

Winter ließ sich das Verhör noch einmal durch den Kopf gehen, während er den blauen Himmel hinter Edlunds Fenster betrachtete. Der Himmel fing an, ihm auf die Nerven zu gehen, wie einem ein schlechter Witz, den man einmal zu oft gehört hatte, auf die Nerven geht.

»Der Kerl hat vor irgendetwas Angst«, sagte Winter.

»Wie meinst du das?«

»Ich weiß nicht genau.«

»Vielleicht fürchtet er sich vor der eigenen Tat?«

»Oder vor einer anderen Person.«

»Dann weiß er jedenfalls mehr, als er sagt.«

»Hast du das auch schon gedacht?«, fragte Winter.

»Da ist was ... er enthält uns etwas vor.«

Winter nickte.

»Was nicht unbedingt ein Geständnis sein muss«, sagte Edlund.

»Aber was soll es sonst sein?«

»Will er jemanden schützen? Möglich.«

»Wenn es so ist, warum will er die Person schützen?«

Edlund betrachtete schweigend das fröhliche Licht vor dem Fenster. Er war nicht oft im Ausland gewesen, aber an einem schönen, fröhlichen und hellen Weihnachten hatte er bei der UNO Dienst auf Zypern geleistet. Zivilpolizist in Larnaca. Herr im Himmel, was für ein Heiligabend. Am ersten Weihnachtstag hatte er einen Kater ohnegleichen gehabt. Wie zwei Elche, die ihre Geweihe ineinander verwickelt haben. Das war nicht das Einzige, worin er verwickelt gewesen war.

Er hörte Winter etwas sagen, verstand jedoch die Wörter nicht.

»Was hast du gesagt, Erik?«

»Lass uns davon ausgehen, dass er unschuldig ist. Aber weiß er, wer es getan hat?«

»Klingt unwahrscheinlich. Warum sollte er den Mörder seiner Freundin schützen?«

»Ich muss ihn wohl danach fragen«, sagte Winter.

Er setzte das Verhör fort, indem er dem Mann ein Foto zeigte.

Barkner wurde blass. Daran bestand kein Zweifel. Er war schon vorher blass gewesen, jetzt wurde er *weiß*.

»Das sind Ihre Bücher«, sagte Winter.

Barkners Blick war an dem Bild hängengeblieben, war gegen seinen Willen hängengeblieben. Er sah aus, als müsste er sich jeden Moment übergeben. Winter hielt automatisch Ausschau nach einem Eimer. Es gab nur ein Waschbecken in einer düsteren Ecke. Schlimmstenfalls musste er den Mann dorthin führen.

»Das sind Ihre Bücher, auf Ihrem Nachttisch«, sagte Winter.

»Nein!«

»Wie bitte?«

Barkner sah Winter entsetzt an, als begegnete er dem echten Grauen erst jetzt, einem noch größeren Grauen, als er bereits durchlitten hatte, und das nicht nur einmal.

»Nein!«, rief er.

»Was ist, Herr Barkner?«

Barkner *schleuderte* förmlich einen Blick auf das Foto.

»Das sind nicht meine Bücher! Das bin ich nicht!«

»Wie meinen Sie das?«

»So hat es nicht ausgesehen. Das sind nicht meine!«

»Es sind Ihre Bücher.«

»Nein.«

»Doch, Herr Barkner. Zuoberst liegt Stieg Larsson. Sie haben selbst gesagt, dass Sie am Abend in dem Buch gelesen haben.«

»Nicht so, nicht auf die Art.«

»Wie denn? Wie meinen Sie das?«

»*So* habe ich es nicht weggelegt! Ich habe meine Bücher nicht so hingelegt! Niemals! Ich bin noch nie ...« Er unterbrach sich, schnitt seine eigenen Worte ab, wie man etwas mit einem schweren, scharfen Gegenstand abschneidet.

»Sie sind noch nie was, Herr Barkner?«

Martin Barkner antwortete nicht. Winter sah Schweißperlen auf seiner Stirn. An seinem Hals waren rote Flecken. Der Mann war kurz davor, in Ohnmacht zu fallen.

Winter ließ noch ein Foto vor Barkner auf den Tisch fallen. Jetzt fühlte er sich wie ein Folterer. Der Mann litt furchtbare Qualen. Er starrte das Foto an, auf dem der Bücherstapel auf Madeleines Nachttisch festgehalten war. Eine so banale Kleinigkeit, ein Bücherstapel, der seinem Leser Freude, Nachdenklichkeit, Wehmut und Stimulanz schenken sollte.

»Nein, nein!«

Barkner sprang auf. Er sah aus, als wollte er sich gegen die nächstbeste Wand werfen, die nur einige Meter entfernt war.

»Nehmen Sie das weg!«, schrie er. »Nehmen Sie das weg!«

Aber er starrte immer noch auf das Foto, starrte auf beide Fotos.

Er erkennt es wieder, dachte Winter. Er erkennt etwas. Nicht die eigenen Bücher. Die Stapel. Um die Titel geht es nicht.

Aber er weiß, worum es geht.

Die Art, wie sie gestapelt sind.

Winter sah das Entsetzen in Barkners Augen und versuchte, jede Regung in seinem Gesicht zu erfassen und damit auch das, was dahinter stattfand, in dem fiebrigen Gehirn. Dann brach Barkner über dem Tisch zusammen, er würde sich nicht mehr gegen etwas Hartes werfen. Er brach über den Fotografien zusammen.

Gerda Hoffner hatte Angst. Das Gefühl überfiel sie plötzlich, als sie die Karl Johansgatan entlangging. Sie drehte sich um. Das Gefühl war stark: Irgendwo hatte jemand gestanden und sie beobachtet, war ihren Schritten gefolgt. War ihr tatsächlich gefolgt. Was war das für ein Gefühl? Hatten sie auf der Hochschule trainiert, damit umzugehen? Nein. Sie hatten trainiert, sich in Uniform diskret zu verhalten, aber das war etwas anderes. Diskret in Uniform. Darin lag ein Widerspruch. Aber jetzt brauche ich nicht diskret zu sein, ich trage keine Uniform.

Vor dem staatlichen Schnapsladen krakeelten wie üblich die Alkoholiker. Sie machte in ihrer Freizeit häufig einen Spaziergang nach Klippan, aber nur bei Tageslicht, was bedeutete, dass der Schnapsladen geöffnet hatte, denn die Dunkelheit brach früh herein. Ein Mann und eine Frau kamen aus der Unterführung, der Mann hatte eine Flasche Schnaps in der Hand, die die Frau ihm wegzunehmen versuchte. Beide alkoholabhängig. Sie kannte das Paar. Es hielt sich meistens mit den anderen johlenden Säufern am nördlichen Tunnelende im Park auf. Dort grölten, schrien und torkelten sie herum wie eine hoffnungslos verlorene Gesellschaft in einer öden Landschaft auf dem Weg ins Verderben. Anfang Herbst war sie dem Paar im Supermarkt am Sannaplan begegnet. Die beiden waren nüchtern gewesen und hatten ein kleines Mädchen bei sich gehabt. Das Kind war etwa fünf, sechs Jahre alt und hatte allen Kunden im Laden erzählt, dass es mit Mama und Papa hier sei. Es hatte mit dem Finger auf die beiden gezeigt. Das da ist meine Mama und das mein Papa! Es war so glücklich, so stolz gewesen.

Urlaub von der Hölle. Vielleicht hatten sie auf ein Weihnachtsfest zusammen mit ihrer Tochter gehofft. Eine richtige Familie. Aber der Urlaub war jetzt vorbei. Es war fast Weihnachten, es war zu spät. Mama und Papa gerieten ins Schwanken, als sie auf gleicher Höhe waren, als wären sie beide gleichzeitig von einem Windstoß erfasst worden. Die Frau versuchte wieder, die Schnapsflasche zu ergattern. Der Mann stieß ihr den Ellenbogen in die Seite. Sie schrie auf. Und Gerda Hoffner wurde das Bild von dem kleinen Mädchen nicht los. Es hatte Zöpfe gehabt und unter der offenen Jacke ein nettes Kleid getragen. Eine kleine rote Mütze. Kinderheimkleid. Kinderheimjacke. Was weiß ich. Ich weiß nur, dass ich das Elend nicht mehr sehen will. Nicht dieses. Es gibt so viel anderes Elend.

Sie ging durch die Unterführung. Die Wände waren mit zwanzig Lagen Geschmier bedeckt. Hier unten roch es nach Kot und Urin. Kaum vorstellbar, dass feine Leute den Tunnel auf dem Weg zum Sjömagasinet benutzten. Sie passten nicht ins Bild. Gerda Hoffner ging weiter zum Wasser. Es dämmerte bereits. Die Kräne am anderen Ufer wurden zu Silhouetten, Skeletten. Der Himmel färbte sich rot. In der giftigen Luft wirkte er sehr klar. Jetzt roch es nach Diesel und Öl, angenehmer als der Geruch im Tunnel. Einige Limousinen hielten vor dem Sjömagasinet. Gut gekleidete Paare stiegen aus. Ein spätes Mittagessen oder ein sehr frühes Abendessen. Vielleicht wollten sie auch nur etwas trinken, vielleicht genauso viel wie Mama und Papa oben auf dem Jaegerdorffsplatsen, aber auf ihre Art, an Tischen. Der stadtbekannte Restaurantbesitzer stand vor seinem Lokal und begrüßte die Gäste. Eine Frau in pelzgefütterter Jacke stakste mit lautem gackernden Lachen auf ihn zu. Es klang in Gerda Hoffners Ohren sehr falsch. Vielleicht sind sie Promis, bekannte Fernsehgrößen. Ich bin nicht mehr auf dem Laufenden.

Sie betrat den Bootsanleger. Auf einem der alten Segelschoner, die in einer Reihe am Steg lagen, arbeiteten Männer. Die Pötte sahen halbtot aus, aber es gab immer jemanden, der sich mit Wiederbelebungsversuchen beschäftigte. Für dieses Interesse empfand sie Bewunderung, dafür hatte sie Verständnis. Die Stadt lag am großen Meer, und wenn man am Meer wohnte, sollte man segeln. Sie dachte an ihre Eltern. Sie waren in das deutsche Binnenland zurückgekehrt, das östliche deutsche Binnenland. Auch dafür hatte sie Verständnis. Für die Eltern bedeutete es die Freiheit. Sie brauchten kein Meer. Draußen auf dem Fluss fuhr die Dänemarkfähre der Stena-Linie vorbei. Sie war auf dem Weg in den Hafen. Eine hell erleuchtete schwimmende Festung. Auf dem Oberdeck standen Leute, kleine Punkte, wie Ameisen. Vielleicht winkten sie. Gerda

Hoffner hob die Hand und winkte zurück, *just in case*. Sie drehte sich um. Zwanzig Meter von ihr entfernt stand jemand, ein Mann. Er hob die Hand. Sie drehte sich wieder zur Fähre um. Die Leute winkten. Sie schaute sich erneut um. Der Mann war verschwunden. Das war unmöglich. Dann müsste er ins Wasser gesprungen sein. Sie blinzelte. Sie hatte Angst. Jetzt war sie allein auf dem Anleger. Bis zum Land waren es hundert Meter. Lieber Gott. Was passiert mit dir, Gerda? Sie sah die Gesichter der toten Frauen, wollte sie nicht mehr sehen. Doch sie konnte sich nicht dagegen wehren, das Bild kam einfach. Sie machte sich auf den Rückweg. Die Männer auf dem Segelschoner waren auch verschwunden. Sie war allein. Sie ging auf die Lichter am Ufer zu. Das Sjömagasinet leuchtete genauso festlich wie eben die Fähre, die jetzt wie eine schwimmende »Titanic« den Fluss entlangglitt. Wie war es möglich, dass eine Fähre auf dem Wasser schwamm? Das haben wir auch nicht gelernt auf der Polizeihochschule.

Martin Barkner hatte sich beruhigt. Die Angst vor dem Unbekannten war nicht mehr so groß. Oder dem Bekannten. Die Angst vor dem Bekannten.

»Wer hat es getan?«, fragte Winter. »Wer hat Madeleine getötet?«

Barkner schaute auf. Er hatte auf die Tischplatte gestarrt. Winter nahm die Fotos in die Hand.

»Wer hat das getan?«

»Glauben ... glauben Sie ... nicht mehr, dass ich es war?«

»Wer, glauben Sie, war es?«, fragte Winter.

»Ich ... ich weiß es nicht. Woher soll ich das wissen?«

»Haben Sie es getan?«

»Nein!«

»Haben Sie Madeleine getötet?«

»Nein!«

»Wer war es?«

»Ich weiß es nicht!«

»Wer könnte es getan haben?«

»Ich weiß es nicht!« Barkner wollte aufstehen, sank aber wieder zusammen. »Warum glauben Sie mir nicht?!«
Winter schwieg. Barkner wich seinem Blick aus. In den vergangenen Minuten war es dunkler geworden im Raum. Das Licht draußen verblasste rasch. Es ging jetzt schnell auf Weihnachten zu. Winter versuchte nachzurechnen. Welches Datum hatten sie heute? Noch drei oder vier Tage bis Weihnachten?
»Wer könnte Madeleine etwas Böses wollen?«, fragte er.
Barkner antwortete nicht. Das war eine sinnlose Frage.
»Jemand wollte ihr Böses«, sagte Winter.
»Ich war es nicht.«
»Wer?«
»Ich weiß es nicht! Warum fragen Sie mich das immer wieder?«
Winter schwieg.
»Wollen Sie so lange weiterfragen, bis ich gestehe? Geht es Ihnen darum?«
»Wollen Sie gestehen?«
»Nein.«
Winter wartete, um eine kleine Pause in der Vernehmung einzulegen, eine Lücke in der Stille, eine Fallgrubenpause, vielleicht. Draußen hörte er ein Auto starten. Barkner hörte es auch. Das Geräusch stand für Freiheit. Normalität.
»Erzählen Sie von Ihren Freunden, Herr Barkner«, sagte Winter.

Auf dem Weg nach Hause klopfte Winter an Ringmars Tür und öffnete sie, ohne eine Antwort abzuwarten.
Ringmar schaute auf.
»*Willkommen, bienvenue, welcome.*«
»Danke, Bertil.«
»Lass dich nieder und erzähl mir vom Leben.«
»Du bist ja richtig aufgekratzt.«
»Bald ist Weihnachten.«
»Das bedeutet dir doch sonst nichts.«
»Was zum Teufel meinst du damit?«

»Nur dass du immer gleich gutgelaunt wirkst, unabhängig von Feiertagen.«

»Das ganze Leben ist ein Feiertag, Erik.«

»Ich weiß.«

»Auf die kommenden Feiertage freue ich mich wirklich. Die ganze Familie ist ausnahmsweise versammelt. Aber das habe ich dir wahrscheinlich schon erzählt?«

»Ich kann mich nicht erinnern.«

»Martin kommt morgen hoffentlich aus Malaysia nach Hause. Und Moa hat ihre Juristenausbildung in Eksjö abgeschlossen.«

»Ihr seid wahrhaftig eine kosmopolitische Familie, Bertil.«

»Das sagst ausgerechnet du, mein Freund. Costa del Sol und all das.«

Winter nickte. Erst jetzt bemerkte er die brennende Kerze auf Bertils Schreibtisch. Ein Teelicht in einem ehemaligen Aschenbecher. Bertil hatte noch nie eine Kerze angezündet. Er schien sich wirklich über die Wiedervereinigung seiner Familie zu freuen. Es hatte eine Zeit gegeben, da schien sie für immer zu zerbrechen. Winter erinnerte sich an ein Weihnachten, als Bertil bei ihm übernachtet hatte. Wann war das gewesen ... vor sechs, sieben Jahren? Damals war Bertil sehr einsam gewesen. Fast am Boden. Auch Winter war einsam gewesen, aber er hatte die Einsamkeit selbst gewählt. Während Angela und Elsa in Spanien waren, hatten Winter und seine Fahnder einen Mörder gesucht. Und einen kleinen Jungen. Es war ein entsetzliches Weihnachten gewesen. Er war nicht darüber hinweggekommen. Nie würde er darüber hinwegkommen. Er musste daran denken, sobald Weihnachten nahte. Aber für Bertil freute er sich. Bertil hatte es verdient.

»Ich habe mit einem anderen Martin gesprochen«, sagte Winter.

»Wie geht es voran? Wird Barkner gestehen?«

»Nein.«

»Was glaubst du?«

»Ob er schuldig ist? Ich kann es nicht sagen. Da ist etwas, an das ich nicht herankomme.«

»Und was?«

Das war keine Frage. Es war nur ein Versuch, Winters Gedanken zu folgen.

»Er verbirgt etwas«, sagte Winter.

»Manchmal übertreiben wir es damit«, sagte Ringmar. »Das weißt du, Erik.«

»Schon ...«

»Der Verdächtige wirkt geheimnisvoller, als er ist«, sagte Ringmar. »Wir sehen Zusammenhänge, wo keine bestehen. Oder Zufälle, die etwas anderes zu sein scheinen und doch nichts weiter als Zufälle sind.«

»Ich bin noch nicht einmal dahintergekommen, ob dies ein Fall für uns ist«, sagte Winter. »Mit dem anderen Verdächtigen, Erik Lentner, habe ich noch gar nicht gesprochen.«

»Apropos Zusammenhänge.« Ringmar nickte in Richtung Schreibtischplatte. Winter sah die Papiere, er hatte sie beim Hereinkommen bemerkt, aber nicht das Kerzenlicht. Zuoberst lagen Fotografien. Die Flamme warf ein flackerndes Licht darauf. Er sah ein Gesicht und noch eins.

»Ich bin alles durchgegangen, was es bis jetzt gibt«, sagte Ringmar. »Es sieht wirklich sehr merkwürdig aus.«

Winter nickte.

»Wann sind Öbergs Leute mit den beiden Wohnungen fertig?«

»Wahrscheinlich sind sie schon fertig«, antwortete Winter.

Ringmar deutete auf die Fotos.

»Edlund und Mogens haben die beiden Männer gefragt, ob sie einander kennen, was offenbar nicht der Fall ist.«

»Jedenfalls behaupten sie das.«

»Was meinst du?«

»Keine Ahnung, bis jetzt nicht. Ich muss erst mit Lentner reden. Und dann wieder mit Barkner.«

»Costa del Sol«, sagte Ringmar. »Dort besteht ein Zusammenhang.«

»Ja.«

»Interessant.«

»Solange man nicht weiß, dass halb Göteborg Häuser an der spanischen Sonnenküste besitzt«, sagte Winter.

»Ich bin noch nie da gewesen«, sagte Ringmar.

»Es ist größer, als du glaubst, Junge.«

»Haben die nicht eine Gemeinde, die für den Zusammenhalt sorgt? Ich habe mal so etwas gehört.«

»Von mir, ich habe es dir erzählt. Angela und ich haben in der Kapelle der Gemeinde in Fuengirola geheiratet, falls du dich daran erinnerst.«

»Ach ja, jetzt fällt es mir wieder ein.«

»Es gibt also eine Gemeinde. Aber alle hält sie nicht zusammen.«

»Dann sind also nicht alle Schweden, die an der Costa del Sol wohnen, eine große glückliche Familie?«

»Nicht einmal eine Familie, unglücklich oder glücklich.«

Ringmar blätterte in den Unterlagen. Die Kerzenflamme zuckte im Lufthauch, ohne zu verlöschen.

»Diese ... dieses Paar, Martin Barkner und Madeleine Holst ... beider Eltern haben ein Haus in ... Nueva Andalucia.« Er schaute auf. »Hatten deine Eltern dort nicht auch ein Haus?«

»Siv hat es immer noch. Sie ist nur vorübergehend hier.«

»Ach?«

»Ja.«

»Ist das nicht Wunschdenken?«

»Nein.«

»Okay, sie hatten jedenfalls beide ein Haus dort, Martin und Madeleine haben sich vermutlich schon in jungen Jahren gekannt. Bevor sie ein Paar wurden.« Er hob ein Blatt hoch. »Und die anderen ... Gloria Carlix, die Tote, und Lentner, deren Eltern besitzen auch ein Haus da unten. Glorias Eltern haben ihrs vor etwa einem Jahr verkauft. Aber Lentners haben ihrs noch. Oder war es eine Wohnung? Nicht in Nueva Andalucia. Warte ... es sind zwei andere Orte ...«

Winter erhob sich. »Ich muss los.«

Ringmar sah auf. »Okay, okay.«

Winter ging. Er fühlte sich seltsam bedrückt von den spanischen Zusammenhängen. Als wäre es ungehörig. Als wollte er die Costa del Sol für sich allein behalten. Dorthin war er geflohen, wenn er fliehen musste. Marbella war seine Freistatt, eine geschützte Zone für seine Familie. Es bestand kein Zusammenhang zwischen den Morden. Es war nur ein Zufall.

## 17

Winter traf Erik Lentner zum ersten Mal und war überrascht, wie jung er aussah. Als hätte ihn die Untersuchungshaft verjüngt. Ein junger Mann, der noch sein ganzes Leben vor sich hatte. Das unschuldige, das junge Leben. Winter sah, wie unschuldig er wirkte, sah seine Verwirrung. Aber auch seine Ruhe. Winter war seltsam unbehaglich zumute, als wäre er auf dem besten Weg, einen Fehler zu begehen.

»Sie haben Gloria also schon als Kind gekannt?«, fragte er.

Lentner zuckte förmlich zusammen. Seine Ruhe war dahin.

»Warum fragen Sie das?«

»Haben Sie einander gekannt?«

»Ja ... aber ...«

»Wann haben Sie sich kennengelernt?«

»Das ... ich weiß es nicht mehr ... das ist an die zehn Jahre her oder so. Vielleicht ein bisschen weniger.«

»Wo haben Sie sich kennengelernt?«

»Was spielt das für eine Rolle?«

»Beantworten Sie nur meine Frage.«

»In Spanien, Marbella. Das liegt an der Costa del Sol.«

Winter nickte.

»Kennen Sie Marbella?«

»Ja.«

»Woher?«

»Meine Mutter besitzt dort ein Haus«, antwortete Winter. Jetzt beantwortete er Fragen. Aber das war okay. »Etwas außerhalb der Stadt, oberhalb von Puerto Banús, in Nueva Andalucia.«

»Ich weiß, wo das ist. Das reinste schwedische Ghetto.«

Wieder nickte Winter.

»Entlang der Küste ist es aber kaum anders«, fügte Lentner hinzu.

»Ihre Eltern haben ziemlich früh ein Haus in Spanien gekauft«, sagte Winter. »Und Glorias Eltern auch.«

»Wir hatten eine Wohnung in der Stadt«, berichtete Lentner mit leiser Stimme. Dabei sah er Winter nicht an. Er schien Bilder auf einer inneren Leinwand zu sehen, die nur er sehen konnte. Er hatte sich wieder beruhigt. Er sagte »hatten«, als wäre all das Vergangenheit. Aber die Eltern besaßen die Wohnung immer noch. »Mitten in Marbella.« Er blickte auf. »Mitten in der Stadt.«

»Wo?«

»Mitten in der Stadt, wie gesagt.«

Er verstand nicht, warum Winter nachhakte. Winter wusste selbst nicht genau, warum. Aber er hatte das Gefühl, dass es etwas von Bedeutung war. Es war mehr als Neugier. Er war nicht neugierig. Neugier war eine Eigenschaft, die nicht hierhergehörte, sie konnte in die Irre führen.

»In welcher Straße?«

»Eine kleine Sackgasse, Calle Aduar. Etwas oberhalb der Altstadt.«

»Ach ja, die kenne ich«, sagte Winter. »Am Eingang der Straße liegt ein kleiner Plaza. Puente de Ronda.«

»Sie kennen die Stadt«, sagte Lentner.

»Wir haben das letzte Winterhalbjahr dort verbracht und nicht weit entfernt von der Aduar gewohnt. Oben in San Francisco.«

Lentner nickte, als würde das alles erklären. Er schien nicht neugierig zu sein. Er fragte nicht, was sie dort gemacht hatten. Wer dort gelebt hatte, seine Familie oder das ganze Fahndungsdezernat. Er fragte nicht, warum sie dort gewesen waren. Winter erzählte nicht, dass seine Frau Ärztin war. Er wusste, dass Lentner eine Fachausbildung in Orthopädie am Östra Krankenhaus absolvierte. Winter beobachtete seine Finger, die sich fest ineinanderschlangen, wieder lösten, wieder verknoteten. Die Finger schienen alle zu funktionieren.

»Aber Glorias Eltern sind aus der Stadt weggezogen«, sagte Lentner.

»Besaßen sie auch eine Wohnung?«

»Ja, anfangs.« Lentner sah Winter wieder an. Er wirkte noch immer ruhig. Es tat ihm gut, von der Costa del Sol zu sprechen, von seiner früheren Welt. Sie war hell, auf andere Weise hell als das blaue Licht der Welt außerhalb des Vernehmungsraumes. »Aber später sind sie weggezogen. Sie haben sich ein Haus außerhalb der Stadt gekauft.«

»Wo?«

»Das ist inzwischen auch verkauft. Sie sind für immer nach Schweden zurückgezogen.«

»Wo lag das Haus?«

»Ja, wie heißt die Gegend ... Los irgendwas. Los ... Molineros. Genau, Los Molineros. In der Nähe vom Hospital Costa del Sol. Wissen Sie, wo das ist?«

»Ja, in dem Krankenhaus ist mein Vater gestorben.«

Lentner nickte, als wäre auch das eine Information, die er erwartet hatte.

»Aber sie haben das Haus verkauft«, wiederholte Lentner. Er schaute auf von seinen inneren Bildern von südlichen Küsten, seinem früheren Leben. »Ich will zurück nach Marbella. Wenn alles vorbei ist, hau ich sofort ab. Am liebsten möchte ich Weihnachten schon weg sein.«

Winter schwieg. Lentners Blick war klar, müde zwar, aber klar. Es war wie bei Kriegsgefangenen; wenn sie entsprechend wenig zu essen bekamen und keinen Alkohol, wurde ihr Blick müde, aber klar.

»Wann ist es vorbei?«, fuhr Lentner fort. »Wie lange können Sie mich hier noch festhalten?«

»Solange es nötig ist«, antwortete Winter.

»Sie wollen, dass ich gestehe, aber das ist doch krank«, sagte Lentner. »Wie viele Male soll ich noch wiederholen, dass ich nichts getan habe? Ich habe nichts getan! Ich habe es Ihren Kollegen gesagt, und jetzt sage ich es Ihnen. Und wenn Sie mir nicht glauben, lassen Sie mich wenigstens in Frieden!«

»Ich versuche, Ihnen zu helfen«, sagte Winter.

»Wie zum Teufel wollen Sie mir helfen?«

»Ich versuche herauszufinden, was in jener Nacht passiert ist.«

»Glauben Sie etwa, *ich* hätte es nicht versucht? Was meinen Sie wohl, worüber ich Tag und Nacht nachdenke? Hier, in diesem verdammten Gefängnis? Die Scheiße ist bloß, dass ich ... nichts herausfinden kann, solange ich hier bin! Ich kann zum Beispiel nicht in unsere Wohnung zurückkehren. Wenn ich hinein könnte, würde ich viell...« Er brach ab.

»Könnten Sie vielleicht was?«, fragte Winter.

»Nichts. Es ist sinnlos ...«

»Was ist sinnlos, Herr Lentner?«

Winter bekam keine Antwort.

»Was könnten Sie tun, wenn Sie zurück in die Wohnung dürften?«, fragte Winter.

»Ich ... ich möchte auch wissen, was passiert ist ... oder wie es passieren konnte. Was ... Herrgott.«

»Was ist, Herr Lentner?«

Lentner antwortete nicht. Sein Gesicht hatte sich plötzlich verändert. Winter sah das Entsetzen darin. Lentners innere Bilder hatten sich verändert. In ihnen gab es kein Licht mehr, keinen Strand, keine weißen Berge, keine Strandlokale, keine Palmen, keinen Horizont, kein Meer.

»Möchten Sie hingehen?«, fragte Winter.

»Wie bitte?«

»Möchten Sie es? Wir können in Ihre Wohnung gehen.«

»Jetzt verstehe ich Sie nicht.«

»Wir können zusammen hingehen.«

»Ist das denn möglich? Darf man einen Verdächtigen am Tatort herumführen?«

»Ich denke da anders«, sagte Winter.

»Und wie denken Sie?«

»Dass wir hingehen sollten und versuchen, etwas zu sehen.«

»Was sehen?«

»Was glauben Sie? Was könnten wir sehen?«

»Versuchen Sie, mich reinzulegen? Sie wollen mir was unterschieben!«

Winter antwortete nicht.

»Sie wollen wohl, dass ich mich verplappere, wie? Sie glauben, mir rutscht was raus! Darauf legen Sie es doch an, oder? All dies Gequatsche über Marbella. Und dass wir in die Wohn... dahin gehen sollen. Es ist ja krank. Was zum Teufel bezwecken Sie damit?«

»Möchten Sie nicht zurück?«

»Aber warum?«

»Ich möchte, dass Sie mir zeigen, was passiert ist.«

»Das weiß ich eben nicht! Ich bin aufgewacht und sie ... Gloria war tot! Das habe ich doch die ganze Zeit gesagt.«

»Dann muss eine andere Person in Ihrer Wohnung gewesen sein.«

»Genau das sag ich doch!«

»Warum haben Sie die Tür offen gelassen?«

»Wie bitte?«

»Als die Polizeistreife kam, stand die Wohnungstür offen.«

»Ich habe keine Tür offen gelassen!«

»Sie haben gesagt, Sie hätten die Tür geöffnet.«

»Das habe ich niemals gesagt! Wer behauptet das? Aus welchem Grund glauben Sie, dass ich ...«

»Halt, stopp«, unterbrach Winter ihn. »Haben Sie die Notrufnummer gewählt?«

»Wie bitte?«

»Haben Sie bei der Polizei angerufen?«

»Natürlich habe ich das. Als ich wach wurde und mir klarwurde, dass Gloria ...« Er verstummte. Winter konnte sein Gesicht nicht sehen.

»Sind Sie in den Flur gegangen und haben die Tür geöffnet – damit die Polizisten bei ihrer Ankunft hereinkonnten?«
»Nein!«
»Sie haben die Tür nicht aufgeschlossen?«
»Nein! Warum sollte ich das tun? Das ist doch verrückt. Nein, nein. Die Tür war abgeschlossen.«
»Als die Polizisten kamen, war sie offen«, sagte Winter. »Sie brauchten ihre Spezialwerkzeuge nicht einzusetzen. Die Wohnungstür war angelehnt.«
Lentner schaute Winter an. Sein Blick war klar, aber die Angst darin war nicht zu übersehen.
»Ich habe sie nicht geöffnet«, sagte er.

In Torsten Öbergs Augen war ein besonderer Ausdruck, als Winter ihn in seinem Büro aufsuchte. Davor ging es zu wie in einem Labor. Es war ein Labor. Ein Labor zum Besten der Menschheit.
»Gartenhandschuhe«, sagte Öberg, bevor Winter sein Hinterteil bequem auf einem Stuhl platziert hatte.
»Wie bitte?«
»Sieht aus, als hätte jemand mit Handschuhen an den Büchern und den Bildern gefingert«, sagte Öberg. »Und an den Weinflaschen auch.«
»Das ist ja ein Ding.«
»Kann man wohl sagen.«
»Handschuhe«, sagte Winter.
»In der Tat. Es ist ja wohl nicht sehr wahrscheinlich, dass die beiden Paare den ganzen Tag mit Handschuhen herumliefen, oder was meinst du?«
»Gab es auch Spuren von den Paaren?«
»Ja, an den Büchern. Aber nicht an den Bildern. Nicht an den Flaschen. Daran haben wir nur diese besonderen Spuren gefunden.«
»Warum nennst du sie besonders?«
»Ich hab doch gesagt, Gartenhandschuhe, vermute ich jedenfalls. Damit meine ich diese Sorte mit speziellen Noppen dran, oder wie man das nennt. Du weißt, was ich meine.«

Winter nickte. Er hatte selbst solche Handschuhe benutzt, als er sein Grundstück am Meer von Seegras und Tang befreit hatte.

»Wir haben eine neue Methode ausprobiert, mit der wir der Sache vielleicht näher kommen«, sagte Öberg. »Letztes Mal schien es nichts zu geben, wonach man suchen könnte. Die letzten Male.«

Winter nickte wieder.

»Vielleicht finden wir irgendetwas an diesen Noppen«, sagte Öberg. »Oder auf den Kissen, dem Bettzeug. Das Kriminaltechnische Labor darf jetzt nach DNA suchen.«

»Wird auch Zeit«, sagte Winter.

Öberg antwortete nicht. Er beobachtete einen kleinen Vogel, der sich auf dem Fenstersims niedergelassen hatte. Die Sonne blinkte in dem gelbblauen Gefieder. Es war ein schwedischer Vogel.

»Also in beiden Wohnungen die gleiche Vorgehensweise?«, fragte Winter.

»Genau gleich. Spuren von denselben Handschuhen.«

»Noch mehr?«

»Reicht das nicht?«

Winter antwortete nicht.

»Was sagst du, Erik?«

»Ich sage, dass wir noch mal von vorn anfangen müssen.«

Winter versammelte die kleine Gruppe in seinem Büro. Das geschah nicht oft. Aber er hatte beschlossen, den sogenannten Konferenzraum am Ende des Korridors nie mehr zu benutzen. Der Raum war zu groß und rein gefühlsmäßig zu kalt. Und im Augenblick war es zu hell, trotz der Jalousien.

»Ich hab mit den beiden Polizisten gesprochen«, sagte Halders. »Johnny und Alexander. Sie können nicht beschwören, gehört zu haben, dass die Männer gesagt haben, die Tür sei offen.«

»Seltsam«, sagte Ringmar.

»Inwiefern seltsam?«, fragte Halders.

»Wie sie überhaupt darauf gekommen sind.«

»In so einer Situation glaubt man Sachen zu hören, die man gar nicht hört«, sagte Aneta Djanali. »Das nennt man Stress.«

»Sie hätten kaltblütiger sein müssen«, sagte Halders. »Die Frau, diese Hoffner, war kaltblütig.«

»Sie kann einen Job bei uns kriegen«, sagte Aneta Djanali.

»Was meinst du dazu, Erik?« Halders sah Winter an. »Wollen wir ihr einen Job anbieten?«

»Später«, sagte Winter.

»Sie kann mich ersetzen«, sagte Halders.

»Dummes Geschwätz«, sagte Ringmar. »Du wirst uns nie verlassen.«

»Ach, und woher weißt du das, Bertil?«

»Können wir weitermachen?«, fragte Winter. Er stand auf und ging zu dem Stativ mit den großen Papierblättern, das er in sein Büro hatte bringen lassen. Während er sprach, begann er zu schreiben.

»Multipliziert das, was ich sage, mit zwei. Wir spielen mal durch, was alles in den beiden Wohnungen auf die gleiche Weise passiert ist. Okay? Also – die Polizisten kommen nach dem Notruf am Tatort an. Die Wohnungstür ist offen. Es ist früh am Morgen. Sie gehen hinein. Im Schlafzimmer liegt eine leblose Frau im Bett. Ihr Lebensgefährte befindet sich ebenfalls im Zimmer. Er leugnet, das Verbrechen begangen zu haben. Und bei den Morden, von denen wir hier sprechen, handelt es sich um Tod durch Ersticken. Wir können nicht mit hundertprozentiger Sicherheit sagen, dass es so war, aber mangels besserer Beweise gehen wir davon aus. Wir sind fast sicher. Bei den Obduktionen wurden keine anderen sichtbaren physischen Ursachen für den plötzlichen Tod der Frauen gefunden.« Er drehte sich zu der Gruppe um. »Wir nehmen an, dass es ein jäher Tod war.«

»Sie sind erstickt worden«, sagte Aneta Djanali. »Im Schlaf. Das bedeutet, dass sie sich nicht gewehrt haben. Warum nicht? Weil sie zu tief schliefen. Und warum schliefen sie so tief?«

»Sie hatten kein Schlafmittel genommen«, sagte Winter. »Die Nachricht ist gerade von der Gerichtschemie eingegangen. Keine Spuren von Schlafmitteln oder anderen Drogen.«

»Was haben sie dann genommen?«

»Oder was ist ihnen in irgendeiner Form verabreicht worden?«, sagte Halders.

»Und von wem?«, sagte Ringmar.

»Wir haben ja schon mal über Chloroform gesprochen«, sagte Winter.

»Wie soll man da rankommen?«, fragte Halders.

»Möglich ist es«, sagte Ringmar. »Besonders als Arzt. Lentner ist Arzt.«

»Dann gehen wir also weiterhin davon aus, dass er es getan hat?«, sagte Aneta Djanali.

»Die Möglichkeit besteht nach wie vor.«

»Aber wenn wir davon ausgehen, dass er es nicht getan hat, wird die Sache komplizierter«, fuhr Aneta Djanali fort. »Das bedeutet nämlich, dass abends jemand irgendwie in die Wohnungen gelangt sein muss, die Opfer betäubt und sie umgebracht hat.«

»Alle betäubt hat«, ergänzte Ringmar, »auch die Männer.«

»Wie zum Teufel hätte das zugehen sollen?«, sagte Halders.

»Das ist die Frage des Tages«, sagte Winter.

»Jemand, den sie kannten?«

»Klingt wahrscheinlich.«

»Einer, der irgendeinen Stoff in die Wohnung geschmuggelt hat, mit dem er sie betäubt hat. Das Zeug muss relativ schnell gewirkt haben. Irgendetwas, das wir nicht nachweisen können. Aber sie müssen es ja getrunken oder zu sich genommen haben.«

»Öbergs Leute haben alle Gläser und das gesamte Geschirr in den Wohnungen untersucht«, sagte Winter.

»Er hat es wieder mitgenommen.« Halders sah sich um. »Das hätte ich jedenfalls getan.«

»Warum nicht einfach stehen lassen?«, fragte Ringmar.

»Er wollte nicht, dass wir es zu schnell entdecken«, sagte Winter.

»Warum nicht?«

»Das weiß ich noch nicht. Aber eins weiß ich: Er wollte, dass wir es wissen.«

»Wie meinst du das?«

»Der Mörder wollte, dass wir es irgendwann erfahren.«

»Die Weinflaschen«, sagte Ringmar.

»Er hat gefeiert«, sagte Winter.

»Er hat doch nichts getrunken«, sagte Halders. »Er hat die Flaschen geöffnet, aber nichts eingeschenkt.«

»Es war ein symbolischer Akt«, sagte Aneta Djanali.

»Vielleicht ist er trockener Alkoholiker«, sagte Halders.

»Haben wir es hier mit einem Serienmörder zu tun?«, sagte Aneta Djanali. »Einem angehenden Serienmörder?«

»Was meinst du mit angehend?«, fragte Ringmar.

»Ist die Definition eines Serienmörders nicht die, dass er mindestens drei Personen umgebracht haben muss?«

»Um was geht es hier sonst?«, sagte Halders. »Irgendein Monster?«

»Noch kommen die Männer als Täter in Betracht«, sagte Aneta Djanali. »Bis jetzt arbeiten wir nur mit Theorien.«

»Mehr haben wir nicht«, sagte Halders.

»Spanische Weine.« Ringmar sah Winter an. »Warum waren es zwei spanische Marken?«

»Noch eine gute Frage«, sagte Halders.

»Hängen sie mit der Costa del Sol zusammen?«, fragte Ringmar.

»Hoffentlich nicht«, sagte Winter.

»Du kannst die Südküste doch nicht ewig für dich allein beanspruchen«, sagte Halders.

»Was für einen Grund hätte er eigentlich zum Feiern gehabt?«, fragte Aneta Djanali.

»Ordentlich ausgeführte Arbeit«, sagte Halders.

»Er hatte seine Wahl getroffen«, sagte Winter.

»Was meinst du damit?«

»Er hatte zwei bewusstlose Menschen vor sich in dem Zimmer. Er hätte sie beide töten können und wählte einen von beiden. In beiden Fällen die Frauen. Die Männer ließ er leben. Er wusste, dass wir zunächst sie für die Täter halten würden. Aber allmählich würden wir es herausbekommen. Auch das wusste er.«

»Trotzdem hätte er die Männer ebenfalls umbringen können«, sagte Ringmar. »Wir hätten es ja doch früher oder später erfahren. Es war wohl kaum ein Akt der Barmherzigkeit, die Männer am Leben zu lassen.«

»Was war es dann?«, sagte Aneta Djanali.

»Macht«, sagte Winter, »es war eine Machtdemonstration.«

»Ein pedantischer Machtmensch«, sagte Ringmar.

»Scheiße, womit haben wir es hier eigentlich zu tun?«, sagte Halders. »Das ist alles so verdammt unheimlich, merkwürdig. Wenn er wirklich hinterher in der Wohnung rumgegangen ist und für Ordnung gesorgt hat.«

»So was ist zwanghaft«, sagte Aneta Djanali.

»Oder eine Art Botschaft«, sagte Ringmar.

»Nicht wenn es zwanghaft ist«, sagte Winter. »Dann muss es einfach getan werden.«

»Warum hat er nicht die ganze Wohnung aufgeräumt?«

»Er hatte keine Zeit.«

»Er hat sich mit dem Kleinen zufriedengegeben«, sagte Halders. »Auch das ist symbolisch.«

»Warum ausgerechnet diese beiden Paare?«, sagte Aneta Djanali.

# 18

Am Tag vor Heiligabend kam eine Art Weihnachtsgeschenk von der Kriminaltechnik in Linköping: An beiden Kopfkissen in beiden Wohnungen gab es DNA-Spuren, und die stammten weder von Madeleine Holst noch von Martin Barkner, Gloria Carlix oder Erik Lentner. Auch an einigen der Bücher in beiden Wohnungen ließen sich DNA-Spuren nachweisen. Und an den Weinflaschen. Ein häufiger Gast der beiden Paare?

Sie verglichen die DNA-Spuren mit ihrer Verbrecherkartei, fanden aber keinen bekannten Schwerverbrecher, der diese Hausbesuche gemacht haben konnte.

»Atem- oder Speichelspuren«, sagte Torsten Öberg. »An den Handschuhen. Oder beides.«

»Das könnte unser Mörder sein«, sagte Winter.

»Das könnte wer weiß wer sein«, sagte Öberg.

Winter hatte die Fotos aus der Chalmersgatan und Götabergsgatan auf 85 x 60 Zentimeter vergrößern lassen und sie an den Wänden in seinem Büro befestigt, das jetzt wie eine Fotogalerie aussah. Vielleicht ließe sich das kommerziell verwerten, eine Ausstellung für Publikum. Das Publikum erwartete immer mehr, es erwartete Blut auf der Bühne. Auf diesen Fotografien war nicht viel Blut zu sehen, nur das Blut von den Kratzwunden an Erik Lentners Armen. Es sah wie ein Muster auf der Bettwäsche aus, jetzt in der

Vergrößerung noch einmal mehr. Die Blutspritzer wirkten wie Spuren, waren aber keine. Die Spuren in diesen beiden Fällen waren unsichtbar, wenn es sich überhaupt um Spuren handelte, die ihm jemals helfen würden: Er brauchte etwas, das sich vergleichen ließ. Einen Menschen aus Fleisch und Blut, dachte er, während er von Bild zu Bild an der Wand entlangschritt. Sie waren in zwei identischen Reihen angebracht: die Chalmersgatan über der Götabergsgatan. Eine die Kopie der anderen und umgekehrt.

Nach der dritten Runde wurde ihm klar, dass jemand dort gewesen war und Gott gespielt hatte, jeder Zweifel war ausgeschlossen. Barkner oder Lentner waren es nicht gewesen. Sie waren selber Opfer. Der Täter wollte, dass wir es erfahren, wenn einige Zeit verstrichen ist. Dies ist seine Ausstellung, nicht meine. Der Kerl wusste, dass ich die Fotos früher oder später an die Wand hängen würde und dass ich es *sehen*, wirklich sehen würde.

Es klopfte an der Tür.

»Herein.«

Die Tür wurde geöffnet und Ringmar erschien.

»Aha, du hast die Fotos aufgehängt«, sagte er.

»So was habe ich noch nie gesehen«, sagte Winter. »Wenn man sie ganz genau studiert, erkennt man, dass die Fälle zusammenhängen.« Er machte eine kreisende Handbewegung zur Wand hin. »Schau selbst.«

Ringmar ging zweimal an den Fotos entlang.

»Du hast recht«, sagte er.

»Jemand ist in die Wohnungen eingedrungen und hat die Frauen getötet. Und beim Verlassen der Wohnungen hat er die Türen hinter sich offen gelassen.«

Ringmar schwieg. Er stand vor einem Foto von Madeleines bleichem Gesicht.

»Es ist derselbe Mörder«, sagte Winter. »Und das will er uns mitteilen.«

Ringmar ging noch einmal an den Bildern entlang. Manchmal blieb er stehen, als bewunderte er kunstvolle Fotografien. Vor einem Bild drehte er sich zu Winter um.

»Wir haben den gesellschaftlichen Umgang der Paare überprüft. Verwandte und Freunde. Manche überschneiden sich, jedenfalls auf einer oberflächlichen Ebene. Ich denke vor allen Dingen an Spanien. Einige gemeinsame Bekannte. Und die Freunde hier in Göteborg. Es sind eine ganze Menge Leute.«

»So ist das immer«, sagte Winter, »wenn Menschen ein normales soziales Leben führen.«

»Was ist das, ein normales soziales Leben?«

»So wie du und ich es haben, Bertil.«

»Wir führen ein normales soziales Leben?«

»So normal es eben geht.«

»Was ist normal? Was ist sozial?«

»Und was ist Leben, Bertil?«

»Jedenfalls nicht das, was wir auf diesen Fotos sehen.«

»Anders Dahlquist«, sagte Winter. »Er scheint ein Leben im Verborgenen geführt zu haben.«

»Der ja. An den habe ich schon eine Weile nicht mehr gedacht.«

»Da kannst du mal sehen. Keine fesselnde Persönlichkeit, nicht mal als Ermordeter. Sozial war er anscheinend nicht sonderlich begabt. Aber wenn man sie zählt, sind es drei, Bertil. Bis jetzt drei Morde in diesem Winter. Ungelöste Fälle.«

Ringmar wandte sich von den Fotos ab.

»Was diese Paare angeht, kommen wir nicht mehr umhin, einige Fragen zu stellen. Wie und warum. In ihrem Umfeld muss es jemanden geben, der beschlossen hat, sie zu töten, und der seine Absicht auch in die Tat umgesetzt hat. Außerdem in einer ausgeklügelten Weise. Wir denken, es war Chloroform oder eine ähnliche Substanz, aber wir wissen es nicht. Vielleicht erfahren wir es nie. In der Wohnung von Barkner fehlt eine Schachtel Schlaftabletten, wenn wir ihm glauben können.«

»Sie scheinen jedenfalls geschlafen zu haben.«

»Wenn wir ihnen glauben können. Jetzt wirkt es, als würden wir ihnen glauben. Tun wir das, Erik?«

»Wir haben kaum noch einen Grund, ihnen nicht zu glauben.«

»Nein, wir können sie nicht länger in Untersuchungshaft festhalten. Das verstehe ich. Wollen wir sie zu Weihnachten nach Hause schicken? Morgen ist Heiligabend.«

»Ja. Sie werden nicht flüchten.«

»Und was ist mit Spanien?«

»Das ist keine Flucht. Spanien ist so gut wie zu Hause, Bertil. So gut wie Schweden.«

»Nueva Scandinavia. Nueva Gotemburgo.«

»Genau«, sagte Winter. »Manche nennen es Nueva Estoccolmo.«

»Wollen wir die Jungs freilassen?«

»Hab ich nicht ja gesagt? Ich habe schon mit Molina gesprochen.«

»Gehen wir damit kein Risiko ein?«

»Dass es sich wiederholt? Nein.«

»Die Eltern werden sich freuen«, sagte Ringmar.

»Nicht unbedingt«, sagte Winter. »Nicht alle. Louise Carlix hat Lentner mehr oder weniger des Mordes an ihrer Tochter bezichtigt.«

»Im ersten Schock hätte sie jeden beschuldigt«, sagte Ringmar. »Sie wird sich schon wieder beruhigen.«

»Lentners Vater hatte auch so seine Zweifel, wenn man Edlund glauben kann.«

»Womöglich aus demselben Grund.«

»Hm.«

»Du solltest ihn sofort treffen, Erik.«

»Vor Weihnachten, meinst du? Das bedeutet heute. Morgen ist Heiligabend.«

»Sein Sohn kommt heute nach Hause.«

»Vielleicht sollte ich ihn hinbringen.«

»Du durchschaust soziale Muster besser als jeder andere, Erik. Du siehst Dinge, die keiner von uns sieht. Dir ist vertraut, was wir anderen Polizisten nicht erkennen.«

»Bei wem sehe ich was?«

»In der Oberschicht natürlich. Das ist doch deine Schicht.«

»Das möchte ich nicht gehört haben, Bertil.«

»Ich habe ja auch gar nichts gesagt. Und weil wir gerade von Eltern reden: Es ist bemerkenswert, dass sie alle in intakten Familienverhältnissen leben.«

»Was zum Teufel meinst du nun schon wieder damit? Intakt?«

»Keine Scheidungen. Die biologischen Eltern der vier Abkömmlinge sind alle nicht geschieden. Keine Stiefelternteile, keine Stiefgeschwister. Das ist heutzutage einzigartig.«

»Es ist deine Generation, Bertil. Ihr lasst euch doch auch nicht scheiden, oder?«

»Nein, da hast du recht.«

»Aber das ist nicht der Grund«, sagte Winter. »Der Grund ist ein ganz anderer.«

»Und der wäre?«

»Die Schicht«, sagte Winter. »In der Oberschicht lässt man sich nicht scheiden. Das wusstest du noch gar nicht, oder?«

Erik Lentner schwieg auf dem Weg nach Långedrag. So wie er auch nichts gesagt hatte, als er aus der Untersuchungshaft entlassen wurde. Er wusste, dass es trotzdem ein Gerichtsverfahren gegen ihn geben konnte, aber er wollte nicht reden, während sie am Fluss entlang in Richtung Meer fuhren. Im Westen ging die Sonne unter. Alles färbte sich langsam rot, aber es war ein anderer Rotton als das Rot auf dem Bettzeug in Lentners Wohnung. Er saß blass und schweigend neben Winter. Sein Gesicht war farblos, als wäre alles Blut aus ihm gewichen.

Sie bogen vor dem Gnistängstunnel ab und fuhren über die Torgny Segerstedtsgatan. Beim Käringberg wandte sich Lentner Winter zu.

»Von hier aus kann ich zu Fuß gehen«, sagte er.

»Ich fahre Sie nach Hause«, sagte Winter.

»Das möchte ich nicht.«

Winter fuhr weiter über den Långedragsvägen. Jetzt sah er das Meer, hinter den Häusern auf Hinsholmen. Auf dem Rugbyplatz zwischen der Straße und dem Wasser spielte eine Gruppe Fußball. Fußball im Dezember, das war ja wie in England. Oder in Spanien. Hinter dem Konfektionsgeschäft bog Winter nach rechts ab. Früher war dort ein Lebensmittelladen gewesen. Jetzt schloss auch das Konfektionsgeschäft. Gegenüber hatte es einen Kiosk gegeben. Er fuhr zum Anleger von Långedrag hinunter und parkte hinter dem alten Wirtshausgebäude. Er sah Lentner an.

»Okay, ich bleibe hier. Sie können den Hügel allein hinaufgehen, wenn Sie wollen.«

»Vielen Dank.«

Aber Lentner rührte sich nicht. Schweigend saßen sie da. In einem teilweise abgedeckten Motorboot auf der anderen Seite des Hafenbeckens stöberte ein Mann herum. Das Boot war aus Holz. Der Mann und das Boot wirkten gleich alt, hundert Jahre zirka. Vieles hier sah hundert Jahre alt aus, ausgenommen ein paar neugebaute Villen, die den Berg hinaufkletterten oder auf ins Meer ragenden Klippen standen.

»Edle Schuppen«, sagte Winter.

»Ha, ha, ha.«

»Die müssen erst kürzlich gebaut worden sein.«

»In meiner Kindheit gab es hier keine Neubauten«, sagte Lentner.

»Sie sind also hier aufgewachsen?«

»Habe ich das nicht gesagt?«

»Doch, doch. Ich bin in Hagen aufgewachsen, ich war fünf, als wir dorthin gezogen sind.«

Lentner drehte sich zu ihm um. »Und von wo?«

»Kortedala.«

»Ich wäre lieber in Kortedala aufgewachsen«, sagte Lentner.

»Warum das?«

»Dann wäre das alles nicht passiert.«


Aneta Djanali und Fredrik Halders brachten Martin Barkner nach Hause zu Mama und Papa. Schweigend betrachtete er die Felder entlang des Särövägen. Da draußen winkt die Freiheit, dachte Aneta Djanali, aber froh sieht er nicht aus. Ein Tag vor Heiligabend, und er kann sich nicht freuen.

Halders bog zum Askimsbad ab. Sie fuhren an dem leeren Parkplatz vorbei, der in seiner Verlassenheit riesig wirkte, wie ein stillgelegtes Flugfeld. Hinter den heruntergekommenen Gebäuden brütete das Meer. Es waren dieselben Gebäude wie in ihrer Kindheit. An schönen Nachmittagen war sie manchmal mit ihren Eltern hierhergegangen. Wie lange bin ich hier nicht mehr gewesen ... zwanzig Jahre? Warum bin ich nie wieder hergekommen? Nichts ist verändert worden. Aneta Djanali sah das alte Schwimmbecken, voller Risse, leer. Nichts sieht so leer und einsam aus wie ein vergessenes Schwimmbecken. Ein Land beginnt rückwärts zu gehen, wenn man aufhört, Dinge zu reparieren. Es ist wie in den Entwicklungsländern Afrikas. Dort gibt es keine Entwicklung mehr. Wenn etwas kaputtgeht, bleibt es kaputt. So ist es in Burkina Faso, meinem zweiten lieben Heimatland. Die Pools in den besseren Hotels in Ouagadougou halten nicht lange. Sie sah den Askimspool im Sonnenlicht blinken wie einen Krater, erbaut aus unechten Silberbarren. Verlassen. Er schien seine Sehnsucht nach Wasser herauszubrüllen, nach Kindern, Geschrei, Rufen, Lachen, Explosionen, wenn die Körper auf der Wasseroberfläche aufklatschten. Heute sah es besonders schlimm aus, da die Luft klar und kalt war und die Sonne den Beton unbarmherzig beleuchtete. Und das Meer! Die Wellen bewegten sich vorsichtig aufs Ufer zu, als wären sie erstaunt, dass sie noch nicht zu Eis erstarrt waren. Sie erinnerte sich an ein Foto, das ihr Vater an einem grauen Tag aufgenommen hatte. Sie war vielleicht zehn, elf Jahre alt gewesen. Alles war grau und weiß und schwarz auf diesem Foto. Sie hatte am Wasser gestanden, allein am Ufer, nur ein Schatten, eine Silhouette. Und das Wasser hinter ihr war wie Eis gewesen, eingefroren in einer einzigen Bewegung.

Halders hatte das Auto in einen kleineren Weg gelenkt. Links lag Askims Campingplatz, der seit langem Heimat für die Außenseiter war, Süchtige, Verrückte in ihren geächteten Wohnwagen. Eine letzte Freistatt für leidende Menschen unserer Zeit. Die Kommune oder wer dafür zuständig war, hatte den Campingplatz geschlossen und ihn wieder geöffnet und wieder geschlossen und wieder geöffnet. Jetzt hing Sonnendunst über dem Platz. Aneta Djanali sah einige Gestalten, die sich langsam bewegten, wie etwas, das fast mit der Luft zusammenzuhängen schien, fast wie Geister in einer anderen Welt. Es lag eine Art gesellschaftliche Ironie darin, dass die feinen Bürger von Askim in ihren horrend teuren Häusern mit Meerblick so nah bei den Pechvögeln der Gesellschaft wohnten. Aber die Unglücklichen dort unten hatten auch Meerblick, einen noch besseren Blick. Vielleicht führten sie ja ein gutes Leben, einmal abgesehen von den besinnungslosen Delirien, den Amphetaminräuschen, dem Kater danach, der Alltagsgewalt, Krankheiten, Kindesmisshandlungen, Überfällen und der Angst.

»Ist es hier?« Halders drehte sich zu Barkner auf dem Rücksitz um. Der Mann antwortete nicht. Aber hier war es. Aneta Djanali sah das Paar mittleren Alters, das bereits vom Patio vor der Villa auf dem Weg zum Auto war. Sie drehte sich um. Ja, Meerblick. Und Aussicht auf die Wohnwagen, den Campingplatz. Alles mit einem einzigen Blick zu erfassen, das ganze Spektrum. Das war kein Sonnendunst über dem Platz, es war der Rauch aus Benzinfässern, in denen Feuer brannten.

»Martin!«

Sie hörte die Stimme der Mutter, Linnea Barkner. Der Vater stand ein paar Schritte hinter ihr. Stig. Er war groß wie die Fahnenmaste, die den Eingang zum Schwimmbad säumten. Die Frau war auch groß, sie hatte die Autotür bereits aufgerissen und war dabei, ihren Sohn in die Freiheit zu ziehen.

»Mama«, sagte er, und sie umarmte ihn. Stig Barkner kam näher und drückte den Oberarm seines Sohnes. Näher kommt er ihm nicht, dachte Aneta Djanali. Und wir, Fredrik und ich, existieren gar nicht. Wir könnten Taxifahrer sein, und das sind wir wohl auch in etwa. Taxifahrer, die ein paar Fragen stellen wollten.

Linnea Barkner ging mit ihrem Sohn auf das Haus zu. Es war nicht leicht zu erkennen, wer von ihnen wen stützte. Stig Barkner folgte ihnen. Aneta Djanali und Halders blieben neben dem Auto stehen. Jetzt hatte die kleine Familie die Tür erreicht. Die Villa mit Veranda im Souterrain war teilweise mit glänzendem Holz verkleidet, vielleicht Teak, auf das die Sonne hübsche Flecken tupfte. Es war ein Haus, in dem Menschen mit Sinn für Qualität wohnten. Ich könnte hier wohnen. Du könntest hier wohnen.

»Man muss sie verstehen, sie trauern«, sagte Halders.

»Und außerdem müssen sie einen Schock verkraften«, sagte Aneta Djanali.

»Ich glaube immer noch, dass er es war«, sagte Halders.

Sie blieb stumm.

»Also, wollen wir reingehen?«, sagte Halders.

»Es ist ganz einfach unbegreiflich«, sagte Ann Lentner. »Es ist ... entsetzlich. Unbegreiflich.«

Ihr Mann nickte. Winter beugte sich vor. Von seinem Platz auf dem Sofa sah er Wasser bis nach Asperö und noch weiter, bis nach Brännö. An Brännö wollte er nicht denken. Es musste noch viel Zeit vergehen, bis er wieder in die südlichen Schären fahren würde, wenn er nicht unbedingt musste.

Erik Lentner hielt sich irgendwo im Haus auf. Winter wollte allein mit den Eltern sprechen. Mats Lentner wirkte gefasst. Vielleicht würde er dieses Mal nicht zusammenbrechen. Und sie hatten ihm keinen Kaffee oder etwas anderes angeboten.

»Wie konnten Sie nur glauben, dass Erik es getan hat? Wie konnten Sie?«

»Wir glauben eigentlich gar nichts«, antwortete Winter. »Wir überprüfen nur alle Möglichkeiten.«

»Aber ... unseren Sohn so viele Tage im Gefängnis festzuhalten. Das ist doch furchtbar.«

»Untersuchungshaft«, sagte ihr Mann.

»Das ist dasselbe«, sagte sie.

Mats Lentner schwieg. Winter folgte seinem Blick aus dem Fenster. Eigentlich waren es Glaswände. Winter vermutete, dass Lentner in den vergangenen Wochen viele Stunden auf diese Art dagesessen hatte, den leeren Blick auf das Meer gerichtet.

»Was wollen Sie eigentlich?« Ann Lentner sah Winter wütend

an. Sie ist wütend, und ich kann es verstehen. »Was wollen Sie von uns?«

»Ich möchte ein paar Fragen stellen«, sagte er. »Ich möchte es verstehen.«

»Er macht doch nur seinen Job«, sagte Mats Lentner.

»Auf wessen Seite bist du eigentlich?« Jetzt sah sie ihren Mann an.

»Ich bin auf ... niemandes Seite. Ich möchte nu...«

»Auf niemandes Seite?«, unterbrach sie ihn. »Was meinst du damit?! Bist du nicht auf Eriks Seite? Was sagst du da? Bist du nicht auf der Seite deines Sohnes?«

»Natürlich bin ich das. Du missverst...«

»Was wollen Sie verstehen?«, unterbrach sie ihren Mann wieder und sah Winter an. »Wie soll man etwas so Ungeheuerliches verstehen? Es ist unbegreiflich!«

»Sie haben recht«, sagte Winter. »Ich meine, ich möchte wissen, was passiert ist. Und wie es passiert ist.«

»Ich weiß nicht, ob ich das wissen möchte«, sagte sie. »Es reicht langsam.«

»Ich will es wissen«, sagte Mats Lentner. Er hatte den Blick vom Meer abgewandt und schaute ins Zimmer. Wirkte jetzt interessierter, als hätte er beschlossen, sich an dem Gespräch zu beteiligen.

»Haben Sie mit der Familie Carlix gesprochen?«, fragte Ann Lentner.

»Worüber?«, fragte Winter zurück.

»Über ... über alles«, sagte sie. »Über diese ganze schreckliche Geschichte.«

»Nein, noch nicht, ich werde es aber noch tun.«

»Das will ich hoffen. Dann können Sie ihnen ausrichten, dass Erik wieder zu Hause ist!«

»Ann...«

»Sie hat uns angerufen«, sagte Ann Lentner, ohne ihren Mann zu beachten. »Sie hat angerufen und Erik beschuldigt ... dass er ... dass er ...«

Sie brachte es nicht über die Lippen, es war zu viel, zu schrecklich.

»Genau wie Sie!«, fuhr sie fort. »Sie sind alle gleich!«

»Aus welchem Grund glaubt sie, Erik habe es getan?«, fragte Winter.

»Glauben? Sie war sich sicher.«

»Warum? Was hat sie gesagt?«

»Das ... habe ich vergessen.«

»Das glaube ich Ihnen nicht.«

»Ich habe es vergessen, wenn ich es Ihnen doch sage!«

»Sie hat behauptet, Erik sei gewalttätig gegen Gloria gewesen«, sagte Mats Lentner. Er sagte es in einem trockenen Ton, als wollte er die Information so sachlich wie möglich vortragen.

»Herrgott!«, sagte seine Frau.

»Das haben wir nie geglaubt«, sagte Mats Lentner.

»Es nie geglaubt?«, sagte Winter. »Hat man ihm das denn schon früher vorgeworfen?«

»Nein.«

»Was spielt das für eine Rolle?«, sagte Ann Lentner. »Es bleibt trotzdem eine Lüge!«

»Sie haben Erik bestimmt auch gefragt«, sagte Mats Lentner. »Und Louise Carlix wird Ihnen dasselbe erzählt haben.«

Winter nickte.

»Haben Sie Erik gefragt?«, sagte Ann Lentner. »Was hat er geantwortet?«

»Dass er nicht gewalttätig war.«

»Das sag ich doch! Genau, was ich gesagt habe!«

»Haben Sie vor den Morden schon mal mit Glorias Eltern darüber gesprochen?«, fragte Winter.

»Nein. Und es ist auch ... es zeigt doch nur, dass sie es erfunden hat. Warum hat sie es nicht früher gesagt?! Sie hat es erst gesagt, als ... als Gloria tot war.«

»Sie haben vorher noch nie etwas von Handgreiflichkeiten gehört?«

»Nein, nie.«

»Es ist ganz normal«, sagte Mats Lentner.

»Normal?!« Seine Frau sah ihn an. »Normal? Was meinst du damit?«

»Dass Menschen, die von einem Schicksalsschlag getroffen werden, einen anderen beschuldigen. Sie sucht eine Erklärung. Ich weiß nicht. Plötzlich war Erik in ihren Augen schuldig. Plötzlich hat er es getan.«

»Er hat es nicht getan!«

»Nein, aber sie glaubt es. Jedenfalls für einen Moment.« Mats Lentner sah Winter wieder an. »Sie haben *die Morde* gesagt. Was meinen Sie damit?«

»Es ist noch eine zweite junge Frau umgebracht worden«, sagte Winter. »Die Morde ähneln einander.«

»Wir haben … von dem Todesfall gehört. Aber haben sie miteinander zu tun?«

»Wir glauben ja.«

»Handelt es sich um Mord?«

»Das vermuten wir.«

»Inwiefern ähneln die Morde einander? Darüber habe ich weder etwas gelesen noch gehört.«

»Dazu kann ich Ihnen nichts sagen«, antwortete Winter. »Es gibt jedenfalls einige Gemeinsamkeiten. Ich weiß nicht, ob man es Zusammenhänge nennen kann. Aber in der Vorgehensweise gibt es Ähnlichkeiten.«

»Ist es derselbe Mörder?«, fragte Ann Lentner.

»Das wissen wir nicht. Möglich ist es.«

»Was gibt es denn für Gemeinsamkeiten oder wie man das nun nennen soll?«, fragte Mats Lentner. »Können Sie uns etwas darüber sagen?«

»Die Costa del Sol.«

»Was?«

»Beide Fälle hängen mit der Costa del Sol zusammen.«

»In welcher Form?«

»Es hat mit Ihnen zu tun«, sagte Winter.

»Mit uns? Wie meinen Sie das?«

»Die Eltern aller Beteiligten besitzen oder besaßen ein Haus an der Costa del Sol.«

»Aller Beteil... wie meinen Sie das?«

»Auch in dem anderen Mordfall besitzen beide Elternteile ein Haus an der Costa del Sol«, antwortete Winter.

»Wo?«

»Nueva Andalucia.«

»Das ist groß«, sagte Mats Lentner. »Wie heißen sie?«

Winter zögerte. Aber wenn er in diesem Fall weiter ermitteln würde, wäre es irgendwann sowieso unumgänglich, die Namen zu nennen.

»Holst und Barkner«, sagte er.

»Madeleine!«, schrie Ann Lentner und legte die Hand auf den Mund.

»Ist sie tot?«, fragte Lentner.

»Ja, leider.«

»Wie ... wie Gloria?«

Winter antwortete nicht.

»Herrgott, Herrgott!«, sagte Ann Lentner. »Was geht hier vor sich?«

»Haben Sie sie gekannt?«, fragte Winter. »Haben Sie Madeleine Holst gekannt?«

»Wir kannten ... die Familie. Früher«, sagte Mats Lentner.

»Früher? Was meinen Sie mit früher?«

Lentner sah seine Frau an, dann wieder Winter.

»Wir haben den Kontakt abgebrochen.«

»Warum?«

Lentner schaute seine Frau an.

»Warum?«, wiederholte Winter.

»Es ist etwas passiert.«

# 19

Martin Barkner hielt sich irgendwo im Haus auf. Es war groß, mindestens drei Stockwerke, soweit Aneta Djanali es beurteilen konnte. Es war wie ein Schloss. Warum es aufgeben für ein anderes Haus in Spanien? Vielleicht steckte ein Zwang dahinter. Die Oberschicht musste eben mehrere Häuser gleichzeitig besitzen, in mehreren Ländern. In dem Punkt gehörte sie auch zur Oberschicht. Ihr Vater besaß das Haus in Ouagadougou, und sie wohnte in dem Haus in Lunden. Früher hatte sie eine Wohnung in Kommendantsängen gehabt. Das waren sogar drei Wohnungen.

»Sie waren in der Kindheit befreundet«, sagte Linnea Barkner. »Martin und Madeleine.«

»Wo haben sie sich kennengelernt?«, fragte Halders.

»Das war ... wohl in Spanien.« Stig Barkner warf seiner Frau einen Blick zu. »War es nicht in Nueva?«

Sie nickte.

»Nucva? Was ist das?«, fragte Halders.

»Nueva Andalucia«, sagte Linnea Barkner. »Dort hatten wir ein Haus, genau wie Familie Holst.«

»Nueva Andalucia?«

»Ja. Costa del Sol.«

Halders nickte. Jetzt fiel es ihm wieder ein. Er war noch nie dort gewesen, aber wenn man einen Chef wie Winter hatte, kam man nicht an der Costa del Sol vorbei. Und nun war die Costa del Sol nach Göteborg gekommen.

»Haben Sie nah beieinander gewohnt?«, fragte Aneta Djanali.

»Ja ... ziemlich«, antwortete Linnea Barkner. »Es war nicht weit. Die Siedlung ist sehr angewachsen, seit wir dort ein Haus gekauft haben ... und Annica und Peder ... aber das Zentrum ist nicht so groß.«

»Jeder kennt jeden?«, sagte Halders.

»Das will ich nicht behaupten. Viele sind später zugezogen ... manche verkaufen ihre Häuser wieder. Trotzdem, klar, man kennt viele. Das ergibt sich ganz von selbst. Wir gehören zu den Veteranen. Und Holsts gehörten ... gehören auch dazu.«

»Sie haben ›gehörten‹ gesagt. Wohnen Holsts nicht mehr dort?«, fragte Halders.

»Doch ... aber nach allem ... Ich weiß nicht ... ich weiß nicht, was da jetzt los ist.«

»Hatten Sie Feinde?«, fragte Halders.

Die beiden Barkners zuckten zusammen, als wären sie gleichzeitig von etwas Spitzem gestochen worden.

»Ist die Frage so abwegig?«, sagte Halders. »Waren alle Anwohner in der Umgebung beste Freunde?«

»Mit wem man nichts zu tun haben wollte, mit dem pflegte man keinen Umgang«, antwortete Stig Barkner. »So funktioniert doch die Chemie zwischen Personen.«

Linnea Barkners Blick glitt durch das große Fenster hinaus aufs Meer. Sie war blass gewesen, als sie kamen, jetzt hatte sie Farbe bekommen, genau wie ihr Mann. Sie wirkten erleichtert, nachdem sich die größte Anspannung etwas gelegt hatte. Die Tragödie, in der sie sich befanden, war zwar noch nicht beendet, aber ihr Sohn war wieder da. Ihre zukünftige Schwiegertochter war nicht mehr da, doch sie war nicht ihr eigenes Fleisch und Blut. Fleisch und Blut waren stärker als alles andere. Jetzt war es leichter, weiterzuleben. Sie würden wieder zu ihrem Haus ins Neue Andalusien fahren. Aneta Djanali würde niemals dorthin fahren, erst recht nicht nach allem, was geschehen war. Die Schweden von der Sonnenküste schienen eine einzige große unglückliche Familie zu sein. Sie folgte Linnea Barkners Blick aus dem Fenster und sah das Meer, davor den gottvergessenen Campingplatz. Er war der Stinkefinger für die Bürger von Askim, eine Provokation und eine fast tragikomische dazu. Das Gesocks hatte sich mitten in der High Society breitgemacht. Aneta Djanali sah eine Gruppe einen großen Tannenbaum in den Sandboden rammen. Einige trugen rote Zipfelmützen. Sie hatten schon angefangen, Weihnachten zu feiern, obwohl erst morgen Heiligabend war. Jetzt stand der Baum, schief zwar, aber die Weihnachtsmänner lebten ihre Freude in einem taumeligen Tanz um den Tannenbaum aus. Zwei Frauen waren auf dem Weg zum Meeresufer. Vielleicht wollten sie den Sonnenuntergang bewundern. Kinder konnte Aneta Djanali keine auf dem Platz entdecken. Weihnachten war das Freudenfest der Kinder, aber die Erwachsenen da unten gaben auch ihr Bestes. Sie waren selbst einmal Kinder gewesen. Vielleicht erinnerten sich einige von ihnen noch an Reste dessen, was sie verdrängt hatten. Weggesoffen hatten, sobald sie Gelegenheit dazu bekamen. Manche nannten das Selbstmedikamentierung. Manchmal war die Behandlung schlimmer als die Ursache.

»Die treiben es mal wieder ziemlich wild«, sagte Linnea Barkner. Ihre Stimme klang sanft, ohne Arroganz, Hass oder Verachtung. Es war nur eine Feststellung.

»Es sind unsere Nachbarn«, sagte Stig Barkner. »Man gewöhnt sich daran.«

»Die kommen nie hier herauf«, fügte Linnea Barkner hinzu.

»Und wir gehen nie zu ihnen hinunter«, sagte ihr Mann. Vielleicht spielte der Schatten eines Lächelns um seine Mundwinkel.

Gute Nachbarschaft, dachte Fredrik Halders. Wie im alten Nueva.

»Einige haben wir schon gesehen, da waren sie noch Kinder«, sagte Linnea Barkner und zeigte mit dem Kopf auf die fröhliche Szene.

»Dann sind also manche auf dem Campingplatz aufgewachsen?«, fragte Aneta Djanali.

»Ja.« Linnea Barkner wandte sich ihr zu. »So kann's gehen in diesem Land, ist das nicht merkwürdig?«

»Ich sehe keine Kinder«, sagte Aneta Djanali.

»Es gibt auch jetzt Kinder. Aber Weihnachtsmänner habe ich nicht so oft gesehen«, sagte Stig Barkner. »Das mag daran liegen, dass wir Weihnachten normalerweise in Spanien feiern.«

Klar, dachte Aneta Djanali. Dort kann man die Eigenarten Schwedens besser ertragen. Alles wird etwas erträglicher aus der Ferne. Es erweitert die Perspektive. Aber manchmal ist es umgekehrt. Wer im Ausland wohnt, hat eine engere Perspektive oder gar keine. Vielleicht sind die Golfplätze im Weg. Es gibt so viele, und sie sind so groß.

»Haben Sie mit Madeleines Eltern gesprochen?«, fragte Halders.

»Natürlich«, sagte Stig Barkner. »Wir haben schon von Spanien aus angerufen. Als wir es ... erfahren haben. Und hier haben wir uns getroffen. Sie wohnen nicht weit von uns entfernt, in Hovås. Sie können nicht glauben, dass Martin ... so etwas tun könnte. Niemals.« Er verstummte. Er schien nachzudenken. Dann schaute er auf. »Dafür bin ich dankbar.«

»Wer sollte so etwas glauben?«, sagte Linnea Barkner. »Es ist doch selbstverständlich ... von seiner Unschuld überzeugt zu sein.«

»Nicht unbedingt«, sagte Fredrik Halders. »Manchmal ist es umgekehrt.«

»Wie meinen Sie das?«

»Sie sind das sicher schon gefragt worden, aber ich frage noch einmal. Kennen Sie einen jungen Mann, der Erik Lentner heißt?«

Stig und Linnea Barkner sahen sich an.

»Ist Ihnen der Name bekannt?«, fragte Halders. »Kennen Sie Erik Lentner? Oder seine Eltern? Sie heißen Mats und Ann.«

»Nein, eigentlich nicht ...«, sagte Stig Barkner. »Den Namen haben wir wohl gelesen. Aber sie haben nicht in Nueva gewohnt.«

»Sie hatten auch ein Haus an der Costa del Sol. Oder eine Wohnung, in Marbella.«

Wieder tauschten Stig und Linnea Barkner einen Blick.

»Die Eltern der jungen Frau heißen Stefan und Louise Carlix«, sagte Aneta Djanali. »Ist Ihnen der Name bekannt?«

»Nein«, antwortete Stig Barkner.

»Die ermordete Tochter heißt Gloria Carlix.«

»Der Name sagt mir nichts«, antwortete Stig Barkner.

»Carlix' hatten auch ein Haus an der Costa del Sol.«

»Herr im Himmel«, sagte Linnea Barkner. »Was geht hier vor?«

»Da unten haben sich viele Göteborger angesiedelt«, sagte Stig Barkner. »Daran ist nichts Ungewöhnliches. Da läuft man sich halt über den Weg. Aber das ist bald wieder vorbei.«

»Wie meinen Sie das?«, fragte Halders. »Was ist bald vorbei?«

»Alles.« Stig Barkner machte eine Handbewegung, als würde dieses »alles« das Haus, den Campingplatz, das Meer und das Ufer einschließen. »Da unten wird es langsam zu heiß und zu trocken. Im August und September ist es unmöglich, sich vor elf Uhr abends draußen aufzuhalten.«

»Dann müssen sie nachts Golf spielen«, sagte Fredrik Halders.

»Das machen die tatsächlich.«

»Glauben Sie, das hängt mit der zunehmenden Trockenheit zusammen?«, fragte Halders. »Brauchen die Golfplätze nicht viel Wasser?«

»Da bin ich sicher. Aber ich spiele kein Golf.«

»Kann man das vermeiden?«

»Mit ein bisschen Anstrengung, ja.«

Halders hielt Barkners Kommentar für Humor, trockenen Humor. Halders sah die Landschaft in seiner Phantasie vor sich. Meer, eine verdammt große Steinwüste und eine verdammte Menge Golfplätze wie grüne Wunden in der roten Erde.

»Was wissen Sie über die Familie Lentner?«, fragte Aneta Djanali.

»Das haben wir doch längst alles erzählt«, antwortete Linnea Barkner. »Den Namen haben wir schon mal gehört, mehr nicht.«

»Es ist sehr ernst«, sagte Aneta Djanali. »Das kleinste Detail kann wichtig sein. Etwas, das scheinbar nichts zu bedeuten hat, kann sehr viel bedeuten. Wenn Sie also etwas wissen, sagen Sie es bitte.«

Das Paar tauschte zum dritten Mal einen Blick.

»Wir ... wollen keinen Klatsch verbreiten oder wie man das nennen soll.«

»Wenn Sie Informationen haben, sind Sie verpflichtet, sie uns zu geben«, sagte Fredrik Halders.

»Es ist nur Klatsch«, sagte Stig Barkner. »Der reinste Klatsch, sonst nichts.«

»Was also?«, fragte Halders etwas lauter.

»Gerüchte, Klatsch.«

»Worüber, verdammt noch mal?«

Das Paar Barkner zuckte zusammen, als hätte Halders sie wieder gestochen.

»Über Peder Holst. Es ging darum, dass er ... angeblich hat er vor vielen Jahren mal etwas mit einem Jungen gemacht. Aber das ist nur üble Nachrede. Wirklich furchtbar.«

»Was gemacht?«, fragte Halders.

»Nichts, da war nichts.«

»Was gemacht?!«

Stig Barkner zuckte wieder zusammen.

»Sie brauchen doch nicht so zu schreien«, sagte er.

»Es war dieser Junge, Lentner«, sagte seine Frau. »Aber das ist schon lange her. Daran kann sich keiner mehr genau erinnern. Den Leuten ist es egal.«

»Ist nie erwogen worden, Anzeige zu erstatten?«

»Peder Holst hat etwas mit Erik Lentner gemacht?«, fragte Aneta Djanali.

»Nein. Das war gelogen.«

»Wer hat es dann behauptet? Was ist passiert?«

»Wir wissen es nicht. Fragen Sie Peder. Es muss schrecklich für ihn gewesen sein. Damals. Es gibt keinen Grund, alles wieder aufzurühren. Ich verstehe nicht, warum das wieder ausgegraben werden muss. Haben die Eltern des Jungen etwas gesagt?«

»Nicht dass ich wüsste«, sagte Halders.

»Damals haben sie wohl miteinander verkehrt«, sagte Linnea Barkner. »Das muss ja so gewesen sein. Wir haben hinterher nicht weiter gefragt. Natürlich haben wir nicht darüber geredet.«
»Verkehrt? Haben die Familien Holst und Lentner gesellschaftlich miteinander verkehrt?«
»Ja ... vielleicht einige Male, aber dann war es vorbei. Nach ... dieser Sache.«

Winter traf Halders und Aneta Djanali auf halber Strecke am Frölunda torg, der Weg war für alle gleich weit, und Winter musste noch Weihnachtsgeschenke besorgen, bevor es zu spät war. In den Einkaufszentren wimmelte es von Menschen, aber es herrschte nicht so ein Wahnsinnsgedränge wie in der Innenstadt.

Sie fanden einen leeren Tisch bei McDonald's.
»Vor Weihnachten soll man frugal essen«, sagte Halders.
»Ich möchte nichts essen«, sagte Aneta Djanali.
»Niemand möchte etwas essen«, sagte Winter. »Ich hole uns Kaffee.«
»Bring mir einen Big Mac mit«, sagte Halders.
Winter ging schweigend davon. Er musste lange anstehen und wurde ungeduldig. Endlich war er an der Reihe und gab seine Bestellung auf. Halders sah erstaunt aus, als er mit dem Hamburger an den Tisch kam.
»Sag nicht, dass du bloß einen Witz gemacht hast, Fredrik.«
»Nein, nein, du bist ein barmherziger Mensch, Erik.«
Winter setzte sich und nahm einen Schluck Kaffee, der genauso wie im Polizeipräsidium schmeckte. Direkt neben sich hörte er jemanden auflachen. Es war Fredrik. Nein, es war jemand anders.
»So eine Scheißlokalität«, sagte Halders.
»Die sind doch alle gleich«, sagte Winter.
»Ich meine nicht McDonald's. Ich meine Askim.«
»Was ist mit Askim?«
»Es war fast unwirklich.«
»Wie meinst du das?«

»Ich weiß nicht, was ich meine. Ich habe es nur mit Lunden verglichen. Und Redbergslid. Dort ist das richtige Göteborg, wenn du mich fragst.«

»Niemand fragt dich, Fredrik«, sagte Aneta Djanali.

»Ich habe versucht, das Ehepaar Lentner nach Peder Holst auszufragen.« Winter stellte den Kaffeebecher ab. Den Giftbecher.

Sie hatten sich am Telefon kurz über die Verhöre unterhalten und dann beschlossen, sich auf halbem Wege zu treffen.

»Hast du mehr rausgekriegt als wir?«, fragte Halders. »Ich meine, hast du überhaupt was rausgekriegt?«

»Eigentlich nicht.«

»Warum sind wir dann hier?«

»Ich weiß es nicht«, sagte Winter. »Sie haben immerhin von sich aus damit angefangen.«

»Wir mussten Barkner förmlich dazu zwingen«, sagte Halders.

»Jedenfalls haben beide geredet«, sagte Aneta Djanali.

»Hat es etwas zu bedeuten?«, fragte Halders.

»Es ist offenbar nie zu einer Anzeige gekommen«, sagte Winter. »So viel habe ich aus ihnen herausgeholt.«

»Aber Lentners wollten keine Details verraten?«

»Nicht mehr, als dass sie einen Verdacht hatten, der offenbar die Freundschaft beendete.«

»Zwischen den Familien Holst und Lentner besteht also doch ein Zusammenhang«, sagte Aneta Djanali.

»Oder zwischen Madeleine und Erik«, sagte Winter.

»Oder zwischen irgendwelchen anderen Personen«, sagte Halders. »Wollen wir Herrn Holst einbestellen?«

»Irgendwann«, sagte Winter. »Lass ihn erst in Ruhe trauern.«

»Weihnachten über trauern«, sagte Aneta Djanali.

»Man muss froh sein, sagte Halders. »Froh sein über das, was man hat.«

Das war kein Scherz, keine Ironie. Halders hatte seine Exfrau bei einem Autounfall verloren, sie war von einem Betrunkenen überfahren worden. Seine Kinder hatten ihre Mutter verloren. Mit Müh und Not war er durch die Weihnachtstage gekommen. Und durch all die anderen schwarzen Tage des Jahres, die darauf folgten. Jetzt musste man froh sein.

»Es gibt bestimmt einen Zusammenhang«, sagte Aneta Djanali. »Wenn nicht in der Sache mit Holst, dann in einer anderen. Es kann doch unmöglich ein Zufall sein, dass es diese beiden Paare getroffen hat, diese beiden jungen Frauen. In der Art und Weise, wie der Täter vorgegangen ist. Es besteht ein Zusammenhang. Wir müssen versuchen, ihn herauszufinden.«

Sie sah Winter an. Er dachte genau wie sie, sie sprach aus, was sie alle glaubten.

»Wir brauchen DNA-Proben von den Eltern«, sagte Halders.

»Natürlich«, sagte Winter.

»Eine schreckliche Vorstellung, oder?«

»Es ist nicht das erste Mal«, sagte Winter.

Gerda Hoffner versuchte in ihrer freien Zeit abzuschalten. Sie hatte Heiligabend Dienst, und es würden intensive vierundzwanzig Stunden werden. Wenn sie vorbei waren, war auch Weihnachten vorbei, und sie wäre mittendrin gewesen, mitten im Auge des Orkans, wenn man es so ausdrücken konnte, aber ruhig würde es nicht sein im Auge des Orkans. Daran wollte sie jetzt nicht denken. Sie dachte an alles mögliche andere, während sie die Avenyn entlangging. Dämmerung senkte sich über die Dächer. Die Beleuchtung war festlich, aber ziemlich zurückhaltend, vielleicht eine nordische Version von Weihnachtskarneval. Viele Menschen waren unterwegs. Fast alle trugen Pakete, die in Geschenkpapier eingewickelt waren. Sie kam an Wettergrens vorbei. Die Kunden im Laden konnten sich kaum bewegen. Bücher waren wie immer das Weihnachtsgeschenk des Jahres. Die Bücher auf den Nachttischen in den beiden Wohnungen fielen ihr ein, obwohl sie beschlossen hatte, nicht mehr daran zu denken. Nur noch wenige Hundert Meter, und sie wäre dort. Aber dort hatte sie nichts zu suchen. Für sie war der Fall jetzt erledigt. Winter und seine Mitarbeiter würden übernehmen. Sie wünschte ihnen Glück und hoffte, dass sie den Täter bald fanden. Sie war nicht sicher, ob es ihnen gelingen würde. Nicht alle Morde wurden aufgeklärt, nicht einmal in Kriminalromanen, nicht in den modernen.

Vor Tvåkanten stand ein Obdachloser und verkaufte die Straßenzeitung. Er sah richtig fertig aus, verkatert. Das schien für ihn ein natürlicher Zustand zu sein, ein ewiger Kater ohne Rausch, wenn er dem entkommen war. Vermutlich wechselte er ständig zwischen Rausch und Nüchternheit. Gerda dachte an das Paar mit dem Kind im Supermarkt in Kungsladugård. Auch daran wollte sie nicht denken. Sie wollte nicht an all das Elend denken. Sie wollte nur entspannen. Deswegen spazierte sie die festliche Avenyn entlang. Es sollte leichter sein, sich im Weihnachtsstress zu entspannen, wenn man sich selbst keinen Stress machte. Sie würde kein Weihnachtsgeschenk kaufen. Darüber brauchte sie sich nicht den Kopf zu zerbrechen. Sie dachte nie darüber nach, wie allein sie war. Bei der Arbeit merkte man nicht, dass man einsam war, oder? Es gab so viel zu tun. Sie hatte es nicht nötig, zu Hause in Sandarna zu sitzen und die Wände anzustarren oder die arme Straßenbahn, die sich den Sannabacken heraufquälte wie eine Eisenbahn, von der sie vor langer Zeit als Kind gelesen hatte. Wie hieß das Buch noch? Es war klein, mehr wie ein Heft gewesen. Es hatte von einer Eisenbahnfamilie gehandelt, und es war gut gewesen. Gab es das noch immer zu kaufen? Soll ich zu Wettergrens gehen und es mir selbst zu Weihnachten schenken? Nein, das ist zu anstrengend. Ich will keinen Stress. Den können sich andere antun. Ich möchte lieber ein Glas Wein in einem Pub trinken. Aber das brauche ich dem da ja nicht zu sagen.

»*Faktum*, meine Dame? Wie wär's mit der neuesten Ausgabe?«

Ja, warum nicht. Ihren Zwanziger konnte er genauso gut in Alkohol umsetzen wie sie. Das war besser. Sie würde doch lieber keinen Alkohol trinken. Auch wenn sie dienstfrei hatte, konnte sie etwas für die Gesellschaft tun.

»Okay«, sagte sie, »geben Sie mir eine.«

»Besten Dank, meine Dame.«

Dame? Sie war keine Dame. Sah sie aus wie eine Dame? Was war eine Dame? Sie wollte keine »Dame« sein. Hatte er sein Sehvermögen versoffen? Vielleicht war er halb blind von Selbstgebranntem. Er bewegte sich spastisch, seine Nerven hatte er bestimmt versoffen. Sie hatte einmal einen alten Rocker im Fernsehen gesehen, der hatte auch so gezappelt. Vielleicht war dieser Mann ein alter Rocker. Bei deren hartem Lebensstil verbrannten Sehvermögen und Urteilsvermögen.

Aber vielleicht bin ich ja alt, sehe alt aus.

Sie nahm die Zeitung entgegen.

»Danke, danke, zwanzig Kronen. Die kommen mir wie gerufen. Ich will Weihnachtsgeschenke für meinen Sohn kaufen«, sagte der Mann. »Er ist Hockeyspieler. Da braucht er viele Sachen. Fragen Sie mich! Ich hab früher auch mal Hockey gespielt. Man braucht wahnsinnig viel Schutzausrüstung. Und jetzt noch mehr als zu meiner Zeit.«

»Ich weiß«, sagte sie.

»Spielen Sie auch Hockey?«

»Ich spiele kein Eishockey«, sagte sie. »Aber ich hab mal ein Spiel gesehen.«

»Ein Spiel? Nur eins? Ha, ha, ha. Dann haben Sie noch viel Spaß vor sich.«

»Tschüs«, sagte sie und wollte sich entfernen.

»Tommy Näver ist mein Name«, rief er ihr nach. »Ich stehe immer hier. Das ist mein Platz. Ich bin immer hier. Ich sehe alles. Ich erinnere mich an jeden, der vorbeikommt. Wenn Sie noch ein zweites Mal vorbeikommen, werde ich mich an Sie erinnern.«

»Tschüs«, wiederholte sie und ging weiter. Dann bog sie nach links ab, ging weiter geradeaus und bog wieder nach links ab, ging noch ein Stück und blieb vor einer Haustür stehen. Wie bin ich hierhergeraten? Hierher wollte ich doch wirklich nicht.

Sie schaute an der Hausfront empor. Hier waren sie an jenem frühen Dezembermorgen angekommen, Johnny und sie. Der Dezember hatte gerade angefangen. Es war der Beginn der Schönwetter-Periode gewesen. Vielleicht wird das nächste Jahr schön, hatte sie gedacht. Der Fall würde bald zu den Akten gelegt werden. Sie hatten den Job rasch hinter sich bringen wollen, sie und

Eilig, wollten ihn mit Lichtgeschwindigkeit erledigen. »Dort«, hatte Johnny gesagt und auf die Haustür gezeigt, vor der sie nun stand. Sie trat näher und drückte die hübsche Klinke herunter, aber die Tür war natürlich abgeschlossen. Sie erinnerte sich noch an den Code und gab ihn ein. Das war nicht sie, sie wollte das wirklich nicht. Was tue ich hier eigentlich? Warum stehe ich jetzt im Treppenhaus? Hier bin ich schon einmal gewesen. Das sollte reichen. Ich gehe wieder. Ich sollte doch ein Glas Wein in einem Pub trinken, unter Leuten sein, die lachen und reden. Hier ist niemand. Hier gibt es nur den Tod.

Sie stieg die Treppen hinauf. Etwas zog sie nach oben, wie an einem Seil. Oder als würde sie ein kräftiger Rückenwind die Stufen hinaufschieben. Um sie herum leuchtete es wie Gold, aber es war nichts Schönes mehr in all dem. Dies war die Hölle. Jetzt hatte sie den dritten Stock erreicht. Plötzlich erlosch die Treppenhausbeleuchtung. Sie zuckte zusammen. Herr im Himmel. Sie stand vor der Tür, *der* Tür. Bevor das Licht ausging, hatte sie die Absperrbänder gesehen. Die drei Türen waren noch vorhanden, aber sie wünschte, dass es keine mehr von ihnen gegeben hätte. Dass nichts von all dem geschehen wäre. Ein kindlicher Gedanke. Unter der linken Tür sickerte Licht durch eine Ritze. Dort war jemand zu Hause. Und mit einem Mal konnte sie sich wieder bewegen. Sie drückte auf den Lichtschalter, und es wurde hell. Rasch lief sie die Treppen hinunter. Als sie auf die Straße trat, schlug ihr wunderbar erfrischend die Stadtluft entgegen.

## 20

Die erleuchteten Fenster der Häuser im inneren Hovås glommen wie entfernte Feuer in einem Wald. Es war kein einladendes Licht. Es signalisierte: Wir waren nie wie ihr. Ihr werdet nie so sein wie wir. Wenn ihr euer eigenes Licht haben wollt, müsst ihr euch an die Sterne am Himmelszelt halten. Die, die noch übrig sind. Die, die wir haben wollten, haben wir abgeschraubt.

Winter parkte vor dem Haus der Familie Holst. Von der Straße aus wirkte es wie ein kleines Schloss oder wie ein Palast. Die Tür wurde von zwei illuminierten Tannen flankiert. Das ganze Grundstück schien von einer Mauer umgeben zu sein. Es war ein klarer, kalter Abend. Die Sterne über ihm waren hier draußen größer als in der Stadt. Alles war hier größer.

Er blieb neben seinem Mercedes stehen. Wenigstens ein Auto von außerhalb, das hierher passte. Er passte hierher. Seine Herkunft passte hierher. Er versuchte sie auf Abstand zu halten, aber er war ein Teil all dessen. Das war er sein Leben lang geblieben. Mit einem Silberloffel im Mund geboren. Polizist war er aus Protest geworden. Oder war es etwas anderes? Kriminalpolizist zu werden hieß, den diskreten Charme der Oberschicht so weit wie irgend möglich hinaus ins Meer zu werfen. Es hieß, zu jeder Stunde und rund um die Uhr bei Fremden einzudringen. Mal waren sie fremder, mal weniger fremd. In dieser großen Stadt gab es Mitbürger, die er nicht verstand, die er nie verstehen würde, und solche, die er sehr gut verstand. Erbe. Herkunft. Codes. Schicht. Darum ging es. Er war Teil jener Schicht, in der er sich im Augenblick befand. Er klopfte an Türen mit goldenen Buchstaben. Seine Herkunft würde ihm helfen zu verstehen, was diese Menschen sagten. Um was es wirklich ging, wenn sie von Liebe sprachen.

Annica Holst öffnete nach dem dritten Klingeln. Das Haus war zweistöckig. Er hatte Schritte von oben gehört. Er wusste, dass Madeleine das einzige Kind gewesen war.

»Entschuldigen Sie bitte die Störung«, sagte er.

Aber das spielte in diesem Haus keine Rolle. Der Abend vor Heiligabend war kein Abend des Friedens. Annica Holst sah aus, als hätte sie das Augenlicht verloren, zumindest teilweise. Ihre Augen wirkten verwaschen, ausgeblichen von Trauer. Ihr Blick war irgendwo anders.

»Wie lange wird es dauern?«, fragte sie.

»Ich weiß es nicht«, sagte Winter. »Nicht lange.«

»Haben Sie Familie?«

»Ja.«

»Haben Sie Kinder?«

»Ja.«

»Wie viele?«

Er wollte keine Fragen beantworten, schon gar nicht Fragen dieser Art, nicht jetzt. Aber er hatte natürlich keine Wahl.

»Zwei.«

»Jungen oder Mädchen?«

»Mädchen.«

»Natürlich«, sagte sie und wandte sich von ihm ab.

Gerda Hoffner saß an ihrem Küchentisch und versuchte zu analysieren, was sie gefühlt hatte, als sie aus dem Haus in der Chalmersgatan gestürmt war. Angst? Nein, es war mehr gewesen. Entsetzen? Das war kein passendes Gefühl, wenn sie ihren Job behalten wollte. Ein Gefühl, das immer wiederkehren würde. Damit würde sie sich nicht lange als Polizistin behaupten können. Kein Debriefing der Welt würde helfen. Immer ging es um Angst. Mit Angst wurde jeder auf unterschiedliche Weise fertig. Genau das versuchte sie gerade, mit der Angst fertig zu werden, einige Stunden, bevor sie sich mit Johnny Eilig ins Auto setzen und durch die Nacht vor Heiligabend gleiten würde. Vielleicht würde es eine stille Nacht werden.

Sie stand auf, ging zum Kühlschrank, öffnete ihn und hatte vergessen, was sie hatte holen wollen. Sie schloss die Tür wieder und spürte den Vakuumsog in der Hand. Ein beruhigendes Gefühl. Nach einer halben Minute kehrte sie an den Küchentisch zurück und setzte sich auf den Stuhl. Das ruhige Gefühl war noch da, aber abgeschwächt, es verflüchtigte sich bereits. Verschwinde nicht für immer, dachte sie, ich brauche dich.

Winter wartete im Wohnzimmer der Familie Holst, wenn Wohnzimmer die richtige Bezeichnung für den großen Raum war, der die gesamte Fläche des Erdgeschosses einzunehmen schien. Er war größer als ein Tennisplatz und trotzdem nicht unproportioniert für das übrige Haus. Ein großes Haus für eine kleine Familie. Er wartete auf Peder Holst. Annica Holst war nach oben gegangen, um ihren Mann zu holen, als müsste er hinuntergeleitet werden. Wie hätte ich selbst reagiert? Winter stand mit dem Rücken zur Treppe und schaute auf den Rasen, der in der sanften Beleuchtung genauso grün wie im Sommer wirkte. Die Kälte an diesem Abend reichte nicht aus, um das Gras mit einer Frostschicht zu überziehen. Vielleicht würde es heute Nacht frieren. Er sah auf die Uhr. In fünf Stunden war offiziell der Tag des Heiligen Abend. Er würde mit größter Wahrscheinlichkeit in seiner Küche stehen und das Weihnachtsbuffet vorbereiten. Es würde nach Gewürzen, Wärme und vielleicht nach Whisky duften. Fast immer schon war es der schönste Abend des Jahres gewesen. Seitdem er selber Kinder hatte, war auch etwas von der kindlichen Erwartung zu ihm zurückgekehrt, die er früher vor dem Heiligen Abend empfunden hatte. Es war der unschuldigste Tag des Jahres, und nun war es fast wieder so weit.

Hinter sich hörte er ein Geräusch und drehte sich um. Ein

Mann stand im Zimmer. Winter hatte ihn nicht gehört. Seine Frau war oben geblieben. Winter hatte nicht vor, mit ihr zu sprechen, nicht im Augenblick. Der Mann sah wie ein Fremder aus. Winter bekam unmittelbar das Gefühl, er selber lebte in diesem Zimmer, und der Mann sei nur ein zufälliger Besucher. Holst sah sich mit dem Blick eines Fremden um. Er war mittelgroß, trug eine graue Hose, ein helles Hemd und einen grauen Cardigan. Graumeliertes dichtes Haar, Hornbrille. Ende fünfzig oder Anfang sechzig, sein genaues Alter war Winter entfallen. Heute Abend wirkte er zehn Jahre älter. Er sah sich wieder um, als wäre er unsicher, ob er sich setzen sollte, und wenn ja, wohin, oder ob er mitten im Zimmer stehen bleiben sollte.

»Wollen wir uns setzen?«, fragte Winter.

»Äh ... natürlich.« Holsts Stimme klang sehr dünn, zerbrechlich. Winter verstand die Worte kaum.

Holst ließ sich in den nächsten Sessel sinken, dunkles Leder, genau wie die anderen drei, die um einen niedrigen Tisch aus geöltem Holz gruppiert waren.

Winter fand im Gesicht des Vaters nichts von Madeleine Holst. In der Chalmersgatan hatte es Fotos von Madeleine gegeben, der lebenden Madeleine, zusammen mit Martin, allein, zusammen mit Mama und Papa, zusammen mit Mama, zusammen mit Papa und mit Personen, von denen sie bis jetzt einige identifiziert hatten und einige nicht. Die alten verdammten Fotografien, die das Leben illustrierten – wenn der Tod es ausgelöscht hatte. Das abgebrochene Leben. Das kurze Leben. Die Trauer in Peder Holsts Gesicht war deutlich, sie lastete schwer wie ein Stein auf seinen Zügen, und wahrscheinlich konnte Winter aus diesem Grund keine Ähnlichkeiten mit der lebenden Tochter entdecken. Holst sah eher tot als lebendig aus, als wäre sein Gesicht zu einer Maske erstarrt. Jetzt wandte es sich Winter zu.

»Was wollen Sie?«

Das war eine direkte Frage. Aber Holst sah aus, als würde er mit sich selber sprechen.

»Ich möchte Ihnen ein paar Fragen stellen.«

»Warum jetzt? Warum ausgerechnet heute?«

»Spielt das eine Rolle?«, fragte Winter.

»Jetzt, wo Madeleine tot ist, meinen Sie? Nein, das spielt keine Rolle.«

»Es dauert nicht lange«, sagte Winter.

»Haben Sie kein Privatleben?«

Wieder die direkte Frage, und wieder wirkte es so, als stellte Holst sie sich selber: Hast du kein eigenes Leben?

»Wir versuchen Antworten zu finden«, sagte Winter. »Deswegen bin ich heute gekommen. Damit konnte ich nicht warten.«

»Sind Sie so einer?«, sagte Holst lauter. Er bewegte sich in dem Sessel, der ein Geräusch von sich gab, das ebenfalls laut klang in der Stille des Zimmers.

»Wie meinen Sie das?«

»Einer, der nie loslässt? Einer, der nie loslassen kann ... der niemals aufgibt?«

»Vielleicht bin ich so einer«, antwortete Winter. »Manchmal jedenfalls.«

»Wie jetzt«, sagte Holst. »Diesmal.«

»Ist das nicht in Ordnung? Diesmal?«

Holst antwortete nicht. Einen Augenblick verbarg er sein Gesicht in den Händen. Dann hob er den Kopf und sah Winter an.

»Ich war selbst einmal so«, sagte er. »Aber das ist vorbei.«

Winter dachte an die Tochter, doch etwas in Holsts Stimme verriet, dass er von etwas anderem sprach. Einer anderen Zeit.

»Wann war das?«, fragte Winter.

»Ist doch egal.«

»Warum?«

Holst antwortete nicht. Er stand auf, ging rasch zu einem der Fenster, blieb dort stehen.

»Wer hat es getan?«, fragte er nach einer Weile, ohne sich umzudrehen. »Wer hat mein kleines Mädchen umgebracht?«

»Wir wissen es nicht«, sagte Winter. »Was glauben Sie selber?«

Holst drehte sich um.

»Jemand, den sie nicht kannte«, sagte er. »Und das macht alles vielleicht noch schlimmer.«

»Inwiefern?«

»Jemand hat beschlossen, meine ... meine kleine Madeleine umzubringen. Es hätte wer weiß wen treffen können. In dem Moment wurde sie irgendeine beliebige Person.«

Winter schwieg.

»Meine kleine Madeleine. Plötzlich ist sie nur irgendjemand.«

»Nein«, sagte Winter. »Dahinter steckt mehr.«

»Was denn? Sagen Sie es mir!«

Holst hatte sich verändert. Jetzt wirkte er lebendig. Als hätte er etwas entdeckt, woran er glauben konnte. Als wäre seine Tochter nicht zufällig gestorben, kein beliebiges Opfer.

»Erzählen Sie es mir«, sagte Winter. »Was glauben Sie selber, was dahinterstecken könnte? Zwei junge Frauen werden auf die gleiche Art und Weise ermordet. Das wissen Sie bereits. Aber warum gerade sie? Warum Madeleine und Gloria? Und – warum Martin und Erik?«

»Woher soll ich das wissen?«, fragte Holst zurück. »Das herauszufinden ist Ihr Job.«

»Indem ich zum Beispiel Ihnen Fragen stelle«, sagte Winter. »Ich frage Sie jetzt also: Was ist zwischen Ihnen und Lentners vorgefallen?«

»Was? Was?«

Holst drehte sich um, als würde noch eine weitere Person zuhören. Aber seine Frau war nicht wieder heruntergekommen. Darüber hatte Winter sich gewundert. Offenbar wollte sie, dass ihr Mann allein mit ihm sprach. Vielleicht über diese Sache.

»Was ist passiert?«, fragte Winter.

»Ich weiß nicht, wovon Sie reden.«

Doch er wusste es. Und Winter wusste, warum er so tat, als wüsste er es nicht. Es war schon so lange her. Vielleicht hatte er zwanzig Jahre gebraucht, um es zu verdrängen. Jetzt kam alles wieder an die Oberfläche, mitten in seinem hübschen Wohnzimmer, wie Schlamm aus Klärbehältern in der Unterwelt, von dem er geglaubt hatte, er würde bis in alle Ewigkeit im Urgestein vergraben bleiben. Vergessen für diese Welt. So war es jedoch nie. Alles kam wieder an die Oberfläche. Eine Weile konnte man die Scheiße unterdrücken, aber am Ende war sie nicht mehr einzudämmen. Immer kam der Augenblick, und Holsts Augenblick war jetzt gekommen.

Er brach in Tränen aus. Plötzlich wirkten seine Augen ganz lebendig. Winter dachte an eine Wüste, die sich mit Wasser füllte.

»Was ist damals geschehen?«, wiederholte er.

»Woher ... wissen Sie ... Was wissen Sie?«

»Ich möchte es wissen«, sagte Winter. »Erzählen Sie mir, was passiert ist.«

»Warum? Das ... das hat nichts mit der Sache zu tun. Es spielt keine Rolle.«

»Was haben Sie mit dem Jungen gemacht?«

»Ich habe nichts gemacht!« Holst ballte eine Faust und kam einen Schritt auf ihn zu. Winter spürte Bedrohung in der Luft, wie einen flüchtigen Windhauch. Holst öffnete die Hand. Er betrachtete seine Finger, als sähe er sie zum ersten Mal. Seine Augen waren genauso schnell getrocknet, wie sie sich mit Tränen gefüllt hatten. »Was soll ich getan haben? Was haben sie gesagt? Was haben sie Ihnen erzählt?«

»Wer?«

»Mats und Ann Lentner natürlich. Was zum Teufel haben sie gesagt?«

»Nur das, was Erik ihnen erzählt hat.«

»Erzählt hat?! Es gibt nichts zu erzählen!«

»Erzählen Sie es mir trotzdem«, sagte Winter.

»Machen Sie sich etwa lustig?«

»Nein.«

Wieder spürte Winter die Bedrohung, die von Holst ausging. Sie lag auf der Lauer, wie ein schwarzer Schatten, der jeden Moment Gestalt annehmen konnte.

»Das verdammte Blag hat sich Sachen eingebildet. Das tat er dauernd. Er hat phantasiert! Als ob ich ... ob wir ... als ob was passiert wäre. Das hat er sich nur eingebildet!«

»Wo war es?«, fragte Winter.
»Wie meinen Sie das?«
»Wo ist es geschehen?«
»Es ist nichts passiert, das habe ich doch gesagt!«
»Trotzdem muss es einen Ort geben«, sagte Winter. »Auch wenn nichts passiert ist. Wo war es?«
»Haben sie es nicht gesagt? Wer weiß, was da alles geredet wird.«
»Wer soll was gesagt haben?«
»Lentners natürlich.«
»Wo war es?«, wiederholte Winter.
»Spanien. Costa del Sol.«
»Wo dort?«
»Wie – wo dort? Wo wir ein Haus haben natürlich. In einem Ort, der Nueva Andalucia heißt. Er liegt westlich von Marbella.«
»Wo Lentners auch ein Haus hatten, nicht wahr?«
Holst antwortete nicht.
»Bei Ihnen zu Hause?«
Auch darauf antwortete Holst nicht.
»War es in Ihrem Haus?«
»Es gehört mir zusammen mit meiner Frau«, sagte Holst. »Und sie weiß, dass nichts passiert ist. Alle wissen es. Dieser Junge hatte eine blühende Phantasie. Er hat phantasiert. Er kam an den Pool, als ich schwimmen wollte. Plötzlich stand er einfach da. Ich trug keine Badehose.« Holst sprach jetzt ernst, und er sprach schnell. »Ich bade immer nackt. Das wissen alle. Das wussten alle. Ich hatte ihn nicht bemerkt. Erst als ich ins Wasser wollte, sah ich ihn da stehen. Ich bin trotzdem ins Wasser gegangen und gleich untergetaucht. Damit er mich nicht sah. Aber er blieb stehen. Gott weiß, warum. Ich glaube, ich habe ihn gebeten zu gehen, damit ich den Pool wieder verlassen konnte. Allmählich wurde mir kalt. Schließlich war es Winter, obwohl der Himmel blau war. Er blieb jedoch stehen und glotzte wie ein Idiot. Und als ich endlich aus dem Wasser stieg, bat ich ihn, mir mein Handtuch zu geben, und das hat er getan.«

Holst beendete seinen Bericht. Er sah aus, als wollte er von jetzt an kein Wort mehr sagen.

»War noch eine weitere Person anwesend?«, fragte Winter.

Holst antwortete nicht.

Winter wiederholte die Frage.

»Wie meinen Sie das?«

»War noch jemand in der Nähe, der Sie beide gesehen hat?«

»Nein ... nein. Ich weiß nicht, ob Annica zu Hause war. Wahrscheinlich war sie in der Stadt einkaufen.«

Daran muss er sich erinnern, dachte Winter. Wenn man den Rest seines Lebens versucht, ein Erlebnis zu verdrängen, erinnert man sich deutlicher daran als an alles andere. Alle Details sind noch da, wie Tätowierungen.

»Madeleine?«

»Was ist mit ihr?«

»War sie da?«

»Sie ... war vermutlich mit Annica zusammen.«

»Dann waren Sie also allein mit Erik?«

»Allein mit ihm? Nein! Er ist plötzlich aufgetaucht, das habe ich doch gesagt! Lentners wohnten nur wenige Straßen von unserem Haus entfernt. Wahrscheinlich wohnen sie noch immer dort, das weiß ich nicht. Damals war Nueva Andalucia nicht groß. Inzwischen ist es gewachsen. Na, es ist sinnlos, Ihnen das zu erklären. Aber wenn Sie es gesehen hätten, würden Sie es verstehen.«

»Ich habe es gesehen«, sagte Winter.

»Ach?«

»Ich bin dort gewesen.«

Mehr wollte Winter nicht sagen. Es war von Vorteil, dass er den Ort, die Umgebung kannte, das stärkte seine Position, er wusste nur nicht, wem gegenüber. Peder Holst? Wer weiß. Aber Nueva Andalucia würde in diesem Fall bestimmt wieder auftauchen. Auch wenn er noch nicht wusste, in welcher Form. Es würde ihm nicht erspart bleiben. Seine eigene Vergangenheit wurde davon berührt, die seiner Familie. In diesem Moment ahnte Winter, dass er vermutlich gezwungen sein würde, noch einmal dorthin zurückzukehren. Widerwillig. Eine letzte Reise.

»Kann es sein, dass Sie jemand gesehen hat? Sie beide? Jemand, der vorbeikam? Jemand, der dort arbeitete? Irgendjemand?«

»Ich weiß es nicht. Das ... an die Möglichkeit habe ich nie gedacht. Damals nicht.« Er sah Winter mit Augen an, die trocken waren wie die Wüste. »Was macht das für einen Unterschied?«

»Kann Sie jemand gesehen haben?«, beharrte Winter. »Oder war der Pool von einer Mauer umgeben?«

»Ich bade doch nicht nackt, wenn die halbe Stadt zugucken kann«, sagte Holst. »Natürlich gab es eine Mauer. Aber ... wenn jemand hereinschauen wollte, so bestand schon die Möglichkeit ... Zum Beispiel war die Pforte nicht verschlossen. Durch die hat ja auch der Junge das Grundstück betreten.«

Winter nickte.

»Wieso? Hätte es einen Zeugen oder so was geben sollen? Meinetwegen gern! Dann hätte sich die Sache augenblicklich aufgeklärt. Aber stattdessen ...«

Holst verstummte.

»Stattdessen, was?«, fragte Winter.

»Sie wissen es«, sagte Holst. »Der Junge ging mit seiner verdammten Geschichte nach Hause, und seine Eltern kamen wie Furien angeschossen, und dann war es vorbei mit der Gemeinschaft.«

»Bestand eine Gemeinschaft? Haben Sie sich oft getroffen?«

»Tja ... wie das eben so üblich ist da unten. Drinks, ein bisschen Grillen. Golf.« Er machte eine Pause und sah wieder aus dem Panoramafenster. Der Rasen wirkte sehr groß und sehr grün. Die Luft war klar. Die Welt vor dem Fenster sah frisch aus, eine andere Welt, eine bessere, gesündere Welt.

»Und viel Klatsch und dummes Gerede, wenn man ehrlich sein soll«, fuhr Holst fort. »Ein ziemlich sinnloses Leben. Für mich ist es jetzt vorbei.«

»Wie meinen Sie das?«

»Ich fahre nie mehr zurück. Für mich ist es vorbei.«

»Warum?«

»Können Sie sich das nicht denken?«

»Die Alternative wäre, das Gegenteil zu tun«, sagte Winter. »Göteborg für immer zu verlassen.«

»Weil es ... hier geschehen ist?«, sagte Holst. »Nein, ich bleibe hier. Ich will wissen, wer es getan hat. Ich ... es ...« Er verstummte.

»Was wollten Sie sagen?«, fragte Winter.

»Ich will nicht zurück«, wiederholte Holst.

»Warum nicht?«

In Holsts Stimme war etwas, das er finden, einfangen wollte. Es ging um das, worüber sie eben gesprochen hatten, oder etwas anderes, aber es hatte einen Ort: die spanische Südküste. Dort gab es eine Vergangenheit. Etwas, das größer war und vielleicht schlimmer als die Anklagen gegen Holst.

»Ich möchte wissen, welcher Teufel das war«, sagte Holst. »Und er befindet sich hier. In dieser Stadt.«

Winter sah die Hecklaterne auf dem Wasser, unterwegs aufs große Meer hinaus. Heiligabend auf See. Das Meer war ruhig. Eine stille Nacht. Ein stiller Abend. Er hatte das Auto ein Stück oberhalb der Bucht abgestellt und sich mit Hilfe der Stableuchte den Weg zum Strand hinunter gesucht. Die Wellen rollten mit einem zischenden Geräusch ans Ufer, regelmäßig wie die Zeit. Über ihm waren keine Wolken. Der Mond war ein Scheinwerfer, der das Meer beleuchtete, soweit das Auge reichte, ein Teppich aus Silber. Er sah die Konturen von Tärnskär und Kräcklingeholmen. Dorthin war er im vergangenen Sommer geschwommen. Das würde er im nächsten Sommer wiederholen, dann vielleicht zusammen mit Elsa. Alles würde wieder normal sein, so, wie es immer gewesen war.

Er hob einen Stein auf, der sich kalt und glatt anfühlte, und schleuderte ihn flach über die Wasseroberfläche. Deutlicher als bei Tageslicht sah er ihn über das Wasser tanzen, kleine aneinandergereihte Explosionen aus Silber. Ein Stein weniger an seinem Strand, noch ein Verbrechen. Er hob einen zweiten Stein auf und warf ihn weit und hoch, hörte, wie er auftraf, sah aber nichts.

Wurf mit kleinem Stein. Er spürte die Muskeln von der ungewohnten Bewegung in seinem Arm pochen. Damit hatte er ein wenig von der Unruhe, die er beim Verlassen des Holst-Hauses im Körper gespürt hatte, von sich geworfen. Doch der größte Teil der Unruhe blieb. Er hatte sich in sein Auto gesetzt und war durch die schmalen Straßen von Hovås ans Meer gefahren.

Hier gab es noch Ruhe. Er hob einen weiteren Stein auf, ließ ihn jedoch in den Sand fallen. Weit draußen ertönte das Geräusch eines Dieselmotors, ein weiches Klopfen, das sich anhörte, als wäre es ein Teil der Natur. Eins mit Gottes Natur. Das wollte er werden, danach sehnten sich alle.

## 21

Noch war es nicht Mitternacht. Winter bereitete die eingelegten Heringe vor. Ihm wurde klar, dass es falsch gewesen war, auf den Schinken zu verzichten. Diesem heimlich vorgezogenen Heiligabend fehlte etwas, das Grillen des Schinkens, die erste Scheibe, noch warm aus der Backröhre, seine geheime Senfmischung, dazu Preiselbeerbrot, ein Flensburger Bier und einen schwedischen Aquavit aus dem Tiefkühlfach, sämig wie Öl. Das war Leben pur. Und er hatte sich dagegen entschieden.

Er schob die Form mit den Heringen in den Backofen und blieb davor stehen. Es war wirklich eine stille Nacht. Keine Idioten, die alles missverstanden und auf dem Hof Raketen abschossen. Keine rasenden Autos auf der Vasagatan. Keine brennenden Autos an den Straßenkreuzungen. Kein Schusswechsel, heute Abend nicht.

Jetzt fehlt nur noch Schnee. Wie schön wäre das, wenn Elsa und Lilly morgen früh aufwachten und die Dächer wären mit Schnee bedeckt. Das wäre das schönste Weihnachtsgeschenk. Wir hätten Zeit, am Vormittag ein bisschen im Park herumzulaufen. Angela würde natürlich den ersten Schneeengel machen. Die Mädchen waren stolz, dass sie eine Mutter hatten, die ein Engel war. Alle würden rote Wangen bekommen. Vielleicht würden sie eine Thermoskanne mit Kakao und Safransemmeln mitnehmen.

Bei seiner Heimkehr war der Tannenbaum schon fertig geschmückt gewesen. Es war spät, aber Elsa hatte sich mit Hilfe ihres eisernen Willens wach gehalten, und er hatte um Entschuldigung gebeten. Während er die elektrischen Kerzen in den Zweigen befestigte, versuchte er alles zu vergessen, was nicht mit seiner Familie und dem Weihnachtsfest zusammenhing. Das Fest begann in der Sekunde, als er den Stecker in die Steckdose drückte. Die Lichter gingen an, Elsa schrie auf und klatschte in die Hände.

Er träumte vom Strand. Er wusste, dass er träumte, das war das Merkwürdige. Als erzählte ihm jemand seinen eigenen Traum. Er sah sich am Ufer, kam sich selbst entgegen. Es war nicht sein Strand, kein nördlicher Strand. Es gab Palmen. Die Uferpromenade kannte er. Es war die Playa de Venus, und er war auf dem Weg zu sich selbst direkt unterhalb der alten Schiffswracks, wo sie in der Mittagszeit immer Sardinen grillten. Er sah den Rauch vom Strand weg in den Sonnendunst treiben, der von Afrika über das Meer kam. Es war noch keine Essenszeit, es war Morgen, es war falsch, die Sardinen jetzt zu grillen, ein fataler Fehler. Im Vorbeigehen schrie er: »Tauscht sie verdammt noch mal gegen Hering aus! Es ist doch Weihnachten! Da muss es eingelegten Hering geben, kapiert ihr das nicht, ihr dämlichen Andalusier? Es genügt, wenn man die Sardinen in Essig einlegt! Kapiert? Oder muss ich es euch erklären? Muss ich denn alles erklären?« Es war so ein richtig idiotischer Traum. Ein typischer Traum. Er setzte seinen Weg auf der Uferpromenade fort, als hätte es diesen peinlichen Vorfall bei dem Grillplatz gar nicht gegeben. Außerdem war er nackt. Er stand am wogenden Meer. Die Wellen waren weich und gingen nicht besonders hoch. Zwischen jeder siebten Welle war es sehr still. Er bückte sich und hob einen Stein auf. Nah am Wasser gab es mehr Steine als oben bei dem Restaurant. Dort hatten die Grillfeuer alle Steine verbrannt. Er drehte sich um. Das Restaurantgebäude brannte lichterloh. Die Flammen schlugen vier Meter hoch. Die Männer an den Grillplätzen winkten ihm zu, nickten, lächelten. Sie warfen Heringe ins Feuer. *Muy bien*, so gehörte sich das. Endlich hatten sie etwas gelernt, etwas verstanden. Er reichte sich den Stein und schleuderte ihn von sich, er hüpfte, ein-, zwei-, drei-, vier-, fünf-, sechs-, sieben-, acht-, neun-, zehn-, elf-, zwölfmal. Weiter zu zählen hatte er nicht gelernt, aber der Stein sprang weiter wie ein Flugfisch, er behielt ihn im Auge. Jetzt sah er noch etwas anderes dort draußen, einen Stock, einen Stein, er bewegte sich, er trieb auf ihn zu mit der siebten Welle, immer näher, und er stürzte sich wie ein Verrückter ins Wasser. Der Stock richtete sich auf und bekam ein Gesicht, das er kannte, Bergenhem reichte ihm den Stein, wobei er mit der anderen Hand anklagend einen Finger reckte. »Dieser Stein hat vier Millionen Jahre gebraucht, um an dieses Ufer zu gelangen«, sagte Lars und drohte mit dem Finger. »Und nun hast du ihn ins Wasser geworfen. Was hast du getan? *Was hast du getan, Erik?*! Stell dir vor, wenn ich nicht da gewesen wäre. Dann wäre er zum Meeresboden gesunken. Vielleicht wäre er sogar gestorben. Hast du das nicht bedacht, Erik? Gestorben! Hast du an den Tod gedacht?« Das vom Tod musste er auch gesagt haben, aber dann war er auch schon wieder weg, der Stock musste wieder hinausgetrieben worden sein, wie immer das möglich war, und Winter begann sich selbst am ganzen Ufer zu suchen, er war jetzt selber verschwunden, war nirgends, er rief seinen Namen, aber er antwortete nicht. Er rie...

»Erik? Erik?«

»Ich weiß«, sagte er.

»Erik? Was hast du gesagt?«

»Ist doch klar, dass es ein Traum ist. Ich muss ihn nur erst finden. Ich komme wieder.«

»Erik? Erik?«

Es war nicht gut, dass Angela mit ihm zu sprechen versuchte, während er noch nicht die geringste Ahnung hatte, wo er sich befand. Er musste noch in der Nähe des Strandes sein. Und er musste sich erst selber finden, oder? Das Restaurant stand immer noch in Flammen, dort konnte er also nicht sein. Er war nicht in dem Pool, der auf der Promenade gebaut worden war, während er Steine warf. Einer der Griller kam heran und zog heftig an seiner Hand. Winter versuchte vergeblich, sich loszureißen. Der Mann war stark. Wer würde nicht stark werden, wenn er Monat für

Monat Sardinen grillte, ganz zu schweigen von eingelegten Heringen. Jetzt zerrte er wieder. Es tat weh.
»Aua! Lass los! Lass los!«
»Erik! Wach auf, Erik!«
Und er wurde wach. Er hatte die ganze Zeit geglaubt, wach zu sein, aber offenbar hatte er sich getäuscht. Dabei hatte er hellwach neben dem Bett gestanden, als würde er das Zimmer bewachen. Er hatte sich und Angela schlafen gesehen, eine stille Szene. Er am Fußende des Bettes hatte sich nicht gerührt. Die Schlafenden sahen so friedlich aus. Und ganz still. Als würden sie nie mehr aufwachen, als schliefen sie bis in alle Ewigkeit. Oder einer von beiden. Vielleicht nur einer von ihnen. Wer von beiden?
»Ich war in Marbella«, sagte er. »Ich bin verschwunden. Ich bin am Venusstrand verschwunden.«
»Verschwunden?«
»Ich war weg.«
»Es war ein Traum.«
»Aber trotzdem.«
»Es war ein Traum, Erik.«
»Wie spät ist es?«
»Warte ...« Er hörte, wie sie sich im Bett bewegte, um auf den Wecker auf dem Nachttisch zu schauen. »Zwei.«
»Ich muss etwas trinken.«
Er stellte die Füße auf den Boden. Das Holz war weich und warm.
»Du träumst immer häufiger«, sagte Angela.
»Immer mehr Alpträume«, sagte er.
Sie schwieg.
»Ich entgehe ihnen nicht einmal mehr in der Nacht«, sagte er.
Sie blieb stumm. Was sollte sie auch sagen. Er träumte nachts vom Tod, weil er im Wachen ständig an den Tod dachte. Welchen Sinn der Tod hatte. Er brauchte einen traumlosen Schlaf. Sonst würden die Kopfschmerzen wiederkommen, womöglich etwas Schlimmeres. Vielleicht würde er verrückt werden, wie im Traum, noch verrückter. Würde durch die Stadt stürmen und wie am

Spieß schreien. Eine Revolte, und keinen Tag zu früh. Aber dann wäre es vorbei. Noch durfte es nicht vorbei sein, noch nicht ganz. Lass es noch zwanzig Jahre so weitergehen.

Er stand auf, ging auf die Toilette, schluchzte auf, als der Strahl das Wasser im Toilettenbecken traf. Er spülte, wusch sich die Hände und ging in die Küche. Dort duftete es nach Gewürzen und Speisen, ein süßer Duft, ein wenig schwer. Gestern hatte er noch ein Kilo Rippchen gegrillt, wie aus Scham über den weggelassenen Schinken, ein fleischliches Begehren in der elften Stunde. Im Kühlschrank glänzten die Rippchen neben den verschieden eingelegten Heringen und dem Rote-Bete-Salat. Er nahm ein Mineralwasser heraus und trank direkt aus der Flasche. Es schmeckte nach Salzwasser, nach Meer. Er bekam etwas in die falsche Kehle, hustete, schnappte nach Luft, hustete wieder, es fühlte sich an, als stünde ihm das Wasser bis über den Kopf. Tränen schossen ihm in die Augen, sie waren salzig wie das Meer. Herrje, ich kann nicht einmal Wasser trinken wie ein normaler Mensch. Das kommt von diesem verdammten Traum. Der muss weg.

Er hörte Angela hinter sich.

»Soll ich dir auf den Rücken klopfen?«

»Nein, es ist schon vorbei.«

»Elsa fragt, was los ist.«

»Das war nur ich.«

»Ich habe es ihr gesagt.«

»Gut.«

»Ich glaube, sie ist schon wieder eingeschlafen.«

»Gut.«

»Sie hat mir erzählt, dass morgen Heiligabend ist.«

»Ist sie plötzlich debil geworden?«

»Es war nur ein Spaß. Sie hat so getan, als wäre sie Lilly.«

»Gut.«

»Wollen wir wieder ins Bett gehen?«

»Gleich.«

»Was willst du denn machen?«

»Mich beruhigen.«

»Wenn du länger aufbleibst, kannst du nachher gar nicht wieder einschlafen.«

»Mach dir keine Sorgen.«

Er stellte die leere Flasche, die er offenbar während des ganzen Hustenanfalls in der Hand behalten hatte, auf die Arbeitsplatte.

»Bleibst du ein Weilchen bei mir?«

»Gern.«

»Wir setzen uns aufs Sofa.«

Sie gingen ins Wohnzimmer. Durch das Fenster in der Balkontür sah er den Himmel. Es waren derselbe Mond und dieselben Sterne wie in Billdal und Hovås. Er öffnete die Tür. Die Luft war so frisch, wie sie drei Stockwerke über dem Vasaplatsen eben sein konnte. Er erwog, sich einen Corps anzustecken, ließ es aber.

»Ich habe schon seit drei Tagen nicht mehr geraucht«, sagte er, ohne sich umzudrehen.

»Ich weiß.«

»Woher willst du das wissen?«

»Du siehst gesünder aus, Erik.«

»Ich weiß.« Er drehte sich um. »Sie haben Angst. Vor irgendetwas haben sie Angst.«

Sie schwieg und wartete auf seine Erklärung.

»Ich weiß nichts Genaues«, fuhr er fort, »aber wir haben es hier mit verdammt großer Angst zu tun.«

»Vor wem? Wovor?«

»Das weiß ich eben nicht. Ich habe ... selber Angst.«

»Wovor?«

»Das ... weiß ich auch nicht.«

»Geht es um diese jungen Männer? Die verdächtigt wurden?«

»Die Verhörleiter im Ermittlungsdezernat hatten den Eindruck, dass sie sich vor etwas fürchten. Wir sind noch nicht herangekommen. Da ist etwas, das sie nicht sagen wollen. Vielleicht sind auch noch mehr Personen in den Fall verwickelt.«

»An wen denkst du?«

»Zum Beispiel an die Eltern.«

»Meinst du, sie wissen mehr, als sie sagen, Erik?«
»Vielleicht.«
»Könnte einer von ihnen sogar schuldig sein?«
»Wir haben DNA-Proben von allen. Aber es ist nicht leicht, Schuld nachzuweisen, selbst wenn wir Spuren von ihnen in der Wohnung finden. Die Eltern haben einen Schlüssel zu den Wohnungen ihrer Kinder.«
»Sind sie denn dort gewesen?«
»Ich will mit der Befragung abwarten.«
»Warum?«
»Das weiß ich noch nicht.« Er drehte sich um. »Ich warte eben ab. Ich warte auf mehr.«
»Was sollte das sein?«
»Das weiß ich, wenn ich es sehe.«
»Klingt irgendwie unheimlich, Erik.«
Er schwieg. Es war unheimlich. Er wollte es nicht aussprechen, nicht hier, nicht zu Hause. Er wollte das alles nicht in seiner Wohnung haben. Es war falsch, dass er angefangen hatte, mit Angela darüber zu sprechen. Er befand sich noch immer in den Ausläufern seines Traumes, nackt, schutzlos. Und deswegen hatte er ihr von seiner Angst erzählt. Alleinsein tat ihm nicht gut.
»Wenn wir schon über deinen Job reden«, sagte Angela. »Habt ihr mehr über den Mann herausgefunden, der ... an unserem Strand angetrieben wurde?«
»Nein, die Sache ist noch genauso mysteriös wie vorher.«
»Warum war er wie zu einer Beerdigung gekleidet? Der weiße Schlips?«
»Vielleicht steckt eine Symbolik darin. Oder es war reiner Zufall. Vielleicht war er farbenblind. Oder sein Mörder. Jedenfalls war er auf keiner Beerdigung, soweit wir wissen.«
»Apropos Angst, Erik. Warum ist das ausgerechnet bei uns passiert? Und als wir gerade dort waren? Ich weiß, dass du darauf keine Antwort hast, aber das macht *mir* Angst.«
»Du brauchst keine Angst zu haben, Angela. Das hat nichts mit uns zu tun. Nichts hat etwas mit uns zu tun.«

»Manchmal habe ich das Gefühl, dass immer mehr mit uns zu tun hat«, sagte sie.

Der Tag des Heiligen Abend begann mit einem unruhigen Morgen. Die Sonne machte die Sache nicht besser, sie warf sich förmlich auf Sandarna. Gerda Hoffner konnte nicht länger schlafen, trotz der geschlossenen Jalousienlamellen drang die Sonne herein. Der Fußboden sah erschreckend dreckig aus in dem unbarmherzigen Licht, Staub flirrte in der Luft. Wer hier lebte, brauchte eine Schutzmaske. An einem bedeckten Tag fiel das nicht auf. In diesem Winter gab es keinen verhangenen Himmel. Trübe Tage waren nur noch ein Traum. Sie sehnte sich nach Wolken, die Sonne hatte sie rastlos gemacht, und Rastlosigkeit war eine andere Bezeichnung für Einsamkeit. An diesem Morgen hatte sie kaum Ruhe, in ihrer einsamen Küche Wasser in den Wasserkocher laufen zu lassen, Kaffeepulver in die Tasse zu geben, die Milch, das kochende Wasser dazuzugießen. Nicht einmal dafür Ruhe. Sie schaltete das Radio mitten in einem populären Kinderlied ein. Es handelte von einem Fuchs, der über das Eis rennt, eine Erinnerung an ihre schwedische Kindheit, Füchse, die über Eis rennen. Sie hatte noch nie einen Fuchs in Göteborg gesehen. Durch das Fenster sah sie einige Kinder den Hügel hinaufzappeln. Ein Mann mit roter Zipfelmütze folgte ihnen in wenigen Schritten Abstand. Die Kinder konnten sich kaum halten vor Entzücken. Sie hörte den Tanz im Radio, da tanzten wirklich Leute mit dumpf stampfenden Schritten. Tanz im Radio war das Beste. Sie schaute auf ihre nackten Füße und schaltete das Radio aus. Sie wünschte, der Morgen würde sich schneller bewegen als die Sonne und dass die Sonne am frühen Nachmittag unterging. Es würde wieder eine glühende Dämmerung kommen, entsetzlich schön. Dann würde sie vielleicht weit im Osten sein und dem Glühen den Rücken kehren. Auf dem Weg zur ersten Weihnachtsfeier, die aus dem Ruder gelaufen war. Jemand hatte den Weihnachtsmann angesteckt.

Draußen biss die Luft in ihre Nase. Es herrschten Temperaturen um den Gefrierpunkt. Gerda Hoffner setzte zum Schutz gegen das grelle Licht ihre Sonnenbrille auf. Sie ging zum Mariaplan und stellte sich in der Schlange vor dem Bankautomaten an. Vor ihr warteten geduldig ein paar Außenseiter der Gesellschaft. Eine Frau drehte sich um. Gerda Hoffner kannte sie. Auch den Mann kannte sie. Heute waren sie kinderlos. Ihre Tochter feierte Weihnachten an einem anderen Ort. Mama und Papa bekamen ihr Geld. Gott weiß, woher. Gerda Hoffner sah, wie sie den staatlichen Schnapsladen im Norden ansteuerten.

Ihr Handy klingelte. Sie schaute auf die Uhr. Viertel nach elf. Das Display zeigte eine Auslandsnummer.

»Hej, *Mutti*.«

»Gerda! Fröhliche Weihnachten!«

»Das wünsche ich dir auch.«

»Wie geht es dir?«

»Es ist wie üblich schönes Wetter. Ich mache gerade einen Spaziergang. Heute Abend habe ich Dienst.«

»Kommst du uns nach Silvester besuchen?«

»Das weiß ich noch nicht.«

»Du hast es versprochen, Gerda. Und Vati würde sich so freuen.«

»Wirklich?«

»Das weißt du doch. Warum fragst du? Das brauchst du doch nicht zu fragen.«

Gerda Hoffner ging die Slottskogsgatan in Richtung Jaegerdorffsplatsen entlang, während sie dem sächsischen Dialekt ihrer Mutter lauschte. Viele Jahre lang hatte sie nicht gewusst, dass die Sprache, die man in Leipzig sprach, in Deutschland als extrem bäuerischer Dialekt galt, aber als sie zum ersten Mal Vergleichsmöglichkeiten hatte, verstand sie, warum. Der Dialekt wirkte zurückgeblieben und klang schlimmer als das ärgste Småländisch. Ihre Mutter sprach »*Weihnachten*« auf eine Art aus, als würde sie es vom Blatt ablesen und als hätte sie gerade erst lesen gelernt. Aber das spielte in Leipzig ja keine Rolle. Oder in Göteborg.

»Ich versuche zu kommen«, sagte Gerda Hoffner.

»Es gibt jetzt Direktflüge von Göteborg nach Berlin«, sagte

ihre Mutter. »Wusstest du das? Und von dort kannst du den Zug nehmen.«

»Ich weiß.«

Gerda hörte eine Stimme im Hintergrund.

»Vati lässt dich grüßen«, sagte die Mutter.

»Grüß ihn wieder.«

»Er ist auf dem Weg nach draußen.«

»Aha.«

»Heute Abend gehen wir zu Onkel Andreas.«

»Grüß ihn auch von mir.«

Eine Pause. Gerda Hoffner hörte, wie eine Tür in dem grauen Reihenhaus, das nicht weit entfernt vom Messegelände lag, geöffnet und geschlossen wurde. Auf der Straße fuhr eine Straßenbahn vorbei. Es war wie zu Hause, gleich, ob man in Leipzig oder Göteborg lebte. Alle Reihenhäuser in Leipzig waren grau. Vielleicht war es ein historisches Andenken.

»Bei uns scheint auch die Sonne«, sagte ihre Mutter. »Aber wir haben keinen Schnee.«

»Nein. In diesem Jahr gibt es nirgendwo Schnee.«

»Wahrscheinlich gut so.«

»Ja.«

»Dann ist das Autofahren auch nicht so gefährlich. Und die Arbeit ist wahrscheinlich auch nicht so schwer?«

»Ja.«

»Mir gefällt es nicht, dass du heute Abend Dienst hast.«

»Warum nicht?«

»Es ... niemand sollte heute arbeiten müssen. Es ist doch Heiligabend.«

»Viele wollen, dass wir arbeiten. Viele sind froh, wenn wir kommen.«

»Wirklich?«

»Ja, so ist es. Man kommt sich fast wie der Weihnachtsmann vor.«

»Der Weihnachtsmann? Jetzt nimmst du mich auf den Arm, Gerda.«

»Ja.«
»Aber du musst vorsichtig sein. Versprichst du mir das?«
»Na klar.«
»Und du bist hoffentlich nicht allein?«
»Nein, wir sind immer zu zweit im Streifenwagen.«
»Sei vorsichtig.«
»Ich bin immer vorsichtig.« Die Drei hielt vor ihr und sie stieg ein, ohne dass sie es vorgehabt hatte. Wahrscheinlich war das Handy schuld. Die Beine gingen von allein, wenn man telefonierte. Plötzlich war man irgendwo und hatte keine Ahnung, wie man dorthin geraten war.

Die Straßenbahn fuhr an.

»Ich kann dich nicht mehr richtig verstehen, Mutti. Ich ruf dich morgen an.«

»Fröhliche Weihnachten noch einmal. Wir denken an dich.«

»Tschüs, Mutti.«

Sie drückte auf Aus. Die Straßenbahn schepperte durch Hängmattan. Gerda Hoffner war allein im Wagen, wie auf einer exklusiven Reise. Am Stigsbergstorget warteten nicht viele Leute, die Türen des Supermarktes öffneten und schlossen sich, Menschen kamen und gingen, Fehlendes für das Weihnachtsbuffet besorgen. Sie hatte nichts für irgendein Buffet gekauft. Vielleicht sollte sie vor Dienstantritt eine Pizza bei Götas essen. Heiligabend war nur etwas für Familien.

## 22

Um halb zwei stand alles bereit, auf dem Tisch, auf der Spüle, der Arbeitsplatte, dem Herd: zwei Sorten eingelegte Heringe, Eierhälften, gefüllt mit Krabben in Mayonnaise, der Rote-Bete-Salat, kalt geräucherter Lachs, Janssons Verführung, die Fleischklößchen, Cocktailwürstchen, Rippchen, der Rotkohl, Omelett mit sahnigen Trompetenpfifferlingen, Roggenbrot, Butter, sechzehn Monate gelagerter Käse. Weihnachtsmost, Bier und Branntwein. Es war kein übertriebenes Weihnachtsbuffet. Aber es war gut.

Winter hatte rote Wangen.

»Ich muss mich für dieses dürftige Mahl entschuldigen«, sagte er. »Und für meine hässliche Frau.« Eine chinesische Redensart vor Banketten. Elsa fand das nicht witzig. Niemand fand es witzig. Vielleicht war er berauscht vom Essen, ohne überhaupt etwas gegessen zu haben.

Donald Duck wurde verrückt und für immer in einen Specht verwandelt. Micky Maus, Goofy und Donald Duck überlebten auf mirakulöse Weise eine Wahnsinnsfahrt die Rocky Mountains hinunter. A-Hörnchen und B-Hörnchen ärgerten Pluto, und die sieben kleinen Zwerge taten für Schneewittchen, was in ihrer Macht stand.

Winter hatte das alles schon tausendmal gesehen. Schließlich war er Jahrgang 1960. Anfang der siebziger Jahre hatte es sich in

Schweden zur Tradition entwickelt, dass die Kinder Heiligabend um fünfzehn Uhr Donald Duck im Fernsehen anschauten. Er war damit aufgewachsen. In seiner Kindheit hatte es in diesem Land nur einen einzigen Fernsehkanal gegeben. Jetzt erschien ihm die Vergangenheit paradiesisch. Lag es an seinem Alter? War es Nostalgie?

Er hoffte, dass Elsa und Lilly diese heilige Fernsehstunde genauso schätzen würden wie er. Es war ihre gemeinsame Verbindung zur Vergangenheit. Micky Maus, Donald Duck und Goofy.

Und dann war es vorbei. Der Heiligabend war bereits weit fortgeschritten. Und doch hatten sie das Beste noch vor sich.

Gerda Hoffner und Johnny Eilig kreuzten durch Vasastan. Seltsamerweise waren noch immer Leute unterwegs. Letzte Einkäufe und all das. Oder eine allgemeine Heimatlosigkeit. Rastlosigkeit.

Sie fuhren die Götabergsgatan entlang und an 28+ und Basement vorbei.

»Bist du mal in einem der Lokale gewesen?«, fragte Johnny.

»Soll das ein Witz sein?«

»Ja.«

»Du etwa?«

»Erst wenn ich im Lotto gewinne.«

»Würdest du das Geld dann im Restaurant auf den Kopf hauen?«, fragte sie.

»Nein, ich würde mir ein Haus am Meer kaufen.« Er lächelte, trommelte auf das Steuer. »Das kostet vermutlich ungefähr genauso viel wie der Restaurantbesuch.«

Sie kamen an der Haustür vorbei. Gerda Hoffner schaute nicht an der Fassade hinauf. Da oben war alles unverändert, wie sie es beim ersten Mal vorgefunden hatten. Nur die Körper waren nicht mehr da, der tote und der lebendige. Sie war die Erste gewesen. Sie war noch einmal zurückgekehrt mit Erik Winter. Was hatte er entdeckt? Was hatten die Männer von der Spurensuche gefunden? Sie hatte nichts mehr von ihm gehört, nur dass die jungen Männer aus der Untersuchungshaft entlassen waren. Die Verdachtsmomente waren zu gering.

»Die Jungs sind wieder auf freiem Fuß«, sagte Johnny.
Sie nickte schweigend.
»Scheiße, und ich hab geglaubt, er hätte es getan.«
»Wer?«
»Der, den wir dort angetroffen haben natürlich. Mattias oder wie der hieß.«
»Martin.«
»Hab geglaubt, er wär's gewesen.«
»Das ist immer noch möglich.«
»Glaub ich nicht.«
Johnny drehte in der Vasagatan um, fuhr zurück. Sie kamen wieder an dem Haus vorbei. Die Sonne tauchte die oberen Stockwerke in Gold. Alle Details waren sehr scharf zu erkennen.
»Wie war es, da noch mal reinzugehen?« Er deutete mit dem Kopf auf die Fassade.
»Unheimlich.«
»Heute Abend wird es ruhiger.«
»Hoffentlich.«
Er lachte auf.
»Was gibt's denn da zu lachen?«, fragte sie.
»Ich glaub nicht, dass wir es heute Abend mit mystischen Morden zu tun kriegen«, sagte er.
»Nur mit gewöhnlichen, meinst du, wo alles sonnenklar ist?«
»Nicht mal das, Gerda.«
»Was kriegen wir denn?«
»Tja ... jedenfalls keine Weihnachtsgeschenke. So beliebt sind wir nicht.« Er drehte sich zu ihr. »Hast du ein Weihnachtsgeschenk bekommen?«
»Warum fragst du?«
»Nur so.«
»Du weißt, dass ich allein lebe.«
»Man kann aber doch trotzdem etwas zu Weihnachten bekommen?«
»Hast du denn selbst etwas bekommen?«
»Äh ... ja, meine Freundin hat mir tatsächlich was geschenkt.«

»Und was?«

»Ein Hemd. Ein schickes Hemd. Boomerang. Und eine neue CD von Eminem, nicht so eine gratis Runtergeladene.«

»Nein, darüber würde man sich wohl nicht besonders freuen, oder?«

»Da hast du recht!«

Er war jetzt in die Chalmersgatan eingebogen. Sie fuhren an dem geschlossenen Polizeirevier vorbei. Man konnte nicht mehr erkennen, dass dort einmal die Polizei stationiert gewesen war. Sollten denn gar keine Spuren von den Bevollmächtigten der Gesellschaft bleiben? Wenigstens ein Plakat.

Sie kamen an der Haustür vorbei. Der ersten Haustür. Johnny warf einen Blick in die Richtung.

»Also, da möchte man lieber nicht mehr rein.«

In dem Augenblick kam ein Mann aus dem Haus. Er trug einen kurzen Mantel, der teuer wirkte, und eine Sonnenbrille. Er sah sich um und setzte sich in nördliche Richtung in Bewegung. Dann verschwand er um eine Ecke. Sie dachte an das Licht unter der Tür im dunklen Treppenhaus, als die Beleuchtung ausging. Die Nachbartür. Ihr hatte das Licht nicht gefallen, es war bedrohlicher als die Dunkelheit gewesen.

Johnny war wieder abgebogen. Jetzt rollten sie durch die Avenyn. Noch immer waren Leute unterwegs. Die Geschäfte waren doch längst geschlossen?

Fünf Meter vom Streifenwagen entfernt winkte ein Mann. Er wollte gerade die Straße überqueren, war jedoch stehen geblieben, als er sie entdeckte. Er winkte ihnen zu.

»Der Schmierlappen will was«, sagte Johnny.

»Nenn ihn nicht so. Er heißt Tommy.«

»Kennst du den?«

Sie antwortete nicht. Tommy Näver trat ans Auto. Sie ließ die Scheibe herunter. Er hatte einen Packen *Faktum* unter dem Arm. Sie wurde traurig, als sie ihn sah. Das Gefühl überkam sie einfach so. Als wäre sie jemand, der sich ein allzu schweres Gewissen aufladen musste.

»Ich kenn Sie!«, sagte er.

Sie nickte.

»Ich sehe alles, das hab ich ja gesagt. Ich erkenne jeden wieder. Beim letzten Mal haben Sie keine Uniform getragen, aber ich hab Sie sofort erkannt.«

»Nicht schlecht«, sagte sie.

Er war nüchtern, jedenfalls schien es so. Er hat sich bis zum letzten Moment beherrscht. Versucht, Heiligabend so lange aufzuschieben, wie es geht. Genau wie ich.

»Wohin wollen Sie?«, fragte sie.

»Äh ... na ja ... zur Heilsarmee. Da gibt's was Gutes zu essen. Ich habe mich ein bisschen verspätet.«

»Sollen wir Sie hinfahren?«

Johnny neben ihr zuckte zusammen und warf ihr einen Blick zu, schwieg aber.

»Nee ... nicht nötig«, sagte Tommy Näver. »Es ist ja nicht weit.«

»Steigen Sie ein«, sagte sie. »Wir haben sowieso nichts vor.«

»Wenn das so ist ... okay.«

Er setzte sich auf den Rücksitz und schloss die Autotür. Johnny machte mitten auf der Avenyn einen U-Turn.

»Eigentlich wollte ich Weihnachten mit meinem Sohn feiern«, sagte Johnny. »Aber seine Mutter hat einen Last-Minute-Flug zu den Kanarischen Inseln ergattert.«

»Das tut mir leid für Sie«, sagte sie.

»Aber für die beiden ist es gut. Sie ist mir egal, aber dem Jungen gefällt es bestimmt in der Sonne. Außerdem hat er heute Geburtstag. Vielleicht findet er ein paar Kumpels, mit denen er Fußball am Strand spielen kann.«

»Sind Sie schon mal da gewesen?«, fragte sie.

»Auf den Kanaren? Ja, aber das ist schon lange her«, antwortete er. Ein paar Sekunden später fügte er leiser hinzu: »In einem anderen Leben.«

Sie fuhren über den Kungsportsplatsen.

Sie sah den Mann im Mantel am Pocketshop vorbeigehen. Er

trug immer noch die Sonnenbrille. Der Mann war allein auf dem Gehweg. Er bog zum Hotel Avalon ab. Inzwischen hatte sich die Dämmerung über die Stadt gesenkt. Die verschiedenfarbigen Lampen an der Hotelfassade wirkten festlich, das Gebäude erstrahlte wie ein Christbaum.

Jetzt fuhr Johnny Eilig am Brunnspark vorbei. Bei den Bänken krakeelte eine Gruppe Schnapsdrosseln, sie griffen nacheinander, torkelten zwischen den Bäumen herum. Zwei Männer hoben Flaschen und prosteten dem Streifenwagen ein »Fröhliches Weihnachten« zu.

»Scheiße«, sagte Tommy Näver.

Ein Paar sah aus, als ob es tanzte. Die Frau hob einen Arm und drehte sich halb um die eigene Achse, wie beim Flamenco. Vielleicht war sie in Spanien im Urlaub gewesen, in einem anderen Leben. Gerda Hoffner sah jetzt auch einige Weihnachtsmannbärte und rote Zipfelmützen.

Johnny lenkte den Streifenwagen in die alte Nordstan, kreuzte durch ein paar schmale Straßen und hielt vor dem Übernachtungsheim der Heilsarmee.

Tommy Näver öffnete die hintere Autotür.

»Vielen Dank«, sagte er.

»Ist schon in Ordnung«, sagte Johnny Eilig. Das waren die ersten Worte, die er an Tommy richtete. »Frohe Weihnachten.«

»Er kann ja reden!« Tommy lächelte. »Frohe Weihnachten.«

Er stieg aus und betrat, die Zeitungen unter dem Arm, das Gebäude. Jemand kam heraus, der seine Weihnachtsmahlzeit schon eingenommen hatte. Hoffentlich ist noch was für Tommy übrig, dachte sie.

Gemäß der Familientradition lagen alle Pakete unter dem Tannenbaum. Es waren viele Pakete. Elsa und Lilly konnten ihre Blicke gar nicht losreißen. Bim und Kristina übrigens auch nicht, oder Lotta, Winter oder Angela, nicht einmal Siv.

»Es ist das Fest der Kinder«, sagte sie. »Mir sind Weihnachtsgeschenke egal.«

»Ach?«, sagte ihr Sohn.

Sie saßen in der Küche bei einer Tasse Espresso. Winter fühlte sich matt nach dem Essen, einigen Schnäpsen und Donald Duck.

»Manche verzichten auf Weihnachtsgeschenke«, sagte sie. »Jedenfalls Erwachsene.«

»Warum?«

»Wie meinst du das, Erik?«

»Warum sollen Erwachsene auf Weihnachtsgeschenke verzichten?«

»Weil es unnötig ist. Es ist doch das Fest der Kinder. Weihnachten ist das größte Fest der Kinder.«

»Es ist ebenso sehr mein Fest. Ich bin schließlich selber mal Kind gewesen, oder? Ich möchte auch ein Geschenk haben. Und wenn nicht ich, dann eben das Kind in mir. Das möchte Weihnachtsgeschenke haben.«

Sie sah ihn an.

»Hast du noch einen Extra-Schnaps nach dem Essen getrunken, Erik?«

»Keinesfalls. Ich möchte nur wissen, warum man Heiligabend auf Geschenke verzichten soll, ganz gleich, wie alt man ist. Das ist doch ein albernes Prinzip. Die Erwachsenen können das ganze Jahr darauf pfeifen, sich was zu schenken, aber Heiligabend muss es für alle Weihnachtsgeschenke geben. Jedenfalls in diesem Haus.«

»Ich habe es gehört, mein Junge.«

So, nun war es heraus. Den Gedanken hatte er, bevor er ihn aussprach, noch nie gedacht. Aber offenbar war er der Ansicht. Oder zumindest das Kind in ihm.

»Vielleicht entfernt man sich ein bisschen von den Traditionen, wenn man im Ausland lebt«, sagte sie.

Er blieb stumm. Er war nie Teil dieser Traditionen gewesen oder der Abwesenheit von Traditionen. Seine Eltern hatten ein Haus an der spanischen Südküste gekauft und sein Vater hatte etwas mit seinem Geld angestellt, was Winter nicht billigte. Bengt Winter hatte mehr Geld für sich behalten, als er durfte. Es war eher eine moralische als eine kriminelle Frage gewesen, in erster

Linie hatte es sich um Ethik gehandelt. Anständiges Verhalten. Sie hatten den Kontakt abgebrochen. Er hatte ihn abgebrochen. Aber dahinter hatte es natürlich noch etwas gegeben. So ist es immer. Winter wusste nicht, was es war, er würde es nie erfahren. Er wollte es auch nicht wissen. Er hatte seinen Vater erst wenige Tage vor dessen Tod wiedergetroffen. Winter hatte Bengts und Sivs Haus auf der Pasaje José in Nueva Andalucia zum ersten Mal im Oktober 1999 besucht. Da war er noch keine vierzig gewesen. Er hatte das Gefühl, als wäre es unendlich lange her. Damals, an jenem Tag vor langer Zeit, war er mit dem Mietwagen durch Puerto Banús gefahren, am Kaufhaus Corte Inglés vorbei, das zweihundert Meter lang war, die Hügel hinauf, zwischen den Villen hindurch, hatte die Kreuzung erreicht, die ihm seine Mutter beschrieben hatte. Auf dem offenen Platz vor dem Supermercado Diego hatte er angehalten und die kleine Skizze studiert, die seine Mutter mit zittriger Hand gezeichnet hatte. Er schaltete die spanische Musik im Autoradio ab und stieg aus. Die Oktobersonne brannte vom Himmel. Es war noch keine zehn am Morgen, doch eine Digitalanzeige unten in Puerto Banús hatte schon neunundzwanzig Grad angezeigt, sekundenlang sogar dreißig. Er ging zu der Kreuzung, wo sich drei Straßen trafen. Gegenüber der kleinen Bushaltestelle führte die Calle Rosalía de Castro nach Norden. Dahinter sah Winter die Sierra Blanca. Von hier war der Gipfel deutlich zu erkennen, deutlicher als aus dem Krankenzimmer seines Vaters. Links von Winter lag auf einem fünf Meter entfernten Hügel Johnny's Restaurant, neben der Clinica Dental, Rent-a-car. Hinter ihm, gegenüber von dem staubigen Parkplatz des Supermarktes, lagen das Ristorante Casa Italia und auf der anderen Seite eines rot gestrichenen Patio das Restaurante Romantico, eine Bank und ein Fitnesscenter. Das ist also das Zentrum meiner Eltern, hatte er gedacht, als er zum ersten Mal dort gestanden hatte. Hier kauften sie ihren Gin, die Tonicflaschen, Eier, Brot. Saßen sie abends in Johnny's Straßenlokal und schauten über die Stadt? Er überquerte die Kreuzung und ging in nördlicher Richtung weiter. Hundert Meter aufwärts gab es einen kleinen Supermercado, vor dem Ständer mit Ansichtskarten aufgereiht waren. Die Karten waren von der Sonne ausgebleicht und gewellt, als würden sie schon seit Ewigkeiten in den Ständern stecken. Die Straße endete beim Bistro de la Torre, darunter ein Tal, einige kleine, ländliche Steinhäuser, wie ein Mahnmal an ein anderes Leben, ein härteres, schwereres Leben im schattenlosen Sonnenschein.

Er konnte sich nicht erinnern, wie es jetzt aussah, obwohl er im Lauf der Jahre einige Male dort gewesen war. Warum musste er ausgerechnet in diesem Augenblick so detailliert an den Ort denken? Dafür gab es einen Grund. Im Moment wollte er nicht mit seiner Mutter darüber sprechen, aber irgendwann wäre es sicher unumgänglich. Sie sollte nicht davonkommen. Er hörte die Kinder im Wohnzimmer lachen und schaute auf die Uhr. Gleich musste er ins Schlafzimmer gehen, sich umziehen und, während die Erwachsenen die Kinder ablenkten, als Weihnachtsmann mit einem Sack, in dem einige Geschenke lagen, wieder herauskommen, ins Treppenhaus schleichen, die Tür vorsichtig schließen und dann klingeln.

Lilly würde zunächst Angst haben, aber das würde sich legen. Elsa würde es wissen, aber nicht recht glauben, dass sie es nicht glaubte. Er war ein guter Weihnachtsmann. Hinterher würden alle erzählen, wie schade es war, dass Erik den Besuch des Weihnachtsmannes verpasst hatte. Warum musste er auch just in dem Moment hinausgehen, um eine Zeitung zu kaufen?

In der Lasarettsgatan hatte ein Weihnachtsmann Feuer gefangen, in einer Wohnung aus den zwanziger Jahren im fünften Stock. Vielleicht lag es am Feuerwasser. Der Weihnachtsmann war stockbesoffen, als Gerda Hoffner und Johnny Eilig die Wohnung betraten. Sein Bart war nicht mehr weiß, er hatte Brandwunden im Gesicht. Zwei zu Tode erschrockene Kinder im Alter von acht und zehn Jahren hockten so weit wie möglich vom Weihnachtsmann entfernt auf dem Fußboden in einer Ecke. Eine Frau versuchte, beruhigend auf sie einzureden, aber sie hatte schon die Grenze der Kommunikationsfähigkeit überschritten, auch sie war sternhagelvoll. Auf dem Fußboden neben dem Weihnachtsmann lag eine Kippe, die möglicherweise die Feuersbrunst in seinem Bart entfacht hatte. Die Weihnachtsgeschenke waren noch nicht verteilt. Sie steckten in dem schwarzen Abfallsack, der mitten im Zimmer stand und aus dem ein in rotweißes Geschenkpapier gewickeltes Paket herausragte. Wenn das Feuer auf den Plastiksack übergesprungen wäre, wäre wahrscheinlich die ganze Wohnung abgebrannt und mit ihr die gesamte Familie. Der Weihnachtsmann schien das Feuer in seinem Gesicht und auf der Brust selbst gelöscht zu haben. Seine Hände waren rußig. Eins der Kinder hatte den Notruf gewählt. Hier gilt es, rasch erwachsen zu werden, dachte Gerda Hoffner. Ohne Weihnachtsgeschenke. Es waren ein Junge und ein Mädchen. Das Mädchen weinte. Seine Mutter, wenn es die Mutter war, beugte sich vor und versuchte, dem Mädchen über die Haare zu streichen. Es bekam Rauch in die Augen. Im Zimmer roch es stark nach Alkohol und Rauch, ein Flambierfest. Auf dem Tisch standen Flaschen, Schnaps, Wein. Hier legte niemand Wert darauf, etwas vor den Kindern zu verbergen. Das kleine hübsche Mädchen versuchte, sich von der Mama loszureißen.

»Lassen Sie sie los!«, sagte Gerda Hoffner.

Die Frau schaute auf, strengte sich an, den Blick zu fokussieren, da standen Leute, vielleicht die, die plötzlich mitten in die Weihnachtsfeier geplatzt waren. Wer hatte die reingelassen? Was suchten die hier? Und warum roch es überall so verbrannt? Ja, genau. Es war wohl nichts.

Der Weihnachtsmann wimmerte. Seine Brandwunden waren schwerer als zunächst vermutet. Gerda Hoffner hatte die Wohnung als Erste betreten, hereingelassen von dem Jungen. Jetzt wartete sie auf den Krankenwagen. Innerhalb einer Stunde würde sich jemand der Kinder annehmen. Was mit der Frau geschehen würde, wusste sie nicht. Mir doch egal. Es geht um die Kinder. Ob sie die Weihnachtsgeschenke mit zu dem Ort nehmen, wo sie untergebracht wurden? Wollten sie überhaupt noch Weihnachtsgeschenke haben?

Winter öffnete Pakete. Er war mit der *Göteborg Tidningen* zurückgekommen. Oder war es das Abendblatt? Er hatte die ganze Vorstellung versäumt. Elsa und Lilly hatten seine Weihnachtsgeschenke ordentlich auf einem Sessel gestapelt. Es waren sieben, acht Pakete. So wünschte er es sich. Je mehr, umso besser. Vielleicht hatte er mehr Päckchen bekommen als Angela. Das würde bedeuten, dass die Kinder den Vater mehr liebten als ihre Mutter.

Von Lilly bekam er eine Zeichnung, auf der er auf einem weißen Pferd ritt. Der weiße Ritter. Außerdem hatte Lilly eine große Streichholzschachtel blauweiß bemalt und einige hübsche Steinkugeln auf Watte gebettet. Elsa hatte einen kleinen Briefbeschwerer gekauft, der nicht billig aussah, und ihm einen fantastischen rotblauen Schal gestrickt. Jetzt war er beides, blauweiß und rotblau. Außerdem bekam er ein hübsches Hemd von Twins und einige CDs, Marsalis, Bill Frisell, Peter Roux.

Er wollte gerade die anderen fragen, wie ihnen seine Geschenke gefielen, als er Siv von einer Rauchpause unten auf der Straße zurückkommen hörte. Ich rauche jetzt nur noch zu Weihnachten, hatte sie gesagt, als sie ging.

Er hörte sie die Tür öffnen und wieder schließen und dann ihre Schritte im Flur.

»Da hat etwas an der Türklinke gehangen«, sagte sie.

Er drehte sich auf dem Sofa um.

Sie hielt eine kleine Plastiktüte in der Hand.

»Welcher Türklinke?«

»An deiner Wohnungstür.«

»Was ist es?«

Er spürte einen kalten Stich im Hinterkopf. Nicht der Kopf, dachte er, nicht jetzt.

»Keine Ahnung.« Siv schaute auf die Tüte. »Sie hat einfach da gehangen.«

Angela sah ängstlich aus. Elsa und Lilly waren mit ihren Weihnachtsgeschenken beschäftigt. Bim und Kristina waren in der Küche. Auch Lotta sah ängstlich aus.

»Hätte ich sie nicht mit hereinbringen sollen?«, fragte Siv Winter. »Ich dachte … du hättest sie vergessen. Vorhin. Als du …«

»Ich habe nichts vergessen«, unterbrach er sie.

Seine Mutter sah verwirrt auf die kleine Tüte, die einen flachen Gegenstand enthielt.

Keine Bombe, es kann keine Bombe sein, das wäre fast lächerlich.

»Gib sie mir.«

Er nahm die Tüte entgegen und riss das Papier ab. Elsa und Lilly waren neugierig herangekommen. Es war eine Scheibe, eine CD, CD-ROM. Auf der Scheibe stand etwas mit Tusche geschrieben.

## 23

»Was ist das, Papa?«, fragte Elsa.

»Sieht aus wie eine DVD«, antwortete er mit der Scheibe in der Hand.

»Und für wen ist die?«

»Das weiß ich nicht, Schätzchen.«

Er hob das Papier auf. Es gab nirgends ein Etikett. Dafür gab es jetzt eine Menge Fingerabdrücke.

»Ist das ein Weihnachtsgeschenk, Papa?«

»Ich weiß es nicht«, antwortete er. Die Scheibe in seinen Händen fühlte sich kühl an. Spuren von einem Weihnachtsmann würden sich nicht darauf finden. Wenn das ein Geschenk für ihn war, dann wusste der Weihnachtsmann, was er tat.

»So naah y doch soo fe… ferrn«, buchstabierte Elsa und schaute auf. »So nah y doch so fern!«

»Ja, das steht da«, sagte er.

»Der kann ja nicht mal richtig schreiben! ›Y‹ so fern!«

Er antwortete nicht. Angela war in den Flur gekommen.

»Was ist das?«

Er erzählte es ihr.

»Bestimmt ein Irrtum«, sagte sie. »Ein Nachbar hat sie vergessen.«

»An unserer Türklinke?«

»Es sind schon seltsamere Sachen passiert.« Sie las den Text auf der Scheibe. »Ein Spanier?«

»Scheint so«, sagte er.
»›Y‹ heißt ›und‹ auf Spanisch. ›So nah und doch so fern‹. Was soll das heißen?«
»Keine Ahnung.«
»Ist das eine Film-DVD?«
»Ich glaube ja.«
»Willst du nachsehen?«

Er schaute wieder auf die Scheibe. Sie glühte wie Platin in seiner Hand. Sie brannte in seiner Hand. Sie brannte in seinem Kopf. Er wollte sie nicht haben, er wollte sie wegwerfen und mit seiner Familie Weihnachten feiern. Dieses Weihnachtsgeschenk wollte er nicht haben. Vielleicht war es ein Versehen. Es sind schon seltsamere Sachen passiert. Er konnte sich den Inhalt ansehen, wenn es einen Inhalt gab, und untersuchen, wovon er handelte. Nach den Weihnachtsfeiertagen.

Im Schlafzimmer hatten sie einen kleinen Fernseher mit DVD-Spieler.

Elsa und Lilly waren wieder bei ihren Weihnachtsgeschenken im Wohnzimmer. Er hörte das heimelige Rascheln von Geschenkpapier auf dem geölten Holzfußboden. Er hörte Sivs und Lottas Stimmen.

»Ich gehe ins Schlafzimmer«, sagte er.

Er hatte die Tür geschlossen. In der hinteren Ecke brannte eine Stehlampe. Die Luft hier drinnen war dick, er bekam plötzlich Atemnot. Als hätte er den Schlips noch um, aber den hatte er gleich nach dem Essen abgerissen. Winter ging zum Fenster und öffnete es. Sofort schlug ihm klare, kalte Luft entgegen, als hätte er seinen Körper und Kopf an einem heißen Tag ins Meer getaucht. Unten auf dem Vasaplatsen war es still, nichts war zu sehen, nichts zu hören. Das Neonlicht über dem Kiosk am südlichen Ende flammte golden und rot. Es sah fast aus wie das Tor zu dem alten Universitätsgebäude. Das Tor ins Reich des Wissens. Wie viele Jahre hatte er in unmittelbarer Nähe der Universität gewohnt, und wie wenige Punkte hatte er dort gesammelt? Nach einem halben Einführungskurs in Jura hatte er das Jurastudium gegen die Straße und die Welt des Untergrundes getauscht.

Winter ging zu dem kleinen Fernseher neben der Stehleuchte, nahm die Fernbedienung und schaltete erst das DVD-Gerät auf dem Bord unter dem Fernseher und dann den Fernseher ein. Es sollte das letzte Mal sein, beschloss er. Fernsehen im Schlafzimmer war keine gute Idee, es war nur ein Zwischenspiel für sie gewesen, nach den Feiertagen würden die Teile rausfliegen.

Er drückte auf »open« und das DVD-Fach fuhr heraus. Er legte die CD darauf und schob sie hinein. Zuerst blinkte und blitzte es nur auf dem Bildschirm, dann erschien ein Bild. Was war das? Er spürte, wie sich die Haare auf seinem Hinterkopf aufstellten, als führten sie ein Eigenleben. Es sah aus wie eine Fotografie, ein starres Bild. Er erkannte ein Zimmer, ein Fenster, das blasses, blindes Licht hereinließ. Ein Stuhl. Ein Nachttisch. Darauf lag etwas. Rechts vom Nachttisch war etwas Weißes, ein Stück Laken. Das Bild bewegte sich! Winter hatte sich so auf das konzentriert, was er sah, dass er zusammenzuckte, als hätte ihm jemand einen Stoß versetzt. Die Kamera schwenkte mit Weitwinkel über das Doppelbett. Es war sehr still im Zimmer, nichts rührte sich. Es war genauso still wie in dem Zimmer, in dem Winter stand, in seinem Schlafzimmer. Er sah ein Schlafzimmer auf dem Bildschirm, und er kannte es. Herr im Himmel. Das erste Zimmer. Die Kamera bewegte sich wieder, zoomte das Doppelbett näher heran. Es war nicht leer. Unter den Bettdecken zeichneten sich deutlich Umrisse von zwei Gestalten ab. Sie lagen still. Gesichter waren nicht zu sehen. Die Kamera hielt am Fußende inne, wie aus Respekt. Jetzt hörte Winter etwas. Er sah sich um, als würde das Geräusch aus dem Zimmer kommen, in dem er sich befand, aus der Wohnung, ein Geräusch, das zu seiner Familie gehörte, zu allem, was normal und schön war. Aber das Geräusch kam vom Fernseher, von dem Bildschirm, dem Film. Er lauschte. Es war eine Art Schnarchen. Eine der Gestalten im Bett bewegte sich! Er konnte noch immer kein Gesicht sehen. Die Person rutschte tiefer unter die Decke und lag wieder still. Auch die Kamera stand still. Winter sah die beiden

Nachttische, einige Bücher in normaler Unordnung. Die Kamera bewegte sich weiter, weg vom Bett, erfasste dann das ganze Zimmer mit Weitwinkel, wie um zu zeigen, welche Art Zimmer es war, aber Winter wusste, welches Zimmer er vor sich hatte, er erkannte alles, jetzt sogar das Bild an der Wand. Er brauchte nicht mehr zu sehen, ich brauche nicht mehr zu sehen, und in dem Augenblick, als er das dachte, wurde der Bildschirm schwarz.

Gerda Hoffner und Johnny Eilig fuhren die Allén in östlicher Richtung entlang. Für diesmal war das Familiendrama beendet. Die Kinder waren in Sicherheit, wenn man es so sehen wollte. So sollte man es wohl sehen.

Johnny bog zum Vasaplatsen ein. Sie begegneten einer leeren Straßenbahn, die in ihrer Einsamkeit fast gruselig wirkte. Saß überhaupt ein Fahrer darin? Das Licht war blau und kalt. Gerda Hoffner musste an einen Obduktionssaal denken. Lebloses Licht.

»Sieht aus wie ein Geisterschiff.« Johnny deutete mit dem Kopf auf die Straßenbahn, die einen sinnlosen Stopp an der Haltestelle eingelegt hatte und nun weiter Richtung Zentrum fuhr.

»Das habe ich auch gerade gedacht«, sagte sie.

»Die Straßenbahn fährt also sogar Heiligabend«, sagte Johnny.

»Oma und Opa müssen ja irgendwie nach Hause kommen«, sagte Gerda Hoffner.

»Was?«

»Nichts.«

Sie spähte an der westlichen Fassade hinauf, die weiß und schwarz in der elektrischen Weihnachtsnacht leuchtete.

»Da oben wohnt Winter«, sagte sie.

»Wer?«

»Erik Winter, der Kommissar. Der, mit dem ich über … die Schlafzimmer gesprochen habe. Du weißt. Ich war mit ihm in dem ersten Zimmer.«

»Ach so, der.«

Über ihnen funkelte das Neonlicht des Kiosks. Er schien geöffnet zu sein, war es aber nicht. Er sah einladend aus.

»Heute Abend braucht er jedenfalls kein Zimmer dieser Art aufzusuchen«, sagte Johnny. »Und du auch nicht. Ich auch nicht.«
»Das kann man nicht wissen.«
»Dass es heute Abend wieder passiert? Das wäre zu viel, Gerda.«
Sie schwieg.

Sie bogen nach links in die Vasagatan ein, fuhren weiter nach Osten, an der Universität, dem Park und der Götabergsgatan vorbei. In den Fenstern brannten Lichter, überall Kerzenhalter.

Vor ihnen überquerte ein Mann die Straße.

Jetzt hatte er die Sonnenbrille abgenommen. Als er die andere Straßenseite erreichte, ging er weiter auf der Chalmersgatan. Er ging nach Hause.

Sie überholten ihn, und als sie sich umdrehte, war er verschwunden. Johnny fuhr die Avenyn entlang. Auch sie lag still da in all ihrer Pracht. Die Beleuchtung hätte ausgereicht, in den dunklen Jahren halb Ostdeutschland zu erhellen. Als der Streifenwagen am Taxistand vorbeifuhr, dachte sie an ihre Eltern. Morgen würden sie mit allen Leipziger Heimkehrern zu Weintraub gehen und richtig gut essen. Weintraub war eins der besten Restaurants Deutschlands. Und das Milieu war genauso gut, die Mosaiken, Kacheln, die holzvertäfelten Wände und Decken, die weißen Tischtücher, gestärktes Leinen, stolze Kellner, stolze Köche.

Sie fuhren über den Södra vägen nach Heden hinein.

Ein Mann kam vorbeigestürmt. Ein anderer rannte hinterher.

»Autodiebe«, sagte Johnny und gab Gas. »Jetzt passiert was.«

Die Mattscheibe war nicht mehr schwarz. Es war nur eine Pause gewesen. Winter hatte nicht abgeschaltet. Jetzt erschien ein weiteres Zimmer. Er erkannte es sofort. Die Kamera befand sich im selben Winkel wie zuvor. In derselben Hand, dachte er. Die Hand hielt still. Vielleicht war die Kamera auf einem Stativ montiert, hatte auch vorher auf einem Stativ gestanden. In derlei Dingen war er kein Experte. Aber er war Experte für Zimmer geworden. Auch für dieses Zimmer. Jetzt bewegte sich das Kameraobjektiv. Die Kopfenden der Betten, Nachttische, Stuhl, Fußboden, Wände, Decke.

Bücher. Bilder. Ein Fenster, das gleiche blasse Nachtlicht. Jetzt, wo er die Zimmer in bewegten Bildern sah, wurde noch deutlicher, wie ähnlich sie einander waren. Es war, als würde er denselben Film anschauen, so wie man früher gemeinsam dieselben Fotos betrachtet hatte. Bewegte Bilder, auf denen sich nichts bewegte, nur das Bild selber. Doch es war kein Stummfilm. Er hörte Geräusche, jemand nahm sie mit einem Mikrofon auf. Dadurch wirkte alles, was er sah, noch unheimlicher in seiner Banalität. Altes, gewohntes Leben. Was waren das für Geräusche? Er konzentrierte sich. Ein leises Säuseln, auf dem anderen Film hatte er nichts gehört. Ein Rauschen, ein Säuseln. Es konnte Straßenverkehr sein. Die Kamera bewegte sich weiter. Wieder das Bett, das andere Bett, die anderen Konturen, zwei Gestalten in dem Bett, derselbe Kamerawinkel, keine Gesichter, keine Bewegung. Schlaf. Man nannte es Schlaf. In dem Film vorher hatte er Madeleine und Martin schlafen sehen, und jetzt sah er Gloria und Erik. Wenn sie es sind. Natürlich sind sie es. Sie sind zu Hause. Sie schlafen, und sie schlafen sehr tief. Allzu tief. In ihrem Zimmer konnte jeder wer weiß was anstellen. Jeder. Wer weiß was. Etwas rührte sich unter der Decke, vielleicht ein Arm. Jetzt bewegte sich auch die andere Gestalt. Ein Bein, ein Fuß. Beide Menschen in diesem Film lebten. Und genau das sollte er sehen. *Vorher.* Die Kamera schwenkte wieder durch das Zimmer, schau her, *hier*, so sieht es im Augenblick aus, siehst du, dass es ein bisschen unordentlich ist, siehst du das? Nicht schlimm, aber trotzdem. So darf es nicht sein. Das müssen wir richten. In diesem Zimmer muss einiges gerichtet werden. Die Kamera kehrte zu dem Paar im Bett zurück. Jetzt hörte er die ruhigen Atemzüge Schlafender, ein Säuseln, ein Rauschen, aber nicht das gleiche, das er vorher gehört hatte, das Geräusch, das aus einer anderen Richtung gekommen sein musste. Und plötzlich schlug eine Uhr, eine Wanduhr oder Kirchturmuhr, nein, eine Wanduhr, dong-dong-dong-dong, er wusste nicht, wie viele Schläge, da er nicht von Anfang an mitgezählt hatte. Jetzt verstummten sie, die Stundenschläge einer weiteren Nacht, eines Tages, in dem Film gab es sie, und er konnte ihn mehrmals anschauen, er würde ihn mehr als dreihundertfünfundsechzig Mal ansehen, vielleicht noch öfter, bis er etwas begriff, bis er etwas daraus lernte, es wurde schwarz um ihn und er sah nichts mehr. Er hörte ein Geräusch hinter sich und zuckte zusammen.

»Oje.«

Er hörte Angelas Stimme und drehte sich um. Sein Körper schmerzte, der Nacken, die Schultern, Schmerzen im Rücken, im Hinterkopf, als würde er sich zum ersten Mal nach langer Zeit strecken. Ihm wurde bewusst, wie angespannt, wie furchtbar konzentriert er gewesen war. So etwas hatte er noch nie erlebt. Für alles gab es ein erstes Mal. Der Abgrund ist viel tiefer, als du denkst.

Er sah Angela auf sich zukommen. Die Tür hinter ihr stand offen und ließ warmes Licht, wunderbares Licht herein. Er spürte, wie es ihn wärmte, und merkte erst jetzt, dass er fror. Er drehte sich um und stellte den Film mit der Fernbedienung ab. Das Schwarz auf dem Bildschirm bewegte sich nicht mehr. Er drehte sich wieder um, hörte die Stimmen aus der Wohnung, die Stimmen der Mädchen, Elsas Gerenne. Von Lilly war nichts zu hören. Vielleicht war sie nach dem aufregendsten Tag ihres Lebens kollabiert. Er wusste nicht, wie lange er sich im Schlafzimmer aufgehalten hatte, es konnten Stunden vergangen sein. Oder Sekunden.

»Was ist es?«, fragte Angela. »Worum geht es?«

»Das willst du lieber nicht wissen«, antwortete er.

»Herrgott, Erik. Hier? Musst du dich ausgerechnet jetzt damit beschäftigen?«

Sie hielt etwas in der Hand, ein Glas, das im warmen Licht glänzte. Der Inhalt des Glases hatte die gleiche wunderbare Farbe wie das Licht.

»Ich dachte, den hast du jetzt nötig«, sagte sie und hielt ihm den Whisky hin. »Aber du solltest nicht hier sitzen.«

»Du hättest Ärztin werden sollen.« Er hob das Glas an die Lippen und nahm einen Schluck. 78 Ardbeg, cask. Das Einzige, was jetzt half. Sie wusste es.

»Was willst du tun, Erik?«

Er antwortete nicht, spürte augenblicklich die medizinische

Wirkung des Alkohols in seinem Körper. Die Starre löste sich. Er konnte den Nacken wieder bewegen.

»Was ist das?«, fragte sie. »Was siehst du dir da an?«

»Jemand hat die Schlafzimmer gefilmt. Beide Tatorte.«

»Wann?«

»Wann was?«

»Wann wurden sie gefilmt?«

»Vor den Morden.«

»Das darf nicht wahr sein.«

Er schwieg. Sie starrte auf den Bildschirm. Er wusste, was ihr durch den Kopf ging. Genau wie sie dachte er mehrere Gedanken gleichzeitig. Er saß nicht in seinem Büro. Er saß *hier*, es geschah *hier*. Es war bei ihm zu Hause eingedrungen.

»Ich bin nicht sicher, ob der Film schon zu Ende ist«, sagte er.

»Du lieber Gott.«

»Ich habe ihn angehalten, als du hereingekommen bist. Eigentlich möchte ich nichts mehr sehen.« Er nahm wieder einen Schluck von dem Whisky.

»Dann schalt ab, Erik. Komm zu uns. Es ist Heiligabend.«

»Aber ich muss. Das weißt du.«

»Lilly bricht bald zusammen. Elsa will dir ihre Weihnachtsgeschenke zeigen.«

»Nur noch ein paar Minuten«, sagte er. »Ich komme gleich.«

Schweigend ging sie hinaus und schloss die Tür hinter sich. Das warme Licht war abgeschnitten. Sofort wurde es wieder kalt im Zimmer. Der schwarze Bildschirm starrte ihn an wie ein Auge. Vom Vasaplatsen drangen Geräusche zu ihm herauf, ein Säuseln, ein Rauschen, aber es war schwach, schwächer als die Geräusche, die er im Film gehört hatte. Angela hatte im Lauf der Jahre einige Mal David Lynch erwähnt. Winter hatte mehrere seiner Filme gesehen, Teile der Fernsehserie. Alpträume, was nicht geschehen kann, geschieht, das, was nie geschehen darf. Ein Mörder reicht auf einer Party ein Telefon weiter: Ich bin's, ich bin bei dir zu Hause am Apparat.

Er drückte auf »On«. Vielleicht war der Film zu Ende. Das

wünschte er sich jetzt von diesem Weihnachtsgeschenk. Es sah aus, als würde sich das Schwarz auf dem Bildschirm bewegen, fließend. Jetzt ein Bild, wieder ein Zimmer, eins der beiden vorherigen. Er sah Bekanntes, schon einmal Gesehenes. Die Kamera zeigte das Zimmer mit Weitwinkel, wieder das Fenster, Silhouetten davor. Es war nicht Nacht oder aber eine ungewöhnlich helle, erleuchtete Nacht. Vielleicht ein Geräusch, ja, ein Geräusch, ein Rauschen, Säuseln, etwas anderes, er konnte nicht heraushören, was es war. Es war sehr schwach. Jetzt sah er die Wand, die Kamera glitt sehr langsam über sie hin. Es war eine andere Wand. Es war keine der beiden vorherigen Wände in einem der beiden vorherigen Zimmer. An der Wand hingen zwei Bilder, eins war ein gerahmtes Plakat, ein Filmplakat, daneben ein Kunstwerk, nichts Gegenständliches. Er sah die Nachttische, Bücher in mehreren kleinen unordentlichen Stapeln, Zeitschriften, auf dem Fußboden eine Tageszeitung, Stühle, ein kleiner Tisch, den er vorher nicht gesehen hatte. Andere Farben an den Wänden, eine andere Tapete. Nicht die gleichen Gardinen, weder aus dem einen noch aus dem anderen Zimmer. Und jetzt das Bett, ein Doppelbett, das an ungefähr der gleichen Stelle stand wie die beiden vorherigen. Konturen im Bett, zwei Konturen. Er hörte Atemgeräusche. Sie klangen laut, lauter als in den vorherigen Szenen. Er dachte *Szenen*, er dachte *Film*. Er hörte Schlafgeräusche, Tiefschlaf, das Geräusch war so deutlich, dass anzunehmen war, der Filmer habe das Mikrofon nah bei den Schlafenden angebracht, näher als in den vorherigen Szenen in den anderen Zimmern. Die Gestalten im Bett bewegten sich, unbewusst. Winter sah, wie sich das Bild bewegte, wie es für eine Zehntelsekunde schwarz wurde, dann wieder das Zimmer. Der Filmer hatte seinen Film geschnitten. Wie viel Zeit war vergangen? Das Bild zeigte noch immer die Schlafenden, keine Gesichter, keine Körperteile. Die Kamera bewegte sich wieder, jetzt schneller, als wollte der Filmer ihn auf ein Karussell mitnehmen, 360 Grad im Zimmer herum, wie im Internet, wenn man Hotelsites aufruft. Winter folgte ihm durch das neue Zimmer. Er verstand die Botschaft: Hier sind wir jetzt, hier sind wir noch nicht gewesen. *Ich* bin jetzt hier. *Du* wirst hier sein, aber erst später. Dann ist es zu spät. Du kommst immer zu spät.

»Zum Teufel mit dir!«, sagte Winter.

Der Monitor wurde schwarz. Eine Sekunde lang war er nahe dran, die Fernbedienung gegen den Bildschirm zu schleudern. Er wartete. Nichts geschah. Der Bildschirm blieb schwarz.

## 24

Sie versuchten, den Fliehenden noch vor Lasse in Heden zu stoppen. Der Mann war stehen geblieben. Die Würstchenbude gab genug Licht, um ihn zu ergreifen. Eine Bühne, dachte Gerda Hoffner, wir sind wieder auf der Bühne.

Sie öffnete die Tür. Der Mann stand im Scheinwerferlicht. Er schien geblendet zu sein, oder er hatte einfach Angst. Ein armer Teufel, der Heiligabend nur ein Fahrzeug haben wollte. Einen Schlitten. Er trug eine Weihnachtsmannzipfelmütze. Die war ihr bisher gar nicht aufgefallen. Vielleicht hatte er sie aufgesetzt, um sich zu verkleiden.

»Stehen bleiben!«, rief Johnny. Er stand schon neben dem Auto. Sie hörte den Mann dahinter, jetzt war Johnny bei ihm.

Der Verdächtige drehte eine Pirouette und begann wieder zu laufen. Die Zipfelmütze wippte wie die Mützen der Skiläufer in alten Zeiten, den alten Zeiten, als es noch Schnee in Göteborg gab.

»Stehen bleiben!«, schrie Johnny.

Aber der Mann blieb nicht stehen. Er lief noch schneller und sprintete über die Engelbrektsgatan, bei Rot. Aber es war kein Verkehr. Der Autodieb lief durch eine verlassene Stadt. Seine Schritte hallten durchs Zentrum, als würde er durch ein Parkhaus laufen. Er verschwand zwischen den Häusern hinter dem Södra vägen.

Gerda Hoffner drehte sich zu dem anderen Mann um. Er war näher gekommen.

»Irgendwas kaputt am Auto?«, fragte sie.

»Äh ... kaputt, nein ... er hatte keine Zeit, etwas kaputtzumachen.«

»Wie meinen Sie das?«

»Irgendwas wird ja wohl beschädigt, wenn jemand versucht, ein Auto zu knacken, oder?«

»Manche Einbrecher sind sehr geschickt«, sagte Johnny. »Sie hinterlassen gar keine Spuren.«

Jetzt war nichts mehr zu hören, keine Schritte, keine anderen Geräusche. Endlich eine stille Nacht. Wir drei sind die Einzigen hier draußen, dachte Gerda Hoffner. Und vielleicht noch der Weihnachtsmann.

»Wir können ja mal einen Blick auf Ihr Auto werfen«, sagte sie.

»Steigen Sie ein«, sagte Johnny.

Der Mann setzte sich auf den Rücksitz.

Johnny wendete den Streifenwagen.

Gerda Hoffner roch Alkohol. Sie drehte sich um.

»Ich hatte nicht die Absicht, zu fahren«, sagte der Mann.

»Wie meinen Sie das?«

»Ich wollte nicht wegfahren. Sie merken sicher, dass ich Alkohol getrunken habe. Ich wollte nur etwas aus dem Auto holen.«

»Aha.«

»Das ist die Wahrheit. Es ist doch kein Verbrechen, wenn man etwas aus seinem Auto holt, das man vergessen hat, obwohl man etwas getrunken hat.«

»Nein.«

»Ich wollte also nur etwas holen.«

»Wie heißen Sie?«

»Spielt das eine Rolle? Warum fragen Sie?«

»Wie heißen Sie?«, wiederholte Gerda Hoffner.

»Wenn's denn sein muss. Hans Rhodin heiß ich.«

»Wo wohnen Sie?«

»Ich wohne hier ... dahinten in der Smålandsgatan.« Er zeigte quer über Heden. »Ich bin ... erst kürzlich eingezogen. Letzten Monat.«

»Warum steht Ihr Auto dann hier?«

»Genau aus dem Grund, weil ich neu zugezogen bin. In der Smålandsgatan gibt es keine freien Mietparkplätze. Vielleicht bekomme ich demnächst einen. Und gestern habe ich gar keinen gefunden. Wahrscheinlich weil Weihnachten ist. Ich musste mein Auto hier abstellen. Das hab ich ungern getan. Jeder weiß, dass auf Heden die meisten Autos in der Stadt geklaut werden. Sogar an Heiligabend!«

»Aber Ihr Auto ist doch noch da, oder?«, sagte Johnny. »Wo ist es?«

»Da drüben.« Hans Rhodin zeigte zum Exercishaus. »In der zweiten Reihe.«

Sie fuhren hin. Es war nicht weit.

Rhodin wies auf eine schwarze Silhouette, bei der es sich um jede Automarke handeln konnte. Alle Autos sahen gleich aus, genau wie alle Weihnachtsmänner gleich aussahen. Und Tannenbäume. Und deutsche Eishockeyspieler, dachte Gerda Hoffner. Jedenfalls wenn sie in voller Montur auftraten und nicht Mädchen in Schonen vergewaltigten. Aber vielleicht hatten sie auch dabei die Ausrüstung angehabt.

Alle drei stiegen aus dem Streifenwagen.

Gerda Hoffner trat zur Seite und rief die Routinekontrolle von Rhodin, Hans, auf, Personennummer, verglich sie mit der Nummer auf dem Führerschein, den er ihr gegeben hatte. Ihr kam es vor, als würde selbst der Führerschein nach Alkohol riechen. Im Hintergrund hörte sie Johnny und Rhodin reden. Rhodins Stimme war heller. Vielleicht war er stockbesoffen, jedoch daran gewöhnt. Dann merkten es nicht einmal scharfsichtige Bereitschaftspolizisten.

Johnny schaute von der Autotür auf, als sie zu ihnen kam. Es handelte sich wahrscheinlich um einen Volvo, eins der kleineren Modelle. Bei Automodellen kannte sie sich nicht so genau aus, es sei denn, es ging um Mercedes oder BMW. Ha, ha.

Sie gab Rhodin den Führerschein zurück.

»Hoffentlich keine Probleme«, sagte er.

»Nein.«

Johnny leuchtete mit der Taschenlampe das Türschloss ab, nachdem er einmal um das Auto herumgegangen war.

»Keine Beschädigungen zu sehen.«

»Nein, er ist nicht dazu gekommen«, sagte Rhodin. »Sie haben ihn rechtzeitig entdeckt.«

»Vielleicht war er gar nicht auf dem Weg zu Ihrem Auto.«

»Er stand direkt davor und starrte durchs Fenster.«

»Was wollten Sie holen?«, fragte Gerda Hoffner.

»Wie bitte?«

»Sie haben gesagt, Sie wollten etwas aus dem Auto holen. Was war das?«

»Sie fühlen doch, dass das Auto eiskalt ist«, sagte Rhodin. »Ich habe es noch nicht mal angelassen.«

»Was wollten Sie holen?«, beharrte Gerda Hoffner.

»Äh ... eine Flasche. Mehr nicht.«

»Eine Flasche?«

»Eine Flasche Gin. Ich hab sie liegen lassen ...« Rhodin verstummte. Er steckte eine Hand in die Tasche und zog einen Schlüsselbund heraus. Er drückte auf einen der Schlüssel und die Rücklichter flackerten auf. Rhodin öffnete die rechte hintere Tür, hob eine Decke an, nahm eine Flasche heraus und hielt sie hoch.

»Das ist mein Gin«, sagte er. Es klang ungefähr so, als sagte er »das ist meine Schwester« oder »das ist mein bester Freund«.

Der Schnaps leuchtete silbern im Schein von Johnnys Taschenlampenstrahl.

»Ich hab sie bewusst im Auto gelassen«, sagte Rhodin. »Hab mir eingebildet, ich würde den Abend ohne Schnaps schaffen. Ich hatte nur eine Flasche Wein, aber die war innerhalb einer halben Stunde leer. Dabei habe ich es so lange ich konnte hinausgezögert, sie zu öffnen.«

Für dieses Jahr war Weihnachten vorbei. Das stimmte nicht, nur Heiligabend war vorbei. Eine Viertelstunde nach Mitternacht. Es war der erste Weihnachtstag, in Großbritannien der richtige Weihnachtstag. Winter dachte an Steve Macdonald, den Freund und Kollegen in Croydon, der Wildnis südlich von London. Sie hatten gehofft, sich Neujahr zu treffen. Aber daraus würde nichts werden. Vielleicht später im Jahr, vielleicht zu Ostern. Erst einmal dies hier. Die DVD-Scheibe lag neben ihm auf dem Sofatisch. Er würde sie Torsten von der Spurensicherung übergeben. Doch sie würden nichts finden, was sie weiterbrachte. Weiter wohin? Es würde nur zu ihm, Winter, zurückkehren, genau wie der Film selber zu ihm gekommen war.

Siv, Lotta, Bim und Kristina hatten ein Taxi nach Hagen genommen. Sie waren vor einer halben Stunde gefahren. Das Taxi war rasch gekommen. Alle waren gleichermaßen verwundert gewesen.

Nach der Filmvorführung hatte er sich zu den anderen gesellt und versucht, ganz normal weiter Weihnachten zu feiern. Niemand hatte Fragen gestellt. Er hatte mit den Kindern gespielt und getan, was sich an Weihnachten gehört. Was war ihm auch anderes übriggeblieben? Im Augenblick konnte er gar nichts tun.

»Was hast du vor?«, fragte Angela.

Sie saßen bei einem Glas Gigondas im Halbdunkel des Wohnzimmers. So hielten sie es immer, entspannten sich nach der intensiven Weihnachtsfeierei bei einem guten Wein, lasen in dem Buch, das sie zu Weihnachten bekommen hatten, hörten die Platte, die sie geschenkt bekommen hatten. Aber jetzt las keiner von ihnen, und im Zimmer war es still.

»Mir die Filme ansehen«, antwortete er.

»Mach das im Dienst«, sagte sie, »nicht hier.«

Er antwortete nicht.

»Ich will das Zeug nicht im Haus haben!«, sagte sie scharf. »Hast du das gehört, Erik? Ich will diesen schrecklichen Scheiß nicht in meinem Heim haben.«

»Nein, nein.«

»Was geht da vor sich? Erst ... die Leiche in Billdal. Und jetzt das!«

»Die Fälle hängen nicht zusammen«, sagte er. »Sie haben nichts miteinander zu tun.«

»Ach nein? Bist du dir so sicher?«

»Ja.«

»Ganz gleich, ob da Zusammenhänge bestehen oder nicht, es ist entsetzlich«, sagte sie.

Er hob das Glas. Der Wein schmeckte nach nichts. Er nahm noch einen Schluck. Seine Geschmacksnerven waren vermutlich von dem Ardbeg betäubt, den er vorher getrunken hatte. Aber das machte nichts.

»Jemand beobachtet uns«, sagte sie. »Jemand will, dass du es dir ansiehst, nicht wahr?«

»Ja.«

»Warum? Warum will er das?«

»Ich weiß es nicht, Angela.«

Eigentlich hatte er ihr nichts erzählen wollen, nicht von dem dritten Film. Der Bühne. Das dritte Zimmer. Von den beiden ersten wusste sie ja schon. Aber dann war ihm bewusst geworden, dass er sie jetzt brauchte. Er brauchte jemanden, mit dem er sprechen konnte. Auf der Stelle. Auch er hatte Angst.

»Weil er ein wahnsinniger Mörder ist«, sagte sie. »Darum! Er ist ein Mörder, er wird wieder morden, und er will es dir mitteilen.«

Winter schwieg.

»Er will dir sogar mitteilen, wo es geschieht! Herrgott, Erik! Ist es so? Ist es wirklich so?«

»Ich fürchte ja. Leider.«

»Leider? Mehr fällt dir dazu nicht ein?«

»Was soll ich denn noch sagen?«

»Hast du so etwas schon einmal erlebt, Erik? Ist dir so etwas schon einmal passiert?«

»Nein ... wie meinst du das?«

»Dass du über einen ... zukünftigen Mord informiert wirst? Dass der zukünftige Tatort sogar gefilmt wird?«

»Nein. So etwas habe ich noch nie erlebt.«

»Was passiert hier?«

»Wir müssen es stoppen. Das muss passieren. Wir müssen dafür sorgen, dass es nicht noch einmal geschieht.«

»Wie wollt ihr das anstellen?«
Das war eine gute Frage, die beste Frage des Abends. Die Zehntausend-Kronen-Frage, die aktuell eine Million wert war.

Gerda Hoffners Weihnachtsnacht im Zeichen des Alkohols kam gut voran. Kurz bevor der Weihnachtsmorgen dämmerte, war einmal mehr bewiesen worden, dass Schweden immer noch fest im Branntweingürtel verankert war, trotz der Einflüsse von Weingürteln rundum auf der Erde. Denn Branntwein schmeckt himmlisch, schmeckt immer besser, je mehr man trinkt, und wenn man zu Boden geht, so gegen ein Uhr, fällt man verdammt hart. Kurz nach Mitternacht mussten sie einen armen Säufer hinausschaffen, der irgendwo in seiner Wohnung gestürzt war und im Fallen seine Frau mitgerissen hatte. Ein fetter Kerl mit schlaffen Gelenken, ihn die Treppen hinunterzubugsieren war, wie einen zentnerschweren, mit Styroporkugeln gefüllten Sitzsack zu tragen. Gerda Hoffner versuchte die Berührung mit dem Blut zu vermeiden, das von seinem Kopf tropfte. Die Frau war unverletzt, außerdem relativ nüchtern. Ich bleibe hier und halte die Stellung, wie sie es ausgedrückt hatte.

Beim nächsten Alarm ging es um eine randalierende Jugendbande, die auf einem Schulhof mitten in einem Wohngebiet im Westen die Sau rausließ. Einige hatten Raketen und Knaller, obwohl es noch viele Tage bis Silvester waren. Als Johnny und Gerda eintrafen, war die Bande verschwunden. Hinterlassen hatte sie rauchende Haufen, wie nach einem kleinen Krieg. Alle Fenster rundum waren erleuchtet. Gerda Hoffner sah Silhouetten der Bewohner, die das Vorgehen der Polizei auf dem Schulhof verfolgten. Sie wusste, was die Leute dachten: Wird aber auch Zeit, dass die endlich kommen.

So ging es weiter. Auseinandersetzungen in Wohnungen, zwei, eigentlich Buden, keine Kinder, zum Glück. Feuerwerke. Knatternde Mopeds um fünf Uhr am Morgen, vielleicht eine Art Ouvertüre zur Christmette. Gerda Hoffner trank Kaffee im Auto und dachte an Schlaf, tiefen Schlaf.

»Möchtest du fahren?«, fragte Johnny.

»Lieber nicht.«
»Sonst bist du frühmorgens doch immer ganz fit.«
»Heute aber nicht.«
»Nur noch ein paar Stunden«, sagte er. »Halte durch.«
Er startete das Auto. Sie waren wieder in Vasastan gelandet. Um sie herum brüteten die Häuser wie Schlösser. Schlösser der Geheimnisse, dachte sie. Die Vasakirche war eine schwarze Kathedrale, ein gezackter Schattenriss vor dem bleichen Winterhimmel. Es waren nur noch wenige Stunden bis zum ersten Morgenlicht, und ein neuer schöner Tag würde heraufziehen. In diesem Winter gab es nur schöne Tage. Die Leute hatten aufgehört, vom Wetter zu reden. Das unbegreifliche Blau war normal geworden, Alltag.

Sie fuhren an *der* Fassade in der Götabergsgatan vorbei. Soweit sie erkennen konnte, brannte hinter keinem Fenster Licht. Sie fuhren auch an *der* Fassade in der Chalmersgatan vorbei. Ein Fenster im dritten Stock war erleuchtet. Gerda Hoffner zeigte nach oben. Johnny sah es.

»Was ist damit?«, fragte er.
»Nichts.«
»Nachteulen gibt es überall.« Er lachte auf. »Leute wie wir.«
Sie kamen an der westlichen Fassade des Vasaplatsen vorbei. In einem Fenster im dritten oder vierten Stock meinte sie, ein schwaches Licht zu sehen, ein blaues Licht.

Winter verfolgte noch einmal alle Bewegungen der Szene. Schlafzimmerszenen. Er konnte die DVD problemlos in seinem Laptop abspielen. Angela war schon lange im Bett. Lilly würde bald aufwachen, aber dann würde er schlafen. Angela würde den Morgendienst übernehmen. An diesem Weihnachtstag gab es keine Christmette. Am späten Vormittag würde er wieder frisch sein. Er würde Bertil anrufen. Er hatte das Bedürfnis, mit ihm zu sprechen. Fast hätte er ihn schon gestern Abend angerufen.

Es war eine Herausforderung. Er sah alles durch das Auge der Kamera: das Zimmer, alles, was es im Zimmer gab. Er empfand es als Herausforderung: Fang mich doch. Halt mich auf. War das ein

Hilferuf? Rette mich vor mir selber. In diesem Fall war er nicht sicher. Da war eine ... Arroganz, die war stärker als ein eventueller Hilferuf. Ein Spiel. Es war eine Art Spiel. Winter verfolgte es auf dem Bildschirm. Er trug Kopfhörer. Die Geräusche wurden deutlicher, klarer. Er hörte die unheimlichen Nachtgeräusche der Menschen in den Betten. Wann war es gewesen? Wann waren sie gefilmt worden? In derselben Nacht, als es geschah? Monate vorher, Wochen, Tage? Wie hatte sich der Mörder Zugang zu den Zimmern verschafft? War er nur ein einziges Mal dort gewesen? Konnte er kommen und gehen, wie es ihm beliebte? Wie war seine Beziehung zu diesen Paaren? Uns ist es nicht gelungen herauszufinden, in welcher Beziehung sie zueinander standen. Wir hatten keine Zeit, tief genug und lange genug zu suchen. Vielleicht genügen zwei, drei Generationen nicht. Vielleicht ist es etwas anderes. Ein Spiel. Ein Machtspiel? Der Mörder hat seine Macht gezeigt. Er ist Herrscher über Leben und Tod. Leben *oder* Tod, er kann wählen. Er beweist uns, dass er mehr Macht hat als wir.

Winter sah die dritte Szene, den dritten Film, eine Zukunftsvision. Was vorher geschehen ist, wird auch *hier* geschehen. Schau dir die Menschen in den Betten an, diese armen, jämmerlichen Wesen. Wie unwissend sie sind. Weißt du, wer sie sind? Nein. Weißt du, was mit ihnen passieren wird? Ja. Wer wird es sein? Was glaubst du?

Fahr zur Hölle. Winter sagte es vielleicht laut. Wegen der Kopfhörer konnte er es nicht hören. Ich werde dir zuvorkommen. Hinter den dünnen Gardinen vor den tiefen Fensterhöhlen nahm er Konturen von Gebäuden wahr. Konturen einer Stadt. Es war in einer Stadt. Immerhin ein Anfang. Er hörte Geräusche, Geräusche einer Stadt. Säuseln und Rauschen. Vor diesem Fenster herrschte Leben. Es waren keine Nachtgeräusche. Er glaubte nicht, dass es Nacht war. Er lauschte angestrengt. Es war ein schlechtes Mikrofon. Er sah Bewegungen in den Betten. Weiter, bewegt euch weiter, wer immer ihr seid. Solange ihr euch bewegt, lebt ihr. Ich werde euch finden. Es ist nah. Haltet aus. Vielleicht wirkt es weit entfernt, aber es ist nah.

## 25

Am ersten Weihnachtstag um halb elf saßen Winter und Ringmar in Winters Büro. Winter hatte aus einem Verhörzimmer einen Monitor und einen DVD-Spieler geholt. Er war zu Fuß zum Präsidium gegangen, durch den hellen Morgen, unter dem wunderbaren Himmel. Die Vasagatan war nicht leer, Paare, ältere, jüngere, Familien mit Kindern waren unterwegs. An einem solchen Tag verließen die Menschen ihre Wohnungen, wollten draußen sein. Er passierte die Götabergsgatan, Chalmersgatan, Teatergatan. Überquerte die Avenyn. Ein einsames Taxi kroch auf den Götaplatsen zu. Durch seine Sonnenbrille wirkte alles warm, wie in einem südlichen Land. Er ging über Heden. Auf einem der künstlichen Rasenplätze fand ein Fußballspiel statt. Männer mittleren Alters, vielleicht eine Wette. Befreiende Bewegungen, wenn man einen Kater hatte. Körper, die für ihre Exzesse bestraft wurden.

»Ich bin bereit«, sagte Ringmar.

Es war keine leere Phrase gewesen, als Winter ihn vor einigen Stunden angerufen hatte. Du hättest ruhig gestern anrufen können, hatte Ringmar gesagt. Es gibt Grenzen, hatte Winter geantwortet. Nein, hatte Ringmar gesagt, es gibt überhaupt keine Grenzen.

Winter hielt die DVD-Scheibe in der Hand.

»So nah y doch so fern«, sagte Ringmar. »Ist er ein Spanier?«

»Das glaube ich nicht.«

»Nur falsch geschrieben?«
»Auch nicht.«
»Eine Fährte?«
»Vielleicht.«
»Warum?«
»Er will uns wohl auf den Arm nehmen.«
»Na klar.«
»Ich meine es ernst, Bertil.«
»Dann hat es also nichts mit Spanien zu tun?«
Winter antwortete nicht. Er starrte auf die Tuscheschrift. Normalerweise könnten sie durch Deutung der Schrift ein Stück vorankommen, er hatte schon früher mit Graphologen zusammengearbeitet. Doch in diesem Fall würde es ihnen nicht weiterhelfen, wenn sie wüssten, dass der Mörder zum Beispiel aschblond war und sich alles anguckte, was mit dem Schlagerfestival zu tun hatte.
»Hängt es mit Spanien zusammen?«
»Wir werden sehen.«
»Spanien ist der gemeinsame Nenner in diesem verdammten Fall.«
»Das weiß er.«
»Bist du sicher?«
»Er hat uns zu dem gemeinsamen Nenner geführt, Bertil. Er hat seine Opfer ausgewählt.«
»Es könnte ein Zufall sein.«
»Auch das ist möglich.«
»Lass uns eine Sekunde davon ausgehen«, sagte Ringmar. »Der Mörder hatte ein Interesse daran, diese Menschen umzubringen, aber es könnten auch x-beliebige gewesen sein. Diese Frauen.«
»Kannte er sie?«, fragte Winter. »Hat er eine von ihnen gekannt?«
»Nein.«
»Wie ist er in die Wohnungen gelangt?«
»Das ist eine gute Frage.«
»Hatte er Schlüssel?«
»Wir haben keinerlei Spuren von anderem Werkzeug an den

Türen gefunden. Wir haben die verdammten Schlösser komplett auseinandergenommen.«

»Er hatte Schlüssel, kannte die Leute aber nicht? Wie hat er sich die Schlüssel beschafft?«

»Es gibt viele Möglichkeiten. Das weißt du. Wenn die Leute wüssten, wie wichtig es ist, in jeder wachen Sekunde und nicht zuletzt in jeder bewusstlosen Sekunde auf ihren Schlüsselbund aufzupassen, dann würden sie ihn in einem Geheimfach in ihren langen Unterhosen verstecken.«

»Okay, er kennt sie nicht. Er organisiert Schlüssel zu zwei Wohnungen. Drei. Es sind drei. Er betritt sie. Die Leute schlafen. Sie werden nicht wach. Das ist sehr seltsam. Er kennt diese Menschen nicht. Er bewegt sich wie ein Geist in ihren Wohnungen. Er macht, was er will. Er filmt. Er tötet. Er entscheidet, nicht zu töten. Er hat die Macht.«

Ringmar blieb stumm. Winter hielt noch immer die Scheibe in der Hand. Gleich würde Ringmar es sehen. Die Sonne versuchte, durch die gekippten Jalousien in Winters Zimmer zu dringen. Sie hatte hier nichts verloren.

»Kennt er sie?«, sagte Winter. »Kannte er einen von ihnen?«

»Ja.«

»Wie ist er in die Wohnungen gelangt?«

»Er wurde hereingelassen.«

»In beiden Fällen? In allen drei Fällen?«

»Ja.«

»Warum?«

»Weil sie einander kannten. Er war zu Besuch.«

»Warum?«

»Sie hatten etwas zu besprechen.«

»Was?«

»Vielleicht Weihnachten. Was sie Weihnachten machen wollten. Was sie am nächsten Tag oder am Wochenende unternehmen wollten. Fernsehprogramm. Der Preis für Knollengemüse. Spanien.«

»Spanien?«

»Sie kennen einander«, sagte Ringmar. »Aus Spanien.«

»Der Mörder kannte sie aus Spanien? Dort haben sie sich kennengelernt? Dort hat er seine Opfer getroffen?«
»Nicht nur dort. Aber sie haben sich auch dort getroffen.«
»Wohnt der Mörder in Spanien?«
»Zeitweise. Er hat ein Haus in Spanien.«
»Also müssen wir alle in Spanien als schwedisch registrierten Autos überprüfen?«
»An der Costa del Sol fangen wir an.«
»Dort gibt es Tausende.«
»Es ist ein Anfang.«
»Warum sollte er seinen Freunden übelwollen?«
»Sie haben ihm etwas angetan.«
»Alle?«
»Nein.«
»Einer von ihnen?«
»Vielleicht.«
»Was genau meinst du damit?«
»Vielleicht irgendein Familienmitglied.«
»Und das genügt, um zu morden?«
»Ja.«
»Was war es? Was hat man dem Mörder angetan?«
»Es braucht gar nichts Dramatisches gewesen zu sein. Nichts Besonderes. In seinem Gehirn ist es groß geworden.«
»Warum jetzt?«
»Etwas ist passiert.«
»Etwas, das die Morde ausgelöst hat?«
»Ja.«
»Wo ist es passiert?«
»Hier in Schweden. In Göteborg.«
»Kann es auch in Spanien passiert sein?«
»Ja.«
»Oder nur in Spanien?«
»Ja.«
»Hast du die jungen Männer nicht mehr im Verdacht?«
»Doch.«

»Halten wir sie weiterhin für Verdächtige?«
»Ja, solange wir nicht vom Gegenteil überzeugt sind.«
»Warum sagen sie, dass sie geschlafen haben?«
»Es ist ja möglich, dass sie wirklich geschlafen haben.«
»Sind sie betäubt worden?«
»Ja.«
»Bald wirst du den Beweis sehen, Bertil.«
»Das ist ein Spielfilm«, sagte Ringmar. »Die Gefilmten spielen nur. Es sind Schauspieler.«
»Schau sie dir erst mal an.«
»So kompliziert kann es wirklich sein, Erik.«
»Die Frauen haben bald ausgespielt.«
»Vielleicht waren sie das gar nicht, sondern ganz andere Personen.«
»Es waren *die* Zimmer.«
»Er hätte ihre Gesichter zeigen sollen«, sagte Ringmar. »Du sagst, dass er das nicht tut. Warum nicht?«
»Warum haben sie geschlafen, Bertil?«
»Weil er sie betäubt hat, ist doch klar.«
»Wie hat er das angestellt?«
»Das ist eine zweite sehr gute Frage. Jetzt leg erst mal die Scheibe ein.«

Winter drückte auf »open«, legte die Scheibe ein, schob sie in den DVD-Spieler und wartete auf die Vorstellung.

Während sie lief, versuchte er Dinge zu entdecken, die er bisher übersehen hatte. Das würde er wiederholen, bis er jeden Schritt in dieser Vorführung kannte, wie ein Schauspieler vor der Premiere und danach. Für Bertil war es das erste Mal. Er würde vielleicht anderes entdecken, Bewegungen. Bertil schwieg. Er war äußerst konzentriert.

Der dritte Film lief. Die Warnung. Ein teuflisches Versprechen, dachte Winter. Das hier werde ich tun, ich verspreche es. Ihr wisst, was es ist.

»Halt das Bild an«, sagte Ringmar.

Winter drückte auf »Pause«.

Das Bild erstarrte. Es zeigte das Fenster. Die Vorhänge wirkten dünner als vorher. Die Konturen, die sich dahinter abzeichneten, sahen aus wie Klötze, Bauklötze, Kästen, Winkel, horizontal, vertikal. Eine Stadtlandschaft.

»Es ist eine Stadt«, sagte Ringmar. »In jedem Fall ein etwas größerer Ort.«

»Zumindest eine Straße«, sagte Winter.

»Das da sind Häuser«, sagte Ringmar.

»Hohe oder niedrige?«

»Irgendwas dazwischen. Nicht Fisch und nicht Fleisch.«

»Ich kann keine Details erkennen«, sagte Winter.

»Noch nicht. Wir müssen das Bild stärker ranzoomen.«

»Ja.«

Sie betrachteten es wieder. Die Gardinen hatten sich bewegt, bevor Winter den Film angehalten hatte. Vielleicht stand das Fenster offen. Ein Rauschen war zu hören gewesen, das Rauschen einer Stadt oder eines etwas größeren Ortes.

»Es sieht nicht aus, als wäre es Nacht«, sagte Ringmar, »oder Abend.«

»Nein.«

»Andererseits kann eine gut beleuchtete Straße auch nachts taghell wirken. Die Gardinen vermitteln einen falschen Eindruck.«

»Ja.«

»Es ist ein bisschen merkwürdig, Leute am helllichten Tag zu betäuben, und dann kommen sie zu sich, ohne zu reagieren«, sagte Ringmar.

»Vielleicht haben sie reagiert«, sagte Winter.

»Wir werden ja sehen.«

»Genau das werden wir leider nicht. Wenn wir den Fall nicht schnellstens lösen.«

»Vielleicht wachen sie gar nicht auf«, sagte Ringmar. Er deutete mit dem Kopf zum Bildschirm. »Vielleicht liegen sie jetzt da, in dem Zimmer. Oder einer von beiden.«

»Nein«, sagte Winter. »Sie leben.«

»Jedenfalls hat er sie betäubt, um uns das da vorzuführen. Selbst wenn es Nacht war, müssen sie doch reagiert haben?«

»Das ist nicht sicher«, sagte Winter.

»Ach nein?«

»Das ist nicht sicher«, wiederholte Winter.

»Okay, mach weiter.« Ringmars Stimme klang ruhig, vertrauenerweckend. Wie die Stimme eines Vaters, auf den man sich verlassen kann.

Durch das Bild ging ein Beben. Das Fenster verschwand, das Bett tauchte auf, sie sahen Bewegungen darin, sie hörten Atemzüge. Keine Gesichter. Fragmente von ... Leben, dachte Winter. Indem sie das anschauten, drangen sie in das Privatleben anderer Menschen ein. Zuerst war die Person, die das alles filmte, eingebrochen, und nun folgten sie ihr. Daran war er nicht gewöhnt. Er war es gewöhnt, als Erster voran in den Abgrund zu gehen, den ersten Schlag in Empfang zu nehmen. Der Airbag für jene zu sein, die ihm folgten. Die Körper im Bett bewegten sich, sie waren lebendig, die Bewegungen fast unmerklich, aber Winter und Ringmar sahen es. Sie konzentrierten sich so sehr darauf, dass sie sich schmerzhaft verspannten.

»Er will uns unbedingt zeigen, dass sie am Leben sind«, sagte Ringmar.

Winter schwieg. Er sah eine Bewegung am Kopfende. Es konnte eine Frau sein oder ein Mann. Er drückte auf »Pause«.

»Was hast du gesagt, Bertil?«

»Er will uns unbedingt zeigen, dass sie leben. Wir sollen sehen, dass sie nicht tot sind.«

»Warum macht er das?«, sagte Winter.

»Er will es uns zeigen.«

»Das verstehe ich ja. Aber warum?«

»Er will spielen.«

»Aber warum?«

»Das ist seine Veranlagung«, sagte Ringmar.

»Er will mit mir spielen«, sagte Winter.

»Offenbar.«

»Kenne ich ihn?«, fragte Winter.

»Hast du mit irgendjemandem Zoff?«

»Ich habe nie Zoff. Mit niemandem.«
»Vielleicht sieht er das anders.«
»Er sieht einen Gegner in mir«, sagte Winter. »Darum geht es.«
»Er weiß, dass du an diesem Fall arbeitest. An diesen Fällen.«
»Das ist ja kein Staatsgeheimnis.«
»Er weiß, wo du wohnst.«
»Das ist auch kein Geheimnis.«

Ringmar schaute auf das erstarrte Bild auf dem Monitor. Weiß, schwarz, grau, etwas Braun, etwas Blau, das weiße Bett wie ein Leichentuch.

Winter drückte wieder auf »On«. Das Leichentuch bewegte sich. Sie hörten Geräusche aus der Richtung. Winter musste an Tote denken, die Geräusche von sich gaben. Er hatte es erlebt. Luft, die herausgepresst wurde. Ein entsetzlicher Laut. Das hier klang anders. Es war, als studierten sie lebende Tote.

Die Mattscheibe wurde schwarz. Er schaltete aus.

Von draußen hörte er ein Säuseln, ein Rauschen. Das war ihm noch nie so deutlich aufgefallen wie jetzt. Das Banale veränderte sich. Die Wirklichkeit wurde eine andere, als hätte sie eine andere Gestalt angenommen. Nichts war mehr wie vorher. Nichts war das, was es zu sein schien. Das war sein bester Ausgangspunkt. So hatte er es schon immer gehalten: Nichts ist so, wie es aussieht. Verlass dich nicht auf deine Augen, nicht gleich, nicht sofort. Aber genau das musste er im Moment, sich auf seine Augen und Ohren verlassen.

»Wir müssen Bild und Licht so stark wie möglich zoomen«, sagte Ringmar. »Vergrößern und verkleinern.«

Winter blieb stumm.

»Ob es möglich ist, dieses Zimmer zu finden?«, fuhr Ringmar fort und deutete mit dem Kopf zum Bildschirm. »Dieses Haus?«

»Ja«, sagte Winter.

»Will er, dass wir es finden? Dieser verdammte Dokumentarfilmer?«

»Ich bin mir nicht sicher«, sagte Winter.

»Glaubt er, dass wir es können?«

Winter antwortete nicht. Er dachte an das, was er gesehen und gehört hatte. Es gab noch so viele Bilder zu zoomen. Und viele Geräusche. Wände, Fußboden, Decke, Fenster, Bilder, Bücher, Kleidung, Ziergegenstände, Blumen, Zeitungen, Zeitschriften, Uhren, Telefone, Gardinen, Schuhe, Pantoffeln, Plakate. Alles sagte etwas über die Menschen aus, die in dem Zimmer lebten, die dort starben. Gab es etwas, das die drei Zimmer verband? Etwas, das es in allen dreien gab? Ein Bild? Er hatte es noch nicht entdeckt. Eigentlich hatte er noch gar nicht angefangen, ernsthaft danach zu suchen. Nach allem zu suchen, könnte man sagen. Gab es etwas, das unmittelbar etwas über die Personen aussagte, die im Bett lagen? Er dachte an das dritte Zimmer. Das aktuellste, wenn man es so ausdrücken wollte. Gab es etwas, das er, Winter, entdecken sollte? Das nur er sehen würde? Es war schließlich ein Weihnachtsgeschenk für ihn gewesen, oder? Vielleicht etwas, das er sehen sollte. Das niemand sonst sehen kann. Oder hören. Die Geräusche: das Säuseln und Rauschen, der Verkehr, die Uhr, jedoch nicht im dritten Film. Andere Geräusche, die er bis jetzt noch nicht gehört hatte.

Unterdessen würden sich die Techniker physisch mit der Plastiktüte und der DVD beschäftigen. Nichts würde dabei herauskommen. Solche Fehler würden dem Mistkerl nicht unterlaufen. Die Kamera? Nein, sie würden es zwar versuchen, aber eine Digitalkamera wie diese konnte man nicht aufspüren. Der Fluch der Entwicklung, der ambivalente Segen der Technik.

»Die müssen sich alle Geräusche sofort anhören«, sagte Ringmar.

»Yngvesson«, sagte Winter.

Ringmar nickte. Richard Yngvesson war der Experte für Geräusche. Besonders schwierige Geräuschanalysen wurden eigentlich von der Kriminaltechnik in Linköping vorgenommen, aber das Dezernat der Spurensicherung in Göteborg hatte eine eigene Technik entwickelt, die alle Geräusche filterte. Vor einigen Jahren hatte Yngvesson mit Winter zusammengearbeitet, als sie in einem Mordfall an einer jungen Frau ermittelten, die in einem eigenen Haus in Långedrag gewohnt hatte. Anne Nöjd, sie hatte Anne Nöjd geheißen und war im Slottsskogen ermordet worden. In ihrer Handtasche hatten sie ihren Namen und die Adresse gefunden. Winter und Ringmar waren durch die schmalen Straßen zwischen der alten Bebauung an der Küste gefahren und hatten das kleine Haus betreten. An den Wänden hatten unterschiedlich große Bilder gehangen. Es war eine dämmrige Sommernacht gewesen, in der die Bilder wie Löcher in den Wänden ausgesehen hatten. Vor Ringmar hatte ein Tisch gestanden, auf dem Tisch ein Telefon und daneben ein Anrufbeantworter. Das rote Lämpchen hatte geblinkt, unablässig geblinkt. Vor dem Fenster hatte eine Möwe geschrien. Winter hatte genickt und Ringmar hatte mit behandschuhtem Finger auf die Einschalttaste gedrückt. Ein scharfes Piepsen. Ein Sausen. Eine Stimme, eine Nachricht. Ciao, Baby. Wieder das Brausen. Piep. Nichts. Etwas. Ihre Stimme. Annes Stimme. Ein Schrei, noch einer. Ein ... Grunzen oder wa... Geräusche von Schlägen, dumpf, ein Rascheln wie von Zweigen, Büschen ... »Was zum Teufel?«, hatte Ringmar gesagt. Winter erinnerte sich noch immer an jedes Wort, jedes Geräusch. »Still«, hatte er gesagt. »Das ist sie.« Winter hatte eine Hand gehoben. Er hatte gespürt, dass sie zitterte. Wir hören einem Mord zu, hatte er gedacht. AAALHHILLIEEEHH!! Er hörte einen Reim. Ein Geleier. Ein Mädchen, das überlebt hatte, hatte etwas von einem Reim erzählt, ein Geleier, das der Mörder von sich gegeben hatte. Winter hatte dagestanden und auf den Anrufbeantworter gestarrt, als wäre es ein lebendiges Tier, schwarz, lebensbedrohlich. Sie hatten den Schreien gelauscht, den Geräuschen, dem Grunzen, dem Gebrüll, die Stimme war zurückgekehrt. Allliiaahllee ... erst leise und dann lauter. AAALILLLIEH!! Es waren *Wörter* gewesen. Sie hatten die Wörter auswendig gelernt. Yngvesson hatte das Lautbild herausgefiltert, das Wortbild. Die Geräusche gewaschen, wie er es nannte. Winter sah auf den Bildschirm, als wäre er ebenfalls lebendig geworden, gefährlich. Steckten darin auch Worte?

## 26

Winter fuhr mit seinem Mercedes durch die schönen Straßen östlich von der Sankt Sigfridsgatan. Über Örgryte ruhte der Friede des zweiten Weihnachtstages, noch immer war es friedlich auf der Welt. Er bog nach rechts und gleich darauf noch einmal nach rechts in die nächste Parallelstraße ab.

Es war ein Holzhaus, gepflegt und frisch gestrichen. Vielleicht war es in so gutem Zustand, weil das Ehepaar Carlix jetzt Zeit hatte und sich nicht mehr zwischen zwei Kulturen zerreißen musste.

Er stieg aus dem Auto. Die Haustür wurde geöffnet. Die Frau in der Tür wartete auf ihn, während er den geharkten Schotterweg hinaufging. Unter seinen Schuhen knirschte es, als wäre es Frühling. Vielleicht war es meteorologisch Frühling. Das Thermometer unter dem Auto hatte neun Grad angezeigt. In Höhe von Liseberg hatte er den Sonnenschutz herunterklappen müssen. Die Attraktionen im Vergnügungspark hatten einsam im Sonnenschein gewirkt, vergessen, als hätten sie ihren Wert als Maschinen der Freude eingebüßt.

Louise Carlix gab ihm die Hand. Er traf sie zum ersten Mal. Sie hatte dunkle Haare und war ziemlich klein, trug einen Rock und eine Strickjacke, die keinesfalls aussah wie eine traditionelle Großmutter-Strickjacke. Diese war auffallend farbenfroh. Louise Carlix wirkte jung, jünger, als er erwartet hatte. Winter wusste, dass sie nur zwei Jahre älter war als er. Sie hatte ihre Tochter in sehr jungen Jahren bekommen. Er hatte bis in die mittleren Jahre gewartet. Gloria war ihr einziges Kind. Louise Carlix würde nie Großmutter werden. Alles war für immer brutal abgeschnitten. Er konnte ihre Trauer und ihr Entsetzen kaum ermessen. Und ihren Zorn. Sie hatte sich über ihren Schwiegersohn geäußert. Ihre Worte waren in den Unterlagen festgehalten, schwarz auf weiß. Dann hatte sie nicht mehr darüber gesprochen, hatte ihre Anklage nicht wiederholt. Vielleicht würde sie es jetzt tun.

»Sie sind der Kommissar, nehme ich an«, sagte sie.

Er nickte und griff nach seiner Geldbörse und dem Dienstausweis in der Innentasche seines Mantels.

»Das ist nicht nötig«, sagte sie. »Ich glaube nicht, dass Sie ein Betrüger sind. Bitte, treten Sie ein.«

Er folgte ihr ins Haus. Die Diele war lang und schmal, fast wie ein Tunnel, der weit entfernt in Licht mündete. Sie gingen auf das Licht zu. Auf der Rückseite des Hauses lag ein großer Raum, der nach Nordosten wies. Der Garten badete in der Vormittagssonne. Die Zimmerwände waren mit Bücherregalen bedeckt. Winter nahm den Geruch nach Bibliothek wahr, ein Duft seiner Kindheit, der vielleicht auch von den Möbeln ausging, den Ledersesseln und einem Sofa, das genauso alt sein mochte wie er, vermutlich noch älter. Hier drinnen roch es nach altem Geld.

»Setzen Sie sich bitte.« Sie zeigte auf einen der Sessel. »Kann ich Ihnen etwas anbieten, Kaffee, Tee?«

»Danke, gern einen Kaffee«, sagte er. »Wenn es nicht zu viele Umstände macht.«

Sie antwortete nicht, verließ das Zimmer und verschwand. Er hörte ihre Schritte auf den Steinfliesen in der Diele. Er hatte Fußbodenwärme gespürt, als er Louise Carlix in Socken gefolgt war. Eine schwedische Sitte, die Schuhe in der Diele auszuziehen. Das einzige Volk, mit dem sich die Schweden die Sitte teilten, waren die Japaner. Winter sah sich in dem riesigen Wohnzimmer um. An den Wänden hing Kunst, die kostbar wirkte. Gute Kunst. Er kannte keinen der Künstler. Auf einem Tisch am hinteren Ende lagen einige große Bände, vielleicht Landkarten, Blumenbücher, Kochbücher, überall verteilt frische Schnittblumen, an verschiedenen Stellen, in verschiedenen Vasen im Zimmer. Grünpflanzen in den hohen Fenstern. Kein Tannenbaum. Es roch nicht nach Weihnachten, auch in der Diele hatte er nichts gerochen. Er konnte keine Hyazinthen entdecken. Sie waren Teil des speziellen Weihnachtsduftes in schwedischen Wohnungen, aber hier gab es ihn nicht. Nur den ewigen Geruch von Geld, Staub, Leder und Trauer.

Louise Carlix kam mit einem Tablett zurück, zwei dampfende Tassen darauf, auf einem Teller Gebäck. Er wusste aus Erfahrung, dass Tassen und Teller auf dem Tisch immer beruhigend wirkten bei einem Gespräch wie diesem, das kein Verhör war.

»Muss mein Mann auch dabei sein?«, fragte sie, nachdem sie sich Winter gegenüber auf das Sofa gesetzt hatte. »Ihm geht es noch nicht gut nach der Lungenentzündung. Sie ist noch nicht ganz auskuriert. Oder ihre Folgen.«

»Wo ist er?«

»Er liegt oben im Bett.«

»Falls es nötig ist, werde ich mich an einem anderen Tag mit ihm unterhalten.«

»Danke.«

Winter streckte die Hand nach einer der Tassen aus. Auf dem Tablett standen ein Milchkännchen und eine Zuckerdose.

»Die anderen haben ihre Kinder zurückbekommen«, sagte sie, ohne ihn anzusehen.

»Wie bitte?«

»Die anderen Eltern. Mats und Ann. Und die Eltern des … Mannes. Sein Name ist mir entfallen. Ich weiß nicht, ob ich ihn überhaupt einmal gehört habe.«

»Martin Barkner«, sagte Winter.

»Aha.«

Sie sah gleichgültig aus. Der Name berührte sie nicht. Sie hat ihn gar nicht wissen wollen. Sie wollte von dieser unerträglichen Ungerechtigkeit nichts wissen. Manche Kinder kamen nie mehr nach Hause.

»Haben Sie den Namen früher schon einmal gehört?«
»Martin? Was meinen Sie? Barkner?«
»Barkner.«
»Nein. Früher? Was meinen Sie mit früher?«
»Bevor das passiert ist.«
»Bevor die Frauen umgebracht wurden, meinen Sie?«
»Ja.«
Ihre Stimme klang neutral, als spräche sie von einer anderen Person. Es hatte nichts mit ihr zu tun.
»Uns ist niemand mit Namen Barkner bekannt.«
»Und Holst? Madeleine Holst?«
»Wer ist das?«
»Martin Barkners Verlobte.«
Sie antwortete nicht.
Winter wiederholte seine Frage.
»Habe sie nicht gekannt.«
»Ihre Eltern heißen Annika und Peder.«
»Habe sie nicht gekannt.«
Die Antwort kam, bevor Winter die Namen ganz ausgesprochen hatte. Jetzt ganz ruhig, Erik. Du kannst darauf zurückkommen. Warte noch damit.
»In einem Gespräch mit einem meiner Kollegen haben Sie gesagt, Sie hätten gewusst, dass Erik Lentner Ihrer Tochter weh tun würde.«
»Habe ich das gesagt?«
»Ja. ›Ich wusste, dass er es tun würde‹, haben Sie gesagt.«
»Ich habe es nicht so gemeint.«
»Ach?«
»Warum sollte ich das meinen? So was ... sagt man eben ... im ersten Schock ... wenn das Entsetzliche passiert ist. Ich wusste nicht, was ich sagte.«
»Glauben Sie, dass Erik Ihre Tochter umgebracht hat?«
»Nein.«
»Haben Sie das zu irgendeinem Zeitpunkt geglaubt?«
»Nein.«
»Wir hatten einen anderen Eindruck.«

Sie schwieg. Sie fragte nicht, wer »wir« waren.

»Haben Sie Eriks Eltern getroffen, nachdem es passiert ist?«

»Nein.«

»Haben Sie mit ihnen gesprochen?«

»Nein.«

»Warum nicht?«

Sie antwortete nicht. Ihr genügte das vielleicht als Antwort. Aber Winter genügte es nicht.

»Haben die Eltern sich bei Ihnen gemeldet?«

»Ich weiß es nicht. Ich habe den Anrufbeantworter schon eine Weile nicht mehr abgehört.«

Das könnte stimmen, klang aber trotzdem seltsam.

»Warum wollen Sie keinen Kontakt mit Eriks Eltern?«

»Ich wollte es nicht. Das ist einfach so. Ich hatte keine Kraft. Ich habe auch jetzt keine Kraft. Ich weiß nicht, warum.«

»Und Erik? Haben Sie mit ihm gesprochen?«

»Nein.«

»Das finde ich sonderbar«, sagte Winter.

»Wieso?«

»Wollen Sie es nicht wissen?«

»Was soll ich wissen wollen?«

»Was er zu sagen hat. Was Erik Ihnen sagen möchte.«

Auch darauf antwortete sie nicht. Keiner von beiden hatte von dem Kaffee getrunken, der längst aufgehört hatte zu dampfen.

»Sie haben doch sicher viel darüber nachgegrübelt, was passiert sein könnte«, sagte Winter.

Sie schaute ihn an, sah ihm direkt in die Augen. In der linken Iris hatte sie einen kleinen gelben Fleck. So etwas hatte Winter früher schon einmal gesehen, Flecken, die beim Tod eines Menschen verschwanden. Von der einen Sekunde zur anderen. Auch das hatte er gesehen. Es war eine unheimliche Veränderung, als würde das Licht in einem Menschen erlöschen, wenn das Leben den Körper verlässt.

»Ich tue nichts anderes«, sagte sie. »Lieber möchte ich alles andere als das, aber das ist der einzige Gedanke in meinem Kopf.«

»So geht es mir auch«, sagte er.
»Das glaube ich Ihnen nicht.«
»Ich bin so«, sagte Winter.
»Wozu soll das gut sein?«
»Wie bitte?«
»Hilft es Ihnen?« Sie machte eine Pause und schaute auf die Tasse vor sich wie auf einen fremden Gegenstand, etwas Namenloses. »Wird es *mir* helfen?«
»Wenn wir einander helfen«, sagte Winter.
»Ich kann mir nicht vorstellen, wie das funktionieren soll.«
»Warum sind Sie misstrauisch gegen Erik?«
»Haben Sie ihn immer noch im Verdacht? Glauben Sie immer noch, er hat es getan?«
»Was glauben Sie selber?«
»Ich weiß es nicht«, sagte sie.
»Was glauben Sie?«, wiederholte Winter.
»Was ich glaube, spielt doch keine Rolle.«
Aber *etwas* glaubt sie, dachte Winter. Und vielleicht weiß sie auch etwas. Irgendetwas weiß sie, was mit dem Fall zusammenhängt. Jeder reagiert anders auf traumatische Erlebnisse. Im Lauf der Jahre hatte er gelernt, die Reaktionen zu deuten. Manche waren normal, manche recht eigentümlich. Es gab Menschen, die hielten sich scheinbar ans Handbuch der Trauerarbeit, verrieten jedoch etwas ganz anderes. Immer steckten Geheimnisse dahinter. So wie es auch hier ein Geheimnis gab. Es hatte zwei Morde ausgelöst und würde vielleicht bald einen dritten auslösen. Er war dem Geheimnis nah gewesen, nein, nur am äußersten Rand, hatte den Gestank aus der Tiefe wahrgenommen. Irgendwo liegt der Schlüssel zu dem Geheimnis. Tief vergraben in der privaten Hölle dieser Menschen.
»Erzählen Sie mir von Erik.«
Sie zuckte zusammen, heftig, als hätte er sie aus einem wohltuenden Traum geweckt und in den Alptraum zurückgezerrt.
»Was ... wie meinen Sie das?«
»Mochten Sie ihn?«

»Das ... ich weiß nicht, was ich auf so eine schwierige Frage antworten soll.«

»Was an ihm mochten Sie?«

»Können wir darüber nicht ein anderes Mal reden?«

»Was mochten Sie nicht an ihm?«

»Warum fragen Sie ständig nach ihm?«

»Was hat Ihnen nicht gefallen an Erik Lentner?«

»Es ist sinnlos, jetzt darüber zu sprechen. Es hat nichts zu bedeuten.«

»Nichts zu bedeuten?«

»Das ...«, sie hob die Stimme, »das ... das darf ... das macht meine Gloria auch nicht wieder lebendig. Alles ist ... sinnlos. Es ist vollkommen sinnlos.«

Sie hatte den Kopf gesenkt. Als sie wieder aufschaute, sah er Tränen in ihren Augen. Der gelbe Fleck blitzte auf wie eine Fackel im Regen.

»Nur wenn wir ihren Mörder nicht finden, war alles sinnlos«, sagte Winter. »Wirklich alles. Möchten Sie nicht, dass wir ihn finden?«

»Was soll die Frage? Natürlich will ich das.«

Winter sah aus dem Fenster. Im Garten war es dunkler geworden. Jetzt stand der Apfelbaum im Schatten, er wirkte lebendiger als vor einer halben Stunde, trotz der nackten Zweige. Eben noch hatte die Sonne den Baum mit einem gnadenlosen Licht übergossen. Jetzt hatte sie sich weiterbewegt am blauen Himmel, der allmählich herausfordernd wirkte, das war ihm auf dem Weg hierher durch den Kopf gegangen. Er fordert uns heraus. Er ist arrogant. Der Himmel ist zu groß geworden.

»Erik und Gloria haben einander schon als Kinder gekannt, nicht wahr?«

Sie nickte.

»Wo haben sie sich kennengelernt?«

»Ja ... das war wohl ... das war wohl da unten.«

»Da unten? Meinen Sie in Spanien?«

»Ja ...«

»Costa del Sol?«

»Ja.«

»Nueva Andalucia?«

Sie schaute wieder auf. Vorher war ihr Blick durchs Fenster, zu den Schatten im Garten ausgewichen, die tiefer geworden waren, als die Sonne sich zum Meer hin entfernte. Jetzt erkannte Winter drei Bäume. Sie sahen aus wie Gestalten, Arme, Beine, Köpfe. Wie Männer, die Drei Weisen.

»Warum fragen Sie danach?«

»War es dort?«, fuhr Winter fort. »War es in Nueva Andalucia?«

»Das klingt, als würden Sie den Ort kennen.«

»Bitte beantworten Sie nur meine Frage.«

»Das ... ich ... ja, so war es. Wir hatten dort ein Haus.«

»Wann war das? Wann haben sich Erik und Gloria kennengelernt?«

»Ich weiß es nicht. Daran kann ich mich nicht erinnern. Ich kann nicht mehr.«

»Wie alt waren die beiden?«, fragte Winter.

»Was spielt das für eine Rolle? Was hat das mit der Sache zu tun?«

»In welchem Alter waren sie?«

»Ich ... vielleicht zehn. Ich erinnere mich nicht genau. Muss ich mich genau erinnern? Was bezwecken Sie mit all dem?«

Winter antwortete nicht. Er wusste es selber nicht. Aber er wusste, dass er diese Fragen stellen musste. Nichts war nur *jetzt*, in der Gegenwart. Alles war überall, es würde nie verschwinden. Es war viel mehr als Erinnerungen, wog viel schwerer. Die wirklichen Taten, eine immerwährende Wirklichkeit.

»Wann sind Sie dort weggezogen?«

»Von ... von Nueva Andalucia, meinen Sie?«

»Ja.«

»Wann wir weggezogen sind? Ich erinnere mich nicht ... auch daran erinnere ich mich nicht genau. Das war wohl vor ... es ist schon viele Jahre her.«

»Zwanzig Jahre?«

»Ja, vielleicht.«
»Als Erik etwa zehn war?«
»Ja, so kann es gewesen sein.«
»Warum sind Sie weggezogen?«
»Wir wollten wohl etwas anderes. Mit der Zeit waren zu viele Leute dorthin gezogen. Überall wurde gebaut. Wir wollten einfach weg.«
»Wurde es damals schon eng?«
»Ja.«
»Gehörten Sie nicht zu den Ersten?«
»Nein.«
»Aber Sie wollten die Sonnenküste nicht aufgeben?«
»Nein.«
»Wohin sind Sie gezogen?«
»Das ... Sie wissen es sicher. Sie scheinen ja fast alles zu wissen. Der Ort war etwas abgelegener ... näher bei den Bergen. Auf der anderen Seite von Marbella. Er heißt Los Molineros.«
Winter nickte.
»Kennen Sie ihn?«
»Ja.«
»Wie ist das möglich?«
»Ich bin einige Male dort unten gewesen.«
»Ach. Und warum?«
»Das spielt keine Rolle«, sagte Winter. »Erzählen Sie von Los Molineros.«
»Wir sind dort hingezogen. Mehr nicht. Und jetzt besitzen wir gar nichts mehr an der Sonnenküste. Wir sind für immer nach Hause zurückgekehrt.«
»Warum?«
»Es wurde ... ich weiß nicht, in Los Molineros wurde schließlich auch zu viel gebaut. Die Stille verschwand. Die Ruhe. Und es wurde uns zu heiß. Es ist viel zu heiß in Spanien. Zu viel Sonne. Heute ist die ganze Küste eine einzige Baustelle.«
»Was ist mit Erik passiert?«, fragte Winter.
Das war eine Frage wie aus der Hüfte geschossen. Er wusste

nicht, ob sie dafür bereit war. Sie reagierte mit einem Ruck, der jedoch wie eingeübt wirkte. Oder auch nicht. Als hätte sie damit gerechnet, dass diese Frage kommen würde, jedoch nicht, wann, und nicht, in welchem Zusammenhang.

»Jetzt verstehe ich Sie nicht«, sagte sie.
»Mit ihm ist irgendetwas passiert, als er klein war.«
»Davon weiß ich nichts.«
»Sind Sie deshalb weggezogen?«
»Ich weiß nicht, wovon Sie reden.«
»Warum spricht keiner darüber?«
»Worüber?«
»Niemand will sich dazu äußern«, sagte Winter. Seine Stimme hätte ärgerlich klingen können, aber sie klang nur traurig. Jedenfalls fand er selber, dass sie traurig klang.

Louise Carlix schwieg.

»Es hat den Anschein, als hätten alle Erik im Stich gelassen«, sagte Winter. »Damals und vielleicht auch heute.«

Sie zuckte wieder zusammen.

»Was ist passiert?«, fragte Winter.

Er meinte, Geräusche aus dem oberen Stockwerk zu hören. Vielleicht waren es Schritte. Die Geräusche verstummten. Er schaute hinauf und wandte sich dann wieder ihr zu.

»Was ist da unten passiert?«
»Alles hat sich verändert«, sagte sie.

## 27

Erik Lentner durfte den Treffpunkt bestimmen. Winter bestimmte den Zeitpunkt. Lentner schlug Ruddalen vor. Sie trafen sich auf dem Parkplatz und begrüßten sich mit Handschlag. Sie wählten die längere, hügelige Bahn gegen den Uhrzeigersinn. Einige Läufer schleppten sich an ihnen vorbei auf einer Runde zwischen den Feiertagen, voller Gewissensbisse. Zum Skifahren reichte der Schnee nicht. Sie kamen an der Eishalle vorbei. Die Läufer hinter dem Glas sahen aus wie mittelalterliche Figuren. Das lag an den Trikots, den Hauben, den Schlittschuhen, die Lederpantoffeln glichen. In der Halle herrschte gebeugtes Leid, ewig und zeitlos wie die Eiszeit. Ein Gemälde von Hieronymus Bosch. Winter dachte an die alptraumartigen Visionen des Malers, die makabren Details. Sie gingen weiter den steilen Abhang hinauf. Winters Puls schlug schneller, das ärgerte ihn. Er müsste häufiger trainieren. Sein letztes Training lag schon lange zurück. Ein ausgedehntes Saunabad nach dem Laufen. Das war die Belohnung. Ein Pils. Er hörte Lentner atmen.

»Finden Sie es anstrengend?«

»Sie strengt es mehr an, wie ich höre«, sagte Lentner.

»Kein Problem.«

»Ich durfte in der Untersuchungshaft nicht trainieren, wie ich wollte«, sagte Lentner.

»Was wollten Sie trainieren?«

»Trapezius.«
»Die Schultern«, sagte Winter.
»Sind Sie nebenbei auch noch Arzt?«
»Meine Frau.«
»Wo?«
»Beim Sahlgrenska.«
»Wie heißt sie?«
»Angela Hoffmann-Winter.«
»Ist sie Deutsche?«
»Ja. Und Schwedin.«
»Aha.«
»Fühlen Sie sich manchmal wie ein Spanier?«
Lentner blieb stehen. Sie hatten fast den höchsten Punkt erreicht. Winter atmete ruhiger. Es waren nur die ersten Schritte gewesen. Er spürte, wie sein Puls langsam wieder normal schlug. Und er hatte einen Arzt neben sich. Er war in sicheren Händen.
»Warum zum Teufel sollte ich mich wie ein Spanier fühlen?«
»Haben Sie nicht viel Zeit Ihres Lebens in Spanien verbracht?«
»Wir sind die Kanaken der Sonnenküste«, sagte Lentner. »Dort sind wir die Einwanderer. Die Leute verachten uns. Die Schweden. Und die Deutschen und Engländer.«
»Wer?«
»Wer was?«
»Wer verachtet Sie?«
»Die Spanier natürlich.«
»Sind Sie sicher?«
Lentner antwortete nicht. Ein Läufer kam den nächsten Hügel heraufgekeucht. Das Gesicht des Mannes war rot. Aus fünf Meter Abstand röchelte er ihnen etwas zu, was sie nicht verstanden. Er sah wütend aus.
»Wir sind ihm im Weg«, sagte Winter.
Lentner wich keinen Zentimeter zur Seite.
Der Mann schien es darauf anzulegen, mit ihm zusammenzustoßen. Er war in Winters Alter, übergewichtig, nach der Gesichtsfarbe zu urteilen, an der Grenze zum Infarkt. In letzter Sekunde

schlug er einen Haken. Es sah aus, als wollte Lentner ihm ein Bein stellen. Ein Zucken in seinem Bein verriet es Winter.

»Tun Sie das lieber nicht«, warnte er.

Lentner drehte sich zu ihm um.

»Sie haben alles gut unter Kontrolle.«

»Sind Sie in Spanien in die Schule gegangen?«, fragte Winter.

Lentner zuckte zusammen.

»Was haben Sie gesagt?«

Winter wiederholte die Frage. Lentner wollte Zeit gewinnen. Eigentlich war es eine ziemlich harmlose Frage. Aber für ihn bedeutete sie mehr, sie bedeutete etwas anderes.

»Nicht lange«, antwortete er.

»Wie lange?«

»Was spielt das für eine Rolle?«

»Wie lange?«, wiederholte Winter.

»Ein Jahr etwa.«

»Wie war es?«

Lentner schwieg. Er setzte sich wieder in Bewegung. Winter hörte einen Vogel, ein verirrter Laut, als wäre der Frühling schon vor Neujahr ausgebrochen, und er musste plötzlich an die Geräusche aus dem dritten Zimmer denken. An den dritten Mann. Die dritte Frau. Eine dritte Frau sollte ermordet werden. Davon war er überzeugt. Vielleicht war es schon geschehen. Winter sah Lentners Rücken. Der junge Mann ging immer noch der Sonne entgegen. Sie blendete Winter. Der andere ging schneller. Winter ging schneller. Bald würden sie laufen.

»Warten Sie!«

Lentner drehte sich nicht um. Er hatte schon fast den nächsten Anstieg erreicht. Verdammt, diese Strecke war wirklich hügelig, von Peinigern für Menschen angelegt, die sich gern peinigen ließen.

»Warten Sie, habe ich gesagt!«

Lentner blieb stehen und drehte sich um.

»Geht Ihnen die Puste aus?«

Winter antwortete nicht. Er spürte Schweiß am Haaransatz. Er wollte nicht, dass der jüngere Mann es bemerkte. Es war keine gute

Idee gewesen, Ruddalens Joggingweg als Verhörraum zu wählen. Lentner hatte gewusst, was er tat. Jetzt hatte Winter ihn erreicht.

»Wir können auch zum Auto zurückgehen und ins Präsidium fahren«, sagte er.

»Wollen Sie mir damit drohen?«

»Ja. Wenn alles andere nichts hilft.«

»Ich werde versuchen, so langsam wie Sie zu gehen.«

»Ist es in der Schule passiert?«, fragte Winter.

»Warum reiten Sie dauernd auf der Schule herum? Die hat nichts damit zu tun.«

»Womit nichts zu tun?«, fragte Winter.

»Mit dem, was Gloria passiert ist.«

»Und Madeleine«, ergänzte Winter.

Lentner schwieg. Vielleicht nickte er. Winter hörte wieder einen Vogel singen. Ein lautes, einsames Lied, als wäre der Vogel in einem fremden Land zurückgelassen worden, in dem nichts mehr war, wie es einmal gewesen war.

»Sie müssen doch darüber nachgedacht haben, was Madeleine passiert ist«, sagte Winter.

»Natürlich.«

»Warum hatten Sie keinen Kontakt?«

»Wie meinen Sie das?«

»Sind Sie zusammen in die Schule gegangen?«

»Ja, aber was meinen Sie damit?«

»Sie kannten sich seit Ihrer Kindheit. Sie hielten sich regelmäßig bei ihr zu Hause auf. Sie sind in Spanien bei der Familie ein und aus gegangen. Wann haben Sie aufgehört, sich zu treffen?«

»Das ist lange her.«

»Warum haben Sie aufgehört?«

»Ich weiß es nicht.« Lentners Blick wich aus. Es gab Bäume, die er betrachten konnte, nasse Sägespäne, Erde, wintergrüne Vegetation, den blauen Himmel zwischen den Bäumen. Im Augenblick waren keine Jogger unterwegs. Lentner sah Winter an. »Das hat nichts zu bedeuten.«

»Haben Sie sich in Göteborg getroffen?«

»Wann?«

»Jetzt. Als Erwachsene, in der letzten Zeit.«

»Nein.«

»Nie?«

»Nein. Danach haben doch schon die anderen gefragt.«

»Ich frage noch einmal.«

»Und ich sage nein.«

»Haben Sie Martin gekannt?«

»Martin?«

»Madeleines Lebensgefährten. Martin Barkner. Sie wissen, wen ich meine.«

»Ich kenne ihn nicht.«

»Warum haben Sie den Umgang mit Madeleine abgebrochen?«

»Herr im Himmel, wir waren Kinder. Wir haben uns kennengelernt, als wir Kinder waren! Treffen Sie heute noch all Ihre Spielkameraden von früher?«

»Einige«, sagte Winter.

»Dasselbe gilt für mich. Aber es bedeutet nicht, dass ich alle treffe.«

»Verstehen Sie eigentlich, warum ich Ihnen diese Fragen stelle?«

Lentner antwortete nicht. Sein Blick war wieder woanders, auf der nächsten Hügelkuppe, die andere Seite hinunter, vielleicht schon um die halbe Laufrunde herum. Vielleicht sogar schon im Ziel.

»Warum ausgerechnet die beiden?«, fragte Winter.

Lentner sah ihn wieder an.

»Warum Madeleine und Gloria?«, beharrte Winter. »Warum Sie und Martin?«

»Das ... ich ... es ist doch Ihr Job, das herauszufinden.«

»Genau, und deswegen stehe ich im Augenblick hier mit Ihnen. Warum Sie?«

Lentner sah aus, als wollte er antworten, aber was in seinem Kopf war, kam nicht heraus. Vielleicht war es nichts. Vielleicht war es alles, die Antwort auf alles.

»Was ist zwischen Ihnen und Peder Holst vorgefallen?«, fragte Winter.

Lentner zuckte zusammen.

»Haben Sie Madeleine danach noch einmal getroffen?«, fuhr Winter fort.

Lentner antwortete nicht. Das war eine Antwort. Er fragte nicht: *Danach?* Was meinen Sie, Herr Kommissar? *Wonach?*

»Helfen Sie sich«, sagte Winter.

Lentner schwieg. Ein Jogger kam den Hügel herauf, sie hörten ihn keuchen, bevor sie ihn sahen. Ein Fettkloß im Trikot, seine Atmung klang wie ein Spinnaker bei Sturm. Er würde noch vor dem Ziel tot umfallen.

»Ich habe nichts damit zu tun«, sagte Lentner.

Mit was zu tun? Mit was nichts zu tun? Winter sah den zum Tode verurteilten Schlemmer den Abhang hinunterrollen. Der Trainingsoverall war orange. Auf dem Rücken stand »Dynapac«.

»Ich brauche Ihre Hilfe, Herr Lentner«, sagte Winter. »Sie brauchen Hilfe.«

»Ich habe nichts getan«, sagte Lentner. Seine Stimme klang jetzt ganz dünn, wie die eines kleinen Jungen. Er sah aus wie ein zehn Jahre alter Junge. Die Sonne versteckte sich hinter den Bäumen. Schatten fiel auf die beiden. Ein kalter Wind kam auf. Der Junge schauderte.

»Nein«, sagte Winter.

»Ich habe nie etwas getan.«

»Es war nicht Ihre Schuld«, sagte Winter.

Lentner schaute zum Himmel hinauf, als suchte er die Sonne. Etwas Verlässliches. Auf die Sonne hatte man sich verlassen können, nur jetzt nicht. Er sah Winter an. Winter konnte die Gedanken in seinem Kopf, in seinen Augen lesen. Lentner bewegte die Lippen, kaute auf den Wörtern, die er vielleicht aussprechen wollte. Es konnten Erinnerungen sein, für die er noch keine Worte hatte.

»Glauben ... glauben Sie, dass ... in Spanien etwas ... Was da passiert ist ... dass es mit ... Glorias Tod zu tun hat?«

»Ich weiß es nicht, Herr Lentner.«
»Sie scheinen es aber zu glauben.«
»Sie müssen mir helfen.«
»Ich weiß nicht, wie ich Ihnen helfen könnte«, sagte Lentner.
»Erzählen Sie mir, an was Sie sich erinnern.«
»Woran ... erinnern?«
»Was an jenem Tag im Haus der Familie Holst passiert ist. In Nueva Andalucia.«
»Ich kann mich nicht erinnern.«
Winter sagte nichts, nicht sofort. Eine Joggerin huschte vorbei, diesmal eine magere Frau. Ihre Hüften, verborgen unter schwarzem Stoff, zeichneten sich scharf ab. Die Ablenkung kam ihm gelegen. So hatte der junge Mann mehr Zeit zum Nachdenken.
»Das hat nichts mit der Sache zu tun«, sagte Lentner.
»Was?«
»Das ... Nichts. Nichts hat damit zu tun.«
»War noch jemand anwesend?«, fragte Winter. »An dem Tag in Holsts Haus?«
»Wie meinen Sie das?«
»Ich meine gar nichts. Ich frage, ob Sie allein am Swimmingpool waren.«
»Ich ... war wohl allein.«
»Sind Sie sicher?«
Lentner schüttelte den Kopf.
»Kann Sie jemand gesehen haben? Sie beide?«
»Was spielt das für eine Rolle?«
»Ich weiß es nicht, jedenfalls im Moment nicht.«
»Ich kann mich nicht erinnern.«
Lentner setzte sich auf eine Bank. Er schaute über das Wasser. Die Oberfläche kräuselte sich leicht, als würde sich darunter etwas bewegen.
»Ich vermisse sie«, sagte Lentner, ohne den Blick abzuwenden.

Er war jetzt allein und folgte der Wanderung der Kamera durch das dritte Zimmer. Den Ton hatte er abgeschaltet. Es gab nur Bilder. Es war das Wissen *falls*. Ein Versprechen *falls*. So etwas war vielleicht schon einmal geschehen, in einer anderen Welt, zum Beispiel auf der anderen Seite des Atlantik, aber nie auf diese Weise. Davon war er überzeugt. Keine Bilder von den noch Lebenden. Den Schlafenden. Den zum Tode Verurteilten, den bereits Verhüllten. Im Bett war viel Weiß, die Farbe des Todes. Er konnte nicht erkennen, wer die Frau und wer der Mann war, aber er war überzeugt, dass er sich nicht täuschte. Wenn er den Ort nicht rechtzeitig fand, würde einer leben, einer würde sterben. Noch lebten beide, dessen war er sicher. Falls einer von ihnen starb, würde er es unmittelbar erfahren. So etwas nannte man wertloses Wissen.

Winter ließ den Film zurücklaufen, fing wieder von vorn an, machte eine Pause, und immer wieder von vorn. Jetzt konzentrierte er sich auf die Silhouetten hinter den Gardinen, die wie ein Filter wirkten. Es konnte alles Mögliche sein, eine andere Welt, die andere Seite des Meeres. Aber es war *hier*. Es war ganz nah und doch so fern. Der Mist, der auf der DVD gestanden hatte, bedeutete vielleicht etwas, häufig erwies sich so eine Vermutung jedoch als falsche Fährte. Der Schreiber wusste es vielleicht selber nicht. Ein Spin-off-Effekt des kranken Gehirns.

Und auch wieder nicht. Es war hier, hier in dieser Stadt. Es war ein Zimmer wie alle anderen, ein Haus wie alle anderen. So nah, vielleicht in Vasastaden, oder nicht? Sollten sie an jeder Tür klingeln und bitten, einen Blick ins Schlafzimmer werfen zu dürfen? Einbrechen, falls die Leute nicht zu Hause waren? Falls sie sich in Thailand aufhielten? Kitzbühel? New York? Oder nur bewusstlos waren?

Vor dem Fenster standen Gebäude. Ganz oben links zeichnete sich ein helles, wie auf den Kopf gestelltes Rechteck ab. Von dort fiel das Licht herein. Das war der Himmel, aber es war nicht zu erkennen, ob es Nacht oder Tag war. Der nächtliche Himmel über der Stadt war häufig in der Nacht genauso hell wie am Tag, und im Winter war er nachts heller. Es konnten die Lichter der Stadt sein, die er reflektiert sah, oder eine Straßenlaterne, die in der Nähe stand. Das Zimmer lag aller Wahrscheinlichkeit nach in einem oberen Stockwerk, dem vierten, vielleicht dem fünften. Dem dritten. Es gab keine Technik, mit der man die Gardinen auf dem Film beiseiteschieben konnte, um die Unregelmäßigkeiten des Lichtes und der Dunkelheit dahinter zu entschlüsseln. Aber sie konnten den Hintergrund heranzoomen.

Er meinte, einen Schatten zu sehen, der sich bewegte.

Der war ihm bisher nicht aufgefallen.

Er ließ den Film zurücklaufen, drückte auf »Play«, wartete.

Ein Schatten vor dem Fenster.

Etwas bewegte sich, eine Sekunde lang vielleicht. Was zum Teufel war das?

Er schaute sich die Sequenz noch einmal an.

Als würde jemand mit der Hand am Fenster entlangstreichen. Eine große verdammte Hand.

Etwas, das unten auf der Straße vorbeifuhr? Auto, Straßenbahn, Bus, Schiff?

Etwas, das in der Luft vorbeiflog?

Wann ist das? Wann geschieht das? Ich brauche eine Uhr. In Barkners Wohnung hören wir eine Uhr schlagen. Hier nichts. Gibt es eine Uhr in diesem Zimmer? Kann ich sie sehen? Legt es der Mensch hinter der Kamera darauf an, dass ich sie sehe?

Winter spürte plötzlich einen Druck vom Nacken über den Hinterkopf bis in die Stirn. Hinunter zum rechten Auge. Nein, nein, das war wirklich der falsche Zeitpunkt für seine eingebildete Migräne.

Plötzlich blitzte neben dem Fenster etwas auf. Dort stand eine Kommode, und auf der Kommode standen mehrere kleine Silhouetten, wie kleine Figuren in dem graugelben Pisslicht.

Eine dieser Figuren blitzte auf. Als würde sich das, was dort stand, in der Kameralinse spiegeln. Oder kam das Aufblinken von einer Straßenlaterne vor dem Fenster?

Wieder ein huschender Blitz, als die Kameralinse weiterglitt. Jetzt war die Kommode verschwunden. Winter sah einen Holzfußboden, der ebenfalls glänzte. Er ließ den Film zurücklaufen, vorwärtslaufen. Das Aufblitzen, vielleicht handelte es sich um einen kleinen Schrank oder einen Tisch. Zu viele wertlose Schatten. Er brauchte Vergrößerungen. Torsten Öbergs Leute waren unterwegs zu ihm. Es war irgendeine Art Metall. Vielleicht ein Pokal. Ein Preis. Ein Shaker. Ein Champagnerkübel. Eine Plakette. Ein Preis. Ein Pokal.

Ein Name. Häufig standen Namen auf Pokalen.

## 28

Winter parkte vor dem Haus, in dem er seine Kindheit verbracht hatte. Seine Schwester war schließlich darin hängengeblieben. Ihre Mutter war zurückgekehrt, und nun lebten sie zusammen. In Immobilienanzeigen wurden solche Häuser als Mehrgenerationenhaus angeboten. Drei Pensionäre kamen in strammem Marsch mit Nordic-Walking-Stöcken vorbei. Mit Hilfe der Stöcke näherten sie sich ihrem Grab. Er stieg aus dem Auto. Es roch nach Raffinerie und Äpfeln. In Hagen roch es immer nach Öl und Äpfeln.

Diesen Besuch hatte er lange vor sich hergeschoben.

Regel numero uno (1) im Handbuch des Kommissars der Fahndung: Beziehe die eigene Familie nie in eine Ermittlung ein. Winter hielt nicht viel von Regeln, aber es war sinnvoll, sich an diese Regel zu halten.

Seine Mutter stand schon auf der Treppe, als hätte sie auf ihn gewartet. Der Rauch ihrer Marlboro ringelte sich in den Himmel und verpestete allen die Luft. Sie kam aus einem Land, in dem die Luft bereits verpestet war. Jetzt war sie hier.

»Erik!«

Er stieg die Treppe hinauf, sie kam die Treppe herunter, und sie umarmten sich. Es war der Tag vor Silvester. Sie wollten hier feiern, in diesem Haus in Hagen, die ganze Familie. Es war eine einzigartige Familie.

»Ich habe gerade an morgen gedacht«, sagte sie.

Winter zündete sich einen Corps an. Er hatte fast aufgehört zu rauchen, jedenfalls für dieses Jahr.

»Lotta hat schon den Fisch bei den Jungs im Fischschuppen am Käringberget bestellt«, fuhr sie fort. »Die haben wirklich was drauf.«

Er blies Rauch in den dämmernden Himmel, nickte.

»Aber nicht gerade billig. Dafür gut. Wie die Besten in Marbella. Erinnerst du dich an die Markthalle bei Benavente?«

»Na klar.«

»Deren Steinbutt ist unschlagbar!«

»Wart's ab bis morgen«, sagte er.

»Es ist schön, wieder zu Hause zu sein«, sagte sie. »Manches ist ganz unverändert.«

»Ich habe einige Fragen an dich«, sagte er.

Sie drückte die Zigarette in einer kleinen, mit Sand gefüllten Kaffeedose aus. Manches war wirklich ganz unverändert.

»Mir ist kalt«, sagte sie.

Er legte den dünnen Zigarillo in die Dose.

»Lotta und die Mädchen sind unterwegs«, sagte sie. »Möchtest du Kaffee?«

»Nein, danke.«

Sie gingen hinein. Der Geruch in der Diele war unverändert, er würde immer dasselbe für Winter bedeuten. Und doch war es schon so lange her, wie in einem anderen Leben.

Die Dämmerung war tief ins Wohnzimmer vorgedrungen. Er sah die Spielhütte im Garten, die Bäume.

In ihrem Garten in der Pasaje José Cadalso hatte Siv Winter drei Palmen gehabt. Das Haus lag in einer Einbahnstraße, die von ebenerdigen und einstöckigen Familienhäusern gesäumt war. Alles war weiß und grün. Bougainvilleen hingen über die weißen Mauern. Zwischen Gittern leuchteten sorgfältig gewässerte Rasenflächen. Siv hatte einen Briefkasten für CARTAS, und auf der anderen Seite der Eisenpforte hing ein Schild, das vor dem PERRO warnte. Seine Mutter war einem Hund nie näher als zehn Meter

gekommen, aber das Schild wirkte offenbar auf andalusische Einbrecher, die des Lesens kundig waren. Winter liebte die Palmen auf dem rechteckigen kleinen Rasen an der Rückseite des Hauses.
»Ich möchte dich nach ein paar Namen fragen«, sagte er.

Gerda Hoffner war so lange im Badewasser liegen geblieben, dass sie fast Schwimmhäute zwischen den Zehen hatte, als sie aus der Wanne stieg. Sie wickelte sich in das Badetuch und trocknete flüchtig ihre Füße ab, bevor sie das Bad verließ. Ihr gefiel es, Fußspuren zu hinterlassen. Ihre Mutter hatte deswegen immer mit ihr geschimpft. Der Fußboden könnte ja verfaulen!
  Der Tag vor Silvester. Es war ein Heiligabend gewesen, der nicht in die Geschichte eingehen würde, weder in ihre eigene noch in die Geschichte der Welt oder der Polizeibehörde. Sie hatte auch an den beiden Tagen zwischen den Feiertagen gearbeitet, es war überwiegend ruhig gewesen. Ein riesiger Kater lag über der Stadt. Die Kinder kamen ein wenig zur Ruhe. Der Gedanke an sie war am schlimmsten. Daran gewöhnte man sich nie, auf so etwas konnte man sich nicht vorbereiten. Die Grübelei hinterher, jetzt, wo sie tatsächlich einen freien Silvesterabend vor sich hatte, der sehr festlich werden konnte. Das lag ganz allein in ihrer Hand. Sie konnte sich zwischen Fleisch oder Fisch, Weiß- oder Rotwein entscheiden oder einen Rosé wählen. Keine Kompromisse, auch wenn Rosé wie ein Kompromiss wirken mochte. Keine Nervosität, bevor die Gäste kamen. Keine Unschlüssigkeit, was man anziehen sollte. Keine täppische Küsserei beim Glockenschlag zwölf. Himmel, es ging ja nur um ein neues Jahr. Nicht einmal ein neues Jahrzehnt oder gar Jahrhundert. Das würde sie nicht noch einmal erleben, ein neues Jahrhundert. Sie hatte schon zwei erlebt, das konnte nicht jeder von sich behaupten.
  Das Telefon klingelte. Ihre Haare waren noch nicht ganz trocken. Sie hob den Hörer des Telefons an der Küchenwand ab.
  »Ja?«
  »Hallo, Gerda. Wie geht's dir?«
  »Gut.«

»Was machst du?«
»Lege Patiencen.«
»Ha, ha. Was machst du morgen?«
»Ich weiß nicht. Was ist denn morgen für ein Tag?«
»Ha, ha. Hast du irgendwelche Pläne?«
Das Abendessen vorbereiten. Mich zwanzigmal umziehen. Einen Drink mit meinem Mann nehmen. Einen weiteren Tag genießen, ein altes Jahr, ein neues Jahr. Das Feuerwerk vom Fenster aus anschauen. Eine Stadt im Licht.
»Ich habe mich noch nicht entschieden«, sagte sie.
»Komm her«, sagte er.
»Wohin? Zum Streifenwagen?«
»Ha, ha. Nee, die Weihnachtstage haben gereicht. Ich meine, zu mir nach Hause. Zu uns. Wir bekommen Besuch, und da hab ich an dich gedacht.«
»Das ist nett von dir, Johnny. Und von Sanna.«
»Ich weiß nicht, ob du andere Pläne hast. Vielleicht willst du ja einen Abstecher zu deiner Sippe in Deutschland machen.«
»Nach den Feiertagen.«
»Tja, wenn du also Lust hast ...«
»Brauchst du sofort eine Antwort?«
»Nein. Es gibt ein Buffet, du brauchst dich also nicht wegen des Essens sofort zu entscheiden. Alkohol ist auch genügend vorhanden. Wein für die Schwachen. Wir werden um die fünfzehn Leute sein. Alle ganz okay. Keine Bullen.«
»Klingt gut.«
»Es kommt auch eine kleine Gruppe von der Heilsarmee, die wollen unser Extrazimmer mieten.«
»Ha, ha.«
»Denk drüber nach.«
»Über das Extrazimmer?«
»Darüber auch. Morgen gegen halb sieben, du brauchst nur zu klingeln. Den Code kennst du doch?«
»Kenne ich.«
»Komm einfach, wie du bist.«

»Im Augenblick trage ich nur ein Badetuch.«
»Hab ich gesagt, dass es eine Maskerade wird?«
»Ha, ha, ha.«
»Bis dann also.«
»Wirklich sehr nett von dir, Johnny. Soll ich etwas mitbringen?«
»Nein, nein, nur übersprudelnde, strahlend gute Laune«, sagte er, und dann war die Verbindung unterbrochen.

Sie blieb mit dem Hörer in der Hand stehen. Sie sah, wie sich die gute alte Straßenbahn den Sannabacken hinaufarbeitete. Der Himmel wurde schon rot im Westen. In den Fenstern der Häuser in Ekebäck brannte Licht. Und was jetzt? Ihr Körper war in der trockenen Wohnungsluft getrocknet. Sie brauchte kein Badelaken mehr und ging ins Schlafzimmer, zog sich an und dachte dabei an dies und das.

Erst als sie auf der Straße stand, wurde ihr klar, dass sie vorwiegend an das Zimmer gedacht hatte, in dem sie zum ersten Mal dem Tod begegnet war. Noch war es nicht dunkel. Sie brauchte so viel frische Luft wie möglich. Es war nicht gesund, zu lange im Auto zu sitzen, überhaupt viel zu sitzen. Das war nicht gut für den Körper. Jetzt hatte sie Rückenschmerzen. Vielleicht war es auch eine Verspannung. Sie sollte zur Massage gehen. Das war teuer. Sie konnte in Påvelund joggen, aber es war so schwer, den inneren Schweinehund zu überwinden. Sie konnte gehen, schnell und ohne Stöcke. Da war was mit Stöcken ... mit denen konnte man nur im Dunkeln gehen, wenn man unter dreißig oder vierzig oder sogar unter fünfzig war. Sie befand sich in Höhe der Haltestelle Sannaplan, als die 11 kam, und stieg ein. Seltsamerweise war sie allein im Wagen. Kein Mensch war auf dem Weg in die Stadt. Am Mariaplan stiegen drei Jugendliche mit langen Futteralen zu, mit Stöcken *und* Skiern, auf dem Weg in die Berge. Woanders gab es Schnee, woanders war es Winter. Plötzlich sehnte sie sich nach richtigem Winter, zwei Meter hohem Schnee, dieser prickelnden Luft, die es nur im Norden gab. Manchmal legte sie sich auch über Göteborg wie kaltes Glas. Die Straßenbahn passierte

Stigbergstorget, Masthugget, Järntorget. Bei der Hagakirche stieg sie aus.

Jetzt war es fast dunkel. Fast roch es nach Winter. Der Himmel war blauer denn je. Vielleicht kam das von der Inversionswetterlage. Keine Luft war hübscher als verschmutzte Luft. Aber es war nicht sonderlich kalt, die Temperaturen lagen noch über dem Gefrierpunkt. Sie war in östliche Richtung gegangen. Jetzt überquerte sie den Vasaplatsen. Der Obelisk zeigte wie ein Finger in den Himmel. In der Vasagatan waren ziemlich viele Menschen unterwegs, in beide Richtungen. Sie bewegte sich gern in der Menge, das gab ihr ein Gefühl der Geborgenheit. Leipzig konnte manchmal menschenleer sein, vor allem draußen bei der Laubenkolonie. Oder auf dem Augustusplatz. Der war so groß wie das Zentrum von Göteborg, aber er war immer verlassen und gesäumt von Gebäuden, die von bösen Menschen gebaut worden waren. In Städten, die vom Bösen gelenkt wurden, waren die Straßen verlassen. Jetzt bog sie nach rechts ab und wieder nach rechts. Sie ging eine leere Straße entlang. Nicht *sie* war abgebogen, sie konnte sich nicht erinnern, abgebogen zu sein. Sie erkannte ein Geschäft. In dem Haus gab es ein kleines Restaurant, dessen Name ihr entfallen war, außerdem eine kleine Werkstatt. Alles sah altmodisch aus, als hätte sich diese Straße in einer Zeit, in der sich alles rasant veränderte, kaum verändert. Als hätte die Straße unter Denkmalschutz gestanden. Vielleicht waren es die hohen Häuser, die alten Häuser. Die schönen Häuser, die sie geschützt hatten.

Jetzt ging sie an einem von ihnen vorbei, an einer Tür, die sie kannte, an einem Haus, das sie zweimal betreten hatte, oder sogar dreimal? Sie hatte jemanden herauskommen sehen. Das Licht von drinnen wirkte plötzlich warm, als wollte es sie zum Eintreten einladen. Letztes Mal hatte es kalt gewirkt. Sie legte die Hand auf die Klinke, schob die Tür auf, die nicht richtig eingerastet war. Jeder konnte in das Haus gelangen. Jetzt stand sie im Treppenhaus. Hier drinnen war alles sehr hübsch, eine alte Schönheit. Das Licht war immer noch warm. Hatten sie etwas an der Beleuchtung verändert? Warum stehe ich wieder hier? Weil ich es wissen will. Ich finde mich nicht damit ab, nicht zu wissen. Ich gehe. Ich habe hier nichts zu suchen. Das ist nicht mein Job. Ich bin ja nicht selbst hineingegangen, das war nicht ich. Jetzt gehe ich, dachte sie, als sie die Treppe hinaufstieg. Von oben hörte sie ein Geräusch, als würde eine Tür geöffnet, ein Knarren, das im Treppenhaus widerhallte. Das Haus war eigens für das Echo gebaut. Nur ein Schwerhöriger würde hier keine Geräusche wahrnehmen. Sie hörte ihre eigenen Schritte. Sie waren sicher im ganzen Haus zu hören. Sie stieg weiter die Treppen hinauf.

Sie war angekommen. Hier oben herrschte ein anderes Licht, es war kälter. Sie schauderte. Hinter ihr strich ein kühler Wind vorbei, als hätte jemand die Haustür weit offen gelassen. Aber sie hatte nichts gehört. Vor der Wohnungstür hingen noch die Absperrbänder, schon verblasst, als hätte das kalte Licht im Treppenhaus sie ausgeblichen, wie Sonnenschein. Die Lampe an der Decke war eine kalte Sonne. Es gab noch zwei weitere Wohnungstüren auf diesem Treppenabsatz. Wie eingehend hatte sich die Kripo mit den Mietern unterhalten? Sicher gründlich. Sie war nicht bei der Kripo, aber sie wusste, dass in einem Fall wie diesem viele Verhöre mit Nachbarn und Zeugen nötig waren, immer wieder von vorn. Das gehörte zu den Aufgaben der Kripo und war sicher aufregend und gleichzeitig langweilig. Alles durchzugehen, Aufnahmen abzuhören, Videofilme anzusehen, die Berichte zu lesen, die Gesprächsprotokolle. Hätte ich dafür Geduld? Ich weiß es nicht. Kaum. Es kann auch langweilig sein, Stunde um Stunde im Auto zu verbringen, aber es bewegt sich wenigstens etwas, selbst wenn man still sitzt.

Sie stand nah bei einer der Türen. Darauf stand ein Name. Sie musste ihn zweimal lesen. Es war kein gewöhnlicher schwedischer Name. Das Licht verlosch. Sie zuckte erschrocken zusammen. Angst hatte sie nicht. Es war ja nur das Licht ausgegangen, das kalte Licht. Vielleicht würde es jetzt etwas wärmer werden. Sie ließ sich Zeit, bevor sie auf den Schalter drückte. Unter der Tür, vor der sie stand, schimmerte ein Lichtstreifen. Die anderen

Türen waren dunkel. Wäre es unter der abgesperrten Tür hell gewesen, hätte das Aufregung bedeutet. Falls die Polizei nicht irgendeine Lampe in der Wohnung brennen gelassen hatte. Sie hörte Geräusche aus der Wohnung, in der Licht war. Eine Stimme? Und noch einmal, als wollte jemand etwas sagen, das er nicht herausbrachte. Ein unheimliches Geräusch. Oder war es womöglich ein Hilferuf? Im Dunkeln klang er deutlicher, vielleicht war es bei Dunkelheit mit allen Geräuschen so. Plötzlich wurde es still hinter der Tür.

Sie ging zu dem feuerroten Schalter und drückte darauf. Das kalte Licht kehrte zurück, das Licht unter der Tür war nicht mehr zu sehen. Sie trat näher. Warum sollte sie nicht einen kleinen Einsatz leisten. Schließlich war sie Polizistin, oder nicht? Ich habe nur ein paar Fragen. Nein, nein, bloß nicht. Das würde Ärger geben. Der Wohnungsmieter oder Besitzer würde sich bei der Landeskriminalpolizei beschweren. Sie würde einen Verweis bekommen, möglicherweise gefeuert werden. Vielleicht würden sie glauben, dass sie nicht ganz richtig im Kopf sei. Vielleicht war sie ja verrückt. Die Tür vor ihr knackte und öffnete sich einen Spalt. In der Tür war ein Spion. Jemand hatte sie beobachtet. Daran war nichts Besonderes. Sie trug keine Uniform. Sie war eine Fremde, die in einem fremden, dunklen Treppenhaus herumlungerte. Das musste ja verdächtig wirken. Die Leute in der Wohnung hatten vielleicht schon die Polizei gerufen. Ich an ihrer Stelle hätte das jedenfalls getan. In der Nachbarwohnung war ein Mord geschehen, und jetzt stand jemand davor und starrte die Tür an. Verdächtig. Langsam glitt die Tür auf, zehn Zentimeter, zwanzig. Sie nahm Details wahr, einen Garderobenständer, einen Tisch. Einen hübschen Holzfußboden. Irgendwo spiegelten sich Leuchten auf den Dielen wie auf Eis, warmem Eis. Es sah einladend aus.

»Hallo?«, sagte sie. »Hallo? Ist da jemand?« Sie bekam keine Antwort. »Hallo? Hallo?« Die Tür glitt noch ein Stück weiter auf. Das lag sicher an der Neigung des Hauses, alle diese alten Häuser neigten sich. Die Stadt war auf Schlamm erbaut. Wenn die Häuser gerade stehen sollten, musste man Pfähle bis nach

China in die Erde rammen. Die Tür glitt und glitt, jetzt hörte sie ein Geräusch, als rollten Kugeln über den Boden. Es war tatsächlich eine Kugel! Jemand in der Wohnung rollte eine Kugel über den Boden. »Hallo? Hallo?« Sie betrat die Diele. »Hallo?« Sie machte noch ein paar Schritte. Das war nicht *sie*. Es war eine andere Person, die weiter in die Wohnung eindrang. Sie trug eine Uniform, einen Gummiknüppel und eine Pistole, die andere Gerda. Plötzlich war es Arbeit. Es hing mit dem zusammen, was in der Nachbarwohnung passiert war. Sie würde den Fall lösen, hier und jetzt. Sie war immer auf dem Weg hierher gewesen. Jetzt wusste sie es. Sie würde die trostlosen Stunden im Streifenwagen beenden. Sie würde etwas anderes werden. Noch ein Schritt, wenn sie dann keine Antwort bekam, würde sie die Kollegen anrufen. Das Handy hatte sie schon in der Hand. Sie schaute nach links. Sie sah eine Flasche Wein und ein Glas. Mitten in der Diele stand ein kleiner Tisch. Darauf lagen einige Bücher. Aber sie wusste es schon, bevor sie nach den rechten Winkeln schaute. Sie spürte, wie sich die Haut über ihrem Schädel zusammenzog, als würde sie plötzlich anfangen zu brennen. Sie hatte recht gehabt vor einigen Sekunden, sie war immer auf dem Weg hierher gewesen. In ihrem Kopf sauste es, rauschte es. Sie versuchte sich umzudrehen, zu laufen, wegzulaufen, wegzufliegen, fliegen! Aber sie wusste es schon. Bevor sie sich rühren konnte, schlug hinter ihr die Tür zu.

## 29

»Holst? Annica und Peder Holst? Was meinst du? Wie meinst du das?«

»Ich spreche von der Familie, die ein Haus in Nueva Andalucia besitzt.«

»Ja, ich weiß ... wohl, wer das ist. Warum fragst du?«

Winter antwortete nicht. Er wollte ihr nicht erklären, warum er fragte. Das hatte nichts mit ihr zu tun. Er wollte nicht, dass es mit irgendjemandem von ihnen zu tun hatte. Es ging nicht um Nueva Andalucia. Er wollte seine arme Mutter nicht mit Informationen über einen Mordfall beunruhigen. Es gab eine Grenze, und die sollte hier oben im Norden verlaufen. Siv hustete. Wieder. Es wäre ein Wunder, wenn sie kein Emphysem hatte. Ein langes Leben mit Marlboro. *The Marlboro Woman*. Angela lag ihr ständig in den Ohren, sich untersuchen zu lassen. Bald. Bald würde sie es tun. Wenn sie etwas hatte, das untersucht werden musste.

»Warum fragst du, Erik?«

»Darauf komme ich später zu sprechen. Wie gut kennst du die Familie?«

Aus den Medien konnte sie nichts wissen. Die Namen der bis vor kurzem inhaftierten Männer waren nicht durchgesickert.

»Ich habe nicht gesagt, dass ich sie kenne. Holst. Wenn es die sind, die du meinst ... Annica und Peder ... dann gibt es wohl keine anderen. Wenn es die sind, die ein Haus auf der anderen Seite von Las Brisas haben.«

»Las Brisas?«

»Der Golfplatz. Der große Golfplatz. Nicht Los Naranjos.«

»Natürlich.«

»Bengt war Mitglied im Los-Naranjos-Club.«

Bengt Winter. Winter sah seinen Vater im Geist auf dem Abschlagplatz, in der sogenannten Wirklichkeit hatte er ihn nie dort gesehen. Darunter das Mittelmeer. Den Golfschläger in der Hand. Den Blick bereits auf einen wohlverdienten Gin Tonic beim neunzehnten Loch gerichtet. Der Schwung, gegen das Ziel. Die Sonne. Auf die Weise war er praktisch gestorben. Nicht schlecht. Außerdem war er vor seinem Tod mit seinem Sohn wiedervereint worden. Nicht jeder konnte das behaupten, wenn er vor der Himmelspforte ankam. Ich habe meinen Sohn wiedergetroffen. Er spielt kein Golf.

»Ich meine mich zu erinnern, dass sie eine Tochter haben«, sagte Siv Winter. »An ihren Namen kann ich mich nicht erinnern.«

»Madeleine.«

»Ja ... mag sein. Madeleine. Du kennst jedenfalls ihren Namen, Erik. Warum fragst du nach der Familie?«

»Madeleine ist tot«, sagte Winter.

»Tot? Meinst du ... meinst du, sie ist ...«

Ja. Das meinte er. Sie verstand es. Jetzt war er der Kommissar, der Fahnder. Im Augenblick war er nur zufällig ihr Sohn.

»Wie? Wie ... ist das passiert?«

»Das wissen wir nicht. Darüber möchte ich nicht mit dir sprechen. Ich versuche nur ... herauszufinden, was vor langer Zeit passiert ist. Als Madeleine jünger war. Und es geht mir auch nicht nur um den Namen der Familie. Ich möchte dich noch mehr fragen.«

»Gibt es noch mehr Namen?«

»Ja. Sie alle stehen in irgendeinem Zusammenhang mit Nueva.«

»Jetzt versteh ich gar nichts mehr. Redest du über ... einen Mord, der mit Nueva zusammenhängt?«

Ja. Vielleicht. Mord. Zwischen billigem Gin und billigem Tonic, staubigen Palmen, ewiger Sonne und Golfplätzen, die alles Blut aus der Erde saugen. Bald würde die Erde nicht mehr rot sein.

»Stig und Linnea Barkner«, sagte Winter. »Sie haben einen Sohn. Er heißt Martin.«

»Bark ... haben die auch ein Haus in Nueva?«

»Ja.«

»Sind die ... haben die auch damit zu tun?«

»Sind dir die Namen bekannt, Mama?«

»Barkner ... ja ... wir sind uns wohl mal begegnet. Vielleicht in Fuengirola. Der Name kommt mir bekannt vor. Er klingt englisch. Aber ... ich kann nicht behaupten, dass ich sie wirklich kenne. Es ist wie mit ... der Familie Holst.«

»Es gibt noch einen Namen. Lentner. Mats und Ann Lentner. Kennst du die? Lentner?«

»Nein ...«

»Denk nach.«

»Nein ... das sind jetzt zu viele Namen.«

»Hier kommt noch einer. Erik. Erik Lentner.«

Sie antwortete nicht. Es waren zu viele Namen. Aber es waren immer zu viele Namen. Ständig tauchten neue auf.

»Erik Lentner?«

»Ich ... ich weiß nicht.«

»Woran hast du gedacht, Mama?«

»Das ... ich weiß es nicht.«

»Lentner? Was fällt dir zu Erik Lentner ein?«

Sie schaute ihn an. Er las in ihrem Blick, dass sie versuchte, in dem Mann, der vor ihr saß, ihren Sohn zu erkennen. Er veränderte sich, wenn er arbeitete. Er wurde ein Fremder. Aber er arbeitete fast immer, weil er es musste, weil er der war, der er war. Bin ich deswegen immer ein Fremder?

»Jetzt musst du mir erzählen, um was es eigentlich geht, Erik. Ich mache mir ja richtige Sorgen. Ich kann dir doch nicht nur auf Namen antworten. Was ist los?«

»Ich weiß es nicht«, antwortete er. »Deswegen frage ich ja. Als ich den Namen Lentner nannte, schien dir etwas eingefallen zu sein.«

»Worum geht es? Ich kann dir nicht mehr sagen, wenn ich nicht weiß, worum es geht, Erik!«

Er erzählte es ihr. Von Madeleine und Martin. Von Erik und Gloria. Nun war er gezwungen, noch mehr Namen zu nennen. Während er erzählte, dachte er: Dies kann das perfekte Verbrechen sein. Das perfekte Verbrechen.

Von dem, was sich vielleicht am Pool der Familie Holst in der Nähe von Las Brisas vor zwanzig Jahren ereignet hatte, sagte er nichts.

»Wie entsetzlich«, sagte Siv Winter, als er fertig war. »Was für ... bizarre Morde.«

»Warum stehen sie alle mit der Sonnenküste im Zusammenhang?«, sagte Winter. »Darüber zerbreche ich mir jetzt den Kopf.«

»Das könnte doch ein Zufall sein«, sagte sie. »Viele Göteborger besitzen ein Haus an der Costa del Sol.«

Er schwieg.

»Ich kenne keine Familie Carlix«, sagte sie. »An den Namen würde ich mich erinnern. Ich erinnere mich jetzt, obwohl du ihn eben nur einmal erwähnt hast.«

»Lentner«, sagte Winter. »An den hast du dich offenbar auch erinnert.«

Sie antwortete nicht, sondern schaute in den Garten. Der war im Augenblick tot, aber nur vorübergehend.

»Hatten Lentners wirklich ein Haus in Nueva?«

»Ja. Aber dann haben sie sich eine Wohnung in Marbella gekauft.«

Ihr Blick kehrte zu ihm zurück.

»Du weißt etwas, was ich nicht weiß, Erik. Was ist das?«

»Ich *weiß* nichts«, sagte er. »Es ist etwas, an das ich nicht herankomme. Es geht um Erik Lentner und Peder Holst. Um etwas, das vor zwanzig oder neunzehn Jahren passiert ist, als Erik etwa zehn war.«

»Passiert? Was ist passiert?«

»Das weiß ich eben nicht.«

»Hast du sie gefragt? Wie hast du überhaupt etwas darüber erfahren?«

»Niemand will etwas sagen. Und ich bin nicht ... ich habe das Gefühl, als würde ... das, was damals passiert ist, mit den Morden zusammenhängen. Dass sie darauf zurückzuführen sind. Dass alles darauf zurückzuführen ist.«

Sie blickte wieder in den Garten. Es war ein sicherer Ort, zu dem man zurückkehren konnte, ohne Bedrohung. Vielleicht war sie für immer zurückgekehrt, erst recht jetzt, da das gute alte Nueva plötzlich ein bedrohlicher Ort geworden war. Ihr Sohn war hier erschienen und hatte es zu einem bedrohlichen Ort gemacht.

Aber vielleicht ist es das auch immer gewesen.

»Irgendwas ... habe ich ... mal gehört«, sagte sie nach einer Weile. »Da ist irgendetwas passiert.«

Er wartete auf die Fortsetzung.

Sie schaute ihn an.

»Genau kann ich mich nicht erinnern.«

»Holst und Lentner«, sagte Winter.

»Ja, das habe ich verstanden. Aber ich kann mich trotzdem nicht erinnern. Es war ...« Sie brach mitten im Satz ab.

»Was wolltest du sagen?«

»Es war etwas anderes.«

»Etwas anderes? Was denn?«

»Ich ... irgendetwas, das Bengt mir erzählt hat, was er irgendwo gehört hatte.«

»Gehört? Was hat er gehört? Ging es um Lentner und um Holst?«

»Ja ... nein ... ja, um sie ging es wohl. Aber er ... ich weiß es nicht, Erik. Ich weiß es wirklich nicht. Es muss da noch ... einen anderen Namen geben.«

»Einen anderen Namen?« Winter spürte einen Windhauch im Nacken, ein Schaudern. »Gibt es noch einen Namen?«

Sie dachte nach. Sie schaute zurück, in den Garten vor dem Fenster. Neunzehn Jahre zurück. Damals war Winter dreißig gewesen, ungefähr im selben Alter wie Martin, Madeleine, Erik und Gloria jetzt. Er hatte gerade im Fahndungsdezernat angefangen. Die Zukunft hatte noch vor ihm gelegen.

»Es ... ging ... auch um jemand anderen«, sagte sie und sah ihren Sohn wieder an. »Vielleicht war es nur Klatsch. An so einem Ort wird ja ziemlich viel getratscht, das wirst du verstehen. Die Leute ... hocken ziemlich nah aufeinander. Keiner, der wirklich arbeitet. Aber jetzt erinnere ich mich, dass eine Familie weggezogen ist, nachdem ... etwas passiert war. Aber das ... ich nehme an, es wurde vertuscht. Wir waren Meister darin, Sachen zu vertuschen, falls du verstehst, was ich meine.«

»Du sagst, es ging um eine weitere Person. Um wen ging es denn?«

»Ich kann mich nicht erinnern ... Da war irgendetwas, das Bengt erzählt hat, glaub ich.«

»Bengt ist nicht hier!«

Sie zuckte zusammen. Er war laut geworden. Er war zu weit gegangen. Er hatte nicht geglaubt, dass es ausgerechnet jetzt mit ihm durchgehen würde.

»Entschuldige, Mama.«

Sie nickte. Er sah Tränen in ihren Augen. Was für ein geschickter Verhörleiter er war. Bis eben hatte er versucht, es zu sein, und jetzt hatte er alles vermasselt.

»Denk doch bitte weiter nach«, sagte er. »Versuch dich zu erinnern, egal, an was.«

Wieder nickte sie. Sie hatte einen kleinen Ziergegenstand vom Fensterbrett genommen und bewegte ihn von einer Hand in die andere. Der Gegenstand war ihm vertraut. Es war eine kleine Zigeunerin, deren starke Farben nicht verblichen waren, seit sie irgendwann in den fünfziger Jahren bei Winters gelandet war. Sie war schon vor ihm im Haus gewesen. Als Kind hatte er die Zigeunerin oft betrachtet. Sie hatte exotisch ausgesehen. Vielleicht kam sie von der Costa del Sol, am Rande der Golfplätze standen Schuppen, in denen Zigeuner wohnten. Siv Winter fingerte an der Figur herum. Sie war jung, keine Wahrsagerin, die Jahrmarktsbesuchern im Wohnwagen die Zukunft voraussagte. Sie war fröhlich. Es beruhigte Siv, sie zu berühren. Oder es half den Gedanken, der Erinnerung. Es war Therapie.

»Gibt es einen weiteren Namen?«, fragte Winter.
»Ich ... glaube ja.«
»Fällt er dir ein?«
»Ich ... glaube nicht, Erik.«
»Wer könnte ihn kennen?«
»Wie meinst du das?«
»Gibt es jemanden, der mehr darüber wissen könnte? Jemand von da unten? In Nueva oder in einem anderen Ort entlang der Küste. Jemand, den ich fragen kann?«
»Lass mich mal nachdenken«, sagte sie. »Willst du denn runterfahren?«
»Eigentlich nicht.« Er stand auf und streckte den Nacken. Er hatte sich mehr verspannt, als ihm bewusst geworden war. Es war das erste Mal, dass er seine eigene Mutter verhört hatte.
»Erik ...«
»Ja?«
»Müssen wir morgen ... darüber sprechen? Silvester? Können ... wir es nicht lassen?«
»In Ordnung.«
»Heiligabend hat gereicht.«
»Ja.«
Er entfernte sich einen Schritt vom Sofa. Ihre letzten Worte hatten ihn daran erinnert, dass er einen Film ansehen musste.

Zuerst war da nur Dunkelheit, wie Nacht ohne künstliches Licht. Eine Nacht, wie sie früher einmal gewesen war, hatte sie gedacht, einer von Tausenden Gedanken, die in den ersten Minuten durch ihren Kopf gerast waren. Sie konnte noch immer nichts sehen. Ihre Augen waren verbunden. Die Augenbinde drückte gegen den Kopf, die Augäpfel, die Schläfen und ließ kein Licht durch. Wenn es hell wäre, müsste doch wenigstens etwas Licht eindringen. Also war es dunkel um sie herum. Plötzlich erinnerte sie sich, wo sie war, und im selben Moment überfiel sie furchtbare Angst. Ich weiß, dass ich sterben werde. Bald werde ich sterben.
»Haben Sie keine Angst.«

Die Stimme kam von irgendwo hinter ihr. Wenn es eine Stimme war. Sie hatte die Wörter gehört, hatte sie verstanden und sie trotzdem nicht verstanden. Sie hatte nichts gehört. Sie wollte nichts mehr hören.

»Haben Sie keine Angst.«

Nein, nein, nein, nein, nein! Ich will nichts hören! Das alles geschieht nicht mir. Das kann gar nicht mir passieren! Ich werde Silvester bei Johnny Eilig feiern. Wie spät ist es? Hat das Fest schon angefangen? Oder haben wir bereits ein neues Jahr? 2009. Es wird doch 2009? Vielleicht hat Johnny inzwischen bei mir angerufen. Ich habe doch gesagt, dass ich komme? Ja. Ich komme, klar habe ich das gesagt. Wenn ich nicht komme, ist mir etwas zugestoßen. Das habe ich doch auch gesagt? Wenn ich nicht innerhalb von dreißig Minuten bei dir bin, schlag Alarm. Viele Menschen haben mich auf dem Weg in die Stadt gesehen. Alle wissen, wo ich bin. Ihr braucht nur herzukommen und mich abzuholen. Ihr braucht nur ...

»Warum sind Sie hierhergekommen?«

Nein, nein, nein, nein! Ich will nichts hören! Ich bin taub! Hörst du nicht? Ich bin taub!

Sie wollte nicht antworten, nicht reden. Wenn sie etwas sagte, würde er wissen, dass sie noch lebte. Wenn sie stumm blieb, würde er vielleicht glauben, dass er sie mit dem Betäubungsmittel umgebracht hatte. Was war passiert? Sie hatte die Tür zufallen hören, aber schon während sie sich umdrehte, war er hinter ihr gewesen, ganz nah. Sie hatte etwas vor ihrem Mund gespürt. Oder der Nase. Sie hatte etwas gerochen und war in ein Loch gefallen. Er hatte sie aufgefangen. Während es geschah, war sie erstaunt gewesen, wie schnell es ging. Sehr erstaunt. Innerhalb einer Sekunde. Er wusste wirklich, was er tat, als hätte er es schon tausend Mal getan. Zweitausend Mal. Zweitausendneun Mal. Sie war die Zweitausendneunte.

Sie versuchte, eine Hand zu bewegen, ein Bein. Es gelang ihr nicht, sie würde sich nie wieder bewegen können. Sie war gelähmt oder gefesselt. Gefesselt. Die Finger konnte sie ein wenig bewegen, vielleicht auch die Zehen. Vermutlich hatte sie keine Schuhe an den Füßen, aber sicher war sie nicht. Noch immer war es um sie herum schwarz. Sie lag auf etwas Weichem.

»Ich weiß, dass Sie wach sind.«

Es war eine Stimme, die sie noch nie gehört hatte. Vielleicht wusste sie, wie er aussah. Wenn er es war. Sie sah den Mann vor ihrem inneren Auge: Er hatte das Haus verlassen, war in die Stadt gegangen, wieder zurückgekehrt. Sie hatte ihn gesehen. Johnny hatte ihn gesehen. Johnny musste sich an ihn erinnern. Johnny musste es begreifen, zwei und zwei zusammenzählen, selbst wenn er ein Idiot war. Aber so durfte sie nicht denken. Hatten sie ihn Heiligabend gesehen? Sie konnte sich nicht mehr an den Tag erinnern, sie hatten einen Obdachlosen im Auto gehabt, den Hockeyspie...

»Sie sind wach«, unterbrach er ihre Gedanken. »Mich können Sie nicht täuschen. Ich kann das hier.«

Kann das hier. Kann was? Was kann er? Ich werde nicht fragen. Ich werde nichts sagen.

»Was wollten Sie hier?«

Soll ich schreien? Nein. Das wird mir nicht helfen, und er weiß das. In der Nachbarwohnung ist niemand. Das weiß die ganze Welt. Und in der Wohnung über ihm wohnt eine taube Frau. Stimmt das? Oder war das in dem anderen Haus?

»Sie sind schon unterwegs!«, hörte sie ihre eigene Stimme. Sie schien aus einer entfernten Ecke des Zimmers zu kommen. War ich das? So laut, als würde ich schreien.

Es blieb still. Sie hörte jemanden atmen, ein Einatmen. Vielleicht ein Seufzer. Dann Geräusche, als bewegte sich jemand hinter ihr. Sie schloss die Augen. Schloss sie hinter der Augenbinde, als könnte sie das schützen.

»Wer ist unterwegs?«

Jetzt war die Stimme näher. Sie nahm einen Geruch wahr, den sie nicht kannte. Was war das? Wollte er sie wieder betäuben? Nein. Es war etwas anderes. Herr Jesus, lieber, lieber Gott, was ist das? Was hat er vor? Wo ist er? Was ist das fü...

Sie spürte etwas Kaltes im Nacken. Eine Hand, nein, was war das? Es bewegte sich, verschwand, kam wieder.

»Wer ist unterwegs?«

Es war eine sanfte Stimme, eine warme Stimme, jedenfalls wenn man sie mit dem verglich, was sie im Nacken spürte.

»Sie ... sie wissen, dass ich hierhergegangen bin«, hörte sie sich sagen. Es klang nicht überzeugend. Es klang genau wie die Lüge, die es war.

»Warum tragen Sie keine Uniform?«, fragte er.

»Wie ... was meinen Sie?«

»Sie sind Polizistin. Ich habe Sie schon einmal gesehen, darüber brauchen wir also nicht zu diskutieren. Ich habe Sie hier gesehen, in diesem Haus. Ich habe Sie im Streifenwagen gesehen. Aber warum tragen Sie heute keine Uniform?«

Heute. Mehr Zeit war also nicht vergangen. Es war überhaupt keine Zeit vergangen. Noch würde sie niemand vermissen. Nach ein, zwei oder drei Tagen würde die ganze Welt sie vermissen. Sie suchen. Die ganze Welt.

»Ich ... trage nicht ständig Uniform.«

»Aha, Sie sind also nicht im Dienst.«

Sie antwortete nicht.

»Und trotzdem sind Sie hergekommen.«

Jetzt hörte sie ein anderes Geräusch. Eine Uhr schlug. Sie versuchte, die Schläge zu zählen, drei, vier, fünf, sechs, sieben, ach...

»Warum sind Sie hierhergekommen?«

Die Schläge waren verstummt. Sie hatten ... normal geklungen, wie etwas aus der ... anderen Welt, der wahren Welt. Dies war nur ein Traum. Sie würde aufwachen. Jemand würde sie knei...

Sie spürte einen Stich im Nacken. Es fühlte sich nicht mehr so kalt an. Jetzt war es kalt. Jetzt war es warm. Jetzt war es kalt.

»Wenn niemand weiß, dass Sie hier sind, ist es nicht so gefährlich, nicht wahr?«

Kalt, jetzt war es nur noch kalt. Solange es kalt war, fühlte sie sich ruhiger. Es war das falsche Wort. Hatte sie keine so große

Angst. Nicht so eine furchtbare Angst um ihr Leben. Aber sie hatte Angst um ihr Leben.

»Dann wissen es nur Sie und ich, nicht wahr? Und jemand anders braucht es auch nicht zu wissen, nicht wahr?«

Sie versuchte zu antworten. Es ging nicht. Ihr Mund war wie zugekleistert. Sie konnte nicht schlucken. Ihr Hals schien voller Sand zu sein, so dass sie kaum Luft bekam.

»Sie waren neugierig, nicht wahr?«

Sie konnte nicht antworten. Sie war kurz vorm Ersticken und musste unbedingt etwas trinken.

»Sie waren zu neugierig«, sagte er.

Jetzt konnte sie wieder schlucken. Der Sand schien ihren Hals hinunterzurieseln. Sie sah das Bild von einem Strand. Wogen rollten gegen das Ufer. Am Wassersaum war der Sand härter. Sie sah einen Eimer und einen Spaten, sah sich selber. Sie war ein Kind.

»Gerda Hoffner.«

Er kannte ihren Namen. Natürlich kannte er ihn. Er hatte ja nur in ihrer Umhängetasche nachsehen müssen. Darin steckte ihre Brieftasche. Alles war darin. Darin ist mein Leben enthalten. Ein Foto von mir am Strand.

»Wer ... wer sind Sie?«, fragte sie.

Er antwortete nicht.

Plötzlich hörte das Kältegefühl in ihrem Nacken auf. Dort war nichts mehr. Plötzlich fühlte sie sich nackt, als hätte ihr jemand die Kleidung vom Körper gerissen. Sie begann zu frieren. »Wer sind Sie?«

»Das spielt keine Rolle.«

Die Stimme klang jetzt weiter entfernt, als wäre er in die entgegengesetzte Ecke des Zimmers gegangen. Was machte er dort? Jetzt werde ich verrückt. Jetzt verliere ich den Verstand. Hoffentlich ist es so, und hoffentlich geht es schnell. Dann werde ich gar nichts mehr spüren.

»Warum machen Sie das?«, hörte sie sich selber fragen, stark und klar, als hätte sie Stimme und Kraft und alles andere wiedergefunden. Jetzt bin ich verrückt geworden. Mir ist alles egal.

»Mache was?«

»Warum haben Sie die Frauen umgebracht?«

Sie bekam keine Antwort. Hatte sie ihn provoziert? Hatte er die Frage erwartet? Jetzt stellte sie die Fragen. Würde es ihr gelingen, ihn in eine andere Ecke zu manipulieren als in die, in der er gerade stand? Die Oberhand gewinnen. Wie arbeitete sein verdrehtes Gehirn? Wenn sie dahin vordringen könnte …

»Warum sind Sie hierhergekommen?« Schon wieder stellte er die Frage.

»Ich wollte es wissen«, sagte sie.

»Jetzt wissen Sie es.«

»Nein!«

»Mehr brauchen Sie nicht zu wissen.«

»Ich will es aber!«

»Mehr gibt es nicht zu wissen.« Er hatte die andere Ecke verlassen. Sie hörte seine Schritte. Der Fußboden war aus Holz, Parkett. Sie erinnerte sich daran. Sie hatte es gesehen, bevor sie einschlief, Holz, gelb wie die Sonne.

## 30

Es war ein in einzelne Bilder aufgeteilter Film, Bilder, die sich nicht bewegten, jedenfalls im Augenblick nicht. Ein Stillfilm. Ein stilles Leben. Er studierte Bild um Bild, als würde er sich durch ein fremdes Zimmer bewegen, in dem er sich mit jedem Schritt heimischer fühlte. Was für ein Heim! Grotesk vergrößert, wie eine Internet-Wohnungsanzeige, deren Übertragung misslungen war. Eine Wohnung, die ausgehend vom Schlafzimmer taxiert wurde. Mit zwei Schlafenden. Er ließ das Bild in seiner eingefrorenen Einsamkeit stehen. Es zeigte das Bett. Er sah zwei oder drei Finger. Schmale Finger, Finger einer Frau. Wusste sie, dass sie sterben würde? Warum saß sie nicht in einem Flugzeug auf dem Weg nach Bali oder sonst wohin, möglichst weit weg.

Sein Handy klingelte. Er erkannte die Nummer.

»Bist du schon unterwegs?«, fragte sie.

»Ja.«

»Kannst du mir einen realistischen Zeitpunkt nennen?«

»Ich wollte mir noch einmal das Zimmer vornehmen.«

»Wie viele Male hast du es dir schon vorgenommen?«, fragte Angela.

»Die Vergrößerungen sind neu.«

»Zeigen sie auch etwas Neues?«

Winter sah den Tisch neben dem Fenster, die Kommode, den

Schrank. Das, was wie Silber glänzte. Es war ein kleiner Pokal. Es war ein Preis.

Beim ersten Mal war die Kamera darüber hinweggehuscht. Eigentlich hätte er nicht mit auf das Bild kommen sollen. Nicht auf die Art.

»Beschäftigt sich sonst niemand mit dem Film?«
»Doch.«
»Aber du traust ihnen nicht, oder?«
»Nein, nicht ganz«, antwortete Winter.

»Ich hasse es, eine Ehefrau zu sein, die ihren Mann anruft und ihn bittet, nach Hause zu seiner Familie, seinen Kindern zu kommen.«

»Damit bist du nicht allein, Angela. Du hast viele Schwestern in der gleichen Situation. Und ich kann nur eins sagen: *keep trying*. Am Ende wird es ein Resultat geben.«

»Wunderbar. Ich hab's ja gewusst.«
»Gut.«
»Dann sehen wir uns also irgendwann.«
»Jemand hat einen Pokal gewonnen«, sagte Winter.
»Wie bitte?«
»Einer von denen hat für irgendetwas einen Pokal bekommen.«
»Ich glaube, das möchte ich gar nicht wissen«, antwortete sie.
»Hör mal zu, Angela.« Jetzt sah er den glänzenden kleinen Pokal in einer weiteren Vergrößerung. Sie reichte immer noch nicht. »Warum stellt man einen kleinen Pokal auf einen Tisch. Warum tut man das?«

»Er bedeutet einem etwas.«
»Genau. Er bedeutet einem etwas. Auch einem Erwachsenen.«
»Du setzt also voraus, dass er oder sie in der Kindheit den Pokal bekommen hat.«
»Wann sonst kriegt man Preise? Doch nicht als Erwachsener?«
»Spricht jetzt der Radikalpessimist?«
»Es sieht aus wie einer dieser kleinen Pokale, die man beim Sportwettkampf in der Schule gewinnen kann.«

Richard Yngvesson war als Einziger noch im Dezernat der Spurensicherung. Die meisten Arbeitsplätze waren dunkel. Über allem lag nur noch ein blaues Licht, das nie verschwand. Vielleicht Phosphor.

Er hatte den Computer mehrere Male auf das Mischpult geschaltet und versuchte, das Klangbild zu filtern, die Geräusche zu waschen. Beim ersten Abhören war alles aus der Mitte gekommen, wie eine Monoaufnahme. Jetzt hatte er die Bilder weggeschaltet. Es gab nur Laute, unterschiedliche Laute, schwache, etwas stärkere. Menschliche Laute, mechanische Laute. Tote Laute. Lebendige. Es konnte alles Mögliche sein. Das war das Problem.

Er war damit beschäftigt, den Basston zu verändern, um allmählich etwas im Diskant und dem mittleren Register herauszufiltern.

Wonach lauschte er?

Gab es in dem Zimmer ein einzelnes Geräusch, das von Bedeutung für sie sein konnte? Das ihnen sagen könnte, wo sich dieses Zimmer befand?

Hatte das vor ihm schon einmal jemand versucht?

Für ihn war es das erste Mal. Er hatte Stimmen herausgefiltert, die sich später identifizieren ließen, einen Mörder identifizierten. Aber das hier war anders. Es war, wie unter Wasser zu schwimmen und gleichzeitig zu versuchen, besondere Tropfen oder Strömungen aufzufangen.

Er schloss die Augen und lauschte.

Er spulte die Tonaufzeichnungen zurück.

Da.

Was war das?

Da. Da war es wieder.

Was zum Teufel war das?

Er stoppte den Lauf. Jetzt wechselte er das Werkzeug. Es gab viele unterschiedliche Werkzeuge, mit denen sich Geräusche filtern und analysieren ließen. Man musste sie Stück für Stück überprüfen, immer nur einen Schritt zur Zeit. Ein Ton zur Zeit, dachte er. Ton. Was war das da für ein Geräusch? War es ein Ton gewesen?

Eine Art Hintergrundgeräusch. Er musste den Hintergrund stärker herausfiltern. Das war, als würde er rückwärts arbeiten. Normalerweise kam es darauf an, Frequenzen von konstanten Hintergrundgeräuschen zu trennen. Aber hier gab es nicht viele Hintergrundgeräusche, die man trennen konnte.

Yngvesson hatte sich die Filme angesehen, vor allem den letzten.

»Es ist Nacht«, hatte er zu Winter gesagt. »Oder Abend.«

»Aus welchem Grund glaubst du das?«

»Ich glaube nichts. Mit Glauben gebe ich mich nicht ab.«

»Warum ist es Nacht?«, hatte Winter gefragt.

»Zu wenig Hintergrundgeräusche. Aber es kann auch Abend sein. Im Winter wird es früh Abend. Und natürlich auch Nacht.«

»Wir gehen davon aus, dass der Film erst kürzlich aufgenommen wurde.«

Darauf war Yngvesson nicht eingegangen. Wenn der Film nicht kürzlich aufgenommen worden war, war seine ganze Mühe wahrscheinlich umsonst, vielleicht sinnlos.

Er lauschte konzentriert. Da war es wieder. Ein Geräusch im Hintergrund, wenn man damit das meinte, was sich hinter dem Bett befand und vermutlich hinter dem Zimmer.

Vor dem Haus?

Ja.

Im Haus? Eine andere Wohnung?

Nein.

Er ließ die ganze Sequenz noch einmal laufen.

Es ist eine Serie, dachte er. Es hängt zusammen. Da kommt es wieder. Es wiederholt sich, ein Geräusch, das sich wiederholt.

Er gab eine Kurzwahl ein.

In Winters Büro klingelte das Telefon. Winter war noch nicht vom Stuhl aufgestanden. Er nahm den Hörer ab.

»Winter?«

»Ja.«

»Du bist also noch da. Hast du mal eine Minute Zeit?«

»Um was geht's?«

»Komm rauf und hör dir etwas an.«

»Was ist es?«
»Ich weiß es nicht. Es klingt interessant.«

Winter lauschte, lauschte. Immer wieder ließ Yngvesson die Sequenz laufen.
»Ich möchte es zusammen mit dem Bild hören«, sagte Winter.
»Nicht gefiltert.«
»Okay.«
Yngvesson stellte den Bildschirm an und ließ den Film laufen. Winter sah die Bilder und hörte die Töne.
»Noch mal.«
Er lauschte, sah, lauschte.
»Da!«
»Ja.«
»Noch mal.«
Die Kamera schwenkte an dem Tisch mit dem Pokal vorbei. In natürlicher Größe machte er nicht viel her, kein besonderer Preis. Vielleicht war es ein Scherzartikel, erstanden auf der Portobello Road in London, eine Scherzstraße, jedenfalls samstags. Samstags hatte Winter sie gemieden, wenn er zu Blenheim Crescent und Books for Cooks ging. Es war schon eine Weile her, dass er dort gewesen war. Er hatte Steve seit langem nicht mehr gesehen. Der Besuch in Göteborg kam einfach nicht zustande. Nie. Nächstes Mal an der Westküste, hatten sie verabredet, es war, als sollte es nie ein nächstes Mal geben. Als er die flimmernden, verdammten Bilder von diesem verdammten Zimmer sah, wusste er, dass er Vasastan hinter sich lassen würde, wenn alles vorbei war. Vasastan war für ihn erledigt. Dieser Fall zeigte es ihm. Das Leben in Vasastan war ungesund. War nie gesund gewesen. Er hatte einen Platz am Meer. Die Quote von angeschwemmten Leichen war erfüllt. Keine unangenehmen Überraschungen mehr, wenn er mit seinen Kindern Steine über das Wasser hüpfen ließ.
»Da!«
»Was ist das?«, fragte Winter. »Es klingt fast wie eine Melodie.«
»Ja.«

»Unter dem Fenster spielt jemand Geige.«

»Nein.«

»Ein Autoradio. Jemand fährt mit laut aufgedrehtem Autoradio vorbei.«

Yngvesson ließ den Film zurück- und wieder vorlaufen.

»Nein. Kein Autoradio. Der Bass ist zu schwach.«

»Kannst du es nicht noch ein bisschen deutlicher herausholen?«

»Damit habe ich mich doch die ganze Zeit abgerackert. Du wolltest es einmal ohne Filterung hören.«

»Okay, dann versuch das Klangbild etwas reiner herauszufiltern.«

Yngvesson tippte auf seinen Tastaturen, um das Geräusch stärker hervorzuholen, das er herausgefiltert hatte. Auf den Schirmen tanzten die Tonfrequenzen. Yngvesson hatte mehrere dazugeschaltet. Es sah aus wie auf einer Intensivstation, vielleicht bei einem Radiologen. Die zappelnden Linien waren der Pulsschlag von Menschen, einige auf dem Weg nach oben, andere nach unten. Einige weg.

Das Geräusch kehrte wieder. Es klang jetzt einsamer, fast wie ein Echo, als hätte jemand alle Möbel aus dem Zimmer geräumt.

Winter versuchte, die Töne zu erfassen.

Es war eine Melodie.

Herr im Himmel. Auf der Straße ertönte Musik.

»Eine Art Melodie«, sagte Yngvesson.

»Das glaube ich auch.«

Sie lauschten wieder. Winters Nacken war verspannt. Er hatte gelauscht, gelauscht. Er hatte geschaut, geschaut. Er war müde. Er war von Kopf bis Fuß verspannt. Aber er durfte nicht aufgeben. Dies war wichtig und anders als alles, was er je erlebt hatte. Vielleicht spielte der Mörder mit ihm, doch er hatte keine Wahl. Er konnte nur lauschen.

»Es klingt, als würde es sich wiederholen«, sagte er. »Oder lässt du die Stelle von vorn laufen?«

»Nein.«

Winter lauschte.

»Liegt eine Minute dazwischen?«

»Das kannst du genau haben. Es ...«

»Ich habe es erkannt«, unterbrach ihn Winter.

Er war erstaunt von der Ruhe in seiner eigenen Stimme, denn er war alles andere als ruhig. Seine Haare richteten sich auf, ein ganz reales Gefühl.

»Ich kenne es!«, rief er. Jetzt war die Ruhe aus seiner Stimme verschwunden. »Noch mal.« Er lauschte. »Lauter!«

Yngvesson stellte den Ton lauter.

»Lauter! Noch lauter!«

Es dröhnte. Es waren wahnsinnige Geräusche. Winter dachte an Coltrane, den späten Coltrane. Den Coltrane des Abgrundes.

Und da kam sie, plötzlich klar wie Wasser, befreit von Schlamm und Matsch. Die Melodie, die jeder kannte. Die Melodie, die die ganze Welt gehört hatte.

## 31

Es klang wie aus mehreren Kilometern Entfernung, aber dieses Musiksignal war es.
Jetzt gibt es Eis.
Eis an der Haustür! Von Hem-Eis, dem mobilen Eiswagen.
»Ja, Mensch, wirklich«, sagte Yngvesson.
Winter sah den himmelblauen Lieferwagen vor seinem inneren Auge, die Kinder schon im Dauerlauf auf dem Weg zu ihm. Oder war das zu seiner Zeit gewesen? Hatte es Hem-Eis auch in seiner Kindheit gegeben? Oder etwas Ähnliches? Bestimmt hatte es das Eisauto schon gegeben, aber plötzlich konnte er sich nicht mehr erinnern.
»Es ist draußen vorbeigefahren«, sagte er.
»Ich arbeite noch ein bisschen an der Kompression«, sagte Yngvesson und beugte sich über die Tastatur.
Dann lauschten sie wieder. Es war die Melodie. War sie von Dick und Doof geklaut? Laurel und Hardy waren heute fast vergessen. Selbst Winter war eine Generation zu spät geboren worden für Dick und Doof. Aber die Erkennungsmelodie gab es noch. Ein Warenzeichen, das heutzutage eine andere Art von Freude verbreitete.
»Sie ist es, definitiv«, sagte Yngvesson.
Winter nickte. Sie hatten etwas. Es war nicht viel, aber es war *etwas*, mehr als der pathetische kleine Pokal im Film von dem dritten Zimmer. Mehr als die Bilder an den Wänden, die Einrich-

tung, die Bücher, deren Titel man nicht entziffern konnte, all das, was sie versucht hatten zu bearbeiten, diese ganze undankbare Arbeit immer wieder von vorn. Bei den Bildern an den Wänden schien es sich um Drucke zu handeln, die es überall zu kaufen gab. Die wenigen sichtbaren Möbel waren Standard, teurer Standard, aber trotzdem. Das Bett war offenbar von Ikea. Das hatte Winter gewundert.

»Das Problem ist nur, dass diese Eisautos durch die ganze Stadt kurven«, fuhr Yngvesson fort. »Sie scheinen überall zu sein, ständig. Es muss Hunderte davon geben.«

»Verdirb mir nicht die Freude«, sagte Winter. »Endlich haben wir etwas gefunden.«

»*Yes, okay.*«

»Lass den Film laufen«, sagte Winter, »Bilder und Geräusche synchron.«

Noch einmal. Winter stand vor dem größten Bildschirm. Er lauschte, schaute. Das Zischen, Brausen, Atmen. Das trübe Licht oder die Dunkelheit. Die weichen Schwenks der Kamera, der Kameramann musste eine sehr sichere Hand haben. Die Schlafenden. Wie konnten sie schlafen? War das Ganze nur eine Show, eigens für ihn in Szene gesetzt?

Das Fenster, die Dämmerung davor, Morgen oder Abend. Tag? Nacht? Die genaue Zeit war nicht zu bestimmen. Wenn die Schlafenden kein Theater spielten, könnten sie zu jeder Zeit rund um die Uhr betäubt worden sein. Aber am Tag? Irgendwann würden sie aufwachen, und dann würden sie merken, dass etwas mit ihnen geschehen war. Nachts wäre das etwas anderes. Vielleicht war es Nacht. Später Abend. Womöglich handelte es sich tatsächlich um eine Inszenierung, auch die Geräusche könnten eigens für ihn erzeugt worden sein. Eine Montage. Eine Geräuschkulisse. Das Eisauto von Hem konnte ebenso gut auf dem Mond herumfahren.

»Ist es möglich, festzustellen, ob die Geräusche manipuliert sind, Richard?«

»Wie meinst du das?«

»Schalt mal eine Weile ab.«

Yngvesson schaltete mitten im Schwenk übers Fenster ab. Es ruckelte, als hätte jemand von draußen einen Stein dagegen geworfen.

»Kann er die Geräusche im Nachhinein darübergelegt haben?«

»Hm, daran habe ich auch schon gedacht. Aber ich glaube es nicht, nein.«

»Warum nicht?«

»Das würde sich wohl zu sehr überschneiden. Die Diskants müssen gem ...«

»Ist gut«, unterbrach Winter ihn. »Wir kommen darauf zurück, falls nötig. Lass den Film wieder laufen.«

Die Vorstellung ging weiter. Die Kamera glitt am Fenster vorbei.

»Bitte zurück. Zeig das Fenster noch einmal«, sagte Winter.

Das Bild erstarrte wieder.

»Übrigens«, fuhr Winter fort, »kann er das Eisauto auch gehört haben?«

»Nein.«

»Bist du sicher?«

»Nicht ganz. Wir haben es ja auch nicht sofort bemerkt. Es bedurfte einiger Arbeit, wenn ich das so ausdrücken darf. Ich glaube nicht, dass er es gehört hat.«

»Was bedeutet das?«, fragte Winter. »War das Geräusch weit entfernt?«

»Nicht unbedingt.«

»Warum nicht?«

»Da kann so viel hineinspielen ... alle möglichen anderen Geräusche, die es dort gibt, das Haus selber, die Wände, die Isolierung ... alles Mögliche.«

»Aber dieses Geräusch geht einem doch durch Mark und Bein, zum Teufel! Das hört man doch aus meilenweiter Entfernung! Wie kann ihm das entgangen sein?«

»Wie konnte es uns entgehen, Erik?«

Winter antwortete nicht. Yngvesson hatte recht. Wie hatten sie es überhören können?

»Kam es wirklich von draußen?«, fragte Winter.
»Schwer zu sagen.«
»Wenn nicht, von wo dann?«
»Eine andere Aufnahme«, sagte Yngvesson. »Radio, Fernsehen, ich weiß es nicht. Ein Spielzeug. Ein Nachbar.«
»Oder er will uns hinters Licht führen.« Winter nickte mit dem Kopf zum Bildschirm. »Lass ihn wieder laufen. Das Fenster.«

Das verflixte Fenster. Hindurchschauen zu wollen, das war, als wäre man halbblind, vielleicht schlimmer. Man wollte etwas sehen, konnte aber nicht. Über den Augen lag ein Schleier, der sich nicht auflöste. Sich hindurch schneiden. Sehen dürfen! Wenn ich es nur sehe, werde ich mich über nichts mehr beklagen auf dieser Welt, in diesem Leben.

Er geht das Risiko ein, dachte Winter. Oder er weiß es: Da draußen gibt es gar nichts. Es spielt keine Rolle, ob wir diese verdammte Schicht durchdringen oder nicht. Es gibt nichts.

Doch, da war etwas, Konturen. Winter sah sie, und das war das Schlimmste. Es hatte den Anschein, als wären die Gardinen absichtlich aufgehängt worden, um etwas anzudeuten, nicht mehr.

Ich werde in diesem Zimmer stehen. Bald werde ich dort stehen und die Scheißgardinen vom Fenster reißen, und dann werde ich *sehen*, ich werde alles sehen und es wird nicht zu spät sein.

Gerda Hoffner lauschte auf Geräusche. War sie allein? Ja! Sie hatte seine Schritte gehört, eine Tür, die geschlossen wurde, noch eine Tür, die in einem anderen Teil der Wohnung geschlossen wurde. War es die Wohnungstür? Nein. Sie lag auf einem Bett. Ihre Hände waren auf dem Rücken gebunden und ihre Fußgelenke waren gefesselt. Beim Versuch, die Füße zu bewegen, wurden ihre Beine angezogen. Er musste irgendwo im Bett, an der Wand oder auf dem Fußboden eine Schlaufe angebracht haben, eine Art Würgeschlinge für den Körper. Sie konnte nicht aufstehen. Sie lag in der Seitenlage, wie sie im Erste-Hilfe-Buch beschrieben wurde. Ihre Handgelenke und Schultern schmerzten. Sie hatte Durst. Wie sollte sie zur Toilette gelangen? Daran wollte sie nicht denken. Sie wollte an nichts denken, schon gar nicht daran, dass er inzwischen begriffen habe musste, dass sie allein war und niemandem etwas erzählt hatte. Sie war eine Idiotin, eine einsame Idiotin. Das war wohl einer der Gründe für ihr Alleinsein. Niemand wollte sich mit einer Idiotin abgeben. Vielleicht steckte es an, wenn ein Idiot idiotisch genug war. Wie sie. Nur ein Idiot würde tun, was sie getan hatte. Sie würde einen hohen Preis dafür zahlen müssen. Der Preis war der Tod. Der erste Preis. Ein gerechter Preis. Einen Pokal würde sie nicht bekommen. Sie wollte nicht daran denken, aber es war das Einzige, woran sie dachte. An den Moment der Preisverleihung. Wann es geschehen würde. Wie es geschehen würde. Das Warum war ihr egal. Es gab kein Warum. Er war verrückt. Für Verrückte gab es kein Warum. Es gab nur ein Jetzt. Ein Jetzt, ein Hier. Ich muss ihn zum Reden bringen. Noch ist es nicht zu spät. Noch hat er mich nicht umgebracht. Du darfst nie denken, dass es zu spät ist, Gerda. Die Eisbären Berlin haben eine Sekunde vor Spielschluss ein Tor geschossen. Das war der Ausgleich. Und in der Verlängerung haben sie gewonnen. Es gibt immer noch ein *Jetzt*, ein *Hier*. Ich kann mit ihm reden. Es gibt eine Zukunft. Die Zeit dort draußen bewegt sich weiter, sie bewegt sich auch für mich. Bald wird ihnen klar, dass etwas passiert sein muss. Wann beginnt mein Dienst? Wie spät ist es? Welchen Tag haben wir heute? Ist immer noch nicht Silvester? Ist jetzt Silvester? Ist es vorbei? Wenn es vorbei ist, finden sie mich. Neujahr habe ich Abendschicht. Das stimmt doch? Ich würde keinen Kater haben, das wusste ich im Voraus. Ich habe mit Stefan getauscht. Er würde einen Kater haben, das wusste er im Voraus. Deswegen haben wir getauscht.

Erneut ging eine Tür. Das Geräusch hallte wider wie aus einer Meile Entfernung, es musste eine große Wohnung sein, die nicht viele Möbel enthielt. Bei seinem Überfall in der Diele hatte sie gerade noch wahrgenommen, dass es eine sehr ordentliche Diele war. Er mochte keine Unordnung. Er brauchte gerade Linien. Warum hatte er in den anderen beiden Wohnungen nicht gründlich aufgeräumt? Alles ordentlich gerichtet? Hatte nur da und dort ein wenig zurechtgerückt. Reichte ihm das? Oder wurde er gestört? Ich werde ihn fragen. Warum er mich noch nicht umgebracht hat. Wurde er auch dabei gestört? Braucht er mich für einen bestimmten Zweck? Will er mich zu etwas benutzen? Eine Botschaft übermitteln?

Wieder hörte sie eine Tür, jetzt etwas näher. Da draußen gab es eine weitere Tür. Er ging in der Wohnung umher und schlug mit den Türen. Cool. Das beruhigt mich. Mein Mörder geht umher, öffnet Türen und schlägt sie wieder zu. Er denkt nach. Er plant. Er ist unruhig. Das muss ich ausnutzen. Mit ihm reden, mit ihm reden, re...

Hinter ihr wurde die Tür geöffnet, die letzte. Sie hatte bis zu der dritten gezählt. Die Tür wurde geschlossen. Schritte waren nicht zu hören. Er war stehen geblieben. Sie konnte nichts sehen, nur die nackte Wand vor sich. Sie konnte nicht sprechen, weil er ihr einen Knebel angelegt hatte, eine Art Gazebinde.

»Sind Sie wach?«

Sie antwortete nicht. Vielleicht sollte sie sich tot stellen, solange es ging, bewusstlos.

»Ich weiß, dass Sie wach sind.«

Warum fragte er dann? Er brauchte nicht zu fragen. Er brauchte nichts zu sagen. Er konnte gehen. Geh! Unsinn, ich will doch mit ihm reden. Es ist wichtig, mit ihm zu reden. Aber wie denn das? Ich habe diese verdammte Binde vorm Mund.

Und da sah sie den Schatten an der Wand. Sie spürte etwas im Nacken und wusste, dass sie sterben würde. Er berührte ihren Hinterkopf. Sie schloss die Augen, schloss sie, ihre Augen drangen in den Kopf ein, schloss sie.

Er nahm ihr den Knebel ab.

Sie hatte Gipsgeschmack im Mund und versuchte zu schlucken, dachte an Mumien. Ich bin schon im Grab, jetzt ist es Zeit für die Einbalsamierung. Ich hätte diesen Film nie ausleihen sollen.

»Jetzt können Sie reden«, sagte er hinter ihrem Rücken. »Jetzt sind Sie wach.«

»Ich bin wach«, sagte sie zur Wand. Die Wand strahlte Freundlichkeit aus, Geduld. Wenn sie ihn anschauen müsste, würde sie kein Wort herausbringen.

»Vielleicht liegen Sie etwas unbequem. Ich entschuldige mich dafür.«

»Was haben wir heute für einen Tag?«, fragte sie.

Er antwortete nicht. Sie hatte den Eindruck, dass er überlegte, ob er ihr die Wahrheit sagen sollte.

»Was haben wir für ein Jahr?«, fragte sie.

»Dasselbe alte Jahr«, sagte er.

»Ist heute Silvester?«

»Was spielt das für eine Rolle?«

»Dann ist ein Tag vergangen«, sagte sie. »Das spielt eine Rolle.«

»Warum?«

»Sie vermissen mich. Sie werden bald hier sein.«

»Das glaube ich nicht.«

»Wo sollten sie mich sonst suchen?«

»Überall, nur nicht hier.« Er schien zu lachen. Es klang wie ein Schnauben. »Hierher kommt niemand.« Eine kleine Pause. »Hierher kommt niemals jemand.«

»Sind Sie allein?«

»Nicht mehr.« Wieder das Schnauben. Oder das Lachen.

»Was werden Sie tun, wenn ich nicht mehr hier bin?«

Er antwortete nicht.

»Ich werde nicht immer hier bleiben.«

Es war gefährlich, das zu sagen. Provozierend. Vielleicht auf falsche Art provozierend. Aber noch lebte sie. Er war verunsichert. Es bestand die Möglichkeit, ihn in zwei verschiedene Richtungen zu provozieren.

»Ich finde jemand anderen«, sagte er.

»Nein. Sie finden keinen. So einfach ist das nicht. Ich bin die Einzige, die Sie haben.«

»Wie meinen Sie das?«

»Ich kann Ihnen helfen.«

»Haben Sie sich selbst gesehen?«

»Wie bitte?«
»Sie können nicht sehen, wie Sie daliegen. Das sollten Sie. Dann wäre Ihnen klar, dass Sie niemandem helfen können.«
»Warum haben Sie die Mädchen umgebracht?«
»Die Mädchen?«
»Die Frauen. Die beiden Frauen. Warum haben Sie sie umgebracht?«
»Wer sagt denn, dass ich es war?«
»Keiner. Keiner sagt, dass Sie es waren. Aber es gibt niemanden sonst. Wir können darüber reden. Sie können darüber reden.«
»Es gibt nichts zu reden. Absolut nichts.«
»Warum haben Sie hinterher aufgeräumt? Warum?«
»Ich habe nicht aufgeräumt. Wer sagt das? Wer hat gesagt, dass ich aufge... aufgeräumt habe?«

Jetzt klang seine Stimme empört. Er stand irgendwo nah bei der Tür, seine Stimme hatte sich von ihr entfernt. Herr im Himmel, er war sich seiner Zwanghaftigkeit nicht bewusst! Er handelte zwanghaft. Er machte es ein bisschen hübscher. Vielleicht hätte er richtig aufgeräumt, wenn er nicht gestört worden wäre. Oder er ist einfach weggegangen. Ist in seine Wohnung gegangen. Es war ja nicht weit. Auch von der Götabergsgatan war es nicht weit bis hierher. Und dennoch war es sehr weit entfernt. Sie könnte ebenso gut in einem anderen Land liegen, einem anderen Erdteil. Wer würde auf die Idee kommen, sie hier zu suchen? Johnny Eilig war der Einzige, auf den sie hoffen konnte, aber er war zu beschränkt. Er würde ihr Verschwinden nicht mit Heiligabend in Verbindung bringen, als sie am Haus vorbeigefahren waren. Er hatte den Mann, der es verließ, nicht beachtet, auch später nicht in der Stadt oder als er das Haus wieder betrat. Sie hatte nichts gesagt. Johnny konnte keine Zusammenhänge herstellen. Jedenfalls nicht über mehrere Tage. So viele Tage hatte sie nicht mehr. Vielleicht blieb ihr nur noch dieser.

»Kannten Sie sie?«, fragte sie. »Kannten Sie die Frauen?«
»Ich habe nicht aufgeräumt! Wer hat behauptet, ich hätte aufgeräumt?!«

»In beiden Wohnungen wirkte es aufgeräumt«, sagte sie. Vorsicht jetzt!

»Ha! Ja, das kann man behaupten, wenn man nicht dort war! Sie waren nicht dort. Sie wissen nicht, wie es bei denen aussah.«

»Nein.«

»Sie wissen es nicht!«

Die Stimme hatte jetzt einen lauten Widerhall, als hüpfte sie aus einem Megaphon durch den Raum, die nackten Wände entlang. Alles, was sie sah, war nackt. Besser so. Hier gab es nichts aufzuräumen. Nichts weiter als einen nackten Fußboden und dieses Bett, das vielleicht nur zur Folter benutzt wurde. Sie sah kein Laken. Sie lag auf der nackten Matratze. Wie wollte er sie beseitigen? Sie war groß. Sie war schwer, jedenfalls für ihn. Vom Streifenwagen aus hatte er schmächtig gewirkt. Er konnte sie nicht einfach in einen Müllsack stecken und wegtragen. Aber vielleicht beabsichtigte er das gar nicht. Vielleicht hatte er ganz andere Pläne. Er konnte sie auf andere Art verschwinden lassen. Sie wusste, dass es viele Möglichkeiten gab. Sie hatte genügend gelesen, genügend Filme gesehen. Wenn sie dies hier überlebte, würde sie nie wieder lesen oder einen Film anschauen. Nie mehr neugierig sein. Dann würde sie sich nur noch eins wünschen: noch eine kleine Weile leben zu dürfen. Das war auch der einzige Wunsch, den sie im Moment hatte. Aber es war zu viel verlangt. Ein zu großer Wunsch. Ein Kind würde das begreifen.

Sie spürte einen furchtbaren Schmerz im Rücken.

Sie hatte versucht sich zu bewegen.

»Aauuu!«

»Halten Sie still.«

»Es ... es tut weh.«

»Nur wenn Sie sich bewegen.«

»Wie ... wie lange soll ich noch so liegen?«

»Nicht mehr lange.«

»Was haben Sie mit mir vor?«

»Warum sind Sie hergekommen?«

Seine Stimme klang anklagend. Es war nicht seine Schuld.

Nichts war seine Schuld. Warum musste sie auch so verdammt neugierig sein? Warum hatte sie sich nicht um ihre eigenen Angelegenheiten gekümmert? Und ihn sich um seine kümmern lassen. In dem anklagenden Ton lag auch die Antwort auf ihre Frage. Sie war aus freien Stücken in die Falle gegangen.

»Sie hatten nichts anderes zu tun.« Seine Stimme klang jetzt ruhiger. Als hätte er einen Entschluss gefasst.

»Lassen Sie mich gehen«, sagte sie.

»Sie sind allein«, sagte er.

»Nein.«

»Sie leben allein.«

»Sie wissen gar nichts über mich.«

»Sie haben niemanden, mit dem Sie reden können. Und Sie haben niemandem erzählt, dass Sie hierhergehen wollten.«

»Das ... werden sie schon begreifen.«

Sie versuchte, ganz still zu liegen. Die Schlinge hatte sich noch fester zugezogen. Es war sehr gefährlich, sich zu bewegen. Vielleicht wollte er, dass sie sich bewegte. Er brauchte gar nichts mehr zu tun. Sie würde es selbst erledigen.

»Sie werden es nicht begreifen«, sagte er. »Ich habe versucht, es ihnen begreiflich zu machen. Aber die kapieren gar nichts.«

»Die? Wer?«

»Das spielt keine Rolle. Niemand wird es verstehen. Niemand hat es jemals verstanden. Es spielt keine Rolle, was ich mache.«

Hörte sie eine Art Selbstmitleid in seiner Stimme? Trauer? Was war das? Wovon redete er? Von etwas, das er selbst erlebt hatte? Wenn sie doch ...

»Ich muss jetzt gehen.«

»Warten Sie!«

Sie hörte, wie eine Tür geschlossen wurde. Seine Schritte, die sich entfernten. Eine weitere Tür wurde geöffnet und geschlossen. Ein widerliches Echo. Es war, als würden die Türen zu ihrem Leben geschlossen, eine nach der anderen. Jetzt war niemand mehr da. Draußen dröhnte es nicht mehr. Das Echo war erstorben. Sie lag unbeweglich da und versuchte zu denken. Sie wollte nicht denken. Sie lauschte. Sie wollte nicht lauschen. Jetzt hörte sie ein Geräusch, es kam von hinten. Ein Signal. Plötzlich spiegelte sich vor ihr ein Licht an der Wand. Hinter ihr musste ein Fenster sein. Ein schwacher Lichtkegel glitt über die Wand, als würde jemand von draußen mit einer Taschenlampe hereinleuchten. Ja! Leuchte! Leuchte! Wieder hörte sie das Geräusch. Es war eine Melodie. Sie hatte sie schon tausend Mal gehört, natürlich, wie jeder in diesem Land. Von ihrer Wohnung aus hatte sie den blauen Kastenwagen viele Male in Sandarna halten sehen. Hatte gesehen, wie die Kinder angelaufen kamen. War einmal sogar selbst hingelaufen. Sie war froh gewesen, als wäre sie wieder ein Kind.

## 32

Sie wartete, dass etwas geschah. Nein. Eher *sehnte* sie sich danach, dass etwas geschah. Irgendetwas. Das war ein klassisches Gefühl. Jeder Gefangene musste warten, manche sehr lange. Dann waren sie bereit, alles Erdenkliche zu gestehen. Alles Erdenkliche zuzulassen.

Sie musste zur Toilette. Lange hielt sie es nicht mehr aus. Sie verstand nicht, dass der Drang nicht schon eher eingesetzt hatte. War es der Schock? Auf jeden Fall irgendeine Art Blockade. Aber die war jetzt aufgehoben. Nun musste sie dringend zur Toilette.

Langsam wurde ihr bewusst, dass sie nichts mehr vor dem Mund hatte. Sie konnte rufen. Während ihr das aufging, wurde ihr Körper immer kälter, als würde sie allmählich in Eis versenkt.

Sie lag jetzt in einer anderen Stellung.

Er war im Zimmer gewesen, hatte sie berührt. Anscheinend hatte sie geschlafen. Er hatte sie betäubt, genau wie die anderen. Jesus. Jesus! Wie war das passiert? Sie hatte es nicht gemerkt. Sie war nicht von allein eingeschlafen. Er war hier gewesen! Er war hier gewesen! War er unsichtbar? Tauchte plötzlich aus dem Nichts auf? War er der Teufel? Nein, sie glaubte nicht an den Teufel. Sie glaubte an Gott, aber nicht an den anderen.

Was tat er da draußen? Sie lauschte. Es war ganz still. Es war dunkel. Sie lag im Dunkeln. Das Fenster konnte sie nicht sehen. Es ließ etwas Licht herein, wenn man es Licht nennen konnte. An der Wand vor ihr zeichnete sich das Teilstück eines Rechtecks ab. Es war das Fenster. Sie lag immer noch auf der Seite, aber jetzt auf der anderen. Ihre linke Seite war gefühllos. Sie hatte keine Schmerzen. Es gab anderes, worüber sie nachdenken musste. Jetzt brannte es in ihren Gedärmen, sie musste auf der Stelle zur Toilette, sie wollte nicht hier liegen und ...

»Hallo?«, rief sie. »Ist da jemand? Hallo? Hallo?!«

Es blieb still.

»Hallo? Hallo?«

Sie konnte ihre eigene Stimme kaum hören, wie sollte sie dann aus dem Zimmer dringen? Hatte er etwas mit den Wänden angestellt? War es jetzt ein Bunker? Ein Grab? Nein, nein, weg, weg. Denk nicht! Ich war nicht eingeplant, bin plötzlich aufgetaucht. Jetzt zerbricht er sich den Kopf darüber, wie er mich loswerden kann. Ich gehöre nicht zu seinem Plan. Er ist ein Pedant, zum Teufel! Nichts darf seine Pläne durchkreuzen. Er würde einen Fehler begehen, wenn er etwas mit mir machte. Mich hat es nie gegeben. Nein, nein, das habe ich nicht gemeint. Jetzt gibt es mich, und er tut so, als wäre ich gar nicht da. Für ihn ist es das Einfachste, mich zu fesseln und liegen zu lassen. Dann, wenn alles vorbei ist, werden sie mich finden und alles ist okay. Mir ist nichts geschehen. Viel kann passiert sein, aber hier ist nichts passiert, nicht in diesem Zimmer, nicht mit mir! Er verfolgt andere Pläne. Auch daran will ich nicht denken. Wird es in dieser Wohnung geschehen? Will er hier jemanden umbringen? In einem der anderen Zimmer? Wo soll es geschehen? Hält er sich nur in diesem Viertel auf? Diesem Stadtteil? Warum? Ist das nicht riskant? Oder umgekehrt? Soll es in diesem Viertel geschehen? So, und jetzt muss ich auf der Stelle zur Toilette.

»Hallooo?!!«

Dann dachte sie, dass er es nicht war. Nicht *er*. Dieser Mann ist irgendein anderer Verrückter. Sie hatte doppeltes Pech gehabt. Oder extrem wenig Glück. In jedem Treppenaufgang wohnte mehr als ein Verrückter. Gab es eine Statistik darüber? So und so viele psychotische Mörder auf jedem Treppenabsatz in Göteborg.

So und so viele Pedanten. Die Verbindung zwischen Pedanterie und psychotischem Morden. Solche Sachen.

»Hallo!!«

Die Tür hinter ihr wurde aufgerissen.

»Was soll das Geschrei? Hören Sie auf zu schreien!«

Er redete wie ein Lehrer. Vielleicht war er Lehrer von Beruf. Er konnte alles Mögliche sein, wirklich alles Mögliche.

»Ich muss zur Toilette.«

»Nein.«

»Ich muss zur Toilette!«

Er blieb stumm. Sie spürte einen leisen Windhauch wie ein Streicheln auf der Wange. Er kam durch die Tür. In der Wohnung stand irgendwo ein Fenster offen. Eine Tür. Die Rettung würde durch die Tür gestürmt kommen. Oder durch das Fenster. So etwas war schon passiert. Davon hatte sie gehört.

Wenn sie nur zur Toilette gehen durfte, würde sie allem entkommen. *No way*, dass sie in dieses Zimmer zurückkehren würde. Sie würde den Kerl niederschlagen. Sie wür...

Sie spürte, dass er sich hinter ihr bewegte und an dem Seil zog.

Ein Pedant. Er wollte nicht, dass in seiner gepflegten Wohnung ein Malheur passierte. Ein vollgepinkeltes Bett war nicht angenehm, ein vollgepinkeltes Zimmer. Das war nicht sauber. Das roch. Es würde lange riechen. Der Geruch würde vielleicht nie verschwinden. Die Flecken. Nichts würde verschwinden.

Er löste das Seil in ihrem Rücken.

Kein Becken. Er würde weder Becken noch Eimer oder eine Schale holen. Das wäre keine saubere Lösung. Er wollte es nicht sehen. Er wollte nichts berühren. Er würde nie im Leben ein guter Krankenpfleger werden. Sie hatte vorübergehend in der Altenpflege gearbeitet. Da ging es nicht ordentlich zu. Auch bei jüngeren Bettlägerigen waren die natürlichen Bedürfnisse nicht sauber. Urin und Kot waren lustig, solange man vier, fünf Jahre alt war. Später nicht mehr.

Er löste die Fessel an ihren Füßen. Sie würde leben. Als sie seine Hände an ihren Füßen spürte, wusste sie, dass sie leben und berichten würde.

Der Morgen des letzten Tages im Jahr war wie jeder andere Wintermorgen: rote Sonne, klare und giftige Luft. Schnee war irgendwo anders weit oben im Norden gesichtet worden. Seine Töchter hatten ihn schon im Bett begrüßt. Er schwang die Beine über die Bettkante. »Wir wollen frühstücken!«

Aber das Telefon klingelte, ehe er den Flur durchquert hatte. Die Geheimnummer. Er hob das Telefon im Flur ab.

»Ja?«

»Hoffentlich habe ich dich nicht geweckt.«

»Nein, nein, Janne. Was ist los?«

»Das Eisauto.«

»Ja?«

»Die fahren auch Touren durch Groß-Göteborg«, sagte Möllerström.

»Ich weiß, dass es so gut wie hoffnungslos ist«, sagte Winter. »Wir werden das ganze Gebiet eingrenzen müssen.«

»Apropos eingrenzen. Im Zentrum verabschieden sie sich.«

»Wann das?«

»Zum Jahreswechsel, heute Abend also.«

»Wann sind die letzten Touren im Zentrum gefahren worden?«

»Letzte Woche.«

»Und welche Straßen zählen zum Zentrum?«

»Dafür gibt es Streckenpläne«, sagte Möllerström. »Ich kann sie dir nach den Feiertagen mailen.«

»Nach den Feiertagen? Warum diese Rücksicht?«

»Ich weiß es nicht, Erik. Dachte, es ist schon schlimm genug, wenn ich dich Silvester anrufe.«

Aus der Küche roch es nach gebratenem Schinken. Angela wollte nicht mehr warten. Es gab Dinge, die hatten sie noch nicht geregelt. Er hörte Lillys trillerndes Lachen. Elsa rief etwas. Vielleicht rief sie nach ihm.

»Meine Töchter werden sich nicht freuen«, sagte er zu seinem Registrator. »Kein Eisauto mehr.«
»Ja, eine echte Gemeinheit.«
»Warum stellen sie die Fahrten im Zentrum ein?«
»Zu viel Konkurrenz, all die kleinen Läden und Eisbuden. Und es wird immer schwerer, auf der Straße anzuhalten. Keine Zeit und kein Platz. Und zu gefährlich. Kinder auf der Straße. Wir reden ja nicht gerade von verschlafenen Villenvierteln.«
»Wir reden von der Diskriminierung der Stadtbewohner«, sagte Winter.
»Wenn dir das Eisauto so wichtig ist, musst du wohl umziehen«, sagte Möllerström.
»Fährt es bis raus ans Meer?«
»Ich maile dir alle Streckenpläne, dann kannst du es selber überprüfen«, sagte Möllerström.
Winter dachte nach. Er dachte nicht an die Touren des Eisautos, aber an etwas, das mit ihm zusammenhing. Da gab es etwas, das geklärt werden musste. Etwas, das nicht geklärt war.
»Hast du nach dem Musiksignal gefragt?«
»Nein, du hast dich doch nur für die Touren interessiert, oder?«
»Ja ...«
»Mit dem Gedudel war alles klar, oder?«
»Ja ...«
»Hab ich irgendwas übersehen?«
»Nein, nein, Janne. Es ist nur ... Kannst du mir die Telefonnummer von der Person geben, mit der du gesprochen hast?«
Winter bekam sie.
»Hab ich irgendwas übersehen?«, wiederholte Möllerström.
»Nein, Janne. Vielleicht habe *ich* etwas übersehen.«
»Was denn?«
»Das weiß ich erst, wenn ich mit der Person gesprochen habe. Es ist nur so eine Idee.«
»Willst du Eis bestellen?«
»Hm. Ich wünsche dir einen schönen Silvesterabend, Janne.«
»Es wird ein ruhiger Abend.«

»Iss nicht zu viel Eis. Davon kriegst du einen kalten Magen.«

Er legte auf und wählte die Nummer. Jemand zog ihn am Bein. Er schaute nach unten.

»Essen«, sagte Lilly.

»Ich komme in einer Minute, Schätzchen.«

Er hörte Geklapper aus der Küche. Er hörte eine Stimme im Ohr. Offenbar war ihm nicht bewusst gewesen, dass er bereits die ganze Nummer gewählt hatte. Er stellte sich vor und entschuldigte sich.

»Schon in Ordnung«, sagte der Mann. »Ich interessiere mich für alle, die sich für unser Eis interessieren.«

»Ich habe gehört, dass Sie die Touren im Zentrum einstellen wollen«, sagte Winter, »oder vielleicht schon eingestellt haben. Den Grund dafür haben Sie meinem Kollegen bereits genannt. Mir geht es um etwas anderes.«

Er verstummte. Was wollte er fragen? Es war eine merkwürdige Frage. Sie könnte einem Traum entsprungen sein.

»Ja?«, sagte die Stimme im Hörer.

»Haben Sie etwas am Signal geändert?«

»Wie bitte?«

»An der Musik, dieser Melodie, die Sie immer spielen, wenn der Wagen kommt. *Dick und Doof* oder woher sie stammt.«

»Ja?«

»Ist es immer dieselbe Melodie?«

In der Leitung war es still, als wäre sie unterbrochen worden.

»Hallo?«, fragte Winter.

»Ich bin noch da. Warum fragen Sie?«

»Spielt das eine Rolle?«

»Nein ... es ist nur ... Haben Sie es selbst gehört?«

»Was gehört?«

»Dass wir die Melodie etwas abgeändert haben?«

»Wie bitte?!«

Winter spürte ein Sausen im Schädel, ein Rauschen.

»Haben Sie nicht danach gefragt?«

»Moment mal«, sagte Winter. »Meinen Sie damit, dass Sie tatsächlich etwas verändert haben?!«

»Natürlich nichts Großartiges. Eigentlich ist es gar keine richtige Veränderung. Wir haben das Tempo nur etwas beschleunigt und die Lautstärke erhöht. Damit es den Leuten auffällt ... dass wir zum letzten Mal gekommen sind. Oder die letzten Male.«

»Also mehr als einmal?«

»Ich glaube ja. Die letzten beiden Wochen. Eine Art Abschiedsfanfare oder wie man es nennen soll.« Der Mann lachte. »Das ist natürlich etwas albern, aber einige Fahrer sind wohl ein bisschen sentimental gewesen und haben den Vorschlag gemacht. Sie waren so lange dabei.«

»Die Touren der letzten beiden Wochen hatten also ein verändertes Signal«, sagte Winter. »Habe ich das richtig verstanden?«

»Ja, jedenfalls im Zentrum.«

»Im Zentrum«, wiederholte Winter.

»Es kommt allerdings darauf an, was Sie unter Zentrum verstehen«, sagte der Mann.

»Was verstehen Sie darunter?«, fragte Winter.

Noch immer hörte er das Rauschen zwischen den Ohren, das Sausen, und jetzt eine Stimme, die aus einer anderen Richtung kam, ein Kind, eine Frau, er achtete nicht darauf. Er lauschte in sich hinein, gegen den Telefonhörer, nach einem Signal, etwas, das nicht ganz so klang wie gewohnt. Töne, die sich zwischen damals und jetzt unterschieden.

»Ihrem ... Kollegen liegen alle unsere Touren vor«, sagte der Mann. »Er wollte das Zeug von unserer Homepage kopieren.«

»Ist das Zentrum ein großes Gebiet für Hem-Eis?«

»Meinen Sie, ob wir viele Touren gefahren sind?«

»Ja. Wie definieren Sie ›Zentrum‹?«

»Vasastan, Haga, Heden, Lorensberg, Linné.«

»Das ist das Zentrum?«

»Ungefähr. Bei Linné bin ich mir nicht hundertprozentig sicher. Aber bei Vasastan ganz bestimmt.«

»Warum sagen Sie Vasastan?«

»Wieso?«

»Warum haben Sie eben Vasastan erwähnt?«

»Tja … das ist für mich das Zentrum.«
»Aha.«
»Wo wohnen Sie?«
»In Vasastan«, antwortete Winter.
»Worum geht es eigentlich?«, fragte der Mann.
»Fahren Sie mehr als eine Tour pro Woche?«
»Wo?«
»Im Zentrum. War es mehr als eine Tour im Zentrum?«
»Nein.«
»Nie?«
»Jedenfalls nicht im vergangenen Jahr.«
»Immer an denselben Tagen? Ich rede von den letzten Malen im vergangenen Monat.«
»Ja.«
»Dieselben Zeiten?«
»Ja … soweit wir sie einhalten können.«
»Dieselben Straßen?«
»Ja.«
»Danke«, sagte Winter, »danke für Ihre Hilfe. Und ein gutes neues Jahr.«
»Worum geht es denn eigentlich?«, wiederholte der Mann.
»Um Leben und Tod«, antwortete Winter und legte auf.

## 33

Sie war nicht frei. Sie war auf der Toilette gewesen. Sie war wieder in ihrem Zimmer. »Ihrem« Zimmer! Alles hatte sich wie in Nebel abgespielt, als wäre sie halb bewusstlos gewesen. Er geht kein Risiko ein. Was benutzt er? Ich rieche nichts. Oder bin ich zu schwach? Was hat er mit mir gemacht? Habe ich etwas zu essen bekommen? Ich kann mich nicht erinnern. Ich habe keinen Hunger. Ich will schlafen. Ich will nicht schlafen. Ich will frei sein. Habe ich geschlafen? Ist es ein neuer Tag? Ja. Draußen ist es hell. Das Rollo sperrt das Licht nicht vollständig aus. Es versucht einzudringen. Ja! Ja! Brich ein! Das weiße Licht! Draußen schien es sogar sehr hell zu sein. Vielleicht war Schnee gefallen. Der erste richtige Schnee in diesem Winter. Der erste Schnee in meinem letzten Winter, dachte sie. Nein, nein. Es ist nur einer von vielen Wintern, die ich noch erleben werde. Der Frühling wird kommen und dann Sommer, Herbst und wieder ein Winter. Es geht blitzschnell.

Hinter ihr wurde die Tür geöffnet, leise, aber sie hörte es.

Ich habe sein Gesicht nicht gesehen. Nicht in der Wohnung. Es spielt keine Rolle. Er weiß es. Er weiß, was passiert, wenn er mich freilässt.

Darum hält er mich hier fest.

Am besten, er bringt mich gleich um. Dann hat das Warten ein Ende. Warum wartet er noch? Sie hörte, wie er sich hinter ihr bewegte. Selbst konnte sie sich nicht rühren. Am besten, er erledigte es, so schnell es ging. Blitzschnell. Der Tod ist besser als Folter, das ist die Technik. Davon können die Folterpsychologen der Armeen und Polizei aus aller Welt berichten. Die Sehnsucht nach dem Tod. Darum geht es.

»Es ist nicht so einfach, wie Sie glauben.«

Seine Stimme war ganz nah. Sie hatte nicht gehört, dass er herangekrochen war. Anders konnte er sich nicht genähert haben. Seinen Atem spürte sie nicht. Seine Stimme klang heiser, als fiele es ihm schwer, die Worte herauszubringen. Sie roch Alkohol. Vielleicht hatte er eine Stärkung gebraucht, bevor er es tat. Das war auch normal. Alkohol hilft gegen alles.

»Sie bilden sich ein, Sie wüssten es«, sagte er.

»Was weiß ich?«

Er antwortete nicht. Sie hörte, wie er sich hinter ihr bewegte. Es war furchtbar. Sie spürte, wie sich ihre Schultern zusammenzogen, zur Verteidigung, zum Schutz. Der sinnlose Versuch ihres schutzlosen Körpers, sich zu schützen. Sie schloss die Augen hinter der Binde. Warum trug sie eine Augenbinde? Was sollte sie nicht sehen?

»Was glauben Sie?«

Jetzt klang seine Stimme wieder weiter entfernt. Er war irgendwo im Zimmer.

»Glauben ... was soll ich glauben?«

»Wer ich bin. Was ich getan habe.«

»Ich weiß nicht, was Sie getan haben.«

»Was glauben Sie, habe ich getan?«

»Erzählen Sie es mir. Erzählen Sie, was Sie getan haben.«

Er murmelte etwas, das sie nicht verstand.

»Was haben Sie gesagt?«

»Ich war es nicht«, sagte er.

»Wer war es?«

»Ich war es nicht.«

»Ich glaube Ihnen«, sagte sie.

»Sie tun nur so, als ob.«

»Warum sollte ich?«

»Natürlich, um hier wegzukommen.«

»Kom... komme ich denn von hier weg?«

Er antwortete nicht. Das war auch eine Antwort.

»Komme ich hier weg?«

»Die waren es«, sagte er. »*Die* haben es getan. Vor langer Zeit. Sie haben es vor langer Zeit getan. Verstehen Sie? Vor langer Zeit!«

»Ja.«

»Verstehen Sie?«

»Ja.«

»Was verstehen Sie?«

»Dass Ihnen jemand etwas angetan hat.«

Wieder murmelte er etwas.

»Was haben Sie gesagt? Ich habe Sie nicht verstanden.«

»Wissen Sie, von wem ich rede?«, fragte er.

»Nein.«

»Das wissen Sie sehr wohl.«

»Ich weiß nichts von dieser Sache«, sagte sie. »Ich weiß nicht, was Ihnen passiert ist.«

»Warum sind Sie dann hergekommen? An meine Tür? In dieses Haus? Sie müssen es gewusst haben. Von mir gewusst haben. Von denen.«

»Wo sind wir?«, fragte sie. »In welchem Haus sind wir?«

Er antwortete nicht. Auch das war vielleicht eine Antwort.

»Ist es dieselbe Wohnung?«

»Seien Sie still!«

Er hatte sich wieder bewegt. Die Stimme kam aus einer anderen Ecke des Zimmers.

»Sie wussten alles«, sagte er.

»Nein, ich wusste nichts. Ich weiß gar nichts.«

»Warum sind Sie dann gekommen?!!!«

Jetzt sprach er sehr laut.

»Das habe ich doch schon gesagt. Ich war ... neugierig. Ich war da drinnen ... nachdem es passiert ist. In der Wohnung. Bei Ihren Nachbarn.«

»Ha!«

Das war ein Ausruf, unmöglich zu verstehen.

»Haben Martin oder Madeleine Ihnen etwas getan?«

»Sie wissen also, wie sie heißen.«

»Ich war dort, das habe ich Ihnen doch schon ges...«

»Sie hätten nicht hingehen sollen«, unterbrach er sie.

»Was meinen Sie damit?«

»Das ist Ihr Unglück«, sagte er. »Genau wie es mein Unglück ist.«

»Wie meinen Sie das? Unglück? War es ein Unfall? Ist das, was mit Madeleine und Martin passiert ist, ein Unfall?«

Er antwortete nicht.

»Und Erik und Gloria? War Gloria Carlix' Tod ein Unfall?«

Er blieb stumm. Sie hörte seine Schritte und wie er die Tür schloss.

Dann hörte sie etwas anderes. Es klang wie ein Heulen. Als würde er irgendwo da draußen in der Wohnung heulen.

Hem-Eis hatte der Spurensicherung einen Track der Melodieschleife zur Verfügung gestellt. Yngvesson saß vor den Computern. Er hatte sowieso nichts Besseres vor. Wer hatte das schon am Silvesterabend? Ein Abend für Amateure. Außer Winter war ein weiterer Profi anwesend, Ringmar.

»Was hat Angela gesagt?«

»Sie ist verständnisvoll.« Winter sah zu, wie Yngvesson die CD in den Computer schob. Der Jubiläumstriller für das Zentrum. Der Abschied. »Sie ist die Einzige, die Verständnis hat.«

»Ich bin gespannt, ob wir das da verstehen.« Ringmar nickte mit dem Kopf zu den großen Lautsprechern, die Yngvesson aufgestellt hatte. Beim letzten Mal waren es kleinere gewesen.

Sie lauschten.

»Das ist also die veränderte Melodie«, sagte Winter.

»Wir verstehen«, sagte Yngvesson.

»Lass mal das Original hören.«

Yngvesson tauschte die Melodie aus.

»Hört ihr den Unterschied?«, fragte Ringmar.

Sie hörten ihn. Es reichte und bedurfte keiner Erklärung.

»Jetzt lass mal die Sequenz vom Film laufen«, sagte Winter.

Yngvesson tauschte. Sie lauschten.

»Ist ein Unterschied zu hören?«, fragte Ringmar.

»Es ist dasselbe.«

»Dasselbe was?«

»Was man im Film im Hintergrund hört, ist die letzte Version der Zentrumsmelodie.«

»Der Abschied«, sagte Winter.

»Das Zimmer befindet sich im Zentrum«, sagte Ringmar.

»Gut«, sagte Winter. »Gut.«

»Das Zentrum ist groß«, sagte Yngvesson.

»Vasastan«, sagte Winter.

»Was meinst du damit?«, fragte Ringmar.

»Er hält sich in Vasastan auf«, sagte Winter.

»Das ist eine Vermutung.«

»Nein, es ist mehr.«

Winter griff nach der Fotografie, die vor ihm lag. Darauf war die DVD abgebildet, die er zu Weihnachten bekommen hatte. Er las den Text vor: »So nah y doch so fern. Das bedeutet, dass es näher ist, als wir glauben.«

»Und Spanien?«, sagte Ringmar.

»Es hängt zusammen.«

»Wie?«

»Der Hintergrund«, sagte Winter, »es hängt mit dem Hintergrund zusammen.«

»Welchem Hintergrund?«

»Der Ursache, Bertil, Ursache und Wirkung.«

»Du meinst, mit dem Warum?«

Winter antwortete nicht.

»Und was nun?«, sagte Ringmar.

»Wir gehen zurück.«

»Wohin?«

»So weit wir können.«

»Sprichst du jetzt von Spanien?«

»Das auch.«
»Willst du hinfahren?«
»Nur wenn ich muss.«
»Du hast dich doch noch nie nötigen lassen.«
»Diesmal ist es anders.«

Ringmar trat ans Fenster. Er sah das Zentrum, das Dach der *Göteborgs-Posten*, ein Stück des Bahnhofs, Gothia Towers, die Götaälvbrücke. Drottningtorget. Das Zentrum. Ein Teil des Zentrums. Göteborg war eine große Stadt, die sich verändert hatte, seit Gustav II. Adolf die Stellen für die Pfähle im Schlamm markiert hatte. Ein Mann, der sein Haus auf Schlamm erbaut, ist ein Dummkopf.

Ringmar drehte sich um.

»Es juckt am ganzen Körper«, sagte er. »Verdammter Juckreiz.«

Winter nickte.

»Man möchte sich jede Bude da draußen vorknöpfen.« Er wedelte mit der Hand. »Jede einzelne Wohnung.«

»Ja.«

»Wir haben keine Zeit mehr zu verlieren.«

»Ja, Bertil.«

»Wusste er, dass wir es herauskriegen würden?«

Ringmar sah Yngvesson an. Der schüttelte den Kopf.

»Nicht?«

»Nein, ich glaube, er hat das Eisauto nicht einmal gehört, als er sich in der Wohnung aufgehalten hat.«

»Nicht?«

»Nein. Und selbst wenn er es gehört hat, wird er kaum gewusst haben, dass es in verschiedenen Stadtteilen unterschiedliche Melodien gab.«

»In den vergangenen zwei Wochen«, sagte Winter.

»Es dreht sich also um die letzten beiden Wochen«, sagte Ringmar.

»Ja. Der Film vom dritten Zimmer ist erst kürzlich aufgenommen worden.«

»Was hat das zu bedeuten, Erik?«

»Was? Wie meinst du das?«
»Dass er kürzlich aufgenommen wurde.«
»Es könnte bedeuten, dass sie noch leben«, sagte Winter. »Aber wir haben keine Zeit zu verlieren.«
»Die Figuren im Bett«, sagte Ringmar.
»Es sind mehr als Figuren. Es sind Menschen.«
»Sie sind wie du und ich, Erik.«
»Oder sie können werden wie wir«, sagte Winter. »Sie sind noch jung.«
»Das wissen wir nicht.«
Winter schwieg.
»Immerhin wissen wir jetzt etwas, was er nicht weiß«, sagte Ringmar.
»Ja.«
»Warum überhaupt filmen? Warum uns den Film schicken?«
»Darauf gibt es verschiedene Antworten«, sagte Winter.
»Nenn mir eine.«
»Er braucht Hilfe.«
»Wobei?«
Winter schwieg. Er war ebenfalls an das Fenster getreten. Irgendwo dort draußen in der brutalen Stadt unter dem falschen Himmel lag die Antwort. Natürlich lag sie immer dort draußen. Man musste nur hinausgehen und sie abholen, wenn man wusste, was man zu tun hatte. Er hatte es immer gewusst. Es war ihm immer gelungen, formell jedenfalls, selbst wenn es ihm nicht geglückt war. Diesmal würde es ihm gelingen, nicht alles, aber diesmal würde er Leben retten. Sonst könnte er gleich Silvester feiern und alles vergessen. Doch dieser Fall war etwas anders gelagert. In fast allen Fällen kam er erst hinzu, wenn die Frage nach dem Leben nicht mehr relevant war. Das Leben war schon beendet. Dann kam es darauf an, den zu finden, der es genommen hatte.
»Hilfe, damit er aufhören kann?«, sagte Ringmar.
»Vielleicht.«
»Warum? Warum will er aufhören?«
»Vielleicht hat er Geschmack daran gefunden«, sagte Winter.

»Am Morden?«
»Ja.«
»Und eigentlich will er es gar nicht?«
»Genau.«
»Dann ging es bei den ersten beiden Morden also um etwas anderes? Um *mehr* oder wie zum Teufel man das ausdrücken soll.«
»Vielleicht.«
»Um was?«
»Rache.«
Ringmar nickte. Er drehte sich wieder zum Fenster um. Der Himmel war wunderbar blau, ekelhaft blau. Bald würde es hier oben im Norden wieder dunkel sein. Dann brauchte er das Elend nicht mehr zu sehen. Es war noch Zeit genug, sich zu betrinken. Aber vielleicht würde er es nicht mehr schaffen.

»Jetzt ist wieder *filmtime*«, sagte Winter und wandte sich vom Fenster ab. »Ich verlasse den Raum nicht, bevor wir etwas Neues in diesem Film entdeckt haben. Wir haben etwas Neues gehört, und jetzt wollen wir etwas Neues sehen.«

Yngvesson hatte sich in den vergangenen Tagen ausschließlich mit den extremen Details beschäftigt. Er war Bild für Bild durchgegangen. Winter sah wieder den Pokal auf dem kleinen Tisch, der Kommode. Der Pokal hatte ihnen bis jetzt nicht weitergeholfen. Er sah aus wie alle Pokale der vergangenen dreißig Jahre: dreißig Jahre Weitwurf mit kleinem Ball, sechzig Meter laufen, hoch, weit. Auf der matten Oberfläche war keine Schrift zu erkennen. Die Rückseite wurde von der Wand reflektiert, neben dem Fenster. Es sah ein bisschen aus wie eine optische Täuschung. Licht, wo es kein Licht geben sollte. Ein Schatten von dem kleinen Preispokal. Eine Silhouette. Fast wie ein Negativ, hatte Winter gedacht, als er es dieser Tage entdeckt hatte. Ein Negativ. Konnte man etwas mehr herausholen? Yngvesson blieb nichts anderes übrig, als die Tests mit seinen Methoden weiter fortzusetzen. Zu experimentieren, immer ging es um Experimente, wenn die Methoden im Unbekannten getestet wurden, am Unbekannten. Darum ging es in diesem Fall, das noch Unbekannte.

Jetzt sahen sie das Fenster, die Schatten, Konturen und dahinter Silhouetten, nur Sekunden. Die Kamera war blitzschnell an ihnen vorbeigehuscht. Das Interessante gab es im Bett. Der Rest war Kulisse. Requisite.

»Mehr kann ich im Augenblick nicht herausholen«, sagte Yngvesson.

»Wir gehen Bild für Bild durch«, sagte Winter.

»Okay, Bild Nummer eins«, sagte Yngvesson.

Ringmar schaute auf seine Armbanduhr.

»Du bist freiwillig hier, Bertil.«

»Hab ich was gesagt?«

»Nein, nein.«

»Mir ist es genauso wichtig wie dir, Erik.«

»Ich weiß. Entschuldige.«

»Ich habe es im Gefühl, dass wir nah dran sind«, sagte Ringmar.

»Wie meinst du das?«, fragte Yngvesson.

»Dass wir es bald erfahren werden, im Laufe der Feiertage, Neujahr, heute Abend, morgen.«

»Warum?«

Ringmar antwortete nicht. Auf die Frage gab es keine Antwort. Yngvesson war ein Suchender, er war kein Fahnder.

»Okay, das Fenster«, sagte er.

»Mir liegt übrigens die Tourenliste mit jedem Stopp des Eisautos im Zentrum vor«, sagte Winter. »Möllerström hat sie von der Homepage geladen.«

Ringmar nickte.

»Wo ist dann also das hier?«, fragte Yngvesson.

Wo ist dann also das hier? Was waren das für Konturen vor dem Fenster? Es waren Häuser, die auf Pfählen im Schlamm erbaut worden waren. Es waren Schatten, die mit realen Dingen zusammenhingen.

Sie schienen jetzt deutlicher hervorzutreten.

»In welchem Stockwerk befinden wir uns?«, fragte Ringmar.

Yngvesson wechselte das Bild. Das Licht veränderte sich in ein

Nichtlicht, natürlich oder künstlich. Egal, was, es war sinnlos. Aber es schuf einen Hintergrund, einen helleren Fond, auf dem sich der Vordergrund spiegeln konnte.

»Nicht in der ersten Etage«, sagte Yngvesson.

»Wie kommst du darauf?«

»Man kann Himmel sehen, oder?«

Ringmar starrte auf das Bild.

»Du meinst, das da ist Himmel?«

»Ich glaube ja.«

»Was könnte es sonst sein?«

»Es ist Himmel«, sagte Winter. »Dahinter ist nichts. Oder darüber.«

»Okay«, sagte Ringmar, »also zweiter oder dritter Stock.«

»Und was ist das?« Winter zeigte auf den Bildschirm.

»Was?«, fragte Yngvesson.

»Es sieht aus wie ein flacher Schatten genau unterhalb vom Fenster. Seht ihr das? Als würde draußen etwas liegen. Etwas Langgestrecktes. Vor dem Fenster. Oder bilde ich mir das nur ein?«

»Das Fenster wird wohl reflektiert«, sagte Ringmar.

»Nein.«

»Was dann?«

»Kannst du noch mehr rausholen, Yngve?«, fragte Winter.

»Ich weiß nicht ... Vielleicht die Kontraste ... Wartet mal.«

Sie warteten. Das Bild wurde eine Spur schärfer, die Abgrenzung zwischen den Schatten etwas stärker, das musste reichen, da sie die Gegenstände nicht erkennen konnten. Himmel, er wünschte inständig, er könnte alles vom Bildschirm abreißen, was den Blick verschleierte.

Ein Umriss vor dem Fenster. Da draußen lag etwas. Gab es etwas.

Ein Kasten, dachte Winter. Vor dem Fenster steht ein Kasten.

Ein Rechteck. Ein Viereck. Ein Ding.

Ein Haus vor dem Haus.

Ein Dach vor dem Fenster.

Ein Dach.

Ein Haus.

Ein Treppenhaus?

Nein, nicht unter dem Fenster. Das Fenster ging auf eine Straße, so musste es sein. Es war mitten in der Stadt. Unterhalb des Fensters gab es keine albernen Erker oder herausragende Portale. Bei dem Umriss handelte es sich um etwas anderes.

»Vielleicht wird vor dem Fenster gebaut«, sagte Yngvesson. »Renoviert. Ein Gerüst.«

»Ja!!!«

Ringmar und Yngvesson zuckten zusammen. Winter sprang auf.

»Kein Gerüst«, sagte er. »Das sind Baracken. Baracken für Arbeiter. Irgend so was. Sie renovieren die Fassade.«

»Das ist möglich«, sagte Yngvesson.

»Es ist nur ein Gedanke«, sagte Ringmar.

»Gibt es im Zentrum ein altes Gebäude, dessen Fassade gerade renoviert wird?«, fragte Yngvesson.

»Sei mal still«, sagte Ringmar.

»Oder Container«, sagte Winter. »Baracken. Kisten. Container. Sie stehen unter dem Fenster im zweiten oder dritten Stock.«

»Wenn sie noch da stehen«, sagte Ringmar.

»Der Film ist erst kürzlich aufgenommen worden«, sagte Winter.

»Und in der Nähe hat das Eisauto gehalten«, sagte Yngvesson.

## 34

Winter stand auf und ging ins Treppenhaus, eine Halle mit Wänden aus Ziegeln. Sie war Teil seines Zuhauses. Er fuhr mit dem Lift nach unten und betrat den Hof. Die dreihundert Jahre andauernden Renovierungsarbeiten am Polizeipräsidium nahmen kein Ende. Überall standen Arbeitsbaracken. Sie sahen aus wie Container, bereit, nach Singapur verschifft zu werden. Er war noch nie in Singapur gewesen, soweit er sich erinnerte. Warum nicht dorthin fahren, wenn alles vorbei war. Eine Suite auf der »Queen Elizabeth« von Southampton buchen. Das Gepäck mit Kreide beschriftet: P. O. S. H. Port Out. Starboard Home. Das bedeutete, dass die Kabine der Besitzer immer im Schatten lag. Eine Kabine nur für Reiche.

Er zündete sich einen Corps an. Der Rauch des Zigarillos stieg ins Blau. Die Dämmerung war bis jetzt nur zu ahnen. Er schaute über den Fattighusån. Am anderen Ufer ruhte der Verkehr. Niemand war unterwegs in der Mittagssonne des Silvestertages, nur Kommissare und verrückte Hunde.

Das Zentrum. Vasastan. Warum dachte er an Vasastan? Weil es sein Stadtteil war. Weil er diesen verdammten Film bekommen hatte. Die Filme. Weil es nah war. So fern und doch so nah. Vasastan und Spanien. Weil seine Mutter gesagt hatte, es gäbe noch einen Namen. Wie lautete er? Stell deinen Gin Tonic ab und denk nach! Er würde ihn finden. Vielleicht schon heute Nachmittag.

Denk nach. Denk nach. Wie viele Leute brauchen wir? Silvester, ha, ha. Nicht einmal er schaffte das. Er und Bertil waren allein. Er brachte es nicht übers Herz, an diesem Tag Fredrik und Aneta anzurufen. Fredrik war ja schon halb weg, vielleicht war auch seine Schärfe weg. Er würde Halders verlieren. Das war eine Tragödie. Es war der letzte Winter. Aneta würde bleiben. Vielleicht. Er hörte ein Flugzeug am Himmel knurren und hob den Blick. Es verließ die Stadt, ein Flug in die Zukunft, vermutlich ein Langstreckenflug nach Thailand, Teheran. Das stelle man sich einmal vor! Wohin fahren wir? Wo fangen wir an? Er sah den Flugzeugrumpf noch ein letztes Mal in der Sonne aufblitzen und in der Zukunft verschwinden. Oder in der Vergangenheit. Wenn das Flugzeug landete, war es vielleicht ein neues Jahr, eher als hier oder später.

»Erik! Erik!«

Jemand rief seinen Namen. Es klang, als käme der Ruf vom Himmel. Sein Blick war immer noch auf das Loch gerichtet, in dem das Flugzeug verschwunden war. Darum herum hatte sich ein Ring aus dem Rauch seines Corps gebildet.

»Erik.«

Er drehte sich um.

Bertil kam über den gefrorenen Rasen gekeucht. Erst jetzt bemerkte Winter den weißen Schimmer, der wie eine winterliche Luftspiegelung über dem Gras lag, und ihm fiel ein, dass es unter seinen Schritten geknirscht hatte.

»Wir haben noch etwas auf dem Film entdeckt«, sagte Ringmar.

Es sah aus wie Absätze. Zwei-drei-vier-fünf Absätze übereinander.

»Wie hast du das geschafft?« Winter drehte sich zu Yngvesson um.

»Es ist eine Frage des Lichts«, antwortete der. »Oder vielmehr des fehlenden Lichts. Ich habe entgegengesetzt gedacht und den Hintergrund so stark verdunkelt, wie es eben ging.«

Wie ein Negativ, dachte Winter.

»Die sehen aus wie Klötze. Kleinere Klötze«, sagte Ringmar.
»Sie hängen in der Luft«, sagte Winter. »Balkone.«
Yngvesson stieß einen Pfiff aus.
»Eine ganze Reihe Balkone vor dem Fenster«, sagte er.
»Ein Stück entfernt«, sagte Winter.
»Auf der anderen Straßenseite«, sagte Ringmar.
»Ein bisschen weiter entfernt«, sagte Winter. »Auf der anderen Seite der Kreuzung.«
»Über diesen Klötzen sind gerade Linien«, sagte Ringmar.
Winter nickte. Kein Jugendstil.
»Bauhausstil«, sagte Ringmar. »Gibt es ... Häuser im Bauhausstil im Zentrum?«
»Johanneberg«, sagte Winter. »Guldheden.«
»Aber die liegen doch nicht im Zentrum?«
»Wir bestimmen nicht, wo das Zentrum ist«, sagte Winter.
»Wer denn?«
»Der Mörder.« Winter wies mit dem Kopf zu dem erstarrten Bild. Er dachte an die erstarrte Erde draußen. Die Luftspiegelung.
»Aber es ist nicht Johanneberg oder Guldheden. Dort spielen sie noch das alte Eissignal.«
»Gibt es in der Nähe der Avenyn nicht Häuser im Bauhausstil?«, fragte Ringmar.
»Genau«, sagte Winter. »Auf geht's.«

Sie umkreisten den Götaplatsen und spähten zu den Hausfassaden hinauf. Zwei Fahnder bei der Arbeit. Sie wussten, wo das Eisauto anhielt oder angehalten hatte, aber die Route hing vom Verkehr ab, und deshalb konnte der Abstand der Stopps von Mal zu Mal variieren. Unterschiede im Abstand konnten in diesem Fall viel bedeuten. Alles hing davon ab, ob sie vor dem einen oder dem anderen Haus hielten.

Um den Götaplatsen herum war es nicht stimmig. Hier konnte es nicht sein. Die Flächen waren zu groß, es gab zu viel Himmel. Der war noch immer blau, als hätte er sich in diesem Winter irgendwie mit dem Ball, der Erdkugel verhakt. Vielleicht bin ich doch religiös geworden, richtig fromm. Dies ist der Weltuntergang, und ich darf dabei sein.

Sie fuhren die Avenyn hinunter. Er war erstaunt, wie belebt die Straße war. Einige Geschäfte hatten noch geöffnet. Die Pubs, die Kneipen. Vor zehn Jahren hatte hier tote Hose geherrscht. Da hatte er um diese Zeit mit Angela einen Kilometer weiter westwärts in einer Wohnung am Esstisch gesessen. Damals hatten sie noch keine Kinder gehabt. Er hatte das Gefühl, als hätte er seitdem ein ganzes Leben gelebt. Und hier war er nun, an einem Silvesterabend unterwegs in Bertils Auto auf der Avenyn. Nicht einmal Angela war dabei.

»Dann also weiter.« Ringmar umrundete die Verkehrsinsel. Im Augenblick war keine Straßenbahn im Weg. Einige Jungen schauten ihnen lange nach, zeigten auf sie.

»Nicht alle wissen, dass wir Bullen im Dienst sind«, sagte Winter.

Ringmar hielt auf dem breiten Gehweg vor Tvåkanten an, und eine vorbeigehende Gruppe warf ihm böse Blicke zu.

Ein Mann, der zwischen dem Tvåkanten und dem Juwelier-Laden stand, hob eine Hand. In der anderen hielt er einen Packen Zeitungen. Er winkte.

»Kennst du den?«, fragte Ringmar.

»Ja.«

»Dein Hoflieferant von *Faktum*.«

Der Mann kam eilig auf sie zu. Er ging zur Beifahrerseite und Winter ließ die Scheibe herunter.

»Sie arbeiten ja wohl dauernd«, sagte Tommy Näver.

»Dasselbe kann ich von Ihnen behaupten«, antwortete Winter.

Der Mann lachte auf. Er war nüchtern, heruntergekommen, aber nüchtern. Seine Augen waren klar.

»Woher wissen Sie, dass wir arbeiten?«, fragte Winter.

»Ach, so was hat man im Gefühl.« Tommy Näver nickte Ringmar zu. »Näver mein Name, Tommy Näver.«

Ringmar nickte ebenfalls.

»Ich mach bald Schluss«, sagte Näver. »In einer Stunde ist es hier ziemlich leer.«

»Das glaube ich auch«, sagte Winter.

»Ich weiß es«, sagte Näver. »Ich weiß alles über diese Stelle. Ich weiß alles vom Zentrum. Ich sehe alles.«

»Das haben Sie mir schon mal erzählt«, sagte Winter freundlich.

»Ihre Kollegin ist hier gestern vorbeigekommen«, sagte Näver.

»Meine was?«

»Die Polizistin. Hübsches Ding. Sie hat mich Heiligabend gefahren.«

»Ach?«

»Ich war fertig hier und wollte zur Heilsarmee, und da haben sie mich mit dem Streifenwagen hingebracht, sie und der Junge. Er hat nicht viel gesagt. Aber sie ist nett.«

»Wir sind alle nett«, sagte Ringmar.

»Gestern ist sie hier vorbeigekommen«, fuhr Näver fort. »Sie war nicht in Uniform, aber ich hab sie natürlich trotzdem erkannt. Ich vergesse nie ein Gesicht. Direkt in die Kristinelundsgatan ist sie gegangen.« Näver nickte mit dem Kopf zur Kreuzung, wo die Kristinelundsgatan in westlicher Richtung von der Avenyn abzweigte. »Sie hat mich nicht gesehen. Ich hatte gerade einen Kunden. Und als ich ihr zuwinken wollte, war sie verschwunden.«

»Stehen Sie immer an dieser Stelle?«, fragte Winter.

»Immer. Hab ich das nicht schon mal gesagt? Hier stellt sich niemand anders hin, das ist mein Platz. Ich stehe hier seit einem Jahr.«

»Sind Sie seit einem Jahr obdachlos?«, fragte Ringmar.

Näver schaute über das Auto hinweg und dann wieder zu Boden, irgendwo zwischen Ringmar und Winter.

»Länger«, sagte er. »Aber seit einem Jahr lebe ich ohne den verdammten Schnaps, nur einige wenige Rückfälle. Jetzt ist damit aber für immer Schluss.«

»Stehen Sie hier jeden Tag?«, fragte Winter.

»Na klar. Das ist doch verdammt noch mal mein Job. Was sollte ich denn sonst tun?«

»Sie haben gesagt, dass Sie alles unter Kontrolle haben«,

sagte Winter. »Haben Sie auch unter Kontrolle, wo das Eisauto hält?«

»Das Eisauto?«

»Hem-Eis. Hören Sie es hier in der Nähe, wenn es kommt?«

»Und ob ich das höre. Gleich dahinten.« Er wedelte mit der freien Hand in Richtung Kreuzung. »Ich weiß genau, wo es hält. Bei Ming. Von hier aus kann ich es manchmal sehen.«

»Ming?«

»Der Chinese«, sagte Näver. »Teatergatan, an der Ecke da hinten. Wieso fragen Sie?«

»Es müsste eigentlich weiter oben sein«, sagte Ringmar.

»Was wissen Sie denn davon?« Näver sah ihn an.

Winter war schon aus dem Auto gestiegen und lief die Straße hinauf. Hierher waren sie unterwegs gewesen, der nächste Halt der Route, aber jetzt spürte er das Feuer im Körper, einen brennenden Schmerz über der Kopfhaut. All das Vertraute, wenn er es *wusste*, wenn er *wusste*, ohne zu wissen. Hinter sich hörte er das Auto. Ringmar fuhr an ihm vorbei. Er parkte vor dem Haus an der rechten Seite, an der Kreuzung von Teatergatan und Kristinelund. HDK auf der anderen Seite der Kreuzung. Das Haus rechts. Im Erdgeschoss Skandia France. Fotos von Wohnungen in der Sonne, weiß verputzte Fassaden. Jetzt war Winter bei Ming angekommen. Der alte Chinese hatte im Lauf der Jahre vielen Polizisten des Reviers von Lorensberg das Leben gerettet. Winter stand vor dem Eingang. Er sah das Haus auf der anderen Seite der Kristinelundsgatan, er hatte es tausend Mal gesehen, ohne es zu sehen. Bauhausstil, kein Zweifel. Er richtete den Blick auf die andere Straßenseite. Jetzt sah er die Container, die er schon im Laufen wahrgenommen hatte, Klotz auf Klotz, Container eben, aber mit Lufteinlässen, Fenstern, wenn man so wollte, genau genommen Baracken für Arbeiter. Ringmar war inzwischen ausgestiegen und zeigte über die Straße. Winter nickte. Weder der Hinweis noch das Nicken waren nötig. Winter schaute nach oben. Unmittelbar über der obersten Baracke waren Fenster. Mehrere Fenster. Im dritten Stock. Er überquerte die Straße. An der Ecke lag das alte Antiquaria. Er drehte sich wieder um. Die verputzte Fassade auf der anderen Seite. Die Balkone schwebten im Bauhausstil übereinander. So sieht es also in Wirklichkeit aus. Nichts davor, nichts, das verdeckt, hindert, keine Gardinen, keine Schatten, kein Licht und keine Dunkelheit. So wie hier. Hier ist es. Jetzt ist es so weit.

## 35

Sie musste wieder eingedöst, eine Weile abwesend, nicht bei sich selber gewesen sein. Was für eine Befreiung! Aber dann der Moment, wenn man aufwacht und wieder im Alptraum ist. Sie spürte ein Jucken im Nacken, gegen das sie nichts unternehmen konnte. Sie hatte von gelähmten Menschen gelesen, die sich nicht kratzen konnten. Schließlich gewann der Juckreiz die Oberhand. Das Leben dieser Menschen bestand nur noch aus Jucken oder Brennen. Das empfand sie jetzt. Sie konnte an nichts anderes denken. Sie wusste nicht mehr, wo es eigentlich juckte, es juckte am ganzen Körper.

Und dann hörte es jäh auf. Als hätte jemand ein Pflaster abgerissen.

Sie versuchte, den Kopf zu bewegen. Ihre Lage war verändert. Hatte sie sich im Schlaf bewegt? Nein. Er hatte sie bewegt. Sie befand sich in einem Alptraum. Auch im Schlaf! Alptraum im Wachen, Alptraum im Schlaf. Er musste ihr erneut etwas gegeben, sie betäubt haben. Hatte sie Kopfschmerzen? Nein, Drogen waren es nicht gewesen.

Sie hatte keinen Knebel mehr, auch keine Augenbinde, war jedoch weiterhin gefesselt.

Vor dem Fenster hing ein Rollo. Die Ritzen rundherum ließen ein Rechteck aus Licht herein. Im Zimmer herrschte Dunkelheit, eine Art Dunkelheit, die ihr sagte, dass es draußen auch dunkel war oder dunkel wurde. Oder umgekehrt, draußen war es noch Tag oder Nachmittag, und bald würde es dunkel werden. Dunkel wurde es immer. Wenn man sich auf etwas verlassen konnte, dann darauf. Dunkel. Auf etwas anderes kann ich mich nicht verlassen. Ich kann mich auf überhaupt nichts mehr verlassen. Auf niemanden. Hör auf zu denken! Weg mit diesen Gedanken! Warum habe ich keinen Durst und keinen Hunger? Hat er mir etwas gegeben, während ich bewusstlos war? Herrgott, so musste es sein. Ich habe keinen Hunger, ich habe keinen Durst. Vielleicht weil ich Angst habe? Hört man dann auf, durstig zu sein?

Was ist das für ein Zimmer? Sie versuchte sich umzusehen, den Blick weitergleiten zu lassen. Es war, als würde sie einen Stein vor sich herschieben.

Ist es dasselbe Zimmer?

Denk nach, Gerda, denk nach!

Du hast nur eine Wand gesehen. Jetzt siehst du eine andere Wand. Du kannst nicht erkennen, wo du bist. Du weißt nicht, wo du bist. Du bist noch am selben Ort. Wie hätte er dich transportieren sollen? Warum sollte er das tun? Dies ist dein Zimmer.

Hier bist du sicher, Gerda.

Und als ihr das klarwurde, begann sie lautlos zu weinen.

Ringmar stand inzwischen neben Winter.

»Siehst du, was ich sehe, Bertil?«

»Vielleicht.«

»Vielleicht?«

»Wir müssen jetzt einen kühlen Kopf bewahren, Erik.«

Ringmar drehte sich um und schaute nach oben. Er sah Fenster, die schwarz waren im Schatten. Er sah Gardinen, vielleicht auch sie Schatten. Im Westen ging die Sonne unter, hinter den Fassaden, sie konnte sich kaum beherrschen. Sie floh für immer vor dem alten Jahr. Es war ein Scheißjahr gewesen.

»Das könnten sie sein«, sagte er. »Könnten die Balkone sein.«

»Sie sind es«, sagte Winter.

Ringmar sah sich wieder um.

»Ob uns jemand beobachtet?«

»Jemand, der auf uns gewartet hat«, sagte Winter.

»Dann muss der Junge aber rund um die Uhr auf dem Posten gewesen sein«, sagte Ringmar.

»Der uns filmt«, sagte Winter.

»Möglich«, sagte Ringmar, »aber bald ist die Vorstellung beendet.« Er drehte sich zu Winter um. »Was willst du unternehmen, Chef?«

Winter schaute nach oben.

»Wir gehen rein.«

»Wo ist der Eingang?«

»Hinter der Baracke da, glaube ich.«

»Wollen wir Verstärkung anfordern?«

»Nein.«

Ringmar sah wieder nach oben.

»Es kommen ja nicht viele Wohnungen in Frage.«

»Nein.«

Winter wählte den Weg links um die Baracken herum, Ringmar ging in die andere Richtung. Winter sah den Eingang, darüber eine hübsch verschnörkelte Hausnummer, golden. Daneben Geschäftsräume, die gerade neu eingerichtet wurden. Werbung, die ausgetauscht werden musste.

»Hier war der alte Elvis-Laden«, sagte Ringmar. »Da war ich schon mal.«

Winter prüfte die schwere Haustürklinke und drückte sie herunter. Die Tür war natürlich verschlossen. Er überflog die Namen neben dem Haustelefon. Die Namenstafel war unvollständig. Namenstafeln waren nie vollständig. Immer fehlten Namen. Winter nahm den Keil hervor, der sich ausgezeichnet dafür eignete, Schlösser zu knacken. Er führte ihn ein, bewegte ihn ein wenig vor und zurück, und dann klickte es im Schloss.

Sie öffneten die Tür und betraten ein gemauertes Gewölbe, das wie ein mittelalterlicher Schlossgang war. An den Wänden geschmiedete Laternen, Mittelalter. Oder ein südliches Land. Mittelalter in einem Land im Süden.

»Lustiger Hof«, sagte Ringmar hinter ihm. Winter hörte die Anspannung in seiner Stimme. Unter den Füßen hatten sie Kopfsteinpflaster. Fehlten ihnen nur noch die Degen. Ein Hut mit Federbusch. Er trug einen einfachen und bequemen Anzug von Laizze. Winter spürte den Druck seiner Pistole an den Rippen. Es war nicht das erste Mal. Rechts sah er den Eingang zum Treppenhaus. Er war es, das war die Öffnung. Ein kalter Wind strich durch den Gang, den Tunnel. Sie hatten den Wind mit hereingebracht. Was hatten sie noch mitgebracht? Die Rettung. Nein. Etwas anderes. Die Wahrheit. Nein. Gerechtigkeit. Nein. Liebe. Ja, vielleicht. Liebe. Bertil und er standen nicht für das hier, nicht für *das* in dem Zimmer über ihnen. Im Film. Den Filmen. Sie standen für etwas Größeres, Besseres. Reineres. Nein. Etwas, das es noch geben würde, wenn sie nicht mehr waren, wenn er nicht mehr war. Größer als das Leben. Der Sinn des Lebens lag darin, dass Bestand hatte, was größer war als das Leben, wenn es kein Leben mehr gab. So einfach war das. Eine höhere Liebe, eine größere Liebe, eine überlegene Liebe, *a love supreme, a love supreme*, plötzlich hörte er die Musik in seinem Kopf.

»Frohes neues Jahr«, sagte Ringmar.

»Warum sagst du das gerade jetzt?«

»Vielleicht habe ich nachher keine Gelegenheit mehr dazu.«

»Warum denn das nicht?«

»Vielleicht haben wir nachher zu viel zu tun.«

Winter schaute auf die Uhr. Es war noch genügend Zeit für ein Neujahrssouper. Aber vielleicht nicht für ihn. Er begann, die Treppe hinaufzusteigen.

»Hier ist es, dritter Stock«, sagte Ringmar leise. »Wenn wir uns an den Baracken orientieren.«

»Und den Balkonen.«

Sie bogen nach rechts ab. Auf dem Treppenabsatz gab es zwei Wohnungstüren. Ringmar wies mit dem Kopf auf die linke. Winter ging leise darauf zu. An der Tür stand kein Name, auch nicht rechts davon an der Wand. Er sah Ringmar an. Ringmar trat näher an die andere Tür heran, die rechte. Hier konnte es nicht sein. Es gab einen Namen: Svensson. Den simpelsten Namen des Landes. Eine schlichte Seele, die langsam, aber unaufhaltsam in eine Wohnung im Zentrum vorgedrungen war, nur einen Katzensprung von der Avenyn entfernt. Mittel-Svensson war Ober-Svensson geworden. Aber die Avenyn war jetzt *trash*, mit dem Aufstieg war also nicht viel gewonnen. Der Westen war besser, das Meer. Von dort sind wir schließlich einmal gekommen.

Winter drückte auf den Klingelknopf neben der namenlosen Tür. Sie hörten es drinnen läuten, leise, gedämpft. Dicke Wände. Von irgendwoher hörte er Stimmen, ein Lachen. Es kam von oben. Vielleicht durch eine Tür, die angelehnt war. Um sie herum wurde es dunkel. Ringmar ging zu dem leuchtenden Schalter und machte Licht. Winter drückte erneut auf den Klingelknopf. Wieder das gedämpfte Signal. Er klingelte noch einmal. Sie warteten. Er klingelte ein letztes Mal und holte das Einbruchwerkzeug hervor.

»Hat der Kerl damit gerechnet, dass wir schließlich vor seiner Tür stehen?«, sagte Ringmar.

»Ich bin nicht ganz sicher. Vielleicht war es etwas anderes.«

»Was?«

»Hochmut«, sagte Winter.

»Hochmut kommt vor dem Fall«, sagte Ringmar. »Entschuldige die abgedroschene Phrase.«

»Hier trifft sie zu.«

»Okay«, sagte Ringmar. »Wir gehen rein.«

Winter drückte das Schloss mit dem Keil auf. Das Klicken klang spröder als bei der Haustür. Er erwartete alles Mögliche. Absolut alles erdenklich Mögliche.

Winter und Ringmar waren links und rechts von der Tür in Stellung gegangen. Sie glitt langsam auf. Wieder verlosch die Treppenhausbeleuchtung. Die Tür wurde ein Schatten, bewegte sich nicht mehr. Nichts war zu hören. Aus der Wohnung fiel Licht. Es musste die Dämmerung sein, die von draußen hereindrang.

Winter sah es in Ringmars Augen aufblitzen. Er schien zu nicken. Plötzlich war er drinnen. Winter folgte ihm. Das machten sie nicht zum ersten Mal. Es könnte das letzte Mal werden. Nein. In der Wohnung war es still. Hier gab es nichts. Nichts. Keinen Geruch, niemanden, der sie aufhielt. Jetzt standen sie im Flur. Ringmar hatte seine Taschenlampe angeknipst. Das Licht war brutal, als es sich mit dem milden Dämmerlicht mischte. Es war besser, die Deckenbeleuchtung einzuschalten. Winter konnte jedoch keinen Lichtschalter entdecken. Links war ein Raum. Er blieb stehen, es war die Küche. Arbeitsplatte, Herd, alles sehr sauber.

»Hier ist nichts«, hörte er Ringmar leise hinter sich sagen. »Wie leergefegt.«

Sie durchquerten einen nackten Flur. Hier wohnte niemand, jedenfalls nicht im Flur. Winter blieb vor der nächsten Tür stehen, rechts. Sie war offen. Er sah ein Zimmer, ein Fenster. Nichts weiter. Zimmer, Fenster, Wände, Fußboden, Decke. Nackt. Das Fenster ließ das Dämmerlicht herein, das jetzt rasch stärker wurde, oder schwächer, wie man es nahm. Dort drinnen war es jedenfalls sinnlos.

»Erik!«

Ringmars Stimme kam aus dem Innern der Wohnung. Winter verließ das Zimmer. Er konnte Ringmar nirgends entdecken. Wir kommen sowieso zu spät. Das Beste hat er sich bis zum Schluss aufgespart, der Scheißkerl.

Winter folgte der Stimme. Der Flur schien unendlich, seine Nacktheit erweckte den Anschein, als wäre er mindestens fünfzig Meter lang. Je leerer, umso länger.

»Die Gardine hängt noch«, sagte Ringmar. »Sonst gibt es nichts. Hier ist es.«

Es klang kryptisch, aber Winter hatte verstanden. Einige Sekunden später war er selbst in dem Zimmer. Hier war es. Ein leeres Zimmer, keine Betten, Nachttische, Möbel, Bettzeug, Bücher, Zeitungen, Pokale. Nichts. Aber hier war es. Er stand an der Stelle, wo die Kamera gestanden hatte. Er war die Kamera. Er sah.

»Es ist dieselbe Aussicht.« Ringmar wies mit dem Kopf zum Fenster.

Die Gardinen waren absichtlich zurückgelassen worden. Wegen der Schatten, der Konturen. Aber Winter brauchte keinen vergleichenden Film, keine identischen Bilder. Jetzt hatte er das Bild. Da waren die Konturen der Baracken. Da waren die Balkone. Es stimmte genau überein. Es war perfekt. Das Einzige, was fehlte, war das muntere Signalhorn des Eisautos.

»Was haben wir gesehen?«, sagte Ringmar.

»Wie meinst du das?«

»Auf dem Film. Falls es hier war. Es war hier. Aber was haben wir gesehen?«

»Wir haben zwei Menschen gesehen, die in einem Bett lagen, das dort gestanden hat.« Winter zeigte auf die Stelle, wo es gestanden hatte. Es war wirklich. Es war kein Traum.

»Warum?«

»Warum was?«

»Warum haben wir es gesehen?«, fragte Ringmar.

Winter antwortete nicht.

»Und wo sind sie jetzt?«

Winter ging zum Fenster, ohne etwas zu berühren. Unten sah er Mings asiatisches Schild leuchten. Es leuchtete bordellrot. Sie würden heute Abend geöffnet haben, sie hatten immer geöffnet. Die Chinesen feierten ihr eigenes Neujahr.

Er drehte sich zu Ringmar um.

»Wir wissen, dass sie vor weniger als zwei Wochen hier waren«, sagte er.

Ringmar nickte.

»Er war hier.«

»Jetzt ist niemand hier.«

»Ich rufe Torsten an«, sagte Winter.

»Er braucht nicht selber zu kommen.«

»Das will er bestimmt.«

Winter hatte das Handy noch nicht aus der Tasche genommen. Vor einer Weile hatte er ein Vibrieren gespürt. Er sah, dass es ein Anruf von Angela gewesen war. Das war okay. Für sie war es okay. Es ging nur um die Frage, ob er mit ihnen essen würde oder ob er etwas später allein essen wollte. Es kam ganz darauf an.

»War es geplant, dass wir es jetzt entdecken sollten? Oder erst später?«, sagte er zu dem Fenster. Ein Mann betrat das Ming. Über Vasastan hatte sich der Abend gesenkt. Vier Uhr und schon Abend.

»Kommt drauf an«, sagte Ringmar hinter ihm.

»Er hat es sofort getan, nachdem er gefilmt hat«, sagte Winter.

»Was getan?«

»Sie umgebracht. Oder einen von ihnen.«

»Dann hatte er aber alle Hände voll zu tun, die Wohnung leer zu räumen«, sagte Ringmar. »Erst recht, wenn er Leichen beseitigen musste.«

»Dadurch wurde die Operation weder größer noch kleiner«, sagte Winter.

»Jemand hätte den Umzug bemerken müssen«, sagte Ringmar.

»Die Nachbarn.« Winter drehte sich um. »Oder die Bauarbeiter.«

»Dort bekommen wir vielleicht ein paar Antworten.« Ringmar sah auf die Uhr. »Die Nachbarn haben hoffentlich noch nicht angefangen zu essen.«

»Nur zu trinken«, sagte Winter.

»Im Unterschied zu uns«, sagte Ringmar. Er schaute sich wieder im Zimmer um. »Ich bin erleichtert.«

Winter antwortete nicht.

»Bist du nicht auch erleichtert, Erik?«

»Ich weiß es noch nicht.«

»Es muss doch dieses Zimmer sein.«

»Das habe ich nicht gemeint.«

»Hier ist niemand umgebracht worden.«

»Was sagt dir das?«

»Meine Erfahrung«, antwortete Ringmar. »Ruf jetzt Torsten an. Dann unterhalten wir uns mit den Nachbarn.«

Die Nachbarn öffneten nach dem zweiten Klingeln.

Die Frau hätte eine von den anderen sein können.

Für eine Sekunde schwindelte es Winter.

Er begegnete Ringmars Blick. Ringmar schüttelte den Kopf. Sie hatten sich nicht getäuscht.

Winter präsentierte sich und Ringmar. Frau Svensson sah nicht aus wie eine Svensson. Nicht wie man sich allgemein eine Svensson vorstellt. Ihr Mann sah auch nicht aus wie ein Svensson. Außerdem war Silvester. Wer will Silvester schon wie ein Svensson aussehen?

Winter fragte nach den Nachbarn.

Und das Mysterium wurde noch größer.

»Wir haben noch nie jemanden gesehen«, sagte die Frau, Mildred Svensson. Er schätzte ihr Alter auf etwa neunundzwanzig. Ihr Mann hieß Mattias. So hießen die meisten Männer im Alter von zweiundzwanzig bis neunundzwanzig Jahren.

Auch nie was gehört, sagten sie. Nie jemanden gesehen, nie jemanden gehört.

»Wie lange wohnen Sie schon hier?«

»Demnächst ein Jahr. Im Februar wird es ein Jahr.«

»Und Sie haben wirklich niemanden die Nachbarwohnung betreten oder verlassen sehen?«

»Nein, niemanden.«

»Ist das nicht ein wenig merkwürdig?«

»Doch, ja ...«

»Haben Sie sich darüber Gedanken gemacht?«

»Schon ...«

»Haben Sie wirklich nie etwas gehört?«, fragte Ringmar.

»Vielleicht doch ...«, antwortete die Frau.

»Ach?«

»Habe ich dir das nicht erzählt?« Sie sah ihren Mann an. Beide wirkten adrett, ordentlich. Sie sahen nett aus, fast unschuldig. Sie waren hier zu Hause.

»Einige Nächte«, sagte sie.

## 36

»Was waren das für Geräusche?«, fragte Winter.
»Ich weiß es nicht ... als würden sie etwas tragen.«
»Sie? Wer sie?«, fragte Ringmar.
»Das ... ich habe Schritte gehört, wie von mehreren Personen. Ich glaube, es waren mehrere.«
»Sie haben etwas getragen? Klang es, als würden sie ausziehen?«
»Ja, vielleicht.«
»Haben Sie Stimmen gehört?«, fragte Winter.
»Nein.«
»Wann war das?«
»In der Nacht.«
»Um wie viel Uhr?«
»Das weiß ich nicht ... Vielleicht gegen drei, jedenfalls nach Mitternacht.«
»Ist das mehr als einmal vorgekommen?«
»Ich glaube ja ...«
»Warum glauben Sie das?«
»Vielleicht täusche ich mich aber auch.«
»Warum glauben Sie, dass es mehr als einmal vorgekommen ist?«
»Ich ... bringe wohl etwas durcheinander«, sagte sie.
»Was bringen Sie durcheinander?«

»Jetzt hören Sie mal ...«, begann Mattias Svensson.

»Wir stellen nur ein paar Fragen«, sagte Ringmar. »Es ist sehr wichtig.«

»Waren Sie im Bett?« Winter sah Mildred Svensson an.

»Ja ...«

»Sind Sie aufgestanden und haben gelauscht?«

»Nein ... ja ... Ich bin sowieso aufgestanden. Deshalb habe ich es wohl gehört.«

»Haben Sie die Wohnungstür geöffnet?«

»Nein. Nein. Nein.«

»Warum nicht?«

»Warum hätte ich das tun sollen?«

»Können Sie sich erinnern, wann genau das gewesen ist?«

Sie antwortete nicht.

»Können Sie sich an das Datum erinnern, wann es war?«, wiederholte Winter.

»Nein ... obwohl ... Vielleicht war es ...« Sie brach ab und schaute ihren Mann an. »Wann waren wir im Kino?«

»Letzte Woche«, antwortete er. »Anfang der Woche. Dienstag, glaube ich.«

»Dann war es Dienstag.« Die Frau sah Winter an. »Dienstagabend. Nein, Dienstagnacht. In der Nacht zu Mittwoch.«

»Hat es sich wiederholt?«

»Nein ... nur in der Nacht. Sonst habe ich nichts von drüben gehört. Nur Dienstagnacht.«

»Haben Sie den Aufzug gehört?«

»Nein ...«

»Sind Sie ganz sicher?«

»Nein ...«

»Haben Sie aus dem Fenster geschaut?«

»Nein.«

»Waren Sie nicht neugierig?«

»Worauf?«

»Was da draußen passiert.«

»Eigentlich nicht.«

»Waren Sie nicht neugierig auf die Nachbarn?«

»Nein.«

»Das ist der Vorteil, wenn man hier wohnt«, sagte Mattias Svensson. »Man braucht nicht neugierig zu sein auf die Nachbarn.«

Winter nickte. Er war auch nicht neugierig auf seine Nachbarn. Aber er kannte sie. Er hatte sie innerhalb eines Jahres kennengelernt, nachdem er in die viel zu große Wohnung am Vasaplatsen eingezogen war. Sie war lange leer gewesen, in der ersten Zeit hatten seine Möbel nur ein Zimmer gefüllt.

Herrgott. So könnte es sein. Da drinnen gab es nur ein Zimmer, ein möbliertes Zimmer. Das war die Bühne. Es war nicht schwer, die Kulissen abzubauen. Sie fortzutragen.

Aber ein Bett ist ein Bett. Das fliegt nicht zum Fenster hinaus.

Oder vielleicht hat es genau das getan.

Vor dem Fenster gab es einen Boden, auf dem es landen konnte.

»Ist draußen etwas zu hören gewesen?«, fragte er.

»Wie meinen Sie das?«

»Können Sie von draußen Geräusche gehört haben? Ein Stück entfernt? Aus der Kristinelundsgatan?«

»Ich ... ich glaube nicht. Aber ...«

»Aber was?«

»Möglich wäre es schon.«

»Und Sie?« Ringmar sah den Mann an. »Was haben Sie getan, als das alles passierte?«

»Was passierte?«

»Zum Beispiel, dass Ihre Frau aufgestanden ist und auf Geräusche von draußen horchte.«

»Ich habe geschlafen.«

»Die ganze Zeit?«

»Ja. Ich habe einen guten Schlaf.«

»Darum beneide ich Sie«, sagte Ringmar.

»Wie bitte?«

»Ich habe Schlafprobleme, werde in der Nacht jede Stunde wach.«

»Ach?«

»Und dann kommt einem die Nacht wirklich lang vor«, sagte Ringmar.

»Was ist eigentlich passiert?«, fragte Mildred Svensson. »Was ist in der Wohnung passiert?«

»Wir wissen es nicht«, antwortete Winter.

»Vielleicht ist gar nichts passiert«, sagte Ringmar.

»Und trotzdem kreuzen Sie hier auf, und das am Silvesterabend.«

»Wir gehen ja schon«, sagte Winter.

»Darf ich Ihren Dienstausweis noch einmal sehen?«, bat Mattias Svensson.

Winter zeigte ihn ihm noch einmal.

»Hu, mir wird langsam unheimlich«, sagte Mildred Svensson. »Wenn nun ...« Sie verstummte.

»Wenn was?«, fragte Winter.

»Nichts.«

»Nichts ist nie. Was wollten Sie sagen?«

»Wenn ... nun noch einmal jemand zurückkommt«, sagte sie. »Das ist mir unheimlich.«

»Wenn wer zurückkommt?«

»Ich weiß es nicht. Aber Sie sind ja hier, nicht wahr? Sie suchen jemanden, oder? Sie suchen etwas.«

Winter nickte.

»Was ist eigentlich in der Wohnung passiert?«, fragte Mattias Svensson.

»Wir wissen es nicht«, antwortete Winter. »Wir wissen es wirklich nicht.«

»Was glauben Sie?«

Winter schwieg. Er dachte nicht an Glauben. Er dachte an Stille. Er brauchte Stille, um nachdenken zu können. Dafür war dieser Tag schlecht geeignet. Seine Familie erwartete ihn im Haus in Hagen. Der letzte Tag des Jahres. Heute Abend würde er Lilly zu Bett bringen. Er würde sich schämen, wenn er es nicht täte. Für sie ging ein aufregendes Jahr zu Ende. Ein neues aufregendes Jahr wartete.

»Aber wir werden versuchen herauszufinden, was passiert ist«, sagte Ringmar. »In der Nachbarwohnung wird es also etwas laut. Bald kommen ein paar Leute von der Spurensicherung.«
»Wann?«
Ringmar sah Winter an.
»Vielleicht noch heute Abend«, antwortete er. »Mal sehen. Jedenfalls wird die Nachbarwohnung abgesperrt.«
»Sind das Eigentumswohnungen?«, fragte Winter.
»Unsere ja. Ich glaube, in diesem Haus gibt es nur Eigentumswohnungen.«
»Können Sie uns die Telefonnummer von jemandem aus der Verwaltung geben?«
»Herr im Himmel«, sagte Mildred Svensson. »Ich will nicht hierbleiben.«
»Wir können zu deiner Mutter fahren«, sagte Mattias Svensson.
Er ist ein guter Junge, dachte Winter. Richtig nett.

Die Dämmerung hatte sich endgültig herabgesenkt. Jetzt war es Abend. Winter sah die Köpfe der Gäste bei Ming, Münder, die sich bewegten. Ein Kellner, blau und schwarz gekleidet, bewegte sich über ihnen. Silvesteressen beim Chinesen, warum nicht? Als er jung gewesen war, hatte er Take-away-Pakete vom Chinesen mitgenommen. Ming war der Erste gewesen, der Take-away angeboten hatte, oder war es Die chinesische Mauer gewesen, das erste Chinarestaurant im ganzen Land? Ming war auch schon früh aufgetaucht. Und jetzt hielt das Eisauto nicht mehr vor seiner Tür. Wenn dieser Fall gelöst war, würde er mit seiner Familie an einem Sonntag bei Ming essen gehen. Die Kinder mochten chinesisches Essen. Vielleicht lag das an der Süße in allen Gerichten. Süß und sauer.
»Eine Weile habe ich geglaubt, wir würden Leben retten«, sagte Ringmar. »Als wir die Treppen hinaufgingen.«
»Gut, dass du ein Optimist bist, Bertil.«
»Sind wir nicht alle Optimisten?«
»Natürlich.«

»Haben wir Leben gerettet?«, fragte Ringmar.

»Wie hätten wir das anstellen sollen?«

»In dieser verdammten Wohnung.« Ringmar schaute hinauf. Sie standen auf der Fahrbahn der Teatergatan. Die Bühne da oben. Winter folgte Ringmars Blick. Sie sahen die Gardine. Sie wirkte ziemlich gruselig. Jetzt umso mehr, seit sie es wussten. Weniger, als sie es noch nicht wussten.

»Was will er?!«, sagte Ringmar.

Winter antwortete nicht. Er sah zu der Kreuzung, zu Ringmars Auto. Das Haus dahinter erglühte in graublauem Kunstlicht. Die gelb leuchtenden Fenster wirkten feierlich. Aber vielleicht beeinflusste das feierliche Datum den Eindruck.

Wenn er die Augen schloss, sah er den Film vor sich. Er brauchte sie nicht zu schließen. Der dritte Film. Was bezweckt er damit? Warum zeigt er uns den Film? Warum hat er ihn *aufgenommen*, ausgerechnet mir geschickt? Darin ist mehr als eine Botschaft enthalten. Warum habe *ich* die Filme bekommen? Bin ich der Einzige von allen, der sie verstehen kann? Kann nur ich den diskreten Charme der Oberschicht erkennen? Kann nur ich die Codes lesen? Was sind die Codes? Habe ich versagt? Habe ich die Erwartungen nicht erfüllt? Jetzt habe ich Hunger. Von Ming weht ein Duft herüber. Bertil riecht es auch. Er sieht besorgt aus. Ist nicht sein Sohn aus Malaysia zu Besuch? Was ist geschehen? Hat es wieder Krach gegeben? Warum ist er nicht längst zu Hause? Fahr heim, Bertil. Begeh eine zivilisierte Tat, trink Whisky.

»In dem Bett haben zwei Körper gelegen«, sagte Winter.

»Ja.«

»Sie haben sich bewegt. Sie haben geatmet. Sie waren lebendig.«

»War es vielleicht doch ein Trick?«

»Nein, nein.«

»Technische Illusion.«

»Nein, nein.«

»Wo befinden sich die Körper jetzt?«

»In der Nachbarwohnung. Wir haben gerade eben einen netten Schwatz mit ihnen gehabt.«

»Das wäre perfekt«, sagte Ringmar.
»Sie sind schließlich Schauspieler. Gute Schauspieler.«
»Warum sagst du Schauspieler?«
»Es ist ein Schauspiel. Eine Bühne. Wir haben soeben eine Bühne gesehen.«
Ringmar drehte sich wieder um, schaute zum Haus. An einem Fenster weiter links sah er eine Silhouette, die sich rasch zurückzog.
»Sie beobachtet uns.«
»Das würde ich auch tun.«
»Ich glaube, sie ist keine gute Schauspielerin.«
»Nein.«
Ringmar sah Winter an.
»Und warum? Warum das ganze Theater?«
»Es waren zwei lebende Personen«, sagte Winter. »Es war ein Paar.«
»Erst hat er sie betäubt, und dann hat er sie gefilmt.«
»Was hat er danach gemacht, Bertil?«
»Zeit für den Umzug.«
»Ja.«
»In der Nacht zu Mittwoch. Es ist in der Nacht zu Mittwoch passiert. Irgendetwas ist passiert.«
»Aber wir werden keine Spuren in der Wohnung finden«, sagte Winter.
»Jetzt bist du pessimistisch.«
»Er ist zu genau.«
»Nicht wenn er zwanghaft handelt.«
»Zwanghaft geschickt.«
»Wie wir.«
»Den Beweis sind wir noch schuldig.«
»Genau«, wiederholte Ringmar Winters Wort.
»Es gibt kein Blut«, sagte Winter. »Er mag kein Blut.«
»Das macht das Ganze noch unheimlicher«, sagte Ringmar.
»Ja, nicht wahr? Blut ist irgendwie verlässlicher.«
»Und banaler«, sagte Ringmar.

»Wollen wir fahren?« Winter zeigte mit dem Kopf auf Ringmars Volvo, der düster wirkte im melancholischen Abendlicht.
»Sollten wir wohl«, sagte Ringmar.
»Willst du weiterjagen?«
Ringmar antwortete nicht.
»Was ist los, Bertil?«
»Nichts.«
»Hast du Appetit auf Steinbutt?«
»Ich will mich nicht aufdrängen.«
»Ist dein Haus dunkel?«
»Leider.«
»Möchtest du, dass ich weiterfrage?«
»Lieber nicht.«
Winter schaute auf die Uhr. »Dann lass uns fahren.«
»Willst du nicht herausfinden, wem die Wohnung gehört?«
»Ich habe ja bei der Verwaltung angerufen.«
»Und niemanden erreicht.«
»Daraufhin habe ich den Diensthabenden bei der Kripo verständigt.«
»Vielleicht ist der Besitzer unser Mann.«
»Keinesfalls.«
»Wie kannst du dir so sicher sein?«
»Das macht mich zu dem, der ich bin.«
»Klar, Erik.«
»Jetzt fahren wir«, sagte Winter.

Ringmar fuhr die Kristinelundsgatan in westlicher Richtung, vorbei an der Chalmersgatan, und bog nach links in die Götabergsgatan ein. Winter sah die Silhouette der Vasakirche vor dem Himmel. Dort drinnen war Gott, falls er ihn brauchte. Oder zumindest eine Kontur von Gott. Er hatte ihn schon einige Male in dieser Kirche gesucht. Er bereute es, gedacht zu haben, dass er religiös werden würde, wenn es einen Gott gäbe. Gott gab es, wenn man ihn für das nahm, was er war. Vielleicht war er auch arm und sündig, womöglich einsam. Winter durchzuckte ein Impuls,

Ringmar zu bitten, an der Götabergsgatan anzuhalten. Er könnte die Treppen hinaufgehen und die Wohnung betreten, die immer noch abgesperrt war. Sich eine Weile darin aufhalten. Auf etwas lauschen, das es dort vielleicht gab. Aber er wusste, dass er die ganze Nacht bleiben würde, wenn er dem Impuls nachgab. Dort, und in der Wohnung in der Chalmersgatan. Und er würde in die Teatergatan zurückkehren. Drei Straßen in einer Reihe. Gerade Reihen. Gerade Lin...

»Halt an, Bertil.«

»Was ist?«

»Halt mal an. Ich muss nur etwas überprüfen.«

»Was ist los, Erik?«

Ringmar hielt vor dem Basement. Das Restaurant war geschlossen. Das war sympathisch. Winter hatte es einige Male besucht. Er würde wieder hingehen, vielleicht schon im nächsten Jahr. Er warf einen Blick auf die Uhr am Armaturenbrett. In knapp sechs Stunden brach das neue Jahr an.

Winter stieg aus.

Es hatte angefangen zu schneien.

Er schaute hinauf. Der Himmel sah noch genauso stahlblau aus wie vorher. Dort oben wimmelte es von Sternen. Es schneite in großen Flocken. Es war ein Mirakel. Es waren große Flocken. Er konnte sie mit seiner behandschuhten Hand greifen.

»Das ist ja ein Ding.« Ringmar war ebenfalls ausgestiegen. »Wie im Film.«

Winter ging auf die Kreuzung zu. Gegenüber der Einmündung Kristinelundsgatan blieb er stehen. Ringmar folgte ihm. Winter sah zu der Fensterreihe im zweiten Stock hinauf. Drei Fenster waren schwarz. Alle anderen Fenster des Hauses waren erleuchtet. Winter ging ein Stück weiter und blieb vor HDK stehen. Er sah die schwarzen Fenster in dem Haus auf der Chalmersgatan. Drei schwarze Fenster. Er wusste, dass es in der Teatergatan genauso aussah. Der gleiche riesige Gebäudekomplex verband die Wohnungen in der Chalmersgatan und Teatergatan miteinander. Ein ganzes Viertel. Es waren die gleichen geraden Linien. Man

brauchte nur ein Lineal anzulegen, ein langes Lineal. Er zog die Linie durch die Luft. Sie glitt geradewegs hindurch, genau durch alle drei Schlafzimmer, von der Götabergsgatan zur Teatergatan.
»Was treibst du da, Erik?«
»Ich messe.«
»Misst was?«
»Die Wahrscheinlichkeit.«
Ringmar folgte seinem Arm mit Blicken. Winter erklärte es.
»Gibt es noch mehr Linien?«, fragte Ringmar.
»Die plant er vielleicht just in diesem Moment«, sagte Winter.
»Dann müssen wir ganz Vasastan räumen«, sagte Ringmar.
»Größenwahn«, sagte Winter.
»Was?«
»Er ist größenwahnsinnig.«
Ringmar schwieg. Es schneite jetzt heftiger. Der Himmel war immer noch blau und schwarz. Die Sterne waren immer noch sichtbar.
»Oder aber es steckt gar kein Konzept dahinter«, sagte Ringmar.
Winter blieb stumm. Er spürte Schnee auf der Nase, auf den Augenlidern und öffnete den Mund. Der Schnee schmeckte nach nichts, nicht süß, nicht sauer.
»Es ist nichts als reine Bösartigkeit«, fügte Ringmar hinzu.
»Es gibt keine reine Bösartigkeit, Bertil.«
»Dann eben unreine.«
Winter spürte den Schnee im Haar. Reiner Schnee, unberührt von Menschenhand. Er hoffte, dass Elsa und Lilly jetzt am Fenster saßen. Vielleicht waren sie sogar draußen im Garten. Vielleicht waren sie noch dort, wenn er kam. Sie würden einen Schneemann bauen. Das war wichtiger als alles andere.
»Jetzt legen wir erst mal eine Festpause ein«, sagte er.

## 37

Waren das Stimmen? Was war das? Vögel? Nein, keine Vögel. Um diese Jahreszeit gab es keine Vögel, jedenfalls keine singenden. Sie fror. Da war das Geräusch wieder. Es kam vom Fenster. Das Fenster konnte sie sehen. Das Rollo war nicht ganz heruntergezogen. Er ist im Zimmer gewesen. Das Geräusch. Es klopfte am Fenster. Jemand klopfte. Sie sah eine schattenhafte Bewegung. Hörte ein tapp-tapp-tapp-tapp-tapp-tapp. Es war ein Vogel. Ein kleiner Vogel. Wenn ich doch ein Vogel wäre, nur für einen Moment. Nur diesen einzigen Augenblick. Draußen war es bestimmt Tag. Tageslicht. Welcher Tag? Ein neuer Tag. Kirchenglocken läuteten. Das ist ... was ist das? Der Neujahrstag? Bestimmt, es ist ein Feiertag, dann läuten die Kirchenglocken. Es muss die Vasakirche sein. Aber die Glocken läuten doch nie an Silvester? Ein weiterer Tag ist vergangen. Das neue Jahr hat begonnen. Heute Abend habe ich Dienst, heute Nachmittag. Bis dahin sind es sicher nicht mehr viele Stunden. Vielleicht müsste ich in diesem Augenblick meinen Dienst antreten. Johnny hat noch nichts begriffen, aber bald wird sogar er es kapieren. Er wird Alarm schlagen. Dann geht alles ganz schnell. Es geht in einem Hui. Hui, hui, wie schnell das geht. Ich habe Schmerzen in den Armen. Schmerzen in den Beinen. Sie sind längst eingeschlafen. Der ganze Körper ist eingeschlafen. Nur mein Kopf ist wach. Lass ihn auch schlafen. Ich will schlafen, schlafen, bis sie kommen. Vielleicht kommen sie durch das Fenster. Der Vogel ist verschwunden. Wie hell es draußen ist, so weiß. Das ist Schnee. Schließlich ist es doch noch Winter geworden. Das neue Jahr beginnt mit dem Winter. Es wird ein weißes Jahr. Ich habe Durst. Bringt er mir Wasser? Wo ist er? Hat er mich verlassen? Das darf er doch nicht machen. Man darf einen Menschen nicht einfach liegen lassen. Ich kann mich nicht bewegen. Ich kann nicht einfach aufstehen und etwas trinken. Hier gibt es nichts zu trinken. Er muss mir helfen. Wenn er nur bald kommt. Ich will, dass er kommt.

Winter erwachte mitten aus einem Traum. Er konnte sich nicht erinnern, wo und mit wem er zusammen gewesen war. Es gab keine Farben. Es war ganz weiß gewesen, er erinnerte sich an Weiß.

Er war allein im Bett. Draußen hörte er Stimmen. Es duftete nach Kaffee. Lilly lachte und dann Elsa. Er hörte Angelas Stimme. Langsam richtete er sich auf. War Bertil gut nach Hause gekommen? Offenbar. Er lag jedenfalls nicht neben ihm im Bett. Bertil hatte gestern Abend geweint, spät am Abend. Das kam nicht nur vom Whisky. Lange nach Mitternacht waren sie hinaus in den Schnee gegangen. Im Lauf des Abends hatte es aufgehört zu schneien, aber es war schnell genug neuer Schnee gefallen, um Körper und Kopf für den Schneemann zu rollen. Sie hatten damit angefangen, sobald sie in Hagen angekommen waren. Nur schnell einen kleinen Whisky und dann ein ziemlich großer Schneemann. Rote Nase. Großvaters alter schwarzer Hut. Mit brennenden Gesichtern zurück ins Haus, und Winter hatte den Fisch zubereitet, ein vorzüglicher Fisch.

Im Flur klingelte das Geheimtelefon. Er hörte, wie Angela sich meldete. Sie sagte nicht viel. Lilly lachte wieder in der Küche. Sie wollte heute mehr Schlitten fahren. Für sie war es das zweite Mal in ihrem Leben.

Angela kam mit dem Telefon in der Hand ins Schlafzimmer. Er machte sofort eine abwehrende Geste.

»Es ist Bertil«, sagte sie.

»Wie geht's ihm?«
»Den Umständen entsprechend gut, sagt er.«
»Wenn er über gestern Abend reden will, dann ist das nicht nötig«, sagte Winter leise.
»Es geht um etwas anderes, Erik.«
»Ich habe heute frei und er auch.«
Schweigend hielt sie ihm den Hörer hin.
»Guten Morgen, Bertil«, sagte Winter.
»Moin. Zu gestern Abend will ich nichts sagen, nur danke.«
»Offenbar spreche ich zu laut, selbst wenn ich flüstere.«
»Hör mal, Möllerström hat angerufen. Er hat heute Morgen Dienst.«
»Ja?«
»Es geht um die Wohnung in der Teatergatan. Die wurde vom Immobilienbüro Morenius verwaltet, oder wie man das nennt. Sie haben sich um den Verkauf gekümmert.«
»An wen haben sie sie verkauft?«
»Das ist das Interessante. Sie haben sie anscheinend gar nicht verkauft.«
»Jetzt verstehe ich nichts mehr.«
»Ich eigentlich auch nicht. Und sonst auch niemand.«
»Sonst auch niemand?«
»Also, es gibt da eine kleine Ungereimtheit. Jemand vom Maklerbüro ist der Sache nachgegangen und hat festgestellt, dass die Wohnung noch nicht verkauft ist. Mehrere Leute waren interessiert, jemand ist abgesprungen, und dann ist das Projekt anscheinend in Vergessenheit geraten. Es wirkt alles ein bisschen verworren. Ich habe den Mann, mit dem Möllerström gesprochen hat, selbst angerufen. Er wirkte verwirrt. Vielleicht hatte er einen Kater, aber da war noch etwas anderes. Gleich nach Neujahr wollen sie einen neuen Verkaufsversuch starten.«
»Wie lange hat sie leer gestanden?«
»Einige Monate.«
»Einige Monate?!«
»Ja. Die Wohnungsbesitzer sind ziemlich genervt, hat er ge-

sagt, der Typ von Morenius, also. Sie haben sich schon ein Haus gekauft.«

»Wo?«

»Das weiß ich im Augenblick nicht. Es kom...«

»Wie heißen sie?«, unterbrach ihn Winter.

»Äh ... ich hab's hier ... Bolander, Jessica und Ulf Bolander.«

»Sagt mir nichts.«

»Nein. Sie sind offenbar schon in das Haus gezogen.«

»Haben sie noch Schlüssel zu der Wohnung?«

»Das weiß ich nicht ... Ich nehme es an. Ich weiß es nicht, Erik.«

»Wer hat denn die Schlüssel?«

»Morenius. Und jetzt kommt noch ein Hammer.«

»Ja?«

»Bist du bereit?«

»Ja, was zum Teufel ist los?!«

»Der Vermittler war Anders Dahlquist.«

»Sag das noch mal.«

»Anders Dahlquist war der zuständige Makler bei diesem Immobiliengeschäft, das kein Geschäft wurde. Dahlquist, unser Mordopfer.«

»Ich weiß, wer das ist, Bertil.«

»Ist das ein Zufall oder bedeutet es mehr?«

»Das ist eine gute Frage.«

»Er kann Schlüssel gehabt haben. Vielleicht hatte er die Möglichkeit zu kommen und zu gehen, wie er wollte.«

Winter hörte die Kinder reden und lachen. Es duftete immer noch nach frisch aufgebrühtem Kaffee. Plötzlich hatte er einen ungeheuren Schmacht auf diesen Kaffee.

»Einen Moment, Bertil.«

Er legte das Telefon aufs Bett und stand auf, zog seinen Morgenmantel an, der auf einem Stuhl lag, und ging in die Küche.

»Papa, Papa!«, rief Lilly.

»Wir fahren doch jetzt Schlitten, oder?« Elsa sah etwas besorgt aus, skeptisch. »Draußen liegt ganz hoch Schnee.«

»Schlitten!«, rief Lilly. »Schlitten fahren!«

»Klar«, sagte er, »ich muss nur noch mit Bertil zu Ende telefonieren.«

»Er war witzig«, sagte Elsa.

»Er ist sehr witzig, Mäuschen.« Winter sah Angela an. »Ich habe dringend eine Tasse Kaffee nötig.«

Sie nickte mit dem Kopf zu der Kanne. Er brauchte sich nur zu bedienen.

Mit einem großen Becher kehrte er ins Schlafzimmer zurück und griff wieder nach dem Hörer.

»Also Dahlquist.«

»Ja.«

»Sag nicht, dass er etwas mit der Sache zu tun hat.«

»Dann sage ich es eben nicht.«

»Sag nicht, dass er hinter der Filmkamera gestanden hat.«

»Das würde ich nie sagen.«

»Dass er etwas mit den Morden an Gloria und Madeleine zu tun hat.«

»Nicht mal ein Gedanke daran«, sagte Ringmar.

»Wo sind die Schlüssel?«

»*Daran* habe ich gedacht. Und danach gefragt. Und habe keine Antwort bekommen.«

»Was hat das zu bedeuten?«

»Die Schlüssel sind verschwunden, also die Duplikate, die beim Makler waren. Jedenfalls konnte er sie nicht finden im Büro. Jedenfalls nicht heute, nicht jetzt.«

»Was hat er gesagt?«

»Dass es ein Mysterium ist.«

»Warum?«

»Warum es ein Mysterium ist? Wenn man etwas erklären kann, ist es kein Mysterium mehr.«

»Muss ich die Frage neu formulieren?«

»Okay, Dahlquists Tod hat die wohl alle sehr aufgewühlt, hat für Unordnung gesorgt, oder wie man es nennen soll. Die Schlüssel sind sozusagen zwischen die Stühle gefallen. Das ganze Geschäft ist zwischen die Stühle gefallen.«

»Haben die Wohnungsbesitzer keinen Druck gemacht?«
»Vielleicht nicht ständig. Wir müssen sie fragen.«
»Das müssen wir wahrhaftig.«
»Ich fahre los, sobald ich die Adresse habe. Also in einer Viertelstunde.«

Winter verkniff sich, Ringmar darauf aufmerksam zu machen, dass er, Ringmar, heute frei hatte. Wenn er fahren wollte, dann sollte er fahren. Wenn er glaubte, fahren zu können.

»Wissen Bolanders, dass die Schlüssel weg sind?«
»Bis jetzt ist das vermutlich niemandem aufgefallen«, antwortete Ringmar. »Niemand hat es überprüft.«
»Das erklärt einiges«, sagte Winter.
»Was zum Beispiel?«
»Jemand konnte sich ungeniert in dieser Wohnung bewegen. In der leeren Wohnung.«
»Ja.«
»Ist doch möglich.«
»Wir müssen von vorn mit unseren Schularbeiten anfangen.«
»Ich hätte Dahlquist lieber aus der Sache rausgehalten«, sagte Winter.
»Manchmal kommt es eben anders, als man denkt.«
»Ich fahre heute Nachmittag zu seiner Wohnung.«
»Bis dann.« Ringmar legte auf.

Sie lauschte nach dem Vogel, aber er kam nicht zurück. Die Glocken hörten auf zu läuten. Draußen war es immer noch genauso weiß, genauso hell. Die Sonne war aufgegangen. Ihre Strahlen krochen unter dem Rollo hervor. Es gab keine Gardinen. Sie versuchte herauszufinden, in welchem Winkel das Licht hereinfiel, um zu erkennen, in welchem Stockwerk die Wohnung lag. Wenn es nicht ein Haus war. Vielleicht befand sie sich in einem Einfamilienhaus? Alles war möglich, aber eins wusste sie mit Bestimmtheit. Dies war die Hölle. So sah es in der Hölle aus. So fühlte sich die Hölle an. Es war ein Ort, an dem man Schmerzen und Durst hatte und fror. Sie fror jetzt stärker als vorher. Es konnte nicht sehr warm sein im

Zimmer. Vielleicht lag es daran, dass es keine Möbel gab. Und keine Gardinen. Gardinen hätten nicht so viel Wärme durch das alte Fenster abgegeben. Warum hat er mich noch nicht umgebracht? Er benötigt mich für etwas. Dann ist es aus. Aber noch ist nicht das passiert, wozu er mich braucht. Jetzt müsste ich meinen Dienst antreten. Johnny muss sich beeilen, mein Fehlen zu melden. Dann fahren sie natürlich zu mir nach Hause. Und dann verstehen sie es. Jetzt ist jemand an der Tür. Herein, herein.

## 38

Über Göteborg hing Schneegeruch. Die Stadt war weiß gekleidet, war eine andere Stadt geworden. Der ganze Vasapark hallte wider vom Geschrei der Kinder. Es war erstaunlich, wie viele Kinder in Vasastan wohnten. Wenn kein Schnee lag, sah man sie nicht.

Winter hatte Lilly vor sich auf dem Schlitten. Der Hügel war steiler, als er von unten aussah. Lilly erstickte fast vor Lachen, als sie am Fuß ankamen, wo Angela, Elsa und Siv standen.

»Jetzt bin ich dran!«, sagte Elsa.

»Für uns beide ist kein Platz«, sagte er.

»Klar doch.«

Oben sah er die Hausfassade auf der Götabergsgatan zwischen den weißen Bäumen. Sie waren ungefähr in gleicher Höhe mit dem dritten Stock, Elsa und er. Winter konnte das Fenster sehen. War es gestern gewesen? Es fühlte sich an, als wäre es letztes Jahr gewesen, vorletztes.

Sie schossen den Hügel hinunter. Sie hatten beide Platz auf dem Schlitten. Diesmal ging es noch schneller, weil sie schwerer waren.

»Jetzt bin ich an der Reihe!«, sagte Angela.

»Ich will fahren!«, rief Lilly.

»Ich nehme meinen Schlitten«, sagte Elsa.

Er stieg ab. Sein Rücken schmerzte. Sie waren umgeben von Eltern mit Kindern. In dieser Gesellschaft fühlte er sich jung. Zum

Teufel mit dem Rücken. Schließlich war er immer noch ein junger Vater.

Angela war schon mit den Kindern auf dem Weg nach oben.

»Willst du nicht auch mal rodeln?«, fragte er seine Mutter.

»Dann breche ich mir womöglich die Knochen.« Sie zündete sich eine Zigarette an.

»Du bist unglaublich«, sagte er.

»Wie meinst du das?«

»Versuch doch lieber die gute Luft zu atmen.«

»Solange du nicht selber mit dem Rauchen aufhörst, darfst du mir keine Vorwürfe machen«, antwortete sie.

»Ich habe so gut wie aufgehört.«

Sie blies den Rauch aus. Er stieg auf wie Atemwölkchen. Sie hustete. Das klang nicht gut. Er sagte nichts. Sie zeigte mit der Zigarette zum Hügel.

»Vielleicht bleibt der Schnee ja liegen.«

»Bei der Kälte habe ich nichts dagegen.«

»Wenn es nicht kalt ist, bleibt er ja auch nicht liegen, oder?«

»Gute Schlussfolgerung.«

»Von wem hast du dein Talent geerbt, was meinst du?«

»Natürlich von dir.«

»Aus mir hätte auch was werden können.«

»Du bist doch schon etwas.«

»Soll das irgendwie ein Vorwurf sein, Erik?«

»Natürlich nicht.«

»Habe ich zu wenig Kuchen gebacken?«

»Wie bitte?«

»Als ihr klein wart, Lotta und du, hätte ich da mehr Kuchen backen sollen?«

»Ich kann mich nicht erinnern, dass du jemals Kuchen gebacken hast.«

»Du weißt, was ich meine.«

»Nein.«

»Nein, was?«

»Du hast nicht zu wenig Kuchen gebacken.«

»Wir hätten nie weggehen sollen.« Sie nahm einen Zug und blies den Rauch aus.

»Wohin gehen?«

»Du weißt, was ich meine.«

»Nein«, sagte er nach einigen Sekunden. »Das hättet ihr vielleicht nicht tun sollen.«

»Bengt ... ich weiß nicht. Ich will nicht darüber reden.«

»Nein.«

»Ich ... ich weiß nicht, ob ich jemals zurückwill.«

»Ich glaube, du gehst noch mal zurück«, sagte er. »Das ist doch wohl klar.«

»Glaubst du?«

»Ja.«

»Aber nicht ... für immer.«

»Nichts ist für immer«, sagte er.

»Nein, das ist wohl wahr.« Sie hustete wieder und nahm einen weiteren Zug. Elsa winkte von der Hügelkuppe. Sie winkten zurück. »Nichts ist für immer.«

»Wir können alle zusammen im Frühling hinfahren«, sagte er.

»Ja, aber vorher muss ich eine Wohnung in der Stadt finden. Auf Dauer kann ich nicht bei Lotta wohnen.«

»Klar kannst du das. Du kannst auch bei uns wohnen.«

»Nein, Erik. Ich bin nicht der Typ, um mit anderen Generationen zusammenzuleben.«

Er musste lachen.

»Was ist denn daran so witzig?«

»Nein, der Typ bist du wohl nicht. Ich dachte an Kuchen. Und Kochen. An Listen, wer mit Putzen dran ist.«

»Das ist doch ein Kollektiv. Das ist was anderes.«

»Du bist auch keine kollektive Person«, sagte er.

»Ist das positiv oder negativ?«

»Positiv, glaube ich.«

»Bist du denn eine kollektive Person?«

»Nein.«

Sie sahen, wie Angela und Lilly auf der Hügelkuppe starteten. Elsa folgte ihnen. Sie rief etwas, das sie nicht verstanden.

»Wird es je ein Haus am Meer geben?«

»Vielleicht.«

»Denkst du an diesen ... Toten, der an Land getrieben wurde?«

»Selbstverständlich. Das ist mein Job.«

»So habe ich es nicht gemeint.«

»Das verändert nichts.«

»Wirklich nicht?«

»Wenn man es so nimmt, dann nur zum Besseren. Dann bringt es mich endlich zum Bauen.«

»Du solltest wirklich bauen.«

»Warum fängst du davon an?«

»Vielleicht ist es an der Zeit. Eine neue ... Wende im Leben. Etwa wie für mich. Umzuziehen bedeutet eine große Veränderung. Es ist mit das Größte, was man im Leben tun kann.«

»Hm.«

»Woran denkst du gerade?«

»Nichts.«

»Du hast in deinem ganzen Leben noch nie an nichts gedacht, Erik.«

»Ich habe an den Job gedacht, an gestern Abend.«

»Was ist passiert?«

»Haben wir vor den Feiertagen nicht beschlossen, dass wir nicht von meinem Job reden wollen?«

»Die Feiertage sind bald vorbei«, sagte sie. »Und soweit ich es verstanden habe, musst du heute Nachmittag irgendwohin.«

»Aber ich rede nicht davon.«

Zwei Schlitten kamen auf sie zu. Lillys Gesicht leuchtete wie ein sehr roter Apfel. Elsa strahlte über das ganze Gesicht. In diesem Augenblick wünschte er, er könnte für den Rest seines Lebens hier stehen bleiben, genau hier und genau jetzt. Dass er für immer währte.

»Noch mal!«, rief Angela.

»Hast du gesehen, Papa?!«

»Ich hab's gesehen, Schätzchen.«
»Ich war schneller!«
»Diesmal gewinnen wir!«, sagte Angela.
Sie kehrten wieder um. Angela zog Lilly auf dem Schlitten nach oben. Die Sonne glänzte auf dem Schnee, der durch Winters Sonnenbrille fast gelb aussah, wie Gold.
»Ich habe darüber nachgedacht, worüber wir kürzlich gesprochen haben«, sagte seine Mutter.
»Worüber?«
»Spanien. Nueva Andalucia.«
»Ja?«
»Worüber wir gesprochen haben ... Worüber du gesprochen hast. Dass etwas passiert ist.«
Es war vorgestern gewesen. Länger war es nicht her. Es fühlte sich schon sehr lange her an.

*»Irgendwas ... habe ich ... mal gehört. Da ist irgendetwas passiert. Genau kann ich mich nicht erinnern.«*
*»Holst und Lentner.«*
*»Ja, das habe ich verstanden. Aber ich kann mich trotzdem nicht erinnern. Es war ...«*
*»Was wolltest du sagen?«*
*»Es war etwas anderes.«*
*»Etwas anderes? Was denn?«*
*»Ich ... irgendetwas, das Bengt mir erzählt hat, was er irgendwo gehört hatte.«*
*»Gehört? Was hat er gehört? Ging es um Lentner und um Holst?«*
*»Ja ... nein ... ja, um sie ging es wohl. Aber er ... ich weiß es nicht, Erik. Ich weiß es wirklich nicht. Es muss da noch ... einen anderen Namen geben.«*
*»Einen anderen Namen? Gibt es noch einen Namen?«*
*»Es ... ging ... auch um jemand anderen. Vielleicht war es nur Klatsch. An so einem Ort wird ja ziemlich viel getratscht, das wirst du verstehen. Die Leute ... hocken ziemlich nah aufeinander. Keiner, der wirklich arbeitet. Aber jetzt erinnere ich mich,*

*dass eine Familie weggezogen ist, nachdem ... etwas passiert war. Aber das ... ich nehme an, es wurde vertuscht. Wir waren Meister darin, Sachen zu vertuschen, falls du verstehst, was ich meine.«*
»Du sagst, es ging um eine weitere Person. Um wen ging es?«
»*Ich kann mich nicht erinnern ... Da war irgendetwas, das Bengt erzählt hat, glaub ich.*«
»Bengt ist nicht hier! Entschuldige, Mama. Denk doch bitte weiter nach. Versuch dich zu erinnern, egal, was. Gibt es einen weiteren Namen?«
»*Ich ... glaube ja.*«
»Fällt er dir ein?«
»*Ich ... glaube nicht, Erik.*«
»Wer könnte ihn kennen?«
»*Wie meinst du das?*«
»Gibt es jemanden, der mehr darüber wissen könnte? Jemand von da unten? In Nueva oder in einem anderen Ort entlang der Küste. Jemand, den ich fragen kann?«
»*Lass mich mal nachdenken. Willst du denn runterfahren?*«
»Eigentlich nicht.«

»Ich habe in Spanien angerufen und mit einem alten Freund gesprochen.«
»Über Namen?«
»Ja.«
»Über das, was passiert ist?«
»Ja ...«
»Und?«
»Es waren wahrscheinlich mehrere Personen ... darin verwickelt.«
»Verwickelt? Worin?«
»Ein Unfall.«
»Was für ein Unfall?«
»Jemand ... wurde verletzt. Daran konnte er sich erinnern, soweit er sich erinnert.«
»Wer?«

»Er heißt Wejne, Kurt Wejne.«
»Ich meine die Person, die verletzt wurde. Wer war das?«
»Daran konnte er sich nicht erinnern, nicht an den Namen. Es handelte sich jedenfalls um eine junge Person.«
»Ein Kind?«
Sie antwortete nicht, schaute zum Hügel hinauf. Plötzlich konnte er Angela, Lilly und Elsa nicht mehr sehen. Vielleicht probierten sie die Abfahrt auf der anderen Seite. Da oben konnte er sie jedenfalls nicht entdecken. Es wimmelte von Kindern. Sonst war dies kein Ort für Kinder. Für junge Leute, aber nicht für Kinder.
»War es ein Kind?«, wiederholte er.
»Kurt hat den Ausdruck ›junge Person‹ benutzt.«
»Was ist passiert?«
»Irgendetwas in einem Swimmingpool. Soweit er sich erinnert. Sonst hätte er sich vielleicht gar nicht erinnert, wie er sagte. Aber es kann sich auch um einen Beinahunfall gehandelt haben.«
»Beinahunfall?«
»Dass fast etwas passiert wäre. Dann … Es gibt ja auch noch die Gerüchte.«
»Was für Gerüchte?«
»Ganz allgemein Gerüchte. Alles wird aufgeblasen.«
»Swimmingpool«, sagte Winter. »Holsts Pool.«
»Kurt konnte sich leider nicht erinnern, wo es passiert ist.«
»Ist das nicht merkwürdig?«
»Ich weiß es nicht, Erik. Ich erinnere mich ja auch nicht.«
»Erinnerst du dich jetzt?«
»Nein. Nicht an das Ereignis.«
»Aber warum hast du dich erinnert, dass es da noch einen weiteren Namen gab?«
»Ich weiß es nicht. Jedenfalls habe ich mich nicht getäuscht. Es gab noch einen anderen Namen außer Holst und … wie war der gleich noch?«
»Lentner. Familie Lentner. Der Junge hieß Erik. Er hat Holst besucht. Er kannte die Tochter.«
Sie nickte.

»Wurde ein schwedisches Kind verletzt?«
»Ich weiß es nicht, Kurt kann sich leider auch nicht erinnern.«
»Das müsste doch irgendwo dokumentiert sein«, sagte Winter.

Bei Familie Lentner in Långedrag meldete sich niemand, ebenso wenig bei Familie Holst in Askim. Aber Winter war im Augenblick anderes wichtiger. In Gedanken war er immer noch in der Wohnung in der Teatergatan. Die Gedanken hatten ihn hierhergeführt. Er hatte vom Auto aus angerufen. Jetzt parkte er vor dem hohen Haus in der Syster Ainas gatan. Es gab mehrere hohe Häuser, alle grau und blau, die Farben so abgenutzt und müde in dem sauberen Schnee. Die Hausnummern waren metergroß.

Er ging an einer eingeschneiten Skulptur vorbei, die einen Frosch und einen Grashüpfer darstellte. Der Frosch sah hochmütig aus.

Die Luft im Treppenhaus war trocken. Er zerriss das Absperrband vor der Tür.

Auch im Flur der Wohnung roch es trocken. Es war warm, die Sonne schien durch die großen Fenster. Vom Wohnzimmer aus konnte er die ganze Stadt in alle Himmelsrichtungen überblicken. All die Doktoren-Straßen dort unten, um den Doktor Fries torg herum: die Doktoren Wigardts, Allards, Liborius, Lindhs und Bondesons Straßen. Es war phantastisch, dass auch eine Krankenschwester einer der Straßen ihren Namen geben durfte. Schwester Aina musste etwas ganz Besonderes gewesen sein.

Sein Handy klingelte.

»Ja?«
»Hallo, Erik. Wo bist du?«
»In Dahlquists Wohnung. Ich bin eben reingekommen.«
»Ich komme gerade von Bolanders«, sagte Ringmar.
»Wo wohnen sie?«
»In Kullavik.«
»Hm.«
»Da ist ja auch dein Grundstück.«
»Nein, nicht ganz.«

»Na, egal. Die waren jedenfalls ziemlich aufgebracht.«
»Ach?«
»Ja, ha, ha. Und sie haben gesagt, dass sie seit eineinhalb Monaten nicht mehr in der Wohnung waren.«
»Glaubst du ihnen?«
»Ja.«
»Dann glaube ich ihnen auch.«
»Und sie haben die Wohnung keiner anderen Person überlassen.«
»Okay.«
»Und Gardinen haben sie auch nicht hängen lassen.«
»Das habe ich auch nicht geglaubt.«
»Und Dahlquist fanden sie ein bisschen seltsam.«
»Ja?«
»Er hat sich so sonderbar verhalten.«
»Keine nachträgliche Interpretation?«
»Glaub ich nicht.«
»Auf welche Art sonderbar?«
»Nichts Konkretes. Wir können darüber reden, wenn wir uns treffen.«
»In Ordnung. Wir können uns in ... einer Stunde treffen.«
»Wo?«

Winter antwortete nicht. In seinem rechten Augenwinkel blitzte ein Sonnenreflex auf. Er hatte die Sonnenbrille abgenommen.

»Wo? Erik?«
»Warte mal eben, Bertil.«
»Okay, ich rufe gleich wieder an.«

Es blitzte erneut. Das Aufblitzen kam vom Fenster. Ein kleiner Schreibtisch. Krimskrams darauf. Wieder blitzte es. Es sah aus wie Silber. Ein kleiner Gegenstand. Ein kleiner Pokal.

## 39

Sie hörte seine Atemzüge, die klangen, als wäre er gelaufen. Vielleicht lief er ständig in der großen Wohnung herum. Putzte. Eine zwanghafte Putzwut. Zwanghaftes Fegen. Zwanghaft. Zwanghaftes Töten. Was zwang ihn dazu? Was hatte ihn gezwungen? Das ist die Frage. Heiligabend war er sonnengebräunt gewesen. Ging er ins Solarium? Nein, da wurde man gelber. Er war irgendwo gewesen, nicht in Deutschland, jedenfalls nicht in Ostdeutschland. In Ostdeutschland schien selten die Sonne, und als ihre Eltern Kinder gewesen waren, hat sie nie geschienen. Im Zimmer wird es langsam dunkel. Die Sonne hat sich weiterbewegt. Beweg dich! Lass es schnell vorübergehen! Jetzt sind sie alarmiert. Jetzt durchsuchen sie meine Wohnung in Sandarna. Habe ich aufgeräumt? Habe ich gefegt? Ich hab doch hoffentlich die Unterhose in den Wäschekorb geworfen? Manchmal lasse ich Sachen herumliegen. Ich bin zu unordentlich. Vielleicht kann ich etwas von ihm lernen. Ich werde ihn fragen. Es wäre schrecklich peinlich, wenn die Unterhose herumläge. Was werden sie von mir denken. Hoffentlich habe ich vorgestern abgewaschen. Er atmet immer noch hinter mir. Das bedeutet, dass er nicht tot ist. Ha, ha. Er wartet. Genau das tut er. Er wartet. Jemand wird kommen. Darauf wartet er. Jemand soll leiden.

Sie versuchte zu sprechen. Es gelang ihr nicht. Sie versuchte es wieder. Es kamen Laute, aber keine Wörter.

Er bewegte sich hinter ihr. Ging er? Nein, nein, nein! Er darf nicht gehen!

»Gehen Sie nicht!«

Die Schritte hielten inne. Sie konnte sich nicht umdrehen. Sie wollte es auch nicht.

»Sie sind wach.«

»War... warum sollte ich nicht wach sein?«

Keine Antwort.

»Was haben Sie mir gegeben?«

Er antwortete nicht. Sie musste eine Antwort haben. Es war ihre letzte Chance.

»Wie lange soll ich hier noch liegen?«

Keine Antwort.

»Warum so ...«

»Sie hätten nie herkommen dürfen«, unterbrach er sie. »Sie hätten nicht so neugierig sein dürfen.«

»Nein.«

»Sie waren zu neugierig.«

»Ja.«

»Das ist nicht gut.«

»Ich weiß, dass es nicht gut ist. Ich werde es mir abgewöhnen.«

»Dafür ist es jetzt zu spät.«

»Wieso zu spät?«

Er antwortete nicht.

»Wieso zu spät?«

»Sie hätten nie hierherkommen dürfen.«

»Ich will nicht hier sein! Ich will gehen! Darf ich jetzt gehen?! Lassen Sie mich gehen!«

Er blieb stumm. Das war die schlimmste Antwort, dieses Schweigen. Es ließ sie das Schlimmste befürchten. Dass er an das Schlimmste dachte. Sie wollte nicht sagen, dass sie inzwischen nach ihr suchten oder sie zumindest vermissten. Wenn sie sagte, dass sie bald hier sein würden, würde er vielleicht etwas mit ihr machen. Oder sie verlassen. Und dann würden sie nie kommen. Sie würden es nie verstehen. Aber Winter musste es doch verstehen? Wenn, dann er. Doch wenn es ihm niemand erzählte? Ihr Verschwinden hing nicht mit dem zusammen, was ihn im Augenblick beschäftigte. Wer sollte eine Verbindung herstellen? Johnny Eilig. Ha, ha, ha. Wer sollte es erzählen? Wahrscheinlich niemand. Sie würden einfach eine andere Person zum Dienst einteilen. In einigen Tagen würden sie anfangen zu überlegen, ob sie landesflüchtig oder so was war. Es gab niemanden, der sie vermisste. Es gibt niemanden, der dich vermisst, Gerda. Darum liegst du hier.

»Bald.«

Er sagte es sehr leise.

»Bald was?«

»Bald kommen Sie hier weg.«

»Wie? Wie komme ich hier weg?«

Er antwortete nicht. Hier wegzukommen konnte Verschiedenes bedeuten, und an die meisten Möglichkeiten wollte sie gar nicht denken.

»Warum kann ich nicht gleich gehen?«

»Es ist noch nicht so weit.«

»Warum nicht? Warum ist es noch nicht so weit?«

»Sie werden ja sehen.«

»Was werde ich sehen? Ich will nichts sehen!«

»Sie müssen es sehen.« Er sprach immer noch leise. Seine Stimme klang traurig. Als käme sie von weit her. Als würde sie zurückschauen.

»Wozu brauchen Sie mich? Was soll ich sehen?!«

»Sie haben es schon gesehen.«

»Es gesehen? Was habe ich gesehen?«

»Die Gerechtigkeit.«

»Welche Gerechtigkeit? Was war die Gerechtigkeit?«

Er antwortete nicht.

»Welche Gerechtigkeit habe ich gesehen?«

»Sie verstehen es nicht.«

»Ich will es verstehen. Erzählen Sie es mir, damit ich es verstehe!«

Er antwortete nicht. Sie hörte, wie die Tür geöffnet wurde. Die Scharniere müssten einmal geölt werden.

»Nein! Nein!«

»Was ist?«

»Gehen Sie nicht.«

»Haben Sie Durst? Möchten Sie wieder etwas trinken? Möchten Sie etwas essen?«

Hatte sie schon einmal etwas getrunken? Hatte sie etwas gegessen? Sie konnte sich nicht erinnern. Aber es musste wohl so sein.

»Ja. Ich habe Durst. Und Hunger.«

»Ich hole Ihnen etwas.«

Sie hörte, wie die Tür zuschlug, dann Schritte in der Wohnung, die mit einem Echo verschwanden, das lauter war als vorher. Als bewegte er sich durch einen Tunnel. Da draußen gab es hundert Zimmer. Was war das? War das ein Schrei? Er kam nicht von der Straße. Dort war es still und es wurde dunkel. Plötzlich fror sie. Sie begann zu zittern. Ein Schaudern fuhr wie ein kalter Blitz durch ihren Körper. Ich habe soeben mein Todesurteil unterschrieben. Oder mein Leben gerettet.

Winter ging zu dem Tisch in Dahlquists Wohnung. War es derselbe Tisch? Erkannte er ihn auch? Mal sehen. Es war wieder *filmtime*. Er betrachtete den Pokal, berührte ihn jedoch nicht. Es musste derselbe sein. Er sah tatsächlich genauso aus. Winter schaute sich um. Dahlquists Wohnung eine Requisitenreserve für Filmaufnahmen? Nein. Sie hätten es gemerkt, wenn sich hier ein Unbefugter aufgehalten hätte. Aber nicht sofort. Die Absperrbänder der Polizei konnte man im Internet erwerben. Alles konnte man im Netz erwerben. Einen Kommissartitel. Einen Präsidenten, oder seinen Titel. Eine olympische Goldmedaille. Pokale. Er zog Handschuhe an und hob den Pokal an. Was machten Pokale für einen Sinn, wenn sie nicht verrieten, wofür man sie bekommen hatte? Wie ein Titel ohne Name. Dieser Pokal hatte nicht in dieser Wohnung gestanden, als sie zum ersten Mal hier gewesen waren.

Er musste die Leute von der Spurensicherung benachrichtigen. Wenn jemand da war. Er schaute auf die Uhr. Im Augenblick waren sie vermutlich noch in der Wohnung in der Teatergatan beschäftigt. Viel Glück. Wieder betrachtete er den Pokal.

Nah unter dem Deckel war etwas ins Metall geritzt.

ERSTER PREIS

100 M

BM 1981

In seiner Tasche vibrierte das Handy.

»Ja?«

»Die Schlüssel sind nicht wieder aufgetaucht«, sagte Ringmar.

»Welche Schlüssel?«

»Die Schlüssel zu Bolanders Wohnung in der Teatergatan. Im Maklerbüro haben sie nichts gefunden.«

»Vielleicht sind sie hier.« Winter sah durch die Glaswand, wie die rotglühende Sonne im Westen rasch versank.

»In Dahlquists Wohnung? Bist du immer noch dort?«

»Ja, ich bleibe noch ein Weilchen.«

»Was gefunden?«

»Ja.« Winter schaute auf den Pokal. »Jemand hat einen Preis gewonnen.« Er hörte Geräusche im Hintergrund, eine Stimme.

»Einen Augenblick, Erik.«

Ringmar sprach mit jemandem, dessen Stimme Winter nicht kannte. Offenbar befand sich Ringmar unten bei den Diensthabenden der Kripo. Winter hörte, wie sein Name fiel. Er war kribblig. Jetzt nicht noch mehr, nicht noch mehr Fragen.

»Erik?«

»Was ist denn da unten los?«

»Jemand von der Bereitschaft hat sich gemeldet. Ich bin zufällig im Dezernat. Seine Kollegin ist nicht zum Dienst erschienen.«

»Wer?«

»Sie heißt ... ich habe den Namen hier ... Gerda Hoffner. Weißt du, wer das ist?«

»Ja ... ja.«

»Er sagt, du müsstest es wissen.«

»Was wissen?!«
»Dass du sie kennst.«
»Herr im Himmel, erklär es mir, Bertil!«
»Dieser junge Mann, Johnny Sowieso, hätte heute Nachmittag zusammen mit ihr Dienst gehabt, aber sie ist nicht aufgetaucht. Übrigens hatte er sie zu Silvester eingeladen, auch da ist sie nicht erschienen. Er hat unten im City gewartet und dann bei ihr zu Hause angerufen. Aber es meldet sich niemand. Also ist er hingefahren. Da sie nicht geöffnet hat, ist er in die Wohnung eingebrochen.«
»Er hat was getan?«
»Er ist eingebrochen. Er glaubt, dass ihr etwas passiert ist.«
Winter stand im Dunkeln. Über der Wildnis im Westen gab es fast kein Licht mehr. Die Laternen unten in der Stadt sahen aus wie erlöschende Feuer.
»Sie war dabei, als sie Madeleine gefunden haben«, sagte Ringmar, »zusammen mit ihm.«
»Ja.«
»Und beim zweiten Mal war sie auch dabei.«
»Ich weiß, Bertil.«
»Er sagt, dass sie vielleicht nicht loslassen kann.«
»Was loslassen?«
»Die Ermittlungen. Sie hat viel davon gesprochen.«
»Das ist doch kein Wunder. Sie war doch da. Sie hat es gesehen.«
»Sie hat mit dir gesprochen.«
»Ja. Eine smarte Person. Ich verstehe, dass sie nicht aufhören konnte, daran zu denken.«
»Sie meldet sich unter keiner Nummer, Erik.«
»Es scheint ein langes Neujahrsfest zu werden.«
»Was sollen wir unternehmen?«
»Ist das schon mal passiert? Etwas Ähnliches? Mit ihr?«
»Weiß ich nicht.«
»Wo ist der junge Mann jetzt?«
»In der Stadt. Ihm ist Ersatz zugeteilt worden.«
»Bitte jemanden, sich eingehender mit ihm zu unterhalten.«

»Das kann ich machen«, sagte Ringmar.

»Okay.«

»Und was hast du jetzt vor?«

»Gib mir noch fünf Minuten, Bertil. In fünf Minuten weiß ich es. Vielleicht eher.«

»Bis dann also«, sagte Ringmar. »Übrigens, ich wünsche dir ein gutes neues Jahr.«

## 40

Winter verließ die Syster Ainas Gata. Der Doktor Fries torg lag friedlich da. In der Eckkneipe sah Winter einige Leute an der Bar hocken, die ihren Nachdurst löschten. Die Fenster waren groß. Alles war in Neonlicht getaucht. Es war ein sehr wehmütiges Bild, wie ein Gemälde, ein Kunstwerk.

Hundert Meter in welcher Disziplin? BM. Das bedeutete normalerweise Bezirksmeisterschaft.

Welcher Bezirk? Welcher Sport?

Jemand hatte mit Gewalt abgekratzt, was neben »100 M« gestanden hatte. Wenn dort etwas gestanden hatte. Vielleicht war es nur ein absurder Zusatz gewesen.

Oder der Versuch, etwas zu verbergen. Vor jemandem zu verbergen. Oder Enttäuschung. Nachträgliche Enttäuschung, dachte er, lange danach.

Handelte es sich um eine Schul-BM? 1981. Da war ich einundzwanzig und habe noch Fußball gespielt, aber die Karriere war eigentlich schon zu Ende.

Es müsste relativ einfach sein herauszufinden, ob Anders Dahlquist 1981 in irgendeiner Disziplin gewonnen hatte.

Aber Winter war sicher, dass es nicht um ihn ging. Der Mann war vierundvierzig geworden, und BM-Sieger mit siebzehn klang ein wenig alt. Doch das war nicht der Grund, warum Winter sich ihn nicht als Sieger vorstellen konnte. Der Pokal war zwischen den

Wohnungen hin- und hergewandert. Ein Wanderpokal. Er hatte sich nicht von selbst bewegt.

Winter bog am Wavrinskys plats nach rechts ab, fuhr an Chalmers vorbei und die Aschebergsgatan hinunter. Er parkte vor dem Haus am Vasaplatsen und war daheim.

Niemand antwortete, als er die Wohnungstür öffnete und rief. Auf dem Küchentisch lag ein Zettel: Wir sind auf dem Rodelhügel!!

Er ging ins Wohnzimmer, öffnete die Balkontür und trat hinaus. Von hier aus konnte er tatsächlich die Gestalten sehen, die sich oberhalb der Universität bewegten, ein Zipfel vom Winter: Schnee, Bewegung, Rufe. Fetzen der Rufe kamen durch die klare Winterluft geflogen. Rund um die Anhöhe hatten die Behörden Scheinwerfer montiert. Wintersport am Winterabend. Eine beleuchtete Sportpiste mitten in der Stadt. Das Telefon im Flur klingelte. Vielleicht begann es jetzt. Jemand hatte seine geheime Telefonnummer herausbekommen. Nach dem dritten Klingeln hob er ab.

»Erik Winter.«

»Hallo, Erik. Hier ist Mama.«

»Bist du auch auf dem Hügel?«

»Nein, sind sie immer noch dort? Es ist doch schon dunkel.«

»Der Hügel ist beleuchtet.«

»Aber wir waren doch schon zu Hause. Dann sind sie also noch mal los.«

»Offenbar.«

»Und du bist wieder da«, sagte sie. »Alles gutgegangen?«

»Das weiß man immer erst hinterher.«

»Ich glaube, ich habe da einiges durcheinandergebracht, Erik.«

»Durcheinandergebracht?«

»Ich bin nicht sicher, ob jemand verletzt wurde, damals.«

»Sprichst du vom Pool der Familie Holst?«

»Ja.«

»Also, was meint ihr nun konkret?«

»Du brauchst nicht so ungeduldig mit mir zu reden.«
»Entschuldige. Heute ist so viel Information auf mich eingeprasselt.«
»Ich glaube, dort ist etwas passiert ... bei Holsts. Aber ich erinnere mich nicht daran, was. Gleichzeitig ist irgendwo ein Unglück geschehen. Bei jemandem zu Hause. In einem Pool. Aber ich glaube nicht, dass es dort war.«
»War es in Nueva Andalucia?«
»Ich glaube ja.«
»Hast du noch einmal mit diesem Mann gesprochen ... wie hieß er noch?«
»Kurt Wejne.«
»Hast du noch einmal mit ihm gesprochen?«
»Nein.«
»Gib mir mal seine Nummer.«
»Meinetwegen brauchst du ihn nicht anzurufen, Erik.«
»Nicht deinetwegen und meinetwegen auch nicht.«
»Weswegen dann?«
»Es geht um die Opfer. Es ist wie immer.«
»Ach, das Ganze ist so schrecklich.«
»Da geb ich dir recht.«
»Wie hältst du diesen Job überhaupt aus, Erik!«
Er konnte ihr nicht erzählen, dass es um viel mehr ging, als ihn nur auszuhalten. Dass er nichts anderes als diese Arbeit beherrschte. Er wollte gar nichts anderes. Es war sein Leben. Am lebendigsten fühlte er sich, wenn er sich mit dem Tod beschäftigte. Normal waren diese Gefühle nicht, aber für ein anderes Leben war er schon verdorben. Er akzeptierte es und wollte mehr. All das konnte er ihr nicht erzählen.

Ringmar unterhielt sich mit Johnny Eilig. Der Streifenwagen parkte vor dem Nordstan. Da drinnen tobte immer noch der Kaufrausch. Ich bin noch nie bei einem Schlussverkauf gewesen. Vielleicht habe ich Dinge in meinem Leben verpasst, an denen ich Freude gehabt hätte, und jetzt ist es zu spät.

»Ich mache mir wirklich Sorgen«, sagte Johnny.
»Wie sah es in ihrer Wohnung aus?«
»Normal, nehme ich an. Ich bin noch nie bei ihr gewesen. Es herrschte kein Durcheinander oder so.«
»Wie meinen Sie das?«
»Ich weiß nicht ... Es hatte nicht den Anschein, als wäre eine andere Person in der Wohnung gewesen.«
»Eine andere Person? Wer sollte das sein?«
»Ich meine, es hat nicht nach Streit oder so was ausgesehen. Oder als ob jemand eingebrochen wäre.«
»Der sie gezwungen hat, mitzugehen?«, fragte Ringmar.
»Ja. Aber danach sah es nicht aus.«
»Wann haben Sie zuletzt mit ihr gesprochen?«
»Vorgestern, ich habe sie zu Silvester eingeladen, zu mir nach Hause und zu meiner Freundin.«
»Hat sie zugesagt?«
»Jedenfalls hat sie nicht abgesagt.«
»Was bedeutet das?«
»Sie hatte sich noch nicht entschieden.«
»Wollte sie irgendwo anders hingehen?«
»Das hat sie nicht gesagt.«
»Was glauben Sie?«
»Ich glaube nicht.«
»Warum nicht?«
»Ich glaube, sie hat niemanden, zu dem sie gehen könnte.«
»Ist sie so einsam?«
»Momentan ja. Offenbar hat sie ein paar Freunde, die über den Jahreswechsel auf Reisen sind. In Asien. Mehr weiß ich nicht.«
»Was glauben Sie, was mit ihr passiert ist?«
»Ich weiß es nicht. Aber ich mache mir Sorgen. Und ich glaube absolut nicht, dass sie sich freiwillig verstecken würde.«
»Vielleicht ist sie krank geworden«, sagte Ringmar.
»Aber wo ist sie dann? Müsste nicht längst eine Meldung eingegangen sein?«
Ringmar nickte.

»Ich fahr jetzt mal in der Stadt rum und schaue, ob ich sie finde«, sagte Johnny. »Das tun wir alle.«

»Wann haben Sie das letzte Mal zusammengearbeitet?«

»Weihnachten ... Heiligabend zum Beispiel.«

»Gab es besondere Vorkommnisse?«

»Was meinen Sie mit besonders?«

»Was weiß ich, zum Teufel. Irgendetwas, an das Sie sich erinnern, das hängengeblieben ist. Sie verstehen, was ich meine. Irgendetwas außerhalb der Routine.«

»Wir haben einen Penner gefahren.«

Ringmar zuckte zusammen. Sie saßen im Auto. Johnny sah es.

»Was ist?«

»Penner?«, wiederholte Ringmar.

»Ja. Vielleicht war es falsch, aber sie ...«

»Nein, nein«, unterbrach Ringmar ihn. »Reden Sie weiter.«

»Mehr war es nicht. Wir haben ihn bei der Heilsarmee abgesetzt.«

*»Ihre Kollegin ist hier gestern vorbeigekommen.«*

*»Meine was?«*

*»Die Polizistin. Hübsches Ding. Sie hat mich Heiligabend gefahren.«*

*»Ach?«*

*»Ich war fertig hier und wollte zur Heilsarmee, und da haben sie mich mit dem Streifenwagen hingebracht, sie und der Junge. Er hat nicht viel gesagt. Aber sie ist nett.«*

*»Wir sind alle nett.«*

*»Gestern ist sie hier vorbeigekommen. Sie war nicht in Uniform, aber ich hab sie natürlich trotzdem erkannt. Ich vergesse nie ein Gesicht. Direkt in die Kristinelundsgatan ist sie gegangen.«*

»Verdammt«, sagte Ringmar.

»Was ist?«

»Vielleicht haben wir einen Zeugen.«

»Wofür?«

»Der sie gesehen hat.«
»Wo?«
Aber Ringmar war schon ausgestiegen.

Sie hatte etwas gegessen, konnte sich aber nicht erinnern, was. Ihr einer Arm musste frei gewesen sein. Sie erinnerte sich nicht daran, gefüttert worden zu sein. Aber wieso war ihr Arm plötzlich frei gewesen? Jetzt war er nicht frei. Ihre Handgelenke schmerzten. Sie konnte sie nicht sehen. Von draußen hörte sie ein Rauschen. War es ein Auto? Im vergangenen Jahr hatte sie in einem Auto gesessen, das war ihr Job gewesen. Vor zehntausend Jahren, in einer prähistorischen Zeit. In Zukunft würde sie sich nie wieder in ein Auto setzen. Wenn ich das hier überlebe, werde ich nie mehr drinnen sitzen. Nie mehr irgendwo hineingehen. Ich kann mich nur noch draußen aufhalten und werde wohl unter freiem Himmel schlafen müssen. Wie wunderbar, unter dem Himmel zu schlafen! Den Himmel zu sehen. Die Sonne zu sehen. Im Augenblick ist sie verschwunden. Jetzt kann man draußen Sterne sehen. Alles, was es da draußen gibt. Schlafen. Ich bin müde. Jetzt will ich schlafen. Das ist schön. Jetzt höre ich etwas, egal. Ein Signal, eine Melodie. Ich weiß, was das ist. Ich erinnere mich. Es spielt keine Rolle. Hier drinnen ist es kaum zu hören, also ist es egal. Da war es wieder. Das war die Klingel an der Wohnungstür. Oder nicht? Plinge-linge-ling. Oder es klang eher wie ein dong-dong-dong.

Winter wählte Kurt Wejnes Nummer, der sich nach vier Klingeltönen meldete. Die Stimme klang klar, vorbereitet. Es gab Menschen, die meldeten sich immer so, als hätten sie seit Jahren gerade auf dieses Gespräch gewartet. Vielleicht ist es so. Er hat darauf gewartet. Er hat geschwiegen wie alle anderen.
Winter stellte sich vor.
»Ihre Mutter hat mich angerufen«, sagte Kurt Wejne.
»Ja.«
»Ich war auch mit Ihrem Vater befreundet.«
»Gutes Gefühl, das zu wissen.«

»Er hat viel von Ihnen gesprochen.«
Den Ton kannte Winter. Den schulmeisterlichen Ton. Die Botschaft an den verlorenen Sohn. Die Botschaft des verlorenen Vaters.
»Ich rufe Sie wegen des Telefonats an, das Sie kürzlich mit meiner Mutter geführt haben«, sagte Winter.
»Ja, ja, diese alte Geschichte.«
»Was war das für eine Geschichte?«
»Das weiß eigentlich niemand genau.«
»Was hat das zu bedeuten?«
»Genau das, was ich sage. Niemand kann sich erinnern.«
»Sich an was erinnern?«
»Natürlich an das, was passiert ist.«
Wahnsinnig aufschlussreich. Seine Mutter hatte kein Wort davon gesagt, dass Kurt Wejne senil war. Oder er war betrunken. Professionelle Alkoholiker auf dem höchsten Niveau redeten so, als hielten sie eine Ansprache auf irgendeiner Hauptversammlung.
»Was für ein Bild haben Sie von dem, was passiert ist?«, fragte Winter. »Wem ist etwas passiert?«
»Ich kann mich nicht erinnern.«
»Was ist passiert?«
»In einem ... Swimmingpool. Soweit ich mich erinnere.«
»Wessen Swimmingpool?«
»Ich weiß es nicht.«
»War es bei der Familie Holst?«
»Daran kann ich mich leider auch nicht erinnern.«
»Etwas ist dort passiert«, sagte Winter. »Ein Junge war in die Geschichte verwickelt.«
Wejne schwieg.
»Wie kann ich mehr in Erfahrung bringen?«, fragte Winter. »Ich habe den Eindruck, niemand will darüber sprechen.«
»Vielleicht gibt es nicht viel darüber zu sagen.«
»Ich glaube eher das Gegenteil«, antwortete Winter. »Ich glaube, in diesem Fall gibt es eine Menge zu sagen.«

Wejne schwieg.

»Und wenn niemand etwas sagt, kann das katastrophale Folgen haben«, fuhr Winter fort.

»Inwiefern?«, fragte Wejne.

»Vielleicht sind noch mehr Menschen in Gefahr«, sagte Winter.

»Ich wünschte, ich könnte Ihnen helfen«, sagte Wejne.

»Darf ich Sie später noch einmal anrufen?«, fragte Winter.

»Selbstverständlich. Aber ich fürchte, das wird Ihnen auch nicht weiterhelfen.«

»Ich komme darauf zurück. Vielen Dank.« Winter legte auf. Sofort klingelte das Telefon.

»Ja?«

»Hallo, Erik. Ich versuche, deinen Kumpel von *Faktum* zu erreichen. Du weißt nicht zufällig, wo er sich aufhält?«

»Wovon redest du, Bertil?«

Ringmar erklärte, wovon er redete.

Winter schaute auf die Uhr.

»Vielleicht steht er noch vorm Tvåkanten.«

»Steht er nicht. Ich bin dort gewesen.«

»Hast du's bei der Heilsarmee versucht?«

»Ja, und die wussten auch nichts.«

»Er wird wohl noch mehr Kumpel haben.«

»Niemand, den ich getroffen habe, wusste etwas.«

»Er hat einen Sohn«, sagte Winter. »Der Eishockey spielt.«

Johnny Eilig fuhr die Chalmersgatan entlang. Die Fassaden sahen aus, als beugten sie sich über die Straße. Er spürte eine Unruhe im Körper, die größer war als alle Unruhe, die er jemals in seinem Job empfunden hatte. Hier hatte alles angefangen.

»Hier war es«, sagte er zu Micke Jansen, der kurzfristig für Gerda eingesprungen war. *Micke the Man*. Zwei Meter groß. Manchmal hatte man den Eindruck, als wachse er immer noch.

»Krass«, sagte Micke.

»Mist.«

»Verdammt seltsam das mit Gerda.«

Johnny hielt vor dem Haus. *Dem Haus.* Dem ersten Haus. Die Tür war schwarz wie die Nacht, in der sie saßen, in der sie herumfuhren. Es schien so sinnlos zu sein, und irgendwie hatte er das Gefühl, ein Teil von alldem zu sein. Etwas, das er getan, was er gesagt hatte. Es war ein sonderbares Gefühl, genauso sonderbar wie Gerdas Verschwinden. Hatte sie Depressionen? Aber aus welchem Grund?

War sie hier gewesen? An dem Haus vorbeigegangen? Er wusste, dass es ihr schwerfiel, den Fall loszulassen. Die Fälle. Sie hatte Dinge gesehen, die ihr Interesse wach gehalten hatten. Sie meinte, eine Verantwortung zu haben. Hat sie sich zu viel Verantwortung aufgeladen? Das war eine schwierige Situation, wenn man nicht zum Kreis der Verantwortlichen gehörte.

»Mich macht das alles kribblig«, sagte Johnny. »Ich muss die Beine bewegen.« Er öffnete die Autotür.

»Was hast du vor?«

»Mir nur die Beine vertreten.«

Er stieg aus.

Er stand vor der Haustür.

Ein Mann kam heraus, der Johnny, den uniformierten Polizisten, natürlich anstarrte. *Enemy at the gates.*

Langsam glitt die Tür wieder zu. Ehe sie ganz zufiel, hielt Johnny sie fest. Es war eine reine Reflexbewegung.

## 41

Halders hatte sich schon lange nicht mehr gemeldet, und Winter hatte ihn schon verloren geglaubt.
Jetzt rief er an.
»Ich bleibe«, sagte er. »Ich bleibe bei meinen Leisten.«
»Wo bist du?«
»Am Fahrstuhl. Auf dem Weg nach oben ins Dezernat.«
»Warte unten auf mich. Wir treffen uns draußen. Ich brauche frische Luft.«
Winter nahm den Fahrstuhl zum Vasaplatsen hinunter. Die Luft war kalt und klar. Er atmete dreimal tief durch. Dann fuhr er mit dem Rad zum Polizeipräsidium. Das war kein Problem, er trug einen Mantel und unter dem Helm eine Mütze. Er fühlte sich wie ein guter Mensch.
Halders wartete vor dem provisorischen Eingang.
»Meinetwegen hättest du dich nicht auf deinen Drahtesel schwingen müssen, Erik.«
»Ich war sowieso schon unterwegs.«
»Was also passiert jetzt?«, fragte Halders.
»Was ist mit dir passiert, Fredrik?«
»Ich bin zu der Erkenntnis gekommen, dass ich als Polizist geboren wurde.«
»Ja. Man kann nicht aufgeben, wozu man geboren ist. Jedenfalls nicht freiwillig.«

»Genau so ist es. Es wäre ein Fehler, ein großer Fehler. Mann, hab ich mir den Kopf zermartert. Und jetzt hab ich's kapiert. Ich bleibe. Ich dachte, du wolltest es vielleicht wissen.«
»Ich freue mich sehr.«
»Ich wusste, dass du dich freuen würdest.«
»Wenn alles vorbei ist, werden wir es feiern.«
»Nichts ist jemals vorbei. Ist das nicht der springende Punkt?«
»Ich meine den Fall, in dem wir gerade ermitteln.«
»Ich habe mich ein bisschen ausgesperrt gefühlt«, sagte Halders.
»Ich möchte, dass du für mich einen Zehnjährigen findest«, sagte Winter.

Johnny Eilig stieg langsam die Treppen hinauf. Im Treppenhaus roch es nach Winter, mehr als damals. Von oben hörte er ein Klappern, eine Tür wurde geschlossen, geöffnet, vielleicht wieder geschlossen.

Im dritten Stock hingen die blauweißen Bänder schlaff vor der abgesperrten Wohnungstür. Die Wohnung will ich nie mehr betreten, dachte er.

Er klingelte an der Tür rechter Hand. Bengtsson stand auf einem Schild. Mehr nicht, einfach nur Bengtsson. Aber Bengtsson öffnete nicht.

Dafür öffnete sich die Tür hinter ihm. Johnny drehte sich um. Ein Mann trat ins Treppenhaus und schloss die Tür rasch hinter sich. Er hatte eine Art antiker Reisetasche in der Hand und warf Johnny einen hastigen Blick zu.

Er kam Johnny vage bekannt vor. Sonnengebräunt. Zuckt nicht direkt zusammen, wenn er einen uniformierten Polizisten vor seiner Wohnungstür antrifft. Er ist es gewöhnt. In den vergangenen Wochen sind viele Polizisten hier gewesen. Es waren unruhige Feiertage. Bald würde hoffentlich wieder Ruhe einkehren.

»Kann ich Ihnen helfen?«, fragte der Mann. Er blieb vor seiner Wohnungstür stehen.

Was soll ich sagen? Meine Kollegin ist verschwunden? Das

klingt ja idiotisch, als könnten wir nicht selber auf uns aufpassen. Haben Sie eine Polizistin vorbeikommen sehen? Wir suchen sie. Klingt verdammt dämlich.

»Nein ... ich war schon mal hier.«

Das klang auch idiotisch.

»Ja?«

»Sie haben keine ungewöhnlichen Geräusche oder so etwas in letzter Zeit gehört?«

»Was meinen Sie mit letzter Zeit?«

»In den vergangenen vierundzwanzig Stunden.«

»In den vergangenen vierundzwanzig Stunden? Was für Geräusche denn?«

»Irgendetwas. Schritte. Stimmen. Haben Sie etwas aus der abgesperrten Wohnung gehört?«

»Nichts. Ich habe überhaupt nichts gehört.« Der Mann lächelte. »Es ist ein sehr ruhiges Haus.«

»Ja.«

Der Mann wies mit dem Kopf auf die Absperrbänder.

»Haben Sie etwas herausgefunden? Wer das ... ja, Sie verstehen schon.«

»Ich weiß es nicht«, sagte Johnny. »Mit dem Fall habe ich nichts zu tun.«

»Und trotzdem sind Sie hier.« Der Mann lächelte wieder. Es war kein angenehmes Lächeln. Johnny gefiel es nicht. Wenn es überhaupt ein Lächeln war. Es sah eher aus wie eine Grimasse.

»Ich muss jetzt gehen«, sagte Johnny. »Unten wartet der Streifenwagen.«

»Ich leiste Ihnen Gesellschaft«, sagte der Mann. »Ich bin auch auf dem Weg nach unten.« Er schaute zur Fahrstuhltür. »Ich nehme nie den Fahrstuhl.«

»Wie war noch Ihr Name?«, fragte Johnny. Das vergoldete Namensschild an der Tür hatte er nicht entziffern können. Es war zu klein. Als sie das erste Mal hier angekommen waren, hatte er es gar nicht beachtet. Gerda und er. Wer von ihnen war vorangegangen?

»Schiöld«, antwortete der Mann. »Herman Schiöld.«
»Wohnen Sie schon lange hier?«
»Ich habe immer hier gewohnt.« Schiöld schaute weg, als er das sagte. Es klang, als glaubte er selber nicht daran. Er war ein wenig älter als Johnny, aber nicht viel. Er wirkte älter. Er hatte eine andere Erziehung genossen.
»Kannten Sie dieses Paar?«, fragte Johnny. »Ihre Nachbarn?«
Sie waren die Treppen halbwegs hinuntergegangen.
»Klar kannte ich sie«, sagte Schiöld, »besonders die Frau.«

Winter las Gerda Hoffners Dienstrapporte. Negative Zukunftsvisionen, wie üblich, aber sie spielten sich jetzt und hier ab. Das Paradies lag woanders. Er folgte ihrer Fahrt in einem Streifenwagen durch den Heiligen Abend. Dass sie Tommy Näver zur Heilsarmee gebracht hatten, stand nicht in dem Bericht. Es war nur ein Service gewesen, der nicht notiert worden war. Er las von einer Jagd über Heden nach einem verdächtigen Autodieb.
Dort stieß er auf einen Namen, den er kannte.
Hans Rhodin.
Viel stand nicht über ihn da. Aber er war da. Auf dieselbe Art, wie er hier gewesen war vor gar nicht so langer Zeit, in Winters Büro. Rhodin hatte Winters und Ringmars Fragen nach Anders Dahlquist beantwortet. Rhodin war aus der Ermittlung gestrichen worden.

*»Warum haben Sie so lange gewartet, bis Sie sich bei uns gemeldet haben?«*
*»Ich ... war krank.«*
*»Lesen Sie keine Zeitungen?«*
*»Diesmal nicht.«*
*»Was hat Sie veranlasst, sich jetzt zu melden?«*
*»Als es mir besserging, habe ich was gelesen, vielleicht in der Zeitung? Irgendein Artikel oder eine Notiz. Ich dachte, es könnte sich um Anders handeln.«*

Winter ging zum Archivschrank, dem guten alten Stück. Er wollte alles auf Papier vor sich haben, was zwar nicht besonders umweltfreundlich, aber unverzichtbar war für den, der Berichte lesen wollte, ohne einen Buchstaben zu übersehen, womöglich ganze Wörter oder gar Sätze. Vielleicht sogar den Sinn des Ganzen nicht zu erfassen. Er suchte den Ausdruck des Verhörs mit Rhodin heraus. Winter erinnerte sich, dass ein Versprechen von Schnee in der Luft gehangen hatte.

Er kehrte an seinen Schreibtisch zurück und setzte sich, stand aber noch einmal auf, um das Fenster zu öffnen. Die Luft war frisch und roch nach Winter. Dann setzte er sich und las den Bericht: die knappen Sätze, die die Ereignisse auf Heden wiedergaben.

Hans Rhodin war einer anderen Person nachgelaufen. Hatte sie gejagt. Der Streifenwagen war aufgetaucht. Rhodin hatte behauptet, der Mann hätte versucht, sein Auto zu stehlen. Der Dieb hätte versucht, es aufzubrechen. Es war unklar, ob er es wirklich versucht hatte. Der Verdächtige war entkommen. Gerda und ihr Kollege hatten das Auto kontrolliert und keine Schäden festgestellt. Hatte Rhodin sein Auto aufschließen dürfen? Das stand nicht in dem Bericht.

Winter widmete sich wieder dem Verhör mit Rhodin.

*» Wir haben bei Jungman Jansson gegessen, am Anleger von Önnered.«*
*» Wann haben Sie sich getrennt?«*
*» Wohl so gegen drei.«*
*» Was geschah dann?«*
*» Wie meinen Sie das?«*
*» Was haben Sie danach gemacht?«*
*» Was Anders gemacht hat, weiß ich nicht. Ich bin nach Hause gefahren.«*
*» Wie? Wie sind Sie nach Hause gefahren?«*
*» Ich habe ein Taxi genommen.«*
*» Warum?«*

*»Warum ich ein Taxi genommen habe? Ich bin nicht mit dem Auto gekommen, wir haben ein wenig getrunken. Und ich fahre sowieso nicht Auto. Ich besitze gar keins.«*

Lieber zu viel fragen als zu wenig, dachte Winter. Man weiß ja nie. Die Fragen und Antworten holen uns ein, manchmal innerhalb kurzer Zeit. Hans Rhodin fuhr nicht Auto und besaß kein Auto, aber am Heiligen Abend jagte er dem Dieb seines Autos über Heden nach. Auf zur Smålandsgatan, dachte Winter und erhob sich. Er war erregt, der alte Jagdinstinkt. Der Fahnder in ihm. Ein Hauch von Kälte auf der Kopfhaut.

Das Telefon auf seinem Schreibtisch klingelte.

»Ja?«

»Hier ist Fredrik. Ich habe den Jungen lokalisiert. Die Heilsarmee hat mir geholfen. Er wohnt mit seiner Mutter in Frölunda. Marconigatan.«

»Gut. Hast du angerufen?«

»Nein. Ich wusste nicht, ob du nicht selber rausfahren oder mitkommen willst.«

»Ich hab noch etwas zu erledigen. Einen Besuch auf Heden. Fahr du nach Frölunda.«

»Okay. Vielleicht ist der Vater bei ihnen. Man kann ja nicht wissen. Am Telefon meldet sich niemand.«

»Lass ihn dir nicht durch die Lappen gehen.«

»Was zum Teufel denkst du von mir?«

»Entschuldige, Fredrik. Ich fahre jetzt los.«

»Um was geht es?«

»Nur eine Überprüfung.«

»Mach keine Dummheiten.«

»Wann habe ich je Dummheiten gemacht?«

»Das ist noch gar nicht so lange her. Da bist du allein auf eine Insel gefahren.«

»Hier handelt es sich nur um einen Stadtbesuch.«

»Wo?«

»Smålandsgatan.«

»Bei wem?«

»Bist du mein Vormund, Fredrik?«

»Manchmal habe ich tatsächlich das Gefühl, du brauchtest einen Vormund, Erik.«

»Diesmal ist das nicht nötig.«

»Okay, okay. Wer ist es? Wie heißt die Person?«

»Hans Rhodin.«

»Also gut. Bis dann.«

Winter legte auf und schon war er unterwegs, ohne Schutz. Die Smålandsgatan konnte er zu Fuß erreichen.

## 42

Draußen an der Tür schlug etwas, schlug hin und her. Klapperte, als würde die Tür aus ihren Scharnieren gerissen. Oder war das Geräusch in ihrem Kopf, vielleicht klapperte etwas in ihrem Kopf und nirgendwo anders?

Inzwischen hatte sie jedes Zeitgefühl verloren. Es konnten Wochen vergangen sein. Oder Stunden. Wenn sie jemand fragen würde, sie würde es nicht sagen können. Aber niemand würde sie fragen. Der Letzte, der sie etwas gefragt hatte, war *er* gewesen, und er war nicht mehr hier. Das Geklapper da draußen, das war er. Er hatte sie verlassen. Es wurde ihm zu gefährlich. Sie würden näher kommen. Sie würden sie finden. Dann wollte er so weit entfernt sein wie möglich.

Er ist zu feige, um mich zu töten. Diese feige Sau!

Sie versuchte, einen Fuß oder einen Finger zu bewegen. Einen Teil des Körpers, nur einen kleinen Teil. Irgendetwas. Wenn es ihr gelang, war es noch nicht zu spät. Und wenn sie nur etwas Wasser bekäme, würde es nie zu spät sein. Er musste ihr irgendwann wieder Wasser gegeben haben. Ich kann mich nicht erinnern. Bald weiß ich nicht einmal mehr, warum ich hierhergekommen bin. Vielleicht weiß er, wie das Gehirn eines Menschen funktioniert. Vielleicht weiß er alles. Er hält mich hier so lange fest, bis ich mich an gar nichts mehr erinnere. Dann bin ich frei.

Was ist das? Waren das Stimmen? Nein, keine Stimmen. Sie

lauschte angespannt. Jetzt war es wieder still. Im Zimmer ist es dunkel. Warum ist es so dunkel? Vorher war es immer ein bisschen hell. Durch das Fenster war Licht gesickert. Es ist weg. Alles Licht ist verschwunden.

Sie machte einen neuen Versuch, sich zu bewegen. Aber es war unmöglich. Er hatte ihre Lage verändert, hatte sie auf eine andere Art gefesselt. Sie kam nicht dahinter, wie. Sehen konnte sie nichts. Sie befand sich in einem anderen fensterlosen Zimmer. Was war das für ein Geklapper? Es kommt mir bekannt vor. Das habe ich schon einmal gehört, vor langer Zeit. Erinnere ich mich? Ich bin immer noch in derselben Wohnung. Er hat mich nur in ein anderes Zimmer verlegt. Wenn jemand kommt, bin ich unauffindbar. So ist es. Darum also. Wenn sie kommen, um mich zu retten, bin ich nicht da. Er hat mich ein weiteres Mal versteckt. Sie werden kommen und mich suchen, und ich bin nicht da. Mich gibt es nicht mehr.

Winter brauchte zehn Minuten zu Fuß bis zu dem Haus in der Smålandsgatan. So nah y doch so fern. Spanien. Muss ich nach Spanien fahren? Die Zeit ist zu knapp. Vielleicht bleibt es mir trotzdem nicht erspart.

An der Haustür hing die Namenstafel, aber Rhodins Name fehlte. An einer Stelle war eine Lücke. Winter drückte auf den Knopf. Niemand meldete sich. Er drückte noch einmal. Nach einer Weile kratzte es in der Gegensprechanlage.

»Ja ...?«

»Sind Sie Hans Rhodin?«

»Ja ...?«

»Hier ist Erik Winter. Landeskriminalpolizei. Würden Sie bitte öffnen?«

Wieder ein Kratzen. Vielleicht ein Räuspern.

»Wie bitte?«

»Erik Winter. Wir sind uns schon einmal begegnet. Würden Sie bitte öffnen? Ich muss mit Ihnen sprechen.«

Wieder ein Räuspern.

»Äh ... um was geht es denn?«

Die Stimme klang, als käme sie von der anderen Seite des Erdballs, durch die Telefonleitungen vergangener Zeiten. So nah und doch so fern, dachte Winter.

»Ich möchte, dass Sie die Tür öffnen!«, sagte er lauter.

Im Türschloss knackte es.

Winter trat in den Hausflur und stieg die Treppen hinauf. Es sah aus wie bei ihm am Vasaplatsen. In allen Häusern des Viertels sah es aus wie bei ihm zu Hause, die hohe Decke, die Stuckatur. Der trockene Geruch nach Alter.

Er stand vor der Tür im dritten Stock. Auch hier kein Namensschild. Er klingelte. Er hatte kein Gefühl von drohender Gefahr. Das wusste er immer. Fast immer. Er trat einen Schritt beiseite. Als die Tür geöffnet wurde, stand er dahinter. Er wartete, bis der Mann herauskam. Rhodin zuckte zusammen, als Winter sich zeigte. Rhodin trug ein Unterhemd und eine seltsame Hose. Seine Bartstoppeln waren mehrere Wochen alt und die Ringe unter seinen Augen sehr dunkel. Südeuropäisch. Winter roch Alkohol. Ein alter Rausch, der wie neu war.

»Was gibt's?«, fragte Rhodin.

»Darf ich hereinkommen?«

»Habe ich eine Wahl?«

Winter antwortete nicht, machte nur eine leichte Handbewegung zur Wohnung. Er ahnte, wer sie vermittelt oder verkauft hatte.

Rhodin drehte sich um und ging voran in sein Zuhause. Wenn es sein Zuhause war. Er drehte sich wieder zu Winter um.

»Ich habe nichts Neues zu sagen, seitdem wir uns zuletzt gesehen haben.«

Winter schwieg.

Rhodin wirkte nicht betrunken. Er sprach nur wie ein sehr müder Mann.

»Ich verstehe nicht, was Sie von mir wollen.«

Jetzt waren sie im Wohnzimmer. Durch die hohen Fenster sah Winter das Polizeipräsidium. Sein Büro konnte er nicht sehen. Das lag nach Norden.

Auf dem Tisch standen eine Flasche Rotwein und ein Glas. Winter hob die Flasche an. Er kannte die Marke. Das Glas war unbenutzt, die Flasche unberührt, geöffnet, aber noch voll.

Rhodin stand auf der anderen Seite des Tisches und schien darauf zu warten, dass Winter etwas sagte. Gleichzeitig machte er den Eindruck, als wollte er kein Wort hören. Winter kannte dieses Verhalten. Es war deutlicher als Worte. Er hob den Blick von der Weinflasche.

»Bei unserer letzten Begegnung sagten Sie, dass Sie nicht Auto fahren.«

Rhodin schwieg.

»Haben Sie gehört, was ich gesagt habe?«

Rhodin nickte.

»Sie sagten, Sie besitzen kein Auto.«

»Ja ... und? Ich fahre kein Auto.«

»Ich weiß, dass Sie einen Führerschein haben«, sagte Winter.

»Das ist lange her.«

»Was ist lange her?«

»Dass ich ihn zuletzt genutzt habe.«

Winter schwieg. Rhodin schielte zu der Weinflasche. Er möchte gern trinken, wartet jedoch ab, bis ich gehe. Dann leert er sie in einem Zug.

Vielleicht hat er Heiligabend vergessen.

Vielleicht rechnet er nicht damit, dass wir jeden kleinen Dienstrapport lesen, wenn wir ermitteln. Irgendwann lesen wir sie, und manchmal ist es noch nicht zu spät.

»Heiligabend hat jemand versucht, Ihr Auto zu stehlen«, sagte Winter. »War es Ihr Auto?«

Rhodin zuckte zusammen.

»Das ... was meinen Sie damit?«

»Genau das, was ich sage. Jemand hat versucht, Ihr Auto zu stehlen. Das haben Sie jedenfalls den Polizisten erzählt, die Ihnen helfen wollten.«

Rhodin antwortete nicht. Dann murmelte er etwas, das Winter nicht verstand.

»Was haben Sie gesagt?«
»Was spielt das für eine Rolle?«
»Wie meinen Sie das?«
»Was spielt das für eine Rolle für Sie?«
»Antworten Sie nur auf meine Frage.«
»Es war nicht mein Auto. Aber das haben Sie wahrscheinlich längst herausgefunden.«
»Wem gehört es dann?«
»Das spielt keine Rolle.«
»Wessen Auto war es?!«
»Ich weiß es nicht.«
»Sie wissen es nicht?«
»Es war ... wie soll ich das erklären? Ich hatte es mir von Anders geliehen.«
»Von Anders Dahlquist?«
Rhodin nickte.
»Uns ist nicht bekannt, dass er ein Auto besaß«, sagte Winter.
Rhodin murmelte wieder etwas. Er schwankte, fand aber sein Gleichgewicht wieder. Winter wurde klar, dass er doch betrunkener war, als er auf den ersten Blick gewirkt hatte.
»Was haben Sie gesagt?«
»Es war nicht seins.«
»Nicht seins? Wessen dann?«
»Ich weiß es nicht.«
»Und trotzdem haben Sie es übernommen.«
Rhodin antwortete nicht.
»Wie sind Sie dazu gekommen?«
»Schlüss...« Rhodin brach schlagartig ab. Er schwankte wieder, griff nach einem Halt, den es nicht gab, machte einen Schritt zur Seite, schwankte, wankte, streckte sinnlos ein Bein aus, und dann kippte er um. Sein Kopf schlug mit einem ekelhaften Geräusch auf den Tisch.

Winter ging rasch zu ihm. Rhodin war bei Bewusstsein. Er bewegte den Kopf. Er war betrunken genug, um keinen Schmerz zu empfinden, und wahrscheinlich auch betrunken genug, um ohne Verletzungen davonzukommen. Winter zog ihn auf das Sofa.

»Die Schlüssel«, sagte er. »Wie sind Sie an die Schlüssel gekommen?«

»Ich ... ich ... bin zu schwach«, antwortete Rhodin.

»Wie sind Sie an die Schlüssel gekommen?!«

»Das Au... Ich hab das Auto nicht mehr.«

»Wer hat die Schlüssel?«

»Ich weiß nicht, wer er ist.«

»Wer ist es?«

»Ich weiß es nicht. Ich weiß nicht, wer es ist.«

»Wie heißt er?«

»Ich weiß es nicht. Ich bin zu schwa...«

»Haben Sie ihn getroffen?«

Rhodin antwortete nicht.

»Haben Sie ihn getroffen?!!!«

Rhodin bewegte den Kopf. Vielleicht doch eine Gehirnerschütterung. Vielleicht Ernüchterung. Oder das Gegenteil. Irgendetwas, das ihn dazu veranlasste, etwas zu sagen, was der Wahrheit nahekam. Der Wirklichkeit. Der Wahrheit.

Winter zerrte an seinem Unterhemd. Er spürte die Rippen darunter. Rhodin hatte sich alles Fett weggesoffen.

»Nur einmal ...«, sagte Rhodin.

»Wo?«

Rhodin reagierte nicht.

»Wo?«

»Da draußen.«

»Da draußen wo?«

»Önnered.«

»Önnered? Önnereds Anleger?«

»Nicht ... genau da.«

»Wo?!« Winter zerrte heftiger. Rhodin verdrehte die Augen, schielte zu Winter hinauf. Er schien voller Angst, als wäre Winter aus seinen Alpträumen gestiegen und hätte ihn in die Wirklichkeit gerissen, nach der Wahrheit gegriffen. Ein grünes Monster, ein rosa Elefant, ein blauer Skorpion. Ein dunkelblonder Bulle.

»Wo?!«

»Auf ... auf den Klippen.«

»Wo Sie ihn umgebracht haben.«

»Nein ... nicht ... wo ich ihn umge...«

Rhodin verstummte.

»Wo Sie ihn ertränkt haben«, sagte Winter. »Wo Sie ihn erdrosselt haben.«

Jetzt starrte Rhodin ihn an, das Monster.

»Nein, nicht ich ...«

»Was?«

»Ich wusste ni... nichts.«

»Nichts wovon?«

»Ich wusste nichts«, wiederholte Rhodin. Sein Kopf fiel nach vorn. Aus seinen Mundwinkeln tropfte Speichel. Er sah aus, als müsse er sich übergeben.

»Dort haben Sie die Schlüssel an sich genommen«, sagte Winter.

Rhodin antwortete nicht. Sein Gesicht war jetzt weiß, fast grün.

»Sie haben die Schlüssel aus seiner Tasche genommen«, sagte Winter und ließ ihn los.

Halders und Aneta Djanali fuhren in die Marconigatan. Der Boden war immer noch mit einer Schneeschicht bedeckt. Die Häuser leuchteten orange in der Wintersonne.

»Die Buden sind nicht gerade hübsch, aber die Farbe schon«, sagte Aneta Djanali.

»Sie sind orange, egal, ob die Sonne scheint oder nicht«, sagte Halders.

»Jetzt scheint sie offenbar immer.«

»Wie im südlichen Kalifornien«, sagte Halders.

»Bist du da schon mal gewesen, Fredrik?«

»Hab ich das nicht erzählt?«

»Nein.«

»Ich bin dort gewesen. *It never rains in Southern California.*«

Er parkte auf einem Parkplatz einige Meter von dem Hochhaus entfernt. Sie stiegen aus.

»Dieser Mann ist also Zeuge«, sagte Aneta Djanali.

»Er hat sie gesehen, kurz bevor sie verschwunden ist.«

»Wo?«

»Auf der Avenyn.«

»Auf der Avenyn kann man die meisten sehen«, sagte Aneta Djanali. »Ob man will oder nicht. Ist dir das noch nie aufgefallen? Wenn du in der Stadt bist, landest du irgendwann unweigerlich auf der Avenyn.«

»Diese Stadt ist so angelegt«, sagte Halders. »Es gibt nur einen einzigen richtigen Boulevard.«

»Nicht mein Typ Boulevard.«

»Was ist denn dein Typ von Boulevard?«

»Ocean Drive«, antwortete sie.

»Bist du auch schon mal in Los Angeles gewesen?! Santa Monica?«

»Nein, aber im Kino. In jedem Hollywood-Film kommt eine Szene am Ocean Drive vor. Ich erkenne die Palmen.«

»Was du alles weißt, Aneta.«

Sie hatten das Haus erreicht. Nävers wohnten im siebten Stock. Halders drückte auf den Klingelknopf. Er wusste nichts über diese Familie, außer dass der Herr im Haus nicht mehr im Haus wohnte. Er klingelte noch einmal.

»Hallo?«

Es war eine helle Stimme.

Halders stellte sich vor.

»Wir möchten gern raufkommen«, sagte er. »Öffnest du bitte die Tür?«

In der Gegensprechanlage knisterte es. Jetzt ertönte eine andere Stimme, auch diese hell.

»Um was geht es? Wer ist da?«

Halders stellte sich und Aneta noch einmal vor.

»Was hat er nun wieder angestellt? Er wohnt nicht mehr hier.«

»Nichts«, antwortete Halders. »Er hat nichts angestellt. Bitte öffnen Sie.«

Im Türschloss klickte es. Die Tür sah aus, als wären andere Besucher zu ungeduldig gewesen, um das Klicken abzuwarten. Das Schloss hatte Kratzer, auf der Tür waren Spuren von Tritten. Aber das Fensterglas war noch heil.

Das Liftinnere war nicht hübsch. Hollywood, dachte Halders, die Abteilung für Gewalt, aber in echt.

Im Treppenhaus roch es nach Zwiebeln und Abfall. Halders hörte jemanden schreien, ein paar Stockwerke höher oder darunter. Vielleicht war es ein Fernseher. Im Furnier der Wohnungstür von Familie Näver war ein kleiner Spion. Er klingelte, und die Tür wurde sofort geöffnet. Die Frau hatte sie durch das Loch gesehen. Sicherheitshalber hatte Halders seinen Ausweis hochgehalten.

»Dann kommen Sie mal rein.«

Im Flur stellten sie sich noch einmal vor.

»Gitte Näver«, sagte sie. »Nun kommen Sie schon rein.«

Sie betraten ein helles Wohnzimmer, von dem man eine schöne Aussicht über den Askimsfjord hatte. Das Meer glänzte wie Eis. Er dachte an Grönland. Auf dem Flug nach Los Angeles war er über Grönland geflogen. Alles unter ihm war Eis gewesen, die Flüsse, Inseln, Land und Meer. Weiß und wunderbar blau. Als sie sich Kalifornien näherten, war die Erdkruste eine öde Wüstenei aus schwarzen Bergen geworden.

Der Junge ließ sich nicht blicken.

»Um was geht es?«, fragte seine Mutter.

»Wir müssen Ihren Mann sprechen«, sagte Halders.

»Was hat er getan?«

»Nichts. Möglicherweise hat er etwas gesehen, das uns interessiert. Wir müssen unbedingt mit ihm sprechen.«

»Was hat er gesehen?«

»Eine unserer Kolleginnen ist verschwunden«, erklärte Aneta Djanali. »Wir wissen nicht, was passiert ist. Aber Ihr Mann hat sie gesehen, kurz bevor sie verschwand. Glauben wir. Darüber müssen wir mit ihm reden.«

»Wo hat er sie gesehen?«

»Auf der Avenyn.«

»Ja, da steht er immer.« Sie warf einen Blick aus dem Fenster, auf all das Große in der Ferne, das unfassbare Meer, das um die ganze Erde reichte. Sie ist hier gefangen, dachte Aneta Djanali. Es hat keinen Wert. Ihr Mann steht obdachlos auf der Avenyn. Manchmal kommt er her. Erinnert sie an ihre Gefangenschaft.

»Wissen Sie, wo er ist?«, fragte Fredrik.

»Waren Sie schon bei der Heilsarmee?«

»Ja. Die haben uns Ihre Adresse gegeben.«

»Und er ist nicht auf der Avenyn? Er steht immer vorm Tvåkanten.« Sie lächelte, aber vielleicht war es auch etwas anderes. »Es ist schon Jahre her, seit ich dort in der Nähe war.«

»Kann er sich bei einem Freund aufhalten?«

»Ich kenne keinen. Ich will übrigens auch keinen kennen.«

»Wann haben Sie ihn zuletzt gesehen?«

»Vor Weihnachten.« Sie löste den Blick vom Meer. »Eigentlich wollte er Geschenke für Johan bringen.« Sie wies mit dem Kopf in den Flur und lächelte wieder dieses seltsame Lächeln, das keines war. »Drei Minuten hat er dort gestanden, und dann war er wieder weg. Er hatte keine Geschenke. Johan wartet immer noch darauf.«

Halders und Aneta Djanali schwiegen.

»Wo er jetzt ist, weiß ich also nicht«, fuhr sie fort.

»Hat er nicht angerufen?«

»Wir haben kein Telefon mehr.«

»Mama ...«

Sie drehten sich um.

»Redet ihr über Papa?«

Der Junge sah aus, wie Zehnjährige eben aussehen. Warum auch nicht? Wie Halders' elfjähriger Sohn. Dieser Junge hieß Johan. Er war Heiligabend zehn geworden. Er war Hockeyspieler. Er wirkte kräftig unter dem T-Shirt.

»Geht es um Papa?«, wiederholte er.

»Ja, Johan.«

»Was ist los?«

»Die Polizei möchte sich mit ihm unterhalten.«

»Dein Papa hat nichts getan«, sagte Halders. »Er hat etwas gesehen, über das wir gern mit ihm sprechen würden.«

»Er sagt, er sieht alles«, sagte der Junge.

»Das ist gut«, sagte Halders.

»Er sieht alles von der Stelle, wo er arbeitet«, fuhr der Junge fort.

Halders nickte.

»Er hat mir erzählt, dass er oft Leute in der Stadt gesehen hat, die später ermordet wurden«, sagte Johan.

»Wie bitte?!« Seine Mutter machte einen Schritt auf ihn zu. »Was hat er dir erzählt?! Wann?!«

»Als ich trainiert habe, vor Weihnachten. In Frölundaborg.«

»Hast du ihn in Frölundaborg getroffen?«

»Da besucht er mich manchmal. Wenn wir ein Match haben. Jetzt hatten wir Training.«

»Wie war er da? Wie ist er, wenn er dich besucht? War er betrunken?«

»Nein.«

»Warum hat er dir erzählt, dass jemand ermordet wurde, Johan?«, fragte Aneta Djanali.

»Er wollte mir wohl beweisen, dass er alles sieht«, antwortete Johan. »Er hat einen guten Überblick, wenn er mitten in der Stadt steht.«

»Hat er einen Mord gesehen?!«, fragte seine Mutter. »Johan?! Was hat er gesehen? Hat er es gesehen?«

»Nein.« Der Junge hatte eine Ruhe, die seine Mutter seit langem verloren hatte. »Papa hat gesagt, er hätte jemanden gesehen, den man später tot im Wasser gefunden hat. Das stand auch in der Zeitung.«

»Du lieber Gott«, sagte Gitte Näver.

Seltsam, dass sie seinen Namen nicht längst vergessen hat, dachte Aneta Djanali.

»Er wollte wohl ein bisschen vor mir aufschneiden.« Der Junge sah traurig aus, als er das sagte, sein Gesicht wurde zwanzig

Jahre älter. Aneta Djanali und Halders hatten das schon viele Male gesehen. Kinder von Abhängigen alterten schneller als die Eltern. Einige wurden Beschützer, wie dieser Johan. Eine Schulter zum Anlehnen, selbst wenn sie zart war. Aber Johans Schulter wirkte stark. Hoffentlich schafft es der Junge in die Nationalmannschaft, dachte Halders. Und wird ein richtiger Profi. Los Angeles Kings.

»Ich glaube, ich weiß, wo Papa ist«, sagte Johan.

## 43

Rhodin wurde wegen des Verdachts, Anders Dahlquist ermordet zu haben, von Molina in Untersuchungshaft genommen. Da er jedoch nicht dringend tatverdächtig war, konnten sie Rhodin nicht länger als sieben Tage festhalten, wenn sie nichts Neues fanden oder er etwas Neues aussagte. Winter war unzufrieden. Nicht, weil es nicht zum dringenden Tatverdacht gereicht hatte. Rhodin war kein Mörder, jedenfalls keiner, der sich dessen bewusst war. Rhodin war ein Puzzleteil, vielleicht sogar ein wichtiges, aber dieser Fall war kein Puzzle. Wenn alles vorbei war, konnten immer noch Teile fehlen.

Winter hatte Rhodins Vernehmung im Präsidium fortgesetzt. Rhodin hatte kein Verbrechen gestanden. Er war jetzt ruhiger. Manche gestanden nie.

»Wir haben ein bisschen zum Essen getrunken. Das habe ich doch gesagt. Sie hätten es ja kontrollieren können. Hinterher haben wir einen Spaziergang über die Klippen gemacht.«

»Mit wem waren Sie zusammen?«

»Wir waren allein. Das können Sie sich auch im Restaurant bestätigen lassen.«

»Aber wer war bei Ihnen auf den Klippen?«

»Er ist plötzlich aufgetaucht.«

»Wer?«

»Ich weiß nicht, wer es war, das habe ich doch gesagt!«

»Woher kam er?«

»Wie zum Teufel soll ich das wissen? Plötzlich war er einfach da!«

»Was ist passiert? Gab es eine Schlägerei?«

»Ja.«

»Warum haben Sie sich geprügelt?«

»Ich ... ich wollte nur helfen.«

»Wem wollten Sie helfen?«

»Anders natürlich. Ihm wollte ich helfen.«

»Warum?«

»Warum? Weil der andere Anders bedroht hat. Er war gefährlich, richtig lebensgefährlich. Er war wütend. Und er faselte irgendwas von Schlüsseln.«

»Schlüsseln?«

»Er hat was von Schlüsseln gesagt. Ich habe nicht richtig verstanden, um was es ging. Ich hatte Angst.«

»Wollte er Schlüssel haben?«

»Ich ... habe das nicht verstanden. Und dann hat er noch etwas Seltsames gesagt.«

Winter wartete. Rhodin schien nachzudenken, aber über was? Sein Blick war woanders.

»Was hat er gesagt?«, insistierte Winter.

»Er sagte ... dass sie mehr Geld haben wollten.«

»Mehr Geld? Wer wollte mehr Geld haben?«

»Ich weiß es nicht, das hat er nicht gesagt.«

»Hat er das zu Anders gesagt?«

»Ja ...«

»Hat Anders es verstanden? Wusste er, wovon die Rede war?«

»Ja. Er sagte, dass sie ... ihn einschüchtern wollen.«

»Hat er das so ausgedrückt? Dass sie ihn einschüchtern wollen?«

»Ja.«

»War es eine Bande? Erpresser? Wie viele waren es?«

Rhodin schien wieder nachzudenken. Vielleicht dachte er wirklich nur über diese Szene nach. Für ihn war das Mysterium vorbei. Er hatte keine Geheimnisse mehr.

»Das ...« Er brach ab.

»Ja?«

»Es ging um irgendeine ›sie‹. ›Auf sie kann man sich nicht verlassen.‹ Ich glaube, das haben sie gesagt.«

Sie. Sie. In Winters Kopf überstürzten sich die Gedanken, vorwärts, rückwärts. Sie. Er hatte »sie« getroffen, die junge Frau Svensson. Sie musste es sein. Er hatte beide getroffen, sie, die ihn einschüchtern wollten, indem sie mehr Geld forderten. Immer ging es um Geld.

*»Wenn … nun noch einmal jemand zurückkommt. Das ist mir unheimlich.«*

*»Wenn wer zurückkommt?«*

*»Ich weiß es nicht. Aber Sie sind ja hier, nicht wahr? Sie suchen jemanden, oder? Sie suchen etwas.«*

*»Was ist eigentlich in der Wohnung passiert?«*

*»Wir wissen es nicht«, hatte Winter geantwortet. »Wir wissen es wirklich nicht.«*

Jetzt wusste er es. Die verdammten armen Idioten. Haben sie es denn nicht kapiert? Warum hatte er es nicht selbst kapiert? Sie haben ihm gewissermaßen alles erzählt. Mildred und Mattias Svensson. Das Paar im Bett. Eine witzige Nummer. So muss er es ihnen schmackhaft gemacht haben. Vielleicht als einen Scherz oder ein Experiment. Filmexperiment, nichts von Bedeutung. Und ich bezahle euch dafür.

Jemand mit viel Überredungstalent. Charme. Psychologisch geschult. Menschenkenntnis.

Wahnsinn.

»Verdammte Scheiße!«, schrie Winter und sprang auf.

Rhodin riss die Hände wie zum Schutz vor das Gesicht.

»Schlagen Sie mich ni…«

Aber Winter war schon auf dem Weg aus dem Verhörzimmer. Er schrie nach Ringmar. Eine Sekunde lang fühlte er sich wie ein Kind, das nach dem Papa brüllt. Hilf mir, Papa. Halt mich fest!

Er tippte Bertils Kurzwahl ein.

Er hörte seine Stimme.
»Bertil? Wo bist du?«
»Unten auf dem Parkp...«
»Warte im Auto!«
Ringmar war am Haupteingang vorgefahren, als Winter aus dem Präsidium gestürmt kam. »Teatergatan«, sagte er, während er sich anschnallte. »Nimm die Abkürzung über Heden.«
»Was ist los?«
»Fahr!«
Und Ringmar fuhr.
Auf Heden gab es zu viele Radfahrer auf dem Asphalt. Ringmar nahm den Weg über die Fußballplätze.
»Was ist passiert, Erik?«
»Svensson, das Ehepaar Svensson! Sie waren es, die in dem Bett gelegen haben!«
»Was sagst du da? Woher wei...«
»Scheiß drauf, woher ich das weiß. Fahr zu! Vielleicht kommen wir noch nicht zu spät.«
»Wie meinst du das?«
Winter antwortete nicht. Ringmar fuhr über den Fußgängerüberweg von Södra vägen. Ein älterer Mann drohte ihnen mit der Faust. Er würde die Polizei anrufen.

Sie überquerten die Avenyn haarscharf vor einer Straßenbahn. Ringmar bog in die Kristinelundsgatan ein.

Tommy Näver stand immer noch nicht vor dem Tvåkanten.

Ringmar parkte in der zweiten Reihe vor der Haustür. Die Baracken waren noch nicht abgebaut.

Innerhalb von sieben Sekunden hatte Winter die Haustür geöffnet. Der mittelalterliche Schlossgang dahinter hatte sich seit ihrem letzten Besuch nicht verändert. Das gemauerte Gewölbe. Die Stille. Der kalte Wind, der durch den Tunnel strich.

Bei Svenssons öffnete niemand. Beim letzten Mal hatten sie nach dem zweiten Klingelzeichen geöffnet. Winter klingelte ein drittes Mal, wartete einige Sekunden und manipulierte am Schloss. Es dauerte nur fünf Sekunden. Jede Sekunde war wie eine Minute.

Während sie die Tür öffneten, riefen sie: »Frau Svensson! Herr Svensson!« Er ist ein netter Junge, dachte Winter.

*»Herr im Himmel. Ich will nicht hierbleiben.«*
*»Wir können zu deiner Mutter fahren.«*

Aber die beiden waren nicht nach Hause zur Mama gefahren. Oder sie waren gefahren, jedoch wieder zurückgekommen.
Sie lagen in dem breiten Doppelbett. Auf den ersten Blick waren sie nicht zu sehen. Sie waren nicht dick, nicht groß, und über dem Kopf hatten sie ein Kopfkissen. Sie lagen auf dem Rücken.
»Du lieber Gott«, sagte Ringmar.
»Am Ende haben wir sie doch gefunden«, sagte Winter. »Es ist wie im Film. Es wurde wie im Film.«
»Oh Gott.«
Winter ging zu dem Bett und nahm die Kissen weg, erst das eine, dann das andere. Mildred und Mattias Svenssons tote Augen starrten gegen die Decke.

Tommy Näver warf wieder die Angelschnur aus. Es war eine einfache Angelrute. Unter der Älvborgsbrücke passierte eine Fähre. Sie verdeckte die Sonne. Im Januar stieg die Sonne nicht höher, und jetzt ging sie schon wieder unter.
»Was gefangen?«, fragte Halders.
Näver hatte sie kommen sehen, widmete sich aber weiter seiner Angelei. Aneta Djanali hatte so nah wie möglich geparkt. Näver stand auf der anderen Seite des Roten Steines, der in der Dämmerung intensiv rot leuchtete.
»Deswegen steh ich nicht hier«, sagte er.
Er zog den Schwimmer mit der Leine aus dem Wasser und legte die Angel auf einen Felsen neben eine Tüte aus dem Schnapsladen. Auf einem flachen Stein stand eine offene Bierdose.
»Arbeiten Sie heute nicht?«, fragte Halders.
»Nee, ich bummle Überstunden ab.« Näver streckte sich nach der Dose.

»Wir haben mit Ihrem Sohn gesprochen«, sagte Halders.

Näver zog die Hand zurück und begegnete zum ersten Mal Halders' Blick.

»Warum?«

»Er meinte, Sie wären hier.«

»Das war ziemlich überflüssig.« Nävers Stimme klang eher traurig. Er schaute über den Fluss. Dies war sein Platz. Und ein Quadratmeter Asphaltfläche vor dem Tvåkanten in der Avenyn.

Die Fähre war auf dem Weg zum offenen Meer. Näver folgte ihr mit Blicken.

»Eine unserer Kolleginnen ist verschwunden«, sagte Aneta Djanali.

Jetzt sah Näver sie an. Er wirkte nicht betrunken. Er schaute wieder zu seiner Bierdose, ließ sie aber unberührt. Die Dose blitzte in den letzten Sonnenstrahlen auf, ein kleiner blauer Schimmer.

»Wir glauben, dass Sie sie gesehen haben, kurz bevor sie verschwand.«

»Aus welchem Grund glauben Sie das?«

»Sie haben es zwei Polizisten in Zivil erzählt. Aber da wussten wir noch nicht, dass sie verschwunden ist.«

»Wer ist es?«

»Sie hat Sie Heiligabend zur Heilsarmee gefahren«, sagte Aneta Djanali.

»Die ist das?! Die kenne ich! Was ist passiert?«

»Wir wissen es nicht. Sie ist ... verschwunden.«

»Oh Gott!«

»Haben Sie sie gesehen?«

»Ja ... Wann soll das gewesen sein?«

»Wir wissen es nicht genau. Vielleicht wissen Sie mehr.«

»War sie in Uniform?«

»Am Tag vor Silvester hatte sie frei, und Silvester auch«, antwortete Aneta Djanali. »Sie war in Zivil.«

»Ich habe sie gesehen«, sagte Näver.

»Wann?«

»Das muss ... Silvester ... nein, einen Tag davor gewesen sein.

Ich habe sie gesehen, aber sie hat nicht nach rechts und nicht nach links geschaut. Sie war auf dem Weg zur Kristinelundsgatan.«

»Um welche Tageszeit war das?«

»Mittags vielleicht, ich erinnere mich nicht genau. Ein oder zwei Uhr.«

Die Sonne war jetzt verschwunden. Die Kräne am anderen Flussufer sahen aus wie Silhouetten riesiger Spinnen, die mitten im Schritt erfroren waren. Halders schauderte. Der Wind von Norden wurde plötzlich stärker.

»Wir möchten gern, dass Sie uns zum Polizeipräsidium begleiten«, sagte er.

»Warum? Mehr weiß ich nicht. Ich helfe gern, aber mehr als das weiß ich wirklich nicht.«

»Wir müssen Ihnen noch ein paar weitere Fragen stellen. Auch in einer anderen Angelegenheit.«

»Um was geht es?«

»Darüber reden wir später. Vielleicht waren Sie auch Zeuge in einem anderen Fall. Wir möchten Sie fragen, was Sie gesehen haben.« Halders schauderte wieder. »Hier ist es so verflixt kalt.«

»Was hat Johan gesagt?«

»Wie bitte?«

»Was hat er über mich gesagt?«

»Nur, dass Sie vielleicht hier sind.«

»Das mit den Weihnachtsgeschenken war ein Reinfall. Hat er das erzählt?«

»Nein.«

»Sie sind im Anrollen. Er hatte Heiligabend Geburtstag. Die Sachen sind unterwegs.«

»Gut.«

»Ich hab kürzlich gelogen.«

»Wie meinen Sie das?«

»Ich habe einem Polizisten erzählt … ich erinnere mich nicht, welchem, vielleicht war sie das, Johan und seine Mutter hätten eine Last-Minute-Reise zu den Kanarischen Inseln gebucht. Aber das war gelogen.«

Halders und Aneta Djanali nickten. Es gab solche und solche Lügen.

»Sonst lüge ich nie«, sagte Näver.

Winter und Ringmar waren noch immer in dem düsteren Schlafzimmer. Das vierte Zimmer, dachte Winter. Oder das dritte, immer noch das dritte, je nachdem, von welcher Seite man es betrachtete.

Jetzt haben wir unseren Serienmörder. Drei Morde, innerhalb eines gewissen Zeitraums von demselben Mörder begangen, werden vom FBI als Serienmorde eingestuft. Jetzt sind es vier. Vielleicht sogar fünf. Es waren also mehr als genug Morde.

»War das geplant?«, sagte Ringmar.

Sie warteten auf die Spurensicherung. Zwei Bereitschaftspolizisten waren schon da, sie befanden sich im Treppenhaus. Torsten Öberg wollte persönlich kommen, er wartete nur eine weitere Nachricht ab, die jeden Moment eingehen musste.

»Vielleicht ist dies das dritte Zimmer«, sagte Winter. »Vielleicht war es das die ganze Zeit. Die DVD war nur eine Illustration.«

»Eine Abstraktion«, sagte Ringmar.

»Wenn das der Fall ist, ist es jedenfalls nicht unsere«, sagte Winter.

»Nur am Timing sind wir schuld«, sagte Ringmar.

»Ich weiß nicht, woran wir schuld sind, Bertil.«

»Vielleicht war diese Tat doch nicht geplant.« Ringmar sah sich im Schlafzimmer um. »Nicht von Anfang an.«

»Geht es um Geld?«, sagte Winter mehr zu sich selber. »Das Ehepaar Svensson erklärte sich für ein paar Filmaufnahmen bereit, ohne viele Fragen zu stellen. Ein bisschen Geld als Gegenleistung. Aber hinterher wurden sie misstrauisch.«

»Womöglich waren sie eher gierig als ängstlich«, sagte Ringmar.

»Wir werden sehen«, sagte Winter. »Das wird ...«

Er wurde vom Klingeln seines Handys unterbrochen.

»Ja?«

»Hallo, Erik. Torsten hier. Eben ist der neueste Bescheid von der Gerichtschemie gekommen. Substanzen bei Barkner und Lentner zu suchen war vermutlich von vornherein sinnlos, aber der chemische Abbau von Substanzen wird in einem toten Körper vielleicht gestoppt.«

»Soll das heißen, dass bei den Frauen eventuell noch Substanzen nachgewiesen werden *könnten*?« Winter warf einen Blick auf das blasse Gesicht Mildred Svenssons.

»Wir wissen es noch nicht. Aber die Gerichtschemie – oder wir – machen einen weiteren Versuch. In Koblenz gibt es ein neues Labor, das sich darauf spezialisiert hat, postmortal nach Substanzen zu suchen. Die Proben sind schon unterwegs.«

»Wann ist mit dem Ergebnis zu rechnen?«

»Weiß ich nicht. Und jetzt bin *ich* unterwegs.« Öberg beendete das Gespräch.

Auch Winter war unterwegs. Als er im Flur war, hörte er Ringmars Handy klingeln.

Ringmar holte ihn unten auf dem Kopfsteinpflaster unter dem gemauerten Gewölbe ein.

»Wo willst du hin, Erik?«

»Ich will mir die anderen Wohnungen noch einmal ansehen. Götabergsgatan und Chalmersgatan.«

»Warum?«

»Ich weiß es nicht genau, Bertil.«

»Hast du die Schlüssel?«

»Die habe ich immer bei mir«, antwortete Winter. »Aber geh du zurück. Einer von uns beiden muss bleiben.«

»Ruf mich sofort an, wenn dir etwas auffällt«, sagte Ringmar.

Winter nickte.

»Möllerström hat angerufen, als du gegangen bist. Er beschäftigt sich gerade mit Sportvereinen und hat für eine Überprüfung der Schulen gesorgt. Bis jetzt hat man nichts gefunden, was darauf hindeutet, dass Dahlquist an irgendeiner Bezirksmeisterschaft teilgenommen hat.«

»Es ist nicht sein Pokal«, sagte Winter.

»Umso besser«, sagte Ringmar.
»Hundert Meter in irgendwas«, sagte Winter. »Hoffentlich findet das Labor es bei der Untersuchung des Pokals heraus.«
»Wie viele Hundertmeter-Bezirksmeisterschaften kann es im Lauf des Jahres gegeben haben?«
»Hunderte«, sagte Winter und trat auf die Straße.

Winter stand in dem Zimmer. Es war das erste Zimmer. Er hatte das Gefühl, es schon hundertmal gesehen zu haben.
Und dennoch habe ich nicht genug gesehen. Etwas ist mir entgangen.
Er lauschte angestrengt. Unten auf der Chalmersgatan fuhr ein Fahrzeug vorbei. Es konnte aber auch der Wind gewesen sein.
Er lauschte auf Geräusche aus anderen Teilen des Hauses. Doch er hörte nichts. Ich sollte so laut schreien, wie ich kann, und dann die Nachbarn fragen, ob sie etwas gehört haben. Niemand hat etwas gehört. Hier gibt es nur Stille. Die Befragung an den Wohnungstüren durch die Leute vom Ermittlungsdezernat hat ergeben, dass niemand etwas gehört hatte. Doch, einer. Der Nachbar draußen auf demselben Treppenabsatz. Er hatte in der frühen Nacht Schritte gehört. Irgendwann mitten in der Nacht.
Winter hatte die Vernehmungsprotokolle gelesen. Niemand hatte etwas anderes gehört, und niemand hatte sich in den betreffenden Nächten oder frühen Morgenstunden im Treppenhaus aufgehalten.
Er lauschte auf Schritte aus dem Treppenhaus. Nichts. Würde ich mich selber hören, wenn ich mich da draußen bewegte? Er ging in den Flur. Überall war es still. Er öffnete die Tür. Eine ältere Frau war gerade auf dem Weg in den vierten Stock. Sie warf ihm über die Schulter einen ängstlichen Blick zu. Winter nickte ihr zu. Schnell drehte sie den Kopf weg und stieg weiter die Treppe hinauf. Vom Flur hatte er sie nicht gehört.
Winter ging zu der Wohnungstür rechter Hand. Ein vergoldetes Namensschild. Schiöld. Herman Schiöld. Das war der Name des Zeugen, der »etwas« gehört hatte, vielleicht Schritte. Winter drückte

auf den Klingelknopf und wartete. Es blieb still. Er klingelte noch einmal. Es hörte sich an, als würde der Klingelton in der Wohnung herumrollen und dann dorthin zurückkehren, woher er kam. Es war das einzige Geräusch im ganzen Haus. Er stand wie erstarrt da und wartete, bis es wieder still war. Plötzlich hatte er das Gefühl, als könnte er sich nicht rühren, ein merkwürdiges Gefühl. Er konnte sich nicht von dieser Tür wegbewegen.

In seiner Manteltasche klingelte das Handy.

»Ja?«

»Hallo, Halders hier. Wir sind mit Tommy Näver auf dem Weg ins Präsidium.«

Er brauchte einige Sekunden, bis der Name bei ihm ankam.

»Erik?«

»Ja, ich bin noch dran. Näver. Gut. Was sagt er?«

»Er hat Gerda Hoffner am Tag vor Silvester gesehen, glaubt er. Was das andere angeht, habe ich mich mit Fragen zurückgehalten.«

»Okay. Wir sehen uns im Dezernat.« Winter drückte auf Aus, jetzt konnte er sich wieder bewegen.

# 44

Winter empfing Tommy Näver in seinem Büro. Die Hände des *Faktum*-Verkäufers zitterten, als er sich über das Gesicht strich. Winter spürte einen Impuls, das Gleiche zu tun.

»Ist sie wirklich verschwunden?«, fragte Näver.

»Irgendwie ja«, antwortete Winter.

»Sie ist ein gutes Mädchen. Das hab ich auf den ersten Blick erkannt.«

»Erzählen Sie, wie Sie sie das letzte Mal gesehen haben.«

»Was soll ich denn erzählen?«

»Haben Sie miteinander gesprochen, als Sie sie das letzte Mal gesehen haben?«

»Sie hat mich wahrscheinlich gar nicht bemerkt.«

»Ach?«

»Sie ... schien irgendwohin unterwegs zu sein, hat bloß geradeaus gestarrt. Verstehen Sie?«

»Ja.«

»Hat sie sich etwas angetan?«, fragte Näver.

»Wie kommen Sie denn darauf?«

»So was passiert.« Näver schaute weg. »Ich habe Kumpel, die haben sich umgebracht.« Sein Blick kehrte zu Winter zurück. »Das kommt überall vor, auch Leute, denen man es nicht zugetraut hat, können sich plötzlich das Leben nehmen.«

»Wir wissen es nicht. Aber ich glaube nicht daran.«

»Das wäre furchtbar«, sagte Näver.

Winter nickte. Es war immer furchtbar. Es war ein Ausweg, der keiner war. Manchmal ging der Tat eine besondere Ruhe voraus. War Gerda Hoffner ruhig gewesen, bevor sie verschwand? War sie heiter gewesen? Er wusste es nicht. Er musste fragen. Ihr Kollege schien ein fröhlicher Zeitgenosse zu sein. Johnny. Er würde sich nicht umbringen.

»Ich möchte Sie etwas fragen, worüber Sie mit Ihrem Sohn gesprochen haben«, sagte Winter.

»Mir gefällt nicht, dass Sie dort waren«, sagte Näver. »Sie hätten nicht zu ihnen fahren sollen.«

»Wir haben nach Ihnen gesucht.«

»Die beiden haben nichts damit zu tun.«

»Womit?«

»Das Ganze ist meine Schuld.«

»Was ist passiert?«

»Wie meinen Sie das?«

»Aus welchem Grund sind Sie obdachlos geworden?«

»Der Schnaps natürlich. Zuerst nimmste einen Schluck zur Brust, dann nimmt der Schluck dich zur Brust. So ist das.«

Winter nickte.

»Und dann hatte ich Probleme mit den Knien. Ich war Fliesenleger und hab auf dem Bau gearbeitet, aber mein Körper hat versagt.« Näver bewegte einen Arm, wie um eine besondere Bewegung zu demonstrieren. »Es war wie mit dem Hockey. Mein Körper war nicht dafür geeignet. Weder für den Job noch fürs Hockey. Verstehen Sie?«

Winter nickte.

»Sie haben Ihrem Sohn von einer Person erzählt, die ermordet wurde«, sagte er.

Näver hatte seinen Arm unablässig bewegt, jetzt hörte er auf. Er schaute ihn an, als sähe er ihn zum ersten Mal.

»Was haben Sie gesagt? Können Sie das noch mal wiederholen?«

»Johan hat erzählt, Sie hätten über diesen Mann gesprochen.«

Näver schwieg. Er schien an etwas zu denken, das schon lange her war. Oder sehr nah.

»Es war blöd, darüber zu reden«, sagte er.

»Worüber?«

»Über die Sache. Den Mann ... der verschwunden ist. Er ist ja auch verschwunden.« Nävers Blick glitt zum Fenster hinaus. Draußen floss der Fattighusån vorbei. »Dann habe ich etwas über ihn gelesen, und da ist er mir wieder eingefallen.«

»Inwiefern?«

Näver sah Winter an.

»Wie er vorbeigegangen ist. Er ist hin und wieder vorbeigekommen.«

»Haben Sie mit ihm gesprochen?«

»Das hat sich manchmal ergeben. Ich quatsch doch alle an. Das wissen Sie ja.«

Winter nahm das Foto von einem Stapel Unterlagen auf seinem Schreibtisch. Anders Dahlquist lächelte ihm vorsichtig entgegen.

»Ist er das?«

Näver betrachtete das Bild und schaute auf. »Ja. Das ist der, den ich meine.«

»Er heißt Anders Dahlquist.«

Näver nickte.

»Wann haben Sie ihn das letzte Mal gesehen?«

»Keine Ahnung.« Näver hob einen Arm. »So weit reicht mein Gedächtnis nicht zurück.«

»So weit liegt das gar nicht zurück«, sagte Winter.

»Wenn Sie es schon wissen, brauchen Sie mich doch nicht zu fragen.«

»Warum haben Sie Johan von ihm erzählt?«

»Ich weiß es nicht. Es war verdammt dämlich von mir. Ich wollte wohl ... Ich weiß nicht.« Näver verstummte und sah wieder aus dem Fenster. Der Fluss auf der anderen Seite des Parks wurde von sämtlichen Lichtern der Nacht beleuchtet. Das Wasser glänzte wie Eisen. »Ich hab ihm ja kaum was ... zu erzählen.« Sein Gesicht verzog sich, als hätte er plötzlich schreckliche

Schmerzen. Schwere Tränen rollten über seine Wangen. Wie Eisen. Wie Eisen auf einer rauen Oberfläche. Näver versuchte nicht, sie wegzuwischen. »Scheiße«, sagte er. »Verdammte Scheiße.«

Winter wartete. Er hörte Nävers Verzweiflung, sie war wie ein Ruf aus dem tiefsten Innern seines Körpers. Sein ganzer Körper schien jetzt vor Schmerzen zu zittern. Vielleicht war er allzu lange nüchtern gewesen.

Näver putzte sich die Nase. Von irgendwoher hatte er ein Taschentuch gezaubert.

»Entschuldigung«, sagte er.

»Möchten Sie etwas trinken? Wasser? Kaffee?«

»Nein, nein. Ich muss los.« Er sah Winter an. »Darf ich jetzt gehen?«

»War Dahlquist allein?«

»Was?«

»Der Mann, von dem wir reden, Anders Dahlquist. Haben Sie ihn mit einer anderen Person zusammen gesehen?«

Näver verstaute sein Taschentuch. Er strich sich über die Augen und dann über das Haar. Er richtete einen Ärmel seines karierten Hemdes, als bereitete er sich auf die Rückkehr in die Welt vor.

»Haben Sie meine Frage gehört, Herr Näver?«

»Ja, ich habe sie gehört.« Er sah Winter an. »Ja, er hatte wohl einen Freund.«

»Freund?«

»Wenn ich mich richtig erinnere, ist er einige Male mit jemandem vorbeigekommen.«

»Wo vorbei? Beim Tvåkanten?«

»Ja. Und auch auf der Kristinelund.«

»Der Kristinelundsgatan?«

»Ja.«

»Wie sah der Freund aus?«

»Tja … hübscher Kerl. Gut gekleidet. Oberschicht. Sonnengebräunt.«

»Wie alt?«

»Vielleicht vierzig. Aber das ist schwer zu schätzen.«

»Hatten Sie den Eindruck, sie wären Freunde?«
»Sie haben sich jedenfalls unterhalten.«
»Haben Sie sich schon einmal Gedanken über die beiden gemacht?«
»Was? Nein ...«
»Sie wussten, dass Dahlquist ermordet wurde. Sie haben ihn mehrere Male mit jemandem zusammen gesehen. Haben Sie nicht daran gedacht?«
»Ob ich zwei und zwei zusammengezählt habe, meinen Sie? Hab ich nicht. Ich bin kein Kommissar oder wie das heißt. Das ist nicht mein Job. Aber selbst wenn, hätte ich ihn nicht mehr, da ich ihn versoffen hätte. Erst jetzt, wo Sie es sagen, geht mir ein Licht auf. Zähle ich zwei und zwei zusammen. Verstehen Sie? In den Wochen vor Weihnachten hab ich ziemlich wacker gebechert.«
»In der Zeit sind wir uns begegnet. Einmal waren Sie betrunken.«
»Ach? Daran kann ich mich nicht erinnern. Da können Sie mal sehen. Ich kann mich nicht erinnern!«
»Aber Sie erinnern sich an Dahlquists Freund.«
»Ja.«
»Wie ist das möglich?«
»Ich weiß es nicht. So was kann ich nicht erklären. Ich weiß nicht, ob es sich überhaupt erklären lässt.«
»Haben Sie ihn einmal mit einer anderen Person zusammen gesehen?«
»Nein ... nicht soweit ich mich erinnere.«
»Sie haben ihn also nur allein gesehen?«
»Ja.«
»Und wann zuletzt?«
»Allein, meinen Sie?«
»Ja.«
»Daran ... kann ich mich nicht erinnern. Das ...« Näver verstummte.
Winter wartete auf die Fortsetzung.
»Es kann Heiligabend gewesen sein«, fuhr Näver fort. »Der-

selbe Tag, an dem ich mit ihr im Streifenwagen gefahren bin. Ihrer ... Polizistin. Sie heißt Gerda Hoffner, nicht?«
»Sie haben diesen Mann Heiligabend gesehen?«, fragte Winter.
»Ich glaube ja.«
»Haben Sie ihn danach noch einmal gesehen?«
»Nein.«
»Würden Sie ihn erkennen, wenn Sie ihm noch einmal begegnen?«
»Ja.«
Winter nickte.
»Sie sahen sich übrigens ein bisschen ähnlich«, sagte Näver.
»Wie bitte?«
»Die beiden. Dahl... Dahlquist und der andere. Sie sahen sich ähnlich.«
»Inwiefern?«
»Das lag nicht nur an ihrer Kleidung ... es war etwas anderes. Sie sahen sich ein bisschen ähnlich. Jetzt erinnere ich mich, dass mir das aufgefallen ist. Ähnlich, als wären sie verwandt. Vielleicht Brüder. Oder Halbbrüder. Ich habe auch einen Halbbruder.«

Der Wasserkrug war leer. Er hatte einen Strohhalm hineingesteckt, sie saugte daran, aber es kam kein Wasser mehr. Ihr Hals war trocken. Sie konnte nicht schlucken, es gab nichts mehr zu schlucken.
Ich habe ihn verjagt. Es ist meine Schuld. Komm zurück, ich kann es erklären. Ich kann es von Anfang an erklären.
Sie versuchte, die Dunkelheit mit den Augen zu durchdringen, versuchte zu blinzeln. Das Atmen fiel ihr schwer. Sie versuchte sich zu bewegen. Hatte er sie wieder auf eine andere Art gefesselt? Sie konnte sich nicht bewegen. Ich bin gelähmt. Ich bin total gelähmt.
Sie hatte etwas gehört. Vorhin. An der Tür hatte es geklingelt, es konnte nichts anderes gewesen sein. Wieso war das bis hierher zu hören? Lag sie in der Nähe der Wohnungstür? Oder war es eine andere Wohnung? War es die Nachbarwohnung? Aber dort klingelte bestimmt niemand an der Tür. Sie war doch noch abgesperrt? Oder war so viel Zeit vergangen, dass die Absperrung inzwischen

entfernt worden war? Der Fall niedergelegt. In Vergessenheit geraten.

Womöglich hatte er sie vergessen. Er hatte sie irgendwo anders in der Wohnung noch besser versteckt und seinen Job so gut gemacht, dass er sie selbst nicht mehr fand! Das wäre Stoff für einen Film. Ich weiß, dass er mich verlegt hat, mindestens einmal. Und jetzt hat er vergessen, worum es überhaupt ging. Früher oder später falle ich ihm wieder ein, aber dann haben mich alle anderen vergessen, dann ist alles egal. Und jetzt habe ich keine Kraft mehr zum Denken. Ich will weiterschlafen.

Winter war allein im Zimmer. Die Straße vor dem Fenster war leer. Der Januarabend lag schwer wie ein Stein über der Stadt. Im Lauf des Tages war es kälter geworden. Jetzt waren es minus sieben Grad, ungewöhnlich kalt für Göteborg. Er musste an Spanien im Januar denken. In Andalusien war es abends kalt, aber das machten die Tage wett. Das Licht war ewig in jenen Tagen, als hätten sich alle Himmel des Erdballs vereint.

Costa del Sol. Sie ließ ihn nicht mehr los. Da unten war etwas passiert, was mit all dem zusammenhing, das ihn in den vergangenen Wochen beschäftigt hatte. Dieser Fall. Diese Fälle. Er wusste nicht, wie weit sie zusammenhingen, die Fälle, aber etwas hatten sie gemeinsam. Vielleicht war es ein Puzzle. Vielleicht war es gar kein Mysterium.

Winter dachte an Erik Lentner. Dem Jungen war etwas zugestoßen. Das war nichts oder alles. Jemand war dort gewesen. Holst? Ja, Holst. Aber auch noch eine andere Person. Er wählte die Telefonnummer und wartete.

»Ann Lentner.«

»Hallo, hier ist Erik Winter vom Landeskriminalamt. Wir haben uns ja schon einige Male getr…«

»Was wollen Sie denn nun schon wieder?«, unterbrach sie ihn.

»Ich möchte gern mit Erik sprechen.«

»Warum?«

»Ich muss ihn etwas fragen. Ist er zu Hause?«

»Nein.«

»Wann kommt er wieder?«

»Ich weiß es nicht.«

»Dann rufe ich sein Handy an.«

»Das hat er nicht mitgenommen.«

»Wohin nicht mitgenommen?«

»Nach Marbella.«

»Erik ist in Marbella?«

»Ja und? Ist er nicht aus den Ermittlungen gestrichen oder wie man das nennt?«

Winter antwortete nicht. Er sah den jungen Mann vor sich. Er sah einen Platz mitten in Marbella, Palmen, eine schmale Gasse, die sich den Berg hinaufwand.

»Hallo?«, hörte er Ann Lentners Stimme.

»Warum ist er nach Marbella gefahren?«

»Ist das so verwunderlich? Er wollte Abstand gewinnen. Und er wollte allein sein.«

»Ist er allein dort?«

»Ja, habe ich das nicht gesagt?«

»In der Wohnung in der Calle Aduar?«

»Ja, natürlich.«

»Wann ist er abgereist?«

»Das war ... gestern.«

Winter hörte eine Stimme im Hintergrund.

»Ja«, sagte sie, »gestern Morgen ist er geflogen.«

Air France, dachte Winter, via Paris. Oder Lufthansa via München. Ankunft in Málaga zwischen zwölf und eins.

# 45

Der Strand war weiß. Alles war weiß. Land, Meer und Himmel flossen ineinander. Unter seinen Füßen spürte er nichts. Er konnte über das Wasser gehen. Er konnte fliegen.

Er sah sich selber.

Er stand vor einer Tür.

Er erwachte von einem Schrei.

»Erik? Erik?«

Er spürte etwas an seiner Schulter. Jemand hielt ihn fest. Er versuchte sich loszureißen.

»Erik!«

Plötzlich erkannte er die Stimme.

Angela hatte ihn losgelassen. War es Angst, die er in ihren Augen sah?

»Jetzt ist alles okay«, sagte er.

Sie antwortete nicht.

»Habe ich dich geschlagen?«

»Nein, du hast mich nicht getroffen.«

Er richtete sich im Bett auf.

»Es wird immer schwerer, mich aus den Träumen zu befreien.« Er streckte ihr eine Hand hin. »Verzeih mir.«

»Das stimmt.« Sie ergriff seine Hand. »Deine Träume scheinen immer schwerer zu werden.«

»Dieser war gar nicht so unheimlich.«

»Trotzdem hast du geschrien.«

»Das war nicht ich. Ich habe im Traum einen Schrei gehört.«

»Aber ich habe dich gehört. Du hast geschrien.«

Er stellte die Füße auf den geschliffenen Holzboden, der sich warm und weich unter den Fußsohlen anfühlte. Dies war kein Traum. Es war die einzige Wirklichkeit, die er brauchte. Aber so einfach war das Leben nicht. Und der Traum steckte immer noch in seinem Kopf.

»Ich habe eine Tür gesehen.« Er drehte sich zu Angela um. »Ich habe davorgestanden.«

»Was war dahinter?«

»Das weiß ich nicht. Sie war geschlossen.«

»Was glaubst du, was dahinter ist?«

»Ist? Eben hast du noch ›war‹ gesagt.«

»Was glaubst du, was hinter der Tür ist?«, wiederholte sie. »Der Traum hat dich vor diese Tür gestellt. Etwas in deinem Innern hat dich dorthin geführt.«

»Ich wollte es nicht wissen«, sagte er.

»Im Traum?«

»Ja.« Er stand auf. »Aber jetzt bin ich wieder in der Wirklichkeit, jetzt will ich es wissen.«

»Wie meinst du das?«

»Ich weiß ja, dass es diese verdammte Tür gibt.«

Er zog das T-Shirt aus, in dem er geschlafen hatte.

»Was hast du vor, Erik? Willst du dorthin gehen?«

»Ich muss.«

»Was ist das für eine Tür? Wo ist sie?«

»Nicht viele Häuserblocks von hier entfernt.«

Er war schon auf dem Weg ins Badezimmer.

»Es ist vier Uhr morgens«, hörte er Angelas Stimme. Aber er kümmerte sich nicht darum.

Er hörte sie erst wieder, als er sich Wasser ins Gesicht spritzte. Sie hatte die Badezimmertür hinter sich zugemacht.

»Ich lasse dich nicht gehen, wenn du mir nichts erklärst«, sagte sie.

Er griff nach dem Handtuch.

»Da gibt es nichts zu erklären. Noch nicht. Es ist nur ... eine Ahnung. Ich habe schon einmal vor dieser Tür gestanden, und zwar in der Realität.«

»Wer wohnt dahinter?«

»Ein Nachbar eines der ermordeten Mädchen.«

»Habt ihr die Nachbarn nicht überprüft? Ist das nicht das Erste, was die Polizei tut?«

»Wir haben sie überprüft. Diesen Nachbarn habe ich sogar etwas genauer überprüft.«

»Warum?«

»Ich weiß es nicht. Und ich habe nichts gefunden. Aber ... ich weiß nicht. Morgen soll ein Zeuge einen Blick auf ihn werfen.«

»Ein Zeuge von was?«

»Von ...« Winter brach ab. »Es ist ein bisschen kompliziert. Es geht um den Toten, der an unseren Strand angeschwemmt wurde. Und um die vermisste Frau, die Bereitschaftspolizistin.«

»Dann warte doch bis morgen.«

»Du kennst mich, Angela.« Er hängte das Handtuch zurück, mit dem er sich das Gesicht zehnmal abgetrocknet hatte, als wollte er eine logische Erklärung dafür hervorrubbeln, dass er in den frühen Morgenstunden unbedingt einen fremden Menschen besuchen musste. Vielleicht gab es eine Erklärung, das würde sich zeigen. Die Erfahrung hatte er schon häufiger gemacht, der Tat folgte die Logik. »Ich muss es tun. Wahrscheinlich reicht es schon, wenn ich eine Runde um den Häuserblock drehe.«

»Wenn du nur rastlos bist, geh in die andere Richtung.«

Er nickte.

»Womöglich ist es gefährlich, allein hinzugehen«, sagte sie.

»Nein, nein.«

»Idiot.« Sie öffnete die Tür und kehrte ins Schlafzimmer zurück. Ihre Schritte konnte er kaum hören, nackte Füße auf geöltem Tannenholz.

Über dem Vasaplatsen war es windstill. Die Straßenbahnen fuhren noch nicht. Die Stadt lag im Winterschlaf. Er passierte das alte Universitätsgebäude, das wie ein Gefängnis aussah. Auf der anderen Seite der Vasagatan fuhr ein Taxi vorbei. Taxi Göteborg. Winter bog nach Norden zum Vasaplatsen ab, passierte die Götabergsgatan, ging geradeaus weiter und dann nach rechts in die Chalmersgatan.

Die Häuser um ihn herum lagen schwarz und still da, wie verrammelte Burgen. Eine mittelalterliche Stadt. Die Straßenbeleuchtung erreichte das Pflaster nicht. Ihr Licht wurde von der Nacht aufgesaugt.

Er war allein unterwegs. Allein auf der Erde mitten in einer großen Stadt.

Die Tür ließ sich leicht öffnen. Er konnte seine eigenen Schritte auf der Treppe nicht hören. Die Nacht warf nur schwache Schatten herein, die Treppenhausfenster hätten genauso gut dunkle Gemälde sein können. Sie hingen gerade, im rechten Winkel.

Er stand vor der Tür. Auch sie war ein schwarzes Gemälde. Plötzlich blitzte das Namensschild auf, als hätte ein Licht von der Haustür den Weg hierherauf gefunden, als wäre es ihm gefolgt. Es war kein Gold, im Dunkeln sah es eher wie Silber aus, ein matter Glanz. Derselbe Glanz wie auf dem Pokal, den er in Dahlquists Wohnung gesehen hatte.

Er klopfte an die Tür, ein dumpfes, schwaches Geräusch, das dennoch ein Echo im Treppenhaus erzeugte. Er klopfte noch einmal. Das neue Echo begegnete dem alten auf dem Weg von unten nach oben. Er klopfte kräftiger.

Wenn ich schon einmal hier bin, dachte er und klingelte, einmal, zweimal. Eins-zwei-drei-vier. Ich bin Kriminalkommissar. Ich habe jederzeit und überall das Recht auf Zutritt. Das Recht nutze ich jetzt.

Fast lautlos öffnete er die Tür mit einem fast stummen Geräusch, das sofort erstarb. Seine Fähigkeiten zum Einbrecher hatten sich verfeinert. Langsam schob er die Tür auf.

Jetzt stand er im Flur. Es war ganz hell, so, als funktionierte die Straßenbeleuchtung plötzlich wieder. Er brauchte kein Licht einzuschalten, um zu erkennen, dass er allein in der Wohnung war. Der Flur war genauso lang wie sein Flur am Vasaplatsen. Das hatte er erwartet. Es war fast ein bisschen vertraut, er verspürte kaum Angst. Was erwartete er denn? Das wollte er lieber nicht formulieren.

»Hallo?«

Seine Stimme klang ruhig. Darüber war er froh. Sie verriet ihn nicht. Durch verschiedene Öffnungen im Flur fiel Licht, wie elektrische Schatten. Es war ein verlockender Schein.

»Hallo? Jemand da?«

Keine Antwort.

»Hallo? Hallo? Hier ist die Polizei!«

Er sah einen Lichtschalter an der Wand und drückte darauf. Nichts geschah. Er ging tiefer in den Flur hinein. Links war die Tür zur Küche, die zum Hof ging. Es war der gleiche Grundriss wie in seiner Wohnung. Er tastete rechts nach einem Lichtschalter und drückte darauf. Die Küche wurde von dem milden Licht einer Lampe über dem Tisch erhellt. Der Tisch war leer. Die Spüle war leer. Zwei Stühle waren unter den Tisch geschoben. Auf dem Fensterbrett standen keine Pflanzen.

Am Kühlschrank hingen keine Notizen. Auf einer Arbeitsplatte links vom Herd standen vier Weinflaschen, darunter ein Amontillado, den Winter sofort erkannte. Neben der Flasche stand ein Porzellanschälchen, in dem drei Feuerzeuge der billigsten Sorte lagen, aus Plastik, der Bic-Typ, wie sie haufenweise auf den Tresen der Tankstellen angeboten werden. Die Feuerzeuge hatten die gleichen verwaschenen Farben wie Nietenlose, die man bei einer Tombola zog. Sie gehörten nicht hierher. Sie repräsentierten eine andere Welt.

Winter ging wieder in den Flur und ins nächste Zimmer, ein Schlafzimmer. Das Bett war gemacht, der einzige Nachttisch leer. Am Fenster stand eine Art Sessel. Das war alles.

Im Wohnzimmer hingen an drei der Wände vier Gemälde.

Mehr brauche ich nicht zu sehen, dachte er, als er den leeren

Sofatisch, die Sessel, die geraden Linien betrachtete. Schiöld hatte nach Aussage der Wohnungsverwaltung nicht länger als zwei Monate hier gewohnt. Wenn er überhaupt in dieser Wohnung gelebt hatte. Der Zeitraum war so kurz, dass die Nachbarn ihn nicht kannten. Martin und Madeleine. Er hatte sich nicht gezeigt. Er hatte beobachtet.

Winter ging zurück in den Flur, auf der Hutablage keine Hüte, aber auf dem unteren Bord ein Paar Gartenhandschuhe. In diesem Viertel gab es keine Gärten. Er hat die Handschuhe nicht versteckt. Winter versuchte, ruhig zu bleiben, aber es gelang ihm nicht. Es war *jetzt*, es war *hier*. Noch konnte er Leben retten. Er rettete Leben, der andere schonte es. Nein. Er hatte die Macht, es zu schonen.

Wo ist sie? Warum ist sie nicht hier? Wo zum Teufel ist sie?

»Gerda?! Gerda Hoffner?! Hallo? Gerda?!«

Jetzt verriet ihn seine Stimme, aber das war ihm egal, wenn sie ihm nur etwas anderes verriet, ein Versteck, ein Zimmer, in dem Gerda Hoffner sich befand, einen Ort. Er ging von Raum zu Raum. Die Wohnung hatte fünf Zimmer inklusive einer kleinen Mädchenkammer. Nirgends fanden sich Spuren von irgendetwas. Mehr konnte er im Augenblick in dem unzuverlässigen Licht nicht sehen.

Sie ist hier gewesen, dachte er. Wir werden Spuren von ihr finden.

In dieser Wohnung war kein Leben. Sie war wie eine Kulisse. Sich in ihr zu bewegen musste sein, als bewege man sich auf einer Bühne.

Er hat die Bühne verlassen, dachte Winter.

Aber die Bühne war noch vorhanden, als Winter und Ringmar zwei Stunden später darauf standen. Sie waren nicht allein.

»Molina musste gar nicht überredet werden«, sagte Ringmar.

»Er ist ein intelligenter Staatsanwalt«, sagte Winter.

»Hoffentlich sind wir genauso intelligent«, sagte Ringmar und sah sich um.

»Hier«, sagte Winter. »Das ist unser Mann.«

»In Göteborg wohnen noch mehr Pedanten, nicht nur einer.«

»Er ist es«, beharrte Winter.
»Aber wo ist sie?«
Winter antwortete nicht.
»Vielleicht gehören sie nicht zusammen«, sagte Ringmar.
»Eine Sekunde lang heute Nacht habe ich geglaubt, sie sei hier«, sagte Winter.
Eine Kollegin von der Spurensicherung kam aus der Mädchenkammer, ein Neuzugang. Winter konnte sich nicht an ihren Namen erinnern.
»Ich glaube, jemand hat kürzlich in dem Bett gelegen«, sagte sie.
»Ja?«
»Wir werden sehen.« Die Frau ging weiter in ein anderes Zimmer.
»Sie war hier«, sagte Winter. »Ich bin mir ganz sicher.«
»Aber wo zum Teufel ist sie jetzt?«
»Ich war unten im Keller«, sagte Winter. »Dort gibt es einen Verschlag, der zur Wohnung gehört. Er war fast leer. Sie war nicht dort.«
»Und wo zum Teufel ist *er*?«, sagte Ringmar.
»Irgendwo anders«, sagte Winter.
»Ist er abgehauen? Wenn er ein Flugzeug benutzt hat, kriegen wir es heraus.«
»Wenn er unter seinem Namen geflogen ist, ja.«
»Unter einem falschen Namen fliegen? Kann ein Mensch so teuflisch sein?«, sagte Ringmar.
»Das überprüft Möllerström gerade beim Flughafen Landvetter«, sagte Winter.
Ringmar sah auf seine Armbanduhr. »Jetzt läuft der Flugverkehr wohl wieder an«, sagte er.
»Dies ist nicht der Tag, an dem er flieht«, sagte Winter.

Als er sein Ticket im Reisebüro gekauft hatte und mit Air France nach Málaga geflogen war, hatte er noch Herman Schiöld geheißen. Es war ein Ticket ohne Rückflug gewesen.
»Er muss da unten ein Domizil haben«, sagte Ringmar.

Sie standen in Winters Büro. Niemand mochte sich setzen.

»Das wird harte Arbeit, wenn wir alle Makler überprüfen wollen, die Immobilien im Ausland vermitteln«, fuhr Ringmar fort. »Jeder Immobilienmakler verkauft doch Objekte im Ausland. Bald werden sie im Ausland wahrscheinlich mehr Immobilien los als zu Hause.«

Draußen war es hell geworden. Es würde ein neuer klarer Tag werden. Über der Stadt hingen nur noch einige Schwaden Nebel wie zur Erinnerung an eine andere Zeit.

Tommy Näver hatte Herman Schiöld auf einem Passbild identifiziert. Das war das Erste, was er an seinem Arbeitsplatz auf der Avenyn erledigte, bevor er überhaupt eine Nummer von *Faktum* verkauft hatte. Winter hatte ihm das Bild selber gezeigt.

»Hat er sie gekidnappt?«, fragte Näver.

»Ich glaube ja«, sagte Winter. »Heute erfahren wir wahrscheinlich, ob sich eine andere Person in seiner Wohnung befunden hat. Es könnte sich um Gerda Hoffner gehandelt haben.«

»Was für ein Mistkerl. Warum hat er das getan?«

»Sie ist ihm wohl in die Quere gekommen«, sagte Winter. »Wahrscheinlich hat sie die Wohnung betreten, vielleicht an der Tür geklingelt. Und als sie schließlich im Flur stand, muss ihr sofort klargeworden sein, dass sie genau richtig war.«

»Genau richtig? Wie das?«

»Er hat noch mehr Verbrechen auf dem Gewissen«, antwortete Winter. »Er hat Spuren hinterlassen.«

»Dahlquist? Hat er Dahlquist umgebracht?«

Winter schwieg.

»Wo ist der Kerl jetzt?«, fragte Näver.

»Irgendwo im Süden Spaniens.«

»Warum?«

»Das ist eine komplizierte Geschichte«, sagte Winter.

»Da müsst ihr wohl Interpol auf ihn ansetzen.«

»Das ist auch kompliziert.«

»Aha. Dann ist er also abgehauen und hat das Mädchen irgendwo liegen lassen?«, fragte Näver.

»Ich fürchte, ja.«
»Und was zum Teufel unternehmen Sie dagegen?«
»Ich suche.«
»Wo?«
»Überall«, sagte Winter.
»Glauben Sie, sie lebt noch?«
»Ja.«

## 46

Winter fuhr die Särö-Umgehung in südlicher Richtung. Bei der Abfahrt Hovås bog er ab. Es war einer dieser Morgen, die ein Geschenk Gottes sind. Die Welt ist ewig. Wie die Werte, die die hier lebenden Menschen verbinden, dachte er, als er Viertel passierte, die in materiellen Werten mit Beverly Hills konkurrieren konnten. Ewigen Werten.

Peder Holst wartete vor seinem *mansion on the hill*. Es lag wirklich auf einem Hügel und war wie eine Art Schloss gebaut. Alle Häuser in dieser Gegend waren Schlösser, und die Bewohner waren alle Könige und Königinnen.

Aber die Prinzessin war verschwunden. Für ewig weg.

Holst trug ein Tweedjackett gegen die Morgenkühle. Vom Ärmel hingen ein paar lose Fäden herunter. Das war das Signum der Oberschicht.

»Was wollten Sie mich fragen?«

Holst hatte gewartet, während Winter parkte, aus dem Auto stieg und die wenigen Meter über den Schotterweg heraufgekommen war.

»Wo ist Ihre Frau?«, fragte Winter.

»Sie ist noch im Bett.« Holst drehte sich um und sah an der Fassade mit den hundert Fenstern hinauf, als erwartete er, Annica Holst würde sich in einem von ihnen zeigen. »Sie steht immer spät auf.« Er schaute Winter an. »Manchmal steht sie gar nicht auf.«

Winter nickte.

»Ich würde manchmal auch am liebsten im Bett liegen bleiben«, sagte Holst. »Dann wünsche ich mir, nie wieder aufstehen zu müssen.«

»Ich verstehe.«

»Sie verstehen nichts, das werden Sie nie. Sie können es nur verstehen, wenn es Ihnen selber passiert.«

Winter antwortete nicht. Holst wollte noch etwas sagen, verstummte jedoch, bevor die Worte sein Gehirn verlassen hatten. Der Mann war gealtert, seit Winter ihn das letzte Mal gesehen hatte, aber vielleicht täuschte er sich auch. Vielleicht sah er schon lange so gebrochen aus. Ein seit vielen Jahren gebrochener Mann. Seit zwanzig Jahren gebrochen.

»Ich muss wissen, was damals vor zwanzig Jahren zwischen Ihnen und Erik Lentner passiert ist«, sagte Winter.

Holsts Blick richtete sich auf ihn. Sie hatten den gleichen matten Glanz, den Winter schon auf Obduktionstischen gesehen hatte. Holst machte den Eindruck eines lebenden Toten, der sich trotzdem in Tweed gekleidet hatte. Es war die Trauer, aber es war noch etwas anderes.

»Was ist passiert?«, wiederholte Winter.

»Möchten Sie etwas trinken?«, fragte Holst. »Eine Tasse Kaffee? Haben Sie schon gefrühstückt?«

»Wollen Sie es mir erzählen?«, fragte Winter zurück. »Wenn Sie es mir erzählen, dürfen Sie mich zu einer Tasse Kaffee einladen.«

»Die Maschine ist kaputt«, sagte Holst. »Vielleicht habe ich auch vergessen, wie man sie bedient. Oder sie ist eine Weile nicht benutzt worden. Ist es nicht so, dass Espressomaschinen, die nicht täglich benutzt werden, anfangen zu mucken?«

»Möglich«, sagte Winter.

»Dann wird es das sein«, sagte Holst. »Also gibt es Pulverkaffee.«

»Das ist in Ordnung«, sagte Winter. »Wir können ihn hier draußen trinken.«

»Ja, wir sollten meine Frau nicht wecken«, sagte Holst. »Sie konnte gestern Abend nicht einschlafen.«

»Nein, wir wollen sie nicht wecken«, sagte Winter.

Holst sah ihm in die Augen und nickte. Er verstand. Sie verstanden beide. Er verstand, dass Winter verstand.

Holst stieg die Treppe zum Portal des Schlosses hinauf und verschwand im Innern.

Winter spazierte über den Schotterweg und den Rasen zu einem kleinen Hügel. Von hier konnte er das Meer, eine Ecke des alten Hovås-Bahnhofs, den Badeplatz am Fuß des Hügels und den Fußballplatz sehen. Die Sonne war von der anderen Seite der Erde zurückgekehrt, und der Rückweg schien sie nicht geschwächt zu haben. Sie war überall. Die Klippen waren genauso grau wie im Sommer. Das Meer war genauso blau, der Sand genauso gelb. Das Gras war grün. Nur die Bäume waren tot.

In seiner Tasche vibrierte das Handy.

»Ja?«

»Bertil hier. Bist du schon in Hovås?«

»Ich stehe gerade auf dem Grundstück«, sagte Winter. Plötzlich entdeckte er ein Segel auf dem Fjord, das Boot war auf dem Weg nach Süden. Es sah genauso aus wie im Sommer, genauso weiß. Nicht lange, und es würde an seinem eigenen Grundstück vorbeisegeln. Seinem eigenen Schlossgarten. »Ich sehe ein Segel, Bertil.«

»Okay. Jetzt hör mir mal zu. Torstens graphischer Experte hat sich durch das Abgekratzte auf diesem Pokal geleuchtet. Über die Details können wir später reden, aber er hat ein Wort gefunden. Jedenfalls einige Buchstaben.«

»Einen Namen?«

»Nein, keinen Namen. Ein Wort. Es sieht aus wie ›Freistil‹.«

»Freistil? Meinst du schwimmen? Ein Schwimmwettkampf?«

»Ja. Freistil wie in Freistil. Freistil. Crawl. Hundert Meter Freistil.«

»Der erste Preis bei den Bezirksmeisterschaften«, sagte Winter.

»Ja. Und da es sich also um Schwimmen handelt, habe ich selbstverständlich schon das erste Telefongespräch geführt.«

»Wen hast du angerufen, Bertil?«
»Natürlich Valhalla. Wo sonst finden Schwimmwettkämpfe statt?«
»Es gibt noch ein paar mehr Hallen in der Stadt, aber okay. Ich verstehe, dass du noch etwas zu sagen hast.«
»Im Herbst 1981 fanden im Valhalla Bezirksmeisterschaften statt. Die hat, glaube ich, die Göteborger Schwimmvereinigung arrangiert. Es war keine Schul-BM. Aber in einer gewissen Altersklasse gab es also einen Sieger in hundert Meter Freistil. Die Altersklasse ist ja nicht auf dem Pok...«
»Der Name?«, unterbrach Winter. »Wer hat gewonnen?«
»Dahlquist«, antwortete Ringmar.
»Dann war er es also.«
»Nein, Erik, es kommt noch viel besser. Der Sieger hieß Herman Dahlquist.«
»Sag das noch mal.«
»Herman Dahlquist. Der Schwimmer hieß Herman.«

Jetzt träumte sie die großen Träume. So sah sie es. Ich träume die großen Träume. Ich bin klein. Alles andere ist groß, wenn man selber klein ist. So viel Neues. Alles ist aufregend. Es ist aufregend, um eine Ecke zu biegen und zu sehen, was dahinter ist. Man weiß so wenig, wenn man klein ist. Mama hat gesagt, dass ich nicht um die Ecke gehen darf. Vielleicht ist es eine Leipziger Redensart: Geh nicht um die Ecke! Die *Runde Ecke*. Mamas Cousin ist dahinter verschwunden. Er ist um die *Runde Ecke* gegangen. Das war gefährlich. Damals war es für viele gefährlich. Ich bin um die Ecke gegangen. Hätte ich es nur gelassen. Ich hätte bei Tommy, dem Zeitungsverkäufer, stehen bleiben und mich mit ihm unterhalten sollen. Dort wäre ich sicher gewesen. Er ist ein netter Kerl. Man braucht solche netten Leute. Ich habe von jemandem geträumt, der nett ist. Er hat eine Tür geöffnet. Oder war es eine Frau? Plötzlich wurde es hell. Ich konnte nichts sehen. Das machte nichts. Aber es bedeutet nichts. Es war nur ein Traum.

Peder Holst kam mit einem Tablett, auf dem zwei dampfende Becher und ein kleiner Krug standen, aus dem Haus.

Winter kehrte zur Treppe zurück. Er hatte das Gespräch mit Ringmar beendet.

»Ich wusste nicht, ob Sie Milch wollen«, sagte Holst.

»Milch, danke«, sagte Winter.

Holst stellte das Tablett auf der langen Balustrade ab. Die Brüstung war so breit wie eine Speisetafel.

Er goss etwas Milch in einen Becher und reichte ihn Winter.

»Kümmert sich in Ihrer Abwesenheit jemand um Ihr Haus?«, fragte Winter.

Holst zuckte zusammen, und weil er gerade Milch in seinen Becher goss, fielen ein paar Tropfen auf das Tablett. Er stellte den Krug ab. Seine Hand zitterte. Er rührte den Becher nicht an.

»Meinen Sie das Haus an der Sonnenküste?«

»Ja. Oder haben Sie mehrere Häuser?«

»Nein, nein.«

»Wer also kümmert sich darum?«

»Da gibt es nicht viel, um das man sich kümmern müsste.«

»Hat das Haus keinen Garten?«

»Doch.«

»Der Pool.«

Holst antwortete nicht.

»Jemand muss doch den Pool pflegen?«

»Nicht um diese Jahreszeit.« Holst sah zum nördlichen Winterhimmel hinauf. Er war hier genauso blau wie in Andalusien. »Wir haben ihn winterfest gemacht.«

Winter nickte. Er trank einen Schluck Kaffee, der schon abgekühlt war. Das kam nicht nur von der Milch. Es war der Wind, der plötzlich stärker wurde, aber der Himmel war wolkenlos. Er spürte Kühle im Nacken, doch das war kein Wind.

»Wer war dort?«, fragte Winter.

Holst starrte weiter in den leeren Himmel. Es gab absolut nichts zu sehen, nur Leere. Wie der Boden eines Swimmingpools, der genauso blau wie das Wasser war.

»Wer war dort, als es passierte?«, fragte Winter.
Holst drehte sich zu ihm um.
»Wie bitte?«
»Am Swimmingpool. Im Swimmingpool. Wer war bei Ihnen?«
»Darüber haben wir doch längst gesprochen«, sagte Holst.
»Das Thema ist erledigt. Wenn ich gewusst hätte, dass Sie darüber mit mir reden wollen, hätte ich Sie nicht in mein Haus eingeladen.«
»Ich habe mich selbst eingeladen«, sagte Winter.
Holst schwieg.
»Wen haben Sie damals eingeladen?«, fragte Winter.
Wieder spürte er die Kühle im Nacken. Es war nicht der Wind. Der war genauso schnell verschwunden, wie er gekommen war. Die Kühle war geblieben. Langsam kroch sie über Winters Schädel. Er hatte keine Kopfschmerzen, aber vielleicht würde er welche bekommen, wenn die Kühle seine Stirn erreichte. Er wollte nicht auf den Schmerz warten.

»Wen haben Sie an jenem Tag eingeladen? In welchem Jahr war es? 1989? 1990?«
Holst antwortete nicht.
»Erik war da«, sagte Winter.
»Wir haben darüber gesprochen«, sagte Holst. »Damit sind wir fertig.«
»Madeleine war da«, sagte Winter.
Wieder zuckte Holst zusammen, als hätte Winter ihn mit einem Stock angetippt. Holst sah Winter an. Seine Augen waren genauso tot wie zuvor. Der Augapfel hatte die Farbe von Knochen, die zu lange in der Sonne gelegen haben. Sein Gesicht könnte eine Wüste sein. Ein Krater.

»Madeleine war an dem Tag dabei«, sagte Winter.
»Lassen Sie Madeleine aus dem Spiel!«
Winter schwieg.
Holst hob erneut den Blick. Er schaute an der Fassade des Schlosses hinauf. Winter folgte seinem Blick. Im zweiten Stock nahm er eine Bewegung an einem Fenster wahr. Er sah ein Gesicht hinter der Gardine, eine Hand. Es war Annica Holst. Sie rührte

sich nicht. Sie und ihr Mann schauten sich an. Ein entsetzliches Geheimnis vereint sie, dachte Winter, für immer.

Holst senkte den Blick auf die Erde. Dort gab es nur Schotter und Steine, Stein auf Stein auf Stein.

»Erik und Madeleine«, sagte Winter.

Holst reagierte nicht. Plötzlich ging er davon, den Schotterweg entlang, zu den Rasenflächen, die an Hecken grenzten, die an andere Rasenflächen grenzten, die an Schotterwege, Marmortreppen, Mauern, Schlosssäle, Zinnen und Türme grenzten.

Er verschwand. Er war geradewegs durch die Hecke gegangen.

Winter drehte sich um. Annica Holst stand noch immer am Fenster. Sie hatte einen besseren Überblick. Sie konnte ihren Mann sehen. Er war auf dem Weg zum Meer.

Annica schaute auf Winter herunter. Er hob die Hand. Sie verschwand vom Fenster.

Winter wartete auf der Treppe. Rundum war es ganz still. Keine Schiffe, keine Flugzeuge. Keine Menschen. Sein Auto wartete düster im Schatten der nackten Zweige eines Ahorns. Es sah aus wie ein gestreiftes Tier.

Er hörte sie hinter sich.

»Er kommt zurück«, sagte sie.

»Wohin geht er?«

»Hinter dem Golfplatz gibt es einen kleinen Strand.«

»Järkholmen«, sagte Winter.

»Sie kennen ihn?«

»Das war früher auch mein Strand.«

»Ist er es nicht mehr?«

»Nein.«

»Haben Sie gewechselt?«

»Ich weiß es nicht.« Er drehte sich um. »Ich hatte einen Strand, aber ich weiß nicht, ob ich ihn noch habe.«

»Jetzt verstehe ich Sie nicht.«

»Ich glaube, Sie verstehen mich sehr gut. Nicht nur Ihr Mann und Erik waren an jenem Tag dort, oder? Ihr Mann, Erik und Madeleine. Und auch nicht nur sie.«

Annica Holst schüttelte den Kopf. Er wusste nicht, ob es »ja« oder »nein« heißen sollte. Kopfschütteln hatte eine unterschiedliche Bedeutung in unterschiedlichen Kulturen.

»Es war jemand dabei, der in Ihrem Pool zu schwimmen pflegte«, sagte Winter. »Jemand, der häufig zu Ihnen kam, weil er so gern schwamm.«

»Hören Sie auf!«

»Er war ein guter Schwimmer«, sagte Winter.

»Ich will nichts mehr hören!«

»Ich glaube, dass er in diesem Moment an Ihrem Pool sitzt«, sagte Winter. »Oder darin liegt.«

# 47

Als er in die Stadt zurückfuhr, hatte er das Gefühl, seine Haare würden in Flammen stehen. Es war ein sehr merkwürdiges Gefühl. Er war eine Fackel.

Peder Holst war nicht zurückgekommen. Vielleicht war auch er ein Schwimmer. Sie würden ihn im Meer finden, nicht in einem Pool.

Annica Holst war stumm geblieben. Winter hatte sie auf der Treppe stehenlassen. Wenn sie etwas zu sagen hatte, dann würde sie es sagen, vielleicht noch vor Einbruch der Dämmerung.

Was hatte er getan? Was hatte Herman Schiöld getan? Oder – was hatten sie ihm angetan?

Madeleine, die es erzählen könnte, konnten sie nicht mehr fragen.

Erik Lentner war wieder an der Sonnenküste.

Herman Schiöld auch.

Winters Haare brannten. Er dachte an die Quelle des Feuers.

Er tippte Torsten Öbergs Kurzwahl ein. Der stellvertretende Chef der Spurensicherung meldete sich nach dem zweiten Klingeln.

»Hallo, Torsten, Erik hier. Was ist mit diesen Bic-Feuerzeugen in der Küche?«

»Sie sind gerade bei mir eingetrudelt.«

»Butangas«, sagte Winter.

»Ja«, antwortete Öberg nach einigen Sekunden. »Ja. Das wäre durchaus möglich.«
»Geruchsfrei«, fuhr Winter fort. »Teurere Produkte werden mit Feuerzeugbenzin gefüllt, aber die billigen mit Butangas.«
»Das weiß jede Anlaufstelle für Jugendliche«, sagte Öberg. »Jugendliche besorgen sich Nachfüllflaschen, sprayen den Inhalt in eine Plastiktüte und stecken den Kopf rein. Ein Arme-Leute-Rauschmittel.«
»Können die in Koblenz Butan nachweisen?«
»Wenn, dann die Gerichtschemie«, sagte Öberg.
»Warum das?«
»Na ja ... ich bin kein Chemiker, aber soviel ich weiß, verschwinden die Spuren nicht nach wenigen Stunden aus dem Körper.«
»Was hat das zu bedeuten?«, fragte Winter.
»Das Gas wird vor drei, vier Stunden nicht vom Körper ausgeschieden.«
»Aber danach?«
»Ja.«
»Also kann jemand von dem Gas benommen oder bewusstlos gemacht werden, weiterschlafen und drei Stunden später ermordet werden, und dann sind die Spuren verschwunden?«
»Möglich ist es. Ich weiß nicht, wo genau die Grenze verläuft, Erik. Das weiß wahrscheinlich niemand.«
»Ein Mörder nutzt also die Chance«, sagte Winter.
»Wenn er oder sie vermeiden will, dass eine Substanz nachgewiesen werden kann, ja.«
»Vielleicht hat er gewartet«, sagte Winter.
»Wie meinst du das?«
»Er hat auf der Bettkante gesessen und gewartet.«

»Er hatte überall Zutritt«, sagte Winter.
Ringmar nickte.
»Er hat seinen Namen geändert.«
»Warum?«
»Schiöld klingt besser als Dahlquist.«

»Da gebe ich dir recht.«

Winter schwieg. Er dachte an Tabak und Feuer. Er hatte seinen letzten Corps geraucht. Hatte einfach aufgehört. Ein Feuerzeug hatte er nie benutzt.

Auf den Park vor Winters Fenster senkte sich der Abend.

Das sehe ich zum letzten Mal, dachte er.

Er spürte wieder das Feuer in seinem Kopf. Es war wie Eis.

Die Zeit löste sich auf.

»Gebrüder Dahlquist«, sagte Ringmar.

»Anders hatte die Schlüssel«, sagte Winter.

»Morenius hat die Wohnungen vermittelt.«

»Es ist ein großes Büro.« Winter erhob sich. »Auf den Klippen haben sie sich um die Schlüssel gestritten«, sagte er.

»Anders wollte nicht mehr«, sagte Ringmar.

»Und Rhodin ist aus dem Schneider«, sagte Winter. »Er war nur zufällig dabei.«

»War Dahlquists Tod ein Unfall, Erik?«

»Ich glaube ja.« Winter machte einen Schritt zum Fenster. »Jedenfalls hat alles mit einem Unfall begonnen.«

Ringmar schwieg.

»Wo ist sie?«, sagte Winter. »Wo liegt sie?«

Ringmar blieb sitzen. Sie hatten kein Licht eingeschaltet. Winter sah sein Profil. Es war ihm vertrauter als fast alles andere in seiner Welt.

Ich möchte es nicht verlieren. Es gehört zu mir. Das Profil eines anständigen Mannes.

»Es ist wahrscheinlich nichts mehr da?«, fragte Ringmar.

»Wenn es so ist, haben die Makler uns belogen.«

Eine erneute Befragung an den Wohnungstüren hatte kein Ergebnis gebracht. Es war unmöglich, auf die Schnelle in Hunderten von Wohnungen Hausdurchsuchungen vorzunehmen, juristisch unmöglich, politisch unmöglich.

»Es handelt sich um ein verdammt großes Viertel«, fuhr Ringmar fort. »Die Gebäude sind wie geschlossene Burgen. Alte Schlösser. Jedes Viertel eine verdammte Stadt.«

Winter dachte an das Gewölbe in der Teatergatan. Wer es betrat, geriet ins Mittelalter.

»Sie kann nicht mehr dort sein«, sagte Ringmar.

Winter schwieg. Er dachte ans Mittelalter. Das war vor seiner Zeit gewesen. Seine Rüstung stammte von Baldessarini. Sie schützte ihn ebenso wenig, wie das Eisen die Ritter des Mittelalters geschützt hatte.

»Er kann sie doch nicht einfach liegen gelassen haben.« In Ringmars Stimme war ein flehender Ton. Er sah Winter an. »Er hat sie umgebracht, bevor er geflohen ist.«

»Warum sollte er so barmherzig sein?«, fragte Winter.

»Vielleicht ist er das immer gewesen«, sagte Ringmar. »Er hat zwei Menschen überleben lassen.«

»Überleben? Ist das der richtige Ausdruck in diesem Zusammenhang?«

»Du weißt, wie ich das meine, Erik.«

»Da bin ich mir nicht ganz sicher. Ich habe nicht verstanden, warum er sie am Leben gelassen hat.«

»Das werden wir nie verstehen, Erik. Wir werden es vielleicht erfahren, aber wir werden es nicht verstehen.«

»Ich will, dass er es mir erzählt«, sagte Winter. »Er soll es mir selber erzählen.«

Er sah die Straßenbahn am anderen Ufer des Fattighusån. Sie bohrte sich wie ein Glühwürmchen durch die Dunkelheit. Wie ein zusammengepresstes Lichtbündel. In einen Tunnel. Durch einen Tunnel. Ein Tunnel unter der Burg. Geheimgänge. Mittelalterliche Passagen. Geheime Gemächer.

»Es gibt einen geheimen Raum.« Er drehte sich zu Ringmar um. »Irgendwo in diesem Komplex. In einem der Komplexe. Eine geheime Wohnung.«

»Wir können uns ja noch mal die Pläne vornehmen«, sagte Ringmar. »Aber auf Plänen gibt es keine Geheimnisse.«

»Das denkst du, aber es gibt sie, Bertil.«

Bei einer Tatortsicherung sucht man nicht als Erstes nach verborgenen Räumen. Oder geheimen Wohnungen. Im ersten Moment richtet sich der Fokus auf etwas anderes.

Aber die geheimen Räume gibt es. Brände zum Beispiel können viel entlarven.

»Als der Cue Club abgebrannt ist, wurden komplett eingerichtete Geheimzimmer im Mauerwerk des Hauses freigelegt«, sagte Ringmar. »Ganze Wohnungen.«

»Davon habe ich gehört.«

»Alte Gemäuer können alles Mögliche verbergen«, sagte Ringmar.

Winter schwieg. Er dachte an Steine und an den Zwischenraum zwischen den Steinen.

»Hat er in seiner eigenen Wohnung ein Geheimzimmer gebaut?«

»Das hätten wir entdecken müssen«, sagte Winter, »aber wir haben nicht danach gesucht.«

»Echt clever, ein Geheimzimmer. Hinter Bücherwänden. Hinter der Schlafzimmerwand.«

In Ringmars Stimme war ein Ton, den Winter kannte. Er klang hohl, eine müde Faszination angesichts der Handlungsweise von Menschen. Doch noch hatten sie nicht alles gesehen. Winter hatte auch ein Gefühl der Leere, das gleiche Gefühl wie Bertil. Es war wie ein leerer widerhallender Raum, ein verborgenes Gefängnis.

»Die Wohnungsgesellschaften müssen über Pläne der Häuser verfügen«, sagte Winter.

»Klar«, antwortete Ringmar.

»Die Wohnungsbesitzer. Bestimmt besitzen sie detaillierte Zeichnungen.« Winter hatte angefangen, im Zimmer auf und ab zu gehen. Das Parkett knarrte unter seinen Schritten. »Zwischen den Wohnungen und den Stockwerken gibt es Lufträume. Im Treppenhaus gibt es Stellen, die man zubauen, bedecken, verstecken kann. Es kann umgebaute Fahrstuhlschächte geben. Herr im Himmel, Bertil!«

Ringmar nickte. Er sah müde aus und rutschte nicht auf dem Stuhl herum.

»Was ist, Bertil?«

»Es ist ja nicht einmal sicher, dass sie sich noch im Haus befindet, in einem der Häuser.«

»Nein. Aber es wäre nicht leicht gewesen, sie zu transportieren. Was für ein schreckliches Wort. Transportieren. Sie zu verlegen.«

»Vielleicht war er nicht allein.«

Winter schwieg.

»Was ist mit Rhodin«, sagte Ringmar. »Hat er etwas mit der Sache zu tun?«

»Nein. Das hätte er uns erzählt. Das ist ganz allein Schiölds Werk.«

Ringmar sah auf seine Armbanduhr.

»Wenn sie noch lebte, als er sie verlassen hat, dann hoffe ich nur, dass er ihr genügend Wasser hingestellt hat.« Er schaute auf, begegnete Winters Blick. »Das ist mehrere Tage her.«

»Wir brauchen so viele Leute wie möglich, die noch einmal alle Keller und Dachböden abgrasen«, sagte Winter, als ob er nicht zugehört hätte.

»Die Dachböden?«

»Besonders die. Dort vermutet niemand geheime Kammern. Dachböden sind doch alle gleich.«

»Ach?«

»In unserem Haus jedenfalls.«

Winter verstummte. Ringmar sah ihn wieder an.

»Wann bist du zuletzt auf deinem Dachboden gewesen, Erik?«

»Nein, nein, nein, Bertil!«

»Die DVD ist dir ins Haus geliefert worden. Wahrscheinlich von dem Scheißkerl.«

»Das ist etwas anderes. Die wiegt kaum mehr als eine Feder.«

Ringmar schwieg. Er sah noch immer müde aus, aber sein Gesicht hatte eine andere Farbe angenommen, als wäre er kurz an die Winterluft gegangen.

»Dann hätte er sie ja durch die Stadt ...«, sagte Winter.

»Nur quer durch Vasastan«, unterbrach ihn Ringmar.

Und Winter war schon unterwegs.

»Beschaff die Baupläne«, rief er über die Schulter. »Heute Abend!«

Ich bin ein Röhricht im Wind, dachte er auf dem Heimweg im Auto. Ich werde hin und her gebogen. Es ist noch nicht vorbei.

Er parkte vor der Haustür. Er sah das Licht in seiner eigenen Wohnung. Angela aß mit den Kindern Abendbrot. Er wollte auch Abendbrot essen. Er wollte auch zugedeckt werden. Er wollte, dass ihm jemand die Zähne putzte, Milchzähne oder nicht. Er dachte an die Milch in dem Krug bei Peder Holst. Sie war wie Wasser über das blaue Tablett geflossen. Blaues Wasser. Mittelmeerblau. Kein Meer war so blau wie das Mittelmeer, selbst im Januar. Im Januar hatte er bis zu den Knien in diesem Wasser gestanden. War es ein Jahr her? Zwei?

Angela darf es nicht wissen. Elsa und Lilly dürfen es nicht wissen. Wenn sie da oben ist, wird es ein Geheimnis bleiben, das ich niemals preisgeben werde. Nicht hier, nicht in meiner Familie. Erst der Strand, dann der Dachboden. Nein, nein, nein.

Der alte Fahrstuhl transportierte ihn nach oben.

Seine Hand zitterte leicht, als er den alten Schlüssel an dem alten Schlüsselbund hervorsuchte. Er öffnete die alte Tür. Er stieg die alte Treppe hinauf. Es war der gleiche alte trockene Geruch, der dort in all den Jahren gehangen hatte. Trocken. Alt. Gewohnt. Vertraut. Es war sein Dachboden. Es war sein Zuhause.

Wann bin ich das letzte Mal hier oben gewesen? Heiligabend? Am Abend davor?

Da war sie noch nicht verschwunden.

Er sah das Vorhängeschloss an dem Haken der Lattentür von Familie Winter-Hoffmanns Dachbodenverschlag. Es hing nur zum Schein da. Der Verschlag war immer offen gewesen. Er griff nach dem Schloss und zog daran. Das ganze Ding riss ab. Er verlor das Gleichgewicht, musste mit der Hand an der Wand hinter sich Halt suchen. Er hatte vergessen, die Deckenbeleuchtung einzuschalten. Aber die brauchte er nicht. Hier gab es nur Gegenstände, die er kannte. Er verließ den Verschlag und ging kurz an den Abteilen auf und ab. Auch dort gab es nichts. Sicherheitshalber würde er alle öffnen lassen. Doch es stand jetzt schon fest, hier war sie nicht. Es war nur seine und Bertils Phantasie gewesen. Zu viel Phantasie. Dennoch brauchten sie noch mehr, viel mehr Phantasie. Phantasie ist das Einzige, was uns von den Tieren unterscheidet.

Sie saßen am Tisch. Im Flur hörte er ihre Stimmen. Es war sein Zuhause, ganz allein sein Zuhause.
»Papa! Papa!«
»*Surprise, surprise.*« Angela legte den Löffel hin und lächelte. »Dürfen wir dir vielleicht etwas anbieten?«
»Ich kann nicht lange bleiben«, sagte er.
»Bleibst du nicht, Papa?!«, fragte Elsa. »Du bist doch gerade erst gekommen!«
»Das war nur ein Scherz zwischen Mama und mir.«
»Blöder Scherz«, sagte Elsa.
»Ja, Schätzchen.«
»Dummer du!« Lilly lachte.
»Ich dachte, du würdest die halbe Nacht wegbleiben«, sagte Angela.
»Das ist durchaus möglich.«
»Du bist blass.«
»Ja.«
Sie streckte die Hand aus und prüfte seine Stirn.
»Du bist heiß.«
»Mir ist kalt.« Er schauderte. Er fror. Sein Rücken war kalt.
»Was ist passiert, Erik? Warum bist du nach Hause gekommen?«
»Nichts ist passiert.«
Lilly streckte sich nach dem Löffel, den Angela in der Hand hielt. Lilly hatte einen eigenen Löffel, aber sie wollte einen größeren.
»Möchtest du ein bisschen Brei, Erik?« Angela lächelte wieder. Er mochte ihr Lächeln. Auch das Lächeln gehörte ihm.

»Wenn du mich fütterst.«
»Ha, ha, ha!«, sagte Elsa.
Winter spürte, dass sich etwas in seinem Kopf bewegte, keine Kühle, keine Wärme. Es war kein Schmerz. Er spürte etwas auf seiner Wange.
»Weinst du, Papa?«, fragte Elsa.
»Ich hab was ins Auge bekommen, Mäuschen.«
Etwas im Auge. Etwas im Kopf. Er wollte nicht die halbe Nacht wegbleiben. Er wollte, dass sie lebte. Noch war es nicht zu spät. Ihnen blieben noch mehrere Stunden Zeit. Aber kein ganzer Tag, nicht einmal die halbe Nacht.

Das Handy vibrierte in seiner Jacketttasche. Anscheinend hatte er seinen Mantel im Flur ausgezogen. Wahrscheinlich lag er dort auf dem Fußboden. Oder oben auf dem Dachboden. Er konnte sich nicht erinnern, dass er den Dachboden verlassen hatte. Er konnte sich nicht erinnern, ob er den Fahrstuhl genommen hatte oder die Treppen hinuntergegangen war.

»Ja?«, sagte er, ohne auf das Display zu schauen.
»Wo bist du?«
»Zu Hause.«
»Und?«
»Nichts.«
»Ich habe hier was. Das musst du dir angucken.«
Winter hörte die Spannung in Bertils Stimme. Sie klang wie im Fieber. Bertil wusste etwas. Er *wusste*. Ich habe von ihm gelernt.
»Was ist es, Bertil?«
»Die Baupläne von der Chalmersgatan. Schiölds Treppenhaus. Barkners. Die habe ich mir als Erstes vorgenommen, dort hat ja alles angefangen.«
»Und – weiter?«
»Winkel und Ecken«, sagte Ringmar. »Dunkle Ecken.«
»Was genau meinst du damit?«
»Es gibt einen zugemauerten Serviergang oder eine Art Gang zwischen Schiölds Wohnung und der der Nachbarn. Dieser Gang stammt wahrscheinlich aus Zeiten, als ein einziger Großhändler

mindestens ein Stockwerk bewohnte. Du musst dir das Ganze wie einen langen Tunnel vorstellen.«

Mittelalter, dachte Winter. Tunnel.

»Man kann vom Keller hineingelangen, unter der Treppe. Und irgendwo von oben im Treppenhaus.«

Winter sah den dunklen Gang vor sich, er brauchte nicht einmal die Augen zu schließen. Und das Licht, das sie hineinlassen würden.

»Offenbar vergessen«, hörte er Ringmars Stimme.

Nicht ganz. Jetzt nicht mehr.

Dunkelheit und war das nicht ... sie konnte nicht ... ich sehe es ... lustig, was ich da ... hab kalt, es ist kalt, es wird kälter, das da, was, kommt es, wie soll man ... kann nicht atmen, und dann plötzlich! Es ist, wird, wie soll man atmen ... dunkel, ich hatte ein Fenster, Vogel, habe ich einen Vogel gehört, ich atme, es ist windig, Wind, ich kann fliegen, er flog, der Vogel flog, sie flog! Die Ecke ... es war, es war, ich werde ... ein wenig mehr, und das Steuer, sein Steuer, er lief, der konnte laufen, die Kinder ... es ist windig, kann sie, kann sie zum Schweigen bringen, sie ... wo sind sie, können sie nicht still sein, können sie nicht still sein, das war es, still, ich still, dunkel, ich dunkel ... es ist windig, es ist windig, sie schlagen, hart schlagen sie, bumm, bumm, macht bumm, es ist windig, friere, ich friere, ich kann nicht, nicht sehen, nicht sehen ... es ist hell ... es ist Licht! Es wird, es wird, hell, bumm, bumm, still, es wird heller, auuu! Auuu! Können die nicht still sein, still, still! Es ist zu hell! Seid still!

# 48

Winter flog um 13:06 Uhr vom Airport Landvetter ab. Der Himmel war immer noch unbegreiflich blau. Zwischenlandung in München. Der Flughafen war immer noch neu, die Wände waren aus Glas.

Die Lufthansa-Maschine kreiste einen Moment über Málaga. Das Meer unter ihm war blau, winterblau. Die verbrannte Erde an den Bergen war vorübergehend zu einem kurzen Frühling ergrünt. Nicht lange, und sie würde wieder rot sein, rot gefärbt von der versinkenden Sonne. Er fühlte sich ruhig. Eine Ruhe, die die entscheidende Phase einleitete. Er war schon lange unterwegs. Es war kein plötzlicher Aufbruch gewesen, die Reise hatte er längst gebucht, ehe er sich dessen bewusst war.

Vor dem Flughafen wartete ein Mietwagen. Er fuhr bei Churriana auf die Autobahn und dann weiter westwärts. Die Wolkenkratzer in Torremolinos waren schwarze Silhouetten vor dem Himmel. Türme. Kreuzfahrertürme, dachte er. In Fuengirola blitzte ein Kirchturm wie rotes Gold. Hier haben wir geheiratet. Links glitzerte das Meer. Auf der anderen Seite der Calahondabucht lag Marbella. Die Stadt sah aus wie ein Fahrzeug, das alle Lichter auf das Meer richtete. Er ließ die Autoscheibe herunter. Die Luft war kühl. Es roch nach Salz, Tang, Benzin. Und nach dem Unbestimmbaren, das es nur in der Fremde gibt.

Er fuhr über die Avenida Svero Ochoa in die Stadtmitte und

bog links auf die Calle del Fuerte ab, eine vorübergehende Verkehrsumleitung. Die vorübergehenden Verkehrsumleitungen im zentralen Marbella waren permanent.

Er parkte in einer Lücke vor dem Hotel auf der Avenida Antonio Belón. Das Alte Hotel Lima. Einmal war es neu und hübsch gewesen, jetzt war es nur noch hübsch.

Er checkte ein und fuhr zu Zimmer Nummer 553 hinauf, öffnete die Tür, trat ein und ließ die Reisetasche fallen. Hier hatten sie gewohnt, als Angela das erste Mal in Marbella gewesen war. Damals hatte man noch Meerblick gehabt. Einige Jahre später war auf der anderen Straßenseite ein Gebäude errichtet worden, das die Aussicht versperrte. Trotzdem waren sie in das Zimmer Nummer 553 zurückgekehrt.

Er öffnete die Balkontür, und während er hinaustrat, tippte er seine Telefonnummer von zu Hause ein. Hier war der Duft nach Salz noch stärker und der Duft nach gegrilltem Fisch, der in der Dämmerung überall im alten Marbella aufstieg. Rauch hing in der Luft, Verunreinigungen von Benzin mit niedriger Oktanzahl und Holzkohle. Er atmete das Parfum der Sonnenküste. Hier hatte er kein Bedürfnis zu rauchen.

Angela meldete sich.

»Ich bin im Hotel«, sagte er. »Ich stehe gerade auf dem Balkon.«

»Ist es kalt?«

»Nicht besonders.«

»Was hast du jetzt vor?«

»Ich muss etwas essen.«

»Geh essen und komm nach Hause, Erik.«

»Ich muss es wissen. Das weißt du. Wir haben darüber gesprochen.«

»*Du* hast darüber gesprochen. In Marbella gibt es auch Polizei. Ach, ich will nicht wiederholen, was ich gesagt habe.«

»Ich auch nicht, Angela. Auf Information von der spanischen Polizei muss man ziemlich lange warten.«

»Ist das nicht überall so?«

Er antwortete nicht. Es gab keine Antwort. Es gab keine Zeit.

Herman Schiöld würde nie nach Schweden zurückkehren. Herman Dahlquist, Erik Lentner vielleicht auch nicht. Möglicherweise würde er wegen Dahlquist bleiben. Vielleicht konnte Winter einen letzten Einsatz leisten. Eine Art letzte Tat.

»Morgen um 18:30 Uhr geht mein Flug nach Hause«, sagte er. »Mit Air France. Um halb zwölf treffen wir uns am Flughafen.«

»Dann ist der Fall morgen also gelöst? Das weißt du schon jetzt?«

Unten auf der Belón fuhr ein Auto vorbei. Von links hörte er Stimmen, von der Avenida Miguel Cano. Das Lima hatte die Form eines Bügeleisens. Er stand fast an der Spitze.

»Wer weiß, womöglich schon heute Abend«, sagte er.

»Du weißt nicht, wo sie sind.«

Er schwieg.

»Bertil hat eben angerufen«, sagte Angela. »Gerda Hoffner ist inzwischen ansprechbar.«

»Das macht mich froh.«

»Es war knapp. Sie hatte nicht mehr viel Zeit.«

Er wusste es. Er war dort gewesen.

»Viel hat er nicht aus ihr herausbekommen, jedenfalls noch nicht. Keine direkten Antworten. Sagst du nicht immer, dass es nie genug Antworten gibt?«

»In diesem Fall fehlen uns aber noch einige«, sagte er. »Deswegen bin ich hier.« Er spürte die Abendbrise im Gesicht. Er fühlte sich stark. »Ich rufe heute Abend noch einmal an.«

»Sei vorsichtig.« Er hörte einen Laut, vielleicht ein kurzes Lachen oder ein Einatmen oder etwas anderes. »Dass ich das sagen muss.«

»Ich liebe dich, Angela«, sagte er und drückte auf Aus.

Es war nicht weit. Er verließ das Hotel, bog nach rechts ab, ging an zwei Häuserblocks entlang, bog wieder nach rechts ab in die Notario Luis Olivier und ging hundert Meter weiter bis zu dem Restaurant an der Ecke von Norte. Vor dem Timonell standen einige

Tische, doch die Luft war kühl, nachdem die Sonne untergegangen war. Auch hier war es Winter.

Enrique nickte ihm zu, als wäre Winter erst am vergangenen Abend zuletzt hier gewesen. Ein Kellner lehnte an der Bartheke und verfolgte ein Fußballspiel auf einem Monitor, der an der Decke über dem Eingang zur Toilette hing. Winter war der erste Gast des Abends. Wenn er das Restaurant wieder verließ, würde es immer noch einige Stunden dauern, bis der zweite Gast kam.

Winter und seine Familie waren in dem Winterhalbjahr, das sie hier verbracht hatten, Stammgäste im Timonell gewesen. Das Essen war immer ausgezeichnet und wurde mit einem bescheidenen und selbstverständlichen Gespür für Qualität serviert. Das Ambiente dagegen war einfach, etwas streng, weiße Tischdecken, auf eine Art authentisch, die die wenigen Winterurlauber veranlasste, nach einem flüchtigen Blick in das Lokal weiterzugehen. Selbst im Sommer fanden nur wenige ausländische Gäste zu diesem ruhigen Straßenrestaurant. Als wäre es eine geheime Straße. Hatte Angela das nicht einmal an einem lauen Frühlingsabend gesagt?

»Allein?«, fragte Enrique und löste sich von der Bar, um Winter mit Handschlag zu begrüßen. Sie waren etwa gleich alt. Der Kellner hatte einmal erzählt, dass er aus Cádiz stammte.

»Diesmal ja«, antwortete Winter. Das Spanische schmeckte fremd, wie etwas, das man eine Weile nicht gekostet hatte. »Ich habe leider auch nur wenig Zeit.«

Enrique hob die Augenbrauen.

»Ich suche jemanden«, fügte Winter hinzu. »Heute Abend fange ich an. Ich bin gerade gelandet und habe Hunger.«

»Soll ich den Koch bitten, dir einen *lenguado* zu braten?«

»Ausgezeichnet.«

»Wein?«

»Ein Glas bitte, wähl für mich. Und Wasser.«

Enrique nickte, ging zur Bar zurück und sagte etwas zu dem Barkeeper, der weiter das Fußballspiel auf dem Bildschirm verfolgte. Die Stimme des Kommentators klang erregt, was nicht bedeuten musste, dass auf dem Fußballfeld etwas Aufregendes passierte. Winter verstand, dass es um das Madrid-Derby ging, Atlético gegen Real. Aber das war oben im Norden, weit von hier entfernt.

Enrique brachte den Weißwein in einem beschlagenen Glas, ein Wasserglas und eine kleine Flasche Mineralwasser.

Einige Minuten später kam er wieder mit einem Teller *anchoas*, Brot in einem Korb und einem Schälchen mit gebratenen Paprika. Winter probierte den Wein. Er sah auf seine Armbanduhr. Es war noch immer früh am Abend. Er kostete die Speisen, brach das Brot, er brauchte das Salz der Sardellen, es half gegen die Müdigkeit nach der Reise.

Enrique kam mit der gegrillten Seezunge, halbierten Zitronen und Olivenöl.

Winter ging an dem alten Campo de Futbol vorbei, der, solange er hier gewesen war, nie als Fußballplatz benutzt worden und nichts weiter als ein leerer, staubiger Platz mitten in der Stadt war. Ein langes Warten auf *urbanización*. Er dachte an Heden im zentralen Göteborg.

Er blieb bei Rot auf der Avenida Ricardo Soriano stehen und kreuzte dann die Paradestraße. An diesem Abend fand keine Parade statt. An der Costa del Sol war Nachsaison.

Er ging geradeaus weiter und bog dann rechts in die Benavente ein, die er Hunderte von Malen entlanggegangen war, meistens zusammen mit seinen Kindern. Sie waren auf dem Nachhauseweg zu der Wohnung in der San Francisco oben am Plaza Santo Cristo gewesen oder unterwegs in die Stadt. Es war ein beruhigendes Gefühl gewesen, neben einem Kreuz zu wohnen. Bis dorthin würde er nicht gehen. Hier war die Corrales Altos, und gleich darauf erreichte er die Calle Aduar, eine der schmalsten Gassen von Marbella. Er schaute nach oben. Auf den Dachterrassen waren immer noch Sonnenschirme aufgespannt. Es war ein sonniger Tag gewesen. Es würde ein neuer sonniger Tag kommen.

Er bog nach links ab und ging die Aduar weiter in nördlicher Richtung. Aus einem Fenster im Erdgeschoss hörte er den Fußballkommentator. Das Spiel ging weiter. Auch das beruhigte ihn, wie das Kreuz am Christusplatz.

Er stand vor der Haustür und schaute hinauf. Zwei Fenster im obersten Stock waren erleuchtet. Gegen den Abendhimmel zeichnete sich ein weißer Zipfel ab, der Sonnenschirm auf der Dachterrasse. Hier wurde der Himmel nie schwarz. Es war wie in Göteborg, wie am Meer. Er legte die Hand auf die schwere Türklinke, auch sie war wie in Göteborg, Chalmersgatan, Götabergsgatan, Teatergatan. Aber die Straße hinter ihm war schmaler, unglaublich schmal. Im vergangenen Winter hatte es hier ein kleines Restaurant gegeben, aber das war nicht mehr da, oder er hatte vergessen, wo es wirklich lag.

Er hätte Erik Lentner in diesen Gassen begegnen können. Und Gloria. Eriks Eltern.

Vielleicht Madeleine.

Er stieg die Treppen hinauf. Derselbe muffige trockene Geruch nach Feuchtigkeit, Schimmel, Sonne und Schatten schlug ihm entgegen. Beleuchtung gab es keine, jedenfalls konnte er keine Lampen oder Lichtschalter entdecken. Hier herrschte dasselbe Mittelalter wie überall. Das einzig Moderne an diesem Ort war seine eigene Hoffnung auf die Zukunft. Plötzlich sehnte er sich nach der Zukunft, wie man sich nach dem Sommer sehnt. Er konnte sie kaum erwarten. Nur noch dies hier erledigen, dies war seine letzte Reise.

Er hörte die Musik im Treppenhaus. Sie war nicht laut, dröhnte nicht direkt aus der Wohnung. Sie war eher wie ein leises Sausen, wie das Rauschen des Meeres. Der obere Teil der Flügeltür war hübsch farbig verglast, alt und hübsch, dachte er. Wie in einer Kirche. Die Treppen waren aus altem Stein, der weich wie Haut geworden war. Das Haus mochte dreihundert, vierhundert Jahre alt sein. Familie Lentner hatte gut gewählt. Das Namensschild an der Wohnungstür war diskret, an der Grenze zur Unsichtbarkeit. Winter war klar, dass sich dahinter eine riesige Wohnung verbarg, unsichtbar und riesig.

Er sah einen Schatten hinter dem blauen Glas.

Die Tür wurde geöffnet.

»Ich habe die Haustür gehört«, sagte Erik Lentner. Er betrachtete Winters Gesicht, als suchte er darin etwas, was es beim letzten Mal nicht gegeben hatte.

»Viel Stein hier«, sagte Winter. »Stein leitet Schall.«

»Die Straße ist auch nicht gerade lärmisoliert.«

»Aber Sie haben die Terrasse«, sagte Winter. »Und einige Zimmer nach hinten hinaus.«

»Das stimmt.«

»Darf ich hereinkommen?«

»Ich wusste, dass Sie kommen würden«, sagte Lentner. Einladend öffnete er die Tür und trat einen Schritt zurück. Der Fußboden war aus Marmor, wahrscheinlich durchzogen von Wärmespiralen. In Marbella froren im Winter nur die Einheimischen. Es war eine offene Wohnung, ohne Flur, die Küche war mitten im Raum, wie eine Insel. Durch die großen Fenster hinter einem Esstisch, der offenbar von House war, sah Winter die Lichter der Stadt. Auf dem Tisch stand eine Flasche Wein. Sie war ungefähr halbvoll oder halbleer.

»Möchten Sie ein Glas Wein?«, fragte Lentner.

»Im Augenblick nicht, danke.«

Lentner ging auf die Dachterrasse. Winter folgte ihm. Lentner nahm ein Weinglas von einem Tisch und trank einen Schluck. Seine Hand zitterte leicht. Er stellte das Glas ab, und die Hand zitterte immer noch. Auf dem Tisch stand eine Petroleumlampe.

Von der Terrasse hatte man einen Blick nach Westen und Süden, der von Sierra Bermeja bis Málaga reichte. Unten lag die Altstadt, die heute Abend mit ihrer spärlichen Beleuchtung verlassen wirkte. Der Apfelsinenplatz war nur ein Platz. Hinter den schwarzen Fassaden von Mediterraneos und El Fuertes sah er den Strand. Das Meer war jetzt schwarz, genauso schwarz wie der Himmel über Afrika. Auf der Meeresoberfläche blinkten nur wenige Lichter.

Winter schaute nach Osten. Über Puerto Banús zuckten Lichter, als würden sie sich bewegen. Aber auch über Nueva Andalucia lag ein stiller Abend.

»Ich glaube, er ist im Augenblick da drüben.« Winter wies mit dem Kopf auf die Lichter. Er wusste, dass Lentner seinem Blick gefolgt war.

»Woher wissen Sie das?«

»Es gibt keinen anderen Ort.«

»Haben Sie nicht Ihre Kollegen in dieser Stadt hinzugezogen?«, sagte Lentner. »Werden nicht alle verdächtigen Orte bewacht?«

»Dann hätten Sie heute Abend nicht hier gesessen«, sagte Winter nach einer Weile.

»Nein, das ist wohl wahr.«

»Sie haben mich gar nicht gefragt, wer ›er‹ ist«, sagte Winter.

»Ich brauche Sie doch nicht nach etwas zu fragen, was ich weiß«, antwortete Lentner. »Das wäre Zeitverschwendung.«

Er hob wieder sein Glas, schien jetzt ruhiger zu sein. Das Licht der Petroleumlampe brach sich im Wein und färbte ihn schwarz. Winter sehnte sich nach einem Glas Wein. Später, in einigen Stunden, würde er etwas trinken.

»Herman hat ein Problem mit der Zeit«, sagte er.

Lentners Hand zitterte wieder. Er stellte das Glas ab.

»Ich glaube, er ist der Meinung, dass Sie ihm Zeit gestohlen haben«, fuhr Winter fort. »Sehr viel Zeit.«

Lentner sagte etwas, das Winter nicht verstand.

»Was haben Sie gesagt?«

»Er weiß, wo ich bin.«

»Warum ist er dann nicht hergekommen?«

»Das weiß ich nicht.«

»Warum hat er nicht auch Sie umgebracht?«

»Vielleicht hat er mir geglaubt«, sagte Lentner.

»Was geglaubt?«

»Dass ich mich nicht daran erinnern kann, was passiert ist.« Lentner sah Winter an. »Dass ich mich nie erinnern werde.« Er schaute weg, nach Nueva Andalucia hinüber. »So was nennt man Erinnerungslücken.«

»Woran erinnern Sie sich nicht?«

»Zum Beispiel daran, was passiert ist, nachdem Peder Holst

mich gewürgt hat. Als er begriff, dass ich es gesehen habe. Er hat es nicht gleich bemerkt, erst nach einer Weile. Am Pool gab es Pflanzen. Sie waren wie eine Mauer. Normalerweise war das gut für ihn. Dort konnte er mit mir machen, was er wollte.«

»Was hat er getan?«

»Wie ich schon sagte, er hat mich gewürgt. Das ist das Einzige, woran ich mich erinnere. Sonst kann ich mich an nichts erinnern, weder vorher noch nachher.«

»Das glaube ich Ihnen nicht. Mensch, Lentner, erzählen Sie endlich, was passiert ist!«

Lentner zuckte zusammen. Er streckte sich nach dem Weinglas, zog die Hand jedoch wieder zurück.

»Peder Holst hat sich lange Zeit an mir vergangen. So habe ich es jedenfalls in Erinnerung.« Er ließ den Blick über die Stadt schweifen. Sie leuchtete plötzlich viel intensiver. Seine Stimme war kräftiger geworden. »Aber ich will mich nicht erinnern. Und ich hatte gedacht, ich hätte es vergessen.« Er sah Winter an. »Das mit den Erinnerungslücken ist keine Lüge. Sie hängen mit traumatischen Erlebnissen zusammen.«

Eins davon, dachte Winter. Und Erik Lentners Bericht war noch lange nicht beendet.

»Seine Frau hatte ein Verhältnis mit Herman«, fuhr Lentner fort. »Annica. Was für ein Paar. Peder und Annica Holst.« Lentners Blick wanderte wieder über die Stadt, das Meer, den Himmel. »Ich weiß nicht, wie alt Herman damals war, siebzehn, achtzehn. Zu der Zeit hieß er anders mit Nachnamen. Annica wusste jedenfalls, was vor sich ging. Und Peder wusste, was sie tat.«

»Und Madeleine? Was wusste sie?«

»Vielleicht mehr, als man geglaubt hat«, antwortete Lentner.

»Was bedeutet das?«

Lentners Kopf war nach vorn gesunken, als könnte er die Last der Erinnerung nicht länger tragen. Aber seine Stimme klang unverändert kräftig.

»Ich kenne nicht alle Details. Ich musste sie vergessen. Und lügen, selbst wenn ich es nicht als Lüge empfinde. Peder Holst hat gedroht, mich umzubringen, wenn ich die Wahrheit erzähle. Das, was er mit mir gemacht hat, aber auch das, was zwischen Herman und Annica war. Gott weiß, ob er sich nicht auch an Herman vergriffen hat. Und seine Frau wusste es. Mit beiden stimmte etwas nicht. Sie musste einen Preis zahlen, sie hatte ein eigenes Geheimnis, das sie bewahren wollte. Oder wie zum Teufel man das ausdrücken soll. Ich weiß nicht, was zwischen ihr und Herman passiert ist. Aber Herman musste einen noch höheren Preis zahlen.«

Preis. Winter sah den Pokal vor sich, Hermans Preis. Ein wertloser Preis. Er hatte versucht, die Erinnerung an ein Glückserlebnis abzukratzen.

Lentner schauderte im Wind, der jetzt richtig kalt geworden war. Er ließ sich jäh auf einen Stuhl fallen. Im Lampenlicht sah er plötzlich aus wie der Junge, der er damals gewesen war.

Er sprach von Lügen. Annica und Peder Holst hatten bis zuletzt an ihrer Lebenslüge festgehalten.

»Wir wurden beide missbraucht«, sagte Lentner. »Sie haben über uns verfügt. Ich weiß nicht, ob sie Madeleine hinters Licht geführt haben. Oder ob sie Bescheid wusste. Uns beide wollten sie jedenfalls ausnutzen. Sie wagten nicht mehr, so zu tun, als ob nichts wäre. Deshalb wollten sie Herman die ganze Schuld zuschieben an dem, was mir passiert war. Das war ein Fehler.«

Er hat deine Frau umgebracht, dachte Winter. Das war auch ein Fehler. Hier stimmte vieles nicht. Hier stimmte gar nichts.

»Warum haben Sie nicht eher von Herman erzählt?«, fragte er.

*»War noch jemand anwesend? An dem Tag in Holsts Haus?«*
*»Wie meinen Sie das?«*
*»Ich meine gar nichts. Ich frage, ob Sie allein am Swimmingpool waren.«*
*»Ich ... war wohl allein.«*

»Ich wusste es nicht«, antwortete Lentner. »Ich habe den Zusammenhang nicht begriffen.«

»Ich glaube aber doch.«

»Meinen Sie, ich wollte die Rache selbst in die Hand nehmen?«, fragte Lentner.

Nein. Winter sah noch immer das Gesicht des Jungen in dem Gesicht des Mannes. Nein, Lentner hatte sich nicht von Rache antreiben lassen, als er beschloss, hierherzukommen. Ihn hatten Schuldgefühle getrieben, die stärker waren als Rachsucht. Schuldgefühle verschwanden nie.

»Kommen Sie mit?« Winter wies mit dem Kopf auf die Berge.

Lentner antwortete nicht. Winter drehte sich um und ging.

»Ich komme mit«, hörte er Lentners Stimme hinter sich. »Soll ich ein Taxi rufen?«

»Ich habe ein Auto unten am Ufer«, sagte Winter.

# 49

Schweigend fuhren sie durch Marbella.
Die Uferstraße nach Puerto Banús war gesäumt von Hotels und Palmen.

Bei dem neuen Verkehrskreisel vor Corte Inglés bog Winter ab. Jetzt ging es bergauf.

»Haben Sie die Adresse?«, fragte Lentner plötzlich.

»Ja.«

Winter fuhr um den Plaza Espanola herum.

»Erinnern Sie sich, wo es war?«

»Nein.« Lentner sah hinaus. Die Welt vor dem Autofenster war weiß und schwarz. »Ich bin nie wieder hier gewesen.«

Winter fuhr die Avenida de Prado hinauf. Der Golfplatz lag schräg links von ihnen, Las Brisas. Er sah Lichter, die wie Boote auf Wasser trieben. Vielleicht spielten einige Leute Golf mit Stirnleuchten. Er bog nach links ab, in eine der Querstraßen, die nach europäischen Städten benannt waren. Vor dem Haus hielt er an. Die Autoscheinwerfer beleuchteten das Gras bis zum Green. Ein roter Wimpel bewegte sich sachte im Wind.

Lentner schaute zum Haus. Alle Fenster waren dunkel. Es war ein zweistöckiges Haus mit viel Weiß. Irgendwo zwischen den Palmen richteten Spotlights ihr Licht auf die Fassade. Dahinter stieg ein blauer Schein auf.

»Jesus, ich geh da nicht rein«, sagte Lentner.

Winter drehte sich um.

»Möchten Sie mir noch etwas erzählen?«

Lentner schüttelte den Kopf.

»Warum ist er hierher zurückgekehrt?«, fragte Winter.

»Sie wissen nicht, ob es Herman ist. Sie wissen nicht, ob er hier ist. Sie wissen nicht einmal, ob überhaupt jemand in dem Haus ist. Und wenn, dann könnte es ein anderer sein.«

»Wer?«

Lentner antwortete nicht.

»Peder Holst?«

Lentner lachte auf. Es klang wie ein Röcheln. Als hätte er etwas im Hals. Oder um den Hals, etwas, das ihm die Luft abschnürte.

Winter stieg aus. Er öffnete die schmiedeeiserne Pforte, die ähnlich aussah wie die Pforte vor Sivs Haus. Ihr Haus lag auf der anderen Seite des Golfplatzes, auf der Pasaje José Cadalso. Nicht weit entfernt. Daran hatte er auf der Fahrt hierher nicht gedacht, nicht ein einziges Mal. Auf der anderen Seite des Green befand sich eine andere Welt. Sie gehörte nicht zu dieser.

Die Pforte öffnete sich lautlos. Er machte ein paar Schritte über die Platten. Der blaue Schein wurde stärker. Links sah er einen gepflasterten Weg, der am Giebel vorbeiführte. Winter folgte dem blauen Licht, das ihn um das Haus herum führte. Die Steinplatten waren weich unter seinen Schuhsohlen, es war ein Gefühl, als ginge er barfuß.

Dann stand er mitten in dem blauen Schein, der vom Grund des Pools aufstieg und alles blau färbte.

Auch Herman Schiölds Gesicht war blau.

Er saß am Poolrand und hielt die Füße ins Wasser. Er schien etwas auf dem Grund zu studieren und schaute mit leerem Blick auf, ohne etwas wahrzunehmen. Dann sah er wieder hinunter und bewegte die Füße im Wasser.

Er war zurückgekehrt, genau wie der Junge draußen im Auto. Er und der junge Mann, der einmal Herman Dahlquist geheißen hatte, waren zum ersten Mal wieder an diesem Ort.

»Warum sind Sie hierhergekommen?«, fragte Winter.

Schiöld schaute auf.

»Es ist das letzte Mal«, sagte er.

»Was soll das heißen?«

»Sie hätten nicht zu kommen brauchen, Winter. Den Rest schaffe ich allein.«

»Sie wussten, dass ich kommen würde.«

»Nicht heute Abend.«

»Was haben Sie heute Abend vor?«

Schiöld zeigte mit dem Kopf auf den Poolgrund.

»Das Letzte«, sagte er. »Noch das Letzte erledigen, das habe ich vor.«

»Jetzt reicht es, Schiöld. Sie haben das Letzte bereits getan.«

Schiöld bewegte wieder die Füße. Er sah zu Winter auf.

»Sie hat es überlebt, oder? Sie haben sie in dem Gang gefunden, oder?«

Winter nickte.

»Ich wusste, dass Sie sie rechtzeitig finden würden. Ich wollte ihr nichts Böses.« Er lachte auf. Es war das gleiche Röcheln wie bei Lentner. »Ich habe nie an Ihnen gezweifelt.«

»Zweifeln Sie jetzt an sich selber?«, fragte Winter. »Sitzen Sie deswegen hier?«

Schiöld antwortete nicht.

»Warum haben Sie Ihren Bruder umgebracht?«

»Es war ein Unfall. Das kann Ihnen der andere bestätigen, der dabei war.«

»Warum haben Sie das Ehepaar Svensson umgebracht?«

»Ich wollte es nicht. Sie sind selber schuld. Es war ihre Gier. Sie haben mich nicht in Ruhe gelassen.«

Schiöld ließ seine Augen mit einem Ausdruck, als sähe er alles zum ersten Mal, um den Pool wandern, zwischen den Palmen hindurch, über die Steine, das Gras, die weiße Fassade.

»Was haben sie Ihnen angetan, Herr Schiöld?«

Schiöld senkte den Blick.

»Sie haben mir die Schuld gegeben«, sagte er. »Das haben sie getan.«

»Die Schuld woran?«

»An der Sache mit Erik natürlich. Die Schuld an ihm. Er hätte alles verraten. Das hat er ja auch irgendwie getan. Und mir hat niemand geglaubt.«

Schiöld schaute auf.

»Später habe ich meinen Namen geändert, aber das hat mich nicht geschützt.« Winter hörte wieder Schiölds Röcheln. »Es hat nichts geholfen. Na ja, das spielt jetzt keine Rolle mehr.«

»Haben Sie das auch gedacht, als Sie Madeleine und Gloria umgebracht haben?«

Schiöld sah wieder auf. Winter konnte nicht erkennen, ob er seinen Blick suchte. Es war alles zu blau, Schiölds Augen waren genauso blau wie seine Haut. Erneut bewegte er die Füße im Wasser. Erst jetzt bemerkte Winter, dass er nackt war. Das blaue Licht hatte wie Kleidung ausgesehen, wie ein Overall. Seine Oberarme und sein Brustkorb zeigten immer noch Reste von Muskeln, wie die traurige Erinnerung des Körpers an Tausende von geschwommenen Kilometern in einem Schwimmbassin.

»Es war längst zu spät«, sagte Schiöld. »Ich habe sie einschlafen lassen. Jetzt bereue ich es. Ich bereue es wirklich.«

»Haben Sie den Film an meine Tür gehängt?«, fragte Winter. »Haben Sie es schon in dem Moment bereut?«

Schiöld schien ihn nicht gehört zu haben.

»Haben Sie gehofft, ich werde Sie finden?«

»Sie haben mich ja gefunden«, sagte Schiöld. Er beugte den Körper langsam über das Wasser. »Aber jetzt ist alles zu spät. Wir sind beide missbraucht worden, und Erik war zu feige. Ich weiß nicht, ob er Angst hatte. Er hat sich auf ihre Seite geschlagen. Das war Feigheit. Deswegen mochte ich ihn nicht. Ich hatte geglaubt, er wäre mein Freund. Und deren Tochter auch. Aber sie hat gelogen. Sie muss gelogen haben. Sie war auch feige.« Schiöld bewegte die Füße im Wasser. Es sah aus, als wären sie an den Waden abgeschnitten. »Sie war im Gefängnis hier unten. Das wussten Sie nicht, oder? Drei Jahre unter einem anderen Namen, ha, ha.«

Schiöld schwieg eine Weile.

»Ich war wie ein tollwütiger Hund«, fuhr er dann fort. »Wie ein Pesthund! Verstehen Sie? Ich war ja noch nicht einmal erwachsen!« Er sprach lauter. »Ich bin nur an diese Küste gekommen, um schwimmen zu trainieren! Und die haben mein Leben zerstört.«

Winter sah, wie sich die Muskeln an seinem Oberarm spannten. Schiöld hob einen Arm und ließ ihn wieder sinken.

»Sie hat behauptet, dass sie mich liebt«, sagte er. »Die Frau des Hauses.«

»Haben Sie es geglaubt?«

»In dem Moment ja.«

»Erik hat Sie beide gesehen, oder?«

»Natürlich.«

»Und Peder hat Sie auch gesehen.«

»Natürlich«, wiederholte Schiöld. »Er hätte die Wahl gehabt. Als sie ihre Geschichte ausbrüteten. Sie wusste von ihm. Ich weiß nicht, wann sie entdeckt hat, was ihr Mann trieb. Und er wusste von ihr. Von uns.« Er spannte wieder den Arm an, oder er hob ihn nur. »Von mir.«

»Warum haben Sie anstelle der jungen Frauen nicht die Eltern umgebracht?«, fragte Winter. »Peder und Annica.«

»Ist das ein Vorschlag von einem Kommissar?«

»Es ist eine Frage.«

Schiöld schaute wieder ins Wasser.

»So war es schmerzhafter«, sagte er. »Sie müssen mit dem Schmerz leben. Das ist schlimmer als der Tod.« Er blickte auf. »So habe ich jedenfalls gedacht.« Er griff mit beiden Händen nach der Poolkante und ließ sich langsam, das Gesicht der gekachelten Wand zugekehrt, ins Wasser gleiten. »Sie haben mich geopfert. Ich musste also auch Opfer schaffen. Etwas opfern.« Jetzt reichte ihm das Wasser bis zur Brust. »Und nun tue ich das Letzte.«

Sein Kopf versank unter Wasser. Langsam schwamm er bis zum Grund.

»Herr Schiöld!«

Aber Herman Schiöld hörte nichts mehr. Er war schon unten

angekommen. Das Wasser war unbegreiflich klar, unbegreiflich blau. Schiöld legte sich mit ausgestreckten Gliedern auf den Grund und sah aus wie ein nackter Fallschirmspringer. Winter konnte sein Gesicht sehen. Seine Augen lösten sich auf und blickten leer wie die eines Blinden. Winter rührte sich nicht. Schiöld lag still. Dort unten wartet der Tod, dachte Winter. Er hörte ein Geräusch neben sich, eine Sekunde bevor Erik Lentner in den Pool sprang. Mit lautlosen Schritten war er herangekommen. Lentner tauchte zum Grund. Schiöld rührte sich nicht. Er schien die Augen geschlossen zu haben. Jetzt verdeckte ihn Lentners Körper. Schiöld schien ihn weder zu sehen noch zu hören. Lentner schwamm um Schiöld herum. Er trug ein Hemd, eine lange Hose, Strümpfe und Schuhe. Er wirkte wie ein fremdes Lebewesen neben dem nackten Körper, der in der Haltung eines Gekreuzigten dalag. Lentner ergriff einen Arm, der wie am Grund festgenagelt zu sein schien. Lentner riss daran, löste ihn. Er griff nach einem Bein. Das Bein bewegte sich. Es war ein kräftiges Bein. Winter war noch immer wie erstarrt. Regungslos stand er am Rand des Pools, ohne das Wasser zu berühren. Der Kampf da unten war nicht sein Kampf. Er konnte nicht alle retten. Er hatte niemanden gerettet. Doch, einen Menschen, dieses Mal. Mehrere im Lauf der Jahre. Das da unten sah nicht aus wie ein Kampf. Schiöld bewegte sich noch immer nicht. Lentner bewegte ihn, Beine, Arme, wieder die Beine. Wie Schwimmbewegungen.

Lentner ließ los und schwamm an die Oberfläche. Winter sah, wie sich das Gesicht näherte und die Wasseroberfläche durchbrach.

Lentner atmete furchtbar schnell und heftig. Seine Augen waren rot.

Er griff nach der Poolkante. Er griff nach Winters Hand. Aber Winter sah ihn nicht. Er sah, wie sich die Gestalt am Grund bewegte, oder von etwas bewegt wurde, als würde sie von einer Kraft angehoben, wie von einem Wind unter Wasser. Langsam glitt sie an die Oberfläche. Winter ergriff Lentners Hand. Jetzt war die Gestalt nah. Schiöld hielt die Augen nicht mehr geschlossen, sie waren immer noch blau. Winter ergriff auch seine Hand, als sie sich ausstreckte, wie in einer Reflexbewegung, eine Rettung, Lebensrettung. Winter versuchte ihn hochzuziehen, aber die Gegenkraft zog ihn nach unten. Sie hielten einander an den Händen, vier Hände, zwei davon seine, und Winter konnte sich nicht befreien. Er fiel auf die Knie, versuchte sich dagegenzustemmen. Er konnte seine Hände nicht befreien. Er wurde nach unten gezogen, er sah ein Gesicht, das Gesicht von irgendjemandem, einen Arm, ein Bein, er schwebte in der Luft, spürte Wasser im Gesicht, hörte ein Geräusch, ein verzerrtes Geräusch, wie aus einer anderen Welt, wie in einem Traum, und er begriff, dass er unter Wasser war.

# DER LETZTE ABEND

Winter nahm nicht den 18:30-Uhr-Flug der Air France, und er landete auch nicht um Mitternacht in Landvetter.

Als alles vorbei war, stand er mit einem Stein in der Hand am Meer.

In seinem Kopf war ein Rauschen. Kein Meeresrauschen. Das Meer lag ganz still da, die Brandung rollte lautlos heran, als gehörte die Lautlosigkeit zu der Morgendämmerung, die über dem Meer aufzusteigen schien. Rundum war es ruhig, nur in seinem Kopf hörte er ein Geräusch. Der Strand hinter ihm war leer, das Meer vor ihm war leer. Er ließ den Stein fallen.

Angela Winter-Hoffmann begegnete Herman Schiöld in den Wolken irgendwo über Holland. Sie sah ihn nicht und auch nicht das Flugzeug, in dem er saß, sie sah nur den unbegreiflich blauen Himmel vor dem Fenster.

Die Lufthansa-Maschine kreiste eine Weile über Málaga. Das Meer unter ihr war blau. Es war der kurze Frühling. Hier ist der Winter schon vorbei, dachte sie. Für uns ist er auch vorbei.

Winter wartete in der Ankunftshalle. Angela flog die letzten Meter, wie man nur einem Mann entgegenfliegen kann, der ein Idiot ist und der überlebt hat, um die Geschichte erzählen zu können, wie er zu einem Idioten wurde, und wie es ihn fast umgebracht hätte. Ihr Mann. Ihr Idiot.

»Ich habe das Gefühl, als hätten wir uns den ganzen Winter nicht gesehen«, sagte er, als er sie in die Arme schloss.

»Du hast anscheinend überhaupt nichts kapiert«, sagte sie.

Er fuhr bei Churriana auf die Autobahn und weiter in westlicher Richtung. Die Wolkenkratzer in Torremolinos waren schwarze Silhouetten vor dem Himmel. In Fuengirola funkelte ein Kirchturm wie Gold. In der Kirche hatten sie geheiratet.

»Ich habe das Gefühl, als wäre es hundert Jahre her«, sagte sie und wies mit dem Kopf auf die Kirche. Als die Sonne auf dem Weg zum Meer an den Bergen an ihr vorbeistrich, erstrahlte die Kirche in ihrem unbegreiflichen Weiß. Plötzlich wirkte es kalt. Dabei war es immer ein warmes Weiß gewesen.

»Das geht vorbei«, sagte er.

»Was geht vorbei?«

»Dieses Gefühl, dass es so lange her ist«, er lächelte sie von der Seite an, »dass hundert Jahre vergangen sind.«

»Ich bin nicht sicher, ob ich möchte, dass es vorbeigeht«, sagte sie.

»Okay. Dann sagen wir eben, es ist hundert Jahre später.«

Auf der anderen Seite der Bucht von Calahonda sah sie Marbella, das wie ein hellerleuchtetes Schiff all seine Lichter auf das Meer zu streuen schien.

»Hier hat sich anscheinend gar nichts verändert«, sagte sie, den Blick weiter auf die Bucht gerichtet.

»Abgesehen von der Straße, über die wir fahren, die ist neu«, sagte er, »und auch die meisten Häuser auf der rechten Seite.« Er zeigte zu einer bedrohlichen Silhouette auf einem Hügel. »Und der Stier aus Blech ist doppelt so groß geworden.«

»Vielleicht habe ich das Meer gemeint«, sagte sie.

»Du kannst nie zweimal in dasselbe Meer tauchen«, sagte er.

»*Bullshit*«, sagte sie.

Sie betraten das Timonell. Enrique nickte ihnen zu, als sei Winter gestern Abend zuletzt hier gewesen. Was ja auch stimmt, dachte er. Glaube ich. Es fühlt sich nicht an wie gestern Abend oder vorgestern. Es fühlt sich an wie vor hundert Abenden. Und ich bin nicht einmal müde. Sonderbar. Hundert Abende Wachsein und ich bin nicht müde.

Enrique löste sich von der Bar und umarmte Angela.

»Ich bin froh, dass du da bist, Angela.« Er lächelte. »Erik hat so einsam gewirkt, als er hier war.«

»Das ist jetzt vorbei«, sagte Winter. »Ich bin nicht mehr allein.«

»Freut mich für dich«, antwortete Enrique und legte ihm eine Hand auf die Schulter. »Es ist nicht gut, allein zu sein.«

»Ich bin auch froh«, sagte Winter.

»Hast du den gefunden, den du gesucht hast?«, fragte Enrique.

»Ja.«

»Ist es gut?«

»Wie meinst du das?«

»Dass du ihn gefunden hast.«

Winter antwortete nicht. In diesem Moment wusste er nicht, was er antworten sollte. Es war ein sehr langer Moment. Er sah viele Bilder in seinem Kopf. Dieser Moment enthält mein ganzes Leben.

»Ich meine, für dich.« Enrique sah ernst aus. »War es gut für dich?«

»Schließlich ist alles gut geworden«, sagte Winter und machte einen Schritt auf seinen Tisch zu. »Jetzt ist alles gut.«

»Wir haben einen sehr guten *rodaballo*, nur für Angela und dich«, sagte Enrique.

Sie kamen an dem alten Campo de Futbol vorbei. Das Rauschen in Winters Kopf war zu einem Säuseln geworden, das von einem Windhauch herrühren mochte, der durch die Baumkronen über ihnen strich.

»Mir gefällt der Winter in Spanien«, sagte Angela. »Oder besser gesagt der Frühling.«

»Nur wir sind hier«, sagte er.

»So kommt es mir auch vor«, sagte sie.

Sie überquerten die Uferpromenade und stiegen die Treppe zum Strand hinunter. In der Beleuchtung von der Avenida Duque de Ahumada hinter ihnen schimmerte er schwach wie Goldstaub. Näher am Wasser wurde er schwarz. Das Meer war schwarz.

Angela zog ihre Schuhe aus. Sie hatte keine Strümpfe an.

»Es ist gar nicht so kalt, wie ich dachte«, sagte sie.

»Am Wasser ist es wahrscheinlich kälter«, sagte er.

»Lass uns hingehen«, sagte sie.

Draußen auf dem Meer sahen sie die Lichter eines Schiffes, die im Weltraum zu schweben schienen. Er hörte die siebente Welle. Das Wasser erreichte ihrer beider Füße. Sie blieben stehen.

»Es ist gar nicht so kalt, wie ich dachte«, sagte er.

»Der Satz gehört mir«, sagte sie.

»Jetzt gehört er mir.«

Er bückte sich und strich über den Sand. Das Wasser hatte sich zurückgezogen. Er fand einen Stein und richtete sich auf. Der Stein war kalt. Er würde ihn werfen, wenn er sich in seiner Hand erwärmt hatte, bis zu den Lichtern weit draußen würde er ihn werfen.

»Ich kann nicht zurückgehen.« Er drehte sich zu Angela um.

Sie wartete schweigend ab, dass er ihr erzählen würde, wohin er nicht zurückgehen konnte und warum nicht, wartete auf all die Erklärungen, die vielleicht nötig waren, vielleicht auch nicht. Vielleicht hatte sie es bereits verstanden.

»Ich bin jetzt ein anderer.« Der Stein in seiner Hand fühlte sich wärmer an.

»Du bist kein anderer. Du bist noch immer Erik.« Sie legte eine Hand auf seinen Arm. »Du bist immer noch mein Erik.«

»Wirklich?« Der Stein wurde wärmer, er wärmte seine Hand. »Bist du so sicher?«

»Darauf muss ich dir nicht antworten, Erik.«

»Dann verstehst du also, warum ich nicht zurückkann.«

»Erzähl!« Sie trat nah an ihn heran und schlang die Arme um seine Taille.

Er schaute zu den Lichtern, die sich in der Schwärze von links nach rechts bewegten. Heute Nacht gab es keinen Horizont.

Eigentlich müsste es einen geben.

»Ich konnte ihn nicht retten«, sagte er. »Ich war unfähig, mich zu rühren. Als Herman in der Tiefe versank und sich auf dem Boden ausstreckte, war ich wie gelähmt. Ich konnte nichts zu seiner Rettung tun, nicht von dort. Ich sah sein Gesicht. Und seine Augen. Sie lösten sich auf, er sah aus wie ein Blinder. Verstehst du? Wie ein Blinder.«

Sie schwieg. Er spürte ihren Körper an seinem. Aber ihm war immer noch kalt, wie erfroren, erfroren im Sand. Nur der Stein in seiner Hand war warm.

Er begann in seiner Handfläche zu brennen, als würde er sich langsam in glühende Kohle verwandeln.

»Dann ist Lentner ins Wasser gesprungen, und ich konnte mich einfach nicht bewegen. Ich stand am Rand des Swimmingpools, aber ich habe das Wasser nicht berührt.«

»Das musstest du auch nicht«, sagte sie.

»Falsch. Das ist es ja gerade. Genau darum geht es. Es ist doch mein Job. Aber ich war wie erstarrt und dachte, das da unten ist nicht mein Kampf. Wenn es ein Kampf war. Mir ging plötzlich auf, dass ich nicht alle retten kann.«

»Das kannst du auch nicht, Erik. Kein Mensch kann alle retten.«

»Aber begreifst du denn nicht? So habe ich noch nie gedacht. Niemals, niemals, niemals. Der, der ich früher gewesen bin, hat nicht so gedacht. Ich habe mir eingebildet, ich kann alle retten. Ich muss so denken. Es ist zwingend nötig, so zu denken.«

Sie sagte wieder etwas, aber er hörte es nicht. Es ging unter in der siebenten Welle. Ihr Rauschen schlug über ihnen zusammen.

»Was hast du gesagt?«

»Es hat dich fast zerbrochen«, wiederholte sie.

»Wie meinst du das?«

»Du weißt, wie ich das meine, Erik.«

»Ich weiß nur, dass ich ihn nicht …«

Er konnte nicht weitersprechen. Tränen schossen ihm in die Augen, wie eine plötzliche Welle, die durch seinen Kopf rollte, eine siebente Welle. Die Tränen liefen ihm die Wangen herab. Er schmeckte Tränen, sie waren salzig, warm wie das Meer in der Sommersonne. Die stärkste Sonne der Welt, die wärmste, heißeste.

»Ich kann nie mehr zurückgehen«, sagte er.

Er fühlte eine Kopfbewegung, die wie ein Nicken war.

»Alles kommt mir vor wie ein anderes Leben, das ich nicht mehr verstehe. Oder ich bin ... nicht mehr Teil dieses Lebens. Plötzlich gehöre ich nicht mehr dazu. Ich kann nicht dorthin zurückkehren, Angela. Jetzt weiß ich es. Eigentlich wusste ich es schon länger. Als ich am Swimmingpool gestanden habe, ist es mir bewusst geworden.«

»Du brauchst nicht zurückzugehen«, sagte sie.

»Wovon sollen wir leben?«, fragte er.

Sie lachte kurz auf. Lachte sie wirklich?

»Das brauchen wir doch nicht in diesem Augenblick zu entscheiden«, sagte sie. »Ich habe ja noch meinen Job. Das reicht eine Weile. Vorher hat es auch gereicht.«

Der Stein in seiner Hand wurde plötzlich schwerer, kühler, aber schwerer. Er löste sich von Angela, machte einen Schritt nach links und schleuderte den Stein hinaus ins All. Den Aufschlag hörte er nicht mehr. Da lief er schon mit seiner Frau durch den Sand, auf der Suche nach einer Bar, die noch geöffnet hatte.

Ein herzliches Dankeschön an Kriminalkommissar Torbjörn Åhgren, stellvertretender Chef der Spurensicherung beim Landeskriminalamt in Göteborg.

Danke auch an meinen Lektor Peter Karlsson und meinen Verleger Stephen Farran-Lee.

Die erfolgreiche Krimiserie
mit Patrick Kenzie & Angela Gennaro
von Dennis Lehane

**1. Fall: Streng vertraulich!**
ISBN 978-3-548-26139-3

**2. Fall: Absender unbekannt**
ISBN 978-3-548-26144-7

**3. Fall: In tiefer Trauer**
ISBN 978-3-548-26955-9

**4. Fall: Gone Baby Gone – Kein Kinderspiel**
ISBN 978-3-548-26735-7

**5. Fall: Regenzauber**
ISBN 978-3-548-26141-6

Zuletzt als Taschenbuch erschienen:

**6. Fall: Moonlight Mile**
ISBN 978-3-548-28350-0

www.ullstein-buchverlage.de